Maeve Binchy

Wiedersehen bei Brenda

Maeve Binchy

Wiedersehen bei Brenda

Aus dem Englischen
von Gabriela Schönberger

Droemer

Titel der Originalausgabe: Quentins
Originalverlag: Orion, London

Die Folie des Schutzumschlags sowie die Einschweißfolie
sind PE-Folien und biologisch abbaubar.
Dieses Buch wurde auf chlor- und säurefreiem Papier gedruckt.

Besuchen Sie uns im Internet:
www.droemer-knaur.de

Umschlaggestaltung: ZERO Werbeagentur, München
Umschlagabbildung: Hugh Palmer
Gestaltung und Herstellung: Josef Gall, Geretsried
Satz: Ventura Publisher im Verlag
Druck und Bindung: Ebner & Spiegel, Ulm
Printed in Germany
ISBN 3-426-19533-X

2 4 5 3 1

Für Gordon,
den besten aller Ehemänner.
Danke für ein Leben voller Großzügigkeit,
Verständnis und Liebe.

TEIL EINS

KAPITEL EINS

Als Ella Brady sechs Jahre alt war, war sie zum ersten Mal im Quentins. Und es war auch das erste Mal, dass man sie mit »Madam« anredete. Eine Frau in einem schwarzen Kleid mit Spitzenkragen hatte sie an ihren Tisch geführt. Sie hatte erst Ellas Eltern Platz nehmen lassen und dann der Sechsjährigen den Stuhl hingehalten.

»Vielleicht möchten Sie ja hier sitzen, Madam, dann haben Sie einen guten Überblick«, sagte sie zu ihr. Ella war begeistert und kam sich kein bisschen komisch vor.

»Vielen Dank, ja, das wäre nett«, erwiderte sie gnädig. »Wissen Sie, ich bin zum ersten Mal hier.« Das nur für den Fall, man könnte sie für einen Stammgast halten.

Ihre Mutter und ihr Vater betrachteten sie wahrscheinlich wie immer voller Hingabe. Absolute Vernarrtheit – das war es, was aus allen Bildern aus ihrer Kindheit sprach. Ella erinnerte sich, dass ihre Mutter ihr ständig versicherte, sie sei das liebste und beste Mädchen auf der Welt, und dass ihr Vater seinem Bedauern Ausdruck verlieh, jeden Tag ins Büro gehen zu müssen, denn eigentlich würde er viel lieber den ganzen Tag bei seinem kleinen Mädchen zu Hause verbringen.

Einmal hatte Ella wissen wollen, weshalb sie keine Geschwister habe, wie das bei allen anderen der Fall zu sein schien. Ihre Mutter antwortete ihr, dass der liebe Gott ihrer Familie eben nur einmal Nachwuchs geschenkt habe, sie aber von Glück reden könnten, was für ein wunderbares Kind sie doch bekommen hätten. Erst Jahre später erfuhr Ella von den vielen Fehlgeburten und enttäuschten Hoffnungen. Doch damals hatte sie die Erklärung zufrieden gestellt. Außerdem bedeutete das, dass es niemanden gab, mit dem sie ihre Spielsachen oder ihre Eltern hätte teilen müssen, und das konnte nur gut sein. Ihre Eltern besuchten mit ihr den Zoo und zeigten ihr die Tiere, sie gingen mit ihr in den Zirkus, sooft dieser in der Stadt war, und einmal fuhren sie mit ihr übers Wochenende sogar nach London und fotografierten sie vor dem Buckingham-Palast.

Die Bradys wohnten in der Tara Road, in einem Haus, das sie viele Jahre, bevor die Preise in die Höhe schossen, gekauft hatten. Es war ein mehrstöckiges Gebäude mit einem großen Garten, was Ella die Möglichkeit bot, alle ihre Freundinnen aus der Schule dorthin einzuladen. Das Haus war in mehrere kleine Wohnungen unterteilt gewesen, als die Bradys es erwarben, sodass es auf jedem Stockwerk ein Badezimmer und eine kleine Küche gab. Die Eltern hatten es zwar so renoviert, dass ein richtiges Zuhause für eine Familie entstanden war, aber Ellas Freundinnen beneideten sie trotzdem um ihre eigene kleine Welt, die sie darin bewohnte. Es war ein friedliches, geregeltes Leben, das sie dort führten. Ihr Vater Tim ging jeden Tag zu Fuß in sein Büro. Der Hinweg dauerte zweiundzwanzig, der Heimweg neunundzwanzig Minuten, weil er dabei immer auf ein kleines Bier im Pub einkehrte und die Zeitung las.

Ellas Mutter, Barbara, war nur am Vormittag berufstätig. Sie traf täglich als Erste in den Büroräumen einer Anwaltskanzlei in der Stadt ein, gleich in der Nähe des Merrion Square. Wie sie voller Stolz immer betonte, vertraute man ihr vollkommen, dass sie alles vorbereitet hatte, wenn die Anwälte um halb zehn Uhr zur Arbeit kamen. Die Post war sortiert und wartete bereits auf dem Schreibtisch, und es war jemand da, der die ersten Anrufe entgegennahm und den Eindruck erweckte, als würde schon eifrig gearbeitet. War das getan, nahm sie sich den Inhalt ihrer Ablage vor – Barbaras Korb, wie er von allen genannt wurde –, in der Belege und alles, was mit Geld zu tun hatte, gesammelt wurde. Barbara wusste, dass sie eine äußerst tüchtige

Buchhalterin war, und sie herrschte mit eiserner Hand über ihre vier schlecht organisierten und umständlichen Anwälte. Wo war die Taxiquittung, die in dem einen Fall angefallen war, wo die Rechnung für das neue Briefpapier, das jemand bestellt hatte? Gehorsam wie kleine Jungen lieferten die Herren ihre Belege bei ihr ab, die Barbara in dicken Aktenmappen aufbewahrte. Barbara fürchtete den Tag, an dem ein Computer sie ersetzen würde. Aber der war noch in weiter Ferne. Diese vier Herren würden nichts überstürzen. Am liebsten hätten sie noch mit dem Federkiel geschrieben, hätten sie die Wahl gehabt.

Mittags verließ Barbara Brady das Büro. Am Anfang noch, um Ella von der Schule abzuholen, aber selbst als ihre Tochter schon alt genug war, um mit einer Gruppe kichernder Teenager nach Hause zu gehen, blieb Barbara bei ihrer Halbtagsarbeit. Barbara wusste, dass sie in diesen viereinhalb Stunden mehr zustande brachte als die meisten in einem Fulltimejob. Und sie wusste auch, dass das ihren Arbeitgebern klar war. So war sie immer da, wenn Ella nach Hause kam, und es war für alle das Beste. Ella hatte einen Ansprechpartner, der ihr ein Glas Milch und Kekse servierte und sich ihre lebhaften Schilderungen, all die täglichen kleinen Dramen und Abenteuer anhörte. Und Barbara konnte ihr, wenn nötig, bei den Hausaufgaben helfen.

Nicht zuletzt bedeutete das auch, dass Tim Brady ein gepflegtes Zuhause und eine schmackhafte Mahlzeit vorfand, wenn er von seiner Arbeit bei der Anlageberatungsfirma zurückkehrte, die er im Laufe der Jahre mit zusehends weniger Begeisterung verrichtete. Und in ihm, der jeden Abend um dieselbe Zeit das Haus betrat, fand Ella ein zweites Publikum für ihre bunten, von den unterschiedlichsten Menschen bevölkerten Geschichten. Langsam glätteten sich dann die Sorgenfalten auf dem Gesicht ihres Vaters, wenn Ella ihm in den Garten hinaus folgte, zuerst als Kleinkind – kaum des Gehens mächtig –, später als langbeiniges Schulmädchen. Sie stellte ihm Fragen über sein Büro, die nicht einmal ihre Mutter zu fragen wagte. War Daddy in seinem Büro gut angesehen? Würde er jemals eine leitende Position innehaben? Und später, als Ella begriff, wie unglücklich ihr Vater war, fragte sie ihn, weshalb er nicht einfach irgendwo anders arbeitete.

Sicher hätte Tim Brady das Büro, in dem er sich so unwohl fühlte, verlassen und eine andere Stellung annehmen können, aber die Bradys waren nicht Menschen, denen eine Veränderung leicht fiel. Sie hatten lange gebraucht, um sich für eine Ehe zu entscheiden, und noch länger, um Ella in die Welt zu setzen. Da waren sie schon fast vierzig gewesen, eine völlig andere Generation als die Eltern der anderen kleinen Kinder. Aber das hatte die Liebe zu ihrer Tochter nur vertieft und sie in ihrer Entschlossenheit bestärkt, ihr alles zu geben, was das Leben zu bieten hatte. Um einen finanziellen Grundstock für Ellas Ausbildung zu schaffen, richteten sie den Keller ihres Hauses als abgeschlossene Souterrainwohnung ein und vermieteten diese an drei junge Frauen, die bei einer Bank arbeiteten. Nie gönnten sie sich selbst etwas. Die erste Zeit traf das in ihrer Umgebung auf großes Unverständnis. Konnte es sein, dass sie zu viel für das Kind taten?, fragten sich manche. Würden sie ihre Tochter nur über alle Maßen verwöhnen? Aber so wie Ella sich entwickelte, mussten selbst die größten Zweifler zugeben, dass die viele Liebe und Aufmerksamkeit ihr nicht geschadet hatten. Ella war ein Mensch, der von klein auf über sich und andere lachen konnte. Sie wuchs zu einem hoch gewachsenen, selbstbewussten Mädchen heran, war offen und freundlich und schien ihre Eltern ebenso zu lieben, wie diese sie liebten.

Ella besaß ein Fotoalbum, in dem sie all die glücklichen Momente ihrer Kindheit sammelte und mit launigen Kommentaren versah: »Daddy, Mam und der Schimpanse im Zoo. Der Schimpanse ist der auf der linken Seite.« Sie konnte sich immer wieder köstlich amüsieren, wenn sie es betrachtete.

Sogar im Alter von dreizehn Jahren, wenn andere Kinder nicht mehr sonderlich am Familienleben interessiert sind, brütete Ellas blonder Schopf noch über den Fotos.
»War das das blaue Kleid, das ich bei Quentins anhatte?«, wollte sie einmal wissen.
»Unglaublich, dass du dich daran noch erinnern kannst!« Ihr Vater staunte.
»Gibt es das Restaurant noch?«, fragte sie weiter.
»Und ob, es ist nur schicker und teurer geworden, aber es ist immer noch am selben Ort und läuft gut.«
»Oh.« Sie schien enttäuscht zu sein, dass es offensichtlich teuer geworden war. Ihre Eltern wechselten einen Blick.
»Es ist lange her, seit sie das letzte Mal dort war, Tim.«
»Über die Hälfte ihres Lebens«, stimmte er seiner Frau zu, und sie beschlossen, am kommenden Samstag ins Quentins zu gehen.
Ellas neugierigen jungen Augen entging nichts. Das Restaurant wirkte tatsächlich viel luxuriöser als beim letzten Mal. Auf den dicken Leinenservietten war ein verschnörkeltes Q eingestickt, und die Kellner und Kellnerinnen trugen elegante schwarze Hosen und weiße Hemden oder Blusen. Sie kannten sich sehr gut mit den Speisen aus und erklärten dem Gast, wenn er es wünschte, wie sie zubereitet waren.
Brenda Brennan war das junge Mädchen, das sich so interessiert umsah, sofort aufgefallen. Sie war genau die Tochter im Teenageralter, die Brenda so gerne gehabt hätte. Sie lachte und scherzte mit ihren Eltern, war lebhaft, freundlich und schien tatsächlich dankbar zu sein, in ein so elegantes Restaurant zum Essen ausgeführt zu werden. So etwas bekam man nur selten zu sehen. Oft waren Kinder in dem Alter gelangweilt und mürrisch. An solchen Abenden sagte sie bisweilen zu Patrick, dass sie wahrscheinlich von Glück reden konnten, einem Dasein als Eltern entronnen zu sein. Aber dieses Mädchen hier war der Traum einer jeden Mutter. Und dabei sahen ihre Eltern gar

nicht mehr so jung aus. Der Mann war vielleicht schon sechzig, er wirkte müde und ließ die Schultern hängen, die Mutter war Mitte fünfzig. Die Familie Brady konnte sich glücklich schätzen, noch so spät im Leben einen solchen Schatz geschenkt bekommen zu haben.

»Was essen denn Ihre Gäste am liebsten? Gibt es irgendwelche Lieblingsgerichte?«, wollte das Mädchen von Brenda wissen, als sie die Speisekarte an den Tisch brachte.

»Viele Gäste wissen vor allem unseren Fisch zu schätzen … wir bereiten ihn sehr einfach zu, nur mit einer simplen Sauce. Und selbstverständlich gibt es heutzutage viel mehr Vegetarier als früher, sodass sich unser Koch immer neue Rezepte ausdenken muss.«

»Das muss aber ein kluger Mensch sein«, bemerkte Ella. »Spricht er eigentlich mit Ihnen, wenn er arbeitet, ich meine, so ganz normal und ohne zu schreien, oder ist er eher launisch?«

»Oh, hin und wieder spricht er schon mit mir, wenn auch nicht immer normal. Aber schließlich sind wir verheiratet, sodass ihm gar nichts anderes übrig bleibt, sonst würde ich ihn umbringen.« Sie lachten, und Ella genoss es, wie eine Erwachsene behandelt zu werden. Dann ging Brenda an einen anderen Tisch weiter.

Ella fiel auf, dass ihre Eltern sie betrachteten.

»Was ist los? Habe ich zu viel geredet?«, fragte sie und blickte von einem zum anderen. Sie wusste, dass sie manchmal nicht zu bremsen war.

»Alles in Ordnung, Schatz. Ich dachte nur gerade, wie viel Freude es macht, dich auszuführen. Du weißt mit allem und jedem etwas anzufangen«, erklärte ihre Mutter.

»Und ich habe fast dasselbe gedacht«, sagte ihr Vater freudestrahlend.

Als Ella in die Highschool kam, stellte sie sich die Frage, ob ihre Eltern nicht vielleicht doch zu viel Verständnis für sie an den

Tag legten. Alle anderen Mädchen aus der Schule beschrieben ihre Eltern als wahre Ungeheuer. Sie fröstelte bei dem Gedanken, dass plötzlich auch bei ihr alles anders werden könnte. Vielleicht gefiel es ihren Eltern ja irgendwann einmal nicht mehr, wie sie sich anzog, was sie studierte oder welchen Mann sie sich aussuchte? Bisher war ihr Leben fast schon gefährlich glatt verlaufen. Aber es änderte sich nichts, nicht einmal während der vermeintlich schlimmsten Zeit – der Pubertät, als Ella sechzehn, siebzehn Jahre alt war. Jedes andere Mädchen aus ihrer Schule befand sich im offenen Kriegszustand mit einem ihrer Elternteile. Überall gab es schreckliche Szenen, Tränen und Dramen. Nur nicht im Haushalt der Bradys.

Schon möglich, dass Barbara Ellas Partykleider als zu knapp und gewagt empfand und dass Tim die Musik, die aus Ellas Zimmer drang, für zu laut hielt. Vielleicht hätte Ella sich auch gewünscht, dass ihr Vater nicht in seinem gediegenen Mittelklassewagen draußen vor der Disco auftauchte und wartete, um sie am Ende des Abends nach Hause zu bringen, als wäre sie noch sechs Jahre alt. Aber falls einer von ihnen tatsächlich so etwas gedacht haben sollte, nie fiel ein böses Wort. Zwar gab Ella schon hin und wieder zu bedenken, dass ihr Vater ihretwegen zu viel Aufhebens machte und ihre Mutter sich zu sehr um sie sorgte, aber sie tat es auf liebevolle Art und Weise und wurde nie verletzend. Als sie achtzehn wurde und zur Universität gehen sollte, lebte sie noch immer in einem Elternhaus, wie es harmonischer und friedlicher nicht hätte sein können.

Ellas Freundin Deirdre wurde jedes Mal ganz blass vor Neid. »Das ist einfach ungerecht. Deine Eltern haben sich nicht einmal darüber aufgeregt, als du dich für Naturwissenschaften entschieden hast. Die meisten weigern sich doch kategorisch, einen machen zu lassen, was man will.«

»Ich weiß«, sagte Ella besorgt. »Es ist schon fast nicht mehr normal.«

»Und streiten tun deine auch nie«, grollte Deirdre. »Die meinen hacken ständig aufeinander herum, wegen Geld oder Alkohol … eigentlich wegen allem.«

Ella zuckte die Schultern. »Tja, meine trinken nicht, und da wir die kleine Wohnung vermietet haben, ist auch immer genügend Geld da … außerdem bin ich weder drogenabhängig noch sonst wie missraten, und vermutlich haben sie deswegen auch keine Sorgen.«

»Aber wieso sind sie dann bei mir zu Hause ständig wegen jeder Kleinigkeit auf hundertachtzig?«, jammerte Deirdre.

Ella zuckte die Schultern. Sie konnte ihrer Freundin keine Antwort geben … für sie war das nun mal kein Problem.

»Warte nur, bis wir die ganze Nacht wegbleiben und mit irgendwelchen Kerlen ins Bett gehen, dann wird das auch für dich problematisch«, sagte Deirdre drohend.

Aber merkwürdigerweise war nicht einmal das ein Problem, als es so weit war.

In ihrem ersten Jahr an der Universität hatten Ella und Deirdre sich mit Nuala angefreundet, die vom Land kam und eine eigene kleine Wohnung hatte. Und so musste Nualas Apartment immer als Erklärung herhalten, wenn es mal zu spät wurde oder der Heimweg allzu umständlich gewesen wäre. Ella fragte sich, ob ihre Eltern tatsächlich immer glaubten, was sie ihnen erzählte, oder ob sie nicht doch mal den Verdacht hegten, sie könnte auf irgendwelche Abenteuer aus sein. Vielleicht wollten sie es ja lieber gar nicht wissen und stellten vorsichtshalber keine Fragen, auf die ihnen eine ehrliche Antwort missfallen hätte. Ihre Eltern vertrauten einfach weiter darauf, dass sie – wie bisher auch – schon mit allem fertig werden würde. Gelegentlich fühlte sie sich ein bisschen schuldig, aber das kam nicht sehr häufig vor.

In den vier Jahren an der Universität verliebte Ella sich kein einziges Mal, was eher ungewöhnlich war. Aber sie hatte Sex, wenn auch nicht gerade häufig. Ihr erster Liebhaber war Nick, ein Kommilitone. Nick Hayes war in erster Linie ein Freund, aber eines Abends gestand er Ella, dass er in sie verliebt sei, seit er sie in der ersten Vorlesung gesehen habe. Sie sei so ruhig und gelassen gewesen, während er immer übereifrig und laut die falschen Dinge gesagt habe.

»Ich habe dich nie so erlebt«, erwiderte Ella wahrheitsgemäß.

»Das kommt wahrscheinlich daher, dass ich Sommersprossen und grüne Augen habe und als Mitglied einer großen Familie immer lautstark auf mich aufmerksam machen muss«, erklärte er.

»Also, ich finde das nicht schlimm«, sagte sie.

»Soll das heißen, dass du auch ein bisschen in mich verliebt bist?«, fragte er hoffnungsfroh.

»Ich weiß nicht recht«, erwiderte sie zögernd.

Er war so enttäuscht, dass sie seine Leidensmiene nicht ertragen länger konnte. »Könnten wir nicht einfach miteinander reden, statt übereinander herzufallen?«, fragte sie. »Ich würde nämlich gern mehr über dich wissen. Warum du ein Kunststudium für einen guten Weg hältst, irgendwann zum Filmemachen zu kommen … Tja, und noch viele andere Dinge mehr«, fügte sie lahm hinzu.

»Soll das heißen, dass du mich hässlich und abstoßend findest?«, fragte er.

Ella sah ihn an. Er versuchte, witzig zu sein, aber sein verletzter Gesichtsausdruck sprach Bände »Ich finde dich sehr attraktiv, Nick«, sagte sie schließlich.

Und so gingen sie miteinander ins Bett.

Aber es war kein großer Erfolg. Merkwürdigerweise waren sie weder traurig noch verlegen, nur etwas überrascht.

Nach ein paar weiteren Versuchen stellten sie übereinstimmend fest, dass sie sich von der Sache eigentlich mehr erwartet hatten. Nick gab zu, dass es auch bei ihm das erste Mal gewesen sei, und schlug vor, dass sie beide erst mal mit anderen Partnern, die etwas mehr von der Angelegenheit verstanden, Erfahrung sammeln sollten.

»Vielleicht ist es ja wie mit dem Autofahren«, sagte er ernsthaft. »Man sollte es von jemandem lernen, der weiß, was er tut.«
Danach war eine Sportskanone an der Reihe, Ella den Hof zu machen. Der Vorzeigesportler war sehr überrascht, als sie ihm erklärte, dass sie nicht mit ihm schlafen wolle.
»Bist du frigide oder was?«, hatte er sie gefragt.
»Ich glaube eigentlich nicht«, hatte Ella erwidert.
»Oh, ich denke schon«, meinte der Sportler, der nun doch etwas gekränkt war. Also überlegte Ella, dass es vielleicht nicht schaden könnte, wenn sie es einmal mit ihm versuchte. Schließlich eilte ihm der Ruf voraus, bereits jede Menge Frauen gehabt zu haben. Aber viel besser als mit Nick war es auch nicht, und da es kaum Gesprächsstoff zwischen ihnen gab, war es im Prinzip sogar noch schlimmer. Aber wenigstens das Kompliment bekam sie zu hören, dass sie definitiv nicht frigide sei.
Es folgten noch zwei weitere flüchtige Erfahrungen, die im Vergleich zu Deirdres und Nualas Abenteuern jedoch eher belanglos waren. Aber Ella ließ sich deswegen nicht entmutigen. Sie war zweiundzwanzig Jahre alt, hatte einen Abschluss in Naturwissenschaften und würde früher oder später schon noch die große Liebe finden. So wie jede andere Frau auch.
Nuala war die Erste, die sie fand. Frank war dunkelhaarig und äußerst attraktiv, Nuala war wahnsinnig verliebt in ihn. Als er ihr erklärte, dass er seinen beiden Brüdern nach London folgen und in ihrer Baufirma mitarbeiten wolle, war sie zutiefst verzweifelt.
Das erforderte unbedingt ein Notfallessen im Quentins. »Ich habe wirklich geglaubt, ihm würde etwas an mir liegen. Wie konnte ich mich nur so täuschen und demütigen lassen?«, jammerte sie Deirdre und Ella die Ohren voll, als sie an ihrem Tisch Platz nahmen.
Sie hatten für das frühe und billigere Happy-Hour-Dinner zwischen halb sieben und acht Uhr reserviert. Eigentlich war es für

Theaterbesucher gedacht, die vor der Vorstellung noch etwas zu sich nehmen wollten. Das würde dem Restaurant die Möglichkeit geben, einen Tisch an einem Abend ein zweites Mal zu belegen. Aber Deirdre, Ella und Nuala machten an diesem Abend keine Anstalten, um acht Uhr aufzubrechen. Mon, die kleine, lebhafte blonde Bedienung, räusperte sich auffordernd einige Male, aber es nützte nichts.

Schließlich wandte Ella sich direkt an Mrs Brennan. »Es tut mir sehr Leid, ich weiß, dass wir schon längst weg sein sollten, aber wir haben an unserem Tisch eine große Krise zu bewältigen und versuchen gerade, wenigstens die ärgsten Wogen zu glätten.«

Brenda hatte Humor und musste trotz der Gäste, die an der Bar bereits auf einen freien Tisch warteten, lachen.

»Na, dann glätten Sie erst mal in aller Ruhe die Wogen«, erwiderte sie gutmütig.

»Schick den Dreien eine Flasche roten Hauswein an den Tisch und schreib dazu: ›Zur Krisenbewältigung‹«, wies sie Mon an.

»Ich dachte eigentlich, wir würden sie endlich rauswerfen«, knurrte Mon.

»Natürlich hast du Recht, Mon, aber in unserem Gewerbe müssen wir auch flexibel sein«, sagte Brenda.

»Aber gleich eine ganze Flasche, Mrs Brennan?« Mon war immer noch verwirrt.

»Ja, aber keinen besonders guten Wein. Einen von Patricks Fehlgriffen. Je eher der getrunken wird, desto besser«, fügte sie hinzu.

Bei den drei jungen Frauen am Tisch löste das Präsent größte Freude aus.

»Sobald wir zu Geld kommen, werden wir hier anständig speisen«, versprach Ella.

Und dann hielten sie Kriegsrat. Sollten sie Frank lieber gleich umbringen oder erst zu ihm nach Hause fahren und ihm drohen? Sollte Nuala sich innerhalb der nächsten zwei Stunden einen neuen Liebhaber suchen und Frank damit der Lächerlichkeit preisgeben? Sollte sie ihm einen verletzten, traurigen Brief schreiben, der ihm das Herz brechen und ihn vorzeitig zum Invaliden machen würde? Doch keine dieser Varianten erwies sich als notwendig, da Frank auf der Suche nach Nuala ins Restaurant kam. Von Seiten der drei jungen Frauen schlug ihm große Feindseligkeit entgegen, worüber er sich sehr wunderte. Sie schienen sich gegen ihn verschworen zu haben und gaben ihm keine Gelegenheit, mit Nuala alleine zu sprechen.

»Na gut«, meinte er schließlich, hochrot im Gesicht und fast den Tränen nahe. »Na gut, so hatte ich es zwar nicht geplant, aber wie ihr wollt.« Umständlich kniete er sich vor Nuala hin und holte einen Diamantring hervor.

»Ich liebe dich, Nuala, und ich habe darauf gewartet, von dir ein Zeichen zu bekommen, ob du dir vorstellen könntest, mit mir nach England zu gehen. Aber als von dir nichts kam, musste ich annehmen, dass du nicht mitkommen wolltest. Deshalb möchte ich dich jetzt bitten, mich zu heiraten.«

Nuala starrte ihn verzückt an. »Ich dachte, du würdest mich nicht mehr lieben und mich verlassen«, stammelte sie.

»Willst du mich heiraten?«, wiederholte er, mittlerweile dunkelrot im Gesicht.

»Frank, weißt du, ich dachte, deine Karriere wäre dir wichtiger ...«

Eine Ader pochte gefährlich an Franks Schläfe.

»Ich war so sauer, dass ich mich sogar wegen einer Stelle in London erkundigt habe ...«

Ella ertrug das grausame Spiel nicht länger. »Nuala, willst du ihn jetzt heiraten ... ja oder nein?«, rief sie, und alle Gäste des Restaurants waren Zeugen, als Nuala antwortete, ja, selbstverständlich, und alle johlten und applaudierten.

Drei Monate später hatten Deirdre und Ella ihren großen Auftritt als Brautjungfern.

»Vielleicht lerne ich bei Nualas Hochzeit ja meine große Liebe kennen«, sagte Ella zu ihrer Mutter. »Ich werde wahrscheinlich kaum zu übersehen sein in diesem grauenvollen, knallorangeroten Kleid, das wir tragen sollen.«

»Du siehst doch in allem gut aus«, widersprach Barbara ihrer Tochter.

»Ach, komm, Mam, bitte. Wir zwei sehen darin aus, als sollten wir Benzin an einer Tankstelle verkaufen oder auf einer Wohltätigkeitsveranstaltung Süßigkeiten verteilen.«

»Unsinn, du bist viel zu streng mit dir ...«

»Deirdre hat erst gestern wieder gesagt, dass ihr zwei mir alles gebt, was ich haben will, und alles toll findet, was ich mache, mit einem Wort, dass ich ein verwöhntes Prinzesschen bin.«

»Das stimmt doch überhaupt nicht.«

»Aber, Mam, du nörgelst ja nicht einmal an mir herum, dass ich nicht in die Messe gehe.«

»Das kann ich schon tun, wenn du es gerne hättest. Aber was würde es nützen? Pater Kenny sagt, wir sollten uns um unsere eigenen Seelen und nicht um die anderer Menschen kümmern.«

»Das ist aber reichlich spät, dass Pater Kenny und die Kirche zu diesem Schluss kommen. Was war mit den Kreuzzügen und den Missionaren?«

»Ich nehme nicht an, dass du mir jetzt gleich erklären wirst, der arme Pater Kenny könnte persönlich etwas mit den Kreuzzügen und den Missionsstationen zu tun haben, oder?«, bemerkte Barbara lachend.

»Nein, natürlich nicht, und ich werde während der Trauungszeremonie auch höflich und respektvoll bleiben, auch wenn ich der Meinung bin, dass Nuala verrückt ist, diesen ganzen Zinnober in der Kirche mitzumachen.«

»Also brauchen wir Pater Kenny erst gar nicht zu benachrichtigen, wenn du mal an der Reihe bist?«

»Nein, Mam, aber bis es bei mir so weit ist, könnte es durchaus *in* sein, auf dem Planeten Mars zu heiraten.«

Ella traf bei Nualas Hochzeit nicht ihre große Liebe, aber Deirdre lernte einen von Franks verheirateten Brüdern kennen, der zur Hochzeit aus London gekommen war. Sie war sehr angetan von ihm.
»O bitte nicht, Deirdre. Ich bitte dich, schlag ihn dir aus dem Kopf«, hatte Ella gesagt.
»Was meinst du damit?« Deirdre hatte die Augen in gespielter Unschuld weit aufgerissen.
»Erstens habe ich es satt, für dich und diesen Dummkopf irgendwelche Ausreden erfinden zu müssen und Fotoaufnahmen so lange hinauszuzögern, bis die zweite Brautjungfer endlich geruht, völlig derangiert mit einem der Begleiter des Bräutigams wieder aufzutauchen. Was denkst du dir eigentlich dabei?«
»Nichts, das ist doch nur Spaß. Nuala würde es auch lustig finden – ganz bestimmt.«
»Nein, Deirdre, da täuschst du dich. Das ist jetzt ihr Schwager, jemand, den sie mit seiner Frau zweimal wöchentlich in London sehen wird. Nuala wird das nicht amüsant finden, und außerdem wird sie es gar nicht erst erfahren.«
»O Gott, du bist so negativ! So etwas macht man nun mal bei Hochzeiten, dafür gibt es sie schließlich.«
»Richte erst mal dein Kleid, Deirdre, es stehen noch ein paar Fotos an.« Ellas Stimme hatte einen Klang wie Stahl.
»Was soll das heißen – richte dein Kleid?«
»Na, zieh es hinten runter, es steckt nämlich in deinem Höschen.« Ella registrierte mit Befriedigung Deirdres verlegenes Gesicht, als sie sich vergebens verrenkte, um ihr Kleid, das wider Erwarten völlig korrekt saß, wieder in Ordnung zu bringen.
Ella sah bei der Hochzeit Nualas Cousine wieder, die sie seit Jahren nicht mehr getroffen hatte. Sie wollte gerade ihre Stelle als Lehrerin kündigen. Ob Ella vielleicht jemanden wüsste, der im Augenblick auf Arbeitssuche sei?
Ella erklärte, dass sie selbst Interesse daran habe.

»Ich wusste ja gar nicht, dass du unterrichten willst«, erwiderte die Frau überrascht.

»Ich auch nicht, bis zu diesem Moment«, sagte Ella lachend. Auch ihre Eltern waren von der Ankündigung mehr als überrascht. »Du weißt doch, dass du weiterstudieren und noch zusätzliche Abschlüsse machen kannst. Das Geld ist da«, erklärte ihr Vater und deutete mit dem Kopf in Richtung des Apartments im Souterrain, wo die drei Damen aus der Bank sich glücklich schätzten, dafür zahlen zu dürfen, in einer so guten Straße wie der Tara Road zu wohnen.

»Nein, Vater, im Ernst, ich war sogar schon an der Schule, sie sind sehr nett dort. Es macht ihnen auch nichts aus, dass ich keine Erfahrung habe. Sie scheinen mich für fähig zu halten, mit den Kindern fertig zu werden. Na ja, immerhin bin ich ziemlich groß und kräftig … das ist schon eine Hilfe, wenn es mal hart auf hart kommt«, meinte Ella augenzwinkernd.

»Und einen guten Abschluss hast du ja auch«, warf ihre Mutter ein.

»Ja, sicher, das war natürlich auch von Nutzen, schätze ich. Auf jeden Fall muss ich nur dieses Lehrerdiplom nachmachen, aber das heißt Abendunterricht … und da die Schule in der Nähe der Universität liegt, habe ich mir überlegt …« Sie zögerte und wusste nicht sofort, wie sie ihr Anliegen, dass es an der Zeit wäre, von zu Hause auszuziehen, in Worte kleiden sollte. Doch ihre Eltern nahmen die Ankündigung sehr ruhig auf.

»Vielleicht wäre es ja nicht so schlecht, wenn du in die Souterrainwohnung ziehen würdest?«, meinte ihr Vater vorsichtig.

»Du könntest kommen und gehen, wann du wolltest, so wie die drei Mädchen von der Bank«, fügte ihre Mutter hinzu. »Kein Mensch würde dich stören.«

»Es geht nur um die Entfernung, Mam, ich habe keine Angst, dass ihr mich stört. Das habt ihr doch noch nie getan.«

»Weißt du, wir würden uns vielleicht tagelang nicht über den

Weg laufen, unsere Mieter sehen wir ja auch kaum. Und die Wände sind dick, und man hört kaum etwas durch… «

Ella wusste, das war ihr letzter Versuch, dann würden sie nachgeben. »Nein, ich mache mir keine Sorgen, dass ihr meine wilden Partys bis oben hören könntet, Dad. Im Ernst, es geht mir wirklich nur darum, Zeit zu sparen und es bequemer zu haben. Außerdem werde ich euch oft besuchen und auch mal übers Wochenende bleiben, wenn ihr wollt.«

Damit war die Sache erledigt.

»Ich kann es nicht glauben, eine eigene Wohnung *und* ein Zimmer zu Hause. Da werde ich gleich blass vor Neid. Wieso fliegt dir eigentlich alles immer nur so zu, Ella Brady?«, fragte Deirdre.

»Weil ich ein anständiges Mädchen bin, deshalb«, entgegnete Ella. »Meinetwegen muss man sich nie Sorgen machen, das war noch nie der Fall. Deshalb ist mein Leben auch so unkompliziert.«

Und es lief tatsächlich alles bestens. Ella gefiel es recht gut an der Schule. Die anderen jungen Lehrer warnten sie vor möglichen Fallstricken – vor den Langweilern im Lehrerzimmer, vor der Gefahr, von irgendwelchen Kampagnen aufgefressen zu werden – und gaben ihr Ratschläge, wie man sich am besten auf Elternabende vorbereitete und sich eine bessere Ausrüstung für das Labor zusammenbettelte. Ella mochte die Kinder und ihre Begeisterungsfähigkeit. Es kam ihr so vor, als sei es erst gestern gewesen, dass sie auf der anderen Seite des Lehrerpults gesessen hatte. Auch der Abendunterricht war keine große Belastung, und die kleine Wohnung, die sie in einer von vielen Bäumen bestandenen Straße gefunden hatte, lag keine fünf Minuten von der Schule entfernt.

»Irgendwie fühle ich mich hier frei und unabhängig«, erklärte sie Deirdre.

»Ich verstehe eigentlich gar nicht, wieso du dir überhaupt die Mühe gemacht hast umzuziehen. Bei deinen Eltern hast du dein Essen pünktlich vorgesetzt bekommen, und einen Typen hast du hierher auch noch nicht mitgebracht, so wie es aussieht.«

»Woher willst du das denn wissen?«, fragte Ella lachend.

»Und, hast du?«

»Nein, zufälligerweise nicht, aber ich könnte ja.«

»Siehst du?«, meinte Deirdre triumphierend. »Dann verstehe ich nicht, weshalb du dich hier so frei und unabhängig fühlst, wirklich nicht.«

Und in gewisser Weise verstand es Ella ebenso wenig. Vielleicht hatte es etwas damit zu tun, dass sie hier nicht ständig den Zustand der Ehe ihrer Eltern vor Augen hatte. Die beiden waren alt geworden und mittlerweile weit in den sechzigern. Aber sie dachten gar nicht daran, mit dem Arbeiten aufzuhören und in den Ruhestand zu gehen, wie das andere Menschen ihres Alters taten. Sie hätten das große Haus in der Tara Road für viel Geld verkaufen und ein kleineres erwerben können. Dann hätte Mam nicht mehr jeden Tag mit bangen Erwartungen in die Anwaltskanzlei gehen müssen, wo man sie ihrer Meinung nach ohnehin nur noch aus reiner Güte beschäftigte. Und Dad wäre nicht mehr gezwungen gewesen, sich in einer Welt und unter Menschen zu bewegen, wo sich alles nur noch um Geld drehte. Die beiden kamen doch gut miteinander aus. Oder etwa nicht? Sie stritten nie, wie sie Deirdre oft erklärt hatte. Einmal angenommen, sie hätten ihr Haus wieder in kleinere Wohnungen unterteilt und diese vermietet, dann hätten sie von den Mieteinnahmen leicht ihren Ruhestand finanzieren können. Aber sie würde das Thema erst mal nicht ansprechen, sondern die Idee reifen lassen.

Mindestens einmal in der Woche – und zusätzlich noch jeden Sonntag – ging Ella zum Abendessen nach Hause in die Tara Road. Aber sie blieb nie über Nacht. In ihrer Wohnung könne sie besser lernen, sagte sie. Nach ein paar Monaten schlug sie ihren Eltern vor, ihr Zimmer doch zu vermieten.

Nie im Leben war sie dabei auf solchen Widerstand gestoßen. Ihre Eltern fielen aus allen Wolken, dass ihr so etwas überhaupt einfallen konnte. Und in den Ruhestand wollten sie auch nicht gehen. Was sollten sie denn den lieben, langen Tag mit sich anfangen?

Schlagartig war Ella nicht mehr nach ihrem legendären Lachen zumute, und sie sah eine öde und düstere Zukunft vor sich. Wie leer musste das Leben von zwei Menschen sein, die angeblich glücklich verheiratet waren, aber den Gedanken nicht ertragen konnten, gemeinsam den Tag zu Hause zu verbringen, statt eine Arbeit zu machen, die sie ermüdend und aufreibend fanden.

»Ich wäre lieber Nonne, als in einer Ehe, die sich totgelaufen hat, nebeneinander her zu leben«, erklärte Ella Deirdre mit ernster Miene.

Deirdre arbeitete in einem betriebsamen Labor, wo sie Kontakt mit vielen Männern hatte.

»Bei deinem Lebenswandel könntest du ebenso Nonne sein«, erwiderte sie. »Ich glaube, du bist sogar eine, nur ohne Kutte.«

Die Zeit verstrich, aber hin und wieder erhielten sie ein Lebenszeichen von Nuala aus London. Sie hatte beschlossen, sich doch keine Arbeit bei fremden Leuten zu suchen, sondern lieber in der familieneigenen Firma als Empfangssekretärin anzufangen. Frank sei auch der Ansicht, dass es besser sei, wenn die Familiengeheimnisse innerhalb der Familie blieben, schrieb sie.

»Welche Familiengeheimnisse meint sie denn damit?«, wunderte sich Deirdre.

»Wahrscheinlich die Tatsache, dass ihre beiden Schwager alles vögeln, was dort herumläuft«, antwortete Ella trocken.

»Sehr komisch.« Trotzdem war Deirdre nicht klar, was die Brüder zu verbergen haben könnten.

»Ach, Dee, stell dich doch nicht so an. Überleg doch nur, wie sie bei der Hochzeit in ihren scharfen Anzügen herumstolzierten und alles und jeden taxierten. Diese Burschen haben mit Sicherheit keine Ahnung, was es heißt, Bücher anständig zu führen oder Steuern korrekt zu zahlen.«

»Du meinst wohl, alle Bauunternehmer sind Gangster. Das ist doch nur ein Vorurteil.« Deirdre war empört.

»Nein, denke ich nicht. Schau dir nur Tom Feather an! Seine Familie ist über jeden Verdacht erhaben. Viele andere Firmen arbeiten ebenfalls korrekt. Aber für Franks Sippe würde ich die Hand nicht ins Feuer legen.«

»Mal angenommen, du hast Recht. Meinst du, sie haben unsere Freundin Nuala in was hineingezogen?«, fragte Deirdre.

»Die arme Nuala. Ich hätte nur ungern mehr mit diesem Haufen zu tun«, meinte Ella.

»Komisch, mir würde es nicht so viel ausmachen, mit Eric, dem ältesten Bruder, etwas mehr zu tun zu haben«, bemerkte Deirdre lachend.

»Vielleicht bekommst du ja bald Gelegenheit dazu. Es soll hier in Dublin ein Familientreffen zu Ehren von Franks Eltern stattfinden. Wir sind auch eingeladen.« Ella las die letzten Zeilen des Briefs vor.

»Großartig. Ich werde mir einen von diesen geilen Strapsen besorgen.«

»Untersteh dich, Deirdre, das wirst du nicht. Die Hochzeit ist erst drei Jahre her, die haben dich noch nicht vergessen. Wir werden uns von Franks Familie lieber fern halten.«

Die Party wurde mit ungeheuerem Prunk und Pomp gefeiert. Es waren sogar ein paar Klatschkolumnisten und Fotografen eingeladen. Frank und seine drei Brüder posierten als Hauptdarsteller einer irischen Erfolgsstory und ließen sich mit Politikern und Prominenten, mit Eltern und Frauen ablichten.

»Schon ein bisschen übertrieben dieser ganze Rummel für einen vierzigsten Hochzeitstag, meinst du nicht? Die alten Herrschaften scheinen sich nicht sehr wohl in ihrer Haut zu fühlen«, ließ Deirdre verlauten.

Ella schob ihre Sonnenbrille auf den Kopf, um sich die Partygesellschaft näher anzusehen. »Nein, die beiden kommen ganz gut mit der Situation zurecht. Für Mam und Dad ist das ein triumphaler Augenblick. Jetzt können sie doch zeigen, was ihre Sprösslinge im Leben bisher alles erreicht haben.«

»Wieso magst du sie eigentlich nicht, Ella?«

»Ich weiß nicht. Ich weiß es wirklich nicht, wenn ich ehrlich sein soll.«

»Glaubst du, Nuala ist glücklich?«

»Ich denke schon. Sie wirkt vielleicht ein bisschen abgehetzt. Aber sie hat bekommen, was sie wollte, also vermute ich, dass sie glücklich ist.«

Ella sollte diese letzte Bemerkung nie vergessen, denn in dem Moment, als sie das sagte, wurde ein Mann, der neben ihnen stand, von einem Pressefotografen zu ihrer Gruppe geschoben.

»Bitte, Mr Richardson, könnten wir Sie noch mit auf das Foto nehmen.«

»Nein, vielen Dank, aber das ist eine Familienfeier. Das wäre nicht passend.«

»Es würde aber sicherstellen, dass wir das Foto auch in der Zeitung unterkriegen.« Der Fotograf bemühte sich, überzeugend zu klingen, aber ohne Erfolg.

»Nein, vielen Dank, wie ich bereits sagte. Ich würde mich viel lieber mit diesen beiden reizenden jungen Damen unterhalten.«

Ella drehte sich in Richtung der ruhigen, aber kraftvollen Stimme um und sah sich dem Finanzberater Don Richardson gegenüber, dessen Bild tatsächlich oft in der Zeitung zu sehen war. Aber die Fotos waren ihm nie gerecht geworden. Er sah gut aus, mit dunklem, welligem Haar und blauen Augen, aber was vor allem auffiel, war die Art, wie er sie ansah und die alle anderen in den Hintergrund treten ließ. Ella wusste, dass sie sich das

nicht eingebildet hatte. Aus dem Augenwinkel bemerkte sie, wie Deirdre leicht die Schultern zuckte und wegging, um sie mit Don Richardson allein zu lassen.
Ella hatte nie Talent zum Flirten besessen. Ihr Freund Nick hielt das für eine Schwäche bei einer Frau. Männer liebten nun mal einen verheißungsvollen Blick unter dichten Wimpern. Ella sei zu direkt, meinte er, das würde den Zauber schmälern. Sie wünschte sich, sie hätte Nick besser zugehört, denn jetzt hätte sie zum ersten Mal gerne gewusst, wie man flirtet.
Selbst fünf Minuten mit Deirdre hätten ihr schon gereicht, aber ihre Freundin hatte sich langsam in die Gefahrenzone und zu Franks Brüdern vorgearbeitet.
Es stellte sich heraus, dass es gar nicht nötig war.
Er streckte die Hand aus und lächelt sie an. »Ella Brady aus der Tara Road. Wie geht es Ihnen. Ich bin Don Richardson. Es freut mich, Sie kennen zu lernen.«
»Woher wissen Sie meinen Namen?«, krächzte sie.
»Ich habe mich danach erkundigt. Danny Lynch, der Immobilienmakler, hat mir schließlich verraten, wer Sie sind. Er wohnt offensichtlich in Ihrer Nähe.«
Ella hörte sich sagen: »Ja, das heißt, gleich neben meinen Eltern. Ich bin nämlich ausgezogen, müssen Sie wissen, und habe meine eigene Wohnung.«
»Schön, das höre ich gern, Ella Brady«, erwiderte er. Und er hatte sie die ganze Zeit über angelächelt und ihre Hand gehalten.

KAPITEL ZWEI

Irgendwie schaffte Ella es, vom Hotel aus alleine nach Hause zu kommen. Wahrscheinlich hatte sie ein Taxi genommen, überlegte sie hinterher, aber sie konnte sich beim besten Willen nicht mehr daran erinnern. Daheim setzte sie sich erst mal hin und sah sich in ihrer Wohnung um, ehe sie eine Art Bilanz des Abends zog. Was eben passiert war, hatte nichts mit ihr zu tun. So etwas geschah nur in albernen Filmen oder Zeitungsgeschichten, wo Liebe auf den ersten Blick das alles beherrschende Thema war. Don Richardson war nichts weiter als ein stadtbekannter Charmeur, ein mit allen Wassern gewaschener Profi, der sein Geld dadurch verdiente, dass er als vertrauensbildende Maßnahme seinem Gegenüber etwas zu lange die Hand hielt und ihm tief in die Augen sah. Heute Abend war mit Sicherheit auch eine Mrs Richardson anwesend gewesen, vielleicht sogar mehrere Damen, die den Herrn näher kannten. Und zu Hause warteten bestimmt kleine Richardsons auf ihren Vater und forderten Zeit und Zuwendung. Auf so etwas würde sich Ella Brady nie im Leben einlassen. Sie hatte die Tränen zu vieler Freundinnen getrocknet, die ihr fantasievolle Geschichten von Männern erzählt hatten, die ihretwegen ihre Frauen verlassen wollten. Diesem Club würde sie nicht beitreten. Frauen besaßen eine erstaunliche Fähigkeit, sich zum Narren halten zu lassen, Ella hatte es immer wieder mit ansehen müssen. Ihr würde so etwas nicht passieren.

Am nächsten Morgen wartete er vor der Schule auf sie. Er saß in einem nagelneuen BMW und lächelte breit, als sie näher kam.

Ella wünschte sich, sie hätte etwas anderes angezogen. Aber er schien ihrer Garderobe keine Beachtung zu schenken.
»Sind Sie überrascht?«, fragte er.
»Sehr«, antwortete sie.
»Können Sie sich vielleicht einen Moment zu mir setzen? Bitte«, sagte er.
»Ich muss in den Unterricht.«
Sie stieg in den Wagen. Sie wollte etwas Witziges sagen, irgendeine flapsige Bemerkung, die verschleiert hätte, wie nervös und aufgeregt sie war.
Aber dann beschloss sie, lieber gar nichts zu sagen. Sollte er doch eine Erklärung abgeben.
»Ich bin einundvierzig Jahre alt, Ella. Ich bin seit achtzehn Jahren mit Margery Rice verheiratet, der Tochter von Ricky Rice, der theoretisch mein Boss ist, auf jeden Fall aber der Geldgeber unserer Firma. Ich habe zwei Söhne im Alter von sechzehn und fünfzehn Jahren. Die Ehe von Margery und mir besteht schon lange nur noch auf dem Papier; wir sind lediglich aus Bequemlichkeit zusammen, jedenfalls momentan noch. Margerys Vater und unsere beiden Söhne sind mit dem Arrangement zufrieden. Wir besitzen draußen am Meer, bei Killiney, ein Haus, und ich habe zusätzlich noch eine kleine Wohnung im Finanzzentrum gemietet.
Margery verbringt die meiste Zeit auf dem Golfplatz oder organisiert irgendwelche Wohltätigkeitsveranstaltungen. Wir führen vollkommen getrennte Leben. Sie würden keine Beziehung zerstören, wenn Sie zustimmen würden, heute gegen acht Uhr im Quentins mit mir zu Abend zu essen.« Er hielt den Kopf schief, als wartete er auf ihren Widerspruch.
»Es würde mich freuen, mich dort mit Ihnen zu treffen«, erwiderte Ella und stieg aus dem Wagen. Sie hatte weiche Knie, als sie das Lehrerzimmer betrat. Ella Brady, die in ihrem gesamten bisherigen Dasein als Lehrerin noch keine einzige Unterrichtsstunde versäumt hatte, ging geradewegs zum Direktor und er-

klärte ihm, dass sie gegen Mittag gehen müsse, es handele sich um einen Notfall. Sie ließ sich die Haare richten, die Fingernägel maniküren und die Beine enthaaren. Sie kaufte frische Blumen für ihre Wohnung, wechselte die Bettwäsche und räumte gründlich auf. Kritisch musterte sie das Ergebnis. Wahrscheinlich war die Mühe vergebens, aber es war klüger, vorbereitet zu sein.

»Sie waren beim Friseur«, sagte er, als sie sich in eine der Nischen im Quentins setzte.

»Und Sie sind nach Hause gefahren und haben sich umgezogen. Langer Weg nach Killiney und wieder zurück«, erwiderte Ella lächelnd.

»Wir gehen getrennte Wege, Ella, ob Sie es mir glauben oder nicht.« Don hatte wirklich ein umwerfendes Lächeln.

»Selbstverständlich glaube ich Ihnen, Don. Da dieser Punkt nun geklärt ist, sollten wir ihn auch nicht mehr erwähnen.«

»Gibt es für mich vielleicht noch irgendetwas zu klären? Irgendwelche Langzeitlieben, eifersüchtige Verehrer, potenzielle Verlobte?«

»Nichts in dieser Art«, entgegnete sie. »Ob Sie es mir glauben oder nicht.«

»Ich glaube Ihnen aufs Wort. Und jetzt freue ich mich auf ein wunderbares Essen.«

Die Zeit schien wie im Flug zu vergehen. Ella musste sich immer wieder ermahnen, ja keine dummen Bemerkungen der Art zu machen, dass es an der Zeit sei, ihn nach Hause zu schicken. Aber für Don war alles sonnenklar. Sie waren beide frei. Sie trafen sich entweder auf der Basis absoluter Freiwilligkeit und Eigenverantwortung oder überhaupt nicht. Damit war das Thema für ihn erledigt.

Don erzählte ihr von dem Mittagessen, das sie heute im Büro zum ersten Mal von einem auswärtigen Catering-Service hatten ausrichten lassen. Was musste es doch für eine Knochenarbeit sein, erst alles schön herzurichten und dann rasch wieder hin-

ter den Angestellten abzuräumen, die soffen wie die Bürstenbinder, deren Bosse aber nicht sehen sollten, wie viele Wodkas und Tonics sie gekippt hatten.
Aber die beiden jungen Leute, die den Service betrieben, seien wirklich Klasse gewesen, sagte er, alles habe wie am Schnürchen geklappt, und er würde ihnen noch öfter Aufträge zukommen lassen. Und dann wollten sie nicht einmal Bargeld annehmen. Ihr Steuerberater sei besonders pingelig, was die Mehrwertsteuer angehe, hätten sie erzählt. Ella meinte, das würden doch alle Leute so machen.
»Natürlich, sicher tun sie das. Ich wollte den beiden von Scarlet Feather auch nur eine Chance geben.«
»Oh, Scarlet Feather, die beiden kenne ich! Tom und Cathy, die sind großartig«, bemerkte Ella, die sich freute, dass sie offensichtlich gemeinsame Bekannte hatten.
»Ja, sie machten mir einen ganz patenten Eindruck. Ich werde sie bestimmt wieder engagieren. So werden sie zwar nicht schnell reich werden, aber das ist ihre Angelegenheit.«
Weil sie nicht so schnell zu Geld kommen würden, schienen sie einen Moment lang in seiner Achtung gesunken zu sein. Ein Schatten legte sich über den Tisch. Vielleicht zählten für Rice und Richardson nur Menschen mit viel Geld.
»Woher kennen Sie eigentlich die Bauunternehmer, Eric und seine Brüder?«, fragte Ella.
»Oh, geschäftlich«, erwiderte er rasch. »Wir verwalten für die drei einige Kapitalanlagen. Und Sie?«
»Meine Freundin Nuala ist mit Frank, dem jüngsten Bruder, verheiratet«, antwortete sie.
»Die Stadt ist wirklich klein. Kaum zu glauben, dass Sie dieses Paar vom Catering-Service ebenfalls kennen. Aber sprechen wir über etwas anderes. Wie war denn Ihre Mittagspause, Ella, mein Engel?«
Ella erzählte ihm zwei kleine Anekdoten von dem älteren Lehrerkollegen, der befürchtete, die Mikrowelle würde sie alle ver-

strahlen, und von dem Sportlehrer, der seine Zähne eingebüßt hatte, als er in ein hartes Brötchen biss. Und sie erzählte ihm von den dritten Klassen, die beabsichtigten, eine Petition einzureichen. Ihrer Ansicht nach sei die Schuluniform gefährlich für pubertierende Mädchen. Sie würden dadurch nur der Lächerlichkeit preisgegeben. Aber in Wirklichkeit hatte sich an dem Tag nichts von alledem ereignet. In der Mittagspause war Ella wie ein Wirbelwind durch ihre Wohnung gefegt, um aufzuräumen und sich seelisch und körperlich auf alles, was dieser Abend noch bringen mochte, vorzubereiten. Trotzdem stimmten diese Geschichten, nur dass sie sich zu einem anderen Zeitpunkt im Lehrerzimmer ereignet hatten. Aber sie brachten ihn zum Lachen. Und es schien ihr von äußerster Wichtigkeit, Don Richardson bei Laune zu halten.

Es war kein Platz für Trübsinn, wollte man mit ihm befreundet sein oder eine andere Beziehung mit ihm haben.

Ganz und gar nicht.

Don Richardson fuhr sie nach Hause zurück.

»Ich habe diesen Abend sehr genossen«, sagte er.

»Ich auch.« Ella hatte einen Kloß im Hals und ein beklemmendes Gefühl in der Brust. Sollte sie ihn in ihre Wohnung bitten? Schließlich waren sie freie und eigenverantwortliche Menschen. Oder würde sie sich wie ein Flittchen benehmen? Aber warum eigentlich? Warum sollte für eine Frau nicht möglich sein, was für einen Mann normal war? Trotzdem, sie würde warten und ihn den Zeitpunkt bestimmen lassen.

»Also, Ella, mein Engel, ich habe Ihre Telefonnummer. Vielleicht können wir ja wieder einmal zusammen ausgehen?«, fragte er.

»Sicher, gerne.« Sie küsste ihn auf die Wange und stieg aus dem Wagen, solange sie noch die Kraft dazu hatte.

Er winkte und wendete.

Ella schwor sich, in Zukunft nicht einen Gedanken daran zu verschwenden, ob er die elf Meilen nach Süden, nach Killiney und der totgelaufenen Ehe, oder die eine Meile nach Norden, Richtung Stadt und Junggesellenapartment, zurücklegte.

Sie schloss ihre Wohnungstür auf und warf der Vase mit den teuren frischen Blumen, die sie erst vor wenigen Stunden darin arrangiert hatte, einen vorwurfsvollen Blick zu.

»Ihr wart mir auch keine große Hilfe«, sagte sie.

Die Blumen gaben keine Antwort.

Vielleicht sollte ich mir eine Katze oder einen Hund anschaffen, dachte Ella, etwas, das einen Laut von sich gibt, wenn ich allein nach Hause komme. Aber andererseits war es nicht gesagt, dass sie immer allein nach Hause käme.

Am nächsten Tag hatte ihr Vater Geburtstag. Ella hatte ihm einen Geschenkgutschein für ein Hotel in den Wicklow Mountains besorgt, einem richtig altmodischen Haus mit einem großen, verwilderten Garten. Als sie noch ein Kind gewesen war, waren sie am Sonntag hin und wieder zum Mittagessen hinausgefahren. Ihr Vater hatte ihr die Blumen gezeigt, und sie hatte ihre Namen gelernt. Ella erinnerte sich gern an das lächelnde Gesicht ihrer Mutter, die nachmittags im Garten gesessen und ihnen Tee eingegossen hatte.

Vielleicht würde es ihre Eltern ja freuen, wieder an diesen ruhigen, friedlichen Ort zurückzukehren. Der Gutschein umfasste ein Abendessen, Übernachtung und Frühstück und war irgendwann im Laufe des nächsten Monats einzulösen. Hoffentlich gefiel ihnen die Idee.

Beide waren begeistert davon. Ella traten fast die Tränen in die Augen, als sie ihre dankbaren Gesichter sah.

»Was für ein wunderbares Geschenk«, wiederholte ihr Vater ein ums andere Mal.

Ella fragte sich, wieso die beiden selbst nicht auf die Idee gekommen waren, wenn es sie so freute, vor allem ihre Mutter.

»Wir drei zusammen im Holly's. Und übernachten werden wir auch noch!«, strahlte sie.

Ella wurde schlagartig klar, dass sie annahmen, sie würde ebenfalls mitkommen.

»Und, wann fahren wir?« Ihr Vater war mittlerweile aufgeregt wie ein kleines Kind.

»An einem Freitag oder lieber an einem Samstag?«, schlug Ella resigniert vor. Sie konnte ihnen jetzt unmöglich die Stimmung verderben und erklären, dass sie eigentlich nicht mitkommen wollte.

»Entscheide du«, sagte ihr Vater.

Don würde mit Sicherheit nicht an einem Samstag mit ihr ausgehen wollen, diese Zeit gehörte bestimmt seiner Familie.

Also einigten sie sich auf den kommenden Samstag. Gerade als Ella das Hotel anrufen und reservieren wollte, klingelte ihr Handy.

»Hallo«, meldete sich Don Richardson.

Ihr fiel auf, dass er sich nicht mit Namen meldete. Irgendwie war es arrogant, davon auszugehen, dass sie sofort wusste, wer er war. Aber Spiele dieser Art lagen ihr nicht.

»Oh, hallo«, sagte sie freundlich.

»Können wir reden?«, fragte er.

»Natürlich, immer«, erwiderte Ella, stand aber auf und ging zu der Wendeltreppe, die hinaus in den Garten führte. Sie warf ihren Eltern einen entschuldigenden Blick zu, als handelte es sich um einen Pflichtanruf, den sie entgegennehmen musste.

»Hätten Sie vielleicht Lust, am Samstag mit mir essen zu gehen?«

Ella warf einen Blick zurück ins Wohnzimmer. Ihre Eltern studierten den Hotelprospekt, als wäre es der Plan für eine Schatzsuche. Sie konnte jetzt unmöglich absagen.

Ella umklammerte den schmiedeeisernen Handlauf. »Es tut mir wirklich Leid, aber ich habe eben im Moment eine andere Verabredung getroffen, und es wäre schwierig …«

Er fiel ihr ins Wort.

»Das macht nichts, es war nur ein Versuch, es gibt noch andere Abende.«
Er schien auflegen zu wollen. Sie wusste, dass sie jetzt nicht anfangen durfte, ihn mit einem Wortschwall zu überschütten, aber sie wollte unbedingt weiter mit ihm reden.
»Ich wünschte wirklich, ich müsste nicht ...«
»Aber Sie müssen«, sagte er steif, ehe sie noch Gelegenheit hatte, den Ausflug mit ihren Eltern abzusagen und ihm zuzusagen – ganz gleich, was er ihr auch vorgeschlagen hätte. »Ich melde mich wieder.« Und schon war er weg.
Während des ganzen Abendessens war Ella schwer ums Herz. Und hinterher, als sie ihrer Mutter beim Abwaschen half, führte sie ein erstaunliches Gespräch mit ihr.
»Ella, du hättest deinem Vater nichts Schöneres schenken können. Es ist genau das, was er jetzt braucht. Er steht in der letzten Zeit bei der Arbeit sehr unter Druck.«
»Aber warum bist du dann nicht schon früher mit ihm ins Holly's gefahren, Mutter?« Ella hoffte, dass sie sich nicht so ungeduldig anhörte, wie sie sich fühlte. Ihre Mutter blickte sie erstaunt an.
»Aber was hätten wir zwei denn allein dort tun sollen? Uns die ganze Zeit über anstarren? Wir können ebenso gut hier bleiben und uns hier anschauen, statt allein dort hinzufahren.«
Ella sah ihre Mutter schockiert an. »Das ist nicht dein Ernst, Mam, oder?«
»Was?« Das Unverständnis ihrer Mutter war echt.
»Dass Vater und du euch nichts mehr zu sagen habt.«
»Aber was sollen wir denn noch miteinander reden, haben wir nicht schon alles besprochen?« Für ihre Mutter schien das eine Tatsache und das Natürlichste von der Welt zu sein.
»Aber wenn das wirklich so ist, weshalb verlässt du ihn dann nicht? Wieso trennt ihr euch nicht?« Ella stand fassungslos da und hielt sich an einem nassen Teller fest, bis ihre Mutter ihn ihr schließlich aus der Hand nahm.

»Ella, jetzt mach dich doch nicht lächerlich. Warum, um alles auf der Welt, sollten wir uns trennen? So einen Unfug habe ich ja noch nie gehört.«
»Es gibt Leute, die trennen sich deswegen.«
»Ja, aber nicht Menschen wie dein Dad und ich. Aber jetzt komm wieder mit ins Wohnzimmer, und wir besprechen unseren Ausflug ins Holly's.«
Ella fühlte sich, als hätte ihr jemand eine federleichte, warme Wolldecke über den Kopf gelegt, die ihr langsam die Luft raubte.
Nach dem Essen mit ihren Eltern ging sie mit Deirdre ins Kino und danach noch etwas trinken. Sie unterhielten sich ganz normal wie sonst auch. Jedenfalls war Ella dieser Ansicht. Aber dann holte Deirdre noch einen Drink für sie und fragte Ella: »Hier gibt es auch Sandwiches. Möchtest du vielleicht eines?«
»Was?«, erwiderte Ella. »Ja, wie du meinst.«
»Gut, dann bringe ich dir eines mit Mäusedreck und Vogelscheiße mit«, meinte Deirdre munter.
»Was?«
»Oh, schön. Willkommen unter den Lebenden. Anscheinend bist du jetzt wieder ansprechbar«, feixte Deirdre lachend.
»Ich weiß nicht, was du meinst.«
»Ella, du hast von dem Film absolut nichts mitbekommen, du hast hinterher kein einziges Wort mit mir gesprochen. Du hast nur auf deinen Lippen gekaut und mit den Füßen gescharrt. Erzählst du mir jetzt alles oder nicht?«
Seit sie dreizehn Jahre alt war, hatte sie Deirdre immer alles erzählt, aber jetzt konnte sie nicht. Es war merkwürdig – einerseits war es zu viel, andererseits zu wenig, was sie zu erzählen hatte. Zu viel, dass sie sich in den völlig falschen Mann verliebt hatte *und* dass die dreißigjährige Ehe ihrer Eltern, die sie immer für glücklich gehalten hatte, im Grunde hohl und leer war. Und trotzdem war es zu wenig. Für Deirdre wäre das alles ganz einfach. Sie würde sagen, dass Ella sich den Mann schnappen solle,

verheiratet oder nicht. Sie solle sich einfach nehmen, was sie wolle, aber darauf achten, sich nicht verletzen zu lassen. Und was die zerrüttete Ehe ihrer Eltern betraf, das sei eben so, bei allen Eltern.

»Es gibt nichts zu erzählen, Dee, ich bin heute nur ein bisschen nervös und schlecht gelaunt ... das ist alles, ehrlich.«

»Mehr ist es doch nie, trotzdem erzählst du mir immer alles«, knurrte Deirdre.

»Weißt du, ich beneide dich wirklich um deine unkomplizierte Art, die Dinge zu sehen.«

»Nein, tust du nicht. Du hältst mich für wahllos, was Männer angeht, und für hartherzig ... Jetzt komm schon, du beneidest mich ganz und gar nicht.«

»Doch, das tue ich. Aber erzähl mir lieber von deinem letzten amourösen Abenteuer.«

»Na ja, ich hatte ein scharfes Rendezvous mit diesem Don Richardson. Du weißt schon, dieser Finanztyp, den man ständig in der Zeitung sieht. Ein toller Typ ist das, der kann überhaupt nicht genug kriegen, sag ich dir.«

Deirdre hielt den Kopf schief und betrachtete prüfend Ellas Gesicht. Aber schon nach wenigen Sekunden meinte sie zerknirscht: »Ella, du Dummerchen, ich mache doch nur Spaß.«

Ella bekam keinen Ton heraus, sondern fasste sich mit beiden Händen an den Kopf, als versuchte sie, ihre Gedanken zu ordnen.

»Ella! Es stimmt nicht, ich habe mich nie mit ihm getroffen, du dummes Ding, du. Ich wollte doch nur herausfinden, ob er es ist, auf den du scharf bist.«

Ella ließ ihre Hände sinken.

»Und wie es scheint, hatte ich Recht«, fügte Deirdre hinzu.

»Woher wusstest du das?«, flüsterte Ella.

»Weil ich deine beste Freundin bin und weil du ihn an dem Abend bei Nuala, als er sich zu uns stellte, mit den Augen regelrecht verschlungen hast.«

»War das erst vorgestern?«, staunte Ella.
»Soll ich uns noch eine halbe Flasche Wein holen?«, schlug Deirdre vor.
»Lieber eine ganze«, antwortete Ella, deren Gesicht langsam wieder Farbe annahm.

Am Samstag darauf verließen die Bradys bereits am frühen Nachmittag die Tara Road. Sie wollten in Ruhe noch einen Abstecher in die Wicklow Mountains machen, ehe sie ins Holly's weiterfuhren. Wenn Ella schon einen Ausflug mit ihren Eltern organisierte, dann richtig. Sie sollten diesen Tag und diesen Abend nicht so schnell vergessen. Merkwürdigerweise war Deirdre tief beeindruckt gewesen, dass sie es abgelehnt hatte, sich an diesem Samstag mit Don zu verabreden. Denn hätte sie sofort zugestimmt, hätte es ausgesehen, als sei Ella leicht zu haben. Er würde bestimmt wieder anrufen, Ella könne Deirdre vertrauen, sie habe Erfahrung in solchen Dingen.
Ella hatte ihre mitgebrachte Thermoskanne mit Kaffee und drei kleine Plastikbecher ausgepackt und bewunderte jetzt zusammen mit ihren Eltern die Landschaft in der warmen Nachmittagssonne. Auf den baumlosen Hügeln wuchsen hellgelber Stechginster und vereinzelte Büschel von dunkellila Heidekraut. Hier und da trottete ein mageres Schaf über die sanften Hänge und schien verwundert, dass es nicht mehr grünes Gras zu fressen gab.
»Nicht eine menschliche Behausung zu sehen, und dabei sind wir so nahe an Dublin. Ist das nicht erstaunlich?«, meinte Ella.
»Wie im Moor in Yorkshire. Ich war mal dort«, sagte ihr Vater.
Das hatte Ella nicht gewusst. »Warst du auch dabei, Mam?«
»Nein, das war vor meiner Zeit.« Sie klang sehr kurz angebunden.
»Diese Weite erinnert mich auch ein wenig an Arizona, nur dass die Wüste dort drüben rot ist«, erklärte Ella. »Wisst ihr noch, als

ihr mir das Geld für die Tour mit dem Greyhound-Bus gegeben habt? Als Deirdre und ich auf Weltreise waren?«
»Da warst du einundzwanzig«, erinnerte sich ihre Mutter.
»Und alle drei Tage hast du uns eine Postkarte geschickt«, warf ihr Vater ein.
»Ihr wart sehr großzügig damals. Ich habe so viel gesehen, das ich nie vergessen werde. Und das habe ich nur euch zu verdanken. Deirdre musste sich das ganze Geld selbst verdienen und irgendwoher zusammenleihen. Ich glaube, sie hat immer noch nicht alles zurückgezahlt.«
»Wozu hat man denn ein Kind, wenn man es nicht einmal in Urlaub schicken kann?« Barbara Brady verzog missbilligend den Mund angesichts von Menschen, die ihre Aufgabe, Eltern zu sein, nicht ernst nahmen.
»Und was hat man von dem vielen Geld, wenn alles vorbei ist?«, fügte Tim Brady hinzu, der sein gesamtes Arbeitsleben – Stunden, Wochen, Jahre – damit zugebracht hatte, andere Menschen in Geldangelegenheiten zu beraten.
Wieder stand Ella vor einem Rätsel. Aber dann fiel ihr Deirdres Rat ein, sich wegen ihrer Eltern nicht den Kopf zu zerbrechen; es gab wahrscheinlich nichts, das sie hätte verstehen müssen.
Holly's Hotel war voller Menschen, die meisten Gäste waren zum Abendessen extra aus Dublin gekommen. Aber die Bradys hatten ihre Zimmer vorbestellt, und so blieb ihnen noch ein wenig Zeit für einen kleinen Spaziergang im Garten und für ein entspannendes Bad. Anschließend trafen sie sich in der kleinen, liebevoll eingerichteten Bar auf einen Sherry und warfen schon mal einen Blick auf die Speisekarte.
»Ich muss sagen, das ist schon ein ganz besonderes Geschenk«, bemerkte ihr Vater.
»Du bist wirklich eine aufmerksame Tochter«, bestätigte ihre Mutter.
Ella erzählte ihnen von ihrer Gewohnheit, andere Gäste im Restaurant zu beobachten und sich Geschichten über sie auszu-

denken. Zum Beispiel dieses Paar am Fenster. Das waren bestimmt zwei Drogendealer aus Dublin, die mit der Absicht hierher gekommen waren, in einer gepflegten, respektablen Umgebung ein Wochenende zu verbringen und einmal zu erfahren, wie die »anderen« lebten.

»Meinst du wirklich?«, fragte ihre Mutter erschrocken.

»Natürlich nicht«, beruhigte sie Ella. »Das habe ich mir doch nur ausgedacht. Aber schaut euch mal die Gruppe dort drüben an – was haltet ihr von denen?«

Erst zögernd, aber dann mit wachsender Begeisterung ließen sich ihre Eltern auf das Spiel ein. »Das ältere Paar versucht das jüngere zu überreden, sich zur Hälfte am Kauf eines Bootes zu beteiligen«, schlug Tim Brady vor.

»Nein, nein, das jüngere Paar erklärt dem älteren gerade, dass sie pleite sind, und bittet um einen Kredit«, widersprach Barbara Brady.

»*Ich* glaube, dass sie wegen einer Gruppensexparty gekommen sind. Sie haben alle auf eine von Miss Hollys Anzeigen für ein Frauentausch-Wochenende geantwortet«, lautete Ellas Vorschlag.

Sie lachten gerade herzlich über die absurde Vorstellung, so etwas könnte ausgerechnet in einem Hotel wie diesem stattfinden, als Ella aufblickte und bemerkte, wie Don Richardson und seine Familie von der Bar ins Restaurant geführt wurden. Auch er sah in diesem Moment zu ihnen hinüber. Die Szene sollte sich für immer in Ellas Gedächtnis einbrennen. Die Bradys, die lachend an einem Tisch saßen, und Don, der seinem Schwiegervater, seinen sechzehn und fünfzehn Jahre alten Söhnen und seiner Frau Margery, die eigentlich Golf spielen oder eine ihrer Wohltätigkeitsveranstaltungen besuchen sollte, die Tür aufhielt. Margery, die keine stattliche, wettergegerbte Walküre war, sondern eine elegante Frau in einem eleganten Kostüm aus roter Seide und mit einer jener Handtaschen am Arm, die ein Vermögen kosteten. Sie war schmal und zierlich und blickte

lächelnd zu ihrem Gatten hoch. Etwas, das Ella nie gelingen würde, da sie exakt so groß war wie er.
Ellas Vater war jetzt in die Speisekarte vertieft. Ob ein Salat aus geräucherter Forelle als Vorspeise wohl zu üppig wäre, wenn er sich für Guinness, Steak und Austernpastete entschied?
Ella prüfte kurz, ob die Gefahr bestand, dass sie in Ohnmacht fallen könnte. Was hatte das zu bedeuten? Sollte sie aus der Situation schließen, dass Don wegen ihrer Weigerung, sich mit ihm zu treffen, kurzerhand beschlossen hatte, die seltene Rolle des Familienmenschen zu spielen? War das nicht Selbsttäuschung der schlimmsten Art? Könnte sie gar in seiner Achtung sinken, weil sie mit ihren Eltern zusammen war? Oder war vielleicht genau das Gegenteil der Fall? Würde er sie ansprechen?
Geistesabwesend bestellte Ella irgendetwas zu essen und wählte den Wein. Jetzt war es zu spät, darum zu bitten, das Essen oben in ihren Zimmern zu servieren. Sie musste sich der Situation stellen.
Ihr Platz im Restaurant befand sich ziemlich weit vom Tisch der Richardsons entfernt. Mit Blick zu ihr saßen die beiden halbwüchsigen Jungen und deren Großvater, das Ehepaar, das nichts mehr miteinander verband, hatte den Bradys den Rücken zugewandt.
Ellas Eltern waren immer noch damit beschäftigt, sich Geschichten über die anderen Gäste auszudenken. Nach Ansicht ihrer Mutter planten die beiden Frauen in der Ecke entweder gerade einen gigantischen Einkaufsbummel, oder sie trafen den Entschluss, ihren Vater in ein Altersheim stecken zu wollen. Ellas Vater meinte ihnen anzusehen, dass sie illegal in einen fremden Computer eingedrungen waren, dabei ein Vermögen ergaunert hatten und jetzt überlegten, wie sie es am besten ausgeben könnten.
»Was meinst du denn, Ella?«
Ella hatte gerade über die Körpersprache von Don und Margery Richardson nachgedacht, die unverkrampft nebeneinan-

der saßen. Er streichelte nicht über ihren Rücken, und sie hielten auch nicht Händchen, aber sie strahlten auch nicht diese spröde Steifheit aus wie andere Paare, die sich nichts mehr zu sagen hatten. Wie zum Beispiel ihre Eltern, die heute Abend jedoch sehr entspannt wirkten.

»Komm schon, Ella, was meinst du? Was könnten sie sein?«

Sie warf einen kurzen Blick auf die beiden älteren, pensionierten Frauen, die sich hier ganz offensichtlich zweimal im Jahr auf ein Abendessen und eine Runde Tratsch trafen.

»Zwei Lesben, die diskutieren, welche von beiden sich dieses Mal künstlich befruchten lassen soll«, sagte sie und vergaß dabei ganz, dass sie ja mit ihren Eltern sprach und nicht mit Deirdre. Zu ihrer Überraschung fanden sie ihre Bemerkung jedoch witzig, und als Don sich jetzt vorsichtig nach ihr umdrehte – worauf sie schon lange wartete –, lachten sie gerade wieder aus vollem Hals. Ella spürte, wie Hysterie in ihr hochstieg. Am liebsten wäre sie aufgestanden und hätte dem ganzen Restaurant lautstark verkündet, dass das Leben bestenfalls Fassade sei, lächerlich und verlogen. Aber um bei Miss Holly's derart aus der Rolle zu fallen, musste man schon sehr viel Mut besitzen. Ella rechnete damit, dass Don in Kürze bei ihnen am Tisch vorbeikommen, sie begrüßen und ein paar freundliche und belanglose Bemerkungen machen würde. Sie musste nur innerlich dagegen gewappnet sein und entsprechend reagieren. Nur keine unbedachten oder flapsigen Bemerkungen.

Ihr Vater setzte eben die Brille ab und stellte erfreut fest, wenigstens einen der Gäste vom Sehen zu kennen. »Du meine Güte, da drüben ist Ricky Rice von Rice and Richardson Consultants«, sagte er.

»Oh, du kennst sie, Dad?«, fragte Ella. Ihr Mund war so trocken, dass sie kaum sprechen konnte.

»Nein, nein, nicht persönlich natürlich. Aber jeder weiß, wer sie sind. Guter Gott, die haben vielleicht eine hochkarätige Klientel«, erklärte er und schüttelte neidisch den Kopf.

»Wie haben sie es denn geschafft, in der Oberliga mitzuspielen? Was meinst du?« Ihre Mutter spähte neugierig zu dem Tisch hinüber.
»Weil sie offensichtlich die richtigen Leute kennen«, erwiderte ihr Vater schulterzuckend. Plötzlich sah er niedergeschlagen und traurig aus.
Ella wollte auf keinen Fall zulassen, dass sich ihre Stimmung verschlechterte, und erkundigte sich deshalb beiläufig nach den Immobilienpreisen in der Tara Road. Dort war erst vor kurzem ein Haus für ein kleines Vermögen verkauft worden.
»Hattest du nicht wirklich einen guten Riecher, ausgerechnet dort ein Haus zu kaufen, Dad?«, meinte sie.
»In erster Linie wollten wir ein Haus mit einem großen Garten für dich«, sagte ihre Mutter. »Und es war doch auch immer schön bei uns, oder? Das heißt, das ist es noch.«
»Ja, schon, aber du bist nicht mehr da«, fügte ihr Vater hinzu.
»Nein, Dad, nicht mehr ständig, aber ich werde euch oft besuchen, solange ihr dort wohnt. Oder wohin auch immer ihr vielleicht ziehen werdet.«
»Was meinst du damit – wohin wir ziehen werden?«, fragte ihre Mutter besorgt.
Bitte, bitte, lieber Gott, lass ihn bitte nicht ausgerechnet jetzt hersehen, wo sie bekümmerte Gesichter machen. »Ich meine damit nur, Mam, dass ihr die Tara Road vielleicht eines Tages verkaufen und euch etwas Kleineres zulegen wollt. Das könnte doch sein, oder?« Erwartungsvoll blickte sie von einem zum anderen.
»Daran haben wir noch nie gedacht ...«, begann ihr Vater.
»Wieso sollten wir je aus unserem Zuhause ausziehen?«, warf ihre Mutter ein.
»Ihr kennt doch diesen Danny Lynch, der früher mal in der Tara Road gewohnt hat, ja? Seiner Meinung nach wäre jetzt ein günstiger Zeitpunkt, um zu verkaufen.«
»Na ja, der Mann hat Frau und Kinder verlassen – den sollte

man sich nicht unbedingt zum Vorbild nehmen«, sagte ihre Mutter.
»In der Beziehung vielleicht nicht, aber er ist Immobilienmakler.«
»Nicht mehr.« Ihr Vater war mit einem Schlag sehr ernst. »Er und sein Partner scheinen sich auf eine Menge krummer Geschäfte eingelassen zu haben« erklärte er missbilligend.
»Und jemand, der seine Frau so hintergangen hat wie er, ist es nicht wert, dass man in irgendeiner Sache seinen Rat annimmt«, fügte Ellas Mutter bestimmt hinzu.
Zwei Tische weiter weg war Bewegung wahrzunehmen. Ella sah, wie Don aufstand. Sie wusste, dass er auf sie zukam. Ihr blieben noch ungefähr dreißig Sekunden.
»Ihr dürft mich nicht so ernst nehmen. Deirdre sagt immer, dass ich besessen bin von Immobilien aller Art. Das ist auch so ein Zeitvertreib von mir. Ich stelle mir vor, dass Häuser nicht das sind, was sie nach außen hin zu sein scheinen. Einmal abgesehen von Holly's Hotel, hinter dem sich das europäische Zentrum für Frauentausch verbirgt, bin ich ja schon lange der Ansicht, dass in Mams Büro in großem Stil Geld gewaschen wird. Und wartet nur, bis ich euch sage, was ich von Dads Firma halte ...« Sie verstummte genau in dem Moment, als er an ihren Tisch kam. Aber es hatte funktioniert; ihre Eltern hingen mit neugierigen Blicken an ihren Lippen, um zu erfahren, was sie als Nächstes sagen würde.
»Hallo, ich bin Don Richardson. Wir haben uns doch diese Woche bei der Party von Frank und Nuala kennen gelernt.«
»Oh, richtig. Don, das sind meine Eltern, Tim und Barbara Brady.«
Sein Händedruck war so kräftig, sein Tonfall so herzlich, dass sie nichts als Dankbarkeit für ihn empfand. Seine Freundlichkeit zwei ihm völlig fremden Menschen gegenüber war nicht im Geringsten aufgesetzt, und er hörte sich auch nicht an wie ein Mann, der drauf und dran war, die Tochter dieses Paares zu ver-

führen und seine Frau zu betrügen. Für Ella war er genau im richtigen Moment gekommen. Erleichtert erklärte sie ihm, dass ihr Vater heute Geburtstag habe, und er erklärte ihnen, dass seine Familie das spielentscheidende Tor seines Sohnes feiere, das dieser heute geschossen habe. In den paar Minuten, die er an ihrem Tisch stand, schaffte er es, den Namen der Firma ihres Vaters zu erfragen und über diese eine lobende Bemerkung zu machen. Er kannte sogar die Kanzlei, in der ihre Mutter arbeitete, als der Name fiel, und er bestätigte ihnen, dass die Anwälte einen sehr guten Ruf genössen. Und dann war er auch schon wieder weg.

Ihre Eltern schwärmten in höchsten Tönen von ihm.

»Das ist ein Mann, der wirklich sehr viel arbeitet. Umsonst hat er es auch nicht so weit gebracht. Die Leute behaupten zwar immer, er hätte alles seinem Schwiegervater zu verdanken, aber die Firma wäre nichts ohne ihn«, sagte ihr Vater.

»Und er kann gut mit Menschen umgehen«, meinte ihre Mutter.

Ella kam sich albern vor, sich wie ein Kind darüber zu freuen, dass ihre Eltern ihn mochten. Und sie freute sich auch über sein Lächeln, das er ihr beim Verlassen des Restaurants geschenkt hatte. Sie wusste, dass er sie bald wieder anrufen würde. Aber sie wusste nicht, dass bereits um Mitternacht ihr Telefon klingeln würde.

»Ich hoffe, ich habe Sie nicht geweckt«, drang seine Stimme durch ihr Mobiltelefon.

»Nein, ich habe noch gelesen. Hier in meinem Zimmer gibt es eine Art Erkerfenster. Aber eigentlich habe ich mir mehr die Büsche und Blumen angeschaut als gelesen.«

»Büsche? Blumen? Wo sind Sie?« Er klang verwirrt.

»Wie schnell Männer doch vergessen. Ich bin im Holly's, wo wir uns vor vier Stunden getroffen haben.«

»Im Holly's?« Er klang enttäuscht.

»Don, das wissen Sie doch. Soll das ein Spiel sein?«

»Wenn ja, dann habe ich mich selbst ausgetrickst«, sagte er.
»Wo sind Sie denn?«, fragte sie.
»Ich parke in Ihrer Straße. Eigentlich hoffte ich, dass Sie mich auf einen Kaffee hineinbitten würden.«
»Dann ist die Feier für Ihren Sohn also schon vorbei?«
»Aber die Ihres Vaters noch nicht, richtig?«
»Tja, so ist das Leben.« Sie lächelte. Er stand vor ihrer Wohnungstür in Dublin. Er war nicht zusammen mit seiner in rote Seide gehüllten Gattin in ihr Haus nach Killiney zurückgekehrt. Seine Verbindung dorthin musste tatsächlich sehr locker sein. Wie er gesagt hatte. Er war aufs Geratewohl nach Dublin gefahren, nur um sie zu sehen. Er musste wirklich Interesse an ihr haben.
»Sie können gerne an einem anderen Abend auf einen Kaffee vorbeikommen. Morgen, zum Beispiel«, schlug sie vor.
»Morgen passt es gar nicht. Eine große politische Benefizveranstaltung. Ich muss dorthin und allen möglichen Leuten die Hände schütteln.« Bedauern klang aus seinen Worten.
»Tja, dann«, erwiderte sie schulterzuckend.
»Montagabend?«, schlug er vor.
Deirdre hatte Ella eingebläut, dass sie nicht den Eindruck erwecken dürfe, zu leicht zu haben zu sein. »Da kann ich nicht, aber Dienstag oder Mittwoch wären gut.«
»Dann Dienstag, wenn es schon nicht eher geht. Wenn ich uns eine richtig schöne Flasche Wein mitbringe, braten Sie mir dann ein Steak?«
»Abgemacht«, erwiderte Ella. Sie hatte keine Ahnung, wie sie es schaffen sollte, die vielen Stunden zwischen diesem Moment und Dienstagabend um acht Uhr zu überstehen.

Am nächsten Morgen ließen sie sich ein irisches Frühstück mit Eiern, Würstchen, Speck und Blutwurst schmecken. Miss Holly gesellte sich auf ein paar Worte an ihren Tisch. »Es hat uns wirklich sehr gefreut, dass wir gestern Abend Don Richardson hier getroffen haben.« Ellas Mutter ließ nur zu gern durchblicken, dass sie mit Leuten seines Schlages auf einer Stufe standen.

»Ah, ja. Wirklich ein Mensch mit großem Familiensinn, dieser Mr Richardson«, antwortete Miss Holly und nickte anerkennend. »Wissen Sie, Mrs Brady, in meinem Beruf bekommt man mehr mit, als einem oft lieb ist. So haben viele unserer so genannten Geschäftsleute keinerlei moralischen Standard mehr im Vergleich zu früher.«

»Dann kommt Mr Richardson wohl oft mit seiner Familie hierher?«, fragte Ella mit gepresster Stimme und stach auf das Würstchen auf ihrem Teller ein, als wollte sie es umbringen.

»Na ja, eigentlich nicht. Er arbeitet sehr viel, wissen Sie. Meistens kommen nur seine Frau, deren Vater und die Kinder, aber Mr Richardson ruft immer an und bestellt eine besondere Flasche Wein für sie. Und wenn er kann, kommt er manchmal auch mit.«

»Das ist schön«, bemerkte Ella, die sich plötzlich um vieles besser fühlte.

In der Tara Road verabschiedete sie sich mit einem Kuss von ihren Eltern. Sie versuchte, nicht daran zu denken, dass die beiden jetzt, da sie nicht mehr der Mittelpunkt ihres Lebens war, einen weiteren einsamen und stummen Nachmittag miteinander verbringen müssten. Sie hatte ihr Bestes getan, sie zu einem Verkauf des Hauses zu bewegen. Dann wäre etwas Geld übrig gewesen für eine Kreuzfahrt, für einen besseren Wagen oder für irgendeinen anderen ihrer Wünsche. Aber es spielte eigentlich keine Rolle, wo ihre Eltern lebten oder wie viel Geld sie besaßen. Sie würden niemals ihre Zukunft in die eigene Hand nehmen und das Beste daraus machen. Aber sie würde es tun. Sie würde sich auf diesen gefährlich attraktiven Mann einlassen, ganz gleich, wie ungewiss der vor ihr liegende Weg auch sein mochte. Und falls er ihr Herz brechen sollte, dann wäre es eben so. Das gehörte zum Leben.

Ihr Handy klingelte. Sie fuhr an den Straßenrand, aber es war nicht die Stimme, auf die sie gehofft hatte. Es war Nick, ihr alter Freund vom College.

»Oh, du bist es, Nick«, sagte sie.

»Na, ich wurde auch schon mal freundlicher begrüßt«, meinte er.

»Tut mir Leid, ich stecke gerade mitten im Verkehr«, log sie.

»Nein, tust du nicht, du Schwindlerin. Du bist gerade links rangefahren. Ich sitze in dem Auto hinter dir.«

»Leben wir in einem Polizeistaat, oder wie?«, sagte sie lachend und sprang aus dem Wagen, um ihm um den Hals zu fallen.

»Ich habe dich vor mir gesehen und spontan gedacht, dass du vielleicht Lust auf ein spätes Mittagessen haben könntest.«

»Ob ich Lust hätte? Und wie, Nick.«

Einträchtig wie zwei alte Freunde saßen sie nebeneinander, während er ihr alles über die Dramen in seinem Leben und sie ihm so gut wie nichts von den ihren erzählte. Mit Nick konnte man herrlich plaudern, er war wirklich ein Freund. Bei ihm musste man nichts erklären oder sich überlegen, was er wohl denken könnte. Sein liebes, sommersprossiges Gesicht mit den großen, grünen Augen sprach ohnehin Bände. Heute trug Nick eine schwarze Lederjacke und hatte seine Sonnenbrille auf den Kopf geschoben. Einen Mann wie ihn zu lieben wäre so unkompliziert gewesen, statt sich auf das einzulassen, was vielleicht vor ihr lag. Sie betrachtete Nick liebevoll. Er würde nie erfahren, was sie gerade dachte.

Als sie sich das letzte Mal gesehen hatten, hatte er gerade mit zwei Partnern eine kleine, unabhängige Filmproduktionsfirma namens Firefly Films gegründet. Es lief offensichtlich ganz gut, viel besser, als sie sich erhofft hatten. Um sich über Wasser zu halten, mussten sie aber immer noch verhältnismäßig viel Routinearbeiten wie Videoaufnahmen von Hochzeiten und Werbefilme erledigen, damit mögliche Interessenten überhaupt von ihnen erfuhren. Im Gespräch zu sein, das war heutzutage das Wichtigste in Dublin. So hatte Nick erst vor kurzem

Tom und Cathy einen Auftrag für ihren Catering-Service Scarlet Feather verschafft. Offensichtlich waren sie so gut angekommen, dass sie sich jetzt mit einem Auftrag für den heutigen Abend revanchieren konnten. Sie sollten bei einer großen Benefizveranstaltung filmen. Das Honorar war gut, und der Auftraggeber wollte sie auch gleich bar auf die Hand – unter Umgehung der Mehrwertsteuer – bezahlen. Das war mittlerweile fast üblich.

»Heute Abend?« Ellas Augen funkelten verdächtig.

»Ja, der Typ braucht ungefähr eine Viertelstunde Film mit allen Höhepunkten, so vielen Promis wie möglich und gutem Tonmaterial, das heißt, keine langatmigen Reden und so ... Ein reiner Routineauftrag.«

»Nick, kann ich mitkommen? Um zu helfen. Bitte.«

»Hey, Ella, du wirst doch nicht plötzlich ins Filmgeschäft einsteigen wollen?« Nick war verblüfft.

»Bitte, ich flehe dich an. Ich hole Kaffee, ich schleppe eure Taschen, ich mache alles.«

»Warum?«

»Ich will es eben, wir sind doch Freunde. Du wolltest mit mir essen, und ich habe ja gesagt. Warum kann ich dann nicht fragen, ob du mich zu diesen Filmaufnahmen mitnimmst, und du sagst auch einfach ja?«

»Du würdest dich nur langweilen.«

»Bitte, Nick.«

»Okay, aber du musst wirklich meine Taschen schleppen, verstanden?«

»Ich liebe dich, Nick.«

»Sicher liebst du jemanden, du bist ja völlig aufgedreht, aber bestimmt nicht mich«, erwiderte er.

Etwas später an diesem Abend war Ella mit dem Filmteam vor dem Hotel verabredet. Sie erkannte Nick kaum wieder, so professionell und geschäftsmäßig wirkte er.

»Das ist Ella. Sie hat von nichts eine Ahnung, will uns aber helfen«, kündigte er sie an.
Ella grinste. »Ich wollte immer schon zum Film«, feixte sie.
»Na, da hast du dir aber das falsche Team ausgesucht, heute Abend drehen wir hier nur ein Video«, sagte eine schmale, ernst wirkende junge Frau, der es offensichtlich gar nicht behagte, dass die große, blonde Ella mitmischen wollte.
»Gut, ich verspreche, dass ich dir nicht im Weg herumstehen werde«, erwiderte Ella, an die junge Frau gewandt. Die beiden Männer waren nicht das Problem, sie achteten gar nicht auf sie. »Sag mir einfach, was ich tun soll, oder schick mich weg. Ich halte mich daran.«
»Na gut, okay, danke«, antwortete die junge Frau barsch.
»Wie heißt du denn?«, fragte Ella.
»Sandy.«
»Schön, Sandy. Also, was kann ich tun?«
»Sag mir, warum du hier bist.« Sandy war sehr direkt. Sie schien höchst interessiert an Nick zu sein, aber wahrscheinlich vergebens. Doch aus ihrer Sicht stellte Ella eine Bedrohung dar.
»Weil ich auf einen Typen scharf bin, der heute Abend hier sein wird, und weil das der einzige Weg ist, wie ich hineinkomme.« Es gibt oft nichts Besseres, als die Wahrheit zu sagen.
Sandy glaubte ihr sofort.
»Und ist er auch scharf auf dich?«
»Nicht genug«, antwortete Ella, und von dem Moment an waren die beiden Freundinnen fürs Leben.
Sie verstauten die Filmausrüstung in einer Ecke, besorgten sich eine Kanne Kaffee aus der Küche und baten im Büro um drei weitere Kopien der Sitzordnung, da sie bisher nur einen Plan bekommen hatten. Und Ella half überall mit und machte sich nützlich, bis sie Don Richardson mit Margery am Arm hereinkommen sah.
Dieses Mal trug Margery dunkelgrüne Seide und Smaragde, die verflixt echt aussahen. Sie kannte alle und wurde von jedem mit

einem Küsschen auf die Wange begrüßt. Heute war Sonntag, aber sie sah aus, als käme sie direkt vom Friseur; bestimmt war jemand zu ihr ins Haus gekommen. Sir wirkte wie eine kleine Puppe aus Porzellan. Ella kam sich riesig, ungelenk, verschwitzt und völlig deplatziert vor. Hinter einer Säule versteckt, konnte sie beobachten, wie Don kurz mit Nick sprach und ihm erklärte, was zu tun war und wo sie sich aufstellen sollten. Und von dem Moment an war sie für keinen aus dem Team von Firefly Films mehr eine Hilfe. Sie stand nur noch im Weg herum, nestelte an einer Stoffserviette und starrte Don Richardson an. Er hatte gesagt, der heutige Abend ginge nicht, er könne sich nicht mit ihr treffen, weil er hier einer Menge Leute seine Aufwartung machen müsse.

Sie hatte sich nichts darunter vorstellen können.

Aber jetzt wusste sie, was damit gemeint war. Man schüttelte dem Betreffenden nicht nur die Hand, sondern packte ihn auch noch fest am Arm, am besten knapp über dem Ellbogen. Gleichzeitig blickte man ihm tief in die Augen und bedankte sich für seine Unterstützung. Dann drehte man sich um und stellte den jeweiligen Herrn oder auch die Dame – mit einem starren Lächeln der Dankbarkeit im Gesicht – wieder anderen Leuten vor. Don Richardson beherrschte dieses Geschäft perfekt.

Ella hatte keine Ahnung, wie lange sie auf einem Fleck stand, während sich alle anderen Gäste in dem großen Saal durch ein Fünf-Gänge-Menü aßen. Auch Don setzte sich nicht, sondern wanderte von Tisch zu Tisch, wechselte hier ein paar Worte, lachte und forderte hin und wieder Nick kaum merklich mit einer Bewegung des Kopfes auf, die Kamera auf eine bestimmte Gruppe zu richten. Margery saß unterdessen an einem Tisch, in lockeren Smalltalk mit Politikern und ihren Gattinnen vertieft. Ihr Blick schweifte nie suchend durch den Raum, sie schien sich nie Gedanken zu machen, ihr Mann könnte vielleicht etwas zu lange an einem Tisch verweilen und etwas zu animiert –

wie es gerade der Fall war – mit zwei vollbusigen Frauen plaudern, die ihn gar nicht mehr gehen lassen wollten. Beherrschte sie dieses Spiel wirklich so perfekt? War sie sich ihrer Sache sicher, dass er immer wieder nach Hause käme, wenn sie ihn nur an der langen Leine ließe? Oder hatte er Ella die Wahrheit gesagt, und es führte tatsächlich jeder sein eigenes Leben?

Mittlerweile wurde auch getanzt, aber die Arbeit von Firefly Films war beendet. Don Richardson hatte eindringlich darum gebeten, keine rotgesichtigen und eng umschlungenen, tanzenden Paare aufzunehmen. Die Sponsoren der Veranstaltung würden nur vorteilhafte Aufnahmen von sich sehen wollen: Seite an Seite mit einem Parteipolitiker, mit Kabinettsministern oder anderen Prominenten. Genau das würden Nick, Sandy und Ed ihnen liefern, wenn sie anschließend in ihr Büro zurückfuhren, um das Video zu schneiden und Kopien für Don Richardson anzufertigen. Es musste am nächsten Tag gegen Mittag in seinem Büro sein. Das hieß, dass sie die ganze Nacht durcharbeiten mussten.

»Ich nehme mal nicht an, dass du noch mitkommen und uns weiter helfen willst, Ella«, sagte Nick ohne große Hoffnung.

»Ich würde schon gerne«, erwiderte sie mit schlechtem Gewissen. »Aber ich habe morgen früh Schule, weißt du.«

»Komisch, irgendwie war mir klar, dass du das sagen würdest.« Nick versetzte ihr einen freundschaftlichen Klaps auf den Hintern.

Sandys Eifersucht war inzwischen völlig verflogen. Als sie ihre Ausrüstung zusammenpackten, fragte sie Ella flüsternd: »Hast du ihn gesehen?«

»Ja, ich habe ihn gesehen.«

Immer noch im Flüsterton: »Hat er dich auch gesehen?«

»Nein, hat er nicht.«

»Bist du froh, oder tut es dir Leid, dass du mitgekommen bist?«, wollte Sandy wissen. Auch jetzt war es wieder besser, bei der Wahrheit zu bleiben.

»Beides, wenn ich ehrlich sein soll«, sagte Ella und verschwand durch den Hinterausgang, um nicht ansehen zu müssen, wie Don Richardson die Hand ausstreckte und seine zierliche, in Smaragdgrün gehüllte, ihm vollkommen entfremdete Ehefrau zum Tanzen aufforderte.

Sie fuhr mit einem Taxi nach Hause und lag noch bis fünf Uhr morgens wach. Nach zwei Stunden Schlaf erwachte sie völlig gerädert und schlechter Laune. Als sie in die Schule kam, ging es ihr immer noch nicht besser. »Wenn ihr wollt, dass wir diesen Tag heute einigermaßen zivilisiert über die Runden bringen, solltet ihr mich lieber nicht nerven«, warnte sie die fünfte Klasse, die als besonders schwierig verschrien war.

»Na, Sie haben wohl eine schwere Nacht hinter sich, Miss Brady?«, meldete sich Jacinta O'Brien, eine der furchtlosesten Querulantinnen.

Ella baute sich mit einer Entschlossenheit vor dem Tisch des Mädchens auf, dass die ganze Klasse den Atem anhielt.

Miss Brady würde doch keine Schülerin schlagen, oder? Aber es sah ganz danach aus. Ellas Gesicht war nur noch wenige Zentimeter von dem des Mädchens entfernt.

»In jeder Klasse gibt es einen Klugscheißer, der sich für besonders schlau hält und damit alles verdirbt. In dieser Klasse bist du das. Eigentlich wollte ich euch ja wie Erwachsene behandeln und die Wahrheit sagen – das heißt, dass ich nicht schlafen konnte und mich momentan nicht sonderlich wohl fühle. Ich wollte euch bitten, mit mir zusammenzuarbeiten, damit ich euch eine so gute Unterrichtsstunde wie möglich hätte bieten können. Aber nein, irgendein Klugscheißer muss immer alles verderben, und deswegen werden wir jetzt eine Ex schreiben. Nehmt Papier heraus.«

Ella stellte ihnen vier Fragen und setzte sich an ihr Pult. Sie zitterte innerlich wegen ihres Ausbruchs. Sie hatte Klugscheißer gesagt – gleich zweimal.

Das war kein Wortschatz für eine Schule wie diese.

Eigentlich hatte sie ja Besserwisser sagen wollen. O Gott, warum konnte es nicht schon Dienstag sein? Dann hätte sie Don Richardson am Abend wiedergesehen.
Aber irgendwie überstand sie auch diesen Tag und war froh, als sie endlich nach Hause kam.
»Wie ich höre, fängst du jetzt an, ihm hinterherzuspionieren«, sagte Deirdre am Abend am Telefon.
»Woher weißt du das?« Ella blieb vor Staunen die Luft weg.
»Es stand in den Klatschspalten. Ich weiß aber nicht mehr, in welcher«, gab Deirdre zur Antwort. Wie üblich fiel Ella darauf herein.
»Wie bitte?«
»Ach, Ella, du Dummerchen. Ich habe Nick getroffen. Er hat mir erzählt, dass du Dons große Benefizveranstaltung mit ihm zusammen aufmischen wolltest.«
Ella holte tief Luft.
»Dublin ist ja ein richtiges Kuhdorf. Kann man denn hier gar nichts machen, ohne dass es gleich alle erfahren«, knurrte sie.
»Na, bisher ist ja auch noch nichts passiert, oder?«, wollte Deirdre wissen
»Nein, erst morgen Abend«, sagte Ella. »Eigentlich wollten wir uns heute treffen, aber ich habe mir deinen Rat zu Herzen genommen und hatte keine Zeit.«
»Können wir uns am Mittwoch zum Mittagessen treffen?«, fragte Deirdre.
»Nein, meine Mittagspause ist zu kurz … das würde erst nach der Arbeit gehen.«
»Happy-Hour im Quentins? Ich lade dich ein«, schlug Deirdre vor.
»Um halb sieben. Ich werde da sein«, versprach Ella.

Die alte Kirchturmuhr in der Nähe von Ellas Wohnung schlug gerade acht, als er an die Tür klopfte. »Ich weiß, ich bin noto-

risch pünktlich«, sagte er. Er hatte eine Aktentasche, eine Orchidee und eine Flasche Wein dabei.
»Ich freue mich wahnsinnig, dass Sie – dass du da bist«, erwiderte Ella. Die Art, wie sie es sagte, ließ ihn aufhorchen, und er stellte alles auf den Tisch und schloss sie in seine Arme.
»Ella, Ella, mein Engel, ich werde dich nie verletzen oder dir wehtun.«
Seine Stimme klang rau, als er in ihr Haar flüsterte: »Dir wird nie etwas Böses passieren, glaube mir.«
Und als sie ihm ins Gesicht sah, ehe sie ihm den ersten Kuss gab, wusste Ella, dass es stimmte.
Sie stellten die Orchidee in eine lange, schlanke Vase und machten sich daran, das Abendessen zuzubereiten. Er schnitt die Pilze in feine Scheiben, sie machte den Salat. Zuerst tranken sie ein Glas Weißwein aus ihrem Kühlschrank. Dann öffnete er die Flasche Rotwein, die er mitgebracht hatte, und sie setzten sich mit einer Selbstverständlichkeit an den Tisch, als hätten sie nie etwas anderes getan. Ella fragte ihn nicht, ob er die ganze Nacht bleiben würde. Sie wusste es ohnehin. Sie unterhielten sich, und er sagte ihr, wie sehr er sich gefreut habe, ihre Eltern kennen zu lernen.
»Sie haben sich auch gefreut, aber ich schätze, das tun alle Leute«, entgegnete Ella.
»Soll das heißen, du glaubst, dass ich den Leuten etwas vormache?«, fragte er verletzt.
»Nein, das soll es nicht heißen, du magst Menschen wirklich und gibst ihnen das Gefühl, ausschließlich für sie da zu sein. Es ist nur die Art, wie du bist … selbst jetzt.«
Er sah sich suchend in ihrer Wohnung um. »Hier ist aber sonst niemand!«, erwiderte er lachend.
»Nein, es ist eben deine Art. Ich nehme an, dass du gute Arbeit geleistet hast bei der Benefizveranstaltung am Sonntag.« Ihre Augen funkelten.
»Ich weiß nicht«, meinte Don Richardson nachdenklich. »Die

Leute waren sehr großzügig, ich wollte mich bei ihnen bedanken und ihnen das Gefühl geben, dass ihre Spenden nicht als selbstverständlich hingenommen wurden und dass die Partei das sehr zu schätzen wusste. Es sollte eigentlich keine Anbiederung sein, sondern ein Ausdruck von Dankbarkeit.«
»Ich weiß, Händeschütteln und so.« Ihr fiel wieder seine Formulierung ein.
»Ja, aber ich habe das eigentlich eher ironisch gemeint, als ich das sagte. Ich wäre nämlich viel lieber bei dir gewesen.«
»Du warst aber wirklich gut, ich habe dich nämlich gesehen«, sagte Ella plötzlich. Sie wusste nicht, wieso sie dieses Geständnis machte. Wahrscheinlich, weil sie nicht lügen und ihm nichts vormachen wollte. Zu ihrem Erstaunen nickte er nur.
»Ja, ich habe dich auch gesehen«, fügte er hinzu.
Sie spürte, wie ihr die Schamesröte ins Gesicht stieg. Er hatte sie doch tatsächlich dabei ertappt, wie sie – wie Deirdre es formuliert hatte – hinter ihm herspionierte.
»Nick, der das Video gedreht hat, ist ein Freund von mir. Er hat noch eine Helferin gebraucht.«
»Klar.«
»Das heißt, eigentlich stimmt das nicht. Ich habe ihn gefragt, ob ich mitkommen dürfe.«
»Tatsächlich, Ella? Wieso?« Seine Hand berührte leicht die ihre.
»Ich wollte dich einfach sehen, Don. Es tat mir so Leid, dass wir uns an dem Abend nicht treffen konnten. Zu der Veranstaltung zu gehen war immerhin ein kleiner Trost.«
Er stand auf, nahm ihr Gesicht in beide Hände und küsste sie.
»Ich habe nicht zu glauben gewagt, dass das stimmen könnte, Ella. Seit dem Abend habe ich immer wieder darüber nachgedacht und gebetet, es möge so sein.«
»Hättest du mir jemals erzählt, dass du mich gesehen hast?«
»Nein, das war deine Sache, es mir zu sagen. Ich würde dich niemals ausfragen. Niemals.«

»Du warst wirklich gut, Don, einfach unermüdlich.«
»Nein, ich war sogar sehr müde. Auf dem Weg in meine Wohnung bin ich hier an deinem Haus vorbeigefahren, ich sah, dass noch Licht brannte und dass du zu Hause warst … aber …«
»Aber was?«, fragte sie.
»Aber wir waren für heute Abend verabredet. Ich wollte nicht dumm dastehen und den Eindruck machen, als könnte ich es gar nicht mehr erwarten.«
Sie hatte Tränen in den Augen, als sie vom Tisch aufstand und ihn in ihr Schlafzimmer führte. Und dann war es genau so, wie es niemals zuvor gewesen war – nicht mit Nick und nicht mit dem Ausnahmesportler oder den zwei kurzen Bettgeschichten. Ella lag noch lange in seinen Armen, nachdem Don bereits eingeschlafen war. Sie war die glücklichste Frau der Welt.

Am nächsten Morgen gab es nur Kaffee und Orangensaft, und sie sparte sich das Frühstück. Es schien ihm zu gefallen, dass sie keine Hektik verbreitete. Wahrscheinlich taten Margery und die Jungen das zur Genüge. Ella würde nie so sein.
Sie packte einen Stapel Papiere zusammen, die sie mit in die Schule nehmen wollte.
»Was ist das?«, fragte er interessiert.
»Oh, ich habe die fünfte Klasse gestern einen Test schreiben lassen. Der Vorteil ist, dass man vierzig Minuten seine Ruhe hat, während sie schreiben, der Nachteil, dass man dreiunddreißig zusätzliche Seiten zu korrigieren hat.«
Er küsste sie auf die Nase.
»Ich weiß nichts über dein Leben, Ella Brady«, sagte er.
»Es ist vielleicht besser, wenn wir es dabei belassen – nur für den Fall, dass du deine Meinung änderst und es sterbenslangweilig finden könntest«, erwiderte sie.
»Du könntest mich nie langweilen.« Er meinte das völlig ernst.
»Darf ich heute Abend wiederkommen? Auch wenn es spät wird?«

»Das fände ich schön«, sagte Ella. Sie hatte sich zwingen müssen, ihn nicht zu fragen, wann sie sich wiedersehen würden.
»Aber ich bringe deinen Abend nicht durcheinander?« Er war richtig besorgt.
»Nein, ich bin mit Deirdre um halb sieben im Quentins verabredet, werde aber um neun wieder zurück sein. Passt dir das?«
»Ich werde wahrscheinlich so gegen zehn hier sein. Vorher werde ich ein sehr ödes und nüchternes Arbeitsessen über mich ergehen lassen ... ein Finanzierungsausschuss. Ich werde mir Notizen machen und deshalb nüchtern bleiben müssen, aber vielleicht könnten wir hinterher ein Glas Wein zusammen trinken?«
Ein Schauer lief über ihren Rücken. Don Richardson, der Häuser und Wohnungen in Killiney, im Finanzzentrum und in Spanien besaß, würde zwei Nächte hintereinander in ihrer kleinen Wohnung verbringen. Letzte Nacht im Bett hatte er ihr erklärt, dass er sie liebe. Es sah aus, als meinte er es tatsächlich ernst.

Ella schaffte es irgendwie, auch diesen Tag hinter sich zu bringen, und als sie im Quentins eintraf, wartete Deirdre bereits auf sie.
»Wirst du mir aber auch wirklich alles erzählen?«, platzte es aus ihr heraus, noch ehe Ella überhaupt »Hallo« sagen konnte.
»Nicht so viel, wie du wissen willst, aber immer noch genügend.«
»Sag mir nur eines, das Wichtigste: Kommt er wieder?«, fragte Deirdre.
»Er wird auch heute wieder bei mir übernachten, ja.«
»Er ist die *ganze* Nacht geblieben. O mein Gott!«, kreischte Deirdre mit lauter Stimme, woraufhin alle Gäste im Restaurant zu ihnen hersahen.
»Danke, Dee«, zischte Ella. »Wieso hast du nicht gleich um ein Mikrofon gebeten, dann hätten auch die etwas weiter entfernten Leute noch etwas mitbekommen.«

»Keine Sorge«, wurden sie von Mon, der jungen Kellnerin, getröstet. Mittlerweile kannte und mochte man sich. Mon hatte ihnen bereits von ihrem untrüglich schlechten Geschmack, was Männer betraf, erzählt – früher, als sie noch in Australien gelebt hatte. Und von dem jungen Italiener, an den sie erst ihr Herz und dann ihre gesamten Ersparnisse verloren hatte. Deirdre und Ella hatten sie ihres vollen Mitleides versichert und ihr erklärt, dass es sich dabei um ein wirklich globales Problem handele. Männer seien nun mal die Ursache für den größten Teil der Unruhe und des Unfriedens auf dieser Welt.

Erst vor kurzem hatte Mon eine neue Liebe gefunden, wie sie ihnen anvertraut hatte. Er war älter und reifer als sie und sehr vertrauenswürdig. Sein Name war Mr Harris.

Ella und Deirdre fragten sich, ob er auch einen Vornamen hatte. Er hatte einen, aber für Mon war er im Augenblick noch Mr Harris.

»Ich hoffe, dein Mr Harris ist gerade nicht hier, sonst wäre er sicher schockiert über meine großmäulige Freundin Dee«, bemerkte Ella mit leiser Stimme.

»Nein, er ist nicht da, und er wäre auch nicht schockiert. Aber sag doch, ist der Typ mit dem umwerfenden Lächeln und den dunkelblauen Augen wirklich die ganze Nacht geblieben?«, fragte Mon im Flüsterton.

»Dee, ich werde dir gleich ein Messer zwischen die Rippen rammen«, drohte Ella.

»Nein, nicht. Außer mir hat das doch niemand gehört, und außerdem sind die anderen Gäste alles Touristen. Wenn, dann hätte das nichts ausgemacht«, meinte Mon unbekümmert.

Don blieb diese Nacht und auch noch die nächste. Freitagmorgen kündete er an, dass er für ein paar Tage nach Spanien führe.

»Ich wünschte, ich müsste nicht fahren.«

»Genieß die Zeit«, brachte Ella mit Müh und Not über die Lippen. Sie fragte nicht, ob er aus geschäftlichen oder privaten Gründen fliegen müsse. Sie wollte es nicht wissen, aber er sagte es ihr trotzdem.

»Ich verwalte dort einiges an Immobilienbesitz. Ich muss mindestens einmal im Monat an die Küste, kein unangenehmer Job, das gebe ich zu. Manchmal in den Ferien kommen die Jungen mit oder auch, wenn sie ein paar Tage von der Schule freinehmen können. Aber dieses Mal nicht. Auf jeden Fall bin ich nächsten Mittwoch wieder da, und wir können zusammen irgendwohin essen gehen. Ich möchte nicht, dass du ständig für mich kochst.«

»Aber das mache ich doch gern, Don, wirklich, und vielleicht ist es auch klüger, wenn wir unter diesen Umständen nicht in die Öffentlichkeit gehen.«

Er sah sie überrascht an. »Im Ernst, mein Engel, ich habe dir doch gesagt, dass das kein Problem ist. Margery und ich führen vollkommen getrennte Leben.« Er sagte das so oft, dass es einfach stimmen musste.

Aber die Unsicherheit blieb, und am nächsten Tag rief sie im Haus der Richardsons in Killiney an und fragte, ob Mrs Margery Richardson zu sprechen wäre. Sie beabsichtigte, gleich wieder auflegen, wenn sie ans Telefon käme.

»Mrs Richardson ist leider nicht hier«, erklärte die Haushälterin. »Sie ist nach Spanien geflogen. Aber am Mittwoch ist sie wieder zurück.«

»Nick? Hier ist Deirdre.«

»Oh, hallo, Deirdre. Willst du auch bei Firefly Films einsteigen?«, sagte er.

»Nein, eigentlich nicht, ich mache mir Sorgen um Ella.«

»Da bist du nicht die Einzige.«

»Nein, im Ernst. Sie ist nicht mehr sie selbst, Nick.«

»Wann sind wir das schon?«

»Hör auf, so flapsig daherzureden, es ist ernst. Dieser Don Richardson, wo ist der im Moment?«

»Er ist in Spanien. Er hat noch ein Dutzend Videobänder bestellt, die fertig sein sollen, bis er wieder da ist. Das Wichtigste ist, sie scheinen ihm gefallen zu haben.«

»Nein, das ist nicht das Wichtigste, Nick, das Wichtigste ist … Ella geht es hundsmiserabel. Hat er gesagt, ob er aus geschäftlichen oder privaten Gründen wegmuss?«

»Woher soll ich das wissen? Und was macht das für einen Unterschied?«

»Warum ist dann Miss Brady drauf und dran, sich von der O'Connell Bridge zu stürzen?«

»Nein!«, rief Nick.

»Das ist nur so eine Redensart, aber sie ist einfach untröstlich.«

»O Gott, Liebe ist wirklich schrecklich«, erwiderte Nick voller Mitgefühl.

»Das sagst ausgerechnet du, Nick! Ich bin froh, dass ich mich auf so etwas nie eingelassen habe«, meinte Deirdre.

»Es ist schön, dass Ella uns ein ganzes Wochenende lang besuchen kommt«, sagte Tim Brady. »Stell dir vor, sie bleibt sogar bis Dienstag.«

»Ja«, erwiderte seine Frau.

»Freust du dich denn gar nicht, Barbara?«

»Ich würde mich noch mehr freuen, wenn sie uns nicht gebeten hätte, sie zu verleugnen und zu sagen, wir wüssten nicht, wo sie ist«, erklärte Ellas Mutter.

»Aber sie sagt doch, dass sie einfach ein wenig Abstand braucht und ihre Ruhe haben will.« Ihr Vater glaubte ihre Geschichte.

»Ja, aber mittlerweile hat bereits viermal ein Mann für sie angerufen. Er sagt, ihr Handy ist ausgeschaltet, und er macht sich Sorgen.«

»Du musst Ella vertrauen. Wahrscheinlich ist das nur so ein Bursche, den sie nicht ermutigen will. Hat er gesagt, wer er ist?«

»Nein, und ich werde ihn auch nicht fragen«, antwortete Barbara Brady.

Am Sonntag gab sich der Mann am Telefon zu erkennen. »Mrs Brady, hier ist Don Richardson, ich hatte das Vergnügen, letzte Woche in Hollys' Hotel Ihre Bekanntschaft zu machen... Ich würde wirklich gerne mit Ella sprechen. Könnten Sie ihr vielleicht ausrichten, dass sie mich anrufen soll? Ich kann Ihnen die Nummer geben.«

»Aber ja doch, Mr Richardson, ich erinnere mich. Nett, wieder mit Ihnen zu plaudern.«

»Ja, also, wenn sie da ist ... Ich würde gern ...«

»Nein, leider ist sie nicht zu Hause.« Barbara Brady hasste es zu lügen. Außerdem wusste sie, dass sie kein Talent dazu hatte.

»Aber irgendwann kommt sie doch wieder, oder nicht? Ich meine, Sie sehen sie doch.«

»Ja, selbstverständlich, natürlich«, erwiderte Barbara Brady eine Spur zu schnell.

Er diktierte ihr seine Telefonnummer und bedankte sich.

»Ella?« Barbara klopfte an die Schlafzimmertür ihrer Tochter. »Kann ich reinkommen?«

»Sicher, Mam.«

Ella hielt ein Kissen im Arm und schaukelte langsam von einer Seite auf die andere. Sie hatte rote Augen, weinte aber nicht mehr.

»Don Richardson hat wieder angerufen«, erklärte ihre Mutter mit scharfer Stimme. »Dieses Mal hat er seinen Namen genannt und seine Telefonnummer hinterlassen. Er sagt, er ist in Spanien, und ich habe ihm erklärt, dass ich dir die Nachricht ausrichten und die Nummer geben werde.«

»Danke, Mam.«

»Und, willst du mit uns zu Abend essen?«

»Nein, Mam.«

»Oder wirst du deinem Vater und mir vielleicht mal erzählen, was überhaupt los ist?«

»Nein, werde ich nicht, Mam.«
»Gut, dann überlasse ich dich wieder deinen Gedanken.«
»Ich liebe dich, Mam.«
»Das sagt sich so leicht: ›Ich liebe dich‹.«
»Aber es ist so!« Ella war verletzt.
»Wir sind unten, falls du uns irgendwann genug lieben solltest, um uns Gesellschaft zu leisten«, sagte ihre Mutter mit verkniffenem Mund.

»Meinst du vielleicht, sie hat was mit diesem Don Richardson?«, sagte Barbara mit leiser, verängstigter Stimme zu ihrem Mann. Ellas Vater war schockiert. »Er ist ein verheirateter Mann, Barbara. Seine Frau ist die Tochter von Ricky Rice.«
»So dumm würde sie doch niemals sein.«
Ella stand oben an der Treppe und hörte alles mit an. Sie kehrte in ihr Zimmer zurück und starrte lange vor sich hin. Es war unpraktisch, ihr Handy die ganze Zeit über ausgeschaltet zu lassen, aber sie wollte keine Nachrichten von ihm bekommen; das Telefon in ihrer Wohnung hatte sie ebenfalls abgestellt. Nur an die Schule hatte sie nicht gedacht. Am Montag warteten dort zwei Dutzend rote Rosen auf sie.
»Schluss mit dem Versteckspiel, ich liebe dich«, stand auf der Karte.
Alle Kollegen im Lehrerzimmer hatten die Nachricht bereits vor ihr gesehen und starrten sie neugierig an, als sie die Zeilen las.
»Oh, ich wusste ja gar nicht, dass mich die fünfte Klasse so liebt«, meinte sie lachend.
Als sie das Zimmer verließ, hörte Ella, wie hinter ihr getuschelt wurde. »Die müssen ein Vermögen gekostet haben, siebzig bis achtzig Euro«, sagte eine Stimme. »Ich möchte wetten, dass er verheiratet ist, sonst hätte er seinen Namen auf die Karte geschrieben«, sagte eine andere.
Ella biss die Zähne zusammen und machte sich an die Arbeit.

Vor Mittwochabend würde sie nicht an ihn denken müssen. Falls er überhaupt kam.

Pünktlich um acht Uhr abends klopfte es am Mittwoch an ihre Tür. Er hatte weder Blumen noch Wein mitgebracht,

»Hallo, Don.«

»Was sollte das?«

»Ich verstehe nicht«, sagte sie.

»Ich auch nicht. Am Freitagmorgen habe ich mich hier von dir verabschiedet, ich habe dir gesagt, dass ich dich liebe, du hast mir gesagt, dass du mich liebst. Dann fahre ich geschäftlich nach Spanien, und plötzlich gehst du nicht mehr ans Telefon und lässt dich von deiner Mutter verleugnen. Was ist los, Ella?«

»Ich weiß es nicht. Aber ich wüsste es gern«, antwortete sie.

»Sag du es mir. Ich war von Anfang an ehrlich zu dir, du bist diejenige, die Spielchen spielt.« Er war sehr wütend.

Sie standen noch immer auf der Türschwelle.

»Du bist nicht ehrlich gewesen. Du hast mir nicht gesagt, dass du deine Frau mit nach Spanien nehmen würdest.« Die Worte brachen regelrecht aus Ella heraus.

»Ich habe ›meine Frau‹, wie du sie nennst, nirgendwohin mitgenommen!«, rief er.

»Sie ist nun mal deine Frau«, erwiderte Ella ebenso laut.

»Das ist mir egal. Ich bin gerne bereit, die Sache hier draußen vor der Tür mit dir auszudiskutieren, aber vielleicht wäre es dir drinnen doch lieber«, sagte er.

Müde öffnete sie die Tür.

Er marschierte ins Wohnzimmer, als gehörte es ihm, und setzte sich. »Okay, Ella, jetzt erklär mir die Sache«, begann er.

»Nein, erklär du es mir. Du sagtest, du würdest geschäftlich nach Spanien fahren, und dann erfahre ich, dass du deine Frau mitgenommen hast.«

»Und wie hast du das erfahren, Ella?«

»Das ist nicht wichtig, du hast sie mitgenommen.«

»Ich habe sie nicht mitgenommen. Sie hat sich entschieden, zur selben Zeit zu fahren, ihr gehört schließlich die Hälfte des Hauses.«
»Aber du hast mir nicht erzählt, dass sie ebenfalls fährt.«
»Weil ich es, verdammt noch mal, erst später erfahren habe, und außerdem ist es nicht wichtig. Ich muss es dir auch nicht sagen. Du hast dich auf unsere Vereinbarung eingelassen und akzeptiert, dass Margery und ich getrennte Wege gehen. Und du hast mir erklärt, dass es für dich in Ordnung ist.« Er wirkte verwirrt und aufgebracht.
»Aha«, meinte sie.
»Was soll das heißen?«
»Ich weiß es nicht«, erwiderte Ella wahrheitsgemäß.
»Du musst doch wissen, was du damit gemeint hast. Also, was willst du von mir wissen?«
Schweigen.
»Was willst du von mir wissen?«, wiederholte er.
Wieder herrschte einen Moment Schweigen, bis sie schließlich mit leiser Stimme sagte: »Hast du mit ihr geschlafen? Hast du immer noch Sex mit ihr?«
Don Richardson stand auf. In seinem Gesicht arbeitete es, sie hatte ihn noch nie so wütend gesehen. »Es tut mir Leid, Ella, es tut mir wirklich Leid. Ich dachte, ich hätte dir an dem Tag vor deiner Schule alles erklärt.«
»Ja, aber …«, setzte sie an.
»Und ich dachte, du hättest alles verstanden. Jedenfalls hast du das gesagt.«
»Das dachte ich auch, aber …«
»Aber du verstehst überhaupt nichts. Glaubst du tatsächlich, dass ich dich lieben und noch mit Margery ins Bett gehen könnte? Glaubst du das wirklich?«
»Ich halte es für möglich, ja.«
»Dann haben wir beide uns wohl nicht mehr viel zu sagen, Ella, mein Engel«, sagte er traurig.

»Und, tust du es noch?«, fragte sie.
»Tue ich was?«
»Gehst du noch ins Bett mit ihr?«
»Auf Wiedersehen, Ella«, sagte er und ging Richtung Tür.
»Das heißt also ja«, erwiderte sie dumpf.
»Es heißt nein, aber das ist jetzt nicht mehr wichtig. Ich kann hier nicht bleiben, wo man mir misstraut. Irgendjemand muss dir mal sehr wehgetan haben, so verletzt und misstrauisch wie du reagierst.«
»Unsinn, Don Richardson, kein Mensch hat mir jemals so wehgetan, keiner ist mir je so nahe gewesen, ich habe nie zuvor jemanden so geliebt. Es gibt keinen ominösen Schurken in meinem Leben. Du sagst mir, es ist geschäftlich, und dann erfahre ich, dass deine Frau dabei ist. Ist es da nicht normal, dass ich aufgebracht bin? Mach mich nicht zu einer Art Monster.«
»Und wie hast du es erfahren, wenn ich fragen darf?« Seine Stimme war eiskalt.
Das war das Ende, Ella wusste es. »Es ist wirklich nicht wichtig, aber ich habe in deinem Haus angerufen, und man hat mir erklärt, dass die Dame des Hauses in Spanien sei.« Wieder herrschte Schweigen.
»Danke, Ella, danke für alles. Danke, dass du bei der Benefizveranstaltung hinter mir herspioniert hast, dass du herumtelefonierst, um zu erfahren, wo meine Familie sich aufhält. Und danke, dass du voreilige Schlüsse daraus ziehst. Aber am meisten danke ich dir dafür, dass du es mir nicht glaubst, wenn ich sage, dass ich dich liebe. Es tut mir Leid – ja, aber was soll mir eigentlich Leid tun?«
Entsetzt sah sie ihn an, wie er jetzt vor ihr stand und ihr Lebewohl sagte.
»Warum sollte ich mich dafür entschuldigen, von Anfang an absolut ehrlich gewesen zu sein? Dafür, dass ich dir reinen Wein eingeschenkt und dir die Wahrheit gesagt, dass ich mich

deinen Eltern vorgestellt und sie angerufen habe, um ihnen zu sagen, dass ich mir Sorgen mache, weil du nicht ans Telefon gehst. Handelt so vielleicht ein Lügner? Nein, ich würde eher sagen, das klingt nach einem Mann, der aufrichtig liebt.

Aber du scheinst es besser zu wissen. Du legst einen anderen Maßstab an. Ich kann dir nur von Herzen wünschen, dass du findest, wonach du suchst. Du bist eine wunderbare Frau, Ella, wirklich ein Engel, und ich werde dir immer nur das Beste wünschen.«

Er war schon fast am Tor, als sie ihn einholte, ihn am Arm festhielt und ihn anflehte, mit ihr zurückzukommen. Passanten, die auf der baumbestandenen Straße ihren Hund spazieren führten, sahen, wie eine tränenüberströmte, blonde junge Frau auf einen großen, attraktiven Mann einredete.

»Es tut mir so Leid. Verzeih mir. Gib mir noch eine Chance. Ich bin eine Närrin, Don, aber das liegt nur daran, weil ich dich so verzweifelt liebe. Ich fürchte mich wahrscheinlich davor zu glauben, dass du mich liebst. Komm zurück, ich bitte dich.«

Und hätten die Passanten sich die Mühe gemacht und noch länger zugesehen, wären sie Zeugen geworden, wie der Mann einen Arm um die junge Frau legte und sie in den hell erleuchteten Hausgang zurückführte.

»Soll das heißen, dass er jetzt bei dir einziehen wird?«, erkundigte sich Deirdre einige Tage später.

»Selbstverständlich nicht, sei nicht albern«, erwiderte Ella.

»Was ist daran so albern? Er würde sich die Miete für seine Wohnung im Finanzzentrum sparen.«

»Aber er muss doch irgendeine Adresse angeben. Er kann schließlich nicht sagen, dass er bei mir ist«, erklärte Ella, als sei es das Natürlichste von der Welt.

»Nein, natürlich nicht«, pflichtete ihr Deirdre verwirrt bei.

»Wieso kann er nicht sagen, dass er zu Ella gezogen ist, wenn die Ehe schon lange nur noch auf dem Papier besteht?«, wollte Deirdre später von Nick wissen.

»Frag mich nicht«, antwortete Nick. »Das Leben ist viel einfacher, wenn man sich derartige Fragen gar nicht erst stellt, habe ich herausgefunden.«

KAPITEL DREI

Das neue Leben wurde zur Routine. Mindestens drei, manchmal auch fünf Nächte in der Woche verbrachten sie zusammen. Ella traf am Abend keine anderen Freunde mehr, da sie nie sicher sein konnte, ob Don nicht vielleicht doch plötzlich Zeit für sie hatte.

Selbstverständlich traf man sich zum Mittagessen. Deirdre stellte dann die Fragen, die Ella nicht auszusprechen wagte. »Wird er sie deinetwegen verlassen? Er lebt doch praktisch mit dir zusammen, Herrgott noch mal.«

»Er kann sie nicht verlassen, wegen seines Schwiegervaters. Das habe ich dir doch schon gesagt.«

»Ricky Rice lebt in einer modernen Welt. Er hat bestimmt schon mal was von Scheidung gehört und wird wissen, dass Don nicht jede Nacht in den Schoß der Familie zurückkehrt.«

»Wieso sollten wir uns Probleme aufhalsen? Uns geht es doch gut so.«

»Und deine Eltern, was denken die?«

»Für die ist das in Ordnung«, erwiderte Ella schulterzuckend.

»Nein, Ella, ist es nicht. Es kann für niemanden in Ordnung sein, wenn die geliebte Tochter das Spielzeug eines Finanz-Tycoons ist.«

Ella brach in schallendes Gelächter aus. »Ich begreife nicht, wie ich dich noch zur Freundin haben kann. Du versuchst permanent, mich zu verunsichern, und wirfst mit lächerlichen Begriffen um dich. Himmel, du bist ja richtig altmodisch und pingelig.«

Deirdre trank einen Schluck Wein. Sie war mit einem Mal ungewohnt ernst. »Nein, bin ich nicht, ganz und gar nicht. Ich beneide dich sogar, wenn du es genau wissen willst. Nichts wäre mir lieber, als genauso verliebt und vernarrt zu sein wie du.«

Ella wusste einen Moment nichts zu erwidern. Es sah Deirdre gar nicht ähnlich, so aufrichtig zu sein. Ihre Antwort konnte nur ebenso aufrichtig ausfallen. »Na gut, wenn du es unbedingt wissen willst – meinen Eltern ist das gar nicht recht.«

»Wie sollte es auch?« Deirdre zeigte vollstes Verständnis.

»Nun, sie könnten sich durchaus damit arrangieren, wenn sie sich dazu bequemen könnten, endlich den Schritt in dieses Jahrhundert zu tun, Dee. Sie müssten nur einmal auf den Kalender schauen, dann würden sie feststellen, dass wir nicht mehr im Jahr neunzehnhundertzwanzig leben.«

»Sie sind auch nicht schlimmer als andere ihrer Generation.«

»O doch, das sind sie. Nicht einmal in der Schule sind die Leute so konservativ.«

»Na, du wirst den Nonnen ja wohl kaum erzählen, dass du einen Liebhaber hast, der die halbe Woche bei dir wohnt.«

»Es gibt kaum noch Nonnen bei uns, nur noch ein paar ältere Schwestern, die in der Verwaltung oder im Garten arbeiten.«

»Aber ist es denn keine Klosterschule?«, fragte Deirdre.

»Oh, die heißen nur Klosterschulen, aber darum geht es nicht. Ein paar der Lehrer sind zwar noch von früher, aber sie laufen nicht herum und zerreißen sich das Maul.«

»Aber wissen sie denn Bescheid?« Deirdre ließ nicht locker.

»Sie wissen *nicht* Bescheid. Sie stellen keine Fragen, sie tuscheln nicht und äußern auch keine Verdächtigungen.«

»Tja, es sind nicht deine Eltern.«

»Aber sie leben in diesem Jahrhundert. Es hat sich eben vieles geändert. Weißt du noch, als wir zur Schule gingen, hieß es doch immer: ›Frag deine Mummy und deinen Daddy‹, oder: ›Sagt das euren Vätern und Müttern.‹ So etwas gibt es heutzutage nicht mehr, das ist einfach nicht mehr zeitgemäß. Man kann nicht mehr davon ausgehen, dass jedes Kind einen Daddy *und* eine Mummy zu Hause hat.«

»Und was sagt ihr dann?«, fragte Deirdre interessiert.

»Wir sagen zu den Schülern: ›Fragt zu Hause‹, wenn es darum geht, ob sie sich ein Wörterbuch, einen Atlas oder Millimeterpapier anschaffen sollen. Selbst die verknöchertsten unter unseren Lehrern akzeptieren mittlerweile, dass eine intakte Familie heutzutage nicht mehr die Norm für jedermann ist.«

»Trotzdem kannst du es ihnen nicht vorwerfen, wenn sie nur das Beste für ihre Tochter wollen«, sagte Deirdre. Sie machte sich wirklich Sorgen um ihre Freundin.

»Wenn ich eine Tochter hätte, würde ich wollen, dass sie glücklich ist und nicht nur gut angesehen. Glücklich zu sein ist doch das Beste, was einem passieren kann, oder?«

Als sie keine Antwort erhielt, sprach Ella weiter. »Deirdre! Das ist doch genau das, was du vor einer Minute gesagt hast! Du hast gesagt, du würdest mich beneiden, weil ich so glücklich bin.«

»Ich sagte ›vernarrt‹«, korrigierte Deirdre sie.

»Aber das ist doch das Gleiche«, erwiderte Ella.

Don brachte ein paar Kleidungsstücke mit und hängte sie in Ellas Schrank. Er benutzte Ellas Waschmaschine und bügelte seine Hemden selbst. Manchmal bügelte er auch für sie. Ellas Vater hätte das in tausend Jahren nicht getan. »Wieso nicht? Ich stehe doch ohnehin am Bügelbrett«, antwortete er auf ihre entsprechende Bemerkung mit einem Grinsen, das sie dahinschmelzen ließ.

Alle zwei Wochen lud Ella ihre Eltern zum Essen in ihre Wohnung ein, immer an einem Abend, von dem sie wusste, dass Don anderswo zu tun hatte. Sie musste ihn nicht einmal bitten, seine Kleidungsstücke aus ihrem Schrank zu räumen und seinen elektrischen Rasierapparat aus ihrem Badezimmerregal zu entfernen. Er tat von sich aus alles in einen Koffer und legte

eine Decke darüber. Er verlor nie ein Wort darüber, auch dann nicht, wenn er den Koffer wieder auspackte, immer spät an dem betreffenden Abend, wenn ihre Eltern bereits gegangen waren.
Er zeigte auch stets Interesse an dem, was Ella ihm über sie zu erzählen hatte. Und er erinnerte sich an alles, selbst an kleine, unbedeutende Details wie die Tatsache, dass ihr Vater nur Weintrauben ohne Kerne aß, weil er Angst vor einer Blinddarmentzündung hatte. Don brachte immer Weintrauben mit, wenn sie ihre Eltern erwartete. Er wusste auch, dass ihre Mutter ein ganz bestimmtes Parfüm sehr mochte, und als ihr Geburtstag nahte, brachte er vom Flughafen eine Flasche Wein mit.
»Weißt du, ich hätte es gern, wenn du mich deinen Eltern offiziell vorstellen würdest«, sagte er mehr als einmal.
»Ich weiß, Don, und sie fänden dich bestimmt ganz sympathisch, aber so ist es einfacher«, lautete ihre immer gleiche Antwort.
»Ist es wirklich einfacher für dich? Bist du wirklich glücklich, mein Engel?«, fragte er sie.

Sie war glücklich, aber einfach war es nicht immer. Dafür stellten sie zu viele Fragen.
»Ella, dein Vater und ich würden uns nicht im Traum einfallen lassen, uns in deine Privatangelegenheiten zu mischen.«
»Ich weiß, keiner von euch käme je auf die Idee. Mögt ihr noch etwas griechischen Salat?«
»Aber wir fragen uns doch, ob du genügend Freunde hast und unter die Leute kommst? Ich meine, wenn du hier in dieser Wohnung ein fast klösterlich abgeschiedenes Leben führst, warum wohnst du dann nicht lieber zu Hause und sparst die Miete?«
»Deine Mutter will damit sagen, Ella, dass wir es gerne sähen, wenn du dein eigenes Heim hättest.«

»Aber das habe ich doch, Dad. Wir sitzen mitten drin und essen zu Abend«, erwiderte sie mit verdächtig glänzenden Augen.
»Dein Vater und ich hoffen einfach …«
»Oh, wir haben alle unserer Hoffnungen. Jetzt werde ich das erst mal wegräumen, und dann habe ich noch einen wunderbaren Käse und Weintrauben. Ohne Kerne, Dad.«
Es wurde von Mal zu Mal schlimmer. Ella wünschte sich allmählich auch, sie könnte ihnen Don offiziell vorstellen, um sich diese Bemerkungen nicht mehr anhören zu müssen.

Es geschah an einem Sonntag nicht lange nach diesem Gespräch. Don sollte an diesem Tag nach Killiney fahren. Margerys Vater hatte seine Enkelsöhne auf die Jagd mitgenommen. Sie hatten Fasane geschossen und wollten sie braten.
»Eine barbarische Angewohnheit ist das, kleine Vögel nur so aus Spaß umzubringen«, hatte Ella gemeint.
»Da stimme ich dir zu. Ich gehe nie auf die Jagd, wie du vielleicht bemerkt haben dürftest.« Er streckte die Hände in die Höhe, als wollte er sich ergeben.
»Dir fehlt einfach die Zeit dafür«, erwiderte sie lachend.
»Selbst wenn ich sie hätte. Aber sie knallen die Vögel ja nicht nur ab, sondern essen sie wenigstens«, fügte er als Entschuldigung hinzu.
»In Ordnung, schließen wir Frieden. Ich glaube auch nicht, dass das Hühnchen, das am Sonntag zum Mittagessen als *coq au vin* im Topf landet, diesen Zustand sehr genießt. Wird es spät werden? Ich frage nur, weil ich mich mit meinen Eltern in dem neuen Hotel in der Stadt auf einen Irish Coffee treffen wollte. Nur für den Fall, du könntest befürchten, ich würde dich verlassen wollen.«
»Gute Idee. Das gefällt ihnen bestimmt«, sagte er. »Nein, es wird nicht spät werden, wie es aussieht, und außerdem bin ich viel zu arrogant, um auf den Gedanken zu kommen, du könntest mich verlassen.«

Ella machte ihre Eltern gerade auf ein paar besonders interessante Details der Einrichtung des neuen Hotels aufmerksam – auf die Porträts der Politiker an den Wänden, den Teil des Fußbodens, der mit einem extrem teuren Teppich ausgelegt und mit einer seidenen Kordel vor den Gästen geschützt war –, als sie Don sah. Er war auf eigene Faust aus Killiney gekommen, weil er dem Zufall auf die Sprünge helfen und ein zwangloses Zusammentreffen mit ihren Eltern in Szene setzen wollte. Sie lehnte sich in ihrem Sessel zurück und ließ es geschehen.

»Wir haben uns mal im Holly's getroffen, richtig? Wie geht es Ihnen denn?« Mit freudigem Gesichtsausdruck blickte er von einem zum anderen. »Schön, dich zu sehen, Ella.«

Sie lächelte und überließ ihm die Gesprächsführung. Ob sie schon bestellt hätten? Nein? Gut, dann würde er ihnen etwas holen. Wie wäre es mit Irish Coffee?

Ihre Eltern sahen einander verblüfft an. Genau das hatten sie bestellen wollen. Wie hatte er das nur erraten?

Ella fragte sich, was wohl passierte, wenn sie ihnen verriet, dass er deswegen über hellseherische Fähigkeiten verfügte, weil sie es ihm an diesem Morgen im Bett verraten hatte. Aber da bestimmt nichts Gutes dabei herausgekommen wäre, ließ sie es lieber bleiben. Stattdessen hörte sie Don gebannt zu, wie er das Gespräch geschickt von sich weg und auf ihre Eltern lenkte. Er zeigte sich an allem sehr interessiert.

Ella beobachtete ihn. Sie versuchte, ihn objektiv wie einen Fremden zu sehen. Seine Art war nicht bemüht, er mochte die Menschen, die vor ihm saßen, ebenso, wie er die Menschen bei der Benefizgala gemocht hatte. Oder wie die Menschen in Holly's Hotel, im Quentins und wahrscheinlich überall. Es war eine wunderbare Gabe, die er geschickt einzusetzen wusste.

Als er gerade zu ihrem Vater sagte: »Da bin ich völlig Ihrer Ansicht«, wandte sie sich wieder dem Gespräch zu.

Don fuhr fort: »Denn Sie können einen Kunden nicht davon

überzeugen, Aktien zu erwerben, die Sie nicht selbst kaufen würden. Auf diese Weise verlieren Sie nur Ihre Integrität.«

»Aber, Mr Richardson, Sie würden nicht glauben, wie gierig und ungeduldig diese jungen Leute heutzutage sind. Die alten, sicheren Geldanlagen sind ihnen nicht mehr gut genug… die wollen nur schnell zu Geld kommen, auf der Stelle, und ich habe die größten Probleme, sie zu ein wenig Vorsicht zu überreden.« Auf dem Gesicht ihres Vaters lag ein trauriger, anklagender Ausdruck, wie so oft in der letzten Zeit.

Ella hörte Don mit etwas leiserer Stimme sagen: »Das geht uns doch allen so, Mr Brady. Alle wollen sie ein neues Auto, ein Boot, eine Zweitwohnung …«

»Ja, aber für Sie bei Rice und Richardson ist das etwas anderes. Sie haben doch eine ganz andere Klientel, Leute mit Geld, die mehr aus ihrem Kapital machen wollen.«

»Nicht unbedingt. Zu uns kommen alle möglichen Leute, die hören, dass wir gut sind. Jede Woche lastet ein enormer Druck auf uns, diesen Erwartungen auch zu entsprechen. Vor Ihnen sitzt jemand, der weiß, wovon er spricht.«

Don Richardson stellte sich damit auf dieselbe Stufe wie ihr ängstlicher Vater.

»So geht es mir jeden Montagmorgen«, sagte Ellas Vater traurig.

»Ach übrigens, weil wir gerade bei dem Thema sind. Ich würde Ihnen gerne etwas anvertrauen, das ich selbst gleich in die Wege leiten werde, wenn ich morgen in meinem Büro bin …«

Jetzt waren ihre Stimmen kaum mehr zu vernehmen. Ella schnappte den Namen eines Bauunternehmens auf, das möglicherweise mit einem großen Auftrag rechnen durfte. Ein fast sicherer Insidertipp für anspruchsvolle und risikofreudige Kunden. »Aber wenn es nicht hundertprozentig sicher ist …?«, hörte Ella ihren Vater besorgt fragen.

»Ich würde Ihnen doch nichts Falsches erzählen.« Dons warme, kraftvolle Stimme klang sehr überzeugend. Don würde nie jemandem etwas Falsches erzählen oder gar lügen. Das war einfach nicht seine Art. Bitte, lass Dad mutig genug sein, diesen Rat anzunehmen. Wenn Don sagte, dass dieser Bauunternehmer den Zuschlag bekäme, dann wusste er, wovon er sprach. Don wusste alles.

Selbstverständlich gewann der fragliche Bauunternehmer die Ausschreibung. Und erstaunlicherweise hatte ihr Vater tatsächlich den Tipp weitergegeben und genoss daraufhin wesentlich mehr Achtung als zuvor in seiner Firma. Froh und glücklich erzählte er ihr, wie sehr er die freundliche Geste dieses Mannes, ihn an dieser Information teilhaben zu lassen, zu schätzen wusste. Und Ella musste sich zwingen, nicht allzu zufrieden zu klingen.

Ihre Mutter wusste ebenfalls Neues zu berichten. Die beiden Herren in ihrer Anwaltskanzlei konnten es kaum glauben, dass Rice und Richardson sie tatsächlich weiterempfohlen hatten. Keine komplizierte Sache, nur die üblichen Testamentsbestätigungen, aber für ihre Mutter war das ein ungeheurer Imagezuwachs. Man hatte sie schon fast in Rente schicken wollen, aber davon war jetzt nichts mehr zu hören. Ella meinte, das stünde ihrer Mutter auch zu.

Auch Nick war von Don begeistert. Er erklärte Ella voller Bewunderung, dass Don wohl ein ganzes Ablagesystem in seinem Kopf haben müsse. Mindestens zweimal die Woche erhielten sie einen Anruf, und immer hieß es, Don habe Firefly Films empfohlen. Das war fast wie ein Gütesiegel.

Und endlich fiel auch die letzte Bastion, und Deirdre gestand, dass sie ihn tatsächlich sympathisch fände. »Du musst mir das nicht sagen, Dee. Ich überlebe es auch, wenn du ihn nicht magst«, erwiderte Ella lachend.

Aber nein, Deirdre wollte ihren Standpunkt klar machen. Sie war in einem eleganten Nachtclub gewesen, und Don hatte sie angesprochen. »Sie sind ja heute Abend recht weit weg von allen Heimatfronten«, hatte Dee zu ihm gesagt.

»Ich weiß, dass Sie nicht viel von mir halten, Deirdre, und in gewisser Weise respektiere ich es auch, dass Sie sich für eine Freundin so einsetzen. Ich kann nur sagen, dass ich Ella liebe, aber es würde keinem nützen, wenn ich Margery und die Jungen jetzt verlassen würde. Ella weiß über alles Bescheid.«

Fast verlegen meinte Deirdre: »Und ich habe ihm geglaubt, Ella. Ich habe ihm wirklich geglaubt. Ich habe es ihm sogar abgenommen, als er sagte, er würde ein paar Gäste aus Spanien ausführen, die unbedingt in diesen Nachtclub hatten gehen wollen. Er liebt dich tatsächlich. Du hast alles, was der Mensch braucht.«

»Nicht alles, Dee. Ich habe kein gemeinsames Heim mit ihm und keine Kinder«, antwortete Ella.

»Lass dir deswegen keine grauen Haare wachsen. Frauen können heutzutage auch noch mit sechzig Kinder bekommen«, sagte Deirdre munter. »Du hast noch dreißig Jahre vor dir, bevor du an die Familienplanung denken musst.«

Die Monate vergingen, und Ella meinte, nie ein anderes Leben gekannt zu haben. Bald würden die Jungen erwachsen sein, und dann könnten sie sich ernsthaft Gedanken um eine gemeinsame Zukunft machen. Und im Augenblick? Es lief alles bestens, warum also die Dinge komplizieren?

Dons Eckchen in ihrem Arbeitszimmer war so ordentlich und aufgeräumt wie er selbst. Zum Telefonieren benutzte er immer sein eigenes Handy, und er hatte es sich angewöhnt, auf den Gang hinauszugehen, wenn er einen Anruf bekam. Dort war der Empfang besser, und es störte nicht, wenn sie gerade etwas im Fernsehen sahen oder Musik hörten. Ein paar wenige Bücher von ihm standen auf dem Wandregal, und im Zeitungsständer waren einige Wirtschaftsmagazine zu finden, aber sonst beschränkte sich seine Büroausstattung auf einen kleinen Laptop.

»Mal angenommen, du verlierst ihn?«, zog sie ihn einmal auf. »Mal angenommen, hier wird eingebrochen oder irgendjemand raubt ihn dir auf der Straße?«

»Sicherungskopien«, erklärte er. »Hausregel Nummer eins: Wir alle kopieren jeden Vorgang, der am Tag anfällt, am Abend auf eine Diskette.«

»Und was macht ihr mit der Diskette?« Die Sache interessierte sie. »Eine Diskette kann man doch genauso leicht verlieren, oder?«

»Was soll das werden, Ella? Ein Verhör, ein Tribunal?« Er lachte, aber seine Augen blickten ernst.

Ella war ein bisschen verärgert und zeigte es ihm auch. »Tut mir Leid, Don. Ich wusste nicht, dass das kleine Frauchen sich für solche Dinge nicht interessieren darf. Vergiss es. Vergiss, dass ich überhaupt etwas gesagt habe.«

»Hey, Ella, mein Engel, jetzt reagierst du aber ein bisschen heftig«, sagte er.

»Nein, tue ich nicht. Wenn du mir eine Frage über meine Schule stellst, gehe ich davon aus, dass es aus Interesse geschieht, und gebe dir eine Antwort. Aber ich würde dir niemals unterstellen, dass das Ministerium für Unterricht und Erziehung dich zu mir schickt, um mich auszufragen.«

»Ich entschuldige mich.«

»Nicht nötig. Die Botschaft ist angekommen. Stell Don keine Fragen über seine Arbeit. Okay, ich werde mich daran halten.«

»Du bist wirklich verletzt«, bemerkte er.

»Nein, nur ein bisschen sauer. Aber ich werde darüber hinwegkommen.«

»Komm her, bitte … Ich bitte dich.« Seine Augen flehten sie an.

»Was?«

Er klappte seinen Computer auf, der so klein war, dass er in seine Aktentasche passte. »Zuerst mein Passwort. Ich will, dass du es weißt.« Sein Gesicht war sehr ernst.

»Don, das ist doch albern.«

»Mein Passwort lautet ›Engel‹. Jedenfalls, seit ich dich kenne.« Er tippte die Buchstaben ein, und das Programm startete.

»Bitte, Ella, sieh dir ruhig die einzelnen Dateien an. Mein Leben ist dein Leben. Du kannst dir das hier jederzeit gerne ansehen.«

»Das wollte ich doch nicht … du hast mich nur so angeblafft, das ist alles.«

»Schau her, hier ist Killiney, alle Einzelheiten über Rechnungen und Ausgaben. Hier sind die Schulgebühren der Jungen und die auf ihre Namen – James und Gerald – lautenden Treuhandvermögen aufgeführt … und hier die Reisen, und hier bist du, Ella.«

»Du hast eine Akte über mich angelegt?« Ihre Stimme war nur noch ein Flüstern.

»Natürlich habe ich das, mein Engel.« Er deutete auf eine mit »Brady« überschriebene Datei.

Sie war den Tränen nahe, aber er nahm keine Notiz davon. Er war wild entschlossen, ihr alles zu erklären, ihr zu beweisen, wie offen er zu ihr war.

»In diesen Dateien sind unsere täglichen Transaktionen aufgelistet, die wir abends auf Diskette speichern. Und da du wissen wolltest, was wir mit den Disketten machen, sollst du auch das erfahren. Wir schicken sie zurück ans Büro. Jeder von uns hat kleine, vorfrankierte Umschläge bei sich. So, Ella, jetzt kennst du das Passwort, alles, was du wissen willst, ist hier drin. Aber jetzt erzähle mir bitte nie mehr wieder, dass ich dir irgendetwas verheimliche. Das tue ich nämlich ganz und gar nicht.«

»Wie soll ich dir nur klar machen, wie Leid es mir tut?«, fragte sie unter Tränen.

Er strich über ihr Haar. »Ella, mein Engel, mir muss es Leid tun, wenn ich vorher barsch zu dir gewesen sein sollte. Aber ich bin ständig von Leuten umgeben, die Tag und Nacht etwas von mir wissen wollen. Es ist so entspannend für mich, mit dir zusammen zu sein, denn du stellst mir nie Fragen.« Sein Gesicht drückte Zerknirschung aus.

»Ich bin so eine Närrin«, schluchzte sie.

»Ich liebe dich, Ella«, sagte er. »Eine Frau wie dich habe ich eigentlich gar nicht verdient.«

»Dein Vater käme nicht im Traum auf die Idee, dir diese Frage zu stellen, aber du kennst mich, ich bin nun mal neugierig, Ella. Eines würden wir gerne wissen … Siehst du diesen Don Richardson eigentlich oft?« Barbara Bradys Stimme wurde immer leiser bei dieser ungeheuren Einmischung in das Leben ihrer Tochter.

»Doch, schon, wir laufen uns eigentlich ziemlich oft über den Weg. Ist das ein Problem für euch?« Ella warf ihrer Mutter einen langen, offenen Blick zu.

»Nein, nein, überhaupt nicht. Es ist nur so, er ist verheiratet und das alles.«

»Was soll das heißen – und das alles?«

»Nun, er ist verheiratet und hat offensichtlich auch Kinder. Zwei Söhne, soweit ich hörte.«

»So, das ist aber schön für ihn.«

»Ella, du weißt, wir wollen nur das Beste für dich.«

»So wie ich für dich und Dad.« Ellas Lächeln war einfach umwerfend.

»Willst du in den Ferien mit mir nach Spanien kommen?«, fragte Don.

»Das würde ich gerne, aber gibt das keine Probleme?«

»Nein, nicht im Geringsten. Ich würde dir so gerne die Küste zeigen.«

»Das würde mir auch gefallen. Aber ich zahle meinen Flug selbst.«

»Das ist doch albern, mein Engel. Für dich liegt immer ein Ticket bereit.«

»Lass mir doch meinen Stolz und meine Würde. Es reicht schon, wenn ich bei dir im Haus wohne, oder nicht?«
»Äh, eigentlich dachte ich mir, wir gehen ins Hotel, das ist einfacher.«
»Sicher.« Ella verstummte.
»Ich habe mich nur deinetwegen dafür entschieden. Es könnte ja sein, dass es dir nicht recht ist, dich in diesem doch sehr familiären Umfeld aufzuhalten.«
»Nein, ist schon in Ordnung. Das ist sehr aufmerksam von dir. Aber was das Ticket angeht, das würde ich wirklich lieber selbst bezahlen, ich habe mein eigenes Geld, Don.«
»Wie du willst, mein Engel«, erwiderte er.
»Wie lange werden wir bleiben?«
»Du sagtest, du hättest sechs Tage frei. Also habe ich für diese Zeit gebucht.« Er grinste sie an.
»Gott, ich liebe dich, Don Richardson«, strahlte sie.

Der Flughafen war voller Menschen, überall Familien, Paare, Verliebte und Gruppen von jungen Mädchen auf Pauschalreise. Aber keiner war auch nur annähernd so glücklich wie Ella. Sie hatte ihn sechs Tage für sich, fast wie auf einer Hochzeitsreise.
Am liebsten hätte sie die Luft umarmt, als sie inmitten der anderen Fluggäste in die Sonne hinaustraten, wo bereits Hotelangestellte und Reiseleiter auf sie warteten, mit Schildern schwenkend und alle möglichen Namen rufend.
Don hatte bereits in Irland einen Mietwagen vorbestellt.
»Setz dich doch hierher, bis ich die lästigen Formalitäten erledigt habe«, drängte er sie. Und so passte Ella auf ihre Koffer und Dons Aktentasche auf und blickte ihm bewundernd hinterher, als er locker und entspannt an den Tresen der Autovermietung trat, sein Jackett über dem Arm.
Sie meinte, ihn in bar zahlen zu sehen. Er schien ein ganzes Bündel Banknoten in der Hand zu halten. Aber das sah ihm

überhaupt nicht ähnlich. Vielleicht wechselte er nur Geld. Lächelnd kam er zu ihr zurück.

»Genießen Sie Ihren Aufenthalt, Señor Brady«, rief ihm der Mann von der Autovermietung hinterher.

»Ich habe dich auch mit in den Mietvertrag aufnehmen lassen. Der Herr dort scheint zu wissen, wer hier der Boss ist«, sagte Don und legte den Arm um Ellas Schultern.

Sie freute sich wie ein Kind. »Aber ich bin noch nie auf der falschen Straßenseite gefahren«, sagte sie.

»Ein kluges Mädchen wie du schafft das schon«, zog er sie auf.

»Das ist sehr lieb von dir, Don.«

»Nicht im Geringsten. Außerdem ist es praktisch, wenn du einen Wagen hast – falls ich vielleicht mal arbeiten muss. Komm, suchen wir unser Auto und werfen eine Münze, wer als Erster fährt.«

»Ich denke, das können wir uns sparen. Du hast gewonnen«, sagte sie lachend und ergriff seinen Arm.

Das Hotel war äußerst luxuriös. Sie hatten einen riesigen Balkon, wo der Zimmerservice ihre erste Mahlzeit servierte, Kerzen für sie anzündete und Ella eine große, weiße Orchidee überreichte, die sie in ihr Haar steckte. »Ich bin so glücklich hier«, seufzte sie.

»Morgen muss ich mich leider von dir losreißen, um ein paar Leute zu treffen und ein paar Dinge zu erledigen. Wirst du allein zurechtkommen?«

»Natürlich werde ich das. Ich lege mich hierher und lese. Und sehe zu, dass ich braun werde. Und vielleicht schaue ich auch mal zum Pool hinunter.«

»Braves Mädchen. Ich werde spätestens um sieben wieder zurück sein.« Über den Rand des Glases mit spanischem Brandy hinweg warf er ihr einen zufriedenen Blick zu.

»Nimmst du den Wagen?«, fragte sie unschuldig.

Sie bemerkte, wie sich für den Bruchteil einer Sekunde seine

Augen zu schmalen Schlitzen verengten. »Vielleicht, mein Engel, vielleicht auch nicht. Das sehe ich dann schon, ja?«

»Sicher. Ich will nur nicht, dass es zu anstrengend für dich wird, das ist alles.«

Er entspannte sich sichtlich.

Am nächsten Morgen konnte sie vom Balkon aus beobachten, wie er zu seinen Terminen aufbrach. Eine Frau holte ihn im Vorhof des Hotels ab, eine Frau, die seiner Frau Margery sehr ähnlich sah.

Der Tag schien nicht enden zu wollen. Man konnte schließlich nicht endlos in einem Swimmingpool hin und her schwimmen. Der Krimi, den sie in Dublin gekauft hatte, konnte ihre Aufmerksamkeit auch nicht fesseln, und für das Mittagsbüffett im Hotel war sie nicht hungrig genug.

Ella nahm ein Taxi zum Hafen hinunter. Dort beobachtete sie bei einem Glas Wein, ein paar Oliven und etwas Käse die im Wasser schaukelnden Boote und die Touristen, die auf und ab flanierten. Sie würde ihn nicht fragen, es könnte jede x-beliebige Frau gewesen sein. Und sie würde auch nicht in Margery Richardsons Haus in Killiney anrufen. Was würde es schon beweisen, wenn sie nicht da wäre? Entweder hatte man Vertrauen zu jemandem oder nicht. So einfach war das. Und außerdem täuschte sie sich bestimmt, denn er hätte es ihr gesagt, wenn Margery in Spanien wäre. Aber nur mal angenommen, dass Margery tatsächlich hier war. Schließlich war sie geschäftlich mit ihrem Vater verbunden und hatte ein Recht, hier zu sein. Die Ehe existierte nicht mehr. Wie oft hatte er ihr das erklärt? Er hatte sie in diesen zauberhaften Urlaub mitgenommen, weil er sie liebte und mit ihr zusammen sein wollte... Wäre Ella nicht sehr dumm, wenn sie ihm jetzt eine große Szene machte? Sie würde nichts sagen, wie viel Selbstbeherrschung sie das auch kosten mochte.

Es war schwer, Fragen zu stellen, die nicht wie ein Verhör geklungen hätten. Und so sagte Ella kein Wort, als Don gerade noch rechtzeitig auf eine letzte Runde im Pool kurz vor Sonnenuntergang zurückkam. Er war sehr liebevoll zu ihr. Die Vorstellung, er könnte sich mit seiner Exfrau – oder wie immer man sie auch bezeichnen mochte – getroffen haben, war krankhaft. Kein Mann, der sie so leidenschaftlich liebte wie Don, konnte den Tag mit einer anderen Frau verbracht haben. Hinterher erklärte er ihr, er müsse noch ein bisschen arbeiten. Er wollte überprüfen, ob auch alle Notizen über die Arbeit des heutigen Tages im Computer gespeichert waren, und die Sicherheitsdiskette herstellen. Ella setzte sich zu ihm und betrachtete ihn versonnen.

»Bestell uns doch schon mal was zum Essen, mein Engel. Ich bin in einer halben Stunde fertig«, sagte er.

Sie bestellte Spargel und eine Platte mit Garnelen vom Grill.

»War es ein anstrengender Tag für dich?«, fragte sie schließlich.

Sie hatte sich diese Bemerkung lange überlegt. Daran würde er bestimmt keinen Anstoß nehmen.

Er blickte hoch und nahm ihre Hand. »Das war er tatsächlich, er war sehr ermüdend, mein Engel. Die Menschen bekommen einfach den Hals nicht voll. Viele meiner Klienten wollen die Sonne, den Mond, die Sterne und dann noch die halbe Milchstraße obendrein. Sie glauben, sie würden mich besitzen.«

»Aber so dringend seid ihr doch auch nicht auf solche Kunden angewiesen, oder?«

»O doch, das sind wir, mein Engel. Ricky sagt immer wieder, dass gerade unsere im Ausland lebenden Kunden die höchsten Ansprüche stellen, obwohl sie den ganzen Tag nichts zu tun haben, außer Golf zu spielen, zu schwimmen und ihren Wertpapierbesitz zu begutachten.«

»Wieso können sie nicht nach Dublin kommen, wenn sie mit dir reden wollen?«, fragte sie naiv.

»Was meinst du wohl?« Sein Gesichtsausdruck verhärtete sich. Erst jetzt begriff sie, dass darunter viele Steuerflüchtlinge waren, für die es besser war, sich zu Hause nicht blicken zu lassen.

»Hoppla, tut mir Leid«, sagte sie.

Er stand auf und kniete sich neben sie. »Nein, ich muss mich schon wieder entschuldigen. Einer dieser Herren besteht nämlich unbedingt darauf, dass ich auf seiner *hacienda*, wie er sie nennt, übernachte ... Es käme überhaupt nicht in Frage, dass ich im Hotel wohne.«

»O nein!« Ella war entsetzt.

»Doch, und ich fürchte, mir bleibt gar nichts anderes übrig. Was soll ich Ricky sagen? Dass ich keine Lust habe, ein paar Tage auf einem riesigen Anwesen mit zwei Swimmingpools, einem Billardzimmer und allen Schikanen zu verbringen ...«

»Aber er kann doch nicht verlangen, dass du deine Freizeit opferst, Don ...«

»Für ihn ist das hier keine Freizeit. Bitte, mach mir keine Szene, Ella. Ich ärgere mich selbst schon genug, ich könnte es nicht ertragen, wenn du auch noch ...«

»Nein, natürlich mache ich dir keine Szene.«

»Ich danke dir.« Er küsste sie auf die Stirn, stand auf und ging zu der großen, geschnitzten Kommode.

»Doch nicht schon heute Nacht, Don?«

»Er besteht darauf. Es tut mir wirklich entsetzlich Leid. Du weißt, dass ich lieber hier bleiben würde, schließlich sollte die Zeit nur uns gehören.« Er hob die Arme in einer Geste der Hilflosigkeit und Verzweiflung.

Ella musste vorsichtig sein, um ihn nicht gegen sich aufzubringen, aber sie war so wütend, dass sie kaum sprechen konnte. Sie mochte es sich gar nicht vorstellen: sie einsam und allein in diesem riesigen Luxushotel, während Don irgendwo mit einem Steuerbetrüger Billard spielte und in dessen Pool planschte, nur um es seinem Schwiegervater recht zu machen.

»Jetzt bestrafe mich bitte nicht mit Schweigen, mein Engel.«
»Nein, das ist nicht meine Absicht. Also los, packen wir deine Sachen. Je eher du fährst, desto schneller bist du wieder zurück.«
Er schien sehr erleichtert zu sein, dass es nicht zum Streit gekommen war.
Sie beobachtete ihn beim Packen. Don Richardson, der sonst so penibel war, wenn es um Kleidung ging, nahm für drei Tage gerade mal ein Hemd und eine Garnitur Unterwäsche mit. Nicht zu vergessen natürlich seinen Laptop.
Ella beteuerte, dass sie es sich auch ohne ihn gut gehen lassen würde. Sie würde sich hübsch anziehen, am Swimmingpool auf und ab flanieren und sich einen neuen Begleiter suchen. Wenn er zurückkäme, hätte sie seinen Namen bestimmt schon vergessen.
»Bitte vergiss mich nicht, mein Engel, ich bin schließlich die große Liebe deines Lebens, so wie du die meine bist. Einer der Gründe, weshalb ich diesen Unfug überhaupt mitmache, ist der, dass ich irgendwann mal frei sein möchte, um noch viele Jahre mit dir an Orten wie diesem zu verbringen. Ich will meinen Laptop ins Meer werfen und nie mehr nett sein müssen zu alten, langweiligen Klienten, die noch dazu halbe Gauner sind. Glaubst du mir das?«
Ella glaubte es ihm. Weshalb sollte er sie sonst mit nach Spanien genommen haben, wenn nicht aus Liebe?

Es waren lange zweieinhalb Tage, aber sie unternahm ständig etwas, unter anderem auch einen Ausflug mit dem Bus in die nähere Umgebung. Dabei kamen sie auch an einer Gruppe äußerst luxuriöser Gebäude vorbei.
»Die Villen haben alle zwei Swimmingpools, Billardzimmer und sowohl Meer- als auch Bergblick«, erklärte der Führer stolz. »Die Besitzer sind vor allem Engländer und Iren, die oft hierher kommen«, fügte er hinzu.

Es konnte leicht sein, dass Don ausgerechnet in einer dieser Villen in diesem Moment Billard spielte, um es seinem Schwiegervater recht zu machen, dachte Ella. Sie prägte sich den Namen ein: *Playa de los Angeles.* Ort oder Strand der Engel. Welche Ironie, dass er seinen eigenen Engel wegen eines Ortes mit diesem Namen hatte allein lassen müssen.

»Und, hast du eine neue Liebe gefunden?«, wollte Don wissen, als er zweieinhalb Tage später zurückkam.
»Nein, du?«, erwiderte sie lachend.
»Nein, aber müde bin ich. Können wir jetzt mit unserem Urlaub anfangen, mein Engel?«
Und damit war klar, dass er kein Wort über den Klienten verlieren würde, der darauf bestanden hatte, seine Zeit über Gebühr in Anspruch zu nehmen und ihren Urlaub zu verderben.
Don verbrachte weiterhin viel Zeit am Laptop, mehr als ihr lieb war. Wenn sie morgens aufwachte, saß er bereits davor und hämmerte auf die Tasten ein. Oft schlüpfte er noch spätabends, nachdem sie sich geliebt hatten, aus dem Bett und schien vor dem kleinen Bildschirm noch mal so richtig zum Leben zu erwachen. Das ist eben im Augenblick so, sagte Ella sich. Er tut das doch nur, damit wir, wenn die Zeit gekommen ist, noch viele Jahre zusammen sein können.

»Sollen wir getrennt durchgehen?«, wollte Ella am Flughafen von Dublin wissen.
»Wieso?«, fragte Don verwundert.
»Na, falls uns jemand sehen sollte«, antwortete Ella.
»Wer zum Beispiel?«
»Zum Beispiel Margery«, sagte sie.
»Aber wie soll sie uns sehen? Sie ist doch noch in Spanien, oder?«, fragte er verwirrt.
Also hatte sie Recht gehabt. Margery war tatsächlich in Spanien gewesen.

»Ella, es ist deine Mutter«, rief Don.
Normalerweise ging er in ihrer Wohnung nicht ans Telefon, aber er hatte einen dringenden Anruf erwartet und deshalb ihre Nummer angegeben.
»Danke, Don. Hallo, Mutter.«
»Oh, Don scheint wohl da zu sein.« Ihre Mutter hörte sich sowohl zweifelnd als auch missbilligend an.
»Ja, wir wollten gerade zu einem Empfang gehen, und er wollte mich abholen. Und, was gibt es Neues?«
»Wann bist du wieder allein?«
»Wie bitte?«
»Kann ich mit dir sprechen, wenn du wieder allein bist?«
»Du kannst jetzt mit mir sprechen, Mutter.«
»Ruf mich an, wenn du wieder frei sprechen kannst.« Und mit diesen Worten legte sie auf.
»Mist«, schimpfte Ella.
»Stimmt irgendwas nicht?« Don hob fragend den Blick von seinem Computer.
»Nein, nur eine verrückt gewordene Mutter. Über deine sprichst du eigentlich nie, fällt mir dabei auf.«
»Da gibt es auch nichts zu erzählen. Sie ist absolut diskret und lebt ihr eigenes Leben, ohne sich in das anderer Leute einzumischen.«
»Wie bewundernswert von ihr!« Ella wählte die Nummer ihrer Mutter. »Hör mal, Don ist weg, um den Wagen zu holen. Was wolltest du mir erzählen?«
»Hast du heute schon die Abendausgabe der Zeitung gesehen?«, fragte ihre Mutter spitz.
Ella gab vor, noch etwas Milch und Kaffee zu benötigen, und ging zum nächsten Supermarkt an der Ecke. In der Abendausgabe erschien immer eine Klatschkolumne, die sich über zwei Seiten erstreckte und reichlich mit Fotos versehen war. »Wer ist die Blondine am Arm von Don Richardson, der gerade aus Spanien zurückkommt? Der Manager der momentan arg gebeutel-

ten Investmentfirma R und R sieht nicht so aus, als litte er unter denselben Ängsten wie seine Klienten. R und R – das muss jetzt nicht unbedingt Rice und Richardson heißen, das könnte auch für Ruhe und Rast stehen.« Darunter war ein Foto von Ella und Don, wie sie glücklich lachend durch den Flughafen von Dublin gingen.

Ella spürte, wie alle Kraft aus ihr wich. Sie lehnte sich an den Eingang des Ladens und las den Absatz ein zweites Mal durch.

Ganz Dublin konnte sie hier in der Zeitung abgebildet sehen, wo sie in einem Tonfall als »Blondine« bezeichnet wurde, in dem man sie gleich als Flittchen hätte abtun können. Was würden die Leute jetzt nur sagen oder denken?

Aber weitaus mehr Angst machte ihr, was hinter der Anspielung stecken könnte, die Investmentfirma Rice und Richardson sei in der letzten Zeit arg gebeutelt worden. War es möglich, dass sie in ernsthaften finanziellen Schwierigkeiten steckten? War Don möglicherweise in Gefahr? Die Zeitungen übertrieben zwar immer, aber es war doch sicher gefährlich zu unterstellen, eine Firma sei in Schwierigkeiten, wenn es gar nicht stimmte? Wie leicht könnte sich die Zeitung eine Verleumdungsklage einhandeln.

Als sie in die Wohnung zurückkam, saß Don immer noch vor seinem Computer. Sie legte die Zeitung auf den Tisch und ging in die Küche. Sie brauchte dringend einen Tee oder einen Kaffee, um ihre Nervosität in den Griff zu bekommen.

»Möchtest du auch etwas, Don?«, rief sie und zwang ihre Stimme, normal zu klingen.

»Oh, ein wenig Seelenfrieden wäre nicht schlecht«, erwiderte er mit einem dumpfen kleinen Lachen.

»Wie immer, zwei Stück auf Toast!«, sagte sie und versuchte, ebenfalls zu lachen. Aber das Lachen blieb ihr im Hals stecken.

Don beendete seine Arbeit am Computer und trat an den Tisch, wo sie einen großen Whiskey für ihn hingestellt und die

zusammengefaltete Zeitung so hingelegt hatte, dass er das Bild und die Überschrift sehen konnte.
»Ist es das, was bei deiner Mutter alle Alarmglocken schrillen ließ?«, bemerkte er.
»Du hast es schon gesehen?«, fragte sie schockiert.
»Ja, Ricky hatte eine frühe Ausgabe.«
»Wieso hast du mir nichts gesagt?«
»Ich habe es dir doch schon hundertmal erklärt, mein Engel. Überlass die Sache mir, wenn es um meine Arbeit geht.«
»Aber das hier hat nichts mit deiner Arbeit zu tun«, entgegnete sie verwirrt.
»Aber was denn sonst, Ella? Sobald unsere Klienten lesen, dass andere von Problemen berichten, rennen die uns doch die Bude ein. Ricky und ich müssen uns rechtzeitig eine Strategie überlegen.«
Sprachlos sah sie ihn an.
»Was ist, Ella?«
»Aber dieses Foto, das Foto von dir und mir.«
»Das ist doch völlig bedeutungslos.«
»Wie bitte?«
»Ich meine, verglichen mit dem Rest, der auf dem Spiel stehen könnte.«
»Aber deine Frau, dein Schwiegervater, meine Eltern, alle anderen ...« Ihre Stimme zitterte.
»Jetzt hör mir mal gut zu, mein Engel. Um die mache ich mir im Moment die geringsten Sorgen, das kannst du mir glauben.« Sein Gesicht war bleich und angespannt. Er sah wirklich schlecht aus, und das beunruhigte sie. Es stimmte also, irgendetwas lief nicht so, wie es sollte. Was ging da vor sich? Aber Don hatte doch sonst immer alles im Griff.
»Don, du bringst doch wieder alles in Ordnung, oder?«
»Oh, sicher. Es gibt immer einen Plan B.« Er stieß ein unfrohes kleines Lachen aus.
»Was ist Plan B?«

»Das ist nur so ein Ausdruck. Wenn der eine Plan nicht funktioniert, muss man sich eben etwas anderes einfallen lassen. Das sagt man so.«

»Hast du denn einen Plan B?«, wollte sie wissen.

»Es gibt jede Menge Pläne, aber ich würde ungern auf einen davon zurückgreifen müssen. Ich möchte lieber, dass alles so bleibt, wie es ist.« Wehmütig sah er sich in dem Zimmer um.

Ella fröstelte plötzlich, ohne dafür einen Grund nennen zu können.

Don trank seinen Whiskey und wurde wieder geschäftlich. »Ich muss jetzt nach Killiney.«

»Ich dachte, du sagest, sie sei in Spanien.«

»Es ist weniger meine Exfrau, die mich dorthin lockt, es sind jede Menge anderer Gründe, weswegen ich dorthin muss. Wie oft soll ich dir das denn noch erklären, Engelchen?«

»Aber du kommst doch heute Abend wieder zurück, Don?«

»Nein, aber dafür werde ich dich morgen groß ins Quentins zum Mittagessen ausführen.«

»Aber das geht doch nicht, nicht, nachdem dieses Foto von uns …« Sie deutete auf die Abendzeitung.

»Unsinn. Das haben bestimmt alle schon wieder vergessen – Schnee von gestern. Sobald sie wissen, dass ihr Geld sicher ist, wird es ihnen völlig egal sein, mit wie vielen Blondinen Ricky und ich durch den Flughafen schlendern.« Da sah er ihr Gesicht. »Ich mache doch nur Spaß, mein Engel.«

»Sicher.« Ella bemerkte, dass er einige Sachen in einen Koffer packte. »Räumst du die Beweisstücke weg?«, fragte sie, hätte sich aber am liebsten auf die Zunge gebissen.

»Man sollte immer auf alles vorbereitet sein.« Er lächelte. »Bitte, Engelchen, ich bin schon gestresst genug. Morgen im Quentins, um ein Uhr. Dann werde ich dir alles erzählen.«

Er war hektisch und fahrig. Das war nicht der gelassene Don Richardson, der sich sonst immer nur gemessenen Schrittes bewegte. Zweimal legte er seine Aktentasche, seinen Mantel, seine Reisetasche und die Abendzeitung beiseite, zweimal nahm er alles wieder in die Hand. Sie durfte ihn nicht in dem Glauben gehen lassen, sie würde schmollen.

»Komm her zu mir und gib mir einen Gutenachtkuss, wenn ich schon nicht das Vergnügen, das große Vergnügen deiner persönlichen Gegenwart habe.« Und dabei ließ sie ihre Hände über seinen Körper wandern. Er reagierte prompt.

Allerdings riss er sich von ihr los. »Nein, Ella, mein Engel, das ist nicht fair. Du setzt Waffen ein, die menschenrechtlich bedenklich sind … Lass mich gehen, sonst landen wir nur im Bett.«

»Ich hätte nichts dagegen«, flüsterte sie ihm ins Ohr. Aber er entzog sich ihrer Umarmung und rannte zur Tür hinaus.

Es traf sie wie ein Schock, als sie plötzlich seine Aktentasche entdeckte. Er hatte seinen Laptop vergessen. War der Stress, unter dem er stand, so groß? Er trennte sich doch nie davon. Aber das hieß immerhin, dass er wieder zurückkommen würde. Sie war richtig nervös geworden, als er seine Sachen gepackt und sich dabei wehmütig im Zimmer umgesehen hatte.

Ella war der Hunger vergangen. Sie räumte die Lebensmittel wieder weg, die sie hatte kochen wollen. Dann rief sie ihre Mutter an und erklärte ihr, wie dumm es sei, sich wegen dieses lächerlichen Artikels in der Zeitung so aufzuregen. Es sei nur das Bild von zwei Freunden, die sich am Flughafen, im Flugzeug oder sonst wo getroffen haben könnten.

»Oder während des Urlaubs in Spanien«, sagte ihre Mutter.

»Oder das«, erwiderte Ella.

»Dein Vater und ich, wir haben uns schon gefragt …«

»Es ist ein Fehler, zu viele Fragen zu stellen«, entgegnete Ella.

»Jetzt werde nicht beleidigend, Ella.«

»Tut mir Leid, Mutter, aber mir gehen momentan noch ein paar andere Dinge durch den Kopf.«

»Ist er noch da? In deiner Wohnung?«, flüsterte ihre Mutter.

»Nein, Mutter. Ich bin allein. Du kannst gerne kommen und nachschauen.«
»Ich will doch nur das Beste für dich, wir beide.«
»Wir wollen alle nur das Beste. Das ist ja das Problem«, sagte Ella mit einem tiefen Seufzer und legte auf.
Anschließend rief sie Deirdre an, aber sie bekam nur den Anrufbeantworter zu hören. »Ich bin's – Ella. Bin froh, dass du nicht zu Hause bist. Sonst hätte ich dir nur die Ohren voll gejammert, aber jetzt kann ich das ja schlecht. Du hast bestimmt schon die Zeitung gesehen. Es ist nicht so schlimm, wie es aussieht. Don ist sehr zuversichtlich, und morgen Mittag werde ich mehr wissen und dir alles erzählen. Kannst du dich noch an die Zeit erinnern, als wir dachten, das Leben sei öde und langweilig? War das nicht gemütlich damals?«
Dann legte sie auf und setzte sich an den Tisch. Sie wusste, sie würde nicht schlafen können, aber sie sollte trotzdem ins Bett gehen und es wenigstens versuchen.
Um drei Uhr stand sie wieder auf und machte sich Tee. Um vier Uhr klappte sie den Laptop auf und gab das Wort »Engel« ein – das Passwort, wie er gesagt hatte. Aber nichts rührte sich, nicht so wie damals, als er es eingegeben hatte. Ella bekam nur die Antwort, dass das Passwort falsch sei. Sie klappte den Computer wieder zu und wartete, bis es Morgen wurde. Dann zog sie sich sorgfältig an und ging zur Schule. Irgendwie schaffte sie es, ihren Schülern einen normalen Unterricht zu bieten, wie ein Roboter. Aber sie konnte sich an kein einziges Wort erinnern, das sie gesagt hatte. Dann war es Mittag, und sie fuhr ins Quentins.

KAPITEL VIER

Mrs Brennan führte sie an einen Tisch für zwei Personen. »Hätten Sie gerne einen Drink, während Sie warten, Ms Brady?«

»Nein, vielen Dank. Ich muss heute Nachmittag noch unterrichten. Es ist besser, wenn ich nicht nach Alkohol rieche. Ein Glas Wein zum Essen ist das Äußerste.«

Brenda Brennan lachte. »Es sind leider nicht alle so klug wie Sie, Ms Brady. Manche Gäste setzen sich oft nach wesentlich mehr als einem Glas Wein wieder an den Schreibtisch und lenken die Geschicke großer Firmen oder gar des ganzen Landes, das kann ich Ihnen sagen.«

»Sie müssen irgendwann mal Ihre Memoiren schreiben«, schlug Ella vor.

»Nein, nein, ich möchte unseren Gästen noch lange die Mahlzeiten servieren. So bald schließen wir nicht.« Sie ging zu den anderen Tischen weiter. Für jeden Gast hatte sie ein freundliches Wort, ohne sich jedoch zu lange aufzuhalten. Sie bewegte sich mit einer erstaunlichen Eleganz, dachte Ella. Kein Wunder, dass das Restaurant so beliebt war.

Brenda Brennan war eine Meisterin in Allgemeinplätzen, aber sie hätte nie eine Indiskretion begangen. Ihr war es mit Sicherheit nicht entgangen, dass Ella mit Don Richardson verabredet war, einem verheirateten Mann, wie allseits bekannt war. Vielleicht hatte sie sogar das Foto in der gestrigen Zeitung gesehen. Aber sie würde nie auch nur die leiseste Anspielung machen. Bestimmt war ihr Leben einfach und überschaubar, dachte Ella voller Neid. Sie war mit dem Mann verheiratet, den sie liebte,

mit dem Küchenchef Patrick Brennan. Die glückliche Brenda, ihr stand kein nervenaufreibendes Mittagessen bevor.
Ella überlegte, ob sie sich nicht doch einen Brandy bestellen sollte, entschied sich aber dagegen. Was immer er ihr zu sagen hatte, Ella würde es sich gelassen anhören. Sie würde nicht wie am gestrigen Abend reagieren und ihm etwas von ihrem Foto in der Zeitung vorjammern. Er hatte ganz andere Probleme. Sie hätte sich ohrfeigen können, dass sie sich so hatte gehen lassen, als er sie am meisten brauchte.
Um Viertel nach eins war er noch nicht da. Das sah ihm gar nicht ähnlich. Um halb zwei fing sie langsam an, sich Sorgen zu machen. Das Quentins war zwar kein Restaurant, in dem man zu Eile genötigt wurde oder in dem man zu hören bekam, die Küche würde gleich schließen, aber um zwanzig vor zwei ging Ella auf die Toilette. Brenda Brennan mochte es nicht, wenn man vom Tisch aus mit dem Handy telefonierte, aber sie musste ihn unbedingt anrufen.
Sein Handy reagierte nicht, auch die Mailbox war nicht eingeschaltet. Das war äußerst ungewöhnlich. Aber sie würde trotzdem etwas zu essen bestellen. Oder sollte sie zuerst die Schule anrufen? Oder bei Don zu Hause in Killiney? Oder im Büro von Rice und Richardson? »Ganz ruhig, Ella«, sprach sie sich laut Mut zu. Sie beschloss, für sie beide etwas Kaltes zu bestellen. Wenn er käme, hätte er gleich etwas zu essen.
Als sie an ihren Tisch zurückkehrte, bemerkte sie, dass Brenda ihre Sachen in eine kleine Nische hatte bringen lassen. Dort warteten ihr Buch und das Glas Mineralwasser auf sie. Und ein kleiner Brandy, wie es aussah.
Ella sah sich verwundert um. Mon, die Kellnerin, war in der Nähe.
»Da bist du ja, Ella. Hier ist es doch viel intimer für ein Rendezvous mit einem Mann.« Mon lächelte breit, und zwei Büschel Haare standen keck rechts und links von ihrem Kopf ab.
»Ja, aber… «

»Hör mal, Ella, verglichen mit den meisten, die hier hereinkommen, hast du überhaupt nichts zu befürchten. Dieser Kerl ist doch verrückt nach dir. Wir sagen das so oft hinter deinem Rücken, da kann ich es dir ebenso gut offen ins Gesicht sagen.« Mon war sehr bemüht und rührend.

»Hat Don angerufen und um einen anderen Tisch gebeten?«, wollte Ella von Mon wissen.

»Keine Ahnung«, erwiderte Mon, fröhlich wie immer. »Mrs Brennan hat mich angewiesen, das rasch zu erledigen, also habe ich mich beeilt.«

Ella spürte Panik in sich aufsteigen. Was immer er ihr zu sagen hatte, musste so schrecklich sein, dass er es ihr offensichtlich nur an einem versteckten Tisch erzählen konnte. In dem Moment setzte Brenda Brennan sich zu ihr, mit einer Ausgabe der Abendzeitung in der Hand.

»Ella«, sagte sie eindringlich.

»Was ist aus der ›Ms Brady‹ von vorhin geworden? Was ist los?« Jetzt empfand sie blanke Angst.

»Einige unserer Gäste haben Sie erkannt. Ich dachte mir, hier wären Sie besser aufgehoben.«

Brenda schlug die Zeitung auf, und da war es, das Foto: Ella, die Don am Flughafen lachend ansah. Aber wieso hatten sie es noch einmal abgedruckt?

»Wenn er kommt, wird er alles erklären.«

»Er wird nicht kommen, Ella. Es war in den Nachrichten um halb zwei. Wir haben es in der Küche gehört. Er ist in Spanien. Er hat heute Morgen das erste Flugzeug genommen.«

»Nein!«, rief Ella. »Nein, er kann doch nicht weg sein.«

»Offensichtlich doch. Er hat alles im Voraus geplant. Seine Frau und seine Kinder sind bereits dort, und sein Schwiegervater ist gestern über London geflogen ...«

»Woher wissen Sie das alles ...?«

Brenda senkte ihre Stimme zu einem Flüstern. »Als die Mandanten von Rice und Richardson heute in das Büro wollten, um sich nach ihren Vermögenswerten zu erkundigen, standen sie vor verschlossenen Türen. Sie haben die Polizei und das Betrugsdezernat verständigt … und wie es aussieht, war Mr Richardson in dem Flugzeug, das um acht Uhr morgens abflog.«

»Das ist nicht wahr.«

»Ich habe mir erlaubt, Ihnen einen Cognac einzuschenken.«

»Vielen Dank«, sagte Ella automatisch, rührte das Glas aber nicht an.

»Und ich könnte auch in der Schule für Sie anrufen, wenn Sie mir die Nummer geben und mir sagen, wenn ich verlangen soll.«

»Das ist sehr freundlich von Ihnen, Mrs Brennan, aber ich kann kein Wort von alledem glauben. Don wird kommen. Er hält sein Wort.«

»Es ist wichtig – und zwar für Sie ganz persönlich –, wie Sie sich jetzt verhalten. Sie wollen bestimmt nicht einer Horde Journalisten und Fotografen in die Hände laufen.«

»Warum sollte ich das?«

»Diese idiotische Zeitung schreibt, dass er mit Ihnen ein Liebesnest in Spanien hätte. Hier steht Ihr voller Name und auch, wo Sie arbeiten.«

»Sehen Sie!«, trumpfte Ella auf. »Die wissen Dinge, die Sie nicht wissen. Nie im Leben würde er ohne mich weggehen, nie.« Ihre Stimme wurde hoch und schrill.

Brenda packte sie am Handgelenk. »Die Nachrichten im Radio berichten von Dingen, die diese Schreiberlinge der Zeitungen noch nicht wussten. Die Reporter haben mit Nachbarn in Killiney gesprochen. Das Haus dort ist verlassen. Und sie haben versucht, mit Iren zu sprechen, die in Spanien leben, aber die waren nicht sehr gesprächig, wie Sie sich vielleicht vorstellen können.«

»Nie könnte er das, nie.« Ella schüttelte den Kopf.

Brenda ließ das Handgelenk der jungen Frau wieder los. »Es

gibt bestimmt eine Erklärung. Er wird sich mit Ihnen in Verbindung setzen, aber das Wichtigste ist jetzt, Sie hier herauszubekommen, bevor jemand heimlich einen Journalisten verständigen kann.«

»Das würde doch nie jemand tun!«

»Und ob! Fahren Sie besser nicht nach Hause, und gehen Sie nicht in die Schule.«

»Und wo soll ich hin?« Ella sah Mitleid erregend aus.

»Gehen Sie nach oben in unsere Wohnung. Wir wohnen direkt über dem Restaurant. Aber erst trinken Sie das hier. Dann schreiben Sie mir die Nummer Ihrer Schule und einen Ansprechpartner dort auf, und anschließend gehen Sie zu der grünen Tür neben dem Eingang zur Küche …«

»Was wollen Sie denn in der Schule sagen?«

»Mir wird schon was einfallen«, antwortete Brenda. Sie erwähnte nicht, dass es wahrscheinlich gar nicht nötig wäre, irgendetwas zu erklären. Sie hatten bestimmt alle die Zeitung gelesen und die Mittagsnachrichten gehört. Keiner würde erwarten, dass Miss Brady heute Nachmittag wieder in den Unterricht käme.

Ella war überrascht, als sie das große, schöne Messingbett mit den Rüschenkissen und der rosaroten Tagesdecke sah. Es wirkte irgendwie zu luxuriös, zu sinnlich für ein Paar wie Brenda und Patrick. Sie zog die Schuhe aus und legte sich einen Moment hin, um einen klaren Kopf zu bekommen. Aber die schlaflose Nacht und der Schock hatten doch mehr an ihr gezehrt als erwartet. Sie fiel in einen tiefen Schlaf und träumte, dass sie und Don die Ausrüstung für ein Picknick einen Berg hinauftrügen. Aber sie hatten das Geschirr und das Besteck nur lose in ein Tischtuch gewickelt, sodass alles durcheinander fiel. Im Traum stellte sie ihm immer wieder die Frage, weshalb sie ausgerechnet diesen Weg gehen müssten, und Don wiederholte ständig: »Vertrau mir, mein Engel, das ist der richtige

Weg«, und dabei klapperte die ganze Zeit über das zerbrochene Geschirr.

Das Geräusch einer Tasse, die Brenda Brennan neben sie stellte, ließ sie plötzlich hochfahren. Es war schon fast sechs Uhr. Es gab kein Picknick. Sie konnte Don Richardson nicht mehr vertrauen. Bestand vielleicht die vage Chance, dass er in ihrer Wohnung auf sie wartete? Ella stand auf.

Brenda sagte, dass sie duschen wolle. Vielleicht würde Ella ja gerne die Sechs-Uhr-Nachrichten im Fernsehen anschauen. »Ich bin nebenan im Bad, falls Sie mich brauchen«, rief Brenda.

Ella schaltete den Fernsehapparat ein, den Nachrichtenkanal. Völlig leer im Kopf starrte sie auf die flimmernde Mattscheibe, bis endlich der Bericht kam, auf den sie wartete. Es war noch schlimmer, als sie gedacht hatte. Don war weg. So viel stand fest. Und vorbereitet hatte er seine Flucht nach Spanien in der Woche zuvor. Es wurden Interviews mit Leuten gesendet, die ihre gesamten Ersparnisse verloren hatten. Ein Mann mit rotem Gesicht hatte Don Richardson jeden Monat Geld gegeben, um sich später, wenn er in Rente ginge, ein kleines Häuschen in Spanien kaufen zu können. Seine Frau hatte eine kranke Lunge, und ein milderes Klima würde ihr gut tun. »Wir werden Spanien jetzt nie sehen«, sagte der Mann und rang die Hände, um zu demonstrieren, wie verstört er war.

Da war auch eine schlanke, blasse Frau, die den Eindruck erweckte, als sei sie eigentlich viel zu schwach, um sich vor die Kamera zu stellen und in ein Mikrofon zu sprechen. »Ich kann es nicht glauben. Er war so charmant, so überzeugend. Ich glaube fest, dass er zurückkommen und alles erklären wird. Sie sagen mir, mir würde keine Wohnung in diesem Block gehören. Aber das kann nicht sein. Er hat mir doch Fotos davon gezeigt.«

Mike Martin, ein Mann, den Ella gut kannte, ein Freund von Don, der von dem Nachrichtensprecher als Finanzexperte bezeichnet wurde, wurde als Nächster interviewt. Ella war mehrmals mit ihm und Don ausgegangen. Er wusste alles über sie. Don hielt ihn zwar für einen Besserwisser, der immer versuche, aus allem Profit zu schlagen, aber sonst sei er durchaus in Ordnung. Mike gab sich sehr betroffen und beteuerte, der Schock hätte für ihn nicht größer sein können. Don und Ricky seien eben zwei ehrgeizige Charaktere, und jeder, der der Sonne zu nahe käme, könne sich schon mal die Flügel verbrennen.

Aber dann fuhr er fort: »Es sieht aus, als hätten sie es bereits seit einem halben Jahr gewusst. Aber ich kann es trotzdem noch nicht glauben. Don Richardson ist so ein anständiger Mensch, der immer allen geholfen hat, selbst wildfremden Leuten auf der Straße, Kneipenbekanntschaften. Und er hat immer bereitwillig Tipps gegeben. Ein anderer in seiner Position hätte gesagt: ›Wenn du einen Tipp von mir willst, dann komm in mein Büro und lass dich beraten.‹ Aber nicht Don. Ich kann mir nicht vorstellen, dass er monatelang seinen Absprung plant in dem Wissen, Menschen, die ihm vertrauen, im Stich zu lassen. Die Menschen, die ihm nahe standen, lagen ihm sehr am Herzen. Ich weiß, dass es so war.«

Ella stand der Mund offen vor Staunen.

Der Reporter fragte: »Was meinen Sie, werden ihm diese Menschen fehlen, seine Freunde, das Leben, das er in Dublin geführt hatte?«

»Aber natürlich, letzten Endes hing er sehr an seiner Familie, er liebte seine Frau und seine Söhne. Sie haben ihn überallhin begleitet.«

»Gab es da nicht das Gerücht, er hätte diese blonde Freundin, eine Lehrerin, die einmal mit ihm fotografiert worden war?«

»Nein«, sagte Mike Martin. »Eines können Sie mir glauben. Ich mag zwar nicht viel über Don wissen, und ich wusste mit absoluter Sicherheit nicht, welches Spiel er im vergangenen halben Jahr spielte, was seine Klienten betraf … aber eine Sache ist klar. Er hat nie eine andere Frau angeschaut. Überlegen Sie

doch mal. Würden Sie das tun, wenn Sie mit Margery Rice verheiratet wären?«
Und dann blendeten sie ein Bild von Margery Rice bei der Preisverleihung während einer Benefizgala für Jugendliche ein. Sie war sehr zierlich, perfekt zurechtgemacht und strahlte ihren Ehemann voller Stolz an.
Ella stellte abrupt die Tasse ab.
Brenda kam im Slip ins Zimmer, zog ein frisches schwarzes Kleid an und rückte den Spitzenkragen zurecht.
»Er weiß alles über mich und Don«, sagte Ella. »Ich habe ihn oft getroffen.«
»Dann ist es doch ganz gut, wenn er seinen Mund hält, oder?«, meinte Brenda.
»Nein, ist es nicht. Es ist besser, wenn die Leute die Wahrheit erfahren. Don liebt mich. Er hat es mir erst gestern Nacht wieder gesagt.«
»Jetzt hören Sie mir mal aufmerksam zu, Ella. Ich muss gleich wieder hinunter in ein Restaurant voller Menschen, die kein anderes Thema kennen werden. Ich werde ein höfliches, unergründliches Lächeln zur Schau tragen. Ich werde beiläufig äußern, dass man nichts Genaues weiß und Spekulationen nichts bringen, und ich werde ein Dutzend weiterer belangloser Bemerkungen von mir geben. Aber eines weiß ich mit Sicherheit: Sie müssen so unbeschadet wie möglich aus dieser Sache herauskommen. Sie müssen jetzt Ihre Eltern anrufen und ihnen sagen, dass es Ihnen gut geht. Dann müssen Sie entscheiden, wie Sie mit Ihrer Arbeit verfahren, und dann müssen Sie Ihre Freunde aufsuchen, Ihre eigenen Freunde, nicht seine. Er hat nur Geschäftsfreunde.«
»Sie mögen ihn nicht, nicht wahr?«
»Nein, ich mag ihn nicht. Sehr enge Freunde von mir haben es diesem charmanten Herrn zu verdanken, dass sie ihre gesamten Ersparnisse verloren haben.«
»Er wird ihnen das Geld zurückzahlen«, rief Ella.

»Nein, wird er nicht. Zum Glück ist es nicht viel. Sie besitzen nicht sehr viel, aber sie haben fleißig gespart, und Mr Richardson hat ihnen erklärt, wie sie ihr Geld verdoppeln könnten. Sie haben ihm geglaubt.«

»Er hat oft gesagt, die Leute seien so gierig«, entgegnete Ella.

»Nicht diese beiden. Wenn Sie sie kennen würden, würden Sie anders reden. Aber das spielt jetzt keine Rolle. Sehen Sie zu, Ella, dass Sie diese Sache heil überstehen, und behalten Sie in guter Erinnerung, dass er Sie vielleicht tatsächlich geliebt hat – nun, zumindest so sehr, dass er weder Sie noch Ihrer Familie finanziellen Schaden brachte.«

»Nein.« Ella sprang auf. Ihre Beine sackten fast unter ihr weg.

»Was ist, Ella?«

»Mein Vater. Er spricht ständig davon, auf welche Ideen Don ihn gebracht hätte – ein Tipp hier, ein Hinweis dort … er wird doch nicht so dumm gewesen sein …«

»Wann haben Sie das letzte Mal mit Ihren Eltern gesprochen?«

»Gestern, aber sie haben nichts gesagt. Sie haben nur wegen meines Fotos in der Zeitung genörgelt. Wenn es etwas zu sagen gegeben hätte, hätten sie es getan.«

»Zu dem Zeitpunkt kannte noch niemand das wahre Ausmaß des Skandals. Man hat es erst heute Morgen erfahren.«

Die beiden Frauen sahen einander alarmiert an.

»Rufen Sie sie an, Ella.«

»Er wird doch nicht … nein, nie.«

»Sie haben doch gehört, was sie im Fernsehen gesagt haben …« Brenda Brennan deutete auf das weiße Telefon neben dem Bett.

Ella wählte, und ihre Mutter meldete sich, in Tränen aufgelöst.

»Wo *warst* du, Ella? Dein Vater dachte, du seist mit diesem Mann nach Spanien gegangen. Wo bist du jetzt?«

»Geht es Dad gut?«

»Selbstverständlich geht es ihm *nicht* gut, Ella. Ich habe den Arzt geholt. Er ist ruiniert.«

»Sag mir, was hat er verloren?«
»Oh, Ella, alles. Aber es ist nicht so wichtig, was wir verloren haben, es geht um seine Firma, um das, was seine Klienten verloren haben. Er muss vielleicht sogar ins Gefängnis.«
Das war der Moment, in dem Ella in Ohnmacht fiel.
Mrs Brady hatte nicht aufgelegt. Immerhin etwas. So konnte Brenda noch lange genug mit ihr sprechen und sie nach ihrer Adresse fragen. Danach schob sie Ella ein Kissen unter den Nacken, damit der Kopf leicht nach unten hing und das Blut in Richtung Gehirn fließen konnte.
»Ich muss sofort zu ihnen«, wiederholte Ella ständig.
»Sie kommen schon noch nach Hause, keine Sorge.«
»Aber Ihr Restaurant – werden Sie denn nicht unten gebraucht?«
»Bleiben Sie ruhig liegen«, ermahnte sie Brenda.
Dann rief sie Patricks jüngeren Bruder Blouse an. »Weißt du, wo die Tara Road ist?«
»Natürlich. Ich liefere dort oft Gemüse zu Colm's Restaurant, wenn es ihm mal wieder ausgegangen ist.«
»Wenn es ihr wieder etwas besser geht, so ungefähr in einer Viertelstunde, fährst du sie dann dorthin, Blouse?«
»Hast du die Autoschlüssel?«, fragte er.
Brenda kippte den Inhalt von Ellas Handtasche auf den Tisch.
Die Schlüssel hingen alle an einem Ring.
Auf dem Schlüsselanhänger war ein Engel.
»Engel«, sagte Ella mit schwacher Stimme.
»Ja, wir haben die Autoschlüssel.« Brenda packte alles wieder in die Tasche zurück, darunter auch ein Foto von Don Richardson. Er lächelte das Mädchen an, das ihn geliebt hatte, aber Brenda würdigte ihn nur eines kurzen Blicks. Ella hatte die Augen offen und beobachtete sie, sonst hätte Brenda das Foto in tausend Fetzen zerrissen.
Ella gab Blouse Anweisungen, wie er am besten zum Haus ihrer Eltern fuhr. Als sie dort eintrafen, kam Ellas Mutter zum Wagen

herausgelaufen. »Ich schätze, Sie sind einer von seinen Freunden«, sagte sie, als Blouse Ella aus dem Wagen half.
»Ich bin niemandes Freund, Madam. Ich bin Brendas Schwager. Sie hat mich gebeten, diese Lady nach Hause zu fahren.«
»Und woher kommen Sie jetzt?«
»Von Quentins Restaurant«, antwortete er stolz.
»Lass ihn in Ruhe, Mam. Er hat mit alledem nichts zu tun.«
»Was wissen wir denn schon, wer mit wem was zu tun hat?« Ihre Mutter sah aus, als hätte jemand sie geschlagen.
»Wo ist Dad?«
»Im Wohnzimmer. Er will sich nicht hinlegen, und er will kein Beruhigungsmittel nehmen. Er sagt, er muss wach sein, falls jemand vom Büro anruft.«
»Und, haben sie schon angerufen?«
»Seit Mittag noch nicht, seit wir erfahren haben, dass Don das Land verlassen hat. Es hat keinen Sinn, jetzt irgendjemanden anzurufen, Ella. Es ist alles weg, alles weg.«
»Ich kann dir gar nicht sagen, wie Leid mir das tut«, entgegnete sie.
»Also, dann gehe ich jetzt wieder«, sagte Blouse Brennan.
»Vielen Dank. Richten Sie das auch Ihrer Schwester aus, ganz sicher, ja?«
»Meiner Schwägerin«, korrigierte er sie.
»Ja, sagen Sie ihr, dass ich ihr sehr dankbar bin.«
»Das ist doch nicht der Rede wert«, erwiderte er.
»Wie kommen Sie denn zurück?«, fragte Ellas Mutter, die sah, dass er die Autoschlüssel auf den Tisch gelegt hatte.
»In welche Richtung der Tara Road muss ich gehen, damit ich schneller am Bus bin?«, fragte er munter. Er war so unbekümmert. Er lebte in einer Welt, in der es selbstverständlich war, fremde Menschen in deren eigenem Wagen nach Hause zu fahren und anschließend mit dem Bus wieder in die Küche – oder wo immer er arbeitete – zurückzukehren. Es war eine Welt, in der Menschen keine Habgier kannten und bei geschäftlichen

Transaktionen keine riesigen Geldsummen gewannen oder verloren. Er würde nie jemanden kennen lernen, der log, wie Don Richardson gelogen hatte. Der sogar die Menschen belog, die ihn liebten. Vor allem die. Aber Ella war zu müde, um sich noch länger den Kopf zu zerbrechen. Sie kannte im Moment nur noch einen Wunsch: Sie wollte ihrem Vater versichern, dass dies nicht den Untergang der Welt bedeutete. Sie wollte ihm ins Gesicht sehen und ihm erklären, dass alles wieder in Ordnung käme. Nur kam ihr das mit jeder Sekunde, die verging, selbst unwahrscheinlicher vor.

Er sah aus wie ein alter Mann, ein papierdünner, alter Mann, über dessen Skelett sich feinstes Pergament spannte. Als er lächelte, wirkte sein Gesicht wie eine Totenmaske. »Ich hatte keine Ahnung, Dad. Ich wusste von nichts«, sagte sie.

»Es ist nicht deine Schuld, Ella.«

»Doch, ist es. Ich habe ihn mit euch bekannt gemacht. Ich machte euch glauben, er sei mein Freund. Ich dachte, er würde mich lieben, Dad. Erst gestern Nacht hat er mir noch beteuert, dass er mich liebt. Ich war mir so sicher.«

Ella kniete sich neben ihn. Ihre Mutter beobachtete sie von der Tür aus, mit Tränen in den Augen.

»Dad, ich bin jung, und ich bin stark. Und wenn ich Tag und Nacht arbeiten muss, um sicherzustellen, dass es dir und Mutter wieder gut geht, dann werde ich es tun und mir keinen Tag Urlaub gönnen, bis ich weiß, dass ich alles in meiner Macht Stehende für euch getan habe.«

»Kind, jetzt reg dich doch nicht so auf.« Die Worte kamen nur stockend, als hätte er Schwierigkeiten mit dem Atmen.

»Ich bin kein Kind mehr, Dad, und ich werde mich bis zu dem Tag, an dem ich sterbe, grämen, dass so etwas passieren konnte. Und das nur, weil mich meine Menschenkenntnis so fürchterlich im Stich ließ. Aber weißt du, Dad, selbst jetzt könnte es vielleicht noch eine Erklärung geben. Vielleicht sind das ja alles nur die Machenschaften seines Schwiegervaters.«

»Bitte, Ella. Jeder vertraut den Menschen, die er liebt«, sagte ihre Mutter.

War das ihre Mutter? Statt sie zu beschimpfen, schien sie sie tatsächlich zu verstehen.

»Nein, nein. Ich konnte mich ja nicht wie normale Menschen – Menschen wie du und Dad – in einen anständigen Mann verlieben. Ich musste mir ja unbedingt einen Verbrecher suchen, der Menschen ruiniert und sie ihres Lebensunterhalts und ihrer Ersparnisse beraubt.«

»Es ist nicht so schlimm, dass ich alle meine Ersparnisse verloren habe, Ella. Es war reine Habgier, dass ich überhaupt spekuliert habe. Aber ich wollte unbedingt so viel Profit herausschlagen, dass wir dir ein kleines Häuschen hätten kaufen können.«

»Ein was? Aber ich will kein kleines Häuschen.«

»Aber uns war doch klar, dass du niemals mehr hierher zurückkehren und hier wohnen würdest. Und deshalb wollten wir dir ein eigenes, dir angemessenes Zuhause ermöglichen, das du dir bei den hohen Immobilienpreisen vom Gehalt einer Lehrerin nie würdest leisten können …«

»Vater, wie viel hast du verloren? Sag es mir.«

»Aber mir ist es nicht wichtig, was *wir* verloren haben. Mir geht es doch nur um die Firma. Don war ja immer so hilfsbereit und schien über alles Bescheid zu wissen.«

»Ja, er wusste Bescheid, das stimmt.«

»Und bei den ersten Tipps, die ich weitergegeben habe, hat es auch bestens geklappt … Ich bin das Risiko eingegangen, Ella. Ich kann niemandem außer mir selbst einen Vorwurf machen … Es ist nur, es ist …«

»Es ist was, Dad?«

»Es ist noch keine zwei Wochen her, da sagte er zu mir, es sei am einfachsten und ginge am schnellsten, wenn ich ihm das Geld zum Anlegen direkt geben würde, und zwar das Geld meiner Klienten. Ich hatte so etwas noch nie zuvor getan. Du weißt doch, wie das gesetzlich geregelt ist … Aber bei Don hörte sich das alles völlig normal an. Er sagte, er würde nach Spanien fahren und könnte es dort persönlich anlegen. Das würde Zeit sparen und die Sache erheblich erleichtern. Wieso auch nicht? Das hat er gesagt, und ich dachte mir … wieso nicht?«

»Ich weiß, Dad. Wem sagst du das?« Sie streichelte seine Hand, aber ihre Gedanken waren weit weg, weit weg in Spanien. Dieser Mistkerl. Er hatte ihrem Vater das Geld aus der Tasche gezogen, um es in diesem Hotel auszugeben. Don hatte das Geld, das er angeblich für die Klienten ihres Vaters anlegen wollte, ausgegeben, um sich, seiner Frau und seinen Kindern einen komfortablen Unterschlupf zu sichern. Und das alles, während die Tochter seines Opfers im Hotel am Swimmingpool lag und auf ihn wartete. Hatte es in der Geschichte treuloser Liebe jemals etwas so Gemeines und Erbärmliches gegeben?

»Dad, du wirst doch nicht ins Gefängnis müssen?«

»Ich werde mich mit Sicherheit vor Gericht verantworten müssen«, sagte er.

»Aber war Don denn kein gesetzlich zugelassener Finanzberater? Du weißt schon, mit Lizenz und allem… Man kann *dich* doch nicht dafür verantwortlich machen?«

»Es würde etwas nützen, wenn meine Klienten seine Klienten gewesen wären, aber das waren sie nun mal nicht. Ich habe mich nur durch Hörensagen auf seinen Rat, seine Tipps und seine Hinweise verlassen.«

»Dad, deine Vorgesetzten, sie kennen …«

»Ja, sie kennen mich. Sie wissen, dass ich ein schwacher, dummer, alter Mann bin«, sagte er, und jetzt erst flossen bei Ella die Tränen.

Sie würde darüber hinwegkommen. Sie wusste, dass sie irgendwann in der Zukunft über Don und diese kränkenden Ereignisse hinwegkommen würde. Aber nicht ihr Vater. Und deshalb würde sie Don nie vergeben können.

Alles geht einmal vorüber, selbst Skandalgeschichten wie das Verschwinden von Ricky Rice und Don Richardson, und bald standen auf den Titelseiten der Zeitungen andere Geschichten zu lesen. Selbstverständlich kam es zu einer offiziellen Untersuchung, und die Leute wurden noch vorsichtiger, wem sie ihr Geld zum Investieren anvertrauten. Es wurde viel darüber spekuliert, ob Don mit seiner Familie tatsächlich in Spanien steckte oder sich noch weiter abgesetzt hatte. Mittlerweile existierten nämlich in ganz Europa Auslieferungsverträge. Man konnte sich nicht mehr so leicht in einem Mitgliedsstaat der EU vor dem Gesetz verstecken. Vielleicht waren sie ja in Afrika oder Südamerika.

Ella war von Ermittlungsbeamten befragt worden. Ob Mr Richardson irgendwelche Pläne angesprochen habe, sich in Spanien niederzulassen, als er und Ella dort auf Urlaub waren? Ella erklärte den Herren mit düsterer Miene, dass sie nichts von solchen Plänen gewusst habe. Der Schmerz auf ihrem Gesicht schien die Beamten zu überzeugen. Sie war ebenso ein Opfer wie viele andere auch.

Dann erlosch das Interesse; zumindest in den Medien, nur nicht bei denen, deren Herz gebrochen worden war. Der Mann mit dem roten Gesicht, der sein ganzes Geld in eine Ruhestandsvilla für seine Frau gesteckt hatte, vergaß nicht. Auch nicht die blasse Frau, die der Meinung gewesen war, eine Gewinn bringende Investition getätigt zu haben und eine Wohnung in Südspanien zu besitzen. Brenda Brennans Freunde, die das Geld für eine Hochzeitsfeier angespart hatten, beschlossen, das Ganze mit Humor zu nehmen und das Beste daraus zu machen. Die beiden waren ein Paar in mittleren Jahren, und vielleicht wollte ihnen das Schicksal damit zu verstehen geben, dass es dumm gewesen wäre, eine riesige Feier zu organisieren. Eine Platte mit Sandwiches würde wahrscheinlich denselben Zweck erfüllen.

Tim Brady ließ sich von seiner Firma vorzeitig pensionieren

und brachte seine Tage damit zu, Formulare und Dossiers darüber auszufüllen, wieso er einzig aufgrund beiläufiger Hinweise eines Mannes, den er kaum gekannt hatte, seine Klienten beraten konnte. Auch Barbara Brady bot ihrer Anwaltskanzlei an, in den vorzeitigen Ruhestand zu gehen. Sie wolle sie durch ihr Bleiben bei ihren Mandanten nicht in Verlegenheit bringen, erklärte sie. Höchst taktvoll gab man ihr jedoch zu verstehen, dass keiner dieser Mandanten wisse, wer sie sei. Außerdem spiele das alles keine Rolle, und wahrscheinlich täte es ihrem Haushalt recht gut, wenn ein wenig Geld hereinkäme.

Und Ella? Jeder Tag schien achtundvierzig Stunden zu haben. Und kein Tag schien sich von dem anderen und keine Nacht von der nächsten zu unterscheiden.

Nur dass die Nächte schlimmer waren.

Und sie konnte nicht mehr schlafen. Manchmal stand sie nachts auf, wanderte in ihrem Zimmer auf und ab und sah zu dem Bücherregal hinauf, wo sie Dons Aktentasche mit dem Laptop versteckt hatte. Hundertmal schon hatte sie ihn zum Betrugsdezernat bringen wollen, mit der Ausrede, dass sie ihn zufällig entdeckt habe. Vielleicht wäre etwas von dem Geld wieder gefunden und einigen Geschädigten geholfen worden.

Aber sie brachte es nicht fertig.

Don hatte ihr vertraut. Er war nie ohne seine Aktentasche fortgegangen. Im Scherz hatte sie manchmal gesagt, dass sie quasi an seinen Arm gekettet sei. Als er an jenem Tag in großer Eile ihre Wohnung verließ, hatte sie ihn mit ihren Küssen aufgehalten, aber er hatte weder mit Panik noch mit Sorge reagiert. Er hatte sie weder angerufen noch anrufen lassen. Er wusste also, dass sie für ihn auf die Tasche aufpassen würde.

Und trotz aller gegenteiligen Beweise wusste sie, dass er zu ihr zurückkommen würde.

Außerdem steckte hinter allem ohnehin nur Ricky Rice. Er war

der Drahtzieher. Alle wussten das und tanzten nach seiner Pfeife. Allein die Tatsache, dass Don seinen Computer bei ihr gelassen hatte, war eine indirekte Botschaft. Wieso war ihr das nicht schon früher aufgefallen?
Natürlich würde er nicht einfach wieder in ihr Leben zurückkehren, um ihr zu sagen, dass alles wieder in Ordnung sei. Eine Liebe wie die ihre war nicht die banale Affäre, für die alle sie hielten.
Er war dabei, alles wieder in Ordnung zu bringen.
Nachts schien das völlig klar und eindeutig zu sein.
Sie musste einfach abwarten.
Nur tagsüber waren diese Überlegungen höchst unrealistisch. Ella erhielt keine Botschaft aus Spanien, keinen Anruf auf ihrem Handy, keine SMS. Dafür wurde sie eines Tages ins Betrugsdezernat vorgeladen. Ob Ella etwas Wichtiges zu ihren Untersuchungen beizutragen habe? Eine Liste von Akten, zum Beispiel?
Ella blickte den beiden Männern offen ins Gesicht und sagte nein, sie habe keine Unterlagen und verfüge auch über keinerlei Wissen, das sie weiterbringen würde.
»Hat er Ihnen denn nichts gegeben, worauf Sie aufpassen sollten, Madam? Dokumente, Aufzeichnungen?«
Sie war sich nicht ganz sicher, weshalb sie nein gesagt hatte. Streng genommen stimmte es ja auch. Er hatte sie nicht gebeten, etwas für ihn aufzubewahren. Aber natürlich hatte sie gelogen, und sie wusste es. Doch warum?, fragte sie sich. Wieso hatte sie Dons Laptop in Luftpolsterfolie eingeschlagen und tief in einem der Koffer mit Kleidungsstücken versteckt, die bereits auf dem Weg zurück in die Tara Road waren? Ganz klar. Falls die Beamten einen Durchsuchungsbefehl gegen sie erwirkt hätten, hätten sie den kleinen Computer gefunden, und dann hätte sie ein echtes Problem gehabt. Aber auf eine merkwürdige Art fühlte sie sich Don gegenüber verpflichtet, nichts herauszugeben, das er in ihrer Obhut zurückgelassen hatte.

Und da Don wusste, dass sie seinen Laptop hatte, war es auch nicht unwahrscheinlich, dass er sich mit ihr in Verbindung setzen würde.

Es war eine sehr unwirkliche Zeit in Ellas Leben. Ohne ihre Freunde wäre sie verloren gewesen. Deirdre war Tag und Nacht bei ihr, wann immer sie gebraucht wurde. Manchmal redeten sie kein Wort, sondern hörten nur Musik. Ein anderes Mal spielten sie Rommee. Deirdre half ihr auch, alle ihre Sachen aus der Wohnung zusammenzupacken und zurück in die Tara Road zu schaffen. Eigentlich wollte Ella auch ihre Bettwäsche verbrennen, aber Deirdre meinte, es sei jetzt keine Zeit für dramatische Gesten; sie würde sie in die Wäscherei bringen und dann einem Secondhand-Geschäft überlassen.

Es war auch Deirdre, die Ellas Vermieter klar machte, dass sie nicht mehr in der Lage sei, weiter die Miete aufzubringen. Ob man sie nicht vorzeitig aus dem Vertrag entlassen könne? Deirdre richtete es auch so ein, dass sie oft am Abend, um die Essenszeit, in der Tara Road vorbeisah, sodass der Familie gar nichts anderes übrig blieb, als einen Eindruck von Normalität zu erwecken und sich zusammenzusetzen und gemeinsam zu essen.

Manchmal wollte Deirdre von Ella wissen: »Liebst du ihn noch?«

Und immer antwortete Ella: »Ich weiß nicht.«

Deirdre fragte auch, ob sie ihn wohl wieder aufnehmen würde, falls er sie darum bitten sollte. Ella nahm die Frage sehr ernst. »Ich denke nicht, und wenn ich in das Gesicht meines Vaters schaue, dann glaube ich, dass ich nie mehr in der Lage sein werde, Don auch nur eines Blicks zu würdigen. Aber trotzdem hoffe ich weiter, dass es irgendeine andere Erklärung für die ganze Sache gibt – was aber natürlich nicht der Fall ist. So verrückt sich das vielleicht anhören mag, aber irgendetwas empfinde ich wohl immer noch für ihn.«

Und dann nickte Deirdre. Deirdre hatte nur auf einer Sache bestanden: dass Ella in der Schule die Karten offen auf den Tisch legen und sich möglichen Reaktionen sofort stellen solle. Also suchte Ella das Gespräch mit der Schuldirektorin.

»Ich gehe, wann immer Sie es wollen«, sagte sie.

»Wir wollen aber nicht, dass Sie gehen.«

»Aber sollten wir unseren Schützlingen nicht mit gutem Beispiel vorangehen?«

»Unsere Schützlinge würden uns alle in die Tasche stecken, Ella. Sie wissen das, und ich weiß es.«

»Ich kann nicht bleiben, Mrs Ennis, nicht nach diesem Skandal.«

»Was haben Sie denn getan? Sie sind auf einen Mann hereingefallen. Sie sind nicht die Erste und werden nicht die Letzte sein, der so etwas passiert, lassen Sie sich das gesagt sein. Sie sind eine gute Lehrkraft. Bitte gehen Sie nicht.«

»Und die Eltern?«

»Die Eltern werden sich ein paar Wochen lang das Maul zerreißen, und die Kinder werden ihre Witze machen, aber dann wird alles wieder vergessen sein.«

»Ich weiß nicht, ob ich damit fertig werde.«

»Womit wollen Sie denn fertig werden? Sie müssen den Leuten überall ins Gesicht sehen, ganz gleich, was für eine Arbeit Sie machen. Und ich nehme an, dass Sie Ihren Lebensunterhalt irgendwie verdienen müssen.«

»Und ob, Mrs Ennis.«

»Dann tun Sie das hier bei uns. Machen Sie auf jeden Fall bis zum Ende des Schuljahres weiter. Und dann schauen Sie mal, wie Sie sich fühlen.«

»Vielleicht möchte ich ja dann mit dem Unterrichten aufhören und etwas anderes ausprobieren.«

»Wenn Sie meinen, dann tun Sie das, aber nicht mitten im Schuljahr. So viel sind Sie uns schuldig, und Sie sind es auch sich selbst schuldig, nicht davonzulaufen wie er.«

»Sie sind sehr verständnisvoll. Man kann es sich kaum vorstellen – eine irische Klosterschule erlaubt es einer gefallenen Frau zu bleiben.«
»Sie sind doch keine gefallene Frau, Ella, Sie sind nur ein bisschen gestolpert. Gehen Sie zurück in Ihr Klassenzimmer. Das Lehrerdasein stellt genügend Anforderungen, um Sie auf andere Gedanken zu bringen.«
»Vielen Dank, Mrs Ennis.«
»Ella, er wird nicht ungeschoren davonkommen. Selbst wenn er nicht zu einer Haftstrafe verurteilt wird. Irgendeine Form der Strafe wird ihn ereilen.«
Ella zuckte die Schultern. »Schon möglich.«
»Ganz bestimmt. Er kann sich hier nirgends mehr blicken lassen, in keinem Golfclub, in keinem Jachtclub, in keinem Restaurant.«
»Das gibt es in Spanien auch alles.«
»Aber es ist nicht dasselbe. Außerdem geht mich das auch nichts an. Bleiben Sie für den Rest des Jahres bei uns, und dann sehen wir weiter.«
»Sie sind wirklich sehr freundlich und verständnisvoll.«
»Tja, so etwas haben wir doch alle schon mal erlebt, Ella, aber das bleibt jetzt unter uns. Mr Ennis, mein angeblich verstorbener Gatte, ist ganz und gar nicht tot, sondern einfach ausgemustert. Er hatte nämlich eine andere Auffassung von unserer gemeinsamen Zukunft als ich, das heißt, er wollte meine Ersparnisse *und* ein junges Mädchen, das seine Tochter hätte sein können. Selbstverständlich verstehe ich Sie.«
Noch Tage danach fragte sich Ella, ob sie sich dieses Gespräch nur eingebildet habe oder nicht. Es erschien ihr ebenso unwirklich wie alles andere in diesen Tagen. Es war, als würde sie alle diese Gespräche auf einer Bühne vorgeführt bekommen und nicht selbst daran teilnehmen.
Irgendwann rief Sandy an. Sie arbeitete immer noch zusammen mit Nick bei Firefly Films.

»Ich rufe nur an, um dir zu sagen, dass es bei uns abends immer etwas zu tun gibt, falls du dir etwas dazuverdienen möchtest.«
»Danke, Sandy, das ist sehr nett von dir. Ist das auch für Nick in Ordnung?«
»Ja, aber du weißt doch, wie er ist. Er wollte dir nicht selbst den Vorschlag machen, damit du nicht denkst, er will sich als Gönner aufspielen oder den Überlegenen markieren.«
»Das würde ich nie denken.«
»Männer sind kompliziert.«
»Du hast ja so Recht, Sandy.«
»Was soll ich Nick sagen?«
»Sag ihm, dass ich liebend gern was arbeite, egal, was.«

Und auch Brenda Brennan bot ihr Arbeit an, als Ella anrief, um sich für ihre Hilfe und Unterstützung zu bedanken. »Wenn Sie am Wochenende hier im Quentins einspringen wollen, fragen Sie einfach. Ich weiß, es sind nur ein paar Euro, obwohl Sie doch Tausende brauchen, aber es ist vielleicht ein Anfang.«
»Die halbe Stadt will im Quentins arbeiten, da kann ich doch nicht einfach so anmarschiert kommen.«
»Es gibt so etwas wie Solidarität unter Frauen, Ella. Sie haben einen herben Schlag versetzt bekommen, und jetzt brauchen Sie jemanden, der Ihnen wieder auf die Beine hilft. Sie werden schon sehen, dass viele Leute Ihnen helfen wollen.«

»Ella Brady?«
»Ja?« In letzter Zeit war sie am Telefon fahrig und nervös. Eine schlechte Angewohnheit, die sie wieder ablegen musste.
»Hier spricht Ria Lynch. Ich wohne bei Ihnen in der Straße.«
»O ja, ich weiß.«
Es hatte mal eine Zeit gegeben, da hatte diese Frau – und nicht Ella – im Mittelpunkt des Klatsches in der Tara Road gestanden. Ihr Mann hatte sie verlassen, aber bereits kurze Zeit danach war

Ria mit Colm liiert. Colm gehörte ein beliebtes Restaurant am anderen Ende der Straße. Eine Zeit lang hatten sich die Neugierigen dort die Klinke in die Hand gegeben, aber mittlerweile führten die beiden ein ebenso biederes und gesetztes Leben wie ein verheiratetes Paar. Aus welchem Grund mochte sie wohl anrufen?

»Mir ist zu Ohren gekommen, dass Don Richardson Ihnen übel mitgespielt hat, und ich würde Ihnen gerne einen Rat geben. Ich dachte, es ist besser, wenn ich mit Ihnen statt mit Ihren Eltern rede.«

»Ja?« Ella hatte ein wenig abweisend reagiert. Ungebetene Ratschläge waren ihr im Augenblick nicht sehr willkommen.

»Lassen Sie nicht zu, dass Ihr Vater das Haus verkauft, um Geld aufzutreiben. Wandeln Sie es wieder in vier Wohnungen um, wie es vorher gewesen war. Es ist ja nicht viel zu machen. Sie werden ein Vermögen an Miete kassieren. Dann bauen Sie Ihren Schuppen im Garten aus und wohnen dort ein paar Jahre.«

»Wir sollen im Schuppen wohnen?« Ella fragte sich, ob die Frau noch ganz richtig im Kopf war.

»Aber da ist doch genügend Platz. Sie müssen nur ein paar Tausender reinstecken und Wasserleitungen legen lassen. Dann haben Sie zwei Schlafzimmer und ein Wohnzimmer mit Kochnische.«

»Wir haben aber keine paar Tausender übrig.«

»Die hätten Sie in ein paar Wochen eingenommen, wenn Sie Ihr wunderschönes Haus vermieten würden. Ich zeige Ihnen gerne Colms altes Haus, wenn Sie möchten. Das ist eine Goldmine. Alle wollen heutzutage in dieser Straße wohnen, und die Leute haben mehr Geld, als man glaubt.«

»Wieso erzählen Sie mir das alles, Ria?« Ella hatte bis zu dem Moment noch nicht ein Wort mit dieser Frau gewechselt.

»Weil wir alle schon mal böse Erfahrungen gemacht haben – plötzlich kein Geld mehr, einem Mensch vertraut, der nicht das war, was zu sein er vorgab.«

Ella fragte sich, ob das stimmte. War denn das halbe Land schon betrogen und belogen worden?

Eines Nachts träumte sie, dass er ihr eine SMS auf ihrem Handy geschickt hatte.
Nur wenige Worte: Tut mir Leid, mein Engel. Der Traum war so real, dass Ella mitten in der Nacht aufstehen und nachsehen musste. Außer einer Nachricht von Nick war jedoch nichts auf ihrem Handy.
»Ich brauche deine Hilfe bei einem Wettbewerb … Sag ja.«
Sie rief ihn am nächsten Morgen an. Er brachte ihr ein Sandwich in die Schule, und sie aßen es in seinem Wagen. Wie früher hatte seine Begeisterung noch immer etwas Kindliches an sich. Es war ein Filmfestival geplant mit dem Themenschwerpunkt Dublin. Anhand bestimmter Aspekte im täglichen Leben der Stadt sollte der Wandel illustriert werden, den die Stadt im Laufe der Jahre vollzogen hatte.
»Was für eine Art Wandel ist denn damit gemeint? Architektur oder so etwas?«
»Nein, ich glaube eher nicht, das ist weniger interessant«, sagte Nick.
»Aber was dann? Die Zunahme des irischen Selbstbewusstseins?«
»Ja, aber wir können nicht einfach einen Film machen und sagen, dass wir alle jetzt ein größeres Selbstbewusstsein besitzen. Schau mal zum Fenster hinaus, diese Gesichter, welche Zuversicht sie ausstrahlen … Irgendetwas muss es doch geben, das sie verbindet, irgendeinen roten Faden.«
»Und wenn wir den gefunden haben, was machen wir dann?«
»Dann fahren wir nach New York und verkaufen unsere Idee diesem Menschen dort, der eine Stiftung ins Leben gerufen hat, die King Foundation, die junge Künstler unterstützt. Wenn wir diesen Film drehen, Ella, und auf dem Festival einen Preis gewinnen, dann sind wir gemachte Leute. Gemachte Leute,

sage ich dir. Nenn mir nur irgendetwas, das für den Wandel in Dublin steht ... Fällt dir denn gar nichts ein?«

»Wie sieht es denn mit der Bezahlung aus, Nick? Ich muss dich das leider fragen, aber du weißt ja, dass wir ziemlich knapp bei Kasse sind.«

»Ja, ich habe davon erfahren«, sagte er und wich ihrem Blick aus.

»Und, ist etwas für mich drin?«

»Ja, wenn wir eine gute Idee haben.«

»Und wann würde das Ganze stattfinden?«

»Wir müssten den Film in drei Monaten präsentieren können.«

»Das würde passen. Ich könnte dann auch tagsüber arbeiten, da in zwei Wochen die Schulferien beginnen.«

»Hast du denn irgendeine Idee?«, fragte er.

Sie schwieg eine Weile. »Das Quentins«, sagte sie schließlich.

»Wie meinst du das?«

»Drehen wir doch eine Dokumentation über das Restaurant, über die sich verändernden Ambitionen, Hoffnungen und Träume seiner Gäste, seit es vor vierzig Jahren eröffnet wurde.«

»Aber so lange gibt es das doch noch gar nicht.«

»Doch, aber in den sechziger und siebziger Jahren, bis Brenda und Patrick es übernommen haben, war es nur eine Art Café. Mit wässriger Suppe und Bohnen auf Toast, du weißt schon.«

»Das habe ich nicht gewusst.«

»Damals war es genau das, was die Leute wollten. Aber schau dir nur an, wie anders das heute ist. Man könnte zum Beispiel erzählen, was für Gäste heute in das Restaurant kommen... wie sich alles geändert hat seit damals, als das Quentins noch voller Menschen war, die mit Stricken zusammengebundene Koffer bei sich hatten und auf einen Tee und ein paar Spiegeleier gekommen waren, ehe sie das Schiff zum Auswandern bestiegen.«

»Aber das war doch nie der Fall, oder?«
»Doch, Nick. Oben in ihrem Schlafzimmer haben Brenda und Patrick viele Bilder aus dieser Zeit hängen. Da wartet eine Geschichte darauf, erzählt zu werden.«
Er fragte nicht, wie sie in das Schlafzimmer der Brennans gekommen war. Nick konnte – wenn er wollte – sehr rücksichtsvoll sein. Aber er war trotzdem nicht sofort Feuer und Flamme für ihre Idee. »Damit machen wir doch nur Werbung für ihr Restaurant. Das wäre der reinste Werbespot.«
»Aber das haben sie gar nicht nötig. Das Restaurant ist immer ausgebucht. Nein, so würde ich den Film auch nicht anlegen… Man könnte zum Beispiel ein paar Gäste interviewen und ihre Erinnerungen an bestimmte Ereignisse aufzeichnen, die mit dem Quentins verknüpft sind … Du weißt schon … Da gibt es alles Mögliche: Erstkommunionen früher und jetzt, Junggesellenabschiede, Firmenfeiern im Wandel der Zeit. So was in der Art. Ich bin sicher, das illustriert die Geschichte einer sich verändernden Wirtschaftlage besser als alles andere, das ich kenne.«
Allmählich zeigte er Interesse. »Andere Restaurants werden ziemlich verschnupft reagieren, weil wir sie nicht ausgewählt haben.«
»Darum kannst du dich immer noch kümmern, wenn es so weit ist, Nick.«
Er sah sie bewundernd an. »Du bist wirklich nicht auf den Kopf gefallen, Ella«, bemerkte er.
»Und wohin hat es mich gebracht?«, fragte sie.
»Du hast wegen des Geldes gefragt«, sagte er und wechselte das Thema. »Ich würde dir Folgendes vorschlagen. Wenn du mir dabei hilfst, das Projekt durchzuziehen und an Derry King zu verkaufen, zahle ich dir ein anständiges Honorar für fünf Wochen. Was hältst du von achthundert Euro die Woche?«
»Das wären viertausend Euro. Fantastisch«, rief sie begeistert. »Wozu brauchst du es denn so dringend?«

»Um den Schuppen im Garten meiner Eltern umbauen zu lassen, da sie dank meines Liebhabers leider gezwungen sind, aus ihrem Haus auszuziehen.«

Zuerst lachte er nervös, verstummte aber gleich wieder. »Du scheinst es tatsächlich ernst zu meinen«, sagte er.

»Ja, das tue ich auch.«

»Ich kann dir das Geld auch gleich morgen geben.«

»Nein, kannst du nicht, Nick.«

»Doch, ich kann. Sagen wir mal so, ich kann es mir leichter besorgen als du.«

»Du wirst meinetwegen keine Schulden machen.«

»Nein, aber wir müssen schließlich den Hühnerstall der Bradys umbauen, damit sie nicht auf der Straße stehen«, erwiderte er und grinste sie an.

Wie viel einfacher wäre es doch gewesen, wenn sie sich in Nick hätte verlieben können, dachte Ella.

Sie verabredeten ein Treffen mit den Brennans für den nächsten Tag. Um fünf Uhr saßen Nick, Sandy und Ella in der Küche des Quentins und erläuterten ihr Projekt. Brenda und Patrick waren zuerst sehr skeptisch und äußerten ihre Bedenken. Das Ganze wäre ein zu großer Aufwand und würde sie nur daran hindern, ihre eigentliche Arbeit zu tun, die darin bestand, ihre Gäste zu versorgen. Außerdem hätten sie keine Reklame nötig. Und vielleicht wäre es manchen Gästen auch gar nicht recht, interviewt zu werden.

Aber allmählich ließen sie sich umstimmen, und bald sahen sie sogar die positiven Seiten. Auf gewisse Weise wäre der Film eine Art Beleg für ihre Arbeit, und als Teil der irischen Geschichte angesehen zu werden wäre äußerst schmeichelhaft. Und man musste auch keine Gäste ansprechen, die nicht interviewt werden wollten. Die Brennans selbst besaßen jede Menge Erinnerungsstücke. Beide waren Sammler, die alles aufhoben und nie etwas wegwarfen. Und dann gab es noch einen Grund, der überzeugender war als alle anderen … Quentin wäre sicher hellauf begeistert von der Idee.

»Quentin?«, fragte Ella. »Sie meinen, es gibt tatsächlich einen Menschen namens Quentin?«

»O ja, und ob«, erwiderte Patrick Brennan, der Küchenchef.

»Ja, und er wäre bestimmt begeistert«, fügte Brenda langsam hinzu. »Man würde ihm damit eine Art Denkmal setzen.«

»Könnten Sie uns vielleicht gleich ein paar Geschichten über das Restaurant erzählen?«, bat Ella, und als sie den Kassettenrecorder einschaltete, stellte sie fest, dass sie in den vergangenen eineinhalb Stunden kein einziges Mal an Don Richardson gedacht hatte. Der Schmerz, der immer noch wie ein scharfes Messer zwischen ihren Rippen steckte, war nicht mehr so schlimm. Er war noch da, sicher, aber nicht mehr so intensiv wie zuvor.

Quentins Geschichte

Quentin Barry hatte sich immer gewünscht, er wäre auf den Namen Sean oder Brian getauft worden. Es war nicht einfach, Quentin zu heißen, wenn man in den Siebzigerjahren in eine Schule der Christlichen Brüder ging. Aber den Namen hatten sie sich nun mal für ihn ausgesucht. Seine wunderschöne Mutter Sara Barry, die stets in einer Traumwelt lebte, die wesentlich eleganter als ihre reale Umgebung war, hatte unbedingt darauf bestanden.

Und auch sein Vater Derek, der nichts als seine Arbeit kannte, hatte sich diesen Namen gewünscht. Derek war Teilhaber von Bob O'Neills Steuerkanzlei und hatte stets den Tag herbeigesehnt, an dem der Name seines Sohnes ebenfalls auf ihrem Briefkopf erscheinen würde. Das war das Wichtigste in seinem Leben. Bob O'Neill hatte keinen Sohn, der ihm hätte nachfolgen können. Wenn die Leute neben Dereks Namen auch den von Quentin Barry auf dem Briefpapier lesen würden, wüssten sie, wer hier wichtig war.

Seit frühester Jugend wusste Quentin, dass er in die Firma seines Vaters einsteigen würde. Das wurde nie in Frage gestellt. Er wusste sogar schon, in welchem Zimmer er arbeiten würde. Es lag auf demselben Korridor wie das seines Vaters, schräg gegenüber. Im Augenblick wurde es noch als Lagerraum genutzt, und sein Vater ließ es dabei, bis es Zeit für Quentin war einzuziehen.

Die anderen Mitschüler bei den Christlichen Brüdern hatten keine Ahnung, welche Berufe sie mal ausüben würden, wenn sie die Schule verließen – falls sie überhaupt Arbeit bekämen.

Ein paar von ihnen würden vielleicht an die Universität gehen, ein paar nach England oder Amerika auswandern. Und sicher würde sich der eine oder andere berufen fühlen, Priester zu werden oder dem Orden der Christlichen Brüder beizutreten. Quentin tat so, als hätte auch er eine Wahl. Er sagte, dass er vielleicht Pilot oder Automechaniker werden würde. Das hörte sich normal und männlich an, nicht so affektiert wie sein Name. Es wirkte auch nicht so privilegiert wie sein Leben als Einzelkind mit einer Mutter, die aussah wie ein Filmstar und überspannt daherredete, wenn sie zur Schule fuhr, um ihren Sohn mit einem cremefarbenen Wagen abzuholen.

Manchmal fühlte sich Quentin sogar in der Lage, seiner Mutter gegenüber Zweifel an seiner zukünftigen Karriere zu äußern. »Weißt du, Mutter, vielleicht bin ich ja gar kein so guter Steuerberater wie Dad«, begann er dann nervös.

»Quentin, mein Liebling, du bist doch gerade erst zwölf Jahre alt!«, pflegte sie darauf zu erwidern. »Halte dich von dieser schrecklichen Geschäftswelt fern, solange du noch kannst.«

Quentin liebte es, zu Hause zu helfen, Stoffe für das Wohnzimmer auszusuchen und die Tischdekorationen für Dinnerpartys zusammenzustellen.

Sein Vater konnte angesichts solcher Aktivitäten nur die Stirn runzeln. »Ich will nicht, dass der Bursche diesen Mädchenkram macht«, schimpfte er.

»Dem Burschen, wie du ihn nennst, gefällt es nun mal, bei der Hausarbeit zu helfen. Ein Segen, nachdem dir nichts anderes einfällt, als dich hinzusetzen, die Ellbogen auf den Tisch zu knallen und zu essen und zu trinken, was man dir hinstellt.«

Quentin fragte sich, ob andere Eltern ebenso viel stritten wie seine. Wahrscheinlich. Darüber wurde in der Schule nicht oft gesprochen. Aber eines wusste er mit Sicherheit – die Mütter der anderen Jungen redeten mit ihren Söhnen nie so wie seine Mutter mit ihm.

Sara Barry nannte ihn immer Liebling oder Licht ihres Lebens.

Oder sonst etwas Ausgefallenes. Die Mütter der anderen schimpften ihre Söhne Tölpel oder nutzlose Tunichtgute. Das war schon sehr anders. Aber obwohl seine Mutter ihn abgöttisch liebte – was seine Abneigung, Steuerberater zu werden, betraf, nahm sie ihn nie ernst. »Aber mein Liebling, du bist doch erst zwölf«, hieß es.

Oder dreizehn oder vierzehn. Als er sechzehn Jahre alt war, wusste er, dass er jetzt deutlicher werden musste.

»Ich glaube nicht, dass ich für ein Leben als Steuerberater geschaffen bin, Dad.«

»Keiner ist dafür geschaffen, Junge. Wir müssen alle daran arbeiten.«

»Ich wäre nicht gut, ehrlich.«

»Selbstverständlich wirst du gut sein, wenn du dich damit beschäftigst. Jetzt konzentriere dich erst mal darauf, deine Prüfungen ordentlich zu schaffen.«

»In Mathematik hinke ich meilenweit hinterher, und wie es aussieht, werde ich in keinem Fach gute Noten bekommen. Ist es nicht besser, jetzt schon auf das Schlimmste vorbereitet zu sein, als hinterher einen fürchterlichen Schock zu erleiden?«

»Lernst du, machst du deine Hausarbeiten?« Die Sorgenfalten auf der Stirn seines Vaters vertieften sich.

»Tja, eigentlich schon, aber ich …«

»Da hast du es. Es sind nur die Nerven. Du bist wie deine Mutter, viel zu empfindlich. Das ist nicht gut für einen Mann.«

Quentin rasselte mit Pauken und Trompeten durch seine Prüfungen.

Die Atmosphäre zu Hause war äußerst feindselig. Und dass seine Eltern sich gegenseitig die Schuld gaben, statt ihm Vorwürfe zu machen, verschlimmerte die Situation noch mehr.

»Du setzt ihn doch nur unnötig unter Druck mit deiner fixen Idee, einen langweiligen, öden Steuerberater, der mal in deine Fußstapfen tritt, aus ihm zu machen«, fauchte Sara Barry.

»Und du setzt ihm nur Flausen in den Kopf und verzärtelst ihn,

wenn du ihn wie einen Pudel mit dir zum Einkaufen schleppst«, konterte Derek Barry.
»Dir geht es doch gar nicht um Quentin. Dir geht es doch nur darum, zwei Barrys in diesem dämlichen Büro sitzen zu haben, um Bob O'Neill eins auszuwischen«, herrschte Sara ihn an.
»Und worum geht es dir, Sara? Dir ist doch nur wichtig, dass das langweilige, dämliche Büro, wie du es nennst, genügend Geld heranschafft, damit du noch mehr Klamotten bei Haywards kaufen kannst.«
Quentin hasste es, mit anzuhören, wie sie sich seinetwegen anschrien. Er erklärte sich bereit, das Jahr zu wiederholen und Nachhilfestunden zu nehmen. Derek Barry war froh, Bob O'Neill gegenüber nie einen exakten Zeitpunkt genannt zu haben.
Einer der Ordensbrüder in der Schule war ein sanfter Mann mit einem Blick, der stets in weite Ferne zu schweifen schien. Bruder Rooney war meist im Garten der Schule anzutreffen, wo er in der Erde grub und Pflanzen setzte. Es war schon lange her, dass er unterrichtet hatte, aber er behauptete, er sei nie gut darin gewesen, er sei lieber mit den Gedanken abgeschweift und habe den Jungen Geschichten erzählt.
»Das hätte mir aber gut gefallen«, entgegnete Quentin.
»So gut war das auch wieder nicht, Quentin, es hat ihnen doch nichts genützt. Ich sollte den Jungen Fakten in die Köpfe hämmern, sie durch die Prüfungen bringen. Deshalb habe ich mich in den Garten zurückgezogen, wo ich eigentlich von Anfang an sein wollte. Und hier bin ich glücklich.«
»Sie können wirklich von Glück reden, Bruder Rooney. Ich will nämlich auch kein Steuerberater werden!«
»Dann werde kein Steuerberater, Quentin. Werde das, was du werden willst.«
»Ich wünschte, ich könnte es.«
»Was machst du denn gerne? Was kannst du gut?«
»Nicht viel. Ich mag gute Küche. Ich liebe schöne Dinge, und

ich helfe anderen Leuten gerne dabei, es sich gut gehen zu lassen.«

»Du könntest in einem Restaurant arbeiten.«

»Bei *meinen* Eltern, Bruder Rooney? Können Sie sich so etwas vorstellen?«

»Nun, das ist eine anständige, ehrliche Arbeit, und sie würden sich mit der Zeit schon daran gewöhnen. Ihnen bliebe gar nichts anderes übrig.«

»Und was ist mit der Stelle in der Bibel, wo steht: ›Ehre deinen Vater und deine Mutter‹?«, sagte Quentin zu dem älteren Ordensbruder und lächelte.

»Da steht nur, dass man sie ehren soll. Es steht nicht da, dass man sich widerspruchslos allen ihren Launen und Vorstellungen fügen soll.« Der alte Mann mit den Händen eines Gärtners und den wässrigen blauen Augen erweckte den Eindruck, sich seiner Sache sehr sicher zu sein.

»Haben Sie auch danach gehandelt, Bruder Rooney?«

»Ich habe mich zweimal gegen sie entschieden, mein Junge. Das erste Mal, als ich diesem Orden beitrat. Meine Eltern wollten, dass ich in London auf dem Bau arbeite und viel Geld verdiene, aber ich wollte meinen Frieden, keinen Lärm und keine Hektik. Sie waren außer sich, aber ich wurde ihnen gegenüber nie ausfallend, und irgendwann bekam ich meinen Willen. Und als ich dann hier war, musste ich wieder darum kämpfen, das Klassenzimmer verlassen zu können und im Garten arbeiten zu dürfen. Ich versicherte meinen Mitbrüdern immer wieder, dass ich es nicht schaffe, die Kinder im Unterricht bei der Stange zu halten, dass ich ihnen nichts erklären kann, aber nichts lieber täte, als den Garten zum Blühen zu bringen, weil ich Gott so am besten dienen würde. Und irgendwann war es so weit.«

»Ich frage mich, wann es bei mir so weit sein wird.« Quentin klang sehr betrübt.

»Du wärst gut beraten, sofort damit anzufangen, Quentin«, erwiderte Bruder Rooney, griff nach seiner Hacke und machte sich an dem besonders schwer zugänglichen Unkraut im hinteren Teil des Blumenbeets zu schaffen.

»Irgendwann ist ›jetzt‹, Vater, Mutter«, verkündete Quentin an diesem Abend beim Essen.

»Was faselt der Junge da?« Sein Vater raschelte mit der Zeitung.

»Derek, sei so freundlich und hör dir wenigstens an, was dein Sohn zu sagen hat.«

»Nicht, wenn er Unsinn redet. Was soll das heißen, Quentin? Hast du das von einem deiner rüpelhaften Freunde in der Schule, wo wir dich hingegeben haben, damit ein Mann aus dir wird und du eine gute Erziehung bekommst? Aber da scheinen wir uns ja sehr getäuscht zu haben«, schnaubte Derek Barry.

»Nein, Vater, ich habe nicht viele Freunde, wie dir vielleicht aufgefallen sein dürfte. Ich interessiere mich weder für Fußball noch trinke ich oder gehe in die Disco. Deswegen bin ich auch meistens allein. Ich habe mit Bruder Rooney, dem Gärtner, gesprochen.«

»Na, du hättest stattdessen lieber mit einem der gebildeteren Brüder sprechen sollen, mit einem, der uns hätte sagen können, was wir, um Gottes willen, nur mit dir anfangen sollen, Schatz.« Jetzt war es an Quentins Mutter, traurig und gereizt zu reagieren.

»Ich werde nie Steuerberater werden. Ich werde niemals die Qualifikation für ein entsprechendes Studium schaffen. Irgendwann werden wir das alle verstehen und akzeptieren. Wieso nicht gleich?«

»Und was willst du dann mit deinem Leben anfangen?«, wollte sein Vater wissen.

»Ich werde mir Arbeit suchen, Vater, wie jeder andere auch.«

»Und was ist mit der Stelle in meinem Büro, die ich seit langem für dich freihalte?« Seinem Vater war die Enttäuschung deutlich ins Gesicht geschrieben.

»Vater, es tut mir Leid, aber das war nur ein Traum – dein Traum. Wir werden das alle irgendwann einmal verstehen. Können wir das nicht gleich tun?«

»Oh, hör auf, das unqualifizierte Gefasel von diesem Gärtner zu wiederholen.«

»Ich werde Hannah Mitchell nicht mehr unter die Augen treten können. Sie ist so stolz darauf, dass ihr Sohn Jura studieren wird wie sein Vater.« Ein beleidigter Ausdruck trat auf Sara Barrys hübsches Gesicht. Düstere Aussichten für zukünftige Damenkränzchen.

»Was für eine Arbeit?«, wollte Derek Barry wissen.

Und Quentin wusste, dass Bruder Rooney ihn gut beraten hatte. Irgendwann war »jetzt«.

Zuerst arbeitete er in einem am Meer gelegenen Café südlich von Dublin, dann in einem italienischen Restaurant in der Stadtmitte. Anschließend suchte er sich eine Stelle in der Küche und an der Bar in einem der großen Hotels. Das brachte unchristliche Arbeitszeiten mit sich, sodass er aus seinem Elternhaus auszog und sich ein kleines Apartment nahm. Seinem Vater schien das mittlerweile völlig egal zu sein, er schien es gar nicht mitzubekommen. Und seine Mutter reagierte mit Verwirrung und Fassungslosigkeit.

Und irgendwann stellte Quentin sich bei Haywards, dem großen Warenhaus, vor, die jemanden für ihr Restaurant suchten. Das Einstellungsgespräch führte Harold Hayward, einer der vielen Cousins, die in dem Familienbetrieb arbeiteten. Hier ging es viel schicker zu als in den anderen Lokalen, in denen Quentin gearbeitet hatte. Hier war es fast wie zu Hause, wo er seiner Mutter so gerne bei ihren Abendeinladungen geholfen hatte.

Und genau das war es dann auch, was Quentin Barry wiederholte. Er imitierte einfach die eleganten Tischinszenierungen seiner Mutter, und bald waren schwere Leinenservietten, feinstes Porzellan und bestes Silber nicht mehr aus dem Restaurant bei Haywards wegzudenken.

Quentin führte einige Neuerungen ein. Zum Nachmittagstee ließ er heiße, vor Butter triefende Rosinenbrötchen servieren, zu denen dicke Sahne und eingemachte Beeren in dekorativen kleinen Schalen gereicht wurden.

Und über alles, über dieses kleine Königreich, das er selbst geschaffen hatte, wachte er, als gäbe es nichts Schöneres für ihn.

Seine Mutter war ganz und gar nicht entzückt. Viele der Damen, mit denen sie sich zum Mittagessen traf, verkehrten bei Haywards. Von ihren Söhnen bediente keiner bei Tisch.

»Du kannst ihnen ja sagen, dass ich hier nur so lange als Kellner arbeite, bis ich mein eigenes Restaurant eröffne«, schlug Quentin vor.

»Das könnte ich, ja«, erwiderte seine Mutter nachdenklich.

Er war schockiert. Er hatte einen Scherz gemacht, und sie nahm ihn ernst. Was war so schlimm daran, dass er eine Arbeit verrichtete, die ihm gefiel? Gute, ehrliche Arbeit, die einem die Möglichkeit bot, sich hinterher noch bei einem Kaffee zusammenzusetzen und zu besprechen, wie man sie noch besser machen konnte. Seine wunderschöne Mutter nannte ihn schon seit einiger Zeit nicht mehr ihren Liebling oder Licht ihres Lebens. Wahrscheinlich hatte er sich das mit seiner Weigerung, Steuerberater zu werden, für immer verscherzt.

Von Zeit zu Zeit besuchte Quentin Bruder Rooney im Garten seiner alten Schule. Er brachte dem alten Mann stets eine Packung Zigaretten mit, und sie setzten sich entweder auf eine Holzbank oder in das Gewächshaus. Dann machte der alte Mann mit den blassen, wässrigen Augen Quentin stolz auf die Veränderungen aufmerksam, die es seit seinem letzten Besuch gegeben hatte. Dramatische Veränderungen. Als er die Hecke zurückgeschnitten hatte, waren Pflanzen zum Vorschein gekommen, die bisher keinem aufgefallen waren, und jetzt, da sie genügend Licht hatten, blühten und wuchsen sie.

»Haben Ihnen die Mädchen hier eigentlich nicht gefehlt?«, wollte Quentin eines Tages von ihm wissen.
»Mittlerweile gibt es hier doch Mädchen, oder?« Die Schule hatte sich in den letzten Jahren beiden Geschlechtern geöffnet, was große Veränderungen nach sich gezogen hatte.
»Nein, ich meinte eigentlich Frauen generell. Hat Ihnen diese Seite des Lebens nie gefehlt?«
»Nein, ganz und gar nicht«, antwortet Bruder Rooney. »Komisch, aber das hat mir nie etwas ausgemacht. Ich hatte nie eine Freundin, ich konnte nie etwas mit Frauen anfangen.«
»Wären Ihnen Männer lieber gewesen?« Quentin wusste, dass der alte Mann ihm die Frage nicht krumm nehmen würde.
»Weder noch. Ich bin wohl so was wie ein Eunuch. Aber weißt du, Quentin, das ist kein so großer Verlust, wie die meisten Leute meinen.«
»Ich denke, diese Einstellung ist durchaus von Vorteil, wenn man in einem religiösen Orden lebt und ein Keuschheitsgelübde abgelegt hat«, erwiderte Quentin schmunzelnd.
»Nein, das habe ich damit eigentlich nicht sagen wollen. Ich meinte damit, dass man viel mehr von der Schönheit um sich herum mitbekommt, wenn man sich nicht vor Sehnsucht nach einem Menschen verzehrt. Ich nehme zum Beispiel unendlich viele Farben und Muster an Blumen und Bäumen wahr, die anderen wahrscheinlich überhaupt nicht auffallen.« Er schien vollkommen zufrieden mit dem zu sein, was die Natur ihm mit auf den Lebensweg gegeben hatte. Die einen bekamen das, die anderen jenes.
»Sie sind einer der glücklichsten Menschen, die ich kenne, Bruder Rooney.«
»Ich hoffe, du bist nicht beleidigt und verstehst mich nicht falsch, wenn ich dir sage, Quentin, dass du mir sehr ähnlich bist. Auch du siehst Schönheit in allen Dingen und verfügst über große Begeisterungsfähigkeit. Es tut meinem Herzen gut, dich von dem Restaurant erzählen zu hören, das du leitest.«

»Oh, ich leite das Restaurant nicht, Bruder. Ich arbeite nur dort.«

»Nun, du hörst dich an, als würdest du es leiten, und das ist eine schöne Sache.«

»Werden Sie mich eines Tages dort besuchen?«

»In einem so eleganten Restaurant würde ich mich nur deplatziert fühlen. Die Leute würden alle nur auf meine schmutzigen Fingernägel starren.«

»Ganz bestimmt nicht. Besuchen Sie mich doch irgendwann einmal.«

Aber Quentin wusste, dass Bruder Rooney niemals den weiten Weg von seinem Garten, in dem er lebte und wo er wahrscheinlich auch sterben würde, zurücklegen und ihn besuchen würde. Ob der alte Mönch wohl Recht hatte, wenn er meinte, Quentin wäre wie er? Ein Eunuch, der weder an Männern noch an Frauen interessiert war? Das konnte durchaus stimmen. Aber er hatte jetzt keine Zeit, darüber nachzudenken, das Restaurant war voll.

Die mittlerweile schon legendären nachmittäglichen Teestunden waren der Renner. Blitzartig verschwanden die winzigen, heißen Scones – dick mit Sahne und Himbeermarmelade bestrichen – von den Servierwagen. Es gab nicht einmal genügend Sitzplätze für alle Gäste.

»Werfen Sie diesen alten Penner doch hinaus, Quentin, ja?«, sagte Harold Hayward, der Manager, mit einer Handbewegung in Richtung des schäbigen Mannes, der in einer Ecke saß.

»Das ist kein Penner, der ist nur ein bisschen ungepflegt«, protestierte Quentin. Vielleicht hatte Bruder Rooney Recht gehabt, und das war wirklich kein Ort für einen Mann mit schmutzigen Händen.

»Schaffen Sie ihn trotzdem hinaus. Er hat in der ganzen letzten Stunde nur eine Kanne Tee konsumiert, und die Leute stehen schon Schlange an der Tür.«

Quentin ging an den Tisch. Der Mann blickte von dem Stapel

Papier, der vor ihm lag, hoch. Auf dem Tisch stand eine fast leere Kanne Tee. Harold, der Manager, hatte Recht gehabt. Das war kein Gast, an dem sie an diesem Nachmittag viel verdienen würden. Aber das war noch lange kein Grund, ihn hinauszuwerfen.

Quentin lächelte den Mann, der um die sechzig war, entschuldigend an. »Es tut mir aufrichtig Leid, Ihnen Unannehmlichkeiten zu bereiten, Sir, aber wie Sie sehen, stehen die Leute Schlange und warten auf einen freien Tisch.«

»Wollen Sie damit sagen, dass ich gehen soll?« Der Mann hatte buschige Augenbrauen, ein rotes, wettergegerbtes Gesicht und einen leichten australischen Akzent.

»Gott bewahre! Ich wollte mich nur erkundigen, ob ich Ihnen vielleicht helfen kann, Ihre Papiere etwas beiseite zu schieben, damit wir noch ein, zwei andere Gäste an Ihren Tisch setzen können.«

»Er hat Sie gebeten, mich hinauszuwerfen, oder?« Der alte Mann deutete mit dem Kopf in die Ecke, wo Harold Hayward stand und sie beobachtete.

»So, jetzt hätten wir Platz für die beiden Damen mit ihren Spazierstöcken. Sie werden Ihre Liebenswürdigkeit sehr zu schätzen wissen. Kann ich sie an Ihren Tisch begleiten?« Quentin war der Charme in Person. Er ersetzte das leere Teekännchen durch ein volles, ohne es zu berechnen.

Der alte Mann saß drei Runden an neuen Gästen aus, die man an seinen Tisch brachte. Am Ende des Tages fragte er Quentin, ob er ein Mitglied der Familie Hayward sei.

»O nein, leider nicht«, erwiderte er, entschuldigend lächelnd. »Ich bin hier nur angestellt.«

»Wieso sagen Sie ›leider‹? So toll kann die Familie auch wieder nicht sein, wenn ich mir das Gesicht von diesem Burschen dort ansehe. Der sieht aus, als hätte er in eine saure Zitrone gebissen.«

Harold Hayward wirkte tatsächlich etwas säuerlich.

»Oh, damit wollte ich nur ausdrücken, dass das Leben etwas einfacher für mich wäre, wenn ich dem Familienbetrieb angehören würde. Mein Vater ist Steuerberater, und mein Name stand schon an der Tür in seinem Büro. Ich wollte nur leider kein Steuerberater werden. Aber wenigstens Harolds Familie ist zufrieden mit mir.«

Danach kam der Mann regelmäßig und setzte sich immer an einen von Quentins Tischen. Er hieß Toby, kurz Tobe genannt. Er hatte die ganze Welt bereist, wie er sagte, und wunderbare Dinge gesehen. »Sind Sie schon viel herumgekommen?«, fragte er Quentin.

»Nein. Seit ich beschlossen habe, nicht bei meinem Vater einzusteigen, war ich darauf angewiesen, meinen Lebensunterhalt selbst zu verdienen, und mir blieb nie die Zeit, irgendwohin zu reisen. Aber ich würde so gerne mal die Farben der Provence oder die Toskana sehen, und ich möchte unbedingt mal nach Nordafrika. Eines Tages vielleicht«, fügte er traurig lächelnd hinzu.

»Warten Sie nicht zu lange, Quentin.«

»Irgendwann sollte ›jetzt‹ sein«, sagte Quentin und dachte an den alten Bruder Rooney.

»Ein wahres Wort.« Tobe nickte heftig.

Es konnte kein Zweifel daran bestehen, dass Tobe in der Tat schäbiger aussah als die anderen Gäste. Manchmal nahm Quentin ihn beiseite und erzählte ihm von dem unglaublich wirkungsvollen Fleckenentferner, den er gerade entdeckt hatte, und wenn Harold nicht zu ihnen hersah, bearbeitete er damit einen besonders auffallenden Fleck auf Tobes Hemdbrust. Einmal schenkte er ihm einen Kamm, und ein anderes Mal gab er ihm zwei Gummibänder mit, damit er seine ausgefransten Manschetten zurückschieben konnte. Quentin wusste nicht, warum er das tat, wahrscheinlich, weil er beweisen wollte, dass Harold mit seiner Einstellung Unrecht hatte. Außerdem war ihm klar, dass er Tobe – der sich seines exzentrischen Äußeren ganz und gar nicht bewusst war und offensichtlich nichts dagegen hatte, mit sanfter Gewalt verschönert zu werden – damit nicht vor den Kopf stieß.

Die Arbeit war Quentins Leben. Freunde hatte er immer noch nicht viele, das heißt, bis auf die angenehmen, aber flüchtigen Bekanntschaften mit seinen Kollegen und Gästen.

Aber seine liebenswürdige Art blieb keinem verborgen. Selbst seinen Kollegen entging nicht, wie gut er mit den Gästen zurechtkam.

»Du gehst sehr warmherzig mit den Menschen um«, sagte eines Tages Brenda Brennan zu ihm.

Sie gehörte zu den Teilzeitkräften und war eine hervorragende Kraft, elegant, gelassen und ruhig, selbst in Krisensituationen. Sie behielt stets den Überblick, was immer der Tag auch bringen mochte.

Quentin hätte es gerne gesehen, wenn sie eine feste Stellung gehabt hätte, aber sie erklärte ihm, dass sie und ihr Mann davon träumten, eines Tages ihr eigenes Restaurant zu besitzen.

»Das war aber eine nette Geste von dir«, bemerkte sie, als sie mitbekam, dass er – wie üblich ohne Berechnung – Tobes Teekanne erneut gefüllt hatte.

»Himmel, Brenda, es ist schließlich nur heißes Wasser und ein Teebeutel«, sagte Quentin. »Er ist so glücklich hier, wenn er die Leute beobachten kann, die kommen und gehen. Außerdem mag ich seine Gesellschaft. Du solltest ihn mal hören, wenn er die orangeroten und purpurfarbenen Sonnenuntergänge in Australien beschreibt.«

»Ich frage mich, was ihn wohl vor vielen Jahren dorthin verschlagen hat«, meinte Brenda.

»Wahrscheinlich seine Familie«, überlegte Quentin. »Er spricht nie über sie, und normalerweise ist es doch die Familie, die uns am meisten belastet.«

Sein eigener Vater und seine Mutter wechselten kaum mehr ein

Wort miteinander. Wenn er sie mal besuchte – was selten genug vorkam – und für sie kochte, war die Atmosphäre unerträglich. Tobe hatte vielleicht vor vielen Jahren Ähnliches mitgemacht. Quentin fragte sich, wo er wohl etwas zu essen bekam. Die Preise bei Haywards konnte er sich bestimmt nicht leisten.

Eines Abends fand er es durch Zufall heraus. Die Stimmung zu Hause bei seiner Familie war miserabel – seine Mutter war früh zu Bett gegangen, und sein Vater hatte nur geseufzt und gemeint, er würde jetzt in seinen Club gehen –, sodass Quentin sich leise verdrückt hatte.

Mit Sicherheit war keinem von beiden aufgefallen, dass er weg war. Er ging in ein Café an der Ecke, zu Mick's, wo er sich oft auf dem Nachhauseweg vom Kino noch ein paar Pommes frites holte. Richtig gegessen hatte er dort allerdings noch nie.

Bohnen auf Toast, Spiegeleier und Pommes frites, zwei Würstchen und ein Klacks Kartoffelpüree mit Erbsen waren alles, was Mick's zu bieten hatte. Es roch nach Bratfett, niemand säuberte die Tische, der Bodenbelag aus Linoleum war abgetreten, und doch hatte der Imbiss einen gewissen Charme. Er lag sehr praktisch an der Ecke einer viel befahrenen Straße, erwies sich aber als kleine Oase, kaum dass man auf den gepflasterten Innenhof getreten war und die Tür hinter sich geschlossen hatte. Es war, als würde sich die Welt hier langsamer drehen.

Quentin sah Brenda, die Kellnerin, und ihren Mann Patrick, einen ernsthaften jungen Menschen, in ein Gespräch über Bohnen und Toast vertieft. Dann entdeckte er Tobe vor einem Teller mit Würstchen, Eiern und Pommes frites

Tobe winkte ihn zu sich. »Wenn Sie hier mit niemandem verabredet sind …?«

»Nein, im Gegenteil, ich würde mich sehr über Ihre Gesellschaft freuen.« Quentin setzte sich zu dem älteren Mann, und sie sprachen über dies und das. Keiner fragte den anderen, was er hier zu suchen habe. »Bis morgen bei Haywards«, sagte Tobe zum Abschied.

Quentin blieb kurz stehen, um Brenda und ihren Mann zu grüßen und ihnen zu zeigen, dass er sie bemerkt hatte. Aber er hielt sich nicht auf, da er sich nicht in ihr – wie es schien – sehr privates Gespräch einmischen wollte.

So vergingen die Wochen, und hin und wieder traf man sich bei Mick's auf ein paar Eier und Bohnen. Irgendwann meinte Quentin seufzend, dass der Imbiss – wenn er ihm gehörte und er einen Geldgeber fände – vom Platz her für ein Restaurant völlig ausreichen würde, und Tobe kündete an, dass sich sein Besuch dem Ende zuneige und er bald zurück nach Australien ginge.

Quentin erzählte Tobe auch von seinen Eltern, die so viel besser in zwei getrennten Wohnung aufgehoben wären, nur sei keiner von beide in der Lage, den ersten Schritt zu tun. Und Tobe gestand ihm, dass er sich vierzig Jahre lang in Australien die Frage gestellt habe, wie seine irische Familie wohl so sei. Jetzt, da er sie wiedergefunden habe, würde er keine Zeit mehr, nicht eine Sekunde, an sie verschwenden, sie seien es einfach nicht wert.

»Viel Zeit können Sie aber nicht mit ihnen verbracht haben, Tobe. Sie saßen doch den ganzen Tag bei Haywards herum, und abends hier in Mick's Café.«

»Oh, ich war mit ihnen zusammen, und was ich gesehen habe, hat mir gar nicht gefallen. Aber haben Sie schon Reisepläne geschmiedet, Quentin?«

»Ja, ich bin immerhin schon so weit, dass ich mich nach Nebensaisonpreisen erkundigt habe. Aber die sind mir immer noch zu teuer. Doch mir scheint, Sie wechseln das Thema, Tobe. Wollen Sie nicht mehr über Ihre Familie sprechen? Wenn Sie nächste Woche zurückfahren, werde ich Sie wahrscheinlich nie mehr wiedersehen, und ich werde mir ewig den Kopf darüber zerbrechen, was Sie mit Ihrer Familie gesprochen haben. Wollen Sie es mir nicht erzählen?«

»Jetzt noch nicht. Ich muss erst noch ein paar Dinge klären.

Aber nächste Woche werde ich es Ihnen erzählen, hier bei Mick's. Würde Ihnen Donnerstag passen?«

Am Donnerstag bei Mick's sah Tobe verändert aus, irgendwie gesetzter. »Darf ich Sie einladen, Quentin? Heute schlagen wir mal über die Stränge und leisten uns Bohnen *und* Eier *und* Würstchen.«

Es war nur so ein Gefühl, aber plötzlich schien Tobe auch *sein* Leben in die Hand genommen zu haben. »Es war mir eine große Freude, Sie kennen gelernt zu haben, Quentin. Das hat meinem Aufenthalt in Dublin eine Bedeutung verliehen und mir geholfen, meine Gedanken zu klären. Werden Sie in ein paar Jahren nach Australien kommen und mich besuchen?«

»Ach, Tobe, ich habe ja schon Probleme, das Geld für Italien oder Marrakesch zusammenzukratzen. Wie soll ich da nach Australien kommen? Selbst wenn ich die orangeroten und purpurfarbenen Sonnenuntergänge mit eigenen Augen sehen will.«

»Sie werden es sich leisten können«, erwiderte Tobe gelassen, als wäre er sich seiner Sache ganz sicher.

»Oh, schön wär's«, seufzte Quentin und strich sich das Haar aus dem Gesicht.

Und dann erzählte Tobe seine Geschichte.

Sein eigentlicher Name lautete Toby Hayward.

Er war das schwarze Schaf der Familie. Man hatte ihn ausbezahlt, damit er dem Land fern blieb. Aber er war zurückgekommen, um die Haywards zu besuchen, doch da sie ihn nicht kannten, hatte er sie zuerst ein wenig unter die Lupe nehmen wollen. Aber außer Quentin hatte er in ihrem Kaufhaus nichts entdeckt, das ihm gefallen hätte. Tobe war es in Australien gut ergangen, besser, als die Haywards jemals ahnen würden. Es ging sie auch nichts an, und so hatte er ihnen nichts davon erzählt.

Und nachdem er den hochnäsigen Harold im Restaurant, den arroganten George Hayward in der Möbelabteilung und die trübselige, zickige Lucy Hayward in der Silberwarenabteilung erlebt hatte, war ihm klar geworden, dass er mit diesen Menschen endgültig nichts mehr zu tun haben wollte.

Quentin jedoch war ein junger Mensch mit einem Traum, mit dem Wunsch, unbedingt einmal ein Restaurant führen zu wollen. Und das war etwas ganz anderes. An ihm konnte er, stellvertretend für das Land, in dem er geboren worden war – Irland –, Wiedergutmachung leisten. Er würde Quentin am nächsten Morgen mit zum Anwalt nehmen und ihm ermöglichen, Mick's Café zu kaufen.

»So etwas passiert nur im Film«, erwiderte Quentin.

»Aber Sie glauben mir doch? Sie glauben mir, dass ich das Geld habe und Ihnen geben will. Ich bin nicht aus der Klapsmühle entflohen.«

»Ja, natürlich glaube ich Ihnen, dass Sie das tun wollen, und ich weiß, ich würde dasselbe tun, wenn ich an Ihrer Stelle wäre. Ich verstehe Sie also, aber es wird nicht so weit kommen, Tobe.«

»Wieso nicht?«

»Wegen Ihrer Familie.«

»Sie wissen doch gar nicht, dass ich wieder im Land bin. Für sie bin ich nur der schäbige alte Penner, den sie von einer Abteilung ihres Kaufhauses zur nächsten scheuchen.«

»Ihre Familie könnte vielleicht Anspruch auf das Geld erheben … schließlich ist es ihres.«

»Nein, ich habe dieses Geld verdient. Ich habe hart gearbeitet, Tag und Nacht, und es gut angelegt.«

»Vielleicht sollten Sie es wohltätigen Einrichtungen spenden.«

»Ich habe schon genügend gespendet. Ich gebe Ihnen gerade so viel, um den Laden hier zu kaufen.«

»Vielleicht will Mick ja gar nicht verkaufen.« Quentin bekam es allmählich mit der Angst zu tun, sein größter Wunsch könnte tatsächlich in Erfüllung gehen.

»Was wäre für Sie ein fairer Preis, Quentin?«

Quentin nannte ihm eine Summe.

»Legen Sie noch die Hälfte drauf, und Mick wird es nicht mehr erwarten können, zu verkaufen und von hier wegzugehen.«

»Und dann?«

»Dann melden Sie sich morgen bei Haywards krank, und wir besorgen das Geld.«

»So etwas passiert nur im Film«, sagte Quentin schon zum zweiten Mal.

»Mick, würden Sie vielleicht einen Moment zu uns kommen?«, rief Tobe.

Und Mick, der seiner Arbeit überdrüssig war und sich nichts sehnlicher wünschte, als mit seiner Frau und seiner behinderten Tochter aufs Land zu ziehen, wurde an den Tisch zitiert, wo er die Neuigkeit erfuhr, die sein ganzes Leben verändern sollte.

Brendas Entscheidung

Brenda und ihre Freundin Nora waren während ihrer Ausbildung an der Fachschule für Gastronomie unzertrennlich gewesen. Sie schmiedeten große Pläne für ihr Leben, die aber, je nachdem, was gerade passierte, starken Schwankungen unterworfen waren. So planten sie lange, zusammen nach Paris zu gehen und bei einem französischen Koch zu lernen. Doch dann wollten sie lieber einen kleinen Landgasthof mit dreißig Betten eröffnen und zu einem Tophotel ausbauen, das bereits mindestens sechs Monate im Voraus ausgebucht wäre.

Die Wirklichkeit sah natürlich ein wenig anders aus: anstrengender Schichtdienst im Service und nur wenige feste Stellen, um die sich unzählige junge Männer und Frauen mit reichlich Berufserfahrung rissen. Nora und Brenda mussten feststellen, dass es nicht einfach war, einen Einstieg zu finden.

Also gingen sie nach London, wo sich zwei bedeutende Dinge ereigneten. Nora lernte einen Italiener namens Mario kennen, der behauptete, er würde sie mehr als das Leben selbst lieben. Und Nora liebte ihn ebenso, wenn nicht sogar noch mehr.

Brenda fing sich zur selben Zeit eine schwere Erkältung ein, die sich bald zu einer Lungenentzündung auswuchs und sie eine Zeit lang um ihr Gehör brachte. Taub zu sein war ein entsetzlicher Schlag für sie. Ausgerechnet sie, die vor ihrer Krankheit fast das Gras hatte wachsen hören.

»Ich hatte nie genügend Verständnis für Gehörlose«, erklärte sie unter Tränen dem viel beschäftigten Arzt, der ihr Broschü-

ren über Kurse zum Lippenlesen gab und sie ansonsten ermahnte, ihr Selbstmitleid bleiben zu lassen, sie würde ja bald wieder hören können.
Und so besuchte Brenda diese Kurse, an denen hauptsächlich ältere Menschen teilnahmen, die sich mit ihren Hörgeräten abmühten.
Sie lernte, mit einem Videorecorder zu üben. Dabei musste sie sich die Nachrichten so lange ohne Ton anschauen, bis sie ungefähr erraten konnte, was gesagt wurde. Danach stellte sie den Ton sehr laut, um zu überprüfen, ob sie Recht hatte.
Miss Hill, die Kursleiterin, hatte eine besondere Vorliebe für Brenda, da sie eine äußerst eifrige Schülerin war. Brenda lernte, die Gesichter ihrer Mitmenschen beim Sprechen genauestens zu beobachten und das von den Lippen abzulesen, was sie nicht hören konnte. Dabei erfuhr sie, dass gerade die Buchstaben in der Mitte eines Wortes am schwersten zu verstehen waren. Die meisten Menschen verstanden Worte wie »Bett« oder »hat« noch relativ leicht, aber viel schwieriger war es, einen versteckten Konsonanten wie ein r oder ein l in der Wortmitte zu erkennen. Wörter wie »Brett« oder »hart« waren viel schwieriger herauszubekommen. Das musste man aus dem Satzzusammenhang schließen.
Brenda war irgendwann so daran gewöhnt, dass sie es kaum bemerkte, als sie wieder normal hören konnte. Zu dem Zeitpunkt war sie in der Lage, ein Gespräch am anderen Ende eines Raumes mitzuverfolgen.
Nora und Mario waren sehr beeindruckt. »Wenn alles andere schief geht, kannst du damit im Zirkus auftreten«, rief Nora begeistert.
»Und ich verkaufe draußen die Eintrittskarten«, versprach Mario.
Aber sie wussten, dass es dazu nicht kommen würde. Mario würde in Kürze nach Sizilien zurückkehren, um dort seine Verlobte Gabriella zu heiraten, eine Nachbarstochter.

Auch Nora wusste das, aber sie wollte es einfach nicht wahrhaben. Ohne Mario würde sie nicht in London bleiben oder gar nach Irland zurückkehren und ihm nachtrauern. Sie würde ihm nach Sizilien folgen, was immer sie dort auch erwartete.

Brenda war sehr einsam in London, als ihre Freundin gegangen war. Eine Liebe, so groß, dass sie selbst unter diesen demütigenden Umständen überlebte, war ein Rätsel für sie. In ihren Briefen beschrieb Nora, wie sie in einem kleinen Apartment mit Blick auf Marios Hotel wohnte. Wie sie seine Hochzeit miterlebte, die Taufe seiner Kinder, und wie sie langsam Teil des Lebens in diesem Ort wurde.

Brenda hätte nie mit dieser Bedingungslosigkeit lieben können. Manchmal fragte sie sich, ob sie überhaupt zur Liebe fähig war. Sie kehrte zurück nach Dublin, aber auch dort änderte sich nicht viel. Es gab niemanden, der ihre Tage und Nächte mit Leidenschaft erfüllt hätte, wie Mario es für Nora O'Donoghue getan hatte. Alle Welt bewunderte es, wie kühl und besonnen Brenda gerade in Krisensituationen reagierte, was für eine großartige Person sie doch sei, auf die man sich hundertprozentig verlassen könne, wenn jemand Bratensaft verschüttete oder ein Tablett fallen ließ. Manchmal fragte sich Brenda, ob sie wohl ihr ganzes Leben so gelassen und unerschütterlich bleiben würde. Nie verliebt wie die Paare, die sie bei Tisch bediente, nie wütend oder leidend wie die Kollegen, die sie in der Küche tröstete, wenn sie Liebeskummer hatten. Sie fragte sich, ob sie wohl nie heiraten würde, nachdem selbst ihre beiden jüngsten Schwestern unter großem Aufwand an Zeit und Nerven geheiratet hatten. Wie ein Fels in der Brandung hatte Brenda ihnen selbstverständlich mit Rat und Tat und Tee und Aspirin zur Seite gestanden.

Eigentlich wusste sie nicht so genau, weshalb sie ausgerechnet an diesem Abend zu der Tanzveranstaltung für Absolventen der

Gastronomiefachschule ging. Wahrscheinlich, um Nora etwas schreiben zu können. Vielleicht hoffte sie aber auch, von möglichen Stellenangeboten zu erfahren.

Sie trug das neue Kleid, das sie für die Hochzeit ihrer Schwester gekauft hatte. Es war sehr elegant – rosarotes Jäckchen über cremefarbener Spitze – und passte hervorragend zu ihrem dunklen Haar. Sie glaubte, viele bewundernde Blicke zu ernten, aber vielleicht bildete sie sich das ja nur ein.

Auf der anderen Seite des Saales entdeckte sie plötzlich »Schlaftablette«. Sie konnte sich aber partout nicht mehr daran erinnern, weshalb sie und Nora diesen ernsten jungen Mann, der ständig die Nase in seine Bücher steckte und kaum Zeit für irgendwelche Geselligkeiten hatte, so genannt hatten. Sie hatte erfahren, dass er nach Schottland gegangen war, in ein ambitioniertes Restaurant, und dass er danach bei einem Konditor in Frankreich gelernt hatte. Was machte er jetzt wieder hier? Und was noch wichtiger war – wie hieß er noch gleich? Paddy … Pat?

Sie schaute angestrengt zu ihm hinüber. So deutlich, als liefen Untertitel durchs Bild, las sie von seinen Lippen ab, was er zu seinem Begleiter sagte: »Na so was. Da drüben ist Brenda O'Hara aus unserem Jahrgang. Sieht sie nicht toll aus? Ich habe sie seit Jahren nicht mehr gesehen. Wirklich, sehr elegant.« Er schien voller Bewunderung zu sein.

Der Mann, mit dem er gekommen war – ein stadtbekanntes Großmaul, wie Brenda wusste –, erwiderte: »Oh, bei der kannst du nicht landen. Das ist ein richtiger Eisklotz, das kann ich dir sagen.«

»Wir gehen trotzdem mal rüber und sagen ›hallo‹. Dagegen kann sie ja wohl kaum etwas haben.« Und mit diesen Worten kam er auf sie zu.

Manchmal empfand sie fast Schuldgefühle, weil sie aufgrund ihrer Fähigkeit, von den Lippen zu lesen, oft einen gewissen Informationsvorsprung besaß. Aber wieso hatte der Idiot neben ihm nicht seinen Namen genannt? Dann hätte sie wenigstens das gewusst.

»Schlaftablette« kam mit einem breiten Lächeln auf sie zu. Er hatte sich gut gemacht und wirkte größer, vielleicht ließ er aber nur seine Schultern nicht mehr so hängen wie früher.

»Patrick Brennan«, sagte er und schüttelte ihre Hand.

»Brenda O'Hara, freut mich, dich wiederzusehen.« Sie musste sich unbedingt diesen albernen Spitznamen aus dem Kopf schlagen.

»Du warst doch immer mit Nora O'Donoghue zusammen. Ich kann mich noch gut erinnern. Ist sie heute Abend auch hier?«

»Irgendwann einmal, wenn du eine Stunde Zeit hast, werde ich dir erzählen, was aus Nora geworden ist. Erinnere mich daran«, erwiderte Brenda lachend.

»Jetzt hätte ich eine Stunde Zeit, Brenda, auch länger«, antwortete er.

Wäre ihr die Anerkennung in seinem Blick aufgefallen, oder lag es daran, dass sie ihm seine Bewunderung für sie zuvor von den Lippen abgelesen hatte? Wie auch immer, Brenda begann, mit Patrick Brennan zu flirten.

In den kommenden zwei Wochen sahen sie sich fast jeden Abend. Es schien ihm zu gefallen, dass sie noch bei ihrer Familie wohnte. »Ich hätte gedacht, ein Glamourgirl wie du wäre längst mit einem reichen Mann auf und davon«, meinte er scherzhaft.

»Nein, nein, ich bin ein Eisklotz, habe ich dir das nicht gesagt?«, erwiderte sie ebenso ironisch.

»Ich glaube, das habe ich schon mal gehört.« Verlegen trat er von einem Bein aufs andere.

In ihrem nächsten Brief an Nora war viel von ihm die Rede.

Er ist noch immer so ernsthaft wie früher, wenn es um die Arbeit geht. Lieber macht er gar nichts, als für ein Restaurant zu arbeiten, das seiner Meinung nach die Mühe nicht wert ist. Er sagt, ich würde mein Talent nur verschwenden, wenn ich als Kellnerin arbeite. Er würde lieber auf dem Bau schuften oder Weinkisten ausliefern, als in einer Küche zu arbeiten, die keinen guten Ruf hat. Aber ich denke nicht so. Arbeit ist Arbeit. Man kann überall etwas lernen. Und was hat er davon? Er hat nicht einmal eine eigene Wohnung. Er schläft bei anderen Leuten auf dem Sofa oder auf dem Boden. Ihm ist das egal.

Patrick erzählte ihr von dem kleinen Hof auf dem Land, wo er aufgewachsen war und wo sein jüngerer Bruder, der ein eher schlichtes Gemüt hatte, noch immer lebte. Sie erzählte ihm von dem Tante-Emma-Laden, in dem ihr Vater sich abgeplagt hatte, um den Lebensunterhalt für seine Familie zu verdienen. Sie gingen zusammen ins Kino, und manchmal zahlte sie für beide, wenn Patrick kein Geld hatte. Hinterher gingen sie um der alten Zeiten willen in Mick's Café.

Einmal in der Mittagspause, als sie ihre Sandwiches am Grand Canal verzehrten, kündigte sie an, dass sie bereits andere Pläne habe, wie sie diesen Abend miteinander verbringen würden.

»Wie du weißt, wohne ich noch zu Hause, Patrick, und seit über einem Monat bin ich jetzt schon jeden Abend mit dir verabredet.«

»Ja?« Er wirkte nervös.

»Deshalb hätte ich es eigentlich gerne, dass meine Familie dich kennen lernt und erfährt, mit welchem Menschen ich mich treffe.«

»Klar doch.«

»Nein, du verstehst nicht. Es geht nicht darum, dass sie dich unter die Lupe nehmen. Ich will dich zu nichts zwingen. Aber es ist eine Geste der Höflichkeit.«

»Doch, das verstehe ich. Ich dachte schon, du wolltest mir sagen, dass du keine Lust mehr hast, dich mit mir zu treffen.

Wenn wir eine Tochter haben, wird es uns sicher genauso gehen. Wir werden ihre Freunde auch kennen lernen wollen, nicht wahr?«

»Was?«, fragte Brenda irritiert.

»Wenn wir eine Tochter haben. Bei einem Sohn ist das natürlich anders.«

»Wie soll ich das verstehen?«

Er sah sie verwirrt an. »Wenn wir verheiratet sind. Wir werden doch Kinder bekommen, oder nicht?« Er schien jetzt ernsthaft besorgt.

»Patrick, entschuldige bitte. Habe ich irgendetwas verpasst? Hast du mich gebeten, dich zu heiraten? Habe ich ja gesagt? Das ist schließlich eine ziemlich große Sache. Daran würde ich mich erinnern, ganz bestimmt.«

Er ergriff ihre Hand. »Du wirst mich doch heiraten, oder?«, flehte er.

»Ich weiß es nicht, Patrick. Ich weiß es jetzt wirklich noch nicht.«

»Aber was willst du denn sonst tun?«, fragte er bestürzt.

»Na, da gibt es viele Möglichkeiten. Vielleicht heirate ich überhaupt nicht. Oder vielleicht jemanden, den ich bisher noch nicht getroffen habe. Oder ich heirate dich zu gegebener Zeit, wenn wir beide wissen, dass wir uns lieben.«

»Aber wissen wir das nicht jetzt schon?«

»Nein, tun wir nicht. Wir haben das Thema ja noch nicht einmal erwähnt.«

»Aber wir reden doch die ganze Zeit von nichts anderem«, erwiderte er.

»Aber da geht es immer nur um die Arbeit, Patrick. Darum, wie unsere Arbeit aussehen soll.«

»Nein, es geht darum, welches Leben wir miteinander führen wollen. Dachte ich jedenfalls.«

»Das ist doch Unsinn, Patrick.« Verärgert stand sie auf. »Du kannst das mit uns doch nicht als selbstverständlich voraussetzen. Wir sind ja noch nicht einmal ein Liebespaar.« Jetzt war sie wirklich empört.

»An Versuchen hat es nicht gemangelt«, protestierte er.

»Aber doch nicht auf dem Sofa in irgendeiner schauerlichen Bude, wo die Gefahr besteht, dass jede Minute halb Dublin mit einer Dose Guinness in der Hand hereinmarschiert.«

»Also, was willst du, Brenda? Eine Nacht in einem Bed&Breakfast? Dass ich vor dir auf die Knie gehe? Ist es das?«

»Nein.« Sie war wütend und verletzt. »Ganz und gar nicht. Das ist lächerlich. Ich mag dich, Patrick, du Dummkopf. Warum würde ich dich sonst zu mir nach Hause einladen? Aber ich wünsche mir auch Liebe, Lust und Leidenschaft und alle diese Sachen. Nicht, dass wir nebenbei, während wir an einem Sandwich kauen, die Erziehung unserer Tochter besprechen, als wäre alles schon längst geplant.«

»Tut mir Leid, dass ich es falsch angepackt habe«, sagte er.

»Wenn ich sicher wäre, dass du aus Liebe zu mir jede Arbeit annehmen würdest – so wie ich –, um auf eine eigene Wohnung zu sparen ... wenn du mehr mit mir reden und mich nicht nur düster anschweigen würdest, was die Zukunft betrifft ... wenn du mir einen anständigen Antrag machen würdest und ... ja, wenn du mich so richtig stark begehren würdest – mir fällt jetzt kein besserer Ausdruck ein –, dann würde ich mir ernsthaft Gedanken machen, dich zu heiraten, und das lieber heute als morgen. Aber das ist jetzt sinnlos, denn selbst wenn du das alles so machst, dann ist es nur auf meine Anregung und Vorgabe hin so geschehen.«

»Also kann ich nicht mit zum Abendessen kommen? Willst du mir das damit sagen?«, fragte er.

»Nein, du Clown, natürlich kommst du zum Abendessen«, erwiderte sie und drehte sich rasch um, damit er die Tränen in ihren Augen nicht sah.

An diesem Abend versicherte sie ihrer Mutter, dass es nichts Ernsthaftes sei. »Er ist nur ein Freund, Mam, ein stiller Mensch, der wenig redet. Kann sich denn keiner aus deiner sexbesessenen Generation vorstellen, dass junge Menschen verschiedenen Geschlechts heutzutage nur miteinander befreundet sein können?«

Patrick Brennan brachte ihrer Mutter einen Strauß Blumen als Gastgeschenk mit. Es gab Hähnchen und Schinkenpastete. Und von dem Moment an, als er durch die Tür trat, hörte Patrick nicht mehr zu reden auf. Er lobte die Lockerheit des Teiges und den Geschmack der Sauce. Er bewunderte die Kissenbezüge, die Mrs O'Hara eigenhändig bestickt hatte. Er bat darum, die Fotoalben mit den Hochzeitsfotos sehen zu dürfen. Er erkundigte sich bei Mr O'Hara, woher er sein frisches Gemüse bezog, und verriet ihm eine billigere Quelle. Und als alle den Versuch schon fast aufgegeben hatten, sich auch mal am Gespräch zu beteiligen, erklärte Patrick allen Anwesenden, einschließlich ihrer beiden jüngeren Schwestern, dass er Brenda liebe, bisher aber leider noch keine Aussichten und keine Hoffnung habe, ihr ein eigenes Heim bieten zu können. Dass ihm aber am Kanalufer eine plötzliche Erleuchtung zuteil und ihm klar geworden sei, dass er jeden x-beliebigen Job als Koch annehmen müsse, bis sie ein Zuhause hätten und damit anfangen könnten, ihren Traum zu verwirklichen.

Die O'Haras staunten nicht schlecht über ihn. Brenda war sprachlos. Als Patrick ging, überschlugen sich alle, ihr zu versichern, was für ein netter Kerl er doch sei, ein bisschen viel reden würde er ja, fast wie ein Wasserfall. Hatte Brenda nicht gesagt, er sei so ruhig?

»Da habe ich wohl etwas falsch verstanden«, erwiderte Brenda nur.

Innerhalb weniger Wochen hatte er Arbeit für sie gefunden, für sich selbst als Koch und für Brenda als Servicemanagerin.

»Aber du verachtest doch solche Lokale«, sagte sie.

»Was spielt das für eine Rolle, Brenda? Ein Monatslohn, und wir können uns ein kleines Apartment leisten«, antwortete er.

»Das können wir jetzt schon haben, von meinen Ersparnissen«, sagte sie.
Noch am selben Tag wurden sie fündig. In dieser Nacht tauchten sie ein in Lust und Leidenschaft und staunten, wie sehr sie harmonierten.
Kurz danach heirateten sie. Es war eine schlichte Hochzeit, es gab nur Torte und Wein. Patrick hatte die prachtvolle Hochzeitstorte, die viel fotografiert wurde, selbst gebacken und verziert.
Danach folgten jede Menge Jobs, die alle nicht sehr befriedigend waren. Nirgendwo fanden sie die richtigen Entfaltungsmöglichkeiten für ihr Talent. Aber sie hatten kein Geld und auch keinen Geldgeber, der ihnen ein Restaurant eingerichtet hätte, in dem sie sich hätten beweisen können.
Die Zeit verging, und weder die Tochter, von der sie gesprochen hatten, noch der Sohn kündigte sich an. Aber sie waren noch jung, und vielleicht war es besser, dass sie sich noch nicht mit einer Familie belasten mussten.
Einmal arbeiteten sie in einer Gaststätte, in der jedes Gericht in Backteig gewickelt wurde. Ein anderes Lokal hatte bis spät in die Nacht hinein offen, und die Gäste verlangten noch zu den unmöglichsten Zeiten Omeletts. Sie versuchten ihr Glück mit einer Bürokantine, hatten aber so wenig Geld zur Verfügung, dass es ihnen nicht möglich war, anständiges Essen anzubieten. Schließlich landeten sie in einem Etablissement, das wegen Steuerhinterziehung und anderer Mauscheleien kurz vor der Schließung stand, wie sie recht bald erkannten. Diese Arbeit machte ihnen wirklich sehr zu schaffen, vor allem, weil die Geschäftsleitung hochnäsig und versnobt war und den Gästen im Grunde das Gefühl vermittelte, eigentlich nicht willkommen zu sein.
»Wir müssen hier weg«, beschloss Brenda. »Wenn du sehen könntest, wie mies sie die Leute draußen im Restaurant behandeln.«

»Aber ich möchte erst gehen, wenn wir etwas anderes gefunden haben«, meinte Patrick beschwichtigend.

Am nächsten Abend sah Brenda Quentin Barry bei Haywards. Er war ein netter junger Mann, dem sie oft begegnete, wenn sie manchmal am Nachmittag dort arbeitete. Er war mit seiner Mutter gekommen und hatte sich für einen etwas versteckt liegenden Tisch, weit weg von ihrem Servicebereich, entschieden.

Es war ein ruhiger Abend. Brenda hatte alle ihre Tische bedient und zog jetzt unauffällig ihre Schuhe hinter dem Serviertisch aus, dessen bodenlange Decke ihr unerlaubtes Verhalten vor den Gästen im Restaurant verbarg. Ihre Schuhe waren spitz, mit hohen Absätzen, und sie war seit acht Uhr morgens auf den Beinen. Es war eine Wohltat, auf den Strümpfen zu stehen.

Sie sah zu Mutter und Sohn hinüber, die sich unterhielten. Ihr Aussehen – beide blond und anziehend – war sehr ähnlich, aber ihr Charakter völlig verschieden. Mrs Barry war zickig und eitel, Quentin ein sanfter Mensch, der gut zuhören konnte. Er erzählte seiner Mutter gerade etwas, das sie zu erstaunen schien.

Automatisch spähte Brenda auf ihre Lippen. Sie hatte nicht das Gefühl, sie zu belauschen; für sie war es so, als würden sie einfach nur sehr laut sprechen.

»Für deine Arbeit als Kellner bekommst du doch nur ein Taschengeld«, sagte Sara Barry gerade.

»Ich habe immerhin genügend Arbeit, um Jahre davon leben zu können.« Quentin verstummte.

»Ja, aber du kannst dir doch kein Restaurant kaufen, Quentin. Im Ernst, mein Schatz. Du bist einfach nicht der Typ, der sich ein Lokal kauft und ein Restaurant daraus macht.«

»Momentan ist es wirklich noch nicht sehr ansehnlich. Im Gegenteil, Mick's Café ist sogar ziemlich heruntergekommen, aber wenn ich mir die richtigen Leute hole …«

»Nein, Schatz, jetzt hör mir mal zu. Du verstehst nicht das

Geringste von diesem Geschäft. In einem Monat wärst du pleite ...«

»Ich werde mir eben Leute dazuholen, die etwas davon verstehen, die eine entsprechende Ausbildung haben und die Sache richtig anpacken.«

»Du könntest keine Nacht mehr ruhig schlafen. Ständig Sorgen ...«

»Ich wäre gar nicht hier. Ich würde reisen.«

»Irgendwie ist mir plötzlich gar nicht gut, Quentin«, sagte Sara unvermittelt.

»Nein, Mutter, bitte nicht. Ich wollte doch nur, dass du weißt, wie glücklich ich bin. Lange Zeit war ich das nicht. Früher hast du mir immer erklärt, ich sei die Liebe und das Licht deines Lebens. Ich dachte mir eigentlich, du würdest dich freuen, dass es mir gut geht.«

Erst in dem Moment fiel Brenda auf, dass sie ein Privatgespräch belauschte. Sie wandte hastig den Blick ab, zog die Schuhe wieder an und ging mit unsicheren Schritten in die Küche.

»Patrick«, sagte sie, »könntest du mir vielleicht einen kleinen Brandy einschenken?«

»Du siehst aus, als hättest du ein Gespenst gesehen.«

»Ich habe unsere Zukunft gesehen«, antwortete sie.

Und innerhalb weniger Tage war man sich handelseinig.

Ihre Zukunft würde darin bestehen, Mick's Café in das Restaurant zu verwandeln, von dem sie immer geträumt hatten.

»Wie willst du es nennen?«, fragte sie Quentin.

»Wenn ihr es nicht für zu arrogant haltet, würde ich es gerne Quentin's nennen«, sagte er schüchtern. »Aber darf ich euch mal fragen, wie ihr überhaupt erfahren habt, dass ich Mick's Lokal kaufen wollte? Ich weiß sicher, dass er es keinem gesagt hat, und ich auch nicht. Das ist mir ein Rätsel«, fügte er hinzu.

Brenda antwortete nicht sofort. »Ich schreibe es nicht in meinen Lebenslauf, und es ist auch nicht unbedingt eine positive Qualität, aber ich kann Lippenlesen. Ich habe mit angehört, wie du es deiner Mutter erzählt hast.« Sie blickte betreten zu Boden.

»Im Gegenteil, das ist sogar eine sehr positive Qualität, wenn man ein Restaurant führt«, erwiderte Quentin lachend. »Ich möchte wetten, wir werden das in den kommenden Jahren noch sehr zu schätzen wissen.«

Blouse Brennan

Niemand konnte sich erinnern, weshalb er Blouse Brennan genannt wurde. Niemand, bis auf seinen großen Bruder Patrick.

Blouse war ein bisschen langsam in der Schule, aber immer hilfsbereit, sodass sich nie einer über ihn lustig machte. Die Mönche mochten ihn; Blouse war stets willens, eine Nachricht zu überbringen oder in den Ort zu laufen und ihnen eine Schachtel Zigaretten zu holen. Die Ladenbesitzer sahen nie ein Problem darin, sie Blouse auszuhändigen, obwohl er noch minderjährig war, denn sie wussten, dass die Zigaretten nicht für ihn waren.

Seine Mitschüler waren irgendwann mal zu dem Schluss gekommen, dass es besser war, Blouse wegen seines Bruders Patrick nicht zu schikanieren. Patrick war gebaut wie ein Schrank, und sich mit ihm anzulegen wäre mehr als dumm gewesen. Deswegen führte Blouse ein ziemlich friedliches Leben für einen Jungen, der im Sport eine Niete war, über seine eigenen Füße stolperte und nicht mehr als zwei Zeilen eines Gedichtes auswendig konnte, ganz gleich, wie lange er es lernte.

Als Patrick die Schule verließ, um in einem Hotel zu arbeiten, machte Blouse sich die größten Sorgen. »Vielleicht verprügeln sie mich ja doch, wenn du nächstes Jahr nicht mehr da bist«, sagte er ängstlich.

»Bestimmt nicht.« Patrick war kein Mann von vielen Worten.

»Aber du bist nicht da, Patrick.«

»Ich werde einmal in der Woche vorbeikommen, damit sie wissen, was Sache ist«, versprach Patrick. Und er stand zu seinem

Wort. Am ersten Schultag kam er lässig auf den Schulhof geschlendert und verteilte hier einen Puff und dort einen leichten Klaps, um Präsenz zu zeigen. Jeder, der auch nur vage in Betracht gezogen haben könnte, sich Blouse Brennan mal vorzunehmen, änderte schnellstens seine Meinung.

Man wusste, Patrick Brennan würde zurückkommen.

Patrick kam jedes Wochenende nach Hause und nahm seinen Bruder auf einen Spaziergang mit. Mit ihm konnte der Junge reden, wie es ihm zu Hause nicht möglich war. Ihre Eltern waren schon ältere Leute, distanziert und viel zu sehr damit beschäftigt, ihrem kleinen Hof mit den wenigen Tieren und dem steinigen Boden genügend zum Leben abzuringen.

»Wieso nennen mich alle Blouse, Patrick? Weißt du das?«

»Klar doch. Irgendwie müssen sie dich ja nennen. Mich nennen sie in der Arbeit schließlich auch ›Schlaftablette‹.« Patrick schien sich nichts daraus zu machen.

»Ich habe aber keine Ahnung, wie das gekommen ist«, sagte Blouse traurig.

Patrick wusste noch genau, wann das angefangen hatte. Damals hatte irgendjemand gehört, wie der kleine Bursche sein Hemd eine Bluse genannt hatte, und ein paar Kinder hatten das Wort gleich aufgegriffen.

Aus irgendeinem Grund blieb dieser Name an ihm hängen. Sogar die Ordensbrüder nannten ihn so, und die Hälfte aller Bewohner des Ortes. Seine Mutter und sein Vater nannten ihn Sonny, sodass kaum jemand wusste, dass er eigentlich auf den Namen Joseph Matthew Brennan getauft war.

Patrick leistete gute Arbeit im Hotel und stieg bald vom Spüler zum Küchenhelfer auf. Danach arbeitete er eine Weile als Portier und an der Rezeption und besuchte schließlich eine Fachschule für Gastronomie, wo er ein Mädchen namens Brenda kennen lernte, deren Foto er irgendwann mit nach Hause brachte.

»Sie hat ein hübsches Lächeln«, sagte Blouse.
»Sie scheint gesund zu sein«, gab sein Vater widerwillig zu.
»Das Mädchen ist nicht fürs Landleben gebaut, würde ich sagen«, meinte die Mutter abwertend.
»Na, das ist auch gut so, da Brenda und ich nicht die Absicht haben, den Hof weiterzuführen. Blouse wird ihn übernehmen, wenn es so weit ist.«
Patrick schien sich seiner Sache sehr sicher.
Die Eltern erwiderten nichts, wie es ihre Gewohnheit war.
Das war der Tag, an dem Blouse' Selbstbewusstsein ungeahnte Dimensionen erreichte. Er war vierzehn Jahre alt, aber eines Tages würde er Land besitzen. Das verlieh ihm Überlegenheit gegenüber fast allen in seiner Klasse. Er machte jedoch den Fehler, Horse Harris davon zu erzählen. Horse war ein grobschlächtiger Kerl, der sich über ihn lustig machte und ihn herumstieß. »Junker Blouse«, rief er ihm nach.
Ein Auftritt von Patrick auf dem Schulhof genügte. Ohne ein Wort zu sagen, gab er Horse Harris eins auf die Nase, und das Wort »Junker« fiel kein einziges Mal mehr.

* * *

Eines Tages lud Patrick Blouse auf ein Bier ein und erklärte ihm, dass er ihn gern als Trauzeugen hätte, wenn er und Brenda heirateten.
»Stell dir nur vor, dann bist du ein verheirateter Mann mit einem eigenen Heim«, sagte Blouse.
»Du bist uns immer willkommen und kannst bei uns über Nacht bleiben, auch übers Wochenende.«
»Ich weiß, aber ich werde nicht viel Gelegenheit haben, nach Dublin zu kommen. Was hat ein Bursche namens Blouse schon in der Großstadt zu suchen?«, fragte er.
Patrick brachte Brenda zu einem Besuch mit nach Hause.
Sehr gut aussehend, dachte Blouse, und sehr selbstbewusst.

Nicht so wie die Leute in der Gegend. Sie war sehr höflich zu seiner Mutter und zu seinem Vater, half beim Abwasch und störte sich auch nicht daran, dass der große, haarige Hund an ihrem schicken Rock hochsprang.

Sie erklärte Blouse und Patricks Mutter, dass die Hochzeit von ihrem Onkel, der Priester war, vollzogen werden würde, und versicherte dem Vater, dass es nur eine bescheidene Feier geben würde, höchstens zwanzig Gäste. Sie wollten nur eine schöne Hochzeitstorte und ein paar gute Flaschen Wein anbieten.

Ob die Leute sich nicht daran stoßen würden, wenn es keine Platten mit kaltem Huhn und Schinken gebe, wollte Blouse' Mutter wissen.

In Dublin offensichtlich nicht, wo jeder allein für sich lebte.

Es war eine ziemliche Aufregung, als es schließlich so weit war. Blouse fuhr mit seinen Eltern zum Bahnhof, und Patrick holte sie in Dublin ab. Blouse wunderte sich, wie man an einem so lauten Ort, der noch dazu voller Fremder war, überhaupt leben konnte. Aber er sagte nichts, sondern lächelte nur und schüttelte Hände, wenn er das Gefühl hatte, es würde gerade passen.

Seiner Meinung nach war das Hochzeitsessen genau richtig, zwar kein volles Menü, aber die Torte war das reinste Wunderwerk. Sein großer Bruder hatte sie eigenhändig glasiert, die vielen Schnörkel darauf gespritzt und die rosafarbenen Namen und das Datum darauf geschrieben.

Mit dem Fünf-Uhr-Zug fuhren er und seine Eltern wieder nach Hause. Es hatte nie zur Diskussion gestanden, dass sie in Dublin übernachten sollten. Das wäre zu viel für sie gewesen.

Brenda, seine neue Schwägerin, war sehr freundlich zu ihm. »Wenn wir eine Wohnung haben, wo wir dir mehr als nur den Fußboden anbieten können, Blouse, dann kommst du mal und bleibst eine Weile bei uns. Das würde uns freuen, und wir führen dich dann durch Dublin.«

»Eines Tages mache ich das ganz bestimmt, vielleicht fahre ich sogar den ganzen Weg mit dem Lieferwagen«, antwortete Blouse stolz.

Da wäre etwas, worauf er sich freuen könnte. Dem ganzen Dorf könnte er dann erzählen: »Meine Schwägerin in Dublin will, dass ich sie besuche.«

Bald darauf verspürte sein Vater Schmerzen in der Brust und starb drei Monate nach Patricks Hochzeit. Für seine Mutter schien das nur ein weiterer Tiefschlag im Leben zu sein, den man mit stoischer Gelassenheit hinnehmen musste. Wie die Hennen, die nicht richtig legten, oder die Blattläuse in den Apfelbäumen. Blouse kümmerte sich um seine Mutter, so gut er konnte. Und das Leben ging weiter wie immer.

Freundinnen hatte Blouse keine. Er sagte immer, er würde sich in der Gegenwart junger Mädchen nicht sonderlich wohl fühlen. Er verstand auch nicht, worüber sie lachten, und wenn er mal lachte, hörten sie auf. Aber er war nicht einsam. Er fuhr sogar nach Dublin, um seinen Bruder und seine Schwägerin zu besuchen. Und er legte den ganzen Weg mit dem Lieferwagen zurück.

Brenda und Patrick machten sich Sorgen, ob Blouse wohl mit dem Verkehr zurechtkäme, aber das war nicht nötig. Er kam ohne Zwischenfälle bei ihnen an.

»Ich wollte dir eigentlich noch sagen, dass die Kais alle Einbahnstraßen sind«, erklärte Patrick kleinlaut.

»Oh, das war kein Problem«, gab Blouse zur Antwort und rutschte unruhig wie ein Kind hin und her, das es kaum mehr erwarten konnte, ausgeführt zu werden.

Sie plauderten eine Weile und erzählten ihm dann, dass sie hofften, Gelegenheit zu bekommen, ein wirklich erstklassiges Restaurant für einen Mann namens Quentin Barry aufzubauen.

»Das haben wir alles nur Brenda zu verdanken«, verkündete Patrick stolz. Ihr war es gelungen, diese Chance genau zum richtigen Zeitpunkt für sie ausfindig zu machen.

Dieser Quentin Barry war irgendwie zu Geld gekommen, hatte Mick's Café gekauft und wollte nun ein erstklassiges Restaurant daraus machen. Dazu brauchte er einen Koch und eine Managerin.

Wenn das klappen würde!

Wenn es ihnen gelänge, das Lokal bekannt zu machen, dann wäre ihre Zukunft gesichert, denn der Besitzer würde sich häufig außer Landes aufhalten, sodass sie dem Restaurant ihren eigenen Stempel aufdrücken könnten.

Blouse trank kaum Alkohol, aber zur Feier des Tages ließ er sich zu einem Glas Champagner überreden. Als er wieder nach Hause zurückkam, erzählte ihm seine Mutter, dass Horse Harris dagewesen sei, um wegen des Hofes etwas zu besprechen.

»Was hat Horse denn wissen wollen?« Blouse machte sich Sorgen. Wenn Horse kam, dann verhieß das nichts Gutes. Offensichtlich hatte er geschäftliche Angelegenheiten mit seiner Mutter besprochen. Mehr wollte sie aber nicht sagen. Blouse fragte sich, ob er Patrick davon erzählen sollte, überlegte es sich aber anders. Die beiden hatten momentan andere Sorgen. Sie hatten jetzt alle Hände voll damit zu tun, für diesen Quentin das Restaurant nach ihren Vorstellungen einzurichten. Es wäre nicht fair, sie mit so langweiligen Dingen wie einem Besuch von Horse Harris zu belästigen oder Mams Weigerung, ihm mehr davon zu erzählen.

Brenda schrieb ihm einmal wöchentlich einen Brief, regelmäßig wie ein Uhrwerk, und Patrick fügte immer ein paar Zeilen am Ende hinzu.

»Ich weiß nicht, was sie dazu triebt, jede Woche diesen Unsinn zu schreiben und deswegen auch noch eine Briefmarke zu verschwenden«, grollte Mrs Brennan. »Wahrscheinlich hat sie zu wenig zu tun, das ist ihr Problem.«

Aber Blouse freute sich darüber. Eines Tages erzählte er Horse, dass er jede Woche einen Brief aus Dublin erhalte.

»Die Mühe, den beiden zu antworten, kannst du dir sparen, du

Idiot, die sind doch nur hinter deinem Hof her«, hatte Horse bissig erwidert.

Eines Nachmittags, als Blouse seiner Mutter eine Tasse Tee bringen wollte, war sie tot. Er kniete sich neben ihr Bett und sprach ein Gebet. Dann verständigte er den Arzt, den Priester und Shay Harris, den Bestattungsunternehmer. Als er alles organisiert hatte, rief er Patrick und Brenda an.

Es kam eine stattliche Anzahl Menschen ins Haus.

»Du bist sehr beliebt hier, Blouse«, sagte Patrick zu ihm.

»Sicher, Mam und Dad haben sie alle gern gemocht«, entgegnete sein Bruder.

Shay Harris wollte von Patrick wissen, ob er seine Sachen mitnehmen würde, wenn er nach Dublin zurückkehrte.

»Welche Sachen?«, fragte Patrick.

Und so erfuhren sie, dass Shays Bruder Horse den kleinen Hof gekauft hatte. Sein Geld lag auf der Bank, wo es hingehörte, und es war alles legal und vom Notar mit Urkunden beglaubigt. In einem Monat musste Blouse weg sein.

Patrick war sehr erbost, aber merkwürdigerweise schien Brenda nichts Schlimmes daran zu finden. »Es wäre doch viel zu einsam hier für ihn, Patrick, so ganz allein. Er würde wie ein Eremit hausen. Sag ihm, dass er zu uns nach Dublin kommen soll.«

»Blouse wäre doch verloren in Dublin«, erwiderte Patrick.

Blouse konnte das alles nicht fassen. »Ich bin doch wirklich zu dumm, um überhaupt irgendwo zu leben«, sagte er traurig. »Ich hätte dir sagen sollen, dass Horse hier war, aber ich hatte Angst, du würdest denken, ich will, dass du herkommst und ihn wieder für mich schlägst.«

»Die Zeit ist vorbei, in der ich den Leuten eine Tracht Prügel verabreiche«, antwortete Patrick.

»Du kommst einfach zu uns«, meinte Brenda. »Du hast dein eigenes Geld aus dem Verkauf des Hofes, und wenn du eine ei-

gene Wohnung haben willst, kannst du dir eine suchen. Du wärst eine große Hilfe für uns.«
»Was könnte ich schon tun? Ich kann doch nur Felder umgraben, Schafe hüten und die Eier aus den Hühnernestern einsammeln.«
»Könntest du das nicht auch für uns in Dublin machen?«, schlug Brenda vor.
Patrick sah sie fragend an.
»Na ja, vielleicht keine Schafe hüten, aber wir könnten dir einen Schrebergarten besorgen.«
»Einen was?«
»Einen Schrebergarten, Blouse, du weißt schon. So etwas muss es doch auch in den größeren Ortschaften auf dem Land geben. Große, nicht genützte Flächen, die man pachten kann, um darauf Bäume und Blumen oder sein eigenes Gemüse anzubauen und zu ernten.«
»Und wem würde das dann gehören?« Blouse war verwirrt.
»Tja, demjenigen, dem der Schrebergarten gehört, nehme ich an. Ich zeige dir das mal. Die haben da auch kleine Häuschen und Schuppen, wo du deine Schaufeln und Gartengeräte unterbringen kannst. Und es gibt feste Drahtzäune, wo sich Kletterpflanzen emporranken können. Und das, was du anpflanzt, behältst du einfach.«
Selbst sein Bruder Patrick schien das für eine gute Idee zu halten. »Wir könnten das auf die Speisekarte setzen … Bio-Gemüse und Eier von frei laufenden Hühnern«, sagte er.
»Aber wo soll ich wohnen?«, wollte Blouse wissen.
»Es gibt bei uns in der Nähe genügend Zimmer zu mieten. Ich werde mich umhören und eines für dich finden«, versprach Patrick.
»Aber du könntest natürlich auch irgendwann bei uns wohnen«, fügte Brenda hinzu. »Hinter dem Restaurant und darüber haben wir noch jede Menge Platz. Momentan sind die Räume zwar in einem katastrophalen Zustand, aber irgend-

wann sieht das anders aus. Unser Zimmer im oberen Stock ist schon fertig, und wenn wir Zeit zum Aufräumen haben, werden wir eines für dich streichen und einrichten. Du könntest uns übrigens dabei helfen und auch die Farbe auswählen.«

Seine Mutter hatte ihn nie gefragt, welche Wandfarbe ihm gefallen würde. Blouse hatte sich immer gelbe Wände und eine weiße Decke gewünscht. Er hatte einmal in einer Zeitschrift ein solches Zimmer gesehen und überlegt, dass es mit einem karierten Bettüberwurf recht fröhlich aussehen müsste. Und jetzt sollte er sein eigenes Zimmer bekommen.

»Ich würde mir das gern mal anschauen, um eine Vorstellung davon zu bekommen«, sagte er.

Irgendetwas an der Art, wie er das Wort »Vorstellung« aussprach, schnürte Brenda und Patrick vor Rührung die Kehle zu. Eigentlich hatten sie eine Menge anderer, wichtigerer Dinge zu tun, als Blouse irgendwo eine Bleibe zu suchen, aber im Augenblick schien das alles in den Hintergrund zu treten.

»Komm, wir zeigen dir, wo du vielleicht mal wohnen wirst«, sagte Brenda.

Als sie vor dem reichlich renovierungsbedürftigen Gebäude standen, das einmal ihr geliebtes Restaurant beherbergen sollte, führten sie Blouse überall herum und zeigten ihm auch das Lager, die Nebengebäude und die heruntergekommenen Zimmer, die dahinter lagen.

Blouse entdeckte auch sofort ein Zimmer, das ihm gefiel. Er war nicht der Typ, der lange fackelte. »Kann ich nicht gleich anfangen, Brenda, was meinst du?«, fragte er mit seinem großen, unschuldigen Lächeln.

Brenda schien Tränen in den Augen zu haben, als sie sagte, dass sie das für großartig halte, aber vielleicht täuschte er sich auch.

Er besorgte sich eine Schubkarre und schaffte den ganzen Schutt hinaus. Blouse wollte, dass das Zimmer schön aufgeräumt und leer war, wenn sie seine Möbel von zu Hause, von dem kleinen Hof, den Horse Harris seiner Mutter ab-

geschwatzt hatte, holen würden. Auch das Bett, in dem er sein Leben lang geschlafen hatte, und die alte Standuhr würden sie mitnehmen.
»Vielleicht kann ich ja noch mehr Zimmer für euch herrichten«, bot Blouse an. »Es kommen doch so viele Möbel von zu Hause, und wenn ihr in Zukunft euren Leuten anbieten könnt, hier auch zu wohnen, müsst ihr ihnen vielleicht weniger zahlen.«
Erstaunt sahen sie ihn an. Es fügte sich eines zum anderen. Dank Blouse. Und ihre Pläne wurden schneller in die Tat umgesetzt, als einer von ihnen geglaubt hätte.
Patrick richtete es so ein, dass er noch kurz bei Horse Harris vorbeischaute, ehe sie mit dem gesamten Mobiliar auf einem großen, gemieteten Lastwagen das Dorf verließen.
»Freut mich, dass ihr mir nichts nachtragt«, sagte Horse mit dem verschlagenen Grinsen eines Mannes, der wusste, dass er den einfältigen Blouse Brennan und seinen schlauen Bruder übers Ohr gehauen hatte.
»Nein, ganz und gar nicht«, erwiderte Patrick und verabschiedete sich mit einem Händedruck von ihm, der einem anderen jeden einzelnen Finger gebrochen und jeden Muskel gequetscht hätte.
Horse hatte wirklich keinen Grund, sich zu beschweren.

Blouse schuftete in seinem Schrebergarten wie ein Stier. Jeden Tag fuhr er in dem alten Lieferwagen, der seinen Eltern gehört hatte, hinaus. Er lernte alles über neue Gemüsesorten, die er von zu Hause noch nicht kannte. Und er besorgte sich zwei Dutzend Rhode-Island-Hühner, die große, frische Eier legten, und plante bereits, sich weitere zwei Dutzend anzuschaffen.
Manchmal half er abends auch hinter den Kulissen im Restaurant aus. Blouse war sich für keine Arbeit zu schade und tat alles, was ihm aufgetragen wurde. Er brachte den Müll hinaus und belud die Geschirrspülmaschinen. Irgendwann zog

er bei Patrick aus und mietete sich eine kleine Wohnung in der Nähe des Schrebergartens, damit er ein Auge auf die Hühner haben konnte. Er hatte zwar nachts ein Vorhängeschloss an ihrem Verschlag angebracht, aber es war schön, ihnen nahe zu sein.

Eines Tages bekam er Besuch von einer jungen Frau, die sich als Mary O'Brien vorstellte und sehr professionell wirkte. Eine Mrs Brennan vom Quentins habe ihr seine Adresse gegeben. Sie wolle einen Artikel in einer Zeitschrift über Hühnerhaltung und Gemüseanbau veröffentlichen und würde sich freuen, sich ausführlich mit ihm darüber unterhalten zu können.

Also setzten sie sich und sprachen miteinander, und er streichelte dabei seine Hühner und wählte liebevoll verschiedene Setzlinge aus, um ihr zu zeigen, wie man sie am besten einpflanzte.

Mary sagte, sie habe sich seit Jahren nicht mehr so wohl gefühlt, und fragte ihn, wie sie am besten zum Bus käme, der sie in ihr Büro zurückbringen würde.

»Haben Sie denn kein Auto?« Blouse dachte eigentlich, dass sie als richtig professionelle Journalistin bestimmt einen Firmenwagen führe, den sie alle achtzehn Monate wechselte.

»Ich fürchte mich davor, Auto zu fahren. Ich habe schon Stunden genommen, aber mich packt immer die Panik«, gestand sie ihm.

»Ah, nein, das ist doch ganz einfach«, erklärte Blouse. »Wenn Sie Panik bekommen, dann setzen Sie einfach den Blinker und fahren links ran. Das mache ich jetzt schon seit Jahren, und ich fahre, als ob ich Flügel hätte.« Er brachte sie in seinem zerbeulten Lieferwagen in die Stadt zurück. Ab und zu tat er so, als würde er plötzlich nervös werden.

»Ich mag es gar nicht, wenn ein großer Bus so dicht neben mir fährt. Da vorne ist Platz. Ich werde jetzt blinken, mich dort hinstellen und warten, bis es wieder besser geht, und dann fahren wir weiter.«

Mary O'Brien sah ihn verblüfft an. »Würden Sie mir beibringen, Auto zu fahren?«, bat sie ihn.
»O nein, das kann ich nicht. Ich bin doch nur ein einfältiger Esel. Da müssen Sie sich schon an einen Profi wenden, die sehen es bestimmt nicht gern, wenn so ein Dummkopf wie ich sie um Arbeit und Lohn bringt.«
Sie verabschiedete sich mit einem Händedruck von ihm und erklärte, einen Fotografen zu seinem Schrebergarten zu schicken. »Außerdem sind Sie kein Dummkopf, machen Sie sich nicht kleiner, als Sie sind. Und ich hoffe, dass wir uns wiedersehen«, fügte sie noch hinzu.
Blouse fühlte sich wie im siebten Himmel. Er wusste, dass sie es ernst meinte. »Wenn Sie einen netten Fahrlehrer haben, dann lässt er mich vielleicht hinten sitzen, damit ich Sie unterstützen kann«, sagte er.
»Ich glaube, das dürfte kein Problem sein«, entgegnete Mary O'Brien.
Sie trennten sich nur ungern.
»Sie werden berühmt sein nach diesem Artikel, Blouse Brennan. Den grünen Guru wird man Sie nennen. Also, ich werde Sie so nennen, und die anderen werden nachziehen.«
»Tatsächlich«, meinte er.
»Ach, übrigens, Ihr Name … Ihr Bruder sagte, Ihr richtiger Name ist eigentlich …«
»Mit Blouse bin ich ganz zufrieden«, warf er rasch ein.
»Ich denke, Sie haben Recht. Wenn ich so einen Namen hätte, würde ich ihn auch behalten«, sagte Mary wehmütig.
»Ich rufe Sie an, wenn der Fotograf da war«, sagte Blouse Brennan, der noch nie von einem Profi fotografiert worden war und noch nie in seinem Leben ein Mädchen angerufen hatte.

Sehnsüchte

Brenda war fest überzeugt gewesen, bald schwanger zu werden. Ihre Mutter hatte fünf Töchtern das Leben geschenkt, und man hatte gemunkelt, dass es noch viel mehr geworden wären, hätten ihre Eltern sich nicht sehr zurückgehalten. Zwei ihrer Schwestern hatten so genannte Flitterwochenkinder bekommen, und mit Ausnahme ihrer Freundin Nora in Italien kannte sie niemanden, der keine Kinder hatte. Deswegen hatte sie schon befürchtet, zu früh schwanger zu werden, sodass es schwierig geworden wäre, Beruf und Familie unter einen Hut zu bekommen. In den Anfangsjahren ihrer Ehe hatte sie sich deswegen noch hin und wieder Gedanken gemacht. Aber jetzt, bei einem Achtzehnstundentag, der erforderlich war, um das Quentins aufzubauen, in diesen ersten, anstrengenden Monaten, die angefüllt waren mit Besprechungen mit Bauunternehmern, mit der Planung der Küche und des Speisesaals und den Vertragsverhandlungen mit Lieferanten, war dieses Thema ganz weit nach hinten gerückt.

Nachdem das Restaurant eröffnet und Quentin frohen Herzens nach Marokko gezogen war – er hatte ihnen die volle Verantwortung für alles überlassen –, war es schließlich wieder etwas ruhiger geworden. Jetzt begann Brenda erneut, sich über dieses Thema Gedanken zu machen. Sie waren immerhin schon einige Jahre verheiratet und beide gesund und stark.

»Was hältst du von Kindern?«, begann sie eines Abends, als sie und Patrick mit ihren Teebechern in der Küche saßen, die sie sich zusätzlich oben in ihrer Wohnung hatten einrichten lassen. Auch wenn sie über einer der besten Küchen Dublins wohnten, wollten sie doch nicht jedes Mal, wenn sie Lust auf ein paar Rühreier hatten, nach unten gehen.

Sie sah, wie Patricks Augen aufleuchteten und er die Hand nach ihr ausstreckte. »Brenda, nein?« In seiner Stimme und auf seinem Gesicht lag so viel Hoffnung.

»Nein, leider nicht.« Sie bemühte sich, beiläufig zu klingen und nicht dem Gefühl von Verlust nachzuhängen, das sie eben verspürt hatte.

Er stand auf und drehte sich um. »Tut mir Leid«, murmelte er, »ich dachte nur, als du mich gefragt hast, was ich von Kindern halte …«

Sie blieb reglos sitzen. »Ich weiß. Ich wünsche es mir ebenso sehr wie du, Patrick. Meinst du nicht, wir sollten mal darüber reden?«

»Ich wusste nicht, dass man so Kinder bekommt, vom Reden, meine ich«, erwiderte er trotzig. Normalerweise kannte sie diesen Tonfall nicht an ihm. Sie beschloss, darüber hinwegzugehen.

»Nein, da bin ich völlig einer Meinung mit dir. Aber so ganz untätig auf diesem Gebiet sind wir ja nun wirklich nicht, würde ich sagen, und trotzdem klappt es nicht. Also sollten wir uns vielleicht mal untersuchen lassen, wenn du verstehst, was ich meine?«

»Ich weiß, was du meinst«, sagte Patrick Brennan. »Und ich finde die Vorstellung ganz und gar nicht verlockend.«

»Ich auch nicht. Ich kann mir was Besseres vorstellen, als auf einen gynäkologischen Stuhl zu steigen«, erwiderte Brenda. »Aber wenn es etwas nützt, wäre es der Mühe wert.«

»Wenn man glauben soll, was in den Zeitungen steht, scheint das halbe Land nach ein paar Gläsern Alkohol und ein bisschen Gefummel am Freitagabend schwanger zu werden«, knurrte Patrick.

»Soll ich also einen Termin für uns ausmachen, bei Dr. Flynn?«, fragte Brenda.

»Müssen wir da beide zusammen hin, was meinst du?«, wollte Patrick wissen.

»Wahrscheinlich wird er sich erst mit uns unterhalten wollen und uns dann zu weiteren Tests schicken.«

Beide dachten an das, was vor ihnen lag und nur wenig Vergnügen versprach. In dieser Woche kamen sie aber nicht dazu, einen Termin zu vereinbaren, weil sich die Inspektoren zur Überprüfung der Belüftung angesagt hatten. In der nächsten Woche ging es auch nicht, da alle in höchster Aufregung waren, nachdem Blouse Brennan und Mary O'Brien verkündeten, dass sie heiraten wollten. Und die Woche darauf erst recht nicht, da mehrere Besuche bei der Familie O'Brien vonnöten waren, um sie davon zu überzeugen, dass ein Mann, der Blouse hieß, der Richtige für ihre Tochter war.

Und dann waren da noch die Besprechungen mit Quentins Steuerberater und Buchhalter, mit der Bank und den Anwälten. Selbst der Termin mit dem Maler, der das neue Schild aufhängen wollte, dauerte länger als geplant. Der Name ihres Restaurants sollte in schweren Goldbuchstaben auf einem dunkelgrünen Hintergrund erscheinen: ein großes Q an der Fassade, und ein seitlich befestigtes Schild mit dem ganzen Namen. Ungläubig starrten sie darauf. Der Name war zusammengeschrieben, der Maler hatte den Apostroph vergessen.

»Aber wir haben es dir doch gezeigt, Brian, schau dir die Skizzen an, wir waren uns doch einig.«

»Ich weiß, es ist mir selbst ein Rätsel.« Brian kratzte sich am Kopf.

»Brian, wir hätten wirklich gute Maler wie die Gebrüder Kennedy haben können, aber stattdessen haben wir dir den Auftrag gegeben, sozusagen als Einstieg für dich, und was passiert? Ganz Dublin wird über uns lachen, das wird passieren. Nicht einmal den Namen unseres eigenen Restaurants können wir richtig schreiben. Das werden die Leute sagen.«

Brian sah in die beiden bestürzten Gesichter, die zu dem Schild hochblickten. »Ich gebe es euch umsonst. Das ist doch ein faires Angebot, oder nicht?«, fragte er.

Sie besprachen die Angelegenheit mit Quentin bei ihrem wöchentlichen Telefonat.

»Ich habe mir nie was aus Interpunktion gemacht. Es ist mir sogar lieber so, wie es der Maler geschrieben hat«, sagte er.

So verstrich Woche um Woche, ohne dass Brenda und Patrick Brennan meinten, sich den Luxus leisten und sich mal eine oder zwei Stunden Zeit nehmen und wegen einer Sache zum Arzt gehen zu können, die schließlich keine ernsthafte Erkrankung war.

Und oft des Nachts, nach langen Tagen voller Arbeit, rückten sie zusammen und nahmen sich in ihrem großen Doppelbett mit den weißen Spitzenvorhängen in den Arm. Falls sie dachten, die Angelegenheit würde sich von selbst regeln, ehe sie sie mit Dr. Flynn besprechen mussten, so erwähnte es keiner von beiden auch nur mit einem Wort.

Blouse und Mary heirateten bescheiden und verbrachten ihre kurzen Flitterwochen auf einem Biobauernhof in Schottland. Mit tausend Ideen im Kopf, was sie noch alles anpflanzen konnten, kehrten sie nach Hause zurück. Blouse war jetzt ein verheirateter Mann und konnte unmöglich weiter in einem Schuppen neben seinem Schrebergarten wohnen. Also hatten sie sein früheres Zimmer hinter dem Quentins umgeräumt, noch zwei Lagerräume dazugenommen und alles zu einer kleinen, aber gemütlichen Wohnung zusammengefasst.

Mary erhielt eine regelmäßige Kolumne in einer Zeitung, mit der sie sich bald einen guten Ruf als Ratgeberin für privaten Gemüseanbau erwarb. Sie trat sogar als Expertin für dieses Gebiet im Fernsehen auf. Ihre wunderschönen roten Locken tanzten, und ihre Augen funkelten, wenn sie bei dieser Gelegenheit von ihrem Mann Blouse erzählte, voller Stolz auf ihn und nicht im Geringsten verlegen wegen seines Namens.

Blouse wurde von Tag zu Tag selbstbewusster, und nie schien er glücklicher und selbstsicherer zu sein als an dem Tag, als er Patrick und Brenda erzählte, dass sie ein Kind erwarteten. Vier Monate waren sie erst verheiratet, und jetzt diese großartige Neuigkeit.

Den beiden gelang es, ihre Freude zu zeigen, ihren Neid aber zu verbergen, bis sie abends allein in ihrem Schlafzimmer waren. Sie versuchten, mit Großmut zu reagieren, aber das war schwierig. Die Welt war so ungerecht. Obwohl sie dicht beieinander auf dem Bett saßen, klaffte ein tiefer Abgrund zwischen ihnen. Nicht einmal ihre Schultern berührten sich.

»Es wird alles gut werden«, sagte Brenda.

»Sicher wird es das«, erwiderte Patrick.

»Ich werde morgen Dr. Flynn anrufen«, versprach sie. »Er soll zeigen, was er kann.«

Im Bett legte sie den Arm um ihn. In schlechten Zeiten waren sie einander stets ein Trost gewesen, und oft waren die Sorgen und Ängste des Tages in den Hintergrund getreten, wenn sie sich geliebt hatten.

Aber nicht in dieser Nacht.

»Ich bin müde, Schatz«, sagte er und drehte sich auf seine Seite.

Brenda lag die ganze Nacht wach und starrte an die mit Bildern und Erinnerungen bedeckten Wände. Obwohl ihre Arme und Beine vor Müdigkeit schmerzten, konnte sie keinen Schlaf finden.

Dr. Flynn war angenehm und professionell und gab ihnen nicht das Gefühl, allzu tief in ihre Intimsphäre einzudringen, als er ihnen die Frage stellte, ob es bei ihrem Verkehr auch zu voller Penetration käme. Anschließend schickte er sie beide für eine Reihe von Tests in ein Krankenhaus und bestellte sie in sechs Wochen wieder zu sich.

Es war eine seltsame Zeit in ihrem Leben. Sie schliefen nur zweimal miteinander, beinahe auch ein drittes Mal. Aber Patrick meinte dann, es habe schließlich keinen Sinn, es zum falschen Zeitpunkt im Monat zu versuchen, wenn Brenda nicht fruchtbar sei.

Und in der ganzen Zeit tätschelte Mary stolz ihr kleines Bäuchlein, und Blouse redete von nichts anderem als der Verantwortung der Vaterschaft, die vor ihm lag.

Jede Frau, die Brenda traf, schien über Kinder zu reden – so oder so. Entweder waren sie die liebsten Schätzchen und so wunderbar, dass die Frauen es nicht ertragen konnten, zur Arbeit zu gehen und sie allein zu lassen. Oder sie waren so undankbare kleine Teufel, schwierig und unverschämt, dass ihre Mütter sich lieber heute als morgen ihrer entledigt hätten, wäre dies legal gewesen.

Und Brenda hörte zu und lächelte.

Der einzige Mensch, der sie verstand, war ihre Freundin Nora im fernen Sizilien. Nora, die im Dorf nicht erzählen konnte, dass sie Mario liebte, auch wenn viele der Dorfbewohner dies natürlich schon längst vermuteten. Manchmal beglückwünschten die Leute die Signora – wie sie Nora nannten – zu der Tatsache, dass sie keine Kinder und damit auch nicht die Probleme hatte, die sie hätten. Aber wie oft saß Nora am Fenster und beobachtete Mario, wenn er auf der Piazza mit seinen Söhnen spielte. Wie oft sehnte sie sich danach, ein eigenes kleines Baby mit dunklen Locken im Arm zu halten. Sie sehnte sich mit solcher Heftigkeit danach, dass sie sich irgendwann einredete, Mario würde Gabriella und seine anderen Kinder verlassen und bei ihr bleiben, wenn sie ihm nur ein Baby schenken könnte.

Aber zum Glück hatte sie nie versucht, diese Theorie in die Praxis umzusetzen.

Brenda konnte Nora im Brief Dinge anvertrauen wie sonst keinem anderen Menschen, der ihr nahe stand. Eines Abends, als Patrick tief und fest neben ihr schlief, schrieb sie:

Er liebt mich nicht mehr um meiner selbst willen. Nur wenn ich am fruchtbarsten bin, kommt er noch auf den Gedanken, mich anzurühren. Die Tests haben ergeben, dass es keine organischen Ursachen gibt, die eine Empfängnis verhindern. Ich habe einen normalen Eisprung, und Patricks Spermienzahl ist normal. Der Arzt meint, dass wir noch nicht so weit sind für Hormonpräparate. Patrick stellt sich mit Recht die Frage, wie alt wir dazu werden müssen. Ich weiß nicht mehr, wie es weitergehen soll, Nora, ich weiß es wirklich nicht. Dauernd hört man von Frauen, die nach einer Hormonbehandlung elf Embryos im Bauch haben. Und nächste Woche bekommen Mary und Blouse ihr Baby, und ich muss mich für sie freuen und begeistert sein. Ich komme mir so kleinlich vor, dass ich es nicht bin.

Patrick weigerte sich, mit ihr über dieses Thema zu reden. »Was meinst du, wie ich mich *fühle*, dass Blouse fähig ist, ein Kind in die Welt zu setzen, während ich es nicht bin? Was meinst du wohl?«, fuhr er sie an.
»Das habe ich doch nicht gesagt.« Tränen traten in Brendas Augen. Sie war verletzt.
»Aber du hast es so gemeint, Brenda. Der Idiot in der Familie schafft es, sein Mädchen zu schwängern, während man das von seinem älteren Bruder nicht behaupten kann.«
»Ich lasse nicht zu, dass du so von Blouse sprichst, Patrick. Das hast du noch nie getan, und auch nicht, dass ein anderer das tut. Er hat mir erzählt, dass du auf den Schulhof gegangen bist und dich mit jedem angelegt hast, der so eine Bemerkung gemacht hat, und jetzt bist du nicht anders.«
Er schämte sich, sie sah es ihm an. Er ließ den Kopf hängen. »Es tut mir Leid. Ich weiß nicht, was über mich gekommen ist.«
»Dasselbe, was auch über mich gekommen ist – eine große Sehnsucht, unser eigenes Kind zu haben. Kein Wunder, dass wir völlig durcheinander sind, Patrick.«
»Du bist ganz und gar nicht durcheinander, du bist völlig ruhig«, sagte er.

»Bin ich nicht, aber das ist nun mal meine Art, mit Problemen fertig zu werden. Ich tue so, als wäre alles völlig normal in der Hoffnung, dass es vielleicht so wird.«

»Es tut mir Leid, Brenda. Es ist auch für dich schwer. Ich versuche gar nicht, mich zu entschuldigen. Nur manchmal am Ende eines Tages, wenn ich müde bin wie ein Hund, dann frage ich mich schon, wozu das alles gut sein soll.«

»Was alles?«

»Die ganze harte Arbeit. Sag', wofür machen wir das eigentlich?«

Brenda war der Ansicht, dass sie es für sich selbst taten, für ihren gemeinsamen Traum. Aber sie wusste, dass sie, wenn sie jetzt antwortete, jedes Wort auf die Goldwaage legen musste.

»Ich weiß, mir geht es ähnlich«, erwiderte sie langsam.

»Tatsächlich?« Er schien überrascht.

»Aber natürlich, Patrick. Was meinst du denn, wie *ich* mich fühle?«

»Aber im letzten Monat, da hast du gesagt ... als wir wieder einmal feststellen mussten, dass es nicht passiert war ... Da hast du gesagt, dass es im Augenblick so vielleicht besser ist.«

»Was wäre dir lieber gewesen? Dass ich vor allen Leuten, vor Lieferanten und Kunden, vor Blouse und Mary und allen anderen, die zufällig vorbeikamen, losgeheult und mich beklagt hätte, dass wir wieder einmal kein Kind gezeugt haben? Hätte ich Rotz und Wasser heulen und alle unnötig aufregen sollen? Sag mir, wie ich reagieren soll, damit ich es im nächsten Monat richtig mache.«

Da nahm Patrick sie in die Arme, und sie weinte sich an seiner Brust eine Viertelstunde lang aus, bis ihre Schultern endlich zu beben aufhörten. Dann hielt er sie auf Armeslänge von sich weg und betrachtete ihr tränenüberströmtes Gesicht. »So, und jetzt setzt du wieder dein altes Gesicht auf, tapfere Brenda Brennan, uns zuliebe«, sagte er und küsste sie zum ersten Mal seit langer Zeit wieder richtig auf den Mund.

Mary und Blouse bekamen einen kleinen Jungen. Sie nannten ihn Brendan Patrick, und er war perfekt von Kopf bis Fuß.
Brenda besuchte ihn jeden Tag. Seine kleine Hand schloss sich um ihren Zeigefinger, und er lächelte sie verschlafen an. Wenn sie ihn hochhob, hörte er sofort zu weinen auf. Sie konnte gut mit Kindern umgehen. Eines Tages würde sie selbst eines haben, ganz sicher.
Brenda rief Dr. Flynn an und willigte ein, jedes zur Verfügung stehende Hormonpräparat zu nehmen, selbst solche, die sich noch im Experimentierstadium befanden. Er mahnte zur Vorsicht und Geduld. Das käme für sie nun nicht mehr in Frage, erwiderte sie.
In der Öffentlichkeit zeigte sie weiter ein freudiges Gesicht über die Ankunft des kleinen Brendan Patrick. Sie war sicher, dass ihr niemand die Sehnsucht und den Wunsch nach einem eigenen Kind ansehen würde. Doch dann bekam sie – dank ihrer Fähigkeit, von den Lippen zu lesen – ein Gespräch zwischen Blouse und Mary mit.
»Ist es nicht rührend, wie sehr Brenda ihn liebt?«, sagte Blouse.
»Ja, aber ich denke, wir sollten nicht so mit ihm angeben«, erwiderte Mary.
»Angeben? Ja, aber bewundert sie ihn denn nicht ebenso wie wir? Sie ist doch Feuer und Flamme!« Blouse war verblüfft.
»Vielleicht hätte sie ja selbst gern ein Kind«, entgegnete die kleine Mary O'Brien mit den roten Locken und dem perfekten Baby.

Es gab die verschiedensten Gründe, weshalb Brenda die Hormonpräparate nicht vertrug: hoher Blutdruck, Allergien, sonstige Nebenwirkungen. Für eine In-Vitro-Fertilisation bestand eine lange Warteliste. Brenda begriff nie, worin die Probleme im Einzelnen eigentlich bestanden, denn die Enttäuschung warf sie völlig aus der Bahn, und die Falten auf Patricks Gesicht gruben sich von Tag zu Tag tiefer ein.

Dr. Flynn versuchte, dem Ehepaar die Zusammenhänge zu erklären, aber er hatte das Gefühl, nicht an eine, sondern an zwei Wände zu reden. So riet er ihnen, das aktive und glückliche Liebesleben wieder aufzunehmen, das sie vorher offensichtlich gehabt hatten. Außerdem brachte er vorsichtig das Thema Adoption zur Sprache. Oft sei dies eine wirklich wunderbare Sache und bringe neben einem Kind auch den nicht zu verachtenden Nebeneffekt mit sich, dass die Eltern danach wesentlich entspannter seien und es doch noch zu einer erfolgreichen Empfängnis kommen könne.
Brenda und Patrick blieben stumm.
Dr. Flynn erklärte weiter, dass eine Adoption auch nicht mehr so einfach wie früher durchzuführen sei, zu viele zukünftige Eltern wetteiferten um eine kleine Auswahl an Babys. Die Zeiten seien vorbei, als ledige junge Mütter ihre Kinder noch in Waisenhäuser oder zur Adoption gaben. Eine wesentlich gesündere Einstellung, selbstverständlich, aber nicht eben hilfreich, wenn man ein Kind wolle.
Und natürlich sei da auch noch der Faktor Alter zu berücksichtigen. Kein Interessent über vierzig habe die Chance zu einer Adoption. Sie würden sich also beeilen müssen, wenn sie diesen Weg versuchen wollten.
Für ihre Umgebung hatte sich nichts geändert, aber alles für das eingeschworene Team, das Brenda und Patrick Brennan einmal gewesen waren. Nur Menschen, die ihnen sehr nahe standen, kamen überhaupt auf die Idee, dass irgendetwas nicht in Ordnung sein könnte. Blouse und Mary hielten das Paar für extrem überarbeitet; sie lachten auch nicht mehr so viel wie früher. Auch Brendas Mutter fiel nichts auf, nur wenn sie so unklug war, die Rede auf das Thema fröhlich tappender Kinderfüßchen zu bringen, reagierte ihre Tochter sehr kurz angebunden.
Nur Quentin Barry stellte irgendwann bei seinen wöchentlichen Anrufen fest, dass Brendas Stimme schon länger den üblichen Enthusiasmus vermissen ließ.

Er führte es auf die Anstrengung, den permanenten Druck und die ständigen Sorgen zurück. »Arbeitet euch nicht zu Tode«, schrieb er ihr in einem freundlichen Brief. »Ich weiß, dass wir noch längere Zeit nicht in die Gewinnzone kommen werden. Mein Buchhalter bellt zwar laut, aber er beißt nicht. Wir werden gemeinsam etwas Wunderbares auf die Beine stellen, also verliert nicht eure Leidenschaft und euer Feuer.«

Falls Patrick und Brenda an dieser Stelle beide bitter aufgelacht haben sollten, erwähnten sie dies nicht. Seit Monaten hatten sie nichts anderes mehr getan, als in der Küche zu stehen oder die Gäste zu bedienen. Ihr ganzes Leben hatte sich verändert, da konnte das Feuer schon mal erlöschen.

Und es gab so viele Kinderkrankheiten, die sie in den Griff bekommen mussten. Wer hätte gedacht, dass sich das Problem mit dem Parken zu einem regelrechten Albtraum auswachsen würde? Dass die Taxifirmen sie einfach immer wieder hängen lassen würden. Dass die Belieferung mit frischem Fisch manchmal unzuverlässig wäre. Dass prominente Gäste mit abgelaufenen Kreditkarten bezahlen würden. Dass die Leute Aschenbecher und Leinenservietten klauen würden. Doch sie lernten dazu, manchmal langsam, manchmal erst auf die harte Tour. Es war schließlich ihr erstes Restaurant, das sie in eigener Regie führten. Oder besser gesagt, Quentins Restaurant. Aber er hatte ihnen erklärt, dass sie es als ihr eigenes betrachten sollten.

Und wenn Brenda Patrick tief seufzen hörte, fiel ihr jedes Mal wieder seine Frage ein: »Wozu das alles? Für wen mache ich das alles?« Und dann wurde ihr das Herz schwer.

Als sich das erste Jahr dem Ende zuneigte, hatte Brenda stark abgenommen und sah sehr müde aus. Mary, Blouse' Frau, schien nicht nur die Mutterschaft gut zu bekommen, sie schien auch noch in der Lage zu sein, mit mehreren Jobs gleichzeitig zu jonglieren. Über ihre Kontakte hatte sie eifrig die Werbetrommel für die Party zum ersten Jahrestag gerührt.

Drei Abende vor dem großen Ereignis, als jede Katastrophe, die passieren konnte, passiert war, standen Patrick und Brenda nachts um drei Uhr immer noch in der Küche. Sie hatten einen Tag hinter sich, an dem ein Auto rückwärts in eines der Fenster gefahren war und jede Menge zerbrochenes Glas hinterlassen hatte. Der Wind hatte durch das Lokal gepfiffen, bis es mit Brettern vernagelt worden war und aussah wie der Schauplatz einer Bombenexplosion. Dann hatte eine Gasleitung geleckt, ein Regal mit wertvollem Inhalt war heruntergefallen, und eine Toilette bei den Damen war übergelaufen. Ein Gast hatte den Fisch mit der Bemerkung zurückgehen lassen, er würde »komisch« schmecken, woraufhin alle anderen am Tisch plötzlich etwas an ihrem Essen, das bisher gut geschmeckt hatte, auszusetzen hatten. Und schließlich hatte sie noch einer der Kellner im Stich gelassen mit der Begründung, das Restaurant gliche einem Schlachtfeld und würde – offen gesagt – nie in die obere Liga aufsteigen.

»Wozu tun wir uns das eigentlich an?«, wiederholte Patrick seine Frage.

»Wie bitte, Patrick?«

»Du hast mich schon verstanden. *Wozu* das Ganze? Ich bin am Ende meiner Kräfte. Du bist nur noch Haut und Knochen und um zwanzig Jahre gealtert. Wir waren verrückt, uns das aufzuhalsen. Verrückt, das waren wir …«

»Wäre es der Mühe wert, wenn wir ein Kind oder auch nur die Aussicht hätten, eines zu bekommen? Hätte dann ein Katastrophentag wie der heutige einen Sinn?«

»Du weißt, dass es so wäre.«

»Nein, das ist mir ganz und gar nicht klar. Wir wären ebenso müde, wenn nicht noch mehr.«

»Du weißt genau, was ich meine. Das alles hätte wenigstens einen Sinn, wir hätten ein Ziel.«

»Und das haben wir so nicht, und das alles hat jetzt keinen Sinn. Ist es das, was du sagen willst?«

»Du suchst nur Streit, Brenda, außerdem ist es schon spät.«
»Du hast Recht. Wieso gehst du nicht ins Bett?«
»Kommst du nicht mit?«
»Etwas später. Bitte, geh schon mal hoch.«
Patrick schleppte sich zur Tür und stieg die Treppe hinauf.
Brenda sah sich an dem Ort um, an dem sie seit sieben Uhr morgens geschuftet hatte. Zwanzig Stunden. Nachdenklich ging sie zu dem Spiegel, den sie so aufgehängt hatte, dass das Personal noch rasch einen prüfenden Blick hineinwerfen konnte, ehe es hinaus in den Gastraum ging. Haut und Knochen, hatte er gesagt. Um zwanzig Jahre gealtert.
Sie schrieb einen kurzen Brief an Patrick.

Tut mir Leid, aber ich fühle mich heute nicht danach, mit dir das Bett zu teilen. Nicht, wenn du denkst, ich sei alt und traurig und würde elend aussehen. Nicht, wenn du keine Hoffnung und keinen Sinn mehr in allem siehst. Ich verbringe die Nacht, oder was noch davon übrig ist, bei einem Freund. Aber ich bin ein Profi und werde deshalb morgen Mittag zwölf Uhr wieder zu dem Fototermin, den Mary organisiert hat, und zu meiner Mittagsschicht zurück sein. Ich halte es nicht für nötig, irgendjemandem von unserem Streit zu erzählen, du wahrscheinlich auch nicht.
Brenda

Sie legte den Zettel auf das Tischchen neben dem Bett, in dem er tief und fest schlief, einen Arm auf ihre Seite gelegt, wie er es seit Jahren getan hatte. Sie nahm ihren Mantel, etwas Wäsche zum Wechseln und ein paar Toilettensachen und trat hinaus in den frühen Morgen der Dubliner Innenstadt.
Brenda fuhr mit einem Taxi in die Tara Road, wo Colm ein Restaurant führte. Colm war trockener Alkoholiker, ein Mann mit einem leichten Schlaf. Auch er wohnte über dem Lokal. Sie hatten sich immer gegenseitig aufgezogen, dass sie eigentlich Konkurrenten wären, aber sein Restaurant in dem grünen Vorort

zog eine ganz andere Klientel an als das Quentins mitten in der City.

Sie klingelte, und er meldete sich mit hellwacher Stimme. »Brenda Brennan? Höchstpersönlich?«

»Colm, könnte ich heute Nacht – oder besser gesagt, für die paar wenigen Stunden – bei dir unterschlüpfen?«

»Klar doch. Möchtest du Tee und Toast, oder willst du gleich ins Bett?«

»Tee und Toast wäre schön«, sagte sie.

Er fragte sie nicht, was sie bei ihm zu suchen hatte, und eine halbe Stunde später ging sie in Colms Gästezimmer, wo sie bis zehn Uhr schlief.

»Sehe ich aus wie Haut und Knochen, zwanzig Jahre älter, Colm?«, fragte sie ihn beim Frühstück, das aus Melone, Champagner, Orangensaft und frischem Gebäck bestand.

»Nein, und nur ein völlig übermüdeter Ehemann, der darüber hinaus in blinder Panik wegen seines Restaurants ist, könnte so etwas sagen. Gehst du zurück zu ihm?«

»Selbstverständlich. Dazu bin ich Profi genug.«

»Und liebst du ihn?«, wollte er wissen.

»Vielleicht.«

»Nein, ganz sicher sogar«, sagte er.

»Wie auch immer, Colm. Könntest du mir vielleicht ein Taxi besorgen? Du weißt, du bist der beste Freund, den man haben kann.«

Das Taxi kam fünf Minuten später. Elf Minuten darauf wurde das Taxi von einem großen Lastwagen gerammt. Er kam von der Seite, auf der Brenda saß. Der Schlag auf den Kopf raubte ihr das Bewusstsein, und sie konnte sich nach dem Aufprall an nichts mehr erinnern.

Brenda war noch nie in ihrem Leben zu spät gekommen. Patrick fing langsam an, sich Gedanken zu machen. Sie hatte geschrieben, dass sie zurückkommen würde. Er wusste, dass er sich auf sie verlassen konnte. Er fragte sich, zu welchem Freund sie wohl gefahren war, und wünschte sich, er hätte sich nicht so gehen lassen. Wieso hatte er sie nicht einfach in den Arm nehmen und sagen können, dass sie später, wenn sich der Trubel gelegt hatte, über alles reden würden? Brenda war kein launischer Mensch. Sie würde nie, noch dazu an einem so wichtigen Tag, eine Szene machen.

Als sie zu dem Fototermin nicht da war, machte er sich ernsthafte Sorgen. Er versuchte, alle anderen zu beruhigen, und bestand darauf, dass neben dem neu eingestellten Personal auch Blouse und Mary mit aufs Foto kamen. Brenda und er hätten in letzter Minute noch unzählige Dinge zu erledigen, erklärte er, da könne es schon mal passieren, dass einer einen Termin übersah.

Auch zum Mittagessen fehlte sie, und er erwartete eigentlich, sie jeden Moment in die Küche kommen und aus ihrem Mantel schlüpfen zu sehen. Aber die Mittagszeit ging vorüber, und immer noch keine Spur von ihr.

Auch am Nachmittag nichts Neues. Allmählich bekam er es mit der Angst zu tun. Um sechs Uhr verständigte er schließlich die Polizei. Die Beamten waren nicht sehr hilfreich. Ein häuslicher Streit um vier Uhr morgens! Sie versicherten ihn ihres Mitgefühls, aber sie hätten Besseres zu tun. Die meisten vermissten Personen kämen von allein wieder nach Hause, sagten sie. Versuchen Sie es doch bei ihren Freunden, schlugen sie ihm vor.

Er hatte keine Ahnung, wen er anrufen sollte. Abends richtete er das Essen auf den Tellern an, ohne zu wissen, was er servierte. Sie konnte ihn doch nicht verlassen haben.

Im Krankenhaus suchte man vergebens nach einem Namen, nach irgendetwas, das über die Identität der dunkelhaarigen Frau Aufschluss gegeben hätte. Alles, was sie bei sich hatte, waren ein Schlüsselbund, ein paar Banknoten in den Taschen ih-

rer Kleidung und eine Garnitur frischer Wäsche in einer kleinen Reisetasche. Kein Hinweis darauf, an wen man sich hätte wenden können.
Während der Abendschicht ging Patrick noch einmal nach oben. Er entdeckte Brendas Handtasche auf dem Boden neben dem Frisiertisch. Sie war ohne alles weggegangen. Unmöglich, dass sie sich umbringen wollte. Patrick wollte Blouse und Mary nicht mit in die Sache hineinziehen. Aber um elf Uhr an diesem Abend musste er es ihnen sagen.
Er saß weinend in der Küche, als sie wissen wollten, was los sei.
»Wir rufen alle Krankenhäuser an«, schlug Mary vor.
Sie suchten die Nummern der sechs größten Kliniken heraus und nahmen sich jeweils zwei vor.
Blouse fand sie gleich beim ersten Versuch.
»Langes, glattes, dunkles Haar, das normalerweise im Nacken zu einem Knoten hochgeschlagen ist«, beschrieb er sie, stolz darauf, nichts vergessen zu haben.
Patrick fragte sich, ob er auch eine so gute Beschreibung hätte liefern können. Er packte den Hörer. »Ist sie am Leben?«, stieß er schluchzend hervor. »Gott sei Dank. Gott sei Dank.«
Brenda war einen Augenblick zu sich gekommen und hatte verworrenes Zeug geredet. Irgendetwas von Patrick und Quentin, aber man hatte nicht verstanden, was sie damit meinte. Jetzt ließ man sie wieder schlafen.
Blouse stieg aus dem Lieferwagen. Patrick blieb sitzen, den Kopf in die Hände gestützt. Hatte er wirklich zu seiner wunderbaren, starken, loyalen Frau gesagt, dass es keine Hoffnung, keinen Sinn mehr gebe? Hatte er sie in die Nacht hinausgejagt, weil sie es nicht ertragen konnte, neben ihm zu liegen? Das Einzige, was zählte, war Brenda. Ganz tief drinnen wusste er das. Wieso hatte er es dann nicht zugeben und ihr sagen können? Bitte, bitte, lieber Gott, schenk mir noch viele Jahre, damit ich ihr das sagen kann.
Er saß die ganze Nacht an ihrem Bett und streichelte ihre

schmalen, blassen Wangen. Er bekam nur mit dem halben Ohr mit, was man ihm von dem Unfall und dem Taxi und dem Lastwagen erzählte. Sie war auf ihrem Weg zurück zu ihm gewesen, und da war es passiert.

Als es hell wurde, wachte sie auf, und er legte seinen Kopf auf ihre Brust und schluchzte, als würde ihm das Herz brechen.

Sie hatte keine Gehirnerschütterung, hatte nur ein paar Schrammen und einen schweren Schock. Sie hatte Glück gehabt, auch der Taxifahrer hatte Glück gehabt. Allen ging es gut.

»Ich denke, bis zur Party bin ich wieder auf den Beinen«, sagte sie.

»Du bist alles für mich, Brenda. Du bist mir genug. Hörst du, was ich sage? Du bist mehr als genug. Ich liebe dich so sehr, du bist meine ganze Hoffnung, mein Sinn und Lebenszweck. Wir haben eine große Zukunft vor uns, du und ich.«

Alle waren an diesem Abend zur Feier des einjährigen Bestehens des Quentins gekommen. Dublin hatte lange keine so pompöse Party mehr erlebt. Aber ein Moment sollte allen in besonderer Erinnerung bleiben.

Das war, als Patrick Brennan die Hand seiner Frau ergriff, sie festhielt, seinen Blick über die Menge schweifen ließ und kaum merklich seine Stimme senkte.

»Brenda und ich wollen uns heute Abend mit Ihnen gemeinsam an einem wunderbaren Baby erfreuen. Das Baby ist ein Jahr alt geworden, und wir haben Sie alle eingeladen, um zu feiern, dass unser Restaurant das erste Jahr überlebt hat, unser Restaurant, in dem wir Freunde und Fremde gleichermaßen willkommen heißen und glücklich machen wollen. Der Anlass ist zwar nicht ganz so schön wie eine richtige Taufe mit einem richtigen Baby, aber für uns ist es so, als wäre es dasselbe. Wir verbinden damit dasselbe Gefühl der Erfüllung und der Hoffnung auf eine Zukunft. Deshalb stoßen Sie mit uns an auf unser Baby, auf das Quentins, und wünschen uns das Beste für die

Abenteuer, die das Leben für alle in diesem Raum noch parat haben mag!«
Selbst hartgesottene Medienmenschen und professionelle Partygänger verstummten, als Patrick Brennan seiner schlanken, eleganten Frau Brenda einen Kuss gab. Brenda Brennan weinte nie, man habe sich bestimmt getäuscht, hieß es im Nachhinein. Aber diejenigen, die dabei waren, wussten, dass sie sich nicht getäuscht hatten. Und es waren nicht nur die Brennans gewesen, die ein paar Tränen vergossen hatten. Alle im Raum schienen gerührt gewesen zu sein.

TEIL ZWEI

KAPITEL FÜNF

Es gab so viele Geschichten über das Quentins, dass die Auswahl schwer fiel, welche sie verwenden und welche sie verwerfen sollten. Einen Film zu machen schien eine Menge Geld zu kosten. Mit sorgenvollen Gesichtern brüteten Nick, Sandy und Ella über ihrer Kalkulation. Sandy hatte etwas Geld auf dem Sparkonto, das sie bereitwillig in den gemeinsamen Topf warf. Nick nahm eine Hypothek auf seine Wohnung auf, ebenfalls eine beträchtliche Summe. Aber wenn sie wirklich einen Film drehen wollten, der Preise und Auszeichnungen gewinnen sollte, würde ihr Kapital bei den hohen Produktionskosten nie reichen, und sie kämen nicht umhin, die King Foundation um finanzielle Unterstützung zu bitten. Das Antragsformular hatten sie bereits erhalten und sorgfältig ausgefüllt.

»Ich werde eben noch härter als ihr arbeiten müssen. Schließlich habe ich nichts zum Investieren«, sagte Ella. »Dafür habe ich uns heute eine Flasche Champagner mitgebracht, den mir gestern Abend ein Gast im Colm's gegeben hat. Stellt euch mal vor, er wollte mich mit Geld nicht beleidigen! Wenn der gewusst hätte, wie gerne ich mich mit Geld hätte beleidigen lassen.«

Sie lachten, als sie die Sektgläser holten, einschenkten und auf das Wohl von Firefly Films tranken und auf das Quentins und die King Foundation in New York anstießen.

Als sie die Flasche Champagner geleert hatten, hatte Nick sie ermahnt, realistisch zu sein. Ihr Projekt sei eigentlich eine Nummer zu groß für sie. »Hier geht es schließlich nicht um irgendwelche Mickymaus-Summen«, sagte er stirnrunzelnd.

Sandy versuchte die Stimmung aufzuhellen. Sie mochte es gar

nicht, wenn Nick so nachdenklich war. »Mach die arme Mickymaus nicht schlechter, als sie ist. Sie hat schließlich einen Haufen Geld für Walt Disney eingespielt«, scherzte sie.
Nick grinste matt. »Sandy, ich spreche doch nur das aus, was ohnehin jeder von uns denkt. Vielleicht fällt uns ja noch eine andere tolle Idee ein. Ella hat uns bis hierher gebracht. Jetzt müssen wir nur noch einen Schritt weitergehen.«
Ella sah einen Schatten über Sandys Gesicht huschen. »Ich habe uns überhaupt nicht weit gebracht. Es war Sandys Exposee, mit dem wir die Ausschreibung gewonnen haben. Und sobald der Schampus leer ist, werde ich euch auch verlassen und mich nach bezahlter Arbeit umsehen müssen. Ich tue das nur ungern, aber ihr kennt meine Situation.«
»Sind deine Eltern schon in euren Schuppen gezogen?«, fragte Nick.
»Ja, wir alle, aber wir nennen ihn den ›Anbau‹, damit wir uns nicht ganz so mies fühlen.«
»Ist es dort nicht sehr eng?«, wollte Sandy wissen.
»Erstaunlicherweise nicht. Colm kennt von früher einen Bauunternehmer, der ihm noch einen Gefallen schuldig war. Auf jeden Fall hat uns der Bursche einen tollen Bau mit vielen Fenstern im Dach hingestellt. Wenigstens hell ist es. Und es gibt jede Menge Stauraum, wo meine Mutter alle die Sachen aufbewahren kann, die wir irgendwann, wenn wir schuldenfrei sind, wieder brauchen können. Ich habe dort auch einiges untergestellt.«
»Und, werdet ihr es schaffen, wieder schuldenfrei zu werden?« Nick nahm kein Blatt vor den Mund.
»Keine Ahnung. Ich bezweifle es, aber das ist immerhin ein Anfang, und mein Vater hat sich auch wieder beruhigt. Eine Weile dachte ich, er müsste in eine Anstalt. Die Leute wissen jetzt, dass er alles Menschenmögliche tut, um ihnen ihr Geld zurückzuzahlen, und das ist eine Hilfe. Und zwei der Wohnungen im Haupthaus, wie wir es nennen, sind auch schon vermietet; zwei

weitere sind Ende nächster Woche fertig. Das ist kein schlechter Start.« Sie zwang sich, fröhlich zu klingen.
Sandy und Nick nickten anerkennend. Im Vergleich zu dem, was die Bradys durchmachten, waren ihre Probleme klein. Sie würden das Geld für ihr Projekt schon auftreiben – oder auch nicht. Aber wenigstens schuldeten sie niemandem Geld.
»Was arbeitest du denn zur Zeit?«, erkundigte sich Nick.
»Deirdre hat mir einen Aushilfsjob in ihrem Labor besorgt. Dann bediene ich noch zwei Abende im Colm's, zwei Abende für Scarlet Feather – du weißt schon, deine Freunde Tom und Cathy –, am Wochenende im Quentins, und – ihr werdet es nicht glauben – zwei Stunden in der Woche bringe ich einem Zwillingspaar Mathe und die Grundlagen der Naturwissenschaften bei. Die beiden sind vielleicht zwei Originale. Die haben mich doch tatsächlich gefragt, ob ich auch zu den neuen Armen gehöre. Ich habe keine Ahnung, woher sie den Ausdruck haben, aber sie haben einen Narren daran gefressen.«
»Klingt nicht so, als hättest du noch viel Zeit für ein Privatleben«, bemerkte Nick.
»O Nick, in den letzten zwei Jahren hatte ich so viel Privatleben, wie man sich nur wünschen kann«, erwiderte sie und lachte bitter.
»So lange ging das?« Er schien betroffen, dass ihre Affäre so lange gedauert hatte.
»Wie sagt man so schön: Es war ein Geben und Nehmen«, sagte sie. »In meinem Fall hauptsächlich ein Geben, aber wer rechnet schon nach?«

Als sie bereits im Gehen war, stellte Sandy ihr eine sehr vertrauliche Frage. »Glaubst du, Nick mag mich überhaupt, oder verschwende ich nur meine Zeit, Ella?«
»Oh, ich denke, er mag dich sogar sehr, Sandy. Aber ich bitte dich, hör bloß nicht auf mich. Was verstehe ich schon von Männern und ihren Vorlieben und Abneigungen? Nichts weiß ich.«

Von Deirdre erfuhr Ella, dass Nuala in der Woche darauf nach Dublin käme. »Großartig, dann besorgt jede eine gute Flasche Wein, und wir laden sie ein«, schlug sie vor. »Warte, aber bei mir geht das nur nach Mitternacht oder zwischen vier und sechs am Mittwoch und am Samstag.«

»O Gott, ich kann es kaum erwarten, bis du wieder unterrichtest und normale Arbeitszeiten hast.«

»Ich geh nicht mehr an die Schule zurück«, erklärte Ella.

»Natürlich tust du das.«

»Ich kann es mir nicht leisten«, sagte Ella. »Wieso treffen wir uns nicht auf ein Picknick im Stephen's Green Park? Nuala würde das bestimmt gefallen, und ich kann um sechs zurück ins Quentins.«

»Ich erkundige mich«, versprach Deirdre.

»Schlechte Neuigkeiten, Ella. Ich sage es dir ohne Umschweife: Nuala will sich nicht mit dir im Park treffen.«

»Okay, was schlägt sie dann vor?«

»Jetzt wird es haarig. Sie will sich überhaupt nicht mit dir treffen.«

»Das glaube ich dir nicht.«

»Das hat die Dame jedenfalls gesagt.«

»Ist sie nicht mehr ganz dicht oder was?«

»Es hat was mit Don zu tun. Ihr Mann und seine Brüder haben wegen dieses Mr Richardson eine Menge Geld verloren. Offensichtlich ist sie deswegen ein bisschen sauer.«

»Ich bin mir sicher, dass sie das ist, und viele andere unschuldige Menschen sind es auch, aber weshalb will sie *mich* nicht mehr sehen? Ich habe ihr verdammtes Geld doch nicht.« Ella war wütend und verletzt.

»Oh, keine Ahnung. Sie hat nur irgendwas gefaselt, dass du dir mit Franks Geld eine schöne Zeit in spanischen Hotels gemacht hättest.«

»So eine dumme Gans! Könnte ich mich nicht auch hinstellen

und herumjammern? Schließlich war es auf dieser grässlichen Party von ihren Schwiegereltern, dass ich Don kennen gelernt und mein Leben ruiniert habe.«

»Lass es, Ella. Sie ist es nicht wert.«

»Aber du wirst dich trotzdem mit ihr treffen?«

»Nicht, wenn du das nicht möchtest.«

»Ach, triff dich doch mit ihr, in Gottes Namen. Was kümmert mich das?«

»Ella, ich bitte dich!«

»Nein, mir ist es egal. Was kann mir eine engstirnige und selbstsüchtige Gans wie sie schon anhaben?«

»Sie war doch mal deine Freundin.«

»Das hat sie aber ziemlich schnell vergessen.«

»Ich werde dir erzählen, was sie zu sagen hat«, erwiderte Deirdre seufzend.

»Wenn es unbedingt sein muss.«

»Ich gehe mit ihr ins Quentins, wenn du dort nicht Dienst hast.«

»Ja, aber pass auf, dass ich wirklich nicht arbeite. Es kann nämlich durchaus vorkommen, dass mir aus Versehen etwas heiße Suppe über den Teller schwappt und einem Gast auf dem Schoß landet«, sagte Ella.

Ella war zu ihrer wöchentlichen Nachhilfestunde bei Simon und Maud, die bei ihren Großeltern im St. Jarlath's Crescent wohnten. Die beiden waren nicht dumm, hatten aber zu viel Stoff im Mathematikunterricht versäumt. Irgendwie waren sie um fünf Ecken mit Cathy Scarlet verwandt. Ella hatte bald begriffen, dass es besser war, sich nicht nach Einzelheiten zu erkundigen. Aber Kindern wie Simon und Maud war sie noch nie zuvor begegnet. Sie waren nicht zu bremsen und erzählten ihr gleich am ersten Tag ihre ganze Lebensgeschichte. Eigentlich waren sie ja mit Cathys Exmann, dem Anwalt Neil Mitchell, verwandt, aber nach diversen Abenteuern und letztendlich sogar gerichtlichen Verfügungen wohnten sie jetzt bei Cathys Eltern, Muttie und Lizzie.

Sie hatten einen Hund, der auf den Namen Hooves hörte und hinkte. Und sie hatten einen großen Bruder, der in mehreren Ländern von der Polizei mit Haftbefehl gesucht wurde. Außerdem besaßen sie ihre eigenen Pässe, die sie benötigt hatten, weil sie einmal nach Chicago geflogen waren, um dort bei einer Taufe zu tanzen. Im Flugzeug hatte man ihnen erlaubt, das Cockpit zu besichtigen. Und in Chicago hatten sie …

»Sehr interessant, aber ich denke, jetzt machen wir lieber mit Algebra weiter, bevor euch noch mehr einfällt.«

»Langweilen wir dich etwa?«, fragte Simon ernst. »Manche Leute sagen nämlich, wir würden ziemlich viel reden.«

»Nein, ihr langweilt mich ganz und gar nicht«, erwiderte Ella wahrheitsgemäß. »Aber ich bekomme anständiges Geld dafür, dass ich euch Nachhilfe gebe, und ich will weder eure Großeltern noch sonst einen Menschen übervorteilen.«

»Genau genommen sind sie ja gar nicht unsere Großeltern«, erklärte Simon.

»Ich weiß. Ich habe euch heute dieses Buch hier mitgebracht. Es ist viel einfacher als das, das ihr in der Schule benutzt. Ich habe mir nämlich überlegt, dass wir zuerst das hier durcharbeiten, und erst wenn ihr den Stoff besser beherrscht, befassen wir uns mit eurem Buch.«

»Und wenn wir alles verstanden haben, können wir uns dann mal so richtig lange und ausführlich mit dir unterhalten?«, wollte Maud wissen.

»Aber gern«, antwortete Ella geschmeichelt.

»Man hat uns nämlich verboten, dir Fragen über dein trauriges Leben zu stellen, aber wir wüssten doch zu gerne, was bei dir los ist«, erklärte Simon.

Ella legte die Hand an den Mund, um ihr Schmunzeln zu verbergen. »Wenn ihr mir diese Gleichungen lösen könnt, erzähle ich euch alles haargenau«, versprach sie.

»Du hast doch nicht die Absicht, mich das ganze Essen über anzuschauen, als ob ich eine Verbrecherin wäre?«, fragte Nuala. Deirdre zuckte die Schultern. »Nein, weil ich sicher bin, dass du einen guten Grund dafür haben musst, dich wie ein ausgesprochenes Arschloch zu benehmen.«
»Deirdre, es ist absolut nicht nötig, so ordinär zu werden.«
»Doch, ist es. Ella hat schon genug Probleme. Sie hat sich so gefreut, dich zu sehen, und du hast ihr praktisch ins Gesicht gespuckt.«
»Aber, Dee, sie hat genau gewusst, was sie tat, als sie mit Franks Geld und dem Anlagevermögen seiner Familie in diesen Luxusurlaub fuhr. Du hast ja keine Ahnung, was für ein Chaos Don Richardson hinterlassen hat.«
»Sie hat ein verlängertes Wochenende mit ihm verbracht, ihre freien Tage an der Schule, und sie hat ihren Flug selbst bezahlt, du dumme Kuh.«
»Ich habe gehört …«
»Du hast gehört, was du hören wolltest, Nuala. Ich weiß genau, was gelaufen ist. Ich weiß, dass der Mann, den sie auf deiner Party kennen gelernt hat, sie betrogen, gedemütigt und ihren Vater um seinen guten Namen, sein Haus und seine Reputation gebracht hat. Mir ist es völlig egal, was du weißt oder zu wissen glaubst. Betrachten wir doch mal die Fakten: Ella schuftet sechzehn Stunden am Tag, um wieder hereinzubringen, was der Mistkerl ihren Eltern weggenommen hat … Und ihr bleiben nicht einmal der Trost und die Vorfreude auf ein Picknick im Park mit einer Frau, die sie einmal für ihre Freundin hielt.«
Es folgte ein längeres Schweigen.
»Wieso bist *du* dann gekommen, wenn du so denkst«, wollte Nuala kleinlaut wissen.
»Um dir das ins Gesicht zu sagen.«
»Bitte, richte ihr aus, dass es mir Leid tut. Ich habe nicht genügend nachgedacht.«

»Nein, ich werde ihr gar nichts sagen. Du hast ihre Telefonnummer. Sag es ihr selbst.«
Nuala machte Anstalten, ihr Handy aus der Handtasche zu holen.
»Nicht am Tisch, das ist hier nicht gern gesehen«, sagte Deirdre.
Nuala ging auf die Damentoilette. Brenda Brennan kam und erkundigte sich, ob alles in Ordnung sei.
»Ja, Mrs Brennan.«
»Korrigieren Sie mich, wenn ich mich täusche, aber ist das nicht die junge Dame, die hier im Restaurant einen Heiratsantrag bekam?«
»Ja, das ist sie.«
»Und hat sich alles … äh … gut und zur Zufriedenheit entwickelt?« Brenda Brennan spürte die Spannung, die in der Luft lag.
»Ja, ich schätze schon, er ist ein geld- und habgieriges Monster, scheint ihr aber einigermaßen treu zu sein, und sie ist relativ zufrieden. Das einzige Problem, das Adam und Eva im Paradies haben, ist die verbrannte Erde, die Don Richardson hinterlassen hat.«
»Da ist diese Eva nicht allein.«
»Nein, aber sie hatte die Unverschämtheit anzudeuten, dass Ella ihren Vorteil daraus gezogen haben könnte.«
»Jeder weiß doch, dass das nicht der Fall war. Ich dachte immer, sie und Ella wären Freundinnen?«
»Das hat Ella auch gedacht«, antwortete Deirdre.
»Na, zum Glück hat Ella wenigstens in Ihnen noch eine gute Freundin.«
»Und in Ihnen, Mrs Brennan. Sie ist Ihnen sehr dankbar.«
»Aber sie arbeitet zu hart, das macht mich nachdenklich. Sie ist weiß wie ein Leintuch. Patrick und ich machen uns Sorgen um ihre Gesundheit. Ich glaube nicht, dass sie lange so weitermachen kann. Sie mutet sich zu viel zu.«

Sie sahen Nuala an den Tisch zurückkommen, und Brenda nickte und wandte sich einem anderen Gast zu.
»Es war nur ihre Mailbox an«, erklärte Nuala.
»Tja, sie wird arbeiten und versuchen, das zurückzuzahlen, was dieser Betrüger ihrem Vater und dessen Mandanten gestohlen hat. Sie arbeitet, während wir uns hier im Quentins den Bauch voll schlagen.«
»Hör auf, ich fühle mich ohnehin schon mies genug, Deirdre. So gut meint es das Leben mit mir auch wieder nicht, weißt du.«
»Es läuft doch nie so, wie es soll, Nuala«, erwiderte Deirdre seufzend. »Komm, jetzt essen wir erst mal unsere Nudeln und dann als Hauptgericht den Thunfisch. Dabei kannst du mir erzählen, was Frank momentan so alles treibt.«
»Woher wusstest du, dass es etwas mit Frank zu tun hat?« Nuala war verblüfft.
»Dein Gesicht, Nuala. Man sieht es deinem Gesicht an. Du hast einen bestimmten Verdacht, stimmt's? Du denkst, es gibt da eine andere Frau in London, für die er sich interessiert.«
»Oh, Dee, du kannst Gedanken lesen«, staunte Nuala.
»Wahrscheinlich steckt überhaupt nichts dahinter.« Deirdre spulte genau den Text herunter, den Nuala hören wollte. »Nach ein paar Jahren machen das alle Paare durch. Aber nur wir alten Jungfern erfahren davon. Anderen Ehefrauen erzählen die Männer so etwas nicht.«
»Aber es geht bereits eine ganze Weile so.« Nuala hatte ihre Zweifel.
»Es könnte ja sein, dass du dir schon eine ganze Weile was einbildest. Frank ist wie seine Brüder, immer charmant zu allen Frauen. Da steckt bestimmt nicht mehr dahinter«, beteuerte Deirdre.
Nualas Augen glänzten. »Das ist genau das, was Frank auch immer meint. Er sagt, ich bilde mir das nur ein.«
»Na also, da hast du es«, erwiderte Deirdre müde.

Firefly Films erhielt einen äußerst positiven Brief von der King Foundation. Man hatte ihre Bewerbung gelesen und sie in Betracht gezogen. Es gab noch ein paar technische Details zu beachten und zusätzliche Kriterien zu erfüllen, aber generell wurden sie allen wichtigen Anforderungen gerecht und kamen in die engere Auswahl. Der Brief war unterschrieben mit »Derry und Kimberly King«. Nick und Sandy bedauerten, dass Ella nicht da war, um die Freude mit ihnen zu teilen, aber gerade an dem Nachmittag gab sie ihrem exzentrischen Zwillingspaar Nachhilfeunterricht. Dann würden sie eben später mit ihr feiern. Inzwischen hielten sie Händchen und waren glücklich, bisher so weit gekommen zu sein.

»Wenn wir es schaffen und der Film zu Festivals eingeladen wird, wenn wir berühmt werden und eine Menge Geld verdienen, was würdest du dann tun?«, fragte Sandy plötzlich.

»Was *wir* damit tun würden, meinst du wohl?«

»Nein, ich meine dich.«

Er sah sie verwirrt an. »Wir würden ein besseres Büro mieten, ja? Neue Ausrüstung anschaffen. Eine Ganztagskraft einstellen, in die Flitterwochen fahren, eine richtig tolle Hochglanzbroschüre herausgeben. Wärst du damit einverstanden?«

»Ja, wäre ich«, antwortete sie, und ihre Wangen verfärbten sich leicht rosa. Er hatte doch tatsächlich Flitterwochen gesagt.

»Du würdest das also auch so machen?«, wiederholte er herausfordernd.

»Ja, würde ich.« Sie sah ihn nicht an.

»Aber da sehe ich ein Problem, Sandy. Wir können nicht in die Flitterwochen fahren, ohne vorher zu heiraten.«

»Ich weiß«, sagte sie.

»Also, wirst du mir einen Heiratsantrag machen?«, fuhr er fort.

»Macht das nicht eigentlich der Mann?« Die arme Sandy war immer noch nicht sicher, ob er sie aufzog oder um ihre Hand anhielt.

»Nicht immer. Normalerweise macht das derjenige, der entscheidungsfreudiger ist. In unserer Firma bist du das.«
»Soll ich damit warten, bis wir reich sind, oder was meinst du?«
Ihre Nervosität war jetzt so offensichtlich, dass er es nicht mehr ertragen konnte, sie noch länger zappeln zu lassen.
»Ich würde mich freuen, wenn wir heiraten, ganz gleich, ob reich oder arm«, sagte er.
»Oh, Nick.« Ihr Lächeln war so erfrischend, hell und strahlend, dass er zu seiner Polaroidkamera griff. »Das Foto will ich irgendwann einmal unseren Enkelkindern zeigen, damit sie wissen, wie du an dem Tag ausgesehen hast, als ich dir einen Antrag machte.«
In dem Moment klingelte das Telefon. Es war Mike Martin, ein früherer Freund von Don Richardson, und er hatte einen Auftrag für sie. Nick war überrascht, von ihm zu hören.
»Es ist kein normaler Auftrag, denn die sind bei dem momentanen Klima dünn gesät.«
»Das ist leider nur allzu wahr«, erwiderte Nick traurig.
»Es handelt sich eher um einen persönlichen Gefallen. Sie kennen doch Ella Brady, soviel ich weiß.«
»Ja.« Nick war auf der Hut.
»Ja, und Sie erinnern sich bestimmt an einen Freund von ihr. Jemand, der nicht mehr in diesem Land lebt – der nach Spanien ging?«
»Meinen Sie Don Richardson?«, fragte Nick direkt.
»Ja. Ich wollte etwas diskreter sein.«
»Ich muss nicht diskret sein. So heißt er nun mal. Das ist schließlich kein Polizeistaat. Wir können die Leute doch bei ihren Namen nennen, oder nicht?«
»Sicher, aber er ist zum Abschuss freigegeben, Nick. Das wissen Sie doch.«
»Mag schon sein, dass er auf der Abschussliste steht, aber ich glaube nicht, dass sie seinetwegen mein Telefon abhören.« Nick ärgerte sich über diesen Menschen.

»Haben Sie eigentlich auch Geld verloren, Nick? Ich weiß, dass Don sein Möglichstes tut.«
»Oh, da bin ich sicher. Nein, ich habe nichts verloren, aber ich habe gute Freunde, die er ruiniert hat.«
»Glauben Sie mir, sie werden den Schaden ersetzt bekommen.«
»Davon steht aber nichts in der Zeitung.«
»Was wissen Journalisten schon? Das ist übrigens der eigentliche Grund, weshalb ich anrufe. Störe ich etwa?«
»Ja. Sie unterbrechen mich gerade bei einem Heiratsantrag, aber das können wir fortsetzen, wenn wir das Gespräch beendet haben.« Nick beugte sich vor und streichelte Sandys Gesicht.
»Ich weiß nie, ob Sie es ernst meinen oder nicht.«
»Ich weiß, das ist ein Problem.«
Nick verstummte.
»Wie dem auch sei, unser gemeinsamer Freund war leider nicht in der Lage, Kontakt zu Ella aufzunehmen.«
»Ich denke doch, dass Don Ellas Telefonnummer hat.«
»So einfach ist das nicht.«
»Wahrscheinlich schon, aber er könnte ja auch einen Brief schicken, eine Postkarte, eine E-Mail.«
»Dann werde ich jetzt sofort auf den Punkt kommen, Nick. Sie sind nicht so kooperativ oder verständnisvoll, wie wir uns erhofft hatten.«
»Wir?«
»Äh … Don und ich.«
»Ist er im Augenblick bei Ihnen?«
»Das kann man so nicht sagen. Aber was wollte ich jetzt …«
»… auf den Punkt wollten Sie kommen. Ich habe es gehört.«
»Es gibt eine Aktentasche mit einem Laptop.«
»Kann ich mir vorstellen.«
»… die Mr Richardson in Ms Bradys Wohnung versehentlich zurückgelassen hat …«
»Wann? Gestern, vorgestern?«
»Wie bitte?«

»Don Richardson hat sich vor vier Monaten aus dem Staub gemacht. Er muss seine Aktentasche doch schon früher vermisst haben.«
»Aber jetzt sucht er nach ihr, Nick.«
»Na, er kann doch nach Hause kommen und sie holen.«
»Er kann Ella nicht erreichen. Sie ist nicht in ihrer Wohnung, und sie ist auch nicht in dem Haus in der Tara Road.«
»Und ich könnte mir vorstellen, dass er weiß, warum. Sie mussten alles verkaufen und alles aufgeben – seinetwegen.«
»Ich denke nicht, dass er die Sache so sieht …«
»Was für eine Überraschung!«
»Ich würde Ihnen gerne eine Telefonnummer geben. Bitte leiten Sie sie an Ms Brady weiter und bitten Sie sie, Mr Richardson anzurufen.«
»Die Mühe können Sie sich sparen, Mr Martin.«
»Ich werde Ihnen die Nummer trotzdem durchgeben, und ich bin sicher, dass Sie genug Verantwortung an den Tag legen, sie weiterzuleiten.«
»Ich werde bei Ihrem Freund Don Nachhilfe in Sachen Verantwortung nehmen, ja?«
»Haben Sie einen Kugelschreiber oder einen Bleistift?«
»Ja, aber was soll mich daran hindern, diese Information an die Zeitungen, die Behörden oder an die Leute weiterzugeben, die er um ihr Geld gebracht hat?«
»Ich bin überzeugt, dass Sie das Richtige tun werden, Nick«, sagte Mike Martin und las die Nummer vor. Dann legten beide auf.
»Worum ging es denn?«, fragte Sandy mit großen Augen.
»Um einen taktlosen Flegel, der uns dabei unterbrochen hat, als du gerade dabei warst, vor mir auf die Knie zu sinken – warte, warte –, während ich mich vor dich hinknien und wir uns gegenseitig die wichtigste Frage unseres Lebens stellen wollten.«
»Und dieser Kerl in Spanien?«

»Der kann warten, bis er an die Reihe kommt, wie jeder andere auch«, erwiderte Nick und kniete sich auf den Boden.

Barbara und Tim Brady aßen spät zu Mittag in ihrem kleinen Garten, den sie neben dem Anbau für sich reserviert hatten. Durch die Bambushecke hindurch konnten sie das Haupthaus sehen, wo sie noch bis vor drei Monaten gewohnt hatten und das jetzt zu astronomischen Summen vermietet war. Merkwürdigerweise fehlte es ihnen nicht annähernd so stark, wie sie befürchtet hatten.
Wenn sie das Haus jetzt betrachteten, stellten sie fest, dass es eigentlich viel zu groß für sie gewesen war. Und einsam waren sie darin gewesen. Seit sie in den Anbau gezogen waren, war das Leben irgendwie geselliger, und Ella bekamen sie auch öfter zu Gesicht, auch wenn sie ständig auf dem Sprung war und meist nur Zeit für eine Tasse Tee hatte. Ihre Freundin Deirdre kam auch ab und zu vorbei, was sie sehr freute. Den Bradys saß der Schock über ihre Schulden und über mögliche Reaktionen der Herren aus Toms Büro noch immer in den Knochen, sie litten immer noch unter diesem Albtraum. Aber alles in allem war es eine glücklichere Zeit für sie, und ihre Lebensqualität hatte sich sogar verbessert. Sie wagten kaum, das einem Fremden gegenüber einzugestehen. Aber miteinander konnten sie jetzt wieder reden, und auch das war eine Veränderung zum Besseren.

KAPITEL SECHS

Es ist gar nicht so schwer, wenn man sich konzentriert«, sagte Simon.

»Das habe ich auch immer festgestellt«, stimmte Ella ihm zu.

»Aber eigentlich hat das doch gar keinen Sinn«, meinte Maud.

»Ich weiß nicht, irgendeinen Sinn hat es schon. Es ist wie ein Prinzip, wie eine Formel. Wenn du einmal weißt, wie es geht, kannst du es immer wieder anwenden.«

»Aber wann soll man das denn wieder anwenden wollen?«, fragte Maud zweifelnd.

»Bei Prüfungen, nehme ich an«, erwiderte Simon. »Müssen wir bis nächste Woche wirklich alle Aufgaben auf dieser Seite lösen?«

»Ja, das müsst ihr, wenn ich sicher sein soll, dass ihr alles verstanden habt und ich zum nächsten Thema weitergehen kann.«

»An der Schule muss keiner außer uns eine ganze Seite mit Aufgaben lösen«, wandte Maud schmollend ein.

»Ich weiß, Maud. Aber seid ihr nicht froh, dass eure Großeltern Geld dafür ausgeben, dass ihr noch mehr lernen könnt?«, fragte Ella.

Maud wollte diesen Punkt gerade mit Ella diskutieren, als deren Handy klingelte. Es war Nuala, in Tränen aufgelöst. Es täte ihr so Leid, sie sei so eine Närrin gewesen, Deirdre habe ihr gerade eben den Kopf gewaschen. Sie würde so gerne mit Ella sprechen, das heißt, wenn Ella ihr jemals verzeihen könne.

»Natürlich werde ich dir verzeihen«, antwortete Ella. »Dieser Mistkerl bringt doch alle durcheinander. Jeder benimmt sich eine Spur daneben.«

Maud und Simon wechselten einen viel sagenden Blick.
»Aber, Nuala, ich muss jetzt Schluss machen. Ich bin nämlich gerade am Arbeiten.«
»Dee sagt, dass du Tag und Nacht schuftest.«
»Ja, das ist schon in Ordnung. Außerdem gehen wir jetzt gleich zum angenehmen Teil unserer Arbeit über. Habe ich Recht, Maud, Simon?«, sagte sie zu den Kindern.
Sie sahen sie mit großen Augen an.
»Was soll das denn heißen?«, fragte Nuala kichernd.
»Das heißt, dass Simon und Maud jetzt ihre Bücher wegräumen und mir eine schöne Tasse Tee machen und ich ihnen alles über mein zutiefst unglückliches Leben erzählen werde«, erklärte Ella.
»Ich verstehe zwar kein Wort, Ella, aber ich bin so froh, dass du mir verzeihst. Ich rufe dich heute Abend noch mal an.«
»Aber nicht zwischen sechs und Mitternacht«, meinte Ella fröhlich und legte auf.
Sie hatte den Zwillingen gerade eine Anekdote aus ihrem zutiefst unglücklichen Leben erzählt, und zwar die Stelle, als sie nicht in das Hockeyteam gewählt worden war.
»Das ist aber kein sehr großes Unglück«, monierte Maud.
»Nein, wir wollen echt schreckliche Dinge erfahren«, fügte Simon hinzu.
»Wenn man wirklich in diese Mannschaft wollte und eigentlich auch dazu gehört hätte, war das schon ziemlich schlimm«, protestierte Ella.
Wieder klingelte ihr Telefon. Dieses Mal war es Nick. Sie hörte aufmerksam zu, und ihr Gesicht verfärbte sich erst rot, dann wieder weiß. Die Zwillinge lauschten gebannt. »Dieser Mistkerl«, sagte sie schließlich. »Dieser Oberbastard.« Sie notierte sich eine Nummer auf der Rückseite ihres Blocks. »Danke, Nick, ich rufe dich deswegen noch mal an.« Ein leichtes Zittern lag in ihrer Stimme, aber versprochen war versprochen.
Die beiden Kinder hatten sich rechtschaffen mit Gleichungen

zweiten Grades abgemüht. Jetzt musste sie sich mit der Geschichte ihres unglücklichen Lebens revanchieren. »Als nun der letzte Tag des Hockeywettkampfes an der Schule näher rückte …«, fuhr sie fort.

»Könntest du uns nicht lieber was über den Mistkerl erzählen, bitte?«, fragte Maud höflich. »Das klingt viel interessanter.«

Den ganzen Abend lang musste Ella an diesen widerwärtigen Mike Martin denken, der sich bei Don in Spanien aufhielt, nachdem er laut in die Fernsehkameras getönt hatte, er könne dessen Verschwinden, seine Flucht und alles andere überhaupt nicht verstehen. Der ganzen Nation hatte er erklärt, dass Don Richardson seine Frau, die wunderbare Margery Rice, vergöttere. Und jetzt versuchte er, Kontakt zu Ella, der Geliebten, herzustellen. Und alles wegen eines Computers.

Daraus konnte sie nur schließen, dass in diesem Laptop irgendetwas sein musste, das nicht gefunden werden sollte. Das war interessant, äußerst interessant. Und auch ein wenig beängstigend. Es war nur eine Frage der Zeit, bis sie herausfänden, wo sie jetzt wohnte. Irgendjemand würde Mike Martin zutragen, dass sie in dem Gartenanbau in der Tara Road lebten. Und dann kämen sie sicher, um den Computer zu holen, der dem großen Don Richardson gehörte und vermutlich einige seiner Geheimnisse enthielt. Ella hatte eigentlich angenommen, dass er alle Dateien gelöscht hatte und dass aus diesem Grund auch sein Passwort »Engel« nicht mehr stimmte.

Der Laptop war zusammen mit ihren Sachen in dem Lagerraum des Anbaus in der Tara Road verstaut. Sie hatte seit Wochen nicht mehr daran gedacht, und deshalb würde sie auch jetzt keinen Gedanken daran verschwenden. Dafür blieb ihr vor lauter Arbeit auch gar keine Zeit. Und außerdem wollte sie einfach nicht glauben, dass er ihn nicht absichtlich bei ihr zurückgelassen hatte. Aber er würde deswegen nicht selbst vorbeikommen. Nie und nimmer.

»Gott, Ella, du siehst ja schrecklich aus«, sagte Nick, als sie sich unten am Fluss Liffey auf einen Kaffee trafen.
»Vielen Dank, Nick, du siehst auch nicht schlecht aus«, erwiderte sie sarkastisch.
»Nein, du siehst aus, als hättest du eine zehntägige Sauftour hinter dir. Du hast total dunkle Ringe unter den Augen.«
»Ja, Nick. Tut mir Leid. Jetzt erzähl mir lieber, ob es irgendwelche Neuigkeiten von unseren Investoren gibt?«
»Zunächst was anderes ... Sandy und ich werden heiraten«, sagte er ein wenig verlegen.
Ella fiel ihm um den Hals. »Das freut mich aber. Ihr zwei werdet sehr glücklich sein.«
»Wieso sagst du das?«
»Weil ihr zwei Freunde seid. Das ist schon mal ein guter Anfang.«
»Wart ihr denn keine Freunde, Don und du?«
»Nein, damals schien das keine Rolle zu spielen, aber wenn ich jetzt zurückblicke, war das ein großes Manko.«
»Was wirst du mit diesem verdammten Computer anstellen?«
»Ich habe ihn doch weggegeben«, erwiderte sie und sah ihm fest in die Augen.
»Nein, das hast du nicht, Ella.«
»Wieso sollte ich ihn behalten haben?«
Er neigte den Kopf zur Seite und betrachtete sie prüfend. »Weil ich dich kenne. Du hast ihn nicht weggegeben. Wem hättest du ihn denn geben sollen?«
»Ich habe ihn wirklich nicht mehr.« Sie sah ihn herausfordernd an.
»Doch, du hast ihn, Ella. Hallo, du redest mit mir, mit einem Freund. Ich weiß, dass du ihn hast, und du musst ihn so schnell wie möglich dem Betrugsdezernat übergeben, damit diese Gangster nicht hinter dir her sind. Rück ihn raus, zieh einen Schlussstrich, ich flehe dich an.« Seine Miene war besorgt.

»Es ist sowieso nichts drauf.«
»Wo liegt dann das Problem?«
»So etwas macht man einfach nicht – Informationen weitergeben, jemanden verraten, Leute in Schwierigkeiten bringen.«
Nick sah sie ungläubig an. »Hör dir doch nur mal einen Moment selbst zu. Was hat *er* denn getan, Ella? Überleg doch mal. Nur weil du ihn geliebt hast, bist du noch lange nicht so wie er. Wir sind nicht solche Menschen, die alles unter den Teppich kehren und wie Ratten das sinkende Schiff verlassen, wenn alles unterzugehen droht.«
»Okay, Nick, das reicht.«
»Nein, es reicht nicht. Du scheinst nicht mehr ganz bei Sinnen zu sein, was diesen Punkt angeht. Du hast den Laptop nicht weggegeben. Hättest du das, würde er nicht überall danach suchen.«
»Es ist nichts drauf.«
»Es müssen irgendwelche Informationen darauf sein. Was meinst du wohl, warum er Mike Martin auf dich angesetzt hat? Warum er uns eine Telefonnummer hat geben lassen. Sonst …«
»›Sonst …‹ hat er nicht gesagt, oder?«
»Nein, aber Martin hat das durchklingen lassen.«
»Was soll ich deiner Meinung nach tun, Nick?«
»Wenn du den Computer schon nicht der Polizei übergeben willst, dann fahr wenigstens weg«, antwortete er.
»Ich kann nicht wegfahren, das weißt du doch. Mir steht der Sinn nicht nach Urlaub. Mein Kopf würde platzen.«
»Es wären ja keine Ferien. Es wäre Arbeit, bezahlte Arbeit.«
»Wo?«
»In New York City! Es gibt nämlich noch mehr gute Neuigkeiten. Die King Foundation schreibt, dass wir in der engeren Auswahl sind.«
»Nick, das ist ja großartig. Warum hast du mir das nicht gleich gesagt?«
»Es gab Wichtigeres zu besprechen. Aber es ist wirklich toll,

und einer von uns muss dorthin, also ist es genau der richtige Zeitpunkt. Fahr du, Ella. Das würde alle Probleme lösen.«

»Ich kann doch meine vielen Jobs nicht im Stich lassen.«

»Wir haben uns schon erkundigt. Sie würden dich alle gehen lassen. Tom und Cathy, das Quentins, das Colm's und Deirdres Labor. Die Einzigen, die ein Problem damit haben, sind Maud und Simon, die alles brav gelernt haben, was du ihnen beigebracht hast, und die jetzt befürchten, sie könnten alles vergessen haben, wenn du wieder zurückkommst.«

»Du hast sie hinter meinem Rücken gefragt … Du hast gewagt, über meinen Kopf hinweg zu entscheiden?« Ella war empört.

»Wir mussten doch sicher sein, dass du fahren kannst, bevor wir das Ticket kauften.«

»Das Ticket?«, fragte sie.

»Ja, genau. Du brauchst ein Ticket, um nach New York fliegen zu können. Fahr, Ella.«

»Ruf an«, sagte sie unvermittelt. »Ich gehe in der Zwischenzeit hinaus und schau dem Fluss beim Fließen zu.«

»Ich werde ihm sagen, dass du fort bist, und das stimmt ja auch«, erwiderte Nick.

Mike Martin meldete sich am Telefon.

»Ich habe sie gesucht«, sagte Nick gedehnt.

»Und?«

»Und sie ist anscheinend nicht hier.«

»Nicht hier? Was heißt das?«

»Was es bedeutet. Sie ist weg. Keiner weiß, wohin.«

»Wen haben Sie gefragt?«

»Ihre verschiedenen Arbeitgeber. Sie können sich gerne selbst vergewissern.«

»Sie wäre gut beraten, mit Don keine Spielchen zu treiben.«

»Oh, ich bin sicher, dass sie das mittlerweile begriffen hat, aber damals hat sie das für eine gute Idee gehalten und ihn ernst genommen.«

»Sie sind ein ganz Schlauer, nicht wahr, Nick?«
»Nein, ich bin relativ einfach gestrickt, aber es freut mich, dass Ella fort ist, und ich hoffe, sie ist stark genug, sich von euch nicht unterkriegen zu lassen, wenn sie wieder nach Hause kommt.« Mit zitternden Händen legte er auf.
Ella kehrte vom Fluss zurück.
»Sie glauben, dass du weg bist, Ella. Aber jetzt muss ich dir Instruktionen zu Derry King geben.«
»In welcher Hinsicht?«
»Das ist ein stinkreicher Typ. Er hat diese Stiftung ins Leben gerufen, um Künstler und Filmemacher zu unterstützen. Aber jetzt kommt noch mehr starker Tobak. Alle Hoffnungen und alle Barmittel von Firefly Films stecken in dieser Reise.«
»Das kannst du mir nicht antun, Nick«, erwiderte Ella voller Panik.
»Uns bleibt nichts anderes übrig. Du bist unsere einzige Hoffnung.«
»Ich bin schwach. Du hast selbst gesagt, dass ich beschissen aussehe.«
»Dir bleiben noch zweieinhalb Tage, bis du ihn triffst. Du könntest dir ja etwas Farbe ins Gesicht klatschen.«

Ihre Eltern freuten sich über die Neuigkeit. »Da kommst du endlich mal wieder mit der richtigen Welt in Berührung«, meinte ihre Mutter.
»Ich glaube nicht, dass man meinen Aufenthalt in einem Hotel in Manhattan und meine Bemühungen, einen reichen Menschen zu überreden, in eine winzige Firma in Irland zu investieren, die ›richtige Welt‹ nennen könnte«, erwiderte Ella.
»Es ist jedenfalls eine Abwechslung«, sagte ihr Vater.
»Es gibt noch etwas, das ich euch sagen muss. Sonst kann ich nicht fliegen. Ihr kennt doch diesen Mike Martin? Er ist oft im Fernsehen zu sehen.«
»Ich kenne ihn«, sagte ihr Vater.

»Also, er scheint ein Freund von Don zu sein, und Don sucht einen Laptop-Computer, den er bei mir in der Wohnung stehen lassen hat. Deshalb ist es möglich, dass Mike Martin hier auftaucht und euch danach fragt. Kann ich euch bitten, ihm zu sagen, dass ihr keine Ahnung habt, wo ich bin, dass ihr aber wisst, dass ich einen Laptop bei mir habe? Ich hasse Lügen, noch mehr Lügen, aber es stimmt ja fast. Ich nehme den Laptop tatsächlich mit, und ihr werdet auch nicht jede Stunde des Tages wissen, wo ich mich aufhalte.« Sie sah bittend von einem zum anderen.

»Das geht in Ordnung. Wir werden es genau so weitergeben«, antwortete ihre Mutter.

»Du sagst uns doch ohnehin nie, wo du hingehst – das werden wir ihnen sagen«, meinte ihr Vater.

»Und ihr lasst euch von ihnen nicht unter Druck setzen, ja?« Liebevoll betrachtete sie ihre Eltern.

»Uns unter Druck setzen … das könnte denen so gefallen.« Das Lächeln ihres Vaters war viel lebendiger als noch vor wenigen Monaten.

Sie musste lachen. Hier in diesem Gartenschuppen waren sie eine weitaus glücklichere Familie als je zuvor.

Ella stattete den Zwillingen bei Muttie und Lizzie einen kurzen Abschiedsbesuch ab.

»Hallo, Ella. Wir haben schon gehört, dass du noch mal kommst. Wir haben gerade über dich gesprochen.« Simon klang sehr zufrieden.

»Tatsächlich?« Ella hatte plötzlich ein ungutes Gefühl.

»Der Mann, der angerufen und gesagt hat, du würdest zwei Wochen lang nicht kommen, war das der Mistkerl?«

»Nein, um Gottes willen, das war Nick, ein sehr netter Mensch.«

»Ist er Teil deiner Zukunft?«

»Nein, Simon, ist er nicht.« Ella verspürte das fast unwiderstehliche Verlangen, ihm zu antworten, dass Nick Teil ihrer Vergangenheit sei, um genau zu sein, der erste Mann, mit dem sie geschlafen hatte. Aber das war keine Antwort für diese beiden Kinder. Hier war man besser beraten, jede echte Information für sich zu behalten.

»Ich werde es Maud sagen. Sie macht gerade Karamellbonbons in der Küche.«

»Simon, ihr werdet diese Woche ohnehin noch einen Brief von mir bekommen. Wir wollten doch noch etwas Geometrie üben …«

»Aber wir müssen doch nicht arbeiten, wenn du nicht da bist, oder?«

»Ihr *müsst* nicht. Aber wäre es nicht nett, wenn ihr zwei bei meiner Rückkehr diese übersichtliche, einfache Erklärung über Kreise gelernt hättet, die ich für euch zusammengestellt habe?«

»Oh, das ist viel zu schwierig. Das würden wir nie allein kapieren. Da ist doch dieser Radius und noch so ein Ding, das Diameter heißt, und dann die Kreislinie … nein, das ist viel zu schwer für uns.«

»Aber ich erkläre es euch mit so einfachen Worten, dass es euch wirklich nicht schwer fallen dürfte.«

»Doch, es wird uns schwer fallen, Ella.«

»Aber ihr werdet euch den Stoff anschauen. Und dann werdet ihr alles über spitze und stumpfe Winkel wissen. Glaubt mir, ihr werdet es können.«

Simon zog sich zu einer Besprechung mit seiner Schwester in die Küche zurück. »Maud will wissen, ob du Geld dafür bekommst?«

»Ja, eure Großeltern bezahlen mich dafür.«

»Sie sind aber gar nicht unsere Großeltern.«

»Also, wenn dieser Brief kommt, dann werdet ihr ihn ernst nehmen.«

»Wieso kannst du das nicht als E-Mail schicken, das ginge schneller?«, konterte Simon.

»Das kann ich nicht.«

»Hast du denn keinen Computer?«, meinte er verächtlich.
»Doch, habe ich schon. Aber irgendetwas stimmt mit dem Passwort nicht. Ich komme nicht mehr hinein.«
»Das bringe ich dir in einer Minute in Ordnung«, sagte Simon. »Hast du ihn da in deiner Tasche?«
»Ja.« Ella war unschlüssig.
»Simon kennt sich wirklich hervorragend mit Computern aus«, versuchte Maud, die mittlerweile ins Zimmer gekommen war, sie zu beruhigen.
»Er gehört mir aber nicht. Er gehört einem Freund, der mich gebeten hat, den Laptop für ihn zu öffnen.«
»Na los, Simon, hilf ihr, ihn aus der Aktentasche zu ziehen.«
»Wie heißt das Passwort?«
»Ich glaube, es heißt ›Engel‹. Ich habe gesehen, wie er es eingetippt hat«, antwortete sie. Ihr Herz schlug heftig. War sie wirklich so unvorsichtig, diese beiden Kinder in die Sache einzuweihen?
»Nein, es ist nicht Engel.« Simon hatte sich bereits fachmännisch an dem Laptop zu schaffen gemacht. »Oft ist es ein ähnlicher Begriff.«
»Putte«, schlug Maud vor. »Federn? Flügel?«
»Ich glaube nicht«, sagte Ella.
»Lebt dein Freund in Amerika?«, wollte Simon wissen.
»Nein. Wieso?«
»Dann könnte es so was wie Los Angeles sein.«
Plötzlich sah Ella die blau-weißen Fliesen auf den weißen Mauern der Ferienanlage von Playa de los Angeles vor sich. Spielplatz von Reichen, Kriminellen oder Prominenten, luxuriöser Schlupfwinkel voller Billardzimmer und Swimmingpools. *Hier* musste Don Zuflucht gefunden haben. Das könnte das Passwort sein. Mit zitternder Hand schrieb sie es auf.
Simon gab die Buchstabenfolge ein, und der Monitor erwachte zum Leben. Reihenweise Initialen und Zahlen, Spalten um Spalten.

»Das war aber nicht schwierig«, sagte Simon von oben herab.
»Nein, tatsächlich nicht.« Ella klappte den Laptop zu. »Vielen Dank euch beiden. Ich bringe euch auch ein Geschenk aus …«
»Aus?«, wiederholte Maud.
»Na, von dort eben, wo sie sich ihren Kopf wieder zurechtrücken lässt«, erklärte Simon.

Es war Mitternacht. Sie würde Dublin am nächsten Tag um die Mittagszeit verlassen. Sie saß in Deirdres Wohnung und trank Kaffee. Ella benötigte ihren klaren Verstand, Deirdre und Nuala hingegen tranken Wein und kicherten um die Wette. Es war, als hätte es nie eine Entfremdung zwischen ihnen gegeben. Aber sie waren übereingekommen, Nuala nichts von New York zu sagen, nur, dass Ella irgendwohin führe, um wieder auf andere Gedanken zu kommen.
Ella probierte gerade ein paar von Deirdres Kleidern an. »Ich denke, ich nehme die rote Jacke und das schwarze Kleid«, sagte sie.
»Ja, und ich gehe in Unterhosen in die Arbeit«, feixte Deirdre. »Dann nimm aber auch noch den schwarzroten Schal dazu, wenn du schon dabei bist.«
»Man stelle sich vor, irgendwohin zu fahren, wie es einem gerade beliebt.« Nuala klang neidisch. »Es ist schon Jahre her, seit ich mir das erlauben konnte.«
Falls die anderen beiden dachten, dass Nualas Mann Frank sich das ständig erlaubte, sagten sie nichts.

Sie hatte die ganze Nacht über kein Auge zugetan, als sie am Morgen ins Flugzeug stieg. Das Einzige, was sie am Flughafen einkaufte, war ein gut deckendes Make-up im Dutyfreeshop und ein Abdeckstift für die Augenringe, zu dem ihr die Verkäuferin noch geraten hatte.
Im Flugzeug studierte sie die Unterlagen, die Sandy und Nick für sie vorbereitet hatten, eine ganze Mappe mit Zeitungsaus-

schnitten, Fotos und der Biografie des Mannes, den sie bald treffen würde. Zuerst sah sie sich die Fotos an. Ein angenehmes, eckiges Gesicht mit kurz geschnittenen Haaren, ein dichter Schopf, der abstand wie eine Bürste. Auf den meisten Aufnahmen schien er irgendetwas mit zusammengekniffenen, fast schon blinzelnden Augen ins Visier zu nehmen, was die Falten um seine Augen stark betonte. Seine Nase war relativ kurz, aber sein Kinn umso ausgeprägter. Es war schwer zu sagen, ob er groß oder klein war. Seine Kleidung war konservativ, und es gab kaum ein Foto von ihm, auf dem er nicht eine Krawatte trug, selbst bei einem Treffen junger Filmemacher, wo alle anderen leger gekleidet waren. Entweder besaß er eine große Auswahl an Smokings, oder er ließ sich den seinen regelmäßig reinigen, da er bei den vielen gesellschaftlichen Veranstaltungen, auf denen er fotografiert wurde, immer eine gute Figur machte. Aber es existierten keine Aufnahmen aus seiner häuslichen Umgebung.

Ella fragte sich, wie alt er wohl war, und blätterte suchend in den Unterlagen. Als Sohn eines irischen Vaters und einer kanadischen Mutter war er vor dreiundvierzig Jahren in New York geboren. Er war der älteste von drei Söhnen und beschrieb sich selbst als Autodidakt. Aber an einigen Stellen wurde auch auf ehrenhalber verliehene, akademische Würden hingewiesen, also hatte er durchaus eine berufliche Ausbildung vorzuweisen. Ella las, dass er sich Schritt für Schritt im Schreibwarengewerbe hochgearbeitet und schließlich eine Firma gegründet hatte, die sich auf Büroeinrichtungen spezialisierte. Bald wurde er zum Marktführer mit Filialen überall in den Vereinigten Staaten. Ella studierte die Zahlen vergleichbarer Firmen und versuchte, die Ursache für den speziellen Erfolg und die überragende Rolle seiner Firma zu ergründen. Kein Mensch hätte jedoch den genauen Grund dafür zu sagen gewusst, weshalb ausgerechnet diese Firma überlebt hatte, während so viele andere auf der Strecke geblieben waren. Und keiner war bisher in der Lage gewesen, Derry King, den Vorstandsvorsitzenden, zu charakterisieren. Man beschrieb ihn als einen hart arbeitenden, im persönlichen Umgang aber unkomplizierten Menschen, der entschlossen, aber niemals rücksichtslos war.

Ella gewann den Eindruck, dass er höflich zu seinen Interviewpartnern, aber nicht sonderlich zuvorkommend gewesen war. Er gab keine Einzelheiten über seine Frühstücksgewohnheiten oder sein Freizeitverhalten preis, und auch was seinen Geschmack in puncto Bücher, Musik oder Theater betraf, rückte er kaum mit Informationen heraus, sondern erklärte entschuldigend, er habe in seiner Jugend so hart arbeiten müssen, dass er nie den Luxus gekannt habe, sich Musik, Theater oder Literatur zu widmen.

Aber er liebte die bildenden und darstellenden Künste. Mit neun Jahren hatte er einen offensichtlich mitreißenden Lehrer an der Schule, der den Kindern erklärte, sie könnten alle malen und Schönheit in sich und um sich herum finden, wenn sie nur genau hinsahen. Das war eine große Überraschung für den jungen Derry King gewesen, der sich nie für künstlerisch talentiert gehalten hatte, wie er selbst sagte. Aber dieser Lehrer habe ihm die Augen für die Schönheit ringsum geöffnet, und das sei auch der Grund, weshalb er so viele Kunstwettbewerbe mit jungen Menschen und bevorzugt in Großstädten sponsere.

Einer der vielen Jobs, die er annehmen musste, um seine Schulgebühren bezahlen zu können, war der in einem Kino, wo er als Putzmann arbeitete. Der Vorteil war, dass er alle Filme umsonst anschauen konnte, wodurch ihm für sein ganzes Leben eine große Liebe zu diesem Genre geblieben war. Nein, er sei nie in Versuchung geraten, sein beträchtliches Vermögen in ein Studio oder in eine Produktionsfirma zu stecken, stattdessen habe er lieber versucht, junge Menschen bei den verschiedensten Aspekten des Filmemachens zu ermutigen und zu unterstützen.

Auf die Frage nach einem typischen Tagesablauf gestattete Derry King keine Schlüssellochperspektive auf den Privatmann, der vor einem Teller Obst die Börsennotierungen in der Zeitung las oder seinen persönlichen Fitnesstrainer besuchte. Er gab auch nicht die geringsten Einblicke in sein Familienleben. Entweder wusste er nicht, wie man mit der Öffentlichkeit umging, oder er wusste es nur allzu gut. Ella war sich da nicht sicher.
Das Bild, das er abgab, war das einen menschenfreundlichen Wohltäters, der regelmäßig karitative Einrichtungen bedachte. Sein vorrangigstes Interesse war es, jungen Leuten zu helfen und denjenigen Geldmittel zur Verfügung zu stellen, die keinen leichten Start ins Leben gehabt hatten. Man musste schon sehr genau zwischen den Zeilen lesen, um herauszubekommen, wie er wirklich war. Bisher hörte sich das alles sehr bieder an, dachte Ella.
Aber das spielte keine große Rolle. Sie war mit Nicks und Sandys hart verdientem Geld auf dem Weg nach New York und musste einen Zugang zu diesem Menschen finden. Ihre Aufgabe war es, sein Interesse an ihrem Projekt zu wecken und es ihm so gut wie möglich zu verkaufen. Über seine Stiftung war in der Presse nicht viel zu finden, fast so, als wollte er in der Öffentlichkeit keinen Dank dafür, Gutes zu tun. Ella hätte wirklich gern mehr Informationen gehabt.
Auch in manch anderer Hinsicht waren die Unterlagen leider mehr als dürftig. Keine Aufnahmen von Derry King in einer Penthousesuite, in einer Villa am Strand von Malibu oder auf einer Ranch am Wochenende. Eine Gattin wurde zwar erwähnt, eine Mrs Kimberly King, langbeinig und wahrscheinlich eine Vorzeigeehefrau, und in einem Interview hieß es auch, dass das Paar keine Kinder habe. In einem anderen sagte King, dass beide Eltern mittlerweile verstorben seien, doch nirgendwo war ein Hinweis auf seine irischen Vorfahren zu finden. In zwei Zeitungsausschnitten erwähnte er jedoch glückliche Kindheitsferien in Alberta, Kanada.

Wieder betrachtete Ella lange und aufmerksam sein Foto. Ein Mann von dreiundvierzig Jahren – dasselbe Alter wie Don Richardson –, der sein Leben lang hart gearbeitet hatte. Die Aufnahme verriet ihr wenig, aber über Don hatte sie auch nicht mehr gewusst, nachdem sie ihn zwei Jahre geliebt hatte. Dieser Derry King sah viel älter aus als Don. Vielleicht war sein Leben härter gewesen, vielleicht hatte er aber auch nicht alle die Höhepunkte und Vergnügungen erlebt, die Don erlebt hatte und vermutlich immer noch genoss.

KAPITEL SIEBEN

Das Hotel in New York war ein kleines, preiswertes, aber schickes Haus in der Nähe der Fifth Avenue in Midtown Manhattan, weit weg von der Pension in Queens, in der Ella und Deirdre vor vielen Jahren bei ihrem ersten Aufenthalt in der Stadt gewohnt hatten. Die Pension hatte dem Bruder von jemandem gehört, der ihnen eigentlich einen großzügigen Preisnachlass hätte gewähren sollen. Ein großes Missverständnis, wie es sich im Nachhinein herausstellen sollte. Er hatte gedacht, er würde ein gutes Geschäft mit ihnen machen, wenn er an sie vermietete, nicht anders herum. So jung war sie damals gewesen, dachte Ella. Und wie hatten sie sich deswegen aufgeregt! Wenn sie damals gewusst hätte, was es hieß, wirklichen Ärger zu haben!

Aber es hatte keinen Sinn, in der Vergangenheit zu wühlen. Sie musste diese Tage im Hotel bis zur Neige auskosten. Sie hatte vor ihrer Abreise zwar Nick und Sandy den Vorschlag gemacht, dass sie nicht die ganze Zeit in New York bleiben müsse, aber die beiden hatten darauf bestanden. Es sei wichtig, dass sie vor Ort und greifbar sei, falls Derry King sie bräuchte, um eventuell noch strittige Punkte mit ihr durchzugehen, hatten sie gemeint.

Deirdres Meinung nach benötigte ein Mensch ohnehin mindestens zwei Wochen, um wieder auf andere Gedanken zu kommen, vor allem im Fall von Ella, die so gelitten und auch noch versuchte hatte, ihren Kopf und ihr Herz mit Arbeit ohne Ende zu kurieren. Brenda Brennan hatte ihr ebenfalls mit auf den Weg gegeben, dass sie die Stadt einfach genießen solle. New

York im Herbst sei ein Traum. Sie dürfe auf keinen Fall auch nur in Erwägung ziehen, früher zurückzukommen. Ihr Vater und ihre Mutter baten sie, eine Art Reisetagebuch zu führen; wenn sie wieder zu Hause sei, würden sie gerne alles über ihre Erlebnisse erfahren. Ella konnte daraus nur schließen, dass offensichtlich alle Angst um sie hatten. Sie hatten Angst vor Don Richardson und dem, was er ihr antun könnte, wenn er zurückkäme.

Auf der Fahrt vom Flughafen teilte Ella sich ein Taxi mit einer molligen, kleinen Frau aus Dublin, die jeden Winkel dieser Erde zu kennen schien. Sie handele mit allem, erklärte sie stolz, jetzt sei sie mit vier leeren Koffern angereist. Die nächsten vier Tage würde sie damit zubringen, alles Mögliche an Sonderangeboten einzukaufen, ausgeflipptes Zeug, das man zu Hause nicht fand: mit rosa Fell besetzte Pantoffeln und schwarze Unterwäsche mit roten Federn. Das würde sie zu Hause dreimal so teuer wieder verkaufen. Das mache sie jedes Jahr, und sie könne gar nicht verstehen, weshalb nicht auch andere Leute auf die Idee kämen. Es sei das am leichtesten verdiente Geld ihres Lebens, und sie habe schon auf die verschiedensten Arten ihr Geld verdient, das könne Ella ihr glauben.

In welcher Branche sie tätig sei, wollte die Frau von ihr wissen.

»Ich versuche, Geld für einen Film aufzutreiben«, erwiderte Ella.

Die Frau stellte sich als Harriet vor und bot Ella an, falls sie sich mal einsam fühlen sollte, einfach bei ihr im Hotel anzurufen, dann könnten sie sich auf einen Drink treffen.

Ella versuchte, ihr Erstaunen darüber zu verbergen, dass Harriet ihr den Namen eines sehr teuren Fünf-Sterne-Hotels nannte. Mit dem Import exotischer Dessous musste wohl gutes Geld zu verdienen sein. Oder handelte es sich eher um Schmuggelware? Die Grenzen schienen fließend zu sein. Wenn man sich so ein Hotel leisten konnte, wieso schleppte man dann vier leere Koffer mit sich herum, um billiges Zeug einzukaufen? Wieso teilte man sich dann ein Taxi vom Flughafen in die Stadt? Aber vielleicht war diese Art des Wirtschaftens genau der Grund, weshalb Harriet sich das Fünf-Sterne-Hotel überhaupt leisten konnte.

Ella packte im Hotel ihr Gepäck aus und nahm erst mal ein langes Bad. Deirdre hatte ihr ein teures Badeöl mitgegeben. Um ihre Stimmung zu erhellen, wie sie sich ausdrückte. Der Duft des Öls schien in jede Pore ihres Körpers zu dringen und den ganzen Raum zu erfüllen. Ella glaubte eigentlich nicht an irgendwelche belebenden Wirkungen dieser Salben und Lotionen, aber hinterher fühlte sie sich tatsächlich viel besser und sah auch nicht mehr ganz so ausgelaugt aus.

Danach rief sie im Schönheitssalon des Hotels an, um für den nächsten Vormittag einen Termin zu vereinbaren. Sie hatte Nick und Sandy versprochen, zum Friseur zu gehen, bevor sie sich mit Derry King traf. Der Firma zuliebe, hatten die beiden gemeint. Sie wollten schließlich nicht, dass sie ihren wichtigsten Sponsor bereits vergraulte, ehe die Verhandlungen überhaupt richtig begonnen hatten. Aber dann hatte sie nichts mehr zu tun. Ella ertappte sich dabei, dass sie wie ein Tiger im Käfig im Zimmer auf und ab lief. Zu ihrer eigenen Verwunderung war sie nervös und angespannt und hätte sich Gesellschaft gewünscht, ganz gleich, wen. Zu Hause war es schon fast Mitternacht, aber hier erst sieben Uhr abends. Draußen vor den Fenstern schickte sich der abendliche Himmel über New York gerade an, sich dunkel zu verfärben. Wenn Deirdre doch nur hier wäre, sie hätten sich bestimmt amüsiert. Oder Nick und Sandy, auch in ihrer Gesellschaft fühlte sie sich wohl. Wären sie jetzt hier gewesen – mit einer teuren Flasche Wein, die Sandy bestimmt irgendwo aufgetrieben hätte –, hätten sie gemeinsam ihr weiteres Vorgehen planen können.

Oder wenigstens sonst jemand, den sie mochte. Brenda Bren-

nan vom Quentins, zum Beispiel. Sie war überraschend locker und lustig, wenn man sie näher kannte.
Ella warf einen Blick zu dem Laptop hinüber. Nein, sie würde das Versprechen halten, das sie sich selbst gegeben hatte. Sie wollte sich dessen Inhalt erst ansehen, wenn sie mit Derry King verhandelt hatte. Danach wäre noch jede Menge Zeit. Jetzt wusste sie wenigstens, wie man hinter die Geheimnisse des Laptop kam. Sie war dem kleinen Simon wirklich sehr dankbar dafür.

Deirdre stattete den Bradys einen aufmunternden Besuch ab.
»Diese Reise wird ihr unendlich gut tun«, versicherte sie ihnen.
»Ich mache mir wirklich Sorgen, Deirdre. Meine Tochter auf der Flucht, als lebten wir unter Gangstern! Hätte sie den Laptop nicht der Polizei geben können? Dann wäre das kein Thema mehr.«
»Das wird sie schon noch machen, wenn sie zurückkommt, da bin ich sicher«, murmelte Deirdre. »Sie wird schon das Richtige tun. Sie braucht nur noch ein wenig Zeit.«

»Deirdre, ich habe den ganzen Abend über versucht, dich zu erreichen.«
»Ich war weg, Nuala. Aber jetzt bin ich wieder zu Hause. Was gibt es?«
»Hör mal, Frank hat eine Nachricht von Don erhalten.«
»Nein.«
»Doch, heute am späten Nachmittag. Deswegen habe ich versucht, dich anzurufen.«
»Und was hatte er Frank zu sagen?«
»Offensichtlich scheinen viele der Berichte über ihn falsch zu sein.«
»Ja, davon bin ich überzeugt.«
»Nein, im Ernst. Er hat erklärt, es sei alles völlig verzerrt und übertrieben dargestellt worden.«

»Ist das der Grund, weshalb du mich anrufst, Nuala?«
»Also, ja und nein. Weißt du, Frank hat überlegt, ob Don sich nicht vielleicht mit Ella treffen sollte.«
»Wie, in Gottes Namen, kommt Frank nur auf diesen Gedanken?«
»Na ja, ich habe ihm erzählt, dass sie heute fortgefahren ist, aber keinem von uns gesagt hat, wohin.«
»Und?«
»Und deshalb kam Frank auf die Idee, dass sie Don vielleicht immer noch irgendwie die Stange halten könnte.«
»Don die Stange halten!« Deirdre brach in schallendes Gelächter aus. »So etwas Lächerliches. Hat Frank nicht mehr alle Tassen im Schrank? Wenn sie ihm noch die Stange halten würde und ihm in irgendeiner Weise nahe käme, würde sie sie ihm über den Schädel ziehen. Sie hasst ihn, Nuala, das weißt du doch.«
»Liebe und Hass liegen sehr eng beieinander«, erwiderte Nuala zickig.
»In diesem Fall nicht, denke ich. Aber ist Frank von sich aus auf diese Idee gekommen, oder hast du ihm diesen Floh ins Ohr gesetzt?«
»Nein, ich habe ihm keinen Floh ins Ohr gesetzt, aber nachdem er mit Don gesprochen hatte, schien ihm so etwas durchaus vorstellbar.«
»Und jetzt ist er wieder gut Freund mit Don, oder wie?«
»Ich sagte dir doch, es lag ein Missverständnis vor. Don hat eine bestimmte Summe an ein Postfach geschickt, und einer von Franks Brüdern hat das Geld abgeholt.«
»Also hat Frank ihm jetzt vergeben.«
»Er hört sich jedenfalls an, was Don zu sagen hat.«
»Und was hat er gehört?«
»Dass Don sich mit Ella versöhnen will. Er will wissen, wo sie steckt.«
»Tja, ich habe keine Ahnung. Sie ist weg, um wieder einen kla-

ren Kopf zu bekommen, und ich will jetzt auch nicht weiter darüber reden.«
Deirdre schickte ein stummes Dankgebet gen Himmel, dass sie Nuala nicht eingeweiht hatten. Angenommen, sie hätten in aller Unschuld Ellas Reiseziel verraten? Einer von Dons Handlangern würde vielleicht in ebendieser Minute bereits in ihrem Hotel in New York auf sie warten.

Nick und Sandy wollten gerade ins Bett, als Deirdre anrief. »Ich weiß, es ist albern, aber ich sitze hier rum und mache mir Sorgen. Es geht ihr doch gut, oder? Don versucht nämlich, Frank und seine verzweifelten Brüder zu missbrauchen, um über Nuala an Ella ranzukommen. Er hat ihnen sogar das Geld zurückbezahlt, das sie verloren haben.«
»Meinst du, wir sollten ihr das sagen?«, fragte Nick.
»Keine Ahnung. Ein Teil von mir meint ja, aber das ist eure Präsentation. Ich will nicht, dass sie völlig die Fassung verliert.«
»Der Job ist nicht so wichtig. Hauptsache, es geht ihr gut. Weißt du, ich bespreche das mit Sandy und rufe sie dann an.«
»Überleg es dir gut, Nick. Sie ist schließlich ganz allein unterwegs. Da ist es vielleicht nicht ratsam, wenn sie es erfährt.«
»Geh ins Bett, Deirdre. Don Richardson muss schließlich nicht jeden um den Schlaf bringen.«

Nick und Sandy riefen in Ellas Hotel an, aber sie war nicht in ihrem Zimmer. Im Restaurant des Hotels war sie auch nicht. »Es ist ein Uhr nachts«, sagte Sandy tadelnd.
»Dort drüben ist es erst acht Uhr abends. Außerdem sind wir nicht ihre Eltern.«
»Trotzdem, wen kennt sie schon da drüben? Wo kann sie nur stecken?«
Ella war auf einer Party in Harriets Suite, schlürfte Cocktails und machte die Bekanntschaft von Harriets New Yorker Kontakten. Es waren hauptsächlich Frauen so um die fünfzig,

Scouts, die sie auf der Suche nach neuer Ware ausgeschickt hatte. Manche von ihnen waren auch jünger, mit Schmuck behangen, und trugen teure Blazer. Harriet war nicht im Geringsten überrascht gewesen, als Ella angerufen hatte, und hatte sie freundlich in Empfang genommen. Die Frauen blickten einen Moment lang interessiert auf, als sie als Filmemacherin vorgestellt wurde, verloren aber gleich wieder das Interesse, als sie hörten, dass es sich um einen Dokumentarfilm handelte.
Harriets Kontaktfrauen hatten ihre Muster mitgebracht. Ella begutachtete gelbe, mit Strass besetzte Negligees, scharlachrote Stringtangas und schwarze Slips mit pinkfarbenen Spitzenröschen. Hatte sich Irland so verändert? Oder trugen zu Hause mittlerweile alle Frauen solche Unterwäsche, nur sie nicht?
»Du bekommst alles zum Selbstkostenpreis«, bot Harriet ihr freundlich an.
»Danke, Harriet. Aber mein Liebesleben liegt momentan ziemlich brach. Ich glaube, ich lasse es lieber, wenn es dir recht ist.«
»Eine gut aussehende junge Frau wie du? Du überraschst mich«, bemerkte Harriet.
Einige der Frauen meinten, eine klug zusammengestellte Ausstattung an Reizwäsche sei ein todsicherer Weg, um ziemlich rasch wieder Schwung in ihr Liebesleben zu bringen.
Ella hatte noch nichts gegessen und fühlte sich ein wenig benommen. »Tja, wenn mir das helfen würde, meine Filmidee an Derry King zu verkaufen«, sagte sie und tat so, als würde sie eines der winzigen Korsetts in Betracht ziehen.
»Doch nicht *der* Derry King!«, rief eine der Kontaktfrauen.
»Sie haben schon von ihm gehört?«
»Es steht ein langer Artikel über ihn heute in der Zeitung … Aber worum ging es da noch gleich?«
Keine konnte sich erinnern.

»Ich hoffe, er ist nicht bankrott gegangen«, sagte Ella. Das hätte ihnen gerade noch gefehlt. Aber es stellte sich heraus, dass es etwas mit der Rettung eines Hundeheims zu tun hatte. Derry King hatte nicht nur die nötigen Gelder zur Verfügung gestellt, sondern war höchstpersönlich mit den Protestierern marschiert und hatte ihre Sache damit erheblich aufgewertet.
»Ein Hundeliebhaber also«, notierte Ella sich. Davon hatte nichts in den Unterlagen gestanden. »Dann werde ich das Hundehalsband für ihn kaufen. Das da mit den Glitzersteinen«, sagte sie.
»Das ist aber ein bisschen kitschig, Ella. Es kostet zwar nur fünf Dollar, ist aber eher was für Typen, deren Freundinnen kleine alberne Hündchen mit sich herumtragen.« Harriet wollte sie auf keinen Fall falsch beraten.
»Das macht nichts, und ich werde sogar zwei nehmen. Ich kenne in Dublin nämlich einen Hund namens Hooves, der sich fürchterlich darüber freuen wird.«
Sie führte sich noch drei Cocktails zu Gemüte, fuhr in ihr Hotel zurück und kam gar nicht mehr dazu, die Mailbox ihres Telefons abzuhören, so schnell schlief sie ein.

Eigentlich war heute ihr freier Tag, vierundzwanzig Stunden, um zu entspannen und sich auf morgen und auf ihr Treffen mit dem großen Derry King, dem Finanzier und – wie es aussah – großem Hundeliebhaber vorzubereiten. Und jetzt hatte sie einen fürchterlichen Brummschädel. Sie beschloss, den Tag langsam angehen zu lassen. Die Frau im Schönheitssalon riet ihr zu einer teuren Gesichtsmassage. Warum nicht? Eines Tages würde sie Firefly Films alles zurückzahlen. Wie es schien, wäre das ohnehin ihre Hauptbeschäftigung für den Rest ihres Lebens – ihre diversen Schulden zurückzuzahlen.

»Tut mir Leid, Nick, aber ich war gestern Abend weg. Und ich habe völlig vergessen, meine Nachrichten abzuhören«, sagte

sie, als sie das blinkende Licht entdeckt und ihn zurückgerufen hatte.
»Bravo, Ella, du scheinst alles bestens im Griff zu haben«, erwiderte er.
»Ja, mir geht es gut. Mein Haar sieht toll aus, und meine Haut ebenfalls, du wirst es nicht glauben.«
»Großartig.«
»Was wolltest du mir denn sagen?«
Er erstattete ihr kurz Bericht und ließ durchklingen, dass sie alle ein wenig besorgt waren für den Fall, Nuala könnte vielleicht doch richtig verstanden haben.
»Das ist nicht sehr wahrscheinlich, soweit ich die Dame kenne«, fiel Ella ihm ins Wort.
»Du brauchst gar nicht so kratzbürstig zu sein, Ella. Wir sind deine Freunde, ja?«
»Du hast Recht, entschuldige, aber ich bin heute ein bisschen lädiert. Außerdem kann ich Nualas blauäugige Einstellung von hier aus nicht sehr ernst nehmen.«
»Wieso bist du lädiert?«
»Mir brummt der Schädel, zu viele Cocktails.«
»Himmel, Sandy, sie gibt unser ganzes Geld für Cocktails aus.«
»Einspruch, die haben mich keinen Cent gekostet. Ich habe eine Frau im Flugzeug kennen gelernt ...«
»Ich will lieber nichts darüber wissen ... Hör zu, Ella. Die Lage könnte vielleicht doch ernst sein. Don hat Frank und seinen Brüdern das Geld doch nur zurückgegeben, weil Frank mit einer Freundin von dir verheiratet ist und er hofft, dass sie weiß, wo du bist.«
»Nein, er will bestimmt keinen Kontakt zu mir«, sagte sie.
»Wieso bist du so sicher? Hat er nicht Mike Martin und Frank ihre Fühler ausstrecken lassen?«
»Wenn Don mich wirklich sprechen wollte, würde er mich finden.«
»Und, würdest du mit ihm sprechen?«, fragte Nick angstvoll.

Er hatte ein ungutes Gefühl, weil Ella den Laptop behalten hatte. Sie wollte also, dass Don sich mit ihr in Verbindung setzte.

»Wahrscheinlich.« Sie hörte sich sehr weit weg an.

»Aber das kannst du nicht. Jedenfalls nicht allein.«

»Nick, dieses Telefonat muss dich ein Vermögen kosten. Danke, dass du dir meinetwegen so viele Gedanken machst, ich meine das ernst. Sag auch Sandy und Dee einen lieben Dank. Aber mir geht es so weit gut.«

»Ist wirklich alles in Ordnung mir dir?«

»Ja, wirklich. Und ich kann es kaum erwarten, Derry King zu treffen. Ich habe ihm übrigens ein mit Glitzersteinen besetztes Hundehalsband gekauft.«

»Allmählich frage ich mich, ob es wirklich eine so gute Idee war, dich nach New York zu schicken«, seufzte Nick.

Harriet rief an und erkundigte sich, ob sie den Abend gut überstanden habe.

»Ja, so ungefähr. Tut mir Leid, dass ich ein bisschen zu tief ins Glas geschaut habe.«

»Kein Problem. Es ist nur … Ich weiß nicht so recht, aber diese Hundehalsbänder sind vielleicht doch ein wenig geschmacklos. Wenn du diesen Menschen wirklich beeindrucken willst, dann sind sie vielleicht doch nicht das Richtige.«

»Danke für den Rat, Harriet, aber ich treffe ihn morgen, und dann sehe ich ja, wie es läuft.«

»Du hast Recht, wer bin ich schon, dir solche Ratschläge zu erteilen … du bist recht gut in der Lage, auf dich selbst aufzupassen.«

»Ich wünschte, es wäre so.«

»Ich habe dich übrigens erkannt. Du bist doch die Freundin von diesem Anlageberater, die, mit der er sich aus dem Staub gemacht haben soll.«

»So, du hast mich also erkannt«, erwiderte Ella mit dumpfer

Stimme. Sie fragte sich oft, ob die Leute sie wohl erkannten. Mittlerweile waren zwar schon einige Monate vergangen, und nur noch wenige erinnerten sich an sie, aber sie musste natürlich immer noch damit rechnen, dass der eine oder andere es tat.

»Aber auch nur, weil eine Freundin von mir, eine wirklich nette Frau, dabei ihr Geld verloren hat, mit dem sie eigentlich heiraten wollte.«

»Ich kenne sie. Das muss Nora sein. Sie arbeitet doch manchmal in der Küche von Quentins, oder? Sie ist sehr nett.«

»Ja, sie hat früher mit meiner Schwester in der Mountainview Road gewohnt und will jetzt einen Lehrer heiraten. Offenbar hat er den Söhnen von diesem Richardson Lateinunterricht gegeben ... na ja, jedenfalls haben sie ihre Ersparnisse verloren ... Deshalb erinnere ich mich.«

»Viele Menschen haben ihre Ersparnisse verloren, darunter auch meine Eltern«, erklärte Ella.

»Und keiner weiß, wo er steckt?«

»Also, wir denken, dass er in Spanien ist. Er muss sich unter falschem Namen irgendwo ein Haus gemietet haben, als ich mit ihm dort war. Aber das scheint alles so lange her zu sein.«

»Weißt du, als ich dich gestern sah, kam mir kurz der Gedanke, ob er nicht hier in New York ist. Ein guter Ort, um sich zu verstecken, und vielleicht bist du ja hierher gekommen, um dich mit ihm zu treffen. Aber das könnte gefährlich für dich werden.«

Plötzlich spürte Ella, wie die Angst ihr den Rücken hinaufkroch. Wahrscheinlich lag das nur an ihrem Brummschädel, tröstete sie sich. Aber dass zwei Menschen sie innerhalb von fünf Minuten am Telefon warnten, war trotzdem nicht so leicht als Zufall abzutun.

»Nein, wirklich nicht, Harriet. Er ist schon lange kein Teil meines Lebens mehr.«

»Also, ich wünsche dir jedenfalls viel Glück mit dem Film, und denk daran, was ich dir gesagt habe. Überleg dir das gut mit dem Hundehalsband.«

»Dir auch viel Glück, Harriet, und danke für alles.«

»Es wird andere Männer geben, das ist immer so.«

»Oh, ganz bestimmt. Ich bin nur noch nicht so weit.«

»Sie tauchen immer dann auf, wenn man es am wenigsten erwartet.«

»Und, ist für dich jemand aufgetaucht, Harriet?«

»Der netteste Mensch auf der Welt. War mit einer richtigen Zicke verheiratet. Aber eines Tages hat sie es zu weit getrieben, und er stand mit einem Koffer vor meiner Tür. Das ist jetzt zehn Jahre her.«

»Und wieso ist er nicht mit dir gekommen?«

»Weil er panische Angst vor Flugzeugen und großen Städten hat.«

»Und was macht er, solange du weg bist?«

»Er kocht wunderbare Dinge wie Hühnerpasteten und Spaghettisaucen, füllt sie in Behälter, klebt kleine Zettel drauf und friert sie ein. Und er redet mit seinen Tauben, geht auf ein Bier mit seinem Sohn ins Pub und steht mit seinem Lieferwagen am Flughafen, um mich und die Koffer nach Hause zu bringen.«

»Ich wünsche dir alles Gute«, sagte Ella.

»Und ich dir auch, Ella. Keiner macht dir einen Vorwurf wegen dieses Mistkerls. Aber es würde mich freuen, wenn für dich und deine Familie alles gut ausginge …«

»Ja, eines Tages vielleicht«, versprach Ella mit einem Blick auf den Laptop auf ihrem Schreibtisch.

Es war ein wundervoller Tag. Kein stürmischer Wind zerrte an ihrer neuen Frisur, und so machte sie einen langen Spaziergang die Fifth Avenue hinunter.

New York pulsierte vor Energie. Ella wurde mit jedem Schritt beschwingter. Sie ging in die St. Patricks Kathedrale und wünschte sich, gläubig genug zu sein, um zu Gott zu beten und seinen Segen für das morgige Treffen mit Derry King zu erflehen. Aber das wäre nicht fair gewesen. Und funktioniert hätte es auch nicht, weil Gott schließlich wusste, dass sie nicht an ihn glaubte.

Und so erklärte sie Gott stattdessen, dass sie ihn – falls er ihr zufälligerweise gerade zuhörte und keine Bedingungen daran knüpfte – gerne daran erinnern würde, dass jedes Jahr Tausende von Filmen gedreht würden und es kein Schaden wäre, wenn auch der ihre darunter wäre.

Dann schlenderte sie weiter durch die Stadt, sah sich die Auslagen der Blumengeschäfte an, las die Speisekarten in den Schaukästen und bewunderte die Uniformen der Türsteher. Sie spazierte durch die Vorhallen der Bürogebäude und beobachtete, wie die Angestellten zur Mittagspause auf die Straße strömten, um zu rauchen oder sich ein paar Sandwiches im nächsten Deli zu holen. Sie fragte sich, wie es wohl wäre, in dieser riesigen, aufregenden Stadt zu arbeiten, wo keiner den anderen zu kennen schien. Nicht so wie in Dublin, wo man ständig am Nicken und am Grüßen war.

Ein groß gewachsener Mann kam an ihr vorbei und warf ihr einen anerkennenden Blick zu. Ella wurde plötzlich nervös. Angenommen, Harriet hatte Recht damit, dass New York ein guter Ort zum Untertauchen sei. Wahrscheinlich *war* Don sogar in dieser Stadt. Sie könnte ihm dort vorne an der Ampel, am Ende des Häuserblocks, in die Arme laufen. Aber nein, sie durfte dieser lächerlichen Angst nicht nachgeben. Damit machte sie sich nur verrückt und beraubte sich ihrer Kraft.

»Du musst mutig sein«, brach es plötzlich laut aus ihr heraus.

»Ganz recht, Lady«, sagte ein Mann an einem Zeitungskiosk, der sie als Einziger gehört hatte.

Ella schlang beide Arme um sich. Sie mochte New York, hier fühlte sie sich sicher. Sie würde so lange herumlaufen, bis sie zu

müde war, auch nur einen weiteren Schritt zu gehen, und dann würde sie mit einem Taxi in ihr Hotel zurückkehren.
Sie schlief vierzehn Stunden lang, und als sie aufstand, fühlte sie sich so gut wie schon lange nicht mehr.

»Ich dachte, Sie wären älter«, sagte Derry King, als sie sich im Foyer des Hotels begrüßten.
»Dasselbe dachte ich auch von Ihnen«, erwiderte Ella geistesgegenwärtig. »Tja, da wären wir nun, wir zwei Frischlinge in der großen, weiten Geschäftswelt. Darf ich Sie auf einen Kaffee einladen?«
Er lächelte.
Er hatte ein angenehmes Lächeln, dieser breit gebaute Mann mit seinem faltigen Gesicht. Sie wusste auf den Tag genau, wie alt er war, aber man sah es ihm nicht an. Dreiundvierzigjährige New Yorker hielten sich offenbar besser als gleichaltrige Dubliner.
»Ich trinke gerne einen Kaffee. Sollen wir hier miteinander reden oder oben in Ihrer Suite?«
»Wir sind nur ein kleiner Betrieb, Mr King. Ich habe ein Zimmer, keine Suite. Ich denke, hier fühlen wir uns wohler.«
»Und ich würde mich wohler fühlen, wenn Sie mich Derry nennen würden. Mir sind Vornamen lieber.«
»Gut, Derry. Ich habe Ihnen ein Geschenk mitgebracht«, sagte sie,
»Tatsächlich?« Er war überrascht.
»Wie ich hörte, mögen Sie Hunde, und deswegen habe ich Ihnen ein hübsches Hundehalsband mitgebracht.« Sie zog es aus ihrer Handtasche.
»Das ist ja grässlich! Wo, um alles auf der Welt, haben Sie das denn aufgetrieben?«, fragte er lachend.
»Es ist nicht grässlich. Es hat mich fünf Dollar gekostet, und ich habe es von einer Händlerin, die jedes Jahr nach New York kommt, um wirklich geschmackvolle Weihnachtsgeschenke für

den irischen Markt zu Hause einzukaufen«, rechtfertigte Ella sich.

»Ich sehe schon, wir zwei werden gut miteinander auskommen, Ella Brady«, sagte er, und ihr flatternder Magen beruhigte sich ein wenig.

Er hatte Recht. Sie würden gut miteinander auskommen.

KAPITEL ACHT

»Meinst du, sie wird ihm tatsächlich ein Hundehalsband mitbringen?«, wollte Sandy von Nick wissen.
»Mich würde gar nichts mehr überraschen«, erwiderte er düster. »Natürlich kann es auch funktionieren. Vielleicht verliebt er sich ja in sie.«
»Himmel, ich hoffe nicht. Er hat eine Frau namens Kimberly, der die Hälfte der Firma gehört.«
»Weiß Ella das?« Sandy klang ängstlich.
»Oh, mit Sicherheit, sie hat schließlich die Unterlagen gelesen. Aber das Vorhandensein einer Ehefrau hat sie früher auch nicht gestört, wenn du verstehst, was ich meine.«

Der Mann, der zu den Bradys kam, um eine Wohnung in der Tara Road zu mieten, war ausgesucht höflich. Er bewunderte ihre Gartenresidenz, wie er sie nannte, und erklärte, dass er es gerne sah, wenn in einem Haus viele Fotografien standen. Das mache erst ein richtiges Heim daraus.
»Ist das Ihre Tochter? Ein wirklich hübsches Mädchen«, sagte er und betrachtete ein Bild von Ella.
»Ganz recht«, antwortete Barbara.
Ella hatte ihr eingeschärft, vorsichtig zu sein, und das wäre sie auch, aber dieser gut angezogene Herr hatte so ganz und gar nichts Finsteres an sich. Er war so höflich und auf der Suche nach einer Wohnung für einen Kollegen, der in einigen Monaten aus Großbritannien nach Irland käme.
»Wohnt sie bei Ihnen?« Er betrachtete immer noch das Foto von Ella.

»O ja, hin und wieder.«
»Und ist sie momentan auch hier?«
»Nein, sie ist unterwegs … So wie das eben ist in ihrem Alter.«
»Ist sie im Ausland, was meinen Sie?«
Jetzt bekam Ellas Mutter es mit der Angst zu tun. Das war kein höflicher Herr auf der Suche nach einer Wohnung, er suchte Ella.
»Heutzutage sagen einem junge Menschen doch nie, wohin sie fahren, nicht wahr?« Sie lachte nervös.
»Oh, ich weiß, aber hat sie denn keine Arbeit? Ich dachte sie ist Lehrerin, sagten Sie.«
Sie hatte nicht gesagt, dass Ella Lehrerin sei.
»Sie macht mal dies und mal das … da bekommt man leichter frei.«
»Vielleicht ist sie in die Sonne geflogen, nach Griechenland oder Spanien?«, schlug er vor. »Viele Leute fahren da jetzt im September hin.«
Barbara Brady nahm ihren Mann fest ins Visier. »Zu mir hat sie nicht gesagt, dass sie auf den Kontinent wollte. Zu dir vielleicht, Tim?«
»Nicht ein Wort«, entgegnete er. »Irgendwas von Kerry oder West-Cork, glaube ich, sagte sie. Möglich, dass sie da unten noch einen Job bekommen hat. Sie hatte ein bisschen Pech zu Anfang des Jahres und versucht jetzt verzweifelt, Geld aufzutreiben.«
»Nun, um auf die Wohnung zurückzukommen …«, setzte Barbara an.
Aber der Mann hatte jegliches Interesse an einer Wohnung in der Tara Road verloren.

»Wir sind wieder für ein paar Tage hier. Hast du Lust, mit mir zu Mittag zu essen, Deirdre?«
»Nein, Nuala, vielen Dank, aber ich kann nicht.«

»Du hast ja nicht einmal gefragt, an welchem Tag«, erwiderte Nuala beleidigt.
»Ich kann an keinem Tag der Woche. Bei mir in der Arbeit ist die große Krise ausgebrochen. Sie streichen uns alle Mittagspausen«, log Deirdre.
»Bist du wegen irgendetwas sauer auf mich, Dee?«
»Ich bin sauer, weil ich auf meine Mittagspause verzichten muss. Warum, in Gottes Namen, sollte ich auf dich sauer sein?«
»Du hast einen etwas gereizten Eindruck auf mich gemacht, als ich wissen wollte, wo Ella ist. Ich muss es aber unbedingt herausfinden, Frank lässt mir keine Ruhe mehr. Er sagt, wenigstens das könnte man von mir erwarten, aber selbst dazu sei ich nicht in der Lage.«
»Das ist ja ein richtiges Herzchen, unser Frank«, meinte Deirdre mitleidlos.
»Sie haben Angst. Auch seine Brüder.«
»Ich dachte, sie hätten ihr Geld in einem neutralen Umschlag zurückbekommen.«
»Nur einen kleinen Teil, um zu demonstrieren, dass sie es wiederbekommen *könnten*, wenn ...«
»Wenn was?«
»Wenn sie mitspielen, vermute ich ...«
»Und Ella ausliefern. Ist es so?«
»Nein, ich denke nicht, dass es so ist.«
»Dann ist es ja ganz gut, dass keiner von uns weiß, wo sie ist, nicht wahr, Nuala?«, bemerkte Deirdre spitz.
»Du weißt es doch, Dee.«
»Ich wünschte, es wäre so.«
»Gib mir einen Rat. Hilf mir, *bitte.*« Nuala war wirklich verzweifelt.
»Ich schätze, das ist eine Angelegenheit, bei der man die Polizei lieber außen vor lässt«, sagte Deirdre.
»Es wäre besser. Frank und seine Brüder machen immer einen weiten Bogen um Polizei und Anwälte«, erklärte Nuala.

Patrick und Brenda Brennan gingen zu Bett. Es war ein langer, arbeitsreicher Abend gewesen. »Ich frage mich, ob wir diesen Dokumentarfilm wirklich brauchen. Heute Abend war doch wieder jeder Tisch besetzt«, meinte Patrick.
»Ich weiß, das habe ich mir auch gedacht. Wir sollten uns vielleicht überlegen zu expandieren.« Brenda runzelte die Stirn.
»Was alles verändern würde.« Auch Patrick runzelte die Stirn.
»Aber das ist doch nicht nur als Werbefilm für uns gedacht«, versuchte Brenda ihn aufzuheitern. »Es soll doch eher so was wie eine Stadtgeschichte Dublins werden, dargestellt anhand der Veränderungen einer bestimmten Örtlichkeit.«
»Du hörst dich schon genauso wie die junge Ella Brady an«, antwortete er und gähnte.
»Ich frage mich, wie es ihr da drüben wohl so geht«, bemerkte Brenda, als sie sich vor ihren Frisiertisch setzte und sich abschminkte.
Sie konnte nicht hören, was Patrick sagte, da er bereits unter der Decke lag und in sein Kissen murmelte.
»Ich hoffe von Herzen, dass es ihr gut geht. Sie hat wirklich einen ganz schlimmen Sommer durchgemacht«, sagte Brenda zu sich, als die letzten Spuren ihres raffinierten Make-up entfernte, das sie um zehn Jahre jünger aussehen ließ.

Derry King hatte Recht. Sie kamen blendend miteinander aus. Ella tischte ihm keine Lügen auf und übertrieb nicht, was Firefly Films betraf.
»Was ist für mich drin?«, hatte er wissen wollen, und sie hatte versucht, ihm so wahrheitsgemäß wie möglich zu antworten. Er würde teilhaben an einer völlig neuen und unkonventionellen Produktion mit hohem Anspruch, die durchaus Chancen habe, Preise bei Filmfestivals zu gewinnen und in vielen Ländern im Fernsehen zu laufen.
»Was ist daran so neu und unkonventionell?«, fragte er.

»Es wird keine irische Folklore darin vorkommen«, antwortete sie, und er hatte gelacht.
»Was soll das denn heißen?«
»Na, Sie wissen schon. Betuliche kleine Geschichten aus dem Alltag in der Provinz, vorgetragen mit naiver Schlitzohrigkeit. In unserem Film wird nichts beschönigt werden.«
Jetzt war sein Interesse geweckt. »Sie meinen, nichts als die ungeschminkte Wahrheit?«
»Nun, ja ... Wir würden uns gern ein bisschen lustig machen über die Schwächen unserer Landsleute«, sagte sie.
»Geben Sie mir ein Beispiel.«
»Patrick kann sehr witzig davon erzählen, dass Iren oft so tun, als wüssten sie etwas, obwohl das gar nicht der Fall ist ... Nur weil sie nicht dumm dastehen wollen. Deshalb gibt er den guten Rat, nie den zweitbilligsten Wein auf der Speisekarte zu bestellen, weil der mit Sicherheit ein fürchterliches Gesöff ist. Den suchen sich die Leute nämlich garantiert aus, denn wenn sie nicht den billigsten Wein auf der Karte nehmen, machen sie keinen knauserigen oder ärmlichen Eindruck.«
Derry schmunzelte. »Und das wird er alles erzählen?«
»Sicher.«
»Keine Angst, dass er seine Gäste verliert?«
»Nein, er wird es sehr diplomatisch formulieren. Sie werden ihn mögen, wenn Sie kommen. Es wundert mich übrigens sehr, dass Sie bei Ihren vorherigen Besuchen in Irland noch nie im Quentins waren«, sagte Ella.
»Ich war noch nie in Irland«, erwiderte Derry.
»Wie bitte?«
»Ich war noch nie dort«, wiederholte er. Er lächelte, aber seine Augen blickten hart. »Und ich habe auch nicht die Absicht, das zu ändern.«

Cathy Scarlet und Tom Feather hatten nur eine geringe Summe verloren, als Rice und Richardson sich aus dem Staub gemacht

hatten. Im Vergleich zu anderen hatten sie bei einer ausstehenden Rechnung von siebenhundert Euro für eine von ihnen ausgerichtete Veranstaltung noch von Glück reden können.
Es war an dem einen Nachmittag in der Woche, an dem Maud und Simon immer zu ihnen kamen, um ihr »Familiensilber« – wie sie es nannten – zu polieren und in allen Einzelheiten das in Kürze zu erwartende Baby zu besprechen. Wie würde es heißen? Wo würde es leben? Wäre es vielleicht schon erwachsen, wenn Tom und Cathy es endlich schafften zu heiraten? Dürften sie dem Baby Stepptanzen beibringen?
Erleichtert atmeten sie auf, als es vorne im Büro an der Tür klingelte und sie den Fragen der Kinder für ein paar Minuten entkommen konnten. Ein Herr erkundigte sich nach Prospekten und Preislisten. Er war gut angezogen und schien nicht die leiseste Vorstellung zu haben, was er überhaupt wollte. Irgendetwas an der vagen Art seiner Fragen machte ihn verdächtig.
»Ich glaube, Sie kennen Ella Brady«, sagte er plötzlich wie aus heiterem Himmel.
»Ja«, antwortete Tom kurz angebunden.
»Flüchtig«, fügte Cathy hinzu, um deutlich zu machen, dass sie noch weniger damit zu tun hatte. Sie wussten beide, wo Ella sich aufhielt, aber auch, dass es ein Geheimnis war.
»Haben Sie vielleicht irgendeine Vorstellung, wo sie jetzt sein könnte?«, fragte er höflich.
»Nicht die geringste, fürchte ich«, erwiderte Tom.
»Keine Ahnung«, sagte Cathy.
»Tja, das ist schade … Man hat mich nämlich gebeten, Ihnen Ihre Schulden zurückzuzahlen, deren Begleichung übersehen worden war. Versehentlich natürlich. Es waren so um die siebenhundert Euro, glaube ich.«
Tom und Cathy sahen einander erstaunt an. »Kommen Sie von Rice und Richardson?«, fragte Cathy verblüfft.
»Nein, das nicht. Sagen wir, ich bin befreundet mit einem ge-

wissen Herrn, der in die Angelegenheit verwickelt ist und es gar nicht gerne sah, dass es zu diesem Missverständnis und Zahlungsrückstand kam.«

»Davon bin ich überzeugt«, meinte Cathy trocken.

Der Mann öffnete seine Brieftasche. »Er bat mich, Ihnen das persönlich zu überbringen. Er ist kein Mensch, der Rechnungen gerne offen lässt.« Stumm legte er die sieben Banknoten auf den kleinen Tisch. »Und er wäre Ihnen sehr dankbar, wenn Sie Ella bitten könnten, ihn unter dieser Nummer anzurufen.«

»Tja, das ist ja sehr schön, dass wir unser Geld bekommen«, sagte Tom. »Aber wir haben wirklich keine Ahnung, wo Ella sich aufhält.«

»Falls das eine die Bedingung für das andere ist«, fügte Cathy hinzu, »verzichten wir auf das Geld.«

»Nein, behalten Sie es. Vielleicht fällt Ihnen doch wieder ein, wo sie ist.«

»Wir wissen, wo sie ist«, ertönte eine helle Stimme. Tom und Cathy blickten entsetzt zu Maud hinüber.

War es möglich, dass Ella so unklug gewesen sein und den Kindern gegenüber irgendetwas erwähnt haben könnte?

»Geh wieder in die Küche zurück, Maud, *bitte*«, flehte Cathy.

»Ihr wisst doch gar nicht, wo Ella steckt«, sagte Tom.

Simon fühlte sich in seiner Ehre getroffen. »Und ob wir das wissen«, widersprach er beleidigt.

»Und wo ist das genau?« Der Mann war sehr interessiert.

»Sie ist im Krankenhaus«, erklärte Simon triumphierend.

»Sie lässt sich ihren Kopf wieder zurechtrücken«, fügte Maud hinzu. »Es wird ungefähr zwei Wochen dauern.«

Der Mann sah Tom und Cathy um Bestätigung heischend an. Sie zuckten nur die Schultern.

»Könnte durchaus sein«, meinte Cathy.

»Schon möglich«, stimmte Tom ihr zu.

Der Mann drehte sich um und ging, ohne ein weiteres Wort zu

verlieren. Als er die kopfsteingepflasterte Gasse hinunterging, sahen sie, wie er noch einmal stehen blieb und sein Mobiltelefon herausnahm.
»Ich vermute, er ruft in Spanien an«, bemerkte Cathy.
»Ist dort das Krankenhaus?«, wollte Simon wissen. »Ich dachte eigentlich, es liegt in Amerika, soweit ich Ella verstanden habe.«
Tom atmete langsam aus. »Und wieso hast du diese Vermutung dem Herrn nicht mitgeteilt, als er noch hier war?«
»Ich war nicht sicher. Sie hat nur gemeint, sie würde ihren letzten Dollar für was ausgeben, aber vielleicht war das auch nur so eine Redewendung.«
»Schon möglich«, sagte Cathy und drückte erleichtert Toms Hand.
»Werdet ihr euch wieder paaren, wenn das Baby auf der Welt ist?«, fragte Maud unvermittelt.
»Wahrscheinlich, wenn wir noch die Energie dazu haben«, antwortete Cathy.
»Braucht man dazu viel Energie?«, fragte Simon interessiert.
»Marsch, zurück in die Küche, ihr beiden«, befahl Tom.

Von der Straßenecke aus rief der Mann Don Richardson an. »Ich habe kein Glück, Don. Nichts von den Filmemachern, nichts von ihren Eltern oder dem Restaurant. Und auch nichts von dem Catering-Service.«
Er hörte eine Weile zu und nickte. »In Ordnung. Dann tritt Plan C in Kraft.«

Ella sah Derry King mit offenem Mund an. »Sie wollen nicht nach Irland kommen!«, sagte sie erstaunt.
»Nicht, wenn es sich vermeiden lässt.«
»Wie können Sie dann überhaupt daran denken, dort einen Film zu machen?«
»*Ich* mache keinen Film, den machen *Sie*.« Er hob die Hände in

einer verteidigenden Geste, um zu zeigen, dass er damit nichts zu tun hatte.

»Aber wozu haben wir dann miteinander gesprochen, wenn Sie … wenn Sie überhaupt nicht die Absicht … Tut mir Leid, Derry, das verstehe ich nicht.« Sie wirkte verletzt und verärgert.

»Ich muss doch Irland nicht *lieben,* um in einen Film darüber zu investieren. Außerdem habe ich Sie so verstanden, dass Sie ohnehin nicht die Absicht haben, eine Lobeshymne auf dieses Land zu singen … Im Gegenteil, der Film soll es mit allen seinen Schwächen zeigen: der Gier nach dem neuen Geld, der so genannten neuen Lebensart.«

»Wir haben nicht gesagt, dass …«

»Nun, so ist es jedenfalls bei mir angekommen – ein Land voller Menschen, die Europäer imitieren.«

»Aber wir *sind* Europäer!«, rief Ella.

»Nein, Sie sagten, es ginge um die ungeschminkte Wahrheit … vor einer Minute erst.«

»Derry, hier liegt irgendwo ein Missverständnis vor.« Sie blickte auf ihre Notizen. »Wir sitzen jetzt seit Stunden in diesem Café, und ich rede auf Sie ein, aber offensichtlich habe ich Ihnen eine völlig falsche Botschaft vermittelt.«

»Aus sehr persönlichen Gründen liebe ich Irland nicht«, sagte er. »Das Erbe meines Vaters hat mich nicht eben angeregt, dort nach meinen Wurzeln zu suchen. Ich war an diesem Projekt interessiert, weil ich dachte, Sie würden die Leute dort auf den Arm nehmen.«

»Aber Sie haben doch das erste Exposee von Nick gelesen.«

»Dort stand, dass mit diesem Projekt neue Wege beschritten würden. Deswegen bin ich hier … um zu erfahren, wie das konkret aussehen soll.«

»Und was haben Sie bis jetzt erfahren?« Ella spürte Enttäuschung in sich aufsteigen.

»Ich habe erfahren, dass wir schon zu lange in diesem Café herumsitzen. Wir sollten jetzt eine Pause machen, dann schicke ich Ihnen einen Wagen, und wir gehen zum Essen. Dieses ganze Gerede über Essen hat mich hungrig gemacht.«

Sie hatte Angst, ihn aus den Augen zu lassen. »Hier gibt es auch ein Restaurant …«, begann sie zaghaft.

»Nein, das ist doch kein richtiges Restaurant. Der Wagen wird Sie um sieben abholen. Einverstanden?«

»Noch eines, bevor Sie gehen.«

»Natürlich, schießen Sie los.«

»Ich werde Nick anrufen. Soll ich ihm sagen, dass alles nur ein Missverständnis war?«

»Wieso sollten Sie?«

»Aus dem, was Sie sagten, kann ich nichts anderes schließen.«

»Hey, wir sind noch mitten im Vorgeplänkel. Die richtigen Gespräche beginnen doch erst.«

»Aber ich könnte die Menschen in diesem Restaurant nie hintergehen, keiner von uns könnte das. Wenn Sie das wollen, müssen wir das Projekt streichen.«

»Ich verstehe, und ich respektiere Ihre Meinung. Bis sieben Uhr.«

Es war kein angenehmes Telefonat. »Ich begreife das nicht«, sagte Nick.

»Ich auch nicht, um ehrlich zu sein. Kann ich es nicht erst mal dabei belassen, dass wir noch mitten in den Vorgesprächen sind?«

»Das ist mir zu wenig, Ella. Wir haben alles, was wir besitzen, in diese Sache investiert. Wir sind beide ziemlich nervös.«

»Dann sind wir schon zu dritt, wahrscheinlich zu viert. Auch Derry scheint nervös zu sein. Wie es aussieht, hat er seinen Vater gehasst, und Irland hasst er auch.«

»Das glaube ich dir nicht.«

»Das hat er mir aber gesagt. Soll ich dich anrufen, wenn ich wieder zurück bin? Das dürfte so gegen drei oder vier Uhr eurer Zeit sein.«

»Das muss nicht sein, Ella. Warte lieber bis morgen.«

Ella trug Deirdres schwarzes Kleid und die rote Jacke. Und sie hatte eine Handtasche dabei, die groß genug für alle Unterlagen und Fotos war und trotzdem nicht wie eine Aktentasche aussah. Ein Chauffeur holte sie ab.

»In welches Restaurant fahren wir?«, fragte sie im Plauderton.

Der Chauffeur sprach den Namen des Restaurants mit solcher Ehrfurcht aus, als wäre es der einzige in Frage kommende Ort für einen Gast von Mr King.

Er erwartete sie am Tisch. Im Smoking. Irgendwie sah er genauso formell aus wie auf den Zeitungsausschnitten, die sie auf dem Flug nach New York so eifrig studiert hatte. Trotzdem hatten diese Interviews und Artikel nur wenig über ihn ausgesagt. Da stand nichts über seine Begeisterungsfähigkeit und seine Bereitschaft zu harter Arbeit, bis sein Ziel erreicht war. Sie erwähnten mit keiner Silbe, wie freudig sein Gesicht aufleuchtete, wenn er glaubte, einen Schritt weitergekommen zu sein. Er war ein äußerst geschickter Geschäftsmann, ihr haushoch überlegen.

Plötzlich kam Ella sich klein und unzulänglich vor. »Ich hoffe, ich bin wenigstens passend angezogen«, sagte sie.

»Sie sehen sehr hübsch aus«, erwiderte er.

»Ihre Frau konnte heute Abend nicht mitkommen?«

»Sie begleitet mich schon lange nicht mehr«, entgegnete er lächelnd.

»Tut mir Leid, dann bin ich wohl falsch informiert«, entschuldigte sie sich.

»Nein, Sie haben sich aus Ihren Akten korrekt informiert. Aber wahrscheinlich sind Sie nicht bis zu der Stelle gekommen, wo es heißt: ›Ehe geschieden.‹«

»Ist das schon lange her?« Ella versuchte ebenso gelassen zu erscheinen wie er.

»Oh, schon zehn Jahre, würde ich sagen, aber das vergisst man leicht, weil wir uns nämlich jede Woche in der Stiftung sehen.«

»Und das funktioniert? Aber das muss es ja wohl, sonst brächten Sie beide das Kunststück nicht fertig.«

»Es funktioniert, und zwar bemerkenswert gut. Kimberly hat wieder geheiratet und geht abends viel aus. Ich nicht, deshalb treffen wir uns kaum. Aber heute Nachmittag haben wir uns gesehen. Sie war sehr interessiert an dem Projekt und wird sich morgen zu uns gesellen.«

»Dann gibt es also ein Morgen?« Ella kamen fast die Tränen vor Dankbarkeit.

»Selbstverständlich, Ella. Aber jetzt werfen Sie mal einen Blick auf diese Speisekarte und sagen Sie mir, ob Ihre Freunde im Quentins da mithalten können, ja?«

»Ich wünschte, sie könnten mich jetzt sehen. Ich wünschte, alle könnten mich jetzt sehen.« Ella wirkte zum ersten Mal, seit sie nach New York gekommen war, zufrieden und glücklich.

Kimberly sah aus wie zweiundzwanzig, aber Ella wusste, dass sie schon fast vierzig war. Sie war umwerfend schick mit ihrer perfekten Frisur, die sicher täglich einen Besuch im Friseursalon erforderte, dem perfekten Lächeln mit den ebenmäßigen, weißen Zähnen, dem hellen, pfirsichfarbenen Designerkostüm und den hochhackigen schwarzen Schuhen. Dazu war sie eine hochintelligente Frau, wie Ella sie zuvor noch nie getroffen hatte. Sie war vollkommen auf dem Laufenden, was ihr Projekt betraf, und begriff voll und ganz, was Firefly Films vorhatte. Sie erzählte Ella von den anderen Filmen, die sie finanziert hatten. Einer handelte von einer jungen Liedermacherin und Sängerin, die so fest an ihre Karriere geglaubt hatte, dass sie alle Zurückweisungen und Hindernisse in deren Verlauf überwand. Ein anderer Film erzählte die Geschichte einer Frau, die einen

Club für geistig behinderte Kinder gründete, damit deren Eltern auch einmal Freizeit hatten, der von den Behörden aber mit der Begründung geschlossen wurde, ihr würden die nötigen beruflichen Qualifikationen fehlen. Ein weiterer hatte den Stress von Polizistenwitwen zum Thema, und wieder ein anderer porträtierte eine Frau, die dreizehn Jahre lang unerlaubt eine Katze in ihrer Wohnung gehalten hatte, ohne dass es jemand entdeckt hätte.

Ella konnte keinerlei Gemeinsamkeiten zwischen den beiden Expartnern finden. Derry und Kimberly schien das zu gefallen. Sie wollten wohl auch gar nicht berechenbar sein. Schließlich meinte Kimberly, dass man am nächsten Tag Nägel mit Köpfen machen und eine Route für Derrys Irlandbesuch festlegen würde.

Ella blickte überrascht hoch. »Aber ich dachte, Sie würden nie nach Irland fahren, Derry?«

»Natürlich fährt er hin. Das ist doch Unfug«, sagte Kimberly streng.

»Kommt nicht in Frage, Kim, vergiss es.« Derry lächelte matt.

»Würden Sie denn stattdessen kommen, Kimberly?«, fragte Ella.

»Ja, Kim, das wäre doch was für dich«, zog er sie auf.

»Derry weiß genau, dass ich mich keinen Schritt aus New York entfernen und meinen jungen und leicht beeinflussbaren Ehemann allen Versuchungen dieser Stadt aussetzen werde.«

»Oh, Lorenzo wird bestimmt nicht auf Abwege geraten«, erwiderte Derry. »Nicht in tausend Jahren.«

»Er heißt Larry, Ella, was Derry sehr wohl weiß, und ich werde ihn nicht allein lassen, um seine Theorie zu überprüfen.«

Ella warf Derry einen fragenden Blick zu. Er schien nicht im Geringsten verärgert zu sein.

»Es wird schon alles in Ordnung kommen. Kim spielt gerne ihre Spielchen. Das war schon immer eine Schwäche von ihr.« Er sagte das ohne bösen Unterton, im Gegenteil, eher liebevoll.

»Himmel, irgendwer muss doch etwas Leben in die Bude bringen«, antwortete sie lachend und zerzauste sein Haar.
»Jetzt sollten wir aber nicht die Zeit verschwenden und zum x-ten Mal einen alten Streit wieder aufwärmen.«
»Derry wird früher oder später nach Irland müssen. Und er wird fahren, wenn er dazu bereit ist. Erzählen Sie uns doch ein paar Ihrer Geschichten, Ella, ja? Erzählen Sie uns von den Menschen, die in dem Film vorkommen werden.«
Jetzt war es so weit, jetzt war der Zeitpunkt gekommen, sie davon zu überzeugen, dass dieses Restaurant mit dem Leben vieler Menschen angefüllt war. Ella holte ihre Notizen hervor und begann zu erzählen.

Der Kurzschluss

Martin schlief wieder ein, nachdem er den Wecker abgeschaltet hatte. Er träumte, einen verworrenen, aufwühlenden Traum, in dem es darum ging, dass man ihn erst gar nicht bedient und dann auch noch falsch herausgeben hatte. Zitternd vor Wut wachte er auf und ärgerte sich noch mehr, als er feststellen musste, dass es bereits sieben Uhr war und er zwanzig Minuten zu spät zur Arbeit kommen würde. Ausgerechnet heute. Er versuchte, sich zu beeilen, was natürlich dazu führte, dass er umso langsamer war. Die Dusche war zu heiß, sodass er wieder heraussprang und dabei den Inhalt eines Regals abräumte. Dann riss ein Knopf an seinem besten Hemd ab, und er verschüttete Orangensaft im Kühlschrank. Ihm fiel ein, dass er heute eigentlich Kleidung in die Reinigung bringen wollte, aber dafür war jetzt keine Zeit mehr. Das hieße, dass er für morgen keinen frisch gereinigten Anzug hätte. Außerdem war heute der Tag, um den Müll hinauszustellen, aber auch dafür reichte die Zeit nicht mehr. Er stürmte aus dem Haus und stellte fest, dass es regnete. Als er, um einen Schirm zu holen, wieder umkehrte, hörte er das Telefon klingeln. Vor acht Uhr morgens, das musste dringend sein. Er meldete sich und nahm gereizt zur Kenntnis, dass es nur sein Sohn war.

»Hallo, Dad, ich bin's, Jody. Ich wollte mich nur vergewissern, dass du es nicht vergessen hast.«

Wieso kam der Junge auf die Idee, er könnte eine Verabredung zum Mittagessen, die sie vor über einem Monat getroffen hatten, vergessen haben?

»Du hast immer so viel zu tun. Es hätte dir ja entgangen sein können.«

»Nein, Joseph, glaub mir, Menschen, die viel zu tun haben, vergessen keine seit langem getroffenen Verabredungen. Den Luxus, so etwas zu vergessen, können sich nur die leisten, die im Leben nichts Wichtiges zu tun haben.«

Warum tat er das? Warum verärgerte er den Jungen noch mehr und vertiefte die Kluft zwischen ihnen noch stärker? Schob ihn noch weiter von sich weg? Und jetzt schwafelte Joseph auch noch über das Menü und sagte, sein Vater solle nur das wählen, was er wirklich essen wolle. »Ja, ja, ich denke, das macht man normalerweise in Restaurants«, erwiderte Martin schnippisch.

Aber Jody fiel der kühle Unterton in der Stimme seines Vaters nicht auf. »Ich wollte dir ja nur klar machen, dass du dich nicht an ein fixes Menü halten musst«, versuchte er seinen Eifer zu rechtfertigen.

»Joseph, ich muss jetzt wirklich los.« Martin legte auf. Draußen auf der nassen Straße schienen alle anderen ihren Abfall hinausgestellt zu haben. Andere waren offensichtlich rechtzeitig aufgestanden und bereits zu ihren öden und belanglosen Jobs aufgebrochen. Nur er, Martin, hatte das nicht geschafft. Martin, der die größte Werbeagentur in der Stadt leitete, ein Mann, der im ganzen Land bekannt war. Heute stand ihnen eine Präsentation für ihren größten und wichtigsten Kunden bevor. Seit drei Monaten hatten sie sich darauf vorbereitet, und ausgerechnet heute musste er diesen blödsinnigen Angsttraum haben und verschlafen. Außerdem standen heute noch weitere wichtige Dinge an. Er musste Kit Morris, seine Sekretärin, davon überzeugen, dass sie etwas mehr aus sich machen solle. Eigentlich war sie schon zu alt für die Stelle, ihr Gesicht passte nicht mehr dazu, und mit der neuen Bürotechnik kam sie auch nicht zurecht. Vielleicht sollte er das Gespräch auf die zweite Tageshälfte verschieben. Das Gute an Kit war allerdings, dass sie nie auf die Uhr sah und immer hart arbeitete. Sie war schon lange bei ihm und kannte wahrscheinlich kein anderes Leben außerhalb der Firma.

Ihr zu sagen, dass sie in ihrem formlosen Rock und der langen Strickjacke nicht den dynamischen Eindruck vermittelte, den er sich wünschte, war an jedem Tag der Woche ein Problem, aber heute war ein besonders schwieriger Tag, der sich noch dazu bis weit in die Nacht erstrecken würde. Um fünf Uhr nachmittags war ein Empfang mit anschließendem Essen für ihre amerikanischen Partner angesetzt. Das Timing hätte nicht schlechter sein können. Wenn sie den Werbeetat der Firma nicht bekamen, wären sie sicher nicht in der Stimmung, die Amerikaner gut zu unterhalten.

Martin seufzte, als er über den glatten Gehsteig hetzte. Und ausgerechnet heute war er mit Joseph zum Mittagessen verabredet. Aber der Junge hatte darauf bestanden. Es war schließlich der Jahrestag von Roses Tod. Seine Frau war vor fünfzehn Jahren gestorben. Martin hatte sich als Reaktion darauf in seine Arbeit vergraben. Aber eine solche Tragödie wirkt sich unterschiedlich auf Menschen aus. Nur wenige Wochen nach der Beerdigung war Joseph von der Schule geflogen. Seit damals war es nicht mehr möglich, vernünftig mit dem Jungen zu reden.

Martin erreichte sein Büro – nass, völlig außer Atem und schlecht gelaunt.

»Sie warten schon auf Sie«, begrüßte Kit ihn munter.

»Bitte, Kit, jetzt keinen Ihrer üblichen weisen Sprüche. Nicht heute.«

Kit war nicht im Geringsten beleidigt. »Ist schon gut, Martin. Ich habe den Herren Kaffee serviert und Sie entschuldigt. Sie hätten zu einem geschäftlichen Frühstück gemusst, das Sie unmöglich absagen konnten. Vielleicht ist das sogar ein Vorteil für Sie.« Sie lächelte ihm aufmunternd zu.

Martin straffte die Schultern und begann seinen Tag.

Er sollte es zwar nie erfahren, aber der Tagesbeginn anderer Menschen war auch nicht einfach. Sein Sohn Jody war in dem kleinen Apartment auf und ab gelaufen und hatte immer wieder den Text wiederholt, den er mittags im Quentins vortragen wollte. Würde er ihn so bringen, wie er beabsichtigte? Je öfter er ihn sich vorsagte, desto unwahrscheinlicher schien es ihm.

Im Restaurant, unter den aufmerksamen Blicken von Brenda Brennan, war Yan, der bretonische Kellner, gerade dabei, das Besteck an den einzelnen Tischen mit einem weichen Tuch zu polieren. Auch er hatte keinen schönen Tagesbeginn gehabt. Er hatte einen Brief von zu Hause erhalten, in dem nur stand, dass sein Vater ins Krankenhaus nach Concarneau und sich dort irgendwelchen Tests unterziehen müsse. Aber nicht, weshalb er sich untersuchen lassen müsse. Sollte er nach Hause gehen und sich darum kümmern? Aber es wäre sinnlos zu telefonieren, man würde ihm nur sagen, dass er sein schwer verdientes Geld nicht verschwenden solle.

Kit Morris hatte ebenfalls keinen guten Tag. Und dass Martin sich wie ein verwöhntes Kind benahm, machte die Sache auch nicht leichter. Sie hatte ihre eigenen Probleme. Wie sollte die Zukunft für ihre alte Mutter aussehen? Sie war nicht länger in der Lage, für sich selbst zu sorgen. Entweder musste sie zu Kit ziehen oder in ein Heim gehen. Es gab keine anderen Möglichkeiten, und ihre verheirateten Brüder hatten ihr das deutlich zu verstehen gegeben. Kit benötigte ein wenig Zeit zum Nachdenken. Sie hatte Martin eigentlich um ein paar freie Tage bitten wollen. Aber heute war nicht der geeignete Tag dafür.

Martin saß an seinem Tisch im Quentins und trommelte mit den Fingern auf die Tischplatte. Einer seiner Kollegen hatte ihn hergefahren. Der Mann hatte Martin gönnerhaft geraten, sich doch ein entspanntes Mittagessen zu gönnen, denn ihm sei aufgefallen, wie gereizt er heute sei. Deswegen war er eine Viertelstunde zu früh da, und natürlich würde der Junge wie immer zu spät kommen. Martin ging das Treffen im Geiste noch einmal durch. Die Leute waren sehr zurückhaltend gewesen, sie hatten zu der Präsentation weder ja noch nein gesagt. Sie wollten ihn ihre Entscheidung später an diesem Tag wissen lassen. Aber es hatte fast alles geklappt.

Was er jetzt brauchte, war ein starker Drink. Der Kellner, ein Ausländer natürlich, sah ihn nicht. Einmal blickte der Junge zu ihm herüber, nahm ihn aber nicht wahr, und so schnalzte Martin mit den Fingern, um seine Aufmerksamkeit zu erregen. Plötzlich geschah etwas mit dem Gesicht des Jungen. Es strahlte auf einmal eine Kälte aus, und das so bewusst, dass Martin seinen Augen nicht trauen wollte. Der junge Schnösel sah ihn absichtlich nicht an. So etwas hatte Martin nicht nötig. Schließlich befand er sich in einem Spitzenrestaurant mit hohem Anspruch. Wieder schnalzte er mit den Fingern, woraufhin das Gesicht des Jungen noch mehr versteinerte. Martin spürte, wie eine Ader an seiner Schläfe zu pochen begann. Er erhob sich und wollte sich gerade laut und deutlich bei Brenda Brennan beschweren, als es zu einem plötzlichen Kurzschluss kam. Alle Lichter gingen aus. Die Wirkung, die das an einem nassen, bewölkten Tag in einem dunklen, mit schweren Vorhängen abgeschlossenen Restaurant hervorrief, war erstaunlich. Der Raum schien in komplette Finsternis getaucht. Einen Moment lang dachte Martin, er sei ohnmächtig geworden, und war spürbar erleichtert, als er andere Gäste laut ausatmen, lachen und witzige Bemerkungen über den Zwischenfall machen hörte.

Er ließ sich wieder auf seinem Stuhl nieder und hielt sich dabei zur Sicherheit am Tisch fest. Brenda hatte mittlerweile ihre Kellnerschar mit Kerzen ausgerüstet, die in Minutenschnelle jeden Tisch damit bestückten. Sie ging von einem zum anderen und versicherte jedem Gast, dass sie in der Küche sowohl auf Elektroherden als auch mit Gas kochten. Es bestünde also nicht der geringste Anlass zur Sorge, und sie würde sich freuen, wenn sie allen Gästen als Entschädigung für den Schreck einen Drink auf Kosten des Hauses anbieten dürfe.

»Das heißt, falls es Ihnen gelingt, jemanden zum Servieren zu überreden«, knurrte Martin.

»Ich verstehe Sie nicht ganz, Sir?« Brenda Brennan war verunsichert.

»Also, dieser Latinlover da drüben schien mir schon *vor* dem Kurzschluss mit Taubheit und Blindheit geschlagen zu sein«, erklärte Martin.

»Yan ist einer unserer besten Kellner, Sie überraschen mich. Aber ich werde Sie persönlich bedienen, Sir. Was kann ich Ihnen bringen?«

Er sah, wie sie mit Yan sprach, der ihr etwas zu erklären versuchte. Er schien sehr eindeutig in seinen Ansichten zu sein. Martin konnte nichts verstehen, sah aber, wie Brenda den jungen Mann tröstete und ihm eine Hand auf den Arm legte. Und schon war sie beispielhaft schnell wieder mit seinem Wodka zurückgekehrt, und er versuchte, sich zu entspannen. Schließlich kam der Kellner und brachte ihm die Speisekarte. Martin war immer noch schlechter Laune.

»Oh, wie ich sehe, haben Sie mich doch noch bemerkt«, sagte er.

»Es tut mir Leid, Sir«, erwiderte der Kellner.

»Versuchen Sie erst gar nicht, mir zu erklären, Sie hätten mich nicht gesehen«, meinte Martin tadelnd.

»Nein, Sir, ich habe Sie gesehen. Es tut mir Leid, dass ich nicht zu Ihnen gekommen bin.«

»Und wieso sind Sie das nicht?«

»Weil Sie dieses Geräusch gemacht haben.« Yan schnalzte mit den Fingern.

»Ja, weil ich wollte, dass Sie mich sehen.«

»Ich wurde von einem *maître d'hôtel* ausgebildet, der uns einschärfte, in diesem Fall eine diplomatische Blindheit zu entwickeln und den betreffenden Gast auf keinen Fall zu bedienen. Niemals. Aber Mrs Brennan hat mir gerade erklärt, dass dies hier anders gehandhabt wird, und deshalb entschuldige ich mich.«

»So etwas mag zwar in Frankreich angehen ...«, begann Martin.

»Ich bin aus der Bretagne, Sir«, korrigierte ihn Yan. Er wirkte blass und besorgt. Wahrscheinlich hatte Brenda ihm mit der Entlassung gedroht. Der Junge sah wirklich nicht gut aus.

»Ist alles in Ordnung mit Ihnen?«, fragte Martin unvermittelt.

»Vielen Dank für die Nachfrage. Ich mache mir nur Sorgen um meinen Vater. Er ist vielleicht krank, und ich sollte bei ihm sein.«

»Stehen Sie Ihrem Vater sehr nahe?«, erkundigte sich Martin.

»Nein, er ist weit weg, in der Bretagne.«

»Ich meinte eigentlich, ob Sie mit ihm reden können, ob Sie einander mögen?«

»Kein Vater kann wirklich mit seinem Sohn reden, und umgekehrt ebenso wenig, nur die, die Glück haben. Aber ich mag ihn sehr, doch.«

In diesem Moment sah Martin, wie sein eigener Sohn zu ihm an den Tisch geführt wurde. Die vertraute Gereiztheit stieg in ihm hoch. Joseph – oder Jody, wie er lieber genannt werden wollte – trug einen zerrissenen Anorak und darunter einen grauen, verwaschenen Pullover. Er sah schäbig aus, deplatziert, aber sein Lächeln war zuversichtlich und glücklich.

»Dad, es tut mir Leid, dass ich zu spät komme. Die Busse waren überfüllt wegen des Regens, und ich konnte es kaum erwarten, hierher zu kommen, weil ich ...«

»Ist schon in Ordnung, Joseph. Bestell dir beim Kellner einen Drink. Er ist gratis, weil gerade eben der Strom ausgefallen ist.«

»Tatsächlich?« Jody sah sich erstaunt um und sagte: »Das ist mir gar nicht aufgefallen.«

Martin wirkte ungehalten. Der Junge benahm sich ja wie ein Schwachsinniger.

»Ich bitte dich, Joseph, jetzt mach doch mal deine Augen auf«, sagte er.
»Aber, Dad, ich war so aufgeregt, dich zu sehen und dir die große Neuigkeit zu erzählen.«
»Hast du Arbeit?«, wollte sein Vater wissen.
»Ich hatte doch immer Arbeit, Dad«, erwiderte Jody.
»Wenn du Blätter aufsammeln Arbeit nennst.«
»Man nennt es Gärtnern, Dad, aber darum geht es jetzt nicht. Die Sache ist die ...« Jody hielt inne, angesichts der Ungeheuerlichkeit dessen, was er zu erzählen hatte, war er kaum fähig weiterzusprechen. »Dad, ich habe zwei ganze Vormittage damit zugebracht, mir zu überlegen, wie ich es dir beibringen soll, und jetzt frage ich mich, warum ich meine Ankündigung überhaupt geprobt habe.«
»Was hast du geprobt?«
»Als ich vorhin durch das Restaurant ging, sah ich dich mit dem Kellner sprechen, Dad ...«
Jody deutete auf Yan, der immer noch dastand und von einem zum anderen sah, als befände er sich auf dem Tennisplatz. »Und du hast so freundlich und besorgt gewirkt wie ein ganz normaler Mensch, nicht wie der große Geschäftsmann ... Und da sagte ich mir, wieso soll ich auf einen günstigen Zeitpunkt warten, um es dir zu erzählen? Wir bekommen ein Kind, Jenny und ich... wir sind so aufgeregt, ich kann dir gar nicht sagen, wie froh und glücklich wir sind. Stell dir vor, wir bekommen einen Sohn oder eine Tochter. Ein neuer Mensch!«
Tränen schimmerten in seinen Augen, eine Begeisterungsfähigkeit, die nie erloschen war, der Optimismus, den nicht einmal die kühle, abweisende Haltung seines Vaters hatte dämpfen können.
In dem Moment kam Brenda mit einem Umschlag für Martin. »Ihre Sekretärin hat ihn persönlich überbracht. Sie meinte, sie weiß, dass Sie nicht vom Telefon gestört werden möchten.«
Kit hatte doch tatsächlich ausgerechnet diesen Augenblick ge-

wählt, um ihn mit irgendwelchem Bürokram zu belästigen. Er warf kaum einen Blick auf den Umschlag, sondern versuchte, sich eine Antwort für seinen Sohn einfallen zu lassen. Noch ehe Martin etwas sagen konnte, hatte Yan Jodys Hand ergriffen. »*Mes félicitations* … Ich meine, meine besten Glückwünsche, was für wunderbare Neuigkeiten. Sie müssen sehr glücklich sein, Sie und Ihre Frau.«

»Jenny und ich sind nicht verheiratet … wir hielten das nie für notwendig …«, erwiderte Jody.

»Nein, nein … Im Französischen ist es dasselbe Wort: Frau und Ehefrau.«

»Aha«, sagte Jody, aber seine Augen ruhten auf seinem Vater. »Willst du die Nachricht aus dem Büro nicht öffnen, Dad? Es könnte vielleicht wichtig sein«, fügte er bescheiden hinzu.

Martin brachte kaum ein Wort heraus. »Nichts ist so wichtig wie deine Neuigkeit«, stammelte er schließlich. »Ich freue mich so für euch beide, und für mich, und vielleicht … vielleicht …« Seine Stimme brach ab. »… vielleicht erfährt es ja auch deine Mutter irgendwie.«

»Natürlich erfährt sie es«, meinte Jody strahlend.

Yan trat einen Schritt zurück, als erwartete er, dass die beiden Männer aufstehen und sich umarmen würden … Und tatsächlich taten sie es auch, etwas, das noch nie zuvor geschehen war. Verlegen setzten sie sich wieder und sahen einander an.

»Aber jetzt öffne endlich diesen Umschlag, Dad. Das macht mich ganz nervös«, sagte Jody.

Kit hatte ihm geschrieben, um ihm zu sagen, dass sie den Werbeetat der Firma in der Tasche hatten und dass sie sich die Freiheit genommen habe, Champagner zu bestellen, um mit den amerikanischen Partnern darauf anzustoßen. »Alle freuen sich sehr, Martin«, schrieb Kit. »Es ist Ihr Werk, dass es hier eher wie in einer Familie als wie an einem Arbeitsplatz zugeht. Das haben wir wirklich gut gemacht.«

Martin wurde ganz schwach, als er diese Worte las.

Was hatte er sich nur dabei gedacht, Kit ändern zu wollen? Sie war für das Büro unersetzlich, so wie sie war.
Gott sei Dank hatte er nichts zu ihr gesagt, es wäre unverzeihlich gewesen.
Jody redete bereits über Namen und Zukunftspläne und dass er sich die Versorgung des Babys mit Jenny teilen wolle.
»Ich wünschte, ich hätte das damals bei dir auch gemacht«, sagte Martin langsam.
»Ich habe Mutter mal danach gefragt, aber sie sagte, du bist viel zu ungeduldig, um ein Kind zu versorgen«, antwortete Jody, der nicht den geringsten Groll gegen seinen Vater zu hegen schien.
»Wenn ich mich heute Abend von meinen Kollegen verabschiedet habe, kann ich dann noch bei euch vorbeikommen, um mit dir und Jenny zu feiern?«
Jody sah ihn erstaunt an. Sein Vater war noch nie in seiner Wohnung gewesen. Vielleicht war er als Großvater ja besser zu gebrauchen und weniger ungeduldig.

Die Familienfeier

Als Maggie Nolan ein hervorragendes Abschlusszeugnis nach Hause brachte, bestand ihr Vater darauf, groß zu feiern. Die ganze Familie Nolan sollte zum Essen in ein Hotel gehen.

Das hatte es noch nie gegeben. Sie waren noch nie in einem normalen Restaurant gewesen, geschweige denn in einem Hotelrestaurant. Andere Leute gingen zum Chinesen oder zum Italiener – das Land wurde richtig kosmopolitisch. Na ja, zumindest ein Teil davon.

Aber nicht die Nolans.

Sie hatten nie Geld übrig. Es gab so viele Rechnungen zu bezahlen, und Zeit hatten sie auch nie, weil ständig was los war. Mrs Nolans Mutter lebte bei ihnen, und Mr Nolans Vater benötigte täglich eine warme Mahlzeit, die irgendeiner von ihnen in seine Wohnung bringen musste.

Mr Nolan arbeitete an der Wursttheke in einem jener altmodischen Lebensmittelgeschäfte, von denen es hieß, sie seien langsam im Aussterben begriffen. Er war dort sehr glücklich und hoch angesehen, aber wenn der Laden wirklich einmal zumachen sollte, wäre es schwer für Mr Nolan, eine andere Arbeit zu finden.

Mrs Nolan war Putzfrau in einem Krankenhaus. Sie war sehr beliebt bei den Krankenschwestern und den Patienten, aber die Arbeit war anstrengend, die Krampfadern machten ihr zu schaffen, und sie hoffte, wenigstens noch so lange durchhalten zu können, bis alle ihre Kinder versorgt waren.

Maggie war die Älteste von fünf Geschwistern. Die anderen waren alle Jungen, die unbedingt in englischen Fußballmannschaften spielen wollten. Sie hatten keinerlei Interesse an der Schule und waren total erstaunt, als ihre große Schwester so gute Noten in den Prüfungen erzielte, dass man ernsthaft davon sprach, sie an die Universität zu schicken. Und sie waren noch erstaunter, als ihr Vater mit ihnen in ein großes, elegantes Hotel gehen wollte, wo niemand, den sie kannten, je auch nur einen Fuß über die Schwelle gesetzt hatte.

Aber er ließ sich nicht davon abbringen und wiederholte beharrlich, dass Maggies Noten erst dann richtig zählten, wenn die Familie groß feiere.

»Werdet ihr drei allein hingehen – Mam, Maggie und du?«, wollten die Brüder wissen,

»Nein, die ganze Familie natürlich.« Darauf bestand er.

»Wird Grandma auch mitkommen?« Eine wichtige Frage. Großmutter Kelly hatte die Angewohnheit, sich in der Öffentlichkeit ihrer Zähne zu entledigen. Für Grandma würde das Geld nicht reichen, lautete die bestimmte Antwort. Und noch ehe ihn jemand eingeladen hatte, verkündete Großvater Nolan, dass er schon aus Prinzip keinen Fuß in ein solches Etablissement setzen würde. Aber welches Prinzip er damit meinte, erklärte er nicht.

Das hieß aber immer noch, dass sieben Personen den Abend in einem absurd teuren Hotel verbringen würden.

»Das können wir uns nicht leisten, Mam, das ist doch lächerlich«, protestierte Maggie. Ihre Mutter sah müde aus nach einem langen Tag, an dem sie ihren schweren und unhandlichen Putzwagen kilometerweit durch die Abteilungen geschoben hatte.

»Jetzt hör mir mal zu, mein Kind. Wir sind so stolz auf dich. Wozu hat dein Vater denn Jahr um Jahr Frühstücksspeck heruntergeschnitten, wenn er nicht einmal seine Familie in ein elegantes Restaurant ausführen kann, wenn sich herausstellt, dass seine Älteste ein Genie ist?« Die Augen von Maggies Mutter glänzten erwartungsfroh in ihrem müden Gesicht.

Damit war die Diskussion beendet und jeder weitere Widerspruch im Keim erstickt.
Maggie ging in ihr Zimmer.
Sie war achtzehn Jahre alt und wusste, dass das Essen ein Vermögen kosten würde, womöglich sogar zwei Wochenlöhne ihres Vaters. Er würde sich das Geld vom Kreditverein leihen müssen. Maggie wäre es viel lieber gewesen, sie hätten mit Hähnchen und Pommes frites gefeiert, und ihr Vater hätte ihr noch fünfzig Pfund extra für Bücher zugesteckt, die sie für die Universität brauchte.
Aber sie hörte auf ihre Mutter. Diese Familienfeier im besten Restaurant von Dublin würde ihrem Leben eine gewisse Bedeutung verleihen. Nicht nur dem Leben ihres Vaters, auch ihre Mutter würde gern durch die Stationen in der Klinik schlendern und hier und da so nebenbei erwähnen, was es bei der schicken Dinnerparty am Abend zuvor zu essen gegeben hatte.
Und ihre beiden problematischen Großeltern würden das Ereignis zu Hause ebenso genießen, als wären sie dabei. Für ihre vier jüngeren Brüder wäre es das Abenteuer ihres Lebens. Und wenn man sie dann noch überreden könnte, die Kartoffeln nicht mit den Fingern zu schälen …
Mr Nolan reservierte den Tisch.
»Wollten sie eine Anzahlung?«, fragte Maggies Mutter.
»Nein, eigentlich nicht. Sie wollten nur eine Telefonnummer, und ich habe ihnen den Anschluss an der Wursttheke gegeben«, sagte er stolz.
Nur die Jungen konnten den Vorbereitungen auf den großen Tag nicht viel abgewinnen. Waschen sollten sie sich und auch noch ein frisches Hemd tragen. Maggies Mutter erzählte, dass sie bei der Oberschwester erwähnt habe, wo sie hingingen, und sie habe ihr freundlicherweise eine Stola geliehen. Auch Maggies Vater hatte dem Geschäftsführer von ihrem Vorhaben berichtet, und sein Vorgesetzter habe darauf bestanden, in dem

Restaurant anzurufen und ihnen einen Cocktail vor dem Essen zu spendieren.

Und schließlich war der Abend gekommen.

Maggie hatte sich keine weiteren Gedanken mehr dazu gemacht, weil es so viele andere Dinge gab, die sie beschäftigten. Die Studiengebühren und die Frage, wie sie ihr Studium und die Tatsache, dass sie arbeiten und Geld verdienen musste, unter einen Hut bringen sollte. Der Abend in dem piekfeinen Restaurant, die große Familienfeier, war nur ein Problem unter vielen. Da die Nolans kein Auto besaßen, fuhren sie mit dem Bus. Mr Nolan hatte das Geld in einem Umschlag in die Innentasche seiner Jacke gesteckt. Während der Fahrt tastete er mindestens ein halbes Dutzend Mal stolz danach. Maggie wäre am liebsten jedes Mal in Tränen ausgebrochen, aber sie hielt ihre muntere Fassade aufrecht und wiederholte ständig, sie könne kaum glauben, dass sie tatsächlich alle in diesem Restaurant speisen würden. Ihre Freunde würden sie fürchterlich beneiden, betonte sie. Und sie wurde mit dem Anblick ihrer Mutter belohnt, die stolz ihre geliehene Stola zurechtrückte, und von der Freude ihres Vaters, der hervorhob, wie nett es von dem Geschäftsführer doch sei, ihnen die Cocktails zu spendieren.

Als sie schließlich vor der Eingangstür des Hotels standen, wirkte es groß und einschüchternd, und niemand wollte als Erster die Stufen hinaufgehen.

Im Restaurant selbst wurden sie nervös und fühlten sich deplatziert. Mr Nolan überlegte, ob sie die Cocktails in der Lounge-Bar oder am Tisch nehmen sollten. Maggie, die der Ansicht war, dass die Jungen weitaus weniger Schaden anrichteten, wenn sie an Ort und Stelle säßen, war für den Speiseraum, aber ihre Mutter meinte, dass Mr Nolan vielleicht gerne die Lounge sehen würde.

Es folgte eine endlose und peinliche Diskussion, als Mr Nolan den Namen des Geschäftsführers erwähnte. Aber es waren keine Cocktails vorbestellt worden. Offensichtlich hatte niemand angerufen.

»Das ist schon in Ordnung, Dad. Wir wären jetzt nur fürchterlich besoffen, wenn wir sie getrunken hätten«, meinte Maggie und versuchte zu ignorieren, wie der Kellner bei ihrer Bemerkung zusammenzuckte.

Sie beschlossen, gleich das Essen zu bestellen und die Cocktails auszulassen.

Die Speisekarte war auf Französisch.

»Könnten Sie das bitte für uns übersetzen?«, bat Maggie den blasiert blickenden Kellner.

Ihr Magen verkrampfte sich vor Angst, dies könnte einen weiteren Schatten über ihre Familienfeier werfen.

Der Kellner übersetzte notgedrungen, und Maggie versuchte, sich alles zu merken. Für ihren Vater bestellte sie das Steak, für ihre Mutter das Hähnchen und für sich und ihre Brüder Lammkoteletts, gut durchgebraten. Keine Vorspeise, sagte sie, aber dafür würden sie alle eine Nachspeise nehmen, versprach sie dem herablassenden Kellner.

Die sonst so wilden Jungen war völlig schockiert und überwältigt von ihrer Umgebung, sodass sie wenigstens dieses eine Mal nicht zu widersprechen wagten.

Maggie hatte sich noch nie in ihrem Leben so geärgert und so schlecht gefühlt. Es bereitete ihr geradezu körperliche Schmerzen, die verlegenen Mienen ihrer Eltern anzuschauen, die sich schämten, dass das Essen trotz der vielen Gedanken, die sie sich dazu gemacht, und des Geldes, das sie sich geliehen hatten, doch keine so gute Idee war.

»Ich werde mich immer an diese Feier erinnern, Mam, Dad«, sagte Maggie wahrheitsgemäß. Sie würde sich jeden Tag ihres Lebens daran erinnern, auch noch, wenn sie als erfolgreiche Anwältin genügend Selbstvertrauen besaß und jedes Gericht auf der Speisekarte kannte und von allen Angestellten des Hotels respektvoll begrüßt wurde.

»Vielleicht war es doch keine so gute …«, begann Dad.
Maggie fühlte sich so schwach, als würde sie gleich ohnmächtig werden. Ihr Vater hatte sich so sehr gewünscht, dass dieser Abend ein Erfolg für sie würde. Je mehr sie aufbegehrte, desto schlimmer würde es werden und umso jämmerlicher würde er dastehen.
Eine Bedienung deckte den Tisch mit dem passenden Besteck ein. Eine elegante, gut zurechtgemachte Frau um die dreißig, die einen weißen Spitzenkragen trug und wahrscheinlich genauso unsympathisch, versnobt und abweisend wie alle anderen war. Maggie kochte innerlich bereits vor Wut.
Aber irgendwie gelang es dieser Frau, ihr einen verständnisvollen Blick zuzuwerfen. Sie schien zu ahnen, dass ein besonderer Anlass sie hierher geführt hatte.
»Ich heiße Brenda Brennan und werde heute an Ihrem Tisch servieren. Darf ich fragen, ob es sich um eine spezielle Familienfeier handelt?«, erkundigte sie sich.
»Meine Älteste – Sie würden es ja nicht glauben, Miss, was die für Noten hat.« Der arme Dad platzte fast vor Ungeduld, irgendjemandem zu erzählen, weshalb sie hier waren.
»Na, das muss ich doch sofort dem Koch erzählen. Er hört es sicher gern, dass wir gebildete Menschen unter uns haben. Normalerweise kommen nur Spesenritter zu uns«, sagte die Frau namens Brenda.
Maggie wäre am liebsten aufgesprungen und hätte sie umarmt. Aber sie wusste, dass sich dass nicht gehörte, dass sie eine Rolle zu spielen hatte.
»Das freut mich wirklich sehr. Wenn Sie Ihren Abschluss gemacht und in Ihrem Beruf Fuß gefasst haben, werden Patrick, unser Küchenchef, und ich bestimmt unser eigenes Restaurant haben«, fuhr Brenda, an Maggie gerichtet, fort.
Das Gesicht von Maggies Vater leuchtete vor Freude, und ihre Mutter strahlte ebenfalls.
»Sind Sie so freundlich und hinterlassen Sie uns vielleicht Ihre

Adresse, Sir, damit wir Sie in unsere Liste aufnehmen können?«, fragte die Bedienung.
Der arrogante Kellner war sehr überrascht, als Patrick, der große, dunkelhaarige und sonst so missmutige Küchenchef verkündete, dass er auf Kosten des Hauses ein spezielles Dessert für alle am Tisch der Nolans anfertigen werde.
Es war eine Torte, auf die er mit Schokolade den Namen »Maggie« schrieb. Er ließ sie an den Tisch bringen und fotografieren, stellte sich daneben, mit seiner Kochmütze auf dem Kopf, und legte seine Arme um die Familie.
Der überhebliche Kellner schniefte indigniert. Man stelle sich nur vor, so ein Theater wegen dieses Pöbels …
Als die Nolans im Bus zurück nach Hause fuhren, hatten sie die halbe Torte dabei. Es war doch noch eine gelungene Familienfeier geworden.
Maggie blickte durch das Fenster in die Nacht hinaus und stellte sich vor, wie lange ihr Vater brauchen würde, um das alles wieder zurückzuzahlen.

Vier Jahre waren vergangen, bis sie endlich Anwältin geworden war und ihre Ernennungsurkunde in Händen hielt. Und es waren noch viele andere Dinge passiert.
Das Geschäft ihres Vaters war verkauft worden, wie vorhergesagt, aber er war von den neuen Besitzern übernommen worden und stand jetzt mit einem Strohhut und einer gestreiften Schürze hinter der Theke mit dem Frühstücksspeck, was ihm sehr gefiel.
Maggies Mutter hatte eine erfolgreiche Operation an ihren Krampfadern hinter sich und fühlte sich wie neugeboren. Außerdem war sie zur Vorarbeiterin der Reinigungskräfte ernannt worden. Und einer von Maggies Brüdern trainierte mittlerweile tatsächlich bei einem großen englischen Fußballclub, nur die Übrigen würden es wohl nicht so schnell zu etwas bringen.

Ihre Großmutter besuchte seit neuestem ein Seniorenzentrum; die Lebensumstände für ältere Bürger hatten sich gründlich verbessert. Ihr gefiel es dort sehr, da sie den ganzen Tag lang alle terrorisieren konnte.

Maggies Großvater, der mit siebzig nicht mal sein eigenes Essen kochen konnte, lernte mit zweiundsiebzig Jahren eine resolute Frau kennen, die ihm Kochen beibrachte, ihn heiratete und sein ganzes Leben umkrempelte.

Maggie gewann eine Goldmedaille als eine der besten Juristinnen im Lande und war dadurch in der Position, sich jede Kanzlei in Irland aussuchen zu können.

Sie wusste, dass ihr Vater zum Feiern gern wieder mit ihr in das langweilige und versnobte Restaurant gegangen wäre, das mittlerweile jedoch völlig *passé* war. Aber sie konnte ihm schlecht sagen, dass das Lokal in Ungnade gefallen war und niemand mehr hinging.

Und es blieb ihr auch erspart.

Denn kaum war die Nachricht von Maggies Goldmedaille in den Zeitungen erschienen, traf bei ihrem Vater eine Einladung ein. Brenda und Patrick Brennan, die jetzt das sagenhafte Quentins betrieben, verliehen darin ihrer Hoffnung Ausdruck, die Familie möge ihre Einladung annehmen und das Ereignis gebührend bei ihnen feiern. Sie schrieben, dass sich ihr Schicksal ausgerechnet an dem Abend, als sie die Nolans kennen gelernt hatten, zum Besseren gewendet habe. Da wäre es doch nur recht und billig, wenn sie dies zum Anlass für einen speziellen Abend nähmen.

Maggies Vater war ein großzügiger Mensch. Er hatte keine Ahnung, dass das Quentins im Augenblick die erste Adresse der Stadt war.

»Also, für dich will ich nur das Beste, Maggie, aber da diese Leute so gut zu uns waren, wäre es unhöflich, nicht hinzugehen. Oder was meinst du?«

»Du bist nie unhöflich, Dad.«

»Und du weißt doch, dass es mir nicht darum geht, ein Gratisabendessen zu schnorren, ja? Ich habe das Geld gespart, um wieder in dieses elegante Restaurant zu gehen«, beteuerte er aus Angst, seine Tochter könnte ihn missverstehen.
Sie fuhren mit dem Bus ins Quentins, wollten aber für die Rückfahrt ein Taxi nehmen, das ihre Mam spendieren würde. Dieses Mal hielt sich der Respekt von Maggies Brüdern in Grenzen. Zum einen waren sie vier Jahre älter, und zum anderen wirkte das Lokal auch ganz und gar nicht einschüchternd.
Maggie erkannte die Frau sofort wieder. Alle grüßten sie und versuchten, ihre Aufmerksamkeit zu erregen. Brenda Brennan war zu allen freundlich, hielt sich aber an keinem Tisch lange auf, sondern war ständig in Bewegung.
»Ich weiß gar nicht, wie ich Ihnen für Ihr Kommen danken soll«, sagte Brenda.
»Und Sie führen dieses Restaurant hier wirklich ganz allein, Miss? Ich muss schon sagen, es sieht sehr anständig aus«, fiel Dad ihr ins Wort.
Brenda bestätigte seine Frage und fügte hinzu, dass Patrick, der Küchenchef, dieses Mal eine Torte mit einer Goldmedaille darauf für Maggie vorbereitet habe.
Das Essen war zehnmal besser als das vor vier Jahren, da waren sie sich alle einig.
Dann kam das Taxi, das Mam für sie bestellt hatte, und sie holten ihre Mäntel.
»Wieso haben Sie das für uns getan, Mrs Brennan?«, fragte Maggie leise im Hinausgehen. »Wieso haben Sie uns erzählt, Ihr Schicksal hätte sich ausgerechnet an dem Abend zum Besseren gewendet, an dem wir Sie kennen lernten …«
»Aber das stimmt«, erklärte Brenda. »An dem Abend ist uns klar geworden, dass wir nicht länger in diesem Restaurant arbeiten konnten, auch wenn es sich noch so gut in einem Lebenslauf machte. Nichts als eingebildete, versnobte Leute ohne Anstand und Wärme oder Liebe zu einem guten Essen …«

»Woher wissen Sie so genau, dass es ausgerechnet der Abend war, an dem wir dort waren?«, fragte Maggie.

»Weil Sie echte, ehrliche Menschen waren, die etwas feiern wollten. Und die haben sie behandelt wie Dreck. Das konnten wir nicht mit ansehen. Wir haben noch lange an diesem Abend über Sie gesprochen. Dieser Abend zeigte uns, wie entwürdigend es war, für ein Restaurant zu arbeiten, das seine Gäste so schlecht behandelte. Und zufälligerweise kamen mir genau am nächsten Abend gewisse Informationen zu Ohren, dass jemand gesucht wurde, der das Quentins übernehmen möchte. Und dass wir den Mut dazu fanden, lag irgendwie auch an Ihrer Familie. Wir kündigten – und wie Sie sehen, ist es ganz gut ausgegangen.«

Maggie wusste, dass Mrs Brennan kein emotionaler Mensch war, niemand, den man einfach so in den Arm nahm. Aber Maggie legte eine Umarmung in ihren Blick und sah, dass ihre Absicht gewürdigt wurde. Mrs Brennan schluckte und sprach langsam weiter.

»Aber wie Ihnen sicher nicht entgangen sein dürfte, Maggie, untertreibe ich. Das gewöhnt man sich bei dieser Arbeit leicht an. Es ist sogar noch besser ausgegangen, als wir uns je hätten erträumen können. Deshalb sind wir es, die *Ihnen* etwas schulden. Und das ist der Grund, weshalb Sie heute Abend unsere Gäste waren und weshalb Sie unbedingt wiederkommen müssen.«

»Wenn meine Eltern ihren fünfundzwanzigsten Hochzeitstag feiern, dann vielleicht«, erwiderte Maggie lächelnd.

Brenda Brennan war einverstanden. »Dann, oder wenn Ihr Bruder ausgewählt wird, für Irland Fußball zu spielen. Mein Schwager draußen in der Küche hat ihn nämlich erkannt – er hätte übrigens gern ein Autogramm von ihm. Dürfte er Ihren Bruder vielleicht darum bitten, was meinen Sie?«

»Ich meine, dass das die Krönung für unsere Familienfeier wäre«, sagte Maggie.

Sinneswandel

Drew war bis zum heutigen Tag noch nie in Irland gewesen, und er hatte auch nie die Absicht gehabt, dorthin zu fahren, bis seine Firma eines Tages verkündete, dass die diesjährige Verkaufskonferenz in Dublin stattfinden würde. Moira meinte, das sei nichts als ein Vorwand, sich jeden Abend zu besaufen und noch mehr Geld als üblich auszugeben. »Aber das geht doch alles auf Kosten der Firma«, protestierte Drew.

»Nicht alles«, sagte Moira. Sie wusste, dass immer noch genügend Kleinigkeiten – hier ein Guinness, dort ein Ausflug oder ein Mitbringsel – zu Buche schlugen, die keine Firma der Welt zahlte.

Drew und Moira waren seit drei Jahren ein Paar. Über vieles waren sie sich einig, aber richtig beschlossen war nichts. Sie liebten einander, sicher, und sie würden auch irgendwann einmal heiraten und Kinder bekommen. Aber wann das wäre, das stand noch in den Sternen.

Moira wollte, dass sie sich ein Haus kauften, was bedeutete, einen Kredit aufnehmen zu müssen. Drew wollte, dass Moira zu ihm in seine Wohnung zog, die billiger war als ihre. Moira wünschte sich eine große Hochzeit mit allen Freunden und Verwandten. Drew hätte es gereicht, wenn sie zu sechst zum Standesamt und hinterher noch auf ein paar Bier und Sandwiches ins Pub gegangen wären.

Moira war der Meinung, dass man nur einmal lebte und deshalb etwas aus sich machen und beispielsweise jede Woche eine bestimmte Summe auf die Seite legen sollte. Drew war im Prin-

zip auch dieser Ansicht, nur wollte er sein Leben in erster Linie genießen.
Moira begriff, dass sie Drew nicht davon abhalten könnte, zu dieser Verkaufskonferenz nach Dublin zu fahren, die er zwar als Gratisurlaub ansah, die ihn aber einiges an Geld kosten würde, wie sie wusste. Und Drew war klar, dass er ziemlich bald zu einer Entscheidung kommen musste. Er hatte schon den Freitagabend mit seinen Freunden aufgegeben und auch jeden Gedanken daran, jemals eine anständige neue Jacke zu bekommen. Jetzt sah es so aus, als müsste er es sich auch noch aus dem Kopf schlagen, sich auf dieser Reise irgendwelche Extras leisten zu können.
Als er sich vor der Verkaufskonferenz mit einem Kuss von Moira verabschiedete, wussten beide, dass sie nach diesem Treffen zu einer Entscheidung kommen mussten. Sie waren beide nervös, weil sie es nicht wagten, das dem anderen zu sagen. Das war eine zu wichtige und zu große Sache in ihrem Leben.

Als sie nach Dublin kamen, fuhren sie in ein großes, modernes Hotel. Am ersten Abend erklärte Drew seinen Kollegen, dass er mit seinen Zahlen noch nicht auf dem Laufenden sei. Er würde ja schrecklich gerne mit ihnen losziehen, aber im Ernst, sie würden ihn dieses Mal entschuldigen müssen. Seine Kollegen warfen ihm vor, übereifrig und überehrgeizig zu sein. Er würde noch als stinkreicher Industriemagnat enden.
Drew konnte nur matt grinsen. Er versuchte lediglich, die zwanzig Pfund zu sparen, die er im Pub ausgegeben hätte; und wenn sie in einen Nightclub gegangen wären, wäre es noch viel mehr gewesen. Im Hotel bestand Gelegenheit zum Teekochen, also würde er es sich mit Tee und Keksen vor dem Fernsehapparat bequem machen. Vielleicht würde er sogar tun, was er vorgeschützt hatte, und sich tatsächlich seine Verkaufszahlen ansehen und die aktuellen Trends bewerten.
Wenn er doch nur eine Beförderung erhielte, dann müssten er

und Moira sich nicht buchstäblich jedes Vergnügen verkneifen, wenn sie nebenbei auch noch etwas sparen wollten. Er hätte so gerne mit ihr gesprochen und eine liebevolle Aufmunterung von ihr gehört, als Bestätigung dafür, weshalb er sich hier einschränken musste. Aber da sie ihre Anrufe aus eigener Tasche bezahlen mussten, wäre es purer Luxus gewesen, nach Schottland zu telefonieren.

Im Fernsehen lief gerade die Ziehung der Irischen Lotterie. Genau das, was er jetzt bräuchte – teilnehmen, gewinnen und als Millionär nach Hause zurückkehren. Aber jetzt war es zu spät. Hätte er auf dem Weg vom Flughafen doch nur ein Los gekauft. Sechs glückliche Gewinner hatte es gegeben. Er hätte einer von ihnen sein können, für immer aller finanziellen Sorgen enthoben. Aber es war nicht so gekommen.

Drew verspürte plötzlich einen unvernünftigen Groll auf diese sechs glücklichen Gewinner in sich aufsteigen. Was hatten sie schließlich schon getan, außer im richtigen Moment ein Los zu kaufen? Er versuchte, sich diesen sinnlosen und selbstzerstörerischen Neid wieder aus dem Kopf zu schlagen, und rief sich stattdessen all die Menschen in Erinnerung, die ihr Schicksal selbst in die Hand genommen und es aus eigener Kraft zu etwas gebracht hatten. Er hatte genügend Bücher zu Karriereplanung und Selbstmanagement gelesen, um zu glauben, dass vielleicht sogar etwas daran sein könnte.

Die nächste Chance, die sich ihm bot, würde er ergreifen. Selbst in dieser Minute boten sich ihm viele Chancen, die nur darauf warteten, ergriffen zu werden. So könnte er die Namen aller ihrer Vorgesetzten auswendig lernen, die morgen zu ihnen sprechen würden, und sich dazu die Kurzbiografien in den Unterlagen ansehen, die er ohnehin durchlesen sollte.

Vielleicht wirkte er dann klüger, als er eigentlich war. Möglicherweise würde dann irgendjemand Drew für eine Beförderung vorschlagen. So etwas passierte ständig.

Am nächsten Tag machte er tatsächlich einen wacheren Eindruck als die anderen, was hauptsächlich daran lag, dass er vier Stunden vor ihnen ins Bett gegangen war. Und es war ihm auch verborgen geblieben, wie gut Guinness schmecken konnte, wenn man es in großen Mengen irgendwo in einem Pub am Fluss Liffey genoss. Das war wahrscheinlich auch ein Grund, weshalb er unter den zwanzig Auserwählten aus seiner Gruppe war, die zum Abendessen ins Quentins eingeladen wurden.
Die Firma sollte nicht nur das Essen, sondern auch die Fahrtkosten hin und zurück im Taxi übernehmen, wodurch er wieder eine Menge Geld sparen konnte.
Das Quentins war von erlesener Eleganz. Man musste an der Tür klingeln, um eingelassen zu werden. Eine diskrete Notiz wies darauf hin, dass man die Gäste gerne persönlich begrüßte. Drew nahm an, dass man unliebsame Personen wahrscheinlich gar nicht erst hineinlassen wollte. Er musste sich das alles genau einprägen, um es später Moira beschreiben zu können.
Moira arbeitete als Kellnerin und hätte gerne in einem Lokal mit mehr Klasse bedient. Daheim konnte es schon vorkommen, dass sie sich die Nase am Fenster eines schicken Restaurants platt drückte, um ein Gefühl für solche Örtlichkeiten zu bekommen. Wie gerne wäre sie heute Abend an seiner Seite in dieses Restaurant gegangen.
Ob es wohl jemals dazu käme? Oder würde er sein ganzes Geld immer nur sparen und sich nie das Vergnügen eines Abends im Quentins oder in einem vergleichbaren Restaurant gönnen können?
Ein paar von den Burschen, mit denen er in der Schule gewesen war, hatten ständig irgendwelche Projekte am Laufen, um an Geld zu kommen. Einer von ihnen hatte ein erfolgreiches Geschäft mit gefälschten Papieren für alte Autos aufgezogen.
Drew hätte sich auch darauf verlegen können, ohne dass sein Gewissen ihn geplagt hätte. Die Leute verschwendeten ohnehin viel zu viel Zeit mit dem Papierkram wegen der Autos. Aber

Moira wollte natürlich nichts davon hören. Nur Kriminelle täten so etwas, sagte sie. Moira und ihre Familie hatten große Angst vor Kriminellen und deren Mentalität.

Manchmal wäre es einfacher gewesen, wenn er Moira nicht geliebt hätte. Sie war so unbeugsam in ihren Ansichten, nicht so flexibel wie andere Mädchen, die er gekannt hatte. Und sie verstand auch nicht, wie schwer es war, mit seinen Kollegen wegzufahren und sich dabei als Geizhals abstempeln zu lassen. Sie würde nur eine dumme Bemerkung machen, nach dem Motto, dass seine Bosse ihn bestimmt beobachteten und beeindruckt wären von seiner Sparsamkeit.

Aber so ging es in der Welt leider nicht zu. Die Klasse der Bosse gab oft noch mehr Geld aus als die anderen.

Doch jetzt lag ein wirklich toller Abend vor ihm, und er würde ihn genießen. Vielleicht wurden hier ja auch Schächtelchen mit irischer Schokolade und irischem Glas an die Gäste verteilt, dann hätte er gleich ein Geschenk für Moira und zum Geburtstag seiner Mutter gehabt.

Drew dachte seufzend, wie viel angenehmer es doch wäre, nicht ständig an Geld und Preise denken zu müssen. Nicht ständig auf den Boden zu schauen, ob vielleicht jemand ein Bündel Banknoten hatte fallen lassen. Würde er es ins Fundbüro bringen? Ganz sicher nicht!

Als sich alle im Restaurant eingefunden hatten, wurden sie an zwei runde Tische für jeweils zehn Personen geführt. Die jungen Kellner und Kellnerinnen stammten aus verschiedenen europäischen Ländern und sahen alle sehr schick aus in ihren schwarzen Hosen und weißen Hemden oder Blusen.

Zwischen ihnen bewegte sich eine elegante Frau, offensichtlich Mrs Brennan, die jedem Gast die Befangenheit nahm und so beiläufig die Namen der Gerichte auf der Karte übersetzte, als hätten sie sie eigentlich auch selbst gewusst. Sie hatte eine Art, deren Zubereitung zu erklären, als gäbe es sie ausschließlich in diesem Restaurant. In verschwörerischem Flüsterton gab sie

Drew und seiner Ecke des Tisches sogar zu verstehen, wie hoch man sie in der Firma schätzen müsse, da nur die besten Weine bestellt worden seien und man an nichts gespart habe.

Drews Gedanken kehrten wieder zu der Ungerechtigkeit des Lebens zurück. Wieso konnten sich manche Menschen immer einen solchen Lebensstil leisten und andere wie er mussten mit einem einzigen Mal vorlieb nehmen, von dem er seiner Freundin Moira dann auch nur aus zweiter Hand berichten konnte. Er bräuchte nicht einmal einen Hauptgewinn in der Lotterie. Ein paar hundert Pfund würden ihm schon genügen.

Entschlossen holte er sich wieder in die Wirklichkeit und zu dem Gespräch zurück, das die anderen führten. Es ging um eine junge Frau mit großen, traurigen Augen, die am Tisch nebenan saß. Der Tisch war für zwei gedeckt, aber sie war allein. Ein paar seiner Kollegen meinten, sie überreden zu können, sich zu ihnen zu setzen. Drew hatte so seine Zweifel. Das Quentins war nicht die Art Restaurant, wo man irgendwelche Frauen anbaggerte. Und außerdem sah sie verheult aus. Wahrscheinlich hatte sie ein bisschen zu viel getrunken. Da war es klüger, sie in Ruhe zu lassen. »Ach, hört nicht auf Drew, der ist doch verliebt«, meinte einer am Tisch.

Schon, aber wenn er nicht zu mehr Geld käme, wäre es vielleicht bald aus mit der Liebe, und diese Vorstellung war erschreckend. Drew beschloss, an etwas anderes zu denken.

Keiner unterhielt sich mit Mr Ball, dem Abteilungsleiter, ein ängstlicher, zurückhaltender Mann, der nicht eben für seinen lockeren Plauderton bekannt war. Aber entweder machte er Konversation mit Mr Ball oder dachte an Moira, die oft zu ihm gesagt hatte, dass jeder Mensch interessant sei, wenn man nur sein Thema fände.

»Spielen Sie Golf, Mr Ball?« Tapfer stürzte Drew sich ins Gespräch.

»O nein, Drew, das hat mir eigentlich nie etwas gegeben«, erwiderte Mr Ball und blockte damit jede weitere Annäherung ab.

Doch so leicht gab Drew nicht auf. »Aber Sie wirken so fit, Mr Ball. Da dachte ich, irgendeinen Sport müssen Sie doch treiben, und ich kann mich erinnern, dass ich Sie einmal gefragt habe, ob Sie Fußball spielen, und da haben Sie auch nein gesagt.«

Mr Ball sah erst rechts an ihm vorbei, dann links, ehe er ihm in ermüdenden Details von seinen Besuchen im Fitness-Studio berichtete. Es nütze nichts, nur einmal oder zweimal in der Woche zu gehen. Das müsse man fünf Tage in der Woche durchziehen. Zum Glück gebe es in dem Hotel hier in Dublin einen ganz vernünftigen Trainingsraum. Ob Drew ihn schon gesehen habe? Nein? Nun, er würde ihn morgen dort herumführen.

»Es tut mir Leid, wenn ich auf Geld zu sprechen kommen, Mr Ball, aber ist das Fitness-Studio teuer, das Sie zu Hause besuchen?«

Mr Ball nannte ihm den Jahresbeitrag. Drews Miene sprach Bände.

»Natürlich, falls Sie befördert werden und in der Firmenhierarchie in die nächste Stufe aufsteigen, dann übernimmt der Betrieb Ihren Beitrag. Es liegt schließlich in seinem Interesse, wenn die Angestellten fit sind«, sagte er. In Wirklichkeit hatte er nie daran gedacht, dass Drew Karriere machen könnte.

»Erzählen Sie mir doch noch mehr über Ihr Trainingsprogramm, Mr Ball«, forderte Drew ihn heldenmütig auf und verstärkte das interessierte Lächeln, das wie festgefroren auf seinem Gesicht lag, während er sich alles über Muskeln, Bewegungsabläufe und Routineübungen anhörte. Er nickte bestätigend oder schüttelte empört den Kopf, wenn von Geräten die Rede war, die hielten, was sie versprachen, und von anderen, die leider den Erwartungen nicht entsprachen. Irgendwann schmerzten alle seine Gesichtsmuskeln, aber Mr Ball musste davon ausgehen, Drew völlig in seinen Bann geschlagen zu ha-

ben. Drew sah ihm an, dass er nur ungern das Gespräch beendete und seine Aufmerksamkeit anderen schenkte, aber aus Pflichtgefühl blieb ihm nichts anderes übrig.
Also wandte auch Drew sich wieder seinen Kollegen zu, die immer noch über die junge Frau sprachen und darüber spekulierten, ob sie an diesem Abend als Begleiterin in Frage käme oder nicht.
»Jetzt kommt mal zur Vernunft«, sagte Drew. »Die ist bestimmt keine amüsante Gesellschaft. Schaut sie euch doch nur an, sie weint. Ist euch das denn noch gar nicht aufgefallen?«
In dem Moment hatte Mrs Brennan, die Restaurantchefin, arrangiert, dass ihr Gast mit den Tränen in den Augen von einer der jungen Kellnerinnen freundlich und diskret zur Tür geleitet wurde. Ein Taxi war bereits verständigt worden. Wahrscheinlich war die junge Frau Stammgast und trank manchmal zu viel. Auf jeden Fall war sie eine Frau, deren man sich gerne annahm, was auch mit großer Würde geschah, wie Drew bemerkte. Da entdeckte er die Brieftasche auf dem Fußboden.
Er richtete sich wieder auf und steckte sie in seine Tasche. Niemand hatte etwas gesehen. Er ging auf die Herrentoilette, wo er die große, schwarze, weiche Brieftasche aus Leder öffnete. Darin waren Kreditkarten, Quittungen, Eintrittskarten fürs Theater und ein Brief.
Und jede Menge Bargeld.
Dieses dumme Ding, betrinkt sich allein und passt nicht einmal auf ihre Brieftasche auf. Sie hätte sie auch im Taxi verlieren können, oder auf der Straße beim Einsteigen oder beim Aussteigen.
Er würde das Geld nehmen und morgen anonym die Brieftasche an das Restaurant zurückschicken.
Er wusste nicht, warum er sich entschloss, den Brief zu lesen. Er war kein Verbrecher, nur jemand, der eine Chance ergriff. Sie hieß Judy, und der Brief war an einen Mann gerichtet. Es tue ihr Leid, schrieb sie, ihn um dieses letzte gemeinsame Essen anfle-

hen zu müssen, aber sie habe ihm so vieles zu sagen – wie sehr sie ihn liebe und dass sonst nichts zähle. Und dass sie schwanger sei, aber auch, dass sie sich fair verhalten und es seiner Frau nicht erzählen werde.

Judy würde auch keine Unterstützung für das Kind wollen. Sie wolle überhaupt nichts von ihm außer der Erinnerung an ihre Liebe und die Hoffnung auf ihr gemeinsames Kind. Sie würde dieses letzte Abendessen zu sich nehmen, früh gehen, ihm den Brief übergeben und dann aus seinem Leben verschwinden. Er solle nur wissen, wie sehr er geliebt worden sei.

Drew saß da und dachte nach über Liebe und Verrat und dass es manche Menschen wirklich sehr, sehr schwer getroffen hatten.

Dann verließ er die Toilette und ging schnurstracks zur Mrs Brennan.

»Ich habe das hier unter dem Tisch gefunden«, sagte er.

»Ja, das habe ich bemerkt«, erwiderte sie.

Es lag nicht der geringste Tadel in ihrer Stimme.

»Wussten Sie um die … äh … die Situation?«, fragte er.

»Ein wenig. Sie war nicht sehr glücklich, aber ich möchte mich jetzt nicht weiter dazu äußern …«

»Wissen Sie, ich komme von weit her. Ich werde nie mehr hierher zurückkommen. Und deshalb frage ich mich, ob ihm nicht jemand sagen sollte, dass sie schwanger ist?«

Falls Mrs Brennan sich darüber gewundert haben sollte, dass er ihr damit indirekt zu verstehen gab, den Brief gelesen zu haben, so übte sie keine Kritik.

»Ich denke nicht, dass das irgendetwas an der Situation ändern würde«, meinte sie nachdenklich.

»Aber sollte ein Mann nicht erfahren, dass er Vater wird? Sie hatte vor, ihm den Brief heute Abend zu geben, aber er ist nicht gekommen.«

»Er macht sich gerne rar, aber das schmälert seine Anziehungskraft auf die Damenwelt keineswegs.«

Sie schüttelte den Kopf angesichts der Unvernunft der Menschen und ihrer Beziehungen.
»Also wird er es nie erfahren?«, fragte Drew verwundert.
»Vielleicht ist es ihm auch egal«, sagte Brenda.
»Das ist schwer zu glauben«, erwiderte Drew.
»Für einen netten jungen Mann wie Sie und eine anständige, hart arbeitende Frau wie mich ist das sicher so, aber nicht für Leute wie den Herrn von heute Abend, der lieber gekniffen hat.«
»So ein netter junger Mann bin ich gar nicht«, meinte Drew. »Aber es ist alles da, jeder Penny.«
»Davon bin ich überzeugt«, bemerkte Brenda lächelnd.
»Wieso sind Sie so sicher?« Er wunderte sich. Sie reagierte völlig gelassen und ohne zu werten.
»Wenn nicht alles da wäre, hätten Sie die Brieftasche einfach unter den Tisch geschoben. Aber offensichtlich kam es bei Ihnen zu einem Sinneswandel«, entgegnete sie nur.
»Richtig, ein Sinneswandel!«, sagte er, mehr zu sich selbst und überrascht von ihrer Menschenkenntnis.
»Sicher, das war es. Darf ich Sie vielleicht irgendwann einmal auf ein Abendessen mit Ihrer Freundin hierher einladen?«, schlug sie ihm vor.
»Dann muss ich ja den ganzen weiten Weg aus Schottland wieder hierher zurückkommen«, sagte Drew.
Die anderen waren mittlerweile schon im Aufbruch begriffen und erkundigten sich nach den besten Nightclubs.
»Ich passe«, wehrte Drew ab. »Ich bin zu alt und brav dafür. Ich fahre jetzt mit meinem Abteilungsleitertaxi nach Hause und gehe früh ins Bett.«
»Ich habe so ein Gefühl, als könnte das durchaus was werden«, sagte Brenda Brennan.
Drew sah noch, wie sie sich mit Mr Ball unterhielt, aber er wusste, dass sie ihn nicht verraten und ihm sagen würde, dass er beinahe eine Brieftasche gestohlen hätte.

Erst am nächsten Tag sollte er erfahren, was sie tatsächlich gesagt hatte.
Er sei ein bemerkenswerter junger Mann, hatte sie gesagt, der nicht nur die Brieftasche eines anderen Gastes sichergestellt und ihr übergeben, sondern auch noch Mitgefühl gezeigt und sich den Kummer der jungen Frau zu Herzen genommen habe.
Mr Ball hatte denselben Eindruck von Drew gewonnen – ein viel versprechender junger Mann, den man bisher vielleicht übersehen hatte.
Als er Drews Interesse an dem Fitness-Studio und seine so augenfällige Enttäuschung, es sich nicht leisten zu können, erlebt hatte, war auch in Mr Ball ein Sinneswandel vorgegangen. Sobald sie wieder daheim in Schottland wären, würde er den jungen Mann für eine Beförderung vorschlagen.

Ein Umschlag aus braunem Packpapier

Mon wünschte sich oft, sie wäre wieder daheim in Sydney, in Australien. An einem Tag wie heute könnte sie an den Strand gehen und sich dort mit Freunden in den Sand legen. In Irland galt so etwas wie heute zwar als Sommer, aber ein Tag für den Strand war das wahrhaftig nicht. Der Wind würde sie davonblasen, die jämmerlichen Wellen statt der kräftigen Brecher, die sie von zu Hause kannte und liebte, würden ihr das Herz brechen, und falls sie sich ins eiskalte Wasser traute, würde sie darin erfrieren.

Aber um in der Brandung zu surfen, war sie ja eigentlich auch nicht extra nach Irland gekommen. Eigentlich sollte das Land nur eine Station unter vielen auf ihrer Weltreise sein, aus der jedoch nichts wurde. Mit einer Woche in Rom sollte es losgehen, dann sollten eine Woche in Dublin und sechs Wochen kreuz und quer per Autostopp durch den Rest von Irland folgen. Anschließend standen noch ein Dutzend weiterer Länder auf dem Programm, ehe sie wieder in ihr normales Leben zurückkehren wollte. Aber etwas Seltsames war ihr passiert. Nach der Woche in Rom war sie völlig pleite in Dublin gestrandet.

Nicht, dass man ihr das Geld gestohlen oder dass sie es verloren hätte. Nichts in der Richtung. Sie hatte es in einer Woche einfach fertig gebracht, ihre ganzen Ersparnisse, die zwei Jahre hätten reichen sollen, für einen Mann namens Antonio auszugeben. Es war nicht mehr ganz nachvollziehbar, wie sie das geschafft hatte, aber irgendwie war es passiert.

Und deshalb hatte sie gleich an ihrem ersten Tag in Irland dringend Arbeit gesucht.
In der Zeitung, die sie auf ihrem Weg vom Flughafen las, war eine Anzeige gestanden. Sie hatte wegen eines Vorstellungsgesprächs angerufen und den Job im Quentins prompt bekommen. Und irgendwie war die Zeit wie im Flug vergangen.
»Du hast dich verliebt, deshalb bist du immer noch dort«, warf ihr ihre Mutter per E-Mail vor. Aber das stimmte nicht.
»Die haben es dir wohl angetan, diese verrückten Iren«, schrieben ihre Freunde. Aber auch das war nicht der Grund.
Es war Folgendes geschehen: Mon, oder Monica Green (wie sie aber nie genannt wurde), fühlte sich dort einfach wohl. Seit ihrem Abgang vom College hatte sie elf verschiedene Arbeitsstellen gehabt, aber aus einem Grund, den sie nie so richtig begriff, war das Quentins die erste Stelle, die für sie so etwas wie ein Zuhause war. Patrick Brennan, der Küchenchef, der ihr das Kochen beibrachte, wenn nicht viel los war, sein jüngerer Bruder mit dem seltsamen Namen Blouse, der bestimmt nicht sehr intelligent, aber mit Sicherheit kein Idiot war, und schließlich Patricks stets gelassene und über den Dingen stehende Frau Brenda, die jeden in Dublin zu kennen schien, waren so etwas wie eine Familie für sie. Mon gehörte dazu, und das gefiel ihr. Zum Weiterziehen bestand im Augenblick kein Grund.
»Wir müssen einen Mann für dich finden«, sagte Brenda Brennan eines Morgens unerwartet zu Mon.
»Warum?« Mon war echt überrascht.
Normalerweise war das nicht Brendas Art. Sie musste also einen Grund haben, so etwas zu sagen. Und den hatte sie auch.
»Du bist sehr gut, die Gäste mögen dich, Mon, und wenn du dich nicht in eine komplizierte und chaotische Romanze verstrickst wie alle anderen auch, wirst du eines Tages weiterziehen.«
Brenda lächelte, während sie das sagte, so, als wüsste allein sie Bescheid um die unerforschlichen Wege dieser verrückten Welt, in der sie lebten.

»Ich bin immer froh und dankbar für Rat und Tat«, erwiderte Mon.
»Jemand hat mal zu mir gesagt, ich solle Herz und Augen offen halten. Es hat funktioniert.«
Mon blieb der Mund vor Erstaunen offen stehen. Ausgerechnet die untadelige, unterkühlte Brenda sagte so etwas zu ihr. Vielleicht hatte sie ja Recht. Aber nach ihrem unklugen romantischen Abenteuer mit Antonio in Rom war Mon vorsichtig geworden, doch möglicherweise übertrieb sie jetzt in die andere Richtung. Vielleicht sollte sie tatsächlich ihr Herz wieder öffnen. Wenigstens ein Stückchen.
Mon ging wie jeden Tag vor der Mittagsschicht durch das Restaurant und vergewisserte sich, dass an jedem Tisch alles bereitstand. Mr Harris von der Bank gegenüber kam, um allein zu Mittag zu essen, wie er es dreimal die Woche tat. Ein langweiliger Mann, der nichts zu sagen hatte, den Kopf ständig in ein Buch vergraben, das normalerweise in braunes Packpapier eingeschlagen war. Einmal hatte Mon ihn lachend gefragt, ob das was Pornografisches sei, und seine Augen hatten sie nur kalt gemustert. Danach hatte sie sich jede witzige Bemerkung verkniffen. Ihr frecher australischer Humor war nicht gut angekommen.
»Miss Green.« Er nickte ihr zu.
»Mr Harris.« Mon erwiderte sein Nicken.
Brenda bestand auf wohl temperierter Höflichkeit und Charme auch solchen Gästen gegenüber, die dieses Verhalten nicht erwiderten. Also setzte Mon ihr schönstes Lächeln auf, als sie ihm die Speisekarte reichte.
»Unser Küchenchef hat sich mit dem Kaiserfisch heute wieder selbst übertroffen, Mr Harris. Ich denke, der wird Ihnen schmecken.«
Es war schwer zu sagen, was dem Mann schmeckte oder nicht. Er schien alles zu essen, ohne groß davon Notiz zu nehmen. Keiner von ihnen bediente ihn gern.

Er war so um die fünfunddreißig, vierzig und hatte bestimmt einen guten Posten in der Bank, da er es sich leisten konnte, so häufig im Quentins zu speisen. Er kam nie mit einem Gast oder in Begleitung, hatte nie eine Zeitung oder eine Zeitschrift dabei und nie ein Lächeln für seine Umgebung übrig. Er las immer nur diese in braunes Papier eingeschlagenen Bücher.

Mr Harris wollte den Kaiserfisch probieren, und als Mon sich vorbeugte, um ihm ein Glas Wasser einzuschenken, stieß sie aus Versehen gegen sein Buch, das zu Boden fiel und dabei aus dem Umschlag rutschte.

Es war keine Pornografie, aber etwas ebenso Überraschendes: ein psychologischer Ratgeber, ein Buch, das dem Leser zwanzig Wege in das Herz einer Frau beschrieb. Eine unfehlbare Hilfe, die garantiert zum Ziel führte, eine Frau in sich verliebt zu machen.

Mr Harris und Mon Green sahen einander und das Buch, das in demütigendem Pathos auf dem Boden lag, bestürzt an.

Irgendeiner musste jetzt etwas sagen.

»Und, funktioniert es, was meinen Sie?«, fragte Mon, als sie ihm das Buch zurückgab.

Mr Harris sah aus wie vom Donner gerührt. »Wieso fragen Sie das?«, wollte er wissen.

»Also, vor einem Jahr ungefähr, als ich in Rom war, da lernte ich diesen Typen, Antonio, kennen, und damals hätte ich alles gelesen, um ihn zu bekommen. Es gibt solche Ratgeber nämlich auch für Frauen – wie man das Herz eines Mannes gewinnt und so, Sie wissen schon –, aber ich konnte leider keine Buchhandlung mit englischen Büchern ausfindig machen, und dann war es zu spät …«

Sie wusste, dass sie Unsinn redete, aber sie konnte einfach nicht aufhören.

»Zu spät?« Mr Harris wirkte interessiert. »Woher wussten Sie, dass es zu spät war?«

»Tja, Antonio war fort, und mein ganzes Geld mit ihm. Wir wollten nämlich gemeinsam in eine Sandwich-Bar investieren.«
»Er hat Ihr Geld genommen?« Mr Harris war entsetzt.
»Na ja, das war noch nicht einmal das Schlimmste ... Eigentlich war das alles gar nicht so dramatisch, aber den Weg zu seinem Herzen hätte ich wirklich gerne gewusst«, gestand Mon.
Mr Harris sah Mon an, als hätte er sie noch nie zuvor gesehen. »Sie meinen, Frauen lesen diese Bücher auch?«
»Darauf können Sie wetten. Vielleicht sogar Ihre Auserwählte in ebendiesem Moment in der Mittagspause.«
»Das glaube ich nicht.« Mr Harris schüttelte traurig den Kopf.
»Mr Harris, hätten Sie vielleicht Lust, heute Abend so gegen sechs mit mir etwas zu trinken? Dann könnten wir gemeinsam zusammentragen, was wir glauben, über das andere Geschlecht zu wissen«, hörte Mon sich sagen.
Selbstverständlich kam Brenda Brennan genau in dem Moment an ihrem Tisch vorbei. Sie verlangsamte ihren Schritt etwas, damit sie Mr Harris' Antwort noch hören konnte. Nichts würde ihm mehr Freude machen, sagte er. Wo würde Miss Green denn vorschlagen?
Und so ging es einige Wochen. Sie trafen sich und tauschten ihre Ergebnisse auf der Suche nach Handbüchern zu dem Thema »Wie wirke ich attraktiv auf das andere Geschlecht«. Rücksichtnahme, Aufmerksamkeit und Takt schienen überall der Schlüssel zum Erfolg zu sein.
Alle anderen wussten bereits lange vor Mr Harris und Miss Green, dass die beiden sich ineinander verliebt hatten. Ihre Gesichter leuchteten vor Freude, wenn sie sich sahen. Aus dem kurzen Drink um sechs Uhr abends wurden zuerst Abendessen und schließlich Theaterbesuche. Und als der jährliche Ball der Banken bevorstand, staunte Mon nicht schlecht, als alle anderen im Restaurant längst wussten, dass sie Mr Harris dorthin begleiten würde.
Lange Zeit dachten die beiden, sie würden einander nur nützli-

che Bücher in braunen Packpapierumschlägen ausleihen. Aber wie es sich natürlich herausstellte, brauchten sie diese Bücher überhaupt nicht. Mr Harris und Miss Green hatten schon lange den Weg zum Herzen des anderen gefunden, noch ehe einem von beiden dies klar war.

Winterschlussverkauf

Der Winterschlussverkauf im Januar begann jedes Jahr früher. Die meisten Kaufhäuser öffneten bereits wieder am Tag nach Weihnachten. Viele Leute protestierten, weil es das Familienleben ruinieren würde. Aber insgeheim waren sie manchmal doch erleichtert. Das Familienleben wurde oft überbewertet. Auch Patrick Brennan wollte sich dieses Geschäft nicht entgehen lassen und überlegte sich, mittags zu öffnen, um den erschöpften Besuchern der umliegenden Geschäfte die Möglichkeit zum Ausruhen ihrer müden Füße zu geben.

»Und was ist mit den müden Füßen des Personals?«, fragte Brenda. Aber sie wusste, dass er Recht hatte. Die Leute würden das Angebot gerne annehmen. Es würde ihnen den Einkauf wesentlich erleichtern, wenn sie wüssten, dass sie ihre Päckchen in der großen, geräumigen Garderobe des Quentins abgeben und sich zu einem Mittagessen niederlassen könnten, das bestimmt nicht aus kalten Truthahnresten bestand.

»Wir werden niemanden zur Arbeit zwingen. Wir brauchen auch nicht die ganze Mannschaft.«

Patricks Bruder Blouse und seine Frau Mary erklärten sich bereit einzuspringen. Für sie kam es ohnehin nicht in Frage, an diesem Tag ihr Geschäft mit Biogemüse zu öffnen. Am Tag nach Weihnachten wollten die Leute lieber digitale Kameras, Kochtöpfe aus Kupfer oder Designerschuhe kaufen. Da waren sie wenig an den garantiert pestizidfreien Pastinaken von Blouse und Mary Brennan interessiert.

Eine handschriftliche Notiz auf allen Tischen wies diskret auf den speziellen Schlussverkaufslunch mit seiner kleinen, aber feinen Speisekarte am sechsundzwanzigsten Dezember hin. Eine frühzeitige Reservierung sei zu empfehlen. Es war geplant, Patricks legendäre Fleisch- und Leberpastete, Lammbraten – das Rippenstück – und eine würzige Bouillabaisse anzubieten.

Yvonne bestellte einen Tisch für vier, sobald sie davon erfuhr. Das war genau das Richtige für Frank, ihren Chef. Er könnte dort mit seinen drei Kindern zu Mittag essen, zur Feier des Tages, der sich so völlig von allen anderen Weihnachten zuvor unterschied und den er zum ersten Mal nicht zu Hause verbringen würde. Dagegen würde nicht einmal Franks eigenwillige Frau Anna, die ihr neues Leben genauestens nach ihren Vorstellungen geregelt und dadurch immens verkompliziert hatte, etwas einzuwenden haben. Es war schon sehr ungewöhnlich, dass Anna, die Frank wegen eines anderen Mannes verlassen hatte, immer noch den Ton angab, dachte Yvonne. Sie wohnte immer noch im Haus der Familie, und die Kinder waren über Weihnachten bei ihr. Frank war im Grunde viel zu gutmütig. Seiner Meinung nach habe es jedoch keinen Sinn, die kleine Daisy, Rose und Ivy unnötig zu belasten. Schließlich sei das alles nicht ihre Schuld. Offensichtlich wollte er damit andeuten, dass niemand schuld sei an der Sache. Anna hatte sich eben plötzlich in diesen anderen Mann, in Harry, verliebt, und es gab nichts, das irgendjemand dagegen hätte tun können. Alle im Büro waren wütend auf ihn. Manche gingen sogar so weit, zu sagen, dass Anna vielleicht allen Grund gehabt hatte, ihn zu verlassen, wenn er sich immer so passiv verhielt.

Aber Yvonne wusste es besser. Frank war ein liebevoller Ehemann und Vater, der viele Überstunden machte, damit er seiner Familie einen Urlaub im Ausland, einen neuen Teppich und zusätzliche Gartenstühle ermöglichen konnte. Yvonne wusste, wie sehr ihn diese Ausgaben belasteten. Sie sah

ihn oft seufzen und die Stirn runzeln, wenn er meinte, es würde keiner bemerken.
Yvonne hatte immer einen Blick für Frank übrig, aber er nie für sie. Warum sollte er sie auch sehen? Sie, die kleine, mollige Assistentin aus der Verkaufsabteilung. Yvonne, die mit ihrer behinderten Mutter zusammenlebte. Yvonne, die keinen eigenen Stil und keinen Partner hatte, Lichtjahre entfernt von der großen, blonden Anna, die nur zu lächeln brauchte, und schon tanzten alle nach ihrer Pfeife.
Yvonne erzählte ihrer Mutter von der Reservierung.
»Und, wirst du auch mitgehen?«, fragte ihre Mutter neugierig.
Manchmal war Yvonne der Verzweiflung nahe. Wie gerne hätte sie doch mit Frank und seinen drei Kindern am Tag nach Weihnachten in diesem eleganten Restaurant zu Mittag gespeist. Sie hätte es sich mehr als alles andere gewünscht, aber es wäre völlig unangebracht und aufdringlich gewesen. Ihre Rolle musste sich darauf beschränken, ihn auf diese Gelegenheit aufmerksam zu machen und die Reservierung durchzuführen.
»O nein, Mutter«, erwiderte Yvonne. »Das wäre nicht gut.«
»Aber du musst an den Weihnachtstagen unbedingt mal aus dem Haus, Yvonne«, sagte ihre Mutter. »Ich komme ganz gut allein zurecht. Ich habe meinen Fernsehapparat und kann meinen Gedanken nachhängen.«
»Ich weiß, Mutter, aber es gibt wirklich nicht so viele Orte, wo es mich hinzieht.« Yvonne blickte ins Kaminfeuer. Sechsunddreißig Jahre war sie jetzt alt, genauso alt wie Anna. Selbst Mutter, die im Rollstuhl saß, hatte einmal ein Leben, eine Liebe und ein Kind gehabt. War es nicht ungerecht, wie es für manche Menschen auf der Welt zuging? Frank berichtete, dass Anna von der Idee mit dem Mittagessen bei Quentins sehr angetan sei. Sie habe ihn sogar gelobt für seine Initiative.
»Ich fürchte, ich habe ihr nicht gesagt, dass es eigentlich Ihre Idee war«, entschuldigte er sich. Am liebsten hätte Yvonne sich

vorgebeugt und sein Gesicht gestreichelt. Aber sie riss sich zusammen. Sie hätte ihn nur in Verlegenheit gebracht, und ihr lockerer, freundschaftlicher Umgang hätte für immer darunter gelitten.

Am Weihnachtstag war es kalt und windig in der Innenstadt. Brenda Brennan bereitete einen Truthahn für Patrick, Blouse und Mary zu. Und für den kleinen Brendan natürlich auch. Mon und ihr Verlobter waren ebenfalls ihre Gäste.
Yan, der bretonische Kellner, rief an, um ihnen frohe Weihnachten zu wünschen und zu sagen, dass sein Vater wieder gesund sei und das Krankenhaus verlassen habe. Mons Familie meldete sich aus Australien. Sie hätten sich am Strand einen Sonnenbrand geholt und wollten wissen, ob Mons Mr Harris immer noch heiratswillig sei. Oder habe er es sich schon wieder anders überlegt?
Mr Harris, rot im Gesicht vom Portwein, erklärte allen, dass er Mon einfach anbete und dass das jeder hören könne. Sie aßen in der Küche des Quentins und ließen den ganzen Tag über Country-&-Western-Musik laufen.
»Ich hoffe, ihr seid einer Meinung mit mir, dass es sich lohnt, morgen aufzumachen«, sagte Patrick.
Sie bestätigten ihn in seiner Entscheidung. »Selbst wenn das Restaurant nicht voll wird, das ist es dienstags doch nie«, meinte Brenda, realistisch wie immer. Blouse erzählte jedem, wie sehr er sich darauf freue, einen Tag mal Kellner zu sein, so schick angezogen, dass die Leute ihn für einen Profi halten würden.
»Aber du *bist* ein Profi«, versicherten sie ihm unisono. Dann besprachen sie die Reservierungen, die bisher eingegangen waren. Blouse hatte für eine Dame im Rollstuhl einen Tisch reserviert, die noch nie bei ihnen gewesen war und unbedingt wollte, dass sie und ihre Begleitung von allen gesehen werden konnten. Brenda hatte für einen jungen Mann reserviert, der beabsichtigte, seiner Freundin einen Heiratsantrag zu machen,

und deshalb darum gebeten hatte, eine Flasche Champagner im Eiskübel kalt zu stellen. Falls er sie nicht benötigte, würde er es sie rechtzeitig wissen lassen. Man war sich einig, dass es keine interessantere Arbeit gebe, als die Menschen bei der Nahrungsaufnahme zu beobachten.

* * *

Am Weihnachtstag war es kalt und windig vor dem großen Haus, wo Annas und Franks drei kleine Mädchen ihre Geschenke öffneten. Harry stand daneben und sah ihnen zu.

»Es ist ziemlich hart für Frank, dass er jetzt nicht hier sein und sie sehen kann«, sagte er leise zu Anna.

Ihre blauen Augen blickten traurig. »Es ist besser, gleich von Anfang an Fakten zu schaffen«, sagte sie, »und außerdem sind sie morgen den ganzen Tag bei ihm.«

Frank bekam vom Wetter nichts mit. Er war im Haus seiner Schwester und spielte mit deren Kindern statt mit seinen eigenen. Und dabei tat er alles, um ja kein Mitleid zu wecken oder die Wut seiner Umwelt auf Anna herauszufordern.

Yvonne und ihre Mutter verbrachten diesen Tag zusammen, wie sie es seit vielen Jahren taten. Yvonnes Mutter sah sehr damenhaft aus mit der feinen Wollstola in dem sanften Lilaton, die ihre Tochter ihr geschenkt hatte. Yvonne starrte sprachlos auf die Einladung für zwei Personen zum Mittagessen im Quentins am nächsten Tag, das Geschenk ihrer Mutter an sie. Eine solche Einladung auszuschlagen kam überhaupt nicht in Frage. Sie würde das irgendwie durchstehen müssen.

Frank holte die Mädchen um halb elf Uhr ab. Anna sah wunderschön aus, wie immer. Harry wirkte ein bisschen verlegen, nicht sicher, wie er mit der Situation umgehen sollte. Die Mädchen waren aufgeregt und zogen ihren Vater zum Christbaum, um ihm zu zeigen, was der Weihnachtsmann alles gebracht hatte. Alle ihre Wünsche waren in Erfüllung gegangen. Und

von Mummy hatte jede noch ein neues Samtkleidchen bekommen.
»Um wie viel Uhr möchtest du sie denn wieder zu Hause haben?«, fragte Frank.
Anna stieß ein perlendes Lachen aus. »Frank, du musst doch nicht fragen, du bist ihr Vater. Wir sind doch nicht an irgendwelche Gerichtsbeschlüsse gebunden. Behalte sie den ganzen Tag, bis sie müde sind. In Ordnung, Mädchen?«
In Ordnung, sagten sie, froh, dass es keinen Streit gab. Daisy war fast neun und schon fast erwachsen, und so flüsterte sie ihrem Vater – als die anderen gerade nicht zuhörten – ein paar ihrer Theorien über den Weihnachtsmann ins Ohr. Frank hörte sich alles aufmerksam an. Es sei schwer zu sagen, was denn nun richtig sei, meinte er, aber man müsse eben Herz und Augen offen halten.
»Macht es dir was aus, dass Harry hier ist, Dad?«, fragte Daisy unvermittelt.
»Nein, mein Schatz, nicht, wenn es deine Mutter glücklich macht.« Er versuchte, in ihrem Gesicht zu lesen, war aber nicht sicher, ob er die richtige Antwort gegeben hatte.

Die Geschäfte waren voller Menschen. Da war es nicht leicht für die drei sechs, sieben und acht Jahre alten Mädchen, eine Entscheidung zu treffen. Ihre kleinen Füße waren müde, als sie, die ersten Gäste, im Quentins eintrafen.
»Seien Sie uns herzlich willkommen«, sagte der Kellner. »Darf ich den jungen Damen die Päckchen abnehmen?« Daisy, Rose und Ivy kicherten, als er sie »Damen« nannte.
»Woher willst du später wissen, dass es unsere sind?«, fragte Ivy.
»Ihr sagt mir eure Namen, und ich schreibe sie auf«, antwortete er.
»Wie heißt du denn?«, fragte Daisy.
»Blouse Brennan«, sagte der Mann.
»Wieso ›Blouse‹?«, wollte Ivy wissen.

»Als ich ein kleiner Junge war, nannte ich mein Hemd eine Bluse. Ich habe das zwar völlig vergessen, aber die anderen nicht.«

»Na ja, ein Hemd ist doch so eine Art Bluse«, meinte Daisy.

»Siehst du, das habe ich auch immer gedacht«, erwiderte Blouse zufrieden.

Frank betrachtete seine älteste Tochter mit Stolz. Das Restaurant füllte sich, hauptsächlich mit Familien und hin und wieder einem Paar. Auch wenn er ein Gefühl tiefer Einsamkeit verspürte, nicht mehr Teil einer richtigen Familie zu sein, meinte Frank doch, von Zeit zu Zeit neidische Blicke wegen seiner drei schönen Töchter zu ernten. Lebhaft lächelnd zeigten sie an allem Interesse.

»Schaut mal das Paar. Die küssen sich«, meinte Rose kichernd, als am Tisch nebenan eine Flasche Champagner geöffnet wurde.

»Hat die Frau denn keine Beine?«, verkündete daraufhin Daisy mit ihrer glockenhellen Stimme.

Die Frau in dem Rollstuhl drehte sich lächelnd zu ihr um. »Doch, Liebes, aber sie nützen mir nicht mehr sehr viel, deshalb hat mich der Kellner auch die Rampe hier hochgeschoben. Er war überhaupt sehr hilfsbereit.«

»Ich habe Sie kommen sehen. Das war Blouse, der Sie hereingeschoben hat.«

»Blouse, aha? Ein sehr netter junger Mann«, meinte die alte Dame nickend.

Endlich hob ihre Begleiterin, die bisher nur zu Boden geschaut hatte, den Blick. Es war Yvonne aus der Firma.

Frank war überrascht, aber auch erfreut. »Dann haben Sie also auch beschlossen zu kommen«, sagte er glücklich. »Das ist aber schön! Ich muss Ihnen meine Töchter vorstellen.« Er führte die drei an Yvonnes Tisch, wo sie allen im Weg standen, bis Blouse Brennan endlich vorschlug, die beiden Tische zusammenzuschieben, um mehr Platz zu gewinnen.

Yvonne war hochrot im Gesicht. »Ich kann Ihnen gar nicht sagen, wie Leid mir das tut, Frank. Das war alles die Idee meiner Mutter«, flüsterte sie ihm zu.
»Und ich kann Ihnen gar nicht sagen, wie sehr ich mich freue… «, begann er.
Sie hörten, wie die Kinder mit Yvonnes Mutter sprachen und sie fragten, wieso es ihren Beinen so schlecht ginge, ob es ihr etwas ausmache, Strümpfe zu tragen, und was geschehen würde, wenn es im Restaurant plötzlich brannte. »Blouse würde mich die Rampe wieder hinunterschieben«, erwiderte Yvonnes Mutter.
»Selbstverständlich, Madam«, sagte er, während er Ivy eine Serviette um den Hals band, wie es bei den Franzosen Sitte ist.
»Was für hübsche Kleider ihr anhabt.« Die alte Frau befühlte die bunten Samtkleidchen.
»Die haben wir von unserer Mutter. Wissen Sie, sie lebt nicht mehr mit Dad zusammen, deswegen ist sie jetzt auch nicht hier.« Daisy schien ein großes Erklärungsbedürfnis zu haben.
»Dann dürft ihr aber nicht vergessen, ihr alles genau zu erzählen. Sie wird wissen wollen, was ihr gemacht habt, weil sie euch nämlich sehr lieb hat, so wie euer Vater. Er muss euch wirklich ganz fest lieb haben, um euch in ein so erstklassiges Restaurant wie das hier einzuladen.«
»Ist das hier erstklassig?«, fragte Rose interessiert.
»Besser geht es nicht«, erwiderte Yvonnes Mutter mit Entschiedenheit.
»Es ist wirklich schade, dass sie nicht beide hier sein können«, meinte Daisy seufzend.
»Oh, ich weiß nicht … ihr könnt mit beiden allein genauso viel Spaß haben. So wie es bei Yvonnes Vater und mir der Fall war. Wir haben unsere Tochter schrecklich geliebt, aber irgendwann war die Liebe zwischen uns erloschen. Aber Yvonne war immer mit jedem von uns glücklich, nicht wahr, Yvonne?«
»Ja, das war ich, da hast du Recht«, antwortete Yvonne verblüfft.

»Irgendwann hat ihr Dad eine andere Frau geliebt, und ich einen anderen Mann, aber das hat an unserer Liebe zu Yvonne nichts geändert. *Habe ich nicht Recht?*«, fragte sie ihre Tochter betont deutlich.

»Oh, absolut, Mutter. Als ob dein Herz größer geworden wäre und mehr Liebe darin Platz gehabt hätte«, sagte Yvonne völlig perplex.

Frank tätschelte ihr Knie und streichelte ihre Hand. »Yvonne, ich wünschte, Sie wüssten, was das für mich bedeutet …«, setzte er an.

Aber Yvonne war bereits wieder mit einem Ohr bei ihrer Mutter. Man wusste ja nie, was ihr als Nächstes einfiel, aber es war relativ harmlos. Sie bat ihren neuen Freund Blouse gerade um etwas Brot, um damit die Enten im Teich von Stephen's Green zu füttern.

»Dürfen wir mitkommen?«, bettelte Rose.

»Bitte«, bat Frank. »Bitte.« Und damit war es abgemacht. Und was das andere betraf, dafür wäre später immer noch Zeit. Irgendwann einmal würde Yvonne Frank erklären, dass ihre Mutter und ihr Vater sich nie getrennt hatten, dass ihr Vater vor fünfzehn Jahren gestorben war und ihre Mutter nie einen anderen Mann angesehen hatte. Aber jetzt war nicht der geeignete Zeitpunkt. Der Schlussverkaufslunch neigte sich seinem Ende zu, es hatte aufgehört zu regnen, und es wurde Zeit, die Enten zu füttern.

TEIL DREI

KAPITEL NEUN

Ella blickte auf, als sie ihre Geschichten zu Ende erzählt hatte. Soweit sie es beurteilen konnte, waren sie gut angekommen. Wenigstens war es ihr gelungen, Derrys und Kimberlys Interesse zu wecken. Am besten, sie ließ sie jetzt allein und gab ihnen die Möglichkeit, sich zu besprechen. Sie stand rasch auf. Nein, danke, sie würde sich selbst ein Taxi besorgen, wiegelte sie ab. Das müsse man schließlich mal erlebt haben, wenn man in New York war. Und sie müssten sie auch nicht zur Tür begleiten, es wäre ihr lieber, wenn sie sitzen blieben und in Ruhe über das sprächen, was sie ihnen eben alles erzählt hatte.

Und dann war sie auch schon draußen, fuhr mit dem Lift nach unten und trat aus dem ruhigen Gebäude hinaus auf die laute Straße voller lärmender Autos. Und dann war sie wieder in ihrem kleinen Hotel, das ihr allmählich wie ein Zuhause erschien, und oben in ihrem Zimmer.

Jetzt konnte sie sich in Ruhe an das machen, was sie vor sich hergeschoben hatte, bis ihre eigentliche Arbeit erledigt war. Sie setzte sich und klappte Don Richardsons Computer auf.

Es wurde langsam dunkel in New York, während sie Datei um Datei öffnete. Nummernkonten von Banken auf der Isle of Man, den Cayman-Inseln, in der Schweiz. Aber nichts ergab einen rechten Sinn, da die Namen kodiert waren.

Ella gelang es, ein paar Vermögensübertragungen auszumachen, aber keine einzige in Dons Namen oder im Namen seines Schwiegervaters. Dann entdeckte sie die Datei mit ihrem Namen, und ihr Herz machte einen Satz. Vielleicht hatte er *doch* Geld für sie angelegt, wie er einmal gesagt hatte. Als Vorsorge für sie nach seiner Zeit. Irgendwann einmal hatte er sie vielleicht doch geliebt.

Aber das war nicht sehr wahrscheinlich, denn es war nicht sie – Ella Brady –, um die es hier ging. Diese Familie Brady bestand aus fünf Personen – einem Mann, seinem Sohn, der Frau des Sohnes und den beiden Kindern – und lebte in Playa de los Angeles. Zwischen ihnen und diversen Banken war ein reger Briefwechsel dokumentiert. Wer immer diese Bradys waren, sie besaßen jede Menge Geld. Ein Großteil davon war erst kürzlich deponiert worden, die größte Summe ausgerechnet in der Woche, die sie mit Don zusammen in Spanien verbracht hatte. Und zwar an dem Tag, als er nicht im Hotel gewesen war, als seine Frau Margery, die Mutter seiner beiden Kinder, ihn abgeholt hatte. Plötzlich wurde Ella schmerzlich bewusst, dass er ihr außer allem anderen auch noch ihren Namen genommen hatte.

Es gab jetzt mehrere Möglichkeiten für sie. Sie konnte die Nummer des Betrugsdezernats in Dublin ausfindig machen und den Laptop ausliefern. Sie konnte mit einem irischen Fernsehsender in Kontakt treten. Sie konnte Don anrufen. In seinem Computer war auch die Telefonnummer dieser Familie Brady gespeichert. Sie könnte ihm erklären, dass sie ihm den Laptop zurückgeben würde, ohne Fragen zu stellen, wenn er ihrem Vater alles ersetzte, was er verloren hatte. Sie konnte irgendeine der betroffenen Versicherungen kontaktieren und ihr den Computer anbieten. Aber diese Entscheidung musste, konnte nur sie allein treffen. Jeder andere wäre voreingenommen gewesen und hätte ihr geraten, das zu tun, was er für das Beste für sie, für ihn oder für irgendeinen anderen hielt. Wieso übergab sie den Computer nicht einfach der Polizei? Das hätte wahrscheinlich jeder normale, anständige Bürger getan.

Ella warf einen Blick in die Minibar in ihrem Zimmer, nahm ein kleines Fläschchen Jack Daniel's heraus und trank den Whisky aus einem Zahnputzbecher. Aber nichts klärte sich, alles blieb gleich nebulös. Wenn man einen Menschen geliebt, mit ihm geschlafen und Monat um Monat alles mit ihm geteilt hatte, dann gab man keine kompromittierenden Akten über ihn heraus, ohne es sich genau zu überlegen. Das hatte auch etwas mit Anstand zu tun … Selbst wenn *er* sich mies benommen hatte, *sie* würde es nicht tun. Das war nur ein weiterer Test ihrer Loyalität.

Sie wollte ihm irgendwie beweisen, dass nicht jeder Freunde und Liebhaber verriet. Deshalb wollte sie weder mit Deirdre noch mit Nick, Sandy oder irgendeinem anderen darüber reden. Sie musste selbst zu einem Entschluss kommen. Es war verrückt, aber eigentlich hätte sie am liebsten mit Don gesprochen. Das war immerhin eine Möglichkeit, so merkwürdig sich das auch anhörte. Es gab so vieles, was sie ihn fragen wollte. Ob er sich immer schon hatte Brady nennen wollen oder ob er es ihretwegen getan hatte? Wie es geschehen konnte, dass er alles so minutiös geplant und dann seinen Laptop in ihrer Wohnung vergessen hatte? Ob es Absicht oder ein Versehen gewesen war?

Und wieso waren er und Margery während ihrer Ehe getrennte Wege gegangen, wenn er immer nur seine Frau geliebt hatte? Und schließlich, ob er so etwas wie Schuldgefühle kannte oder alles nur mit einem Schulterzucken abtat? Irgendwie konnte sie sich das Gespräch beinahe vorstellen. Aber sie würde nicht von ihrem Hotel aus telefonieren. Man hatte sie schließlich gewarnt, dass er fieberhaft nach seinem Computer suchte und seine Boten ausgesandt hatte, um nach ihr zu fahnden. Das hatte sie schon etwas erschreckt.

Bisher hatte sie eigentlich keine Angst gehabt. Im Gegenteil, den Computer in Händen zu halten hatte ihr ein merkwürdiges Gefühl der Sicherheit verliehen. Solange sie ihn in ihrem Besitz hatte, würde er vielleicht mit ihr in Kontakt treten wollen. Das war der eigentliche Grund, weshalb sie ihn nie aus der Hand gegeben hatte, wie ihr jetzt klar wurde. Vier Monate lang war es ein Trost für sie gewesen, diese letzte Verbindung zu ihm zu besitzen. Als eine Art Erinnerung an das, was sie einmal gehabt hatten.

Aber plötzlich war alles ganz anders. Sie konnte sich nicht länger einreden, dass Don nichts von den Vorgängen gewusst hatte, dass er hilflos den Machenschaften seines Schwiegervaters ausgeliefert gewesen war, dass es eine völlig harmlose Erklärung für alles gab.

Nicht mehr, nachdem sie den Deckel des Laptops aufgeklappt und seinen Inhalt gesehen hatte. Langsam dämmerte ihr, dass Don Richardson tief in die Sache verstrickt war. Zum ersten Mal wurde ihr bewusst, dass sie vielleicht in echter Gefahr schwebte, und sie hatte keine Ahnung, was sie tun sollte. Sie war so müde, dass sie nicht mehr denken konnte.

Heute Nacht würde sie ohnehin nichts mehr unternehmen. Dazu bestand keine Veranlassung. Schließlich befand sich die Aktenmappe mit dem Laptop jetzt schon vier Monate in ihrem Besitz. Wenn sie den Computer der Polizei hätte übergeben wollen, hätte sie das schon längst getan, davon konnte Don mittlerweile ausgehen. Er musste also annehmen, dass sie ihn nicht hatte öffnen können und deshalb beschlossen hatte, ihn lieber nicht Fremden zu überlassen, die seinen Inhalt hätten entschlüsseln können. Eigentlich hätte Don sich sicher sein können. Warum wurde er jetzt plötzlich so nervös und schickte ihr Botschaften? Vielleicht wollte er sie ja wirklich nur sehen.

Ein Mann ging durch die Gasse hinter der Tara Road und steckte ganz unauffällig einen Brief in den so genannten Anbau des ehemaligen Heimes der Familie Brady. Es war kein Umschlag, sondern nur ein in der Mitte gefaltetes Stück Papier. Es war per E-Mail angekommen und anschließend ausgedruckt

worden, aber Namen oder irgendwelche Erkennungszeichen fehlten.
Barbara und Tim Brady hörten nicht, wie der Zettel in den Briefkasten fiel. Sie schliefen. Sie entdeckten ihn erst am nächsten Morgen um acht Uhr, als Barbara zur Arbeit ging. Und da las sie ihn auch noch nicht, da es dunkel war im Gang und sie dem Bus hinterherlaufen musste. Sie trat durch die Holztür direkt hinaus in die Gasse hinter dem Haus. Der Garten gehörte ihnen nicht mehr. Das war für immer vorbei.

In New York lag Ella bereits im Bett. Sie schlief noch nicht, sondern entspannte sich erst einmal. Kein Druck, keine Eile, schärfte sie sich ein. Sie hatte am nächsten Morgen um neun Uhr einen Termin im Büro von Derry und Kimberly. Also sollte sie gut ausgeschlafen sein.
Das hoteleigene Telefon verfügte über ein Anrufbeantwortersystem, das sich automatisch einschaltete. Ella schaltete es auf stumm. So würde sie nicht geweckt werden, falls jemand nachts anrief. Nicht, dass sie einen Anruf erwartete, aber morgen musste sie hellwach und voll konzentriert sein, ganz gleich, was geschah. Kein Druck, keine Eile. Er weiß ja nicht, dass du ihn geöffnet hast.
Sie nahm ein langes, heißes Bad, ehe sie endgültig zu Bett ging und einschlief, während im Hintergrund eine Talkshow im Fernsehen lief.
Und so bekam sie die Anrufe nicht mit, die gegen zehn Minuten nach drei Uhr New Yorker Zeit bei ihr eingingen, kurz nachdem alle in Irland die Acht-Uhr-Nachrichten gesehen und verdaut hatten.
Erst als Ella am nächsten Tag bereits angezogen war und aus dem Zimmer gehen wollte, sah sie das blinkende Licht. Sie flehte zu Gott, dass es keine Nachricht von Derry oder Kimberly wegen ihres Termins war, und wählte die Nummer des Ansagedienstes.

Starr vor Entsetzen saß sie auf der Bettkante, als sie hörte, was Nick, Deirdre und ihr Vater ihr zu sagen hatten.
Sie waren die Einzigen, die wussten, wo sie war. Nichts, was sie sagten, ergab einen Sinn. Es waren unzusammenhängende Worte, grob aneinander gereiht, ohne sich zu richtigen Sätzen zu formieren.
Es gab nur noch einen Menschen, der ihre hiesige Telefonnummer kannte, und das war ihre neue Freundin Harriet, die Geschäftsfrau, die ihr die Hundehalsbänder verkauft hatte. Auch sie hatte angerufen. Da Harriets Stimme weniger schockiert, entsetzt und mitfühlend klang, war ihre Nachricht die Einzige, die Ella verstand.
»Ella, hallo. Falls es dir noch niemand gesagt hat, er hat sich in Spanien umgebracht. Er war Abschaum. Er war nicht einmal fähig, sich dem Chaos zu stellen, in das er alle gestürzt hatte. Wahrscheinlich hat es dir das halbe Land schon erzählt, aber für den Fall, dass nicht, wollte ich dich einfach warnen. Du bist zwanzigmal so viel wert wie er, also weine ihm keine Träne nach, Ella. Er ist es nicht wert.«
Als Ella wieder klarer denken konnte, hörte sie sich die ersten drei Nachrichten noch mal an und begriff, was sie ihr sagen wollten. Es musste also stimmen. Sie konnten es sich doch nicht alle eingebildet haben. Wen sollte sie zuerst anrufen? Eigentlich wollte sie mit keinem sprechen.
Sie sah zu dem Computer hinüber. Das spielte jetzt alles keine Rolle mehr. Don war mit einem Boot zu den zerklüfteten Felsen hinausgefahren und hatte seinem Leben ein Ende gesetzt. Sie fragte sich, ob er erstickt oder ertrunken oder ob sein Körper an den Felsen zerschmettert worden war. Waren ihm in letzter Minute noch Zweifel gekommen? Hatte er versucht, sich zu retten? Don war tot. Wegen Geld? Dem Geld anderer Menschen? Weil er versagt hatte? Weil er diese Aktenmappe nicht in seinen Besitz bringen konnte. *Wieso* hatte sie sie ihm nicht zurückgegeben? Sie hatte ja nicht einmal gewusst, was sie damit anstellen

sollte. Hätte sie Don angerufen und ihm gesagt, dass er sie haben könnte, dann wäre er noch am Leben. Sie würde im Internet die irischen Zeitungen aufrufen und nachschauen, was sie zu berichten hatten. Ehe sie mit jemandem sprach, musste sie mehr wissen.

Don Richardsons gut aussehendes Gesicht blickte ihr aus jeder irischen und hin und wieder sogar englischen Zeitung entgegen. Man beschrieb ihn als in Ungnade gefallenen Finanzexperten. Die Zeitungen lobten sich selbst für ihre korrekten Spekulationen, dass er sich in Spanien versteckt gehalten habe. In allen Berichten hieß es, dass sein kleines Boot vor einer besonders gefährlichen Landspitze in Spanien, vor der normalerweise keine Schiffe verkehrten, gesunken sei. Ein erfahrener Segler wie Don Richardson müsse sich dieser Gefahren eigentlich bewusst gewesen sein. Seine Leiche sei bisher noch nicht gefunden worden. Die starken Gezeiten in diesem Gebiet hätten sie vielleicht schon bis weit in den Atlantik hinausgetrieben.

Don hatte seinen Wagen auf einem Pier in der Nähe geparkt und auf dem Vordersitz mehrere Umschläge hinterlassen, über deren Inhalt bisher noch nichts publik geworden war. Man nahm jedoch an, dass diese Briefe Entschuldigungen und Erklärungsversuche enthielten. Viele Vertreter der irischen Wirtschaftsszene hatten bereits ihr Mitgefühl zum Ausdruck gebracht. Bei Verwandten und früheren Freunden hatte die Nachricht Schock und Ungläubigkeit ausgelöst. Von seinem engsten Familienkreis war bisher keine Reaktion zu erfahren. Manche Zeitungen mutmaßten, dass sie mit den Behörden zusammenarbeiteten. Anderen zufolge gab es keine Spur von ihnen. Eine Zeitung stellte in einem Artikel mit der Überschrift »Meine liebste Margery« die Behauptung auf, einer von Dons Abschiedsbriefen sei an seine Frau gerichtet mit der Bitte, ihre Kinder in Würde großzuziehen. Aber da diese Zeitung in der Vergangenheit auch Interviews mit Außerirdischen und Frauen, die mit vier Beinen zur Welt gekommen waren, gebracht hatte, wurde ihr nicht viel Glauben geschenkt.

Ella rief zuerst ihren Vater an, aber sein Anschluss war besetzt. Deshalb wählte sie als Nächstes Deirdres Handynummer.

»Ich weiß, dass es sehr traurig für dich ist«, sagte Dee. »Außerdem ist es ein fürchterlicher Schock, aber ehrlich gesagt, halte ich es für das Beste, was passieren konnte.«

»Dass sich jemand umbringt, soll das Beste sein?«

»Ich denke dabei nur an dich, Ella. Das ist alles. Jetzt kannst du wieder dein eigenes Leben führen.«

»Das tue ich schon die ganze Zeit. Und zwar recht gut, und das, seit er mich vor Monaten verlassen hat. *Sein* Leben ist jetzt zu Ende. *Er* kann weder atmen noch sprechen, noch weiß er, welcher Tag heute ist.«

»Ich will die Sache nicht bagatellisieren. Ich dachte nur, dass dadurch der ganze Stress ein Ende für dich gefunden hat... irgendwie.« Deirdre bemühte sich, einen Rückzieher zu machen. Sie hatte ganz offensichtlich das Falsche gesagt.

»Welchen Stress meinst du denn? Ich weiß immer noch, dass er mich nie geliebt hat. Und ich muss immer noch schuften, um die Schulden abzuzahlen, die er meiner Familie aufgehalst hat. Was soll daran so gut sein, dass er jetzt am Grunde des Ozeans liegt?«

»Es tut mir Leid, Ella, ganz schrecklich Leid«, sagte Deirdre.

»Ich weiß, Dee. Ich möchte nur nicht, dass du mit dem Gedanken herumläufst, so sei es das Beste, ja?«

Deirdre rief kurz darauf bei Nick an. »Sie versucht wahrscheinlich gerade, bei dir durchzukommen. Sei vorsichtig und leg jedes Wort auf die Goldwaage. Sie sieht das alles nicht als Erleichterung an wie wir. Ich musste natürlich meine große Klappe aufreißen und kam mir vor wie ein Idiot.«

»Danke, Dee. Ich werde Sandy warnen.«

»Ich habe mich wirklich ganz schön in die Nesseln gesetzt«, sagte Deirdre reumütig.
»Du bist trotzdem eine gute Freundin, und das weiß Ella auch.«
»Ich hoffe.«

»Hallo, Nick.«
»Ella, arme, arme Ella.«
»Wieso arme Ella, Nick? Don hat mich nie geliebt. Er hat alle um ihr Geld gebracht. Ich habe gerade versucht, Dee zu erklären, dass sich für mich dadurch nichts geändert hat. Es ist noch alles wie vorher. Nur dass er tot ist, das ist der einzige Unterschied. Aber ich wollte mit dir eigentlich über das heutige Treffen sprechen.«
»Du gehst hin?«, fragte er mehr als verwundert.
»Selbstverständlich. Deswegen bin ich doch hier, oder?«
»Aber vielleicht nicht unbedingt heute, Ella. Ich könnte sie anrufen und die Sache erklären.«
»Das ist mein Job, meine Präsentation. Wag ja nicht, dich da einzumischen. Ich wollte mit dir über die Freigabeerklärungen sprechen, von denen hier so viel die Rede ist. Unser übliches Formular, das wir immer unterschreiben lassen und mit dem die Leute sich einverstanden erklären, dass wir das Interview verwenden dürfen … das reicht doch, oder?«
»Die Formulare sind ausreichend. Du kannst ihnen versichern, dass ich das überprüft habe«, antwortete Nick und kam zu dem Schluss, dass es wirklich keinen Sinn hatte, Frauen verstehen zu wollen. Sie waren einfach zu unberechenbar.

»Dad?«
»Oh, Ella. Gott sei Dank rufst du an.«
»Du wirst dich jetzt bitte nicht aufregen, Dad. Er war ein erwachsener Mensch und hat gewusst, was er tat.«
»Nein, darum geht es doch nicht.«
»Und außerdem heißt es doch, man soll das Gute in Erinne-

rung bewahren. Und etwas Gutes hat es tatsächlich gegeben, Dad. Es hat ein bisschen gedauert, bis ich es wieder ausgegraben hatte, aber schließlich …«

»Ella, bitte, hör auf. Jetzt lass mich mal reden.« Es war fast ein Aufschrei.

Sie verstummte.

»Er hat dir einen Brief geschickt.«

»Was?«

»Gestern Nacht wurde uns persönlich ein Brief zugestellt.«

»Nein, Dad, der kann nicht von ihm sein … er ist in Spanien ertrunken. Wie soll er dann …«

»Es war eine E-Mail, die irgendjemand unter der Tür durchgeschoben hat, während wir schliefen.«

»Aber woher weißt du, dass es von ihm ist?«

»Weil der Brief offen, ohne Umschlag, kam.«

»Der ist nicht von Don. Dad, da liegt ein Irrtum vor.«

»Ich weiß nicht, was ich tun soll, Ella. Ich habe es schon deiner Mutter gesagt. Sie hat ihn heute Morgen nicht gelesen … Sie sagte, ich solle ihn ihr ins Büro bringen, und sie würde ihn dir dann faxen.«

»Ist er lang, Dad?«

»Nein, er ist ziemlich kurz.«

»Könntest du ihn mir bitte vorlesen?«

»Vielleicht ist es dir nicht Recht, wenn ich …«

»Aber du hast ihn doch schon gelesen, Dad, und du hast ihn Mutter vorgelesen. Nur noch ein Mal, bitte.«

Sie konnte hören, wie er seine Brille aufsetzte und mit Papier raschelte. Wahrscheinlich dauerte es nur ein paar Sekunden, aber es kam ihr wie eine Ewigkeit vor.

»›Mein liebster Engel‹«, las er vor. »›Wenn du diesen Brief in Händen hältst, ist alles vorbei. Vielleicht ist das aber auch nicht mehr wichtig für dich. Du hast dich geweigert, trotz der vielen Botschaften, die ich dir zukommen ließ, mit mir in Kontakt zu treten, deshalb war es dir vielleicht auch nie wichtig. Aber ich

kann das nicht glauben. Ich kann nicht glauben, dass alle diese Stunden voller Liebe dir nichts bedeutet haben. Deshalb möchte ich mich besonders von dir verabschieden und dir danken, dass du so viel Glück in mein Leben gebracht hast. Und dann will ich dir noch drei Dinge sagen:
In meinem Herzen war Platz genug für alle, für dich und für meine Familie. Ich konnte sie nicht im Stich lassen, als es zur Krise kam. Ich habe aber auch immer versucht, wieder zu dir zurückzukommen, aber du wolltest ja nichts davon wissen. Die Aktenmappe ist jetzt nicht mehr von Bedeutung. Ich werde nicht mehr da sein, um mich dem zu stellen, was sie enthüllt. Wenn du so viel Großmut besäßest, sie wegzuwerfen, weil ich sie dir anvertraut habe, um mir damit auch so etwas wie Vertrauen entgegenzubringen, wäre das wunderbar. Aber die Entscheidung liegt bei dir. Und zu guter Letzt, ich habe deinen Vater wirklich gemocht, und ich weiß, dass er Geld seiner Klienten aufgrund meiner Ratschläge verloren hat. Aber ich habe Geld für ihn deponiert, das leicht abgehoben werden kann. Als eine Art Entschuldigung an ihn und an dich. Hier ist die Nummer des Bankschließfachs. Ich wünschte, ich könnte jedem das verlorene Geld zurückgeben. Aber ich wünsche mir viele Dinge, vor allem, dass ich noch viele Jahre mit dir, Ella, mein Engel, vor mir gehabt hätte. Du hast mich jung und glücklich gemacht, du hast mein Herz zum Schwingen gebracht. Du sollst wissen, dass ich dich sehr geliebt habe. Don.‹« Die Stimme ihres Vaters zitterte, als er zu Ende las. Es folgte ein langes Schweigen.
»Danke dir, Dad.«
»Ich wünschte, du wärst nicht so viele Meilen weit weg, Ella. Wir wünschten, du wärst zu Hause.«
»Es geht mir besser, wenn ich mich mit Arbeit ablenken kann, Dad. Glaub es mir, mir geht es gut. Richte das auch Mutter aus, ja?«
»Er hat dich geliebt, Ella.«

»Sicher, Dad.«
Sie blieb noch eine Weile sitzen und betrachtete ihr Bild im Spiegel. Das alles geschah nicht in der Realität. Bald würde sie aufwachen zu einer Zeit, in der sie noch keinen Don Richardson gekannt hatte. Zu einer Zeit, als Gespräche, wie sie sie an diesem Vormittag führte, völlig unvorstellbar waren. Aber bis dahin musste sie sich dem stellen, was dieser Tag noch alles für sie bereithielt.
Sie fuhr hinunter in die Halle und bestellte ein Taxi, das sie zu Derry und Kimberly ins Büro bringen sollte. Dort führte man sie ins Besprechungszimmer, wo die beiden einträchtig nebeneinander am Ende eines langen Tischs saßen. Als sie kam, sprangen sie auf.
»Ella!«, sagte Kimberly überrascht.
»Sie sind gekommen?« Auch Derry war mehr als überrascht.
»Wir hatten doch neun Uhr ausgemacht, oder nicht?« Plötzlich wurde Ella nervös. Vielleicht hatte der Schock ihr das Gedächtnis geraubt. Sie versicherten ihr, dass das richtig sei. Aber irgendetwas an der Art, wie sie sie ansahen, war merkwürdig, so, als hätten sie nie damit gerechnet, dass sie es schaffte. Hatte Nick sich über ihre Bitte hinweggesetzt und es ihnen gesagt? Nein, das würde er nie wagen.
Sie setzte sich an den Tisch, und Kimberly goss ihnen allen Kaffee ein.
»Haben Sie heute Morgen schon … äh … mit Dublin telefoniert?«, begann Derry vorsichtig.
»Wir haben uns gerade gefragt, ob Sie drüben schon jemanden erreicht haben«, fügte Kimberly hinzu.
Sie wussten es also. Aber woher?
Ella war entschlossen, keine Schwäche zu zeigen und vor diesen Menschen nicht um ihre tote Liebe zu weinen. Um den Mann, der Stunden, bevor er sich umbrachte, einen Brief an sie geschrieben und als E-Mail an sie geschickt hatte.
»Ich habe mit Nick telefoniert«, erwiderte sie leichthin. »Ich

soll Ihnen ausrichten, dass diese Freigabeerklärungen bei uns Standard sind.« Sie blickte von einem zum anderen. Sie schienen ihr gar nicht zuzuhören. »Wenn das damit in Ordnung geht, dann …« Sie wartete, dass sie mit der Besprechung fortfuhren.

»Ella, wenn Sie sich heute nicht danach fühlen, zu arbeiten und sich zu konzentrieren, dann ist uns das recht. Es gibt noch andere Tage.« Derrys Augen blickten sehr freundlich, und er tätschelte tatsächlich ihre Hand auf eine Art, wie man es sonst nur im Kino sieht.

Kimberly brachte ihr dieselbe mitfühlende Anteilnahme entgegen. »Sie müssen sich nicht zwingen«, beteuerte sie. »Wir können das alles auch zu einem anderen Zeitpunkt besprechen.«

»Ich glaube«, entgegnete Ella langsam, »dass Ihnen irgendjemand von mir und Don und dem, was passiert ist, erzählt hat.«

»Wir wussten von Anfang an über Sie und Don Bescheid«, erwiderte Derry. »Und vor ein paar Minuten haben wir gelesen, was geschehen ist.«

»Woher wussten Sie es?« Ella wurde es plötzlich kalt.

»Aus derselben Quelle, aus der Sie erfuhren, dass ich Hunde mag. Wir haben uns erkundigt.«

»Das ist was anderes. Sie sind eine öffentliche Person. Über mich kann es unmöglich Unterlagen geben«, wandte Ella ein.

»Es gibt jede Menge Informationen über Sie. Wir lassen uns doch nicht auf eine kleine Produktionsfirma wie Firefly Films ein und drehen einen Film über ein Restaurant namens Quentins, das keiner von uns kennt, ohne jemanden vor Ort zu haben, der uns berät und informiert.«

»Und wen haben Sie um Rat gefragt?«

»Einen Anwalt. Netter Bursche. Wir wussten schon vorab Bescheid über alles, was Sie uns später erzählten. Es war alles bereits überprüft. Besagte Ereignisse liegen jetzt vier Monate zurück, wie Sie sich bestimmt erinnern, und da waren Sie noch in den Schlagzeilen.«

»Und die Gerüchte haben Ihren Anwalt interessiert!« Ella konnte es nicht fassen.
»Um fair zu sein, ich glaube, er wollte uns einfach nur umfassend informieren. Aber das hatte nie auch nur die geringste Bedeutung oder Einfluss auf unsere Entscheidungen. Nur heute, da haben wir uns eben gefragt… « Derrys Stimme verlor sich.
»Don scheint ja bis zum Ende gründlich gewesen zu sein«, warf Kimberly ein.
Ella fragte sich zum wiederholten Mal, wie die beiden nach so langer Ehe so ungezwungen miteinander umgehen und arbeiten konnten. Es musste doch mal eine Zeit gegeben haben, da sie auf eine gemeinsame Zukunft gehofft hatten … und sich – wie waren Dons Worte noch gleich – jung und glücklich gefühlt und ihre Herzen gegenseitig zum Schwingen gebracht hatten.
Ella versuchte, ihre Kaffeetasse zu heben, aber ihre Hand zitterte so sehr, dass sie die Tasse wieder abstellen musste. Sie musste sich unbedingt zusammenreißen und Dons Stimme aus dem Kopf bekommen. Unbedingt. Aber mittlerweile konnte sie fast hören, wie es in ihrem Kopf dröhnte: »Ich möchte mich besonders von dir, besonders von dir, besonders von dir verabschieden …«
Sie umklammerte die Tischplatte mit beiden Händen, spürte aber, wie sie fiel. Sie fiel in ein großes, schwarzes Loch, in dem seine Stimme weiter in ihren Ohren dröhnte. Die vagen Umrisse, die sie danach wahrnahm, entpuppten sich als Beine. Es waren Stuhlbeine, Kimberlys atemberaubende Fesseln in hohen, dunklen Schuhen und braune Hosenbeine, und schließlich sah sie Derry Kings Gesicht nur wenige Zentimeter von dem ihren entfernt. Dieses kantige, von Falten durchzogene Gesicht, dem sonst keine Regung zu entnehmen war. Aber jetzt schien es Sorge auszudrücken.
»Sie kommt wieder zu sich, Kim«, sagte er erleichtert.
»Lass ihren Kopf unten. Das Blut soll zum Gehirn fließen.« Kimberly klang sehr bestimmt.

»Vielleicht sollten wir sie besser auf einen Stuhl setzen, damit ihr Kopf nach hinten hängen kann.«
Vorsichtig hoben sie sie hoch, und Ella spürte, wie irgendetwas in ihrem Kopf vor sich ging, als würde alles wieder an seinen Platz gerückt.
»Was ist passiert?«, fragte sie, aber sie wusste die Antwort bereits. Sie war in Ohnmacht gefallen. Sie wollte sich aufrichten, aber sie spürte Derrys Hand in ihrem Nacken und hörte, wie er eindringlich auf sie einsprach.
»Es geht Ihnen schon wieder viel besser. Atmen Sie tief durch und zählen Sie bis zehn, dann ist das bald wieder vorbei.«
Ella zählte bis zehn und setzte sich auf. Zwei ängstliche Gesichter sahen sie an. Sie brachte ein schwaches Grinsen zustande.
»Eigentlich sollte eine Präsentation nicht so ausfallen«, sagte sie matt.
»Wir haben jede Menge Zeit. Hören Sie auf, sich Sorgen zu machen«, beschwichtigte Derry sie.
»Sie haben einen Schock erlitten«, erklärte Kimberly.
»Aber mir ging es gut, und plötzlich hatte ich einen Blackout.«
»Ist es möglich, dass Sie schwanger sind?«, fragte Kimberly.
Derry schien verwundert über ihre Frage, aber Ella war nicht im Geringsten beleidigt. »Nein, aber angesichts der vielen Katastrophen der letzten Zeit … und es waren nicht wenige … Nein, aber das ist nicht der Fall.«
»Haben Sie vielleicht nicht gefrühstückt?«, wollte Derry wissen.
»Ich kann mich beim besten Willen nicht erinnern, aber daran liegt es bestimmt nicht.«
»Sie bekommen allmählich wieder etwas Farbe«, bemerkte Kimberly. »Trinken Sie doch ein Glas Wasser.«
»Sie sind beide so freundlich.« Ella trank einen Schluck.
»Sollen wir einen Arzt holen?«
»Nein, Derry, vielen Dank. Das war doch nur eine dumme Ohnmacht. Nur die Nerven, denke ich. Kein Wunder, bei all dem, was von mir abhängt.«

»Sie sind kein nervöser Mensch, Ella. Das haben wir gerade zueinander gesagt, als Sie vorhin hereinkamen. Sie haben zwar keinerlei Erfahrung mit dem Filmgeschäft, aber Sie treten sehr ruhig und selbstbewusst auf …«, sagte Kimberly bewundernd.
»Ich hoffe, ich habe nicht so getan, als hätte ich mehr Erfahrung, als tatsächlich der Fall ist …«, meinte Ella ängstlich.
»Nein, ganz und gar nicht. Sie waren offen und ehrlich, haben aber nie nervös auf uns gewirkt«, entgegnete Derry.
»Gestern ging es mir auch noch gut«, entschlüpfte es ihr unfreiwillig.
Die beiden sahen einander unsicher an. »Und heute?«
»Und heute werde ich versuchen, wieder dort anzuknüpfen, wo wir gestern stehen geblieben sind … wenn Sie mir meinen kleinen Ohnmachtsanfall verzeihen. Ich werde versuchen, so etwas in Zukunft zu unterlassen.« Ellas Augen glitzerten verdächtig.
»Wir müssen nicht weiter …«
»Doch, es muss sein, Derry, oder zumindest ich muss. Das ist meine einzige Chance. Andere werden ihre Zeit nützen und sie nicht damit verschwenden, ohnmächtig hier auf dem Teppich zusammenzubrechen … Deshalb muss ich jetzt weitermachen.«
»Langsam, Ella, mal ganz langsam«, erwiderte Kimberly, leise lachend.
In Ellas Gesicht arbeitete es. »Nein, ich habe keine Zeit, es langsam angehen zu lassen. Ich habe mit Nick noch mal die Veröffentlichungs- und Verzichtserklärungen geklärt, über die wir gesprochen haben. Er hat die Sache im Griff. Offensichtlich haben sie denselben juristischen Stellenwert wie hier. Ich habe die entsprechenden Unterlagen dabei und kann sie Ihnen jederzeit zeigen.« Mit zitternden Händen öffnete sie ihren Aktendeckel. Ihr fiel auf, dass die beiden sie nicht aus den Augen ließen, als sie versuchte, die richtige Seite aus dem Stapel Papier herauszuziehen, aber irgendwie wollte es ihr nicht gelingen.
Schließlich beugte Derry sich vor, half ihr und legte die Seite auf den Tisch. »Ist schon gut, Ella«, sagte er. Seine Stimme war

sehr sanft, und auch Kimberlys Stimme, als sie sagte: »Ella, Sie haben es geschafft, Ihre Argumente haben uns überzeugt.«
»Was?« Ella war verwirrt.
»Es ist alles gut«, wiederholte Derry. »Sie brauchen uns nichts mehr zu zeigen, Sie bekommen das Geld. Jetzt müssen wir nur noch besprechen, wie der Film im Detail aussehen soll.«
Ella warf ihnen ungläubige Blicke zu. Inmitten dieses schrecklichen Albtraums hatte sich eine Sache so entwickelt, wie sie es kaum zu hoffen gewagt hatte. »Im Ernst?«, fragte sie, als könnten sie sie auf den Arm nehmen.
»Es ist unser voller Ernst«, antwortete Derry lächelnd.
Es war sein Lächeln, das das Fass zum Überlaufen brachte. Ella legte den Kopf auf den Tisch und weinte, bis die beiden befürchteten, ihr Herz könnte brechen.

KAPITEL ZEHN

Ella wusste danach kaum noch, wie sie in ihr Hotel zurückgekommen war. Sie erinnerte sich, dass Derry und Kimberly lächelnd nebeneinander in der Halle standen, während das gelbe Taxi sich in den New Yorker Verkehr einreihte. Irgendwo hörte sie eine Glocke läuten oder eine Uhr schlagen. Es war erst zehn Uhr morgens. Sie ging auf ihr Zimmer und rief sofort Firefly Films an.

»Wie ist es gelaufen?« Sie konnte die ungeheure Anspannung in Sandys Stimme hören.

»Es ist vorbei, Sandy«, sagte sie. »Es ist zu Ende. Ich kann es kaum glauben.«

Es folgte kurzes Schweigen, und dann hörte sie, wie Sandy zu Nick sagte: »Okay, Nick, sie hat ihr Bestes gegeben, aber es hat nicht geklappt. Sie sagt, es ist vorbei. Nick, sie hat sich wirklich angestrengt.«

Die liebe, gute Sandy, immer loyal und hilfsbereit. Sie versuchte alles, um das traurige Gesicht des Mannes aufzuheitern, den sie liebte.

»*Nein*, Sandy … *nein* … Wir bekommen das Geld, sie geben es uns. Wir haben gewonnen.«

Ella hörte ein Keuchen, dann wurde das Telefon weitergereicht.

»Ist das möglich?« Nicks Stimme zitterte.

»Schau in einer halben Stunde bei deinen E-Mails nach. Sie schicken dir eine Bestätigung, Nick.«

»Ich kann es nicht glauben. Du hast es tatsächlich fertig gebracht, die Präsentation durchzuziehen, bei allem, was heute … bei allem, womit du fertig werden musstest. Du bist eine

Heldin, Ella, eine gottverdammte Heldin. Wie hast du das nur geschafft?«

»Frag besser nicht. Danken wir lieber Gott oder sonst wem, dass es geklappt hat.«

»Was hast du zu ihnen gesagt, Ella? Erzähl es uns, wir wollen alles wissen – jedes Wort, jeden Seufzer.«

»Das interessiert euch bestimmt nicht.«

»Doch, und wie. Wir sitzen hier seit über einer Stunde wie auf Kohlen … Jetzt geht sie dorthin, haben wir gedacht, und jetzt sagt sie das und jetzt jenes.«

»Aha.«

»Ella, *bitte*, wir haben hier Panik geschoben, während du vor Ort warst. Es ist dein Werk! Erzähl es uns!«

»Zuerst bin ich ohnmächtig auf dem Fußboden zusammengebrochen, dann haben sie mich auf einen Stuhl gesetzt, und als ich gerade so richtig mit meiner Präsentation anfangen wollte, haben sie mir erklärt, dass wir es geschafft hätten, und anschließend habe ich ungefähr eine Stunde lang wie ein Schlosshund geheult, vielleicht war es aber auch nur eine Viertelstunde …«

»Sie ist ja völlig von der Rolle«, sagte Nick zu Sandy. »Wahrscheinlich hat sie auch getrunken. Wir werden erst was Vernünftiges aus ihr herausbekommen, wenn sie sich wieder beruhigt hat.«

»Brenda?«

»Sind Sie das, Ella? Alles in Ordnung?«

»Ja, bestens … ich rufe nur an …«

»Es tut mir so Leid wegen Don. Es muss ein schrecklicher Schock für Sie gewesen sein.«

»Ja, das war es.«

»Aber Menschen, die so etwas Entsetzliches tun, haben oft gar keine Ahnung, was sie da anstellen …«

»Nein, er wusste ganz genau, was er tat, aber deswegen rufe ich nicht an …«

»Sind Sie noch … nun, dort, wo Sie hinfuhren?«
»Ja, ich bin in New York. Es ist jetzt nicht mehr wichtig, ob das jemand erfährt oder nicht. Er kann jetzt niemanden mehr auf mich ansetzen. Was er auch nie getan hätte.«
»Nein, selbstverständlich nicht«, murmelte Brenda tröstend.
»Ach, übrigens, wir haben die Finanzierung. Wir können das Projekt starten«, fuhr Ella stolz fort.
Brenda schien überrascht, dass sie darüber überhaupt sprechen konnte. »Na, sehr schön. Das ist ja wunderbar. Gut gemacht. Und Gott sei Dank hatten Sie alles unter Dach und Fach, ehe Sie sich mit dieser Tragödie auseinander setzen mussten.«
»Tja, ganz so war es nicht. Ich habe es erst heute Morgen zu Ende gebracht, kurz nachdem ich das mit Don erfahren hatte. Ich sagte doch, ich würde anrufen, sobald ich es wüsste.«
»Sie sind wirklich eine bemerkenswerte junge Frau, Ella. Das muss ich schon sagen.«
»Nein, im Gegenteil, ich bin am Ende meiner Nerven, wenn Sie es genau wissen wollen.«
»Keiner von uns weiß, was im anderen vor sich geht.«
»Nein, das ist es nicht. Ich weiß, was in seinem Kopf vor sich ging. Er hat mich geliebt, er hat mich wirklich geliebt. Wissen Sie, er hat mir kurz vor seinem Tod noch einen Brief geschrieben. Stellen Sie sich das vor, Brenda!«
»Das ist … das ist … außergewöhnlich«, stammelte Brenda.
»Es ist unglaublich«, erwiderte Ella und legte auf.

»Ich glaube, sie hat einen Nervenzusammenbruch«, sagte Brenda leise.
»Aber das mit dem Film stimmt«, erwiderte Patrick. »Sandy war vor einer halben Stunde da und hat mir ein paar Erklärungen zum Unterschreiben gegeben. Es läuft bereits alles an.«
»Aber sie kann doch nicht plötzlich glauben, dass der Kerl sie wirklich geliebt hat«, fuhr Brenda fort. »Vier Monate hat

sie gebraucht, um darüber hinwegzukommen, und jetzt kann sie doch nicht annehmen, dass er sich plötzlich anders besonnen hat – zwei Minuten, bevor er sich umbrachte. Das ist mir zu simpel, zu glatt. Und kein Wort darüber, was aus Margery und den Kindern geworden ist, keine Erwähnung von Ricky Rice.«

»Auch wenn ich mich von Tag zu Tag mehr wie mein alter Vater anhöre – die Sache ist meiner Meinung nach noch lange nicht ausgestanden«, sagte Patrick.

»Deirdre, sie hat die Finanzierung für uns an Land gezogen«, strahlte Nick. »Sie hätte dich gern selbst aus New York angerufen, aber das kommt uns allmählich doch zu teuer.«

»Recht hab ihr, nur weiter so«, feixte Deirdre. »Wenn ihr so richtig dicke, fette Filmproduzenten werden wollt, lautet die Regel Nummer eins: Haltet euer Geld zusammen.«

»Sehr lustig. Aber auf jeden Fall wird sie früher wieder zu Hause sein, als wir dachten. Wenn der Typ tot ist, braucht sie sich nicht weiter zu verstecken.«

»*Falls* er tot ist«, sagte Deirdre.

Tim und Barbara Bradys Telefonat mit New York dauerte drei Minuten. »Ich kann nicht lange reden«, sagte Ella, »nur kurz die *gute* Nachricht: Der Film ist unter Dach und Fach.«

»Gratuliere, Ella«, rief ihre Mutter.

Ellas Vater blieb müde in seinem Sessel sitzen. Es war kein guter Tag für ihn gewesen. Der Tod von Don Richardson hatte einen Schlussstrich unter alle Hoffnungen gezogen, die seine Klienten hinsichtlich einer möglichen Rückerstattung ihrer Investitionen noch gehabt hatten. Einige hatten ihn bereits angerufen. Es waren keine leichten Gespräche gewesen. Er bemerkte die Freude auf dem Gesicht seiner Frau, als sie ihm begeistert erzählte, dass Ella es geschafft hatte, die King Foundation zur Finanzierung ihres Projekts zu bewegen. Und da Don nicht län-

ger eine Bedrohung darstellte, würde sie bald wieder nach Hause kommen und sich nicht länger in New York verstecken.
»Wieso freust du dich denn gar nicht, Tim? Das sind doch wunderbare Neuigkeiten«, klagte Barbara.
»Das sind wirklich gute Nachrichten«, sagte er und zwang sich zu einem Lächeln. Nicht wenige Leute, mit denen er heute gesprochen hatte, hatten die Ansicht geäußert, Don Richardson könne seinen Selbstmord nur vorgetäuscht haben. Am nächsten Morgen waren diese Zweifel auch in einigen Zeitungen zu lesen gewesen. Es wurden alte Geschichten wieder aufgewärmt von Leuten, die neben ihren sorgfältig gefalteten Kleidungsstücken Abschiedsbriefe am Strand hinterlassen hatten und Jahre später in verschiedenen Ländern mit verschiedenen Pässen wieder aufgetaucht waren. Aber dagegen sprach, dass die Familie Richardson zum Zeitpunkt seines Ertrinkungstodes bereits im Ausland gewesen war. Es gab überhaupt jede Menge Dinge, die nicht zusammenpassten und zu Fragen und Spekulationen in den Artikeln diverser Zeitschriften führten.
Was war aus seiner Familie geworden? Aus seiner Frau, den Söhnen und dem Schwiegervater, die ihm angeblich so am Herzen lagen? Sie waren nicht aus ihrem Versteck gekommen, um ihn zu betrauern. Wieso hatte Don Richardson seine Brieftasche und seine Dokumente offen in einen Wagen gelegt, den er erst an diesem Morgen gemietet hatte? Was war mit dem fehlenden Geld passiert? Er musste in den vier Monaten einen falschen Namen benutzt haben. Lebte seine Familie immer noch unter diesem Decknamen? Und wenn die unterschlagenen Gelder immer noch im Besitz der Familie waren, wem war dann mit Don Richardsons Selbstmord gedient? Außerdem waren nicht einem Betroffenen die Verluste zurückerstattet worden.
Die Presse verfolgte noch einige Tage diese Spur: Das Geheimnis der in Spanien verbrachten Monate. Das Luxusleben, das die Richardsons an der Costa del Crime, der Küste des Verbrechens, wie sie einmal genannt wurde, geführt haben mochten.

Der unbekannte Aufenthaltsort der trauernden Familie. Und wie immer beteuerten die spanischen Behörden ihre enge Zusammenarbeit mit der irischen Polizei bei der Fahndung. Die Bemühungen waren verstärkt worden, die Familie unter den rund um die Unglücksstelle im Exil lebenden Briten und Iren zu finden. Sie hatten jedoch zu nichts geführt. Niemand hatte je etwas von dieser Familie gehört. Es gab keine Spur mehr von ihnen seit jenem Morgen vor vier Monaten, als sie mit ihren eigenen Pässen in Spanien eingereist waren. Seitdem waren sie nirgends mehr gesehen worden.
Aber in dem Maße, in dem andere Dinge geschahen und in den Vordergrund rückten, verschwanden die Geschichten und die Spekulationen über Don Richardson wieder aus den Schlagzeilen. Und die Öffentlichkeit kehrte zu der Annahme zurück, dass er tatsächlich ertrunken war. Brenda bekam aus Gesprächsfetzen im Restaurant mit, dass das Pendel wieder in die andere Richtung ausschlug. Don war in Dublin bisher noch nicht gesehen worden. Wenn er seinen eigenen Selbstmord tatsächlich inszeniert hätte, dann doch sicher nur, um der Anonymität des spanischen Exils zu entfliehen und zurück an jenen Ort zu kommen, an dem er etwas zu sagen gehabt hatte – nach Dublin, wo er jemand gewesen war. Don, der risikofreudige Abenteurer kannte bestimmt genügend Leute, die ihn versteckt hätten. Aber nicht das kleinste Gerücht war im Umlauf.

Ella war wieder voll einsatzfähig. Freundlich und mit großem Interesse ließ sie sich von Derry einigen Leuten aus seiner Finanzabteilung vorstellen, mit der Firefly Films das endgültige Budget beschließen würde. Sicherheitshalber prägte sie sich alle Gesichter und die dazugehörigen Namen ein.
Kimberly machte ihr den Vorschlag, sie solle sich bereits abgedrehte Filme über ähnliche Themen ansehen, und stellte für sie den Kontakt zu einem privaten Vorführstudio her. Wenn

man von den Kings eingeführt wurde, öffneten sich einem Tür und Tor. Ella wurde täglich klarer, wie wichtig die beiden in dieser Stadt sein mussten. Sie war froh, das nicht bereits zu Anfang gewusst zu haben.
Fast jeden Abend war sie mit Derry zum Essen in einem Restaurant verabredet. Er wählte stets das Menü für sie aus und schien ihre Gesellschaft sehr zu genießen. Er hasse es nämlich, allein in Restaurants zu speisen, erklärte er ihr, und würde deshalb meistens irgendetwas mitnehmen und zu Hause hinunterschlingen. Sie erspare ihm also die üblichen Verdauungsbeschwerden. Sie konnten gut miteinander reden. Ella fragte ihn nie, wie ein so reicher und offensichtlich so begehrter Single wie er es schaffte, sich den Avancen der interessierten Damenwelt New Yorks zu entziehen. Stattdessen erzählte sie ihm Anekdoten aus ihrer Kindheit. Sie verschwieg ihm auch nicht, dass sie mit ihren Eltern im ausgebauten Schuppen ihres alten Hauses wohnte, erklärte aber nie, weshalb.
Derry revanchierte sich mit Geschichten aus seinen Ferien in Alberta; er und seine beiden Brüder hatten oft den ganzen Sommer bei den Großeltern in Kanada verbracht. Fünf Jahre lang war das so gegangen, und es war immer etwas Besonderes gewesen. Er sagte nicht, weshalb seine Mutter sie nie begleitet hatte, und Ella fragte nicht.
Sie beschrieb ihm ihre Freundschaft mit Deirdre, die sie seit ihrem zehnten Lebensjahr kannte, und erzählte ihm von Nick und Sandy, die bald heiraten würden. Sie erwähnte auch, dass ihr die Arbeit in der Schule fehlte, dass sie in diesem Sommer aber unbedingt zusätzlich Geld hatte verdienen müssen.
In seinen Augen schien das völlig normal zu sein. Er selbst war mit fünfzehn von der Schule abgegangen und hatte sich mit diversen Jobs über Wasser gehalten. Mit zwanzig war ihm allerdings klar geworden, dass er irgendeine Ausbildung bräuchte, wenn er seinen Brüdern eine Lebensgrundlage bieten wollte. So hatte er schließlich eine Stelle als Hausmeister in einem Col-

lege angenommen und die Arbeitszeiten so gelegt, dass er nebenher noch Wirtschaftslehre studieren konnte. Natürlich war es nicht einfach gewesen, Böden zu wischen und Abfalleimer auszuleeren, während die anderen Jungen Sport trieben oder sich in Bowlinghallen vergnügten. Aber kein Mensch hatte es immer leicht im Leben, und hin und wieder hatte er das Glück gehabt und zusätzlich als Nachtwächter gearbeitet, wo er nebenbei lernen konnte. Und so hatte er in seinen Prüfungen gut abgeschnitten und Stipendien erhalten. Und er hatte auch seine Brüder im College untergebracht.

Ella stellte ihm keine Fragen, sondern gestand ihm ihre Sehnsucht nach Geschwistern. Und sie verschwieg ihm auch nicht Deirdres Kommentar, die ihr stets erklärt hatte, wie überbewertet Geschwister seien. Kaninchen würden denselben Zweck erfüllen.

Er hatte schallend gelacht. »Das scheint mir ja eine zu sein, diese Deirdre.«

»Oh, Sie werden sie ja kennen lernen in Dublin.«

»Ich werde aber nicht nach Dublin kommen, Ella«, lautete seine Antwort.

»Tut mit Leid, habe ich ganz vergessen.«

Ella hatte beschlossen, ihn nicht zu drängen. Und vielleicht wäre es ja auch besser, wenn er nicht käme. Sie wären viel freier in ihren Entscheidungen.

Über seine Arbeit als Kopf einer enorm erfolgreichen Firma für Büroeinrichtungen, einer der größten in den Vereinigten Staaten, sprach er nur selten. Das sei alles Teamarbeit, meinte er, und er habe eigentlich nur das Glück gehabt, ein Bedürfnis, das nicht permanenten Veränderungen unterworfen war wie die Software von Computern, zur rechten Zeit erkannt zu haben. Kimberly habe Hervorragendes im Marketingbereich geleistet, und eigentlich sei die Firma vom ersten Tag an reibungslos und fast von selbst gelaufen, sodass er nicht täglich präsent sein müsse. Das war der Grund, weshalb ihm so viel Zeit

für seine Stiftung blieb, was er sehr genoss. Sicher, manchmal müsse auch er geschäftliche Entscheidungen treffen, die nicht immer rücksichtsvoll waren und die er tief im Herzen verabscheute. Musste er eine Abteilung seiner Firma schließen, sorgte er jedoch stets dafür, dass alle Angestellten entweder umgeschult oder in den vorzeitigen Ruhestand geschickt wurden.
Es war wirklich eine Freude, mit ihm zusammen zu sein, dachte Ella. Kimberly musste in Larry einen ganz besonderen Menschen getroffen haben, um einen Mann wie Derry King zu verlassen.

Jeden Abend, wenn Ella vom Essen mit Derry King ins Hotel zurückkam, setzte sie sich vor ihren Computer und sah sich die irischen Tageszeitungen an. Mit Entsetzen las sie von dem Verdacht, Don könnte nicht tot sein. Wenn das wahr, wenn das möglich wäre. Sie würde in jeden Winkel der Erde reisen, um ihm zu sagen, dass sie ihn liebte. Dass sie verstand, weshalb er tun musste, was er getan hatte. Aber sie wusste, dass er tot war. Er hatte ihr schließlich einen Abschiedsbrief geschrieben.
Hin und wieder war auch von Margery und den Kindern die Rede. Spekulationen wurden angestellt, wo sie sich versteckt halten könnten. Doch nur Ella wusste, wo sie waren. In Playa de los Angeles, wo sie unter ihrem Namen lebten und sich Brady nannten. Es war eine merkwürdige Vorstellung, einfach zum Telefonhörer greifen und den Behörden ihre Adresse geben zu können. Aber das würde sie nicht tun. Don hatte eine illoyale Freundin, die alles vermasselte, nicht verdient. Er hatte nur seine Pflicht getan und für diejenigen gesorgt, die seiner Fürsorge am meisten bedurften: seine Kinder, deren Mutter und deren Großvater.
Und auch für Ella hatte er gesorgt. Er hatte dieses Bankschließfach eingerichtet, über das sie leicht an das Geld kommen konnte, um alle Probleme ihres Vaters zu lösen. Ach, wenn er doch nur am Leben wäre, wenigstens für einen Nachmittag,

dann würde sie ihm sagen, wie erleichtert sie war, dass er sie doch geliebt hatte.
An die Stelle der Leere der vergangenen vier Monate war ein seltsames Gefühl des Friedens getreten.

Und irgendwann waren alle Formalitäten erledigt. Ella hatte ihren Rückflug für den kommenden Donnerstagabend gebucht.
»Mir werden unsere Verabredungen zum Abendessen sehr fehlen«, seufzte Derry.
»Mir auch, aber da Sie nicht nach Irland kommen wollen, um sie dort fortzusetzen, können wir nichts dagegen machen, oder?«, entgegnete sie.
»Da heute unser letzter Abend sein wird, würde ich vorschlagen, dass wir zu mir gehen«, sagte er.
»Das wäre schön.« Ella fühlte sich geschmeichelt. Sie wollte nämlich unbedingt seine zweistöckige Wohnung sehen, über die sie schon so viel gelesen hatte. Voll mit Bildern junger Künstler sollte sie sein. Viele von ihnen waren wertvoll, da die Maler mittlerweile berühmt geworden waren. Doch Derry King kaufte, was ihm gefiel, und nicht das, vom dem er meinte, es könnte im Wert steigen.
Auch Kimberly schien es zu bedauern, dass Ella abreiste, und sie lud sie auf ein letztes Mittagessen ein.
»Sie werden dabei sogar Larry kennen lernen«, versprach Kimberly. »Und das Privileg gönne ich nicht jeder attraktiven Frau, die meinen Weg kreuzt.«
»Oh, ich bin keine attraktive Frau«, erwiderte Ella lachend, und das war ihr Ernst. Seit sie nach New York gekommen war, hatte sie immer wieder feststellen müssen, wie wenig glamourös, wie schlicht und unscheinbar sie aussah.
»Oh, Sie sind eine äußerst attraktive Frau, Ella Brady«, widersprach Kimberly, und auch sie meinte es ernst. So ernst, dass Larry sich nur auf einen Cocktail zu ihnen gesellen durfte.
Er sah wirklich sehr gut aus mit seinem halb langen, dunklen

Haar, dem Designeranzug und der dunkel getönten Sonnenbrille, die er mit großspuriger Geste abnahm, als er Kimberly mit beiden Armen weit von sich hielt, damit er und alle anderen besser ihr graues Seidenkostüm bewundern konnten. Dann erst ließ er einen anerkennenden Blick über Ella wandern und strich kurz über ihr langes, blondes Haar.

»Perfekt«, sagte er, als wäre er von einer Jury aus Preisrichtern um seine Meinung gebeten worden. »Einfach perfekt.« Und dann an den Kellner gewandt: »Bin ich nicht ein Glückspilz, gleich mit zwei schönen Frauen auf einen Cocktail verabredet zu sein?«

»Sehr glücklich, der Herr«, sagte der chinesische Kellner, der mit einem Blick die Situation umrissen und erfasst hatte, dass die Dame in grauer Seide diejenige mit der Kreditkarte war.

Larry leistete ihnen eine halbe Stunde lang Gesellschaft und erzählte atemlos und aufgedreht von verschiedenen Dramen und Weinkrämpfen hinter den Kulissen der Präsentationsräume. Diese Einkäuferin habe gedroht, alles niederzubrennen, wenn sie ihre Order nicht bekäme, und jener Designer habe angekündigt, auf die Inseln zu verschwinden, noch bevor er seine Frühjahrskollektion fertig gestellt habe.

»Welche Inseln?«, wollte Ella interessiert wissen.

»Ach, ist doch egal, wen kümmert das, Ella. Er wird ohnehin nicht hinfahren, der will doch nur Aufmerksamkeit auf sich ziehen«, erklärte Larry.

Er stellte keine Fragen zu Kimberlys Vormittag, den sie zusammen bei ihrer Werbeagentur verbracht hatten. Er fragte auch nicht, was Ella mit ihrem langen, blonden Haar und ihrem irischen Akzent in New York zu suchen hatte. Aber er war außer sich vor Vorfreude auf eine Vernissage, zu der das Paar an diesem Tag noch eingeladen war. Die Ausstellung fände zwar so weit außerhalb statt, dass man meinen könne, man sei in Albany. Aber sie *müssten* nun mal da hin, und Kimberly *müsste* vorher unbedingt noch nach Hause und sich umziehen. Und falls sie in Versuchung geraten solle, zum Mittagessen Spaghetti Carbonara zu bestellen, dann dürfe sie nicht vergessen, dass der Reißverschluss ihres neuen, hautengen Kleids keinen Millimeter Spiel mehr habe. Sie solle es sich also zweimal überlegen, bevor sie Pasta bestellte!

Und dann war er auch schon wieder fort – Küsschen hier und Küsschen da –, in der sicheren Gewissheit, dass jeder Gast in der Bar seinen Abgang mitbekommen hatte.

»Ist er nicht was Besonderes?«, sagte Kimberly stolz.

Ella wusste nicht so recht, was sie darauf erwidern sollte.

»Ganz anders als Derry, wie Sie ja sehen können«, fuhr Kimberly fort.

»O ja, völlig, das ist richtig.«

Ella hatte gerade dasselbe gedacht und sich gefragt, welcher Laune des Augenblicks Kimberly King es wohl zu verdanken hatte, sich zu einem Mann wie Larry hingezogen zu fühlen. Vielleicht hatte es ihr gefallen, durch ihn Zutritt zur Welt der Mode zu bekommen. Aber dafür Derry King aufzugeben, Derry mit seinem zerknautschten Lächeln und seiner Fähigkeit, bereits im Voraus zu wissen, was man dachte und sagen wollte … Für einen Mann, der sich permanent selbst im Spiegel bewunderte. Das überstieg ihr Vorstellungsvermögen.

»Larry gibt mir das Gefühl, wieder jung zu sein«, beantwortete Kimberly die Frage, die Ella nicht laut gestellt hatte.

»Ja, er ist voller Leben, und außerdem sieht er wirklich umwerfend gut aus.«

Ella hoffte, genügend Enthusiasmus in ihre Stimme gelegt zu haben, um Kimberlys bewunderndem Blick, mit dem sie Larry angesehen hatte, zu entsprechen.

»Und er hält mich auf Trab. Ich hatte tatsächlich überlegt, Pasta zu bestellen, bevor er mich an mein neues Kleid erinnerte.« Kimberly kicherte leise und griff zur Speisekarte, um einen Salat ohne Dressing zu bestellen.

»Ich nehme dasselbe«, sagte Ella.

»Nein, Sie essen gern, bestellen Sie, was Ihnen schmeckt«, widersprach Kimberly.

»Ich bin heute Abend mit Derry verabredet. Da bekomme ich noch genug zu essen«, erklärte Ella.

»Wo führt er Sie denn hin?« Kimberly interessierte sich sehr für gute Restaurants, auch wenn sie dort selten mehr als dreihundert Kalorien zu sich nahm.

»Er lädt mich zu sich nach Hause ein. Ich freue mich schon darauf.«

»Na, dann sollten Sie damit rechnen, erst einmal zwei Stunden stümperhafte Kunst betrachten zu müssen. Er hat wirklich alles behalten, jeden Krempel, aber auch wertvolle Sachen. Oh, und erinnern Sie ihn, rechtzeitig genug beim Heimservice zu bestellen. Oft denkt er erst daran, wenn es zu spät ist.«

»Sie beide sind wirklich köstlich. Immer zum Scherzen aufgelegt, und keine Verbitterung.«

»Weswegen sollte ich verbittert sein? Derry ist ein wunderbarer Mensch. Er hat mir die Hälfte von allem gegeben. Damit habe ich die Firma mit Larry gegründet. Und er ist ein Realist. Es hat keinen Sinn, mich halten zu wollen, wenn ich gehen will, hat er gemeint. Ich hätte dasselbe für ihn getan, wenn er derjenige gewesen wäre, der sich in eine andere verliebt hätte. Es bringt doch nichts, etwas am Leben erhalten zu wollen, das schon längst tot ist.«

Ella dachte an Margery Rice. Angenommen, sie hätte ebenso gedacht? Wäre dann alles anders gekommen? Sie hätte die Hälfte von Dons Vermögen haben können. Mehr sogar. Sie hätte ihn gehen lassen. Don hätte nicht diese Risiken auf sich nehmen müssen. Er wäre heute noch am Leben. Und er und Ella wären zusammen. Einen Augenblick lang wollte Ella Kimberly die ganze Geschichte erzählen.

Kimberly war eine gute Gesprächspartnerin. Auf ihrem ebenmäßigen Gesicht spiegelte sich stets aufmerksames Interesse, aber keine aufdringliche Neugier wider. Hätte Ella sich aussprechen wollen, hätte sie in ihr eine mitfühlende Zuhörerin gefunden. Einen Moment lang war sie in Versuchung, aber dann entschied sie sich dagegen. Es war ihr letzter Tag in New York. Morgen würde sie nach Irland zurückkehren. Wer weiß, was noch vor ihr lag, und viele Entscheidungen mussten getroffen werden. Da war das Geld in dem Schließfach. Die Tatsache, dass sie wusste, wo Dons Familie sich aufhielt. Sie würde sich das alles reiflich überlegen müssen. Eine emotionsgeladene Beichte beim Mittagessen war im Augenblick nicht das, was sie brauchen konnte.

»Ich werde Ihnen beiden niemals genug danken können für Ihre Solidarität. Genau das hatte ich nötig.« Höflich, aber bestimmt schloss sie damit das Thema ab.

Kimberly begriff sofort. »Und wir sind immer für Sie da, wenn Sie uns brauchen.«

»Es gibt tatsächlich etwas, über das ich gerne mit Ihnen sprechen würde, falls das nicht zu indiskret ist. Ist Derry wirklich so absolut gegen einen Besuch in Irland? Es wäre fabelhaft für uns, wenn er käme.«

»Absolut. Sein Vater hat seine Frau geschlagen, hat gesoffen und war generell ein brutaler Bursche. Und Derry sieht den Grund dafür schlicht darin, dass er Ire war.«

»Das sitzt also wirklich sehr tief. Gut, dann werde ich es nicht weiter versuchen.«

»Ich wünschte, Sie würden weiter dranbleiben. Es täte ihm gut. Er muss irgendwann mal in dieses Land und sich von seinen Dämonen befreien.«

»Sie meinen, das würde helfen?«

»Vielleicht sieht er die Dinge dadurch wieder normaler. Diese fixen Ideen über Irland sind nämlich genau sein wunder Punkt, müssen Sie wissen. Damit hatten wir zwei schon während unserer Ehe Schwierigkeiten. Nur wegen seines Vaters muss er gleich ein ganzes Land verdammen.«

»Aber wieso hat er sich dann entschlossen, ausgerechnet ein irisches Projekt zu unterstützen?«
»Weil er dachte, dass der Film die dortigen Verhältnisse auf die Schippe nehmen und der Lächerlichkeit preisgeben würde.«
»Aber jetzt weiß er es doch besser. Ich habe ihm alles bei unserem ersten Treffen erklärt.«
»Er ist fair genug, ein einmal gegebenes Wort zu halten. Er würde niemals Ihre Hoffnungen wecken, Sie hierher kommen lassen und dann nur wegen seiner Vorurteile wieder alles abblasen. Aber Sie wollten wissen, wieso er überhaupt auf die Idee kam, und ich habe es Ihnen gesagt. Er dachte, er könnte damit seine Wut auf das Land abreagieren.«
»Er wirkt immer so ruhig und gelassen.«
»Er *ist* ruhig und gelassen. Er hat finanziell für seine ganze Familie gesorgt, er hat praktisch seine Brüder großgezogen, und sie vergöttern ihn. Er wollte auch seiner Mutter ein schönes Haus ein Kanada kaufen, wo sie aufgewachsen ist, und konnte es nicht verstehen, dass sie in New York geblieben ist. Sie ist jetzt schon so lange hier, dass sie zur New Yorkerin geworden ist.«
»Also ist sie nicht weggezogen?«, fragte Ella.
»Nein, sie hatte ja alle ihre Freunde und Bekannten im Viertel, und die paar wenigen glücklichen Erinnerungen an ihren Mann haben sie bestimmt auch hier gehalten. Derry konnte das alles nicht begreifen. Sein Vater ist nun mal sein schwacher Punkt. Er setzt nicht einen Schritt in ein irisches Pub oder hört irische Musik. Seiner Meinung nach werden dort nur Suff und Gewalt verherrlicht. Er wird sich nie ändern, es sei denn, er fährt irgendwann mal nach Irland und macht die Erfahrung, dass die Leute dort genauso normal sind wie überall auf der Welt und nur versuchen, über die Runden zu kommen.«
»Sind Sie mal in Irland gewesen, Kimberly?«, fragte Ella.
»Wieso fragen Sie das?«
»Die Art, wie Sie über Irland sprechen, lässt mich das vermuten.«

»Sie haben Recht. Als unsere Probleme immer größer wurden, fuhr ich hin. Ich habe sogar seine Verwandten besucht. Vollkommen normale Leute. Ich habe ihnen nichts von Derry erzählt, sondern mich nur ein bisschen umgehört. Er hat zwei Cousins, die als einfache Maler angefangen haben und jetzt ihr eigenes Geschäft betreiben. Sie sind ihm in vielen Punkten sehr ähnlich. Aber er wird sie leider nie kennen lernen.«

»Haben Sie ihm das erzählt?«

»Ich habe es versucht, aber es hatte wenig Sinn. Dann lernte ich Larry kennen und hatte andere Dinge im Kopf.«

»Wie lange sind Sie und Larry jetzt verheiratet?«, wollte Ella wissen.

»Achtzehn Monate. Ich hoffe, es hält.« Kimberly stieß ein heiseres kleines Lachen aus.

»Warum so pessimistisch, Kimberly? Er betet sie an. Das sieht man doch.«

»Ah, ich wünschte, ich hätte Ihren Glauben und Optimismus.«

»Oh, aber es ist so. Sie haben doch Augen im Kopf. Und Derry betet Sie auch an. Er sieht Sie an, als würde er Sie immer noch sehr lieben.«

»Nein, Derry liebt mich nicht mehr. Er ist nur ein guter Freund. Aber er kümmert sich um mich, und er behält Larrys schlimmste Extravaganzen im Auge. Er glaubt, ich wüsste das nicht. Und ich habe ihn auch gerne, als Freund. Waren Sie und dieser Don Richardson Freunde?«

»Was?«

»Ich weiß, dass Sie ihn geliebt haben. Aber waren Sie Freunde?«

»Nein, waren wir nicht. Er hat mich verlassen. Er war kein Freund in dem Sinn. Aber er liebte mich, er hat es mir geschrieben in der Nacht, bevor … in der Nacht, bevor das passierte.«

Kimberly suchte ganz offensichtlich nach einer passenden Erwiderung. Ella kam ihr zu Hilfe. »Es ist schon in Ordnung. In dem Moment hat sich alles für mich verändert. Jetzt, da ich weiß, dass er mich wirklich geliebt hat, steht mir wieder alles offen.«

»Ich sehe es Ihnen an, dass es so ist«, meinte Kimberly. Und in der Tat, Ellas Gesicht wirkte ruhig und heiter. Was immer dieser Mann ihr geschrieben haben mochte, sie glaubte es, und es tat ihr gut.

Die Führung durch Derrys private Gemäldegalerie war sehr vergnüglich. Mit einem Glas Wein in der Hand schlenderten sie an den Bildern entlang, während Derry King ihr von den jungen Künstlern und ihrer Auffassung von Kunst erzählte. Viele der Künstler stammten aus Städten, wo ihre Geschwister und Nachbarn in Gangs organisiert waren und Drogen nahmen oder damit handelten. Trotzdem gelang es ihnen, auch in diesem Leben Schönheit zu sehen.

Derry King ließ das Essen auch nicht von einem Heimservice kommen, sondern führte Ella in seine mit allen Schikanen ausgestattete Küche und kündigte an, im Wok eigenhändig etwas für sie zu brutzeln. Er hatte sich vom Metzger das Fleisch bereits in dünne Streifen schneiden lassen, und auch das Gemüse war vorbereitet. »Allerdings hat das nicht viel mit Kochen zu tun. Ich werfe einfach alles in den Wok und rühre um«, meinte er entschuldigend.

»Einspruch, selbstverständlich hat das was mit Kochen zu tun«, versicherte ihm Ella. »Sie sind selbst zum Metzger gegangen, und Sie haben keine Heerscharen von Hauspersonal, das bei Tisch bedient.«

»Haben Sie denn so etwas erwartet?« Derrys Gewohnheit, mit einfachen, direkten Fragen zu kontern, war ihr gleich bei ihrem ersten Treffen aufgefallen. Irgendwie fühlte man sich dadurch genötigt, mehr über sich preiszugeben, als man beabsichtigte.

»Tja, natürlich weiß ich, dass Sie sehr wohlhabend sind, und das hier ist ein äußerst vornehmes Haus. Wahrscheinlich habe

ich deshalb erwartet, dass entsprechendes Hauspersonal, das Ihnen die Tür öffnet und für Sie kocht, mit dazugehört«, gab sie zu.
»Würden Sie denn so leben?«
»Nein! Das wäre mir nicht recht. Wenn ich so eine Wohnung hätte, würde ich die Arbeit selbst erledigen, ganz gleich, wie viel Geld ich verdiente.« Sie sah sich bewundernd um.
»Ich muss gestehen, ganz ohne Hilfe komme ich nicht aus. Dreimal in der Woche kommen ein paar Leute, wenn ich nicht da bin. Sie putzen und bügeln, und heute habe ich sie angerufen und gebeten, für mich das Gemüse vorzubereiten. War das Betrug?« Sein Lächeln wirkte ansteckend.
»Ich möchte wetten, die Damen vergöttern Sie«, lachte Ella.
»Oh, das möchte ich bezweifeln. Ich bin für Sie nur eine weitere Putzstelle an einem langen, ermüdenden Arbeitstag in Manhattan.«
»Wahrscheinlich sind Sie ihr einziger Kunde, der so viel Verständnis für sie aufbringt.«
»Ich finde es auch bewundernswert, was sie tun. Sie haben eine Marktlücke erkannt und ausgefüllt.«
»Haben Sie sie gefunden oder Kimberly?«
»Das war ich. Kim hatte immer lieber Personal, das ständig im Haus war. Wir führten damals ein ganz anderes Leben in einer völlig anderen Umgebung.«
»Dann haben Sie beide hier nie zusammen gewohnt?«
»Gott, nein. In Kims Augen ist das hier eher ein Wohnbüro als ein richtiges Zuhause. Nein, ihre Wohnung – also, unsere gemeinsame Wohnung, als wir noch zusammen waren – bestand aus einer wahren Flucht von Wohnräumen, die alle ineinander übergingen ... perfekt für große Einladungen. Hier habe ich nicht viele Gäste ... wie Sie vielleicht bemerken ... Das hier entspricht mir mehr.«
Und dann kam es Ella vor, als würde sehr höflich eine Jalousie heruntergelassen, so als würde er sagen: Für heute bis hierhin

und nicht weiter, Ella Brady. Jetzt ist Schluss mit persönlichen Fragen …

Stillschweigend akzeptierte sie die Grenze und erzählte ihm stattdessen von ihren Plänen für den kommenden Tag. Sie hatte einen kleinen Geldbetrag für Geschenke gespart, falls ihre Mission von Erfolg gekrönt wäre, und damit würde sie nun einkaufen gehen.

»Ich weiß, Frauen lieben so etwas«, bemerkte er mit leiser Wehmut. »Ich kann dem nichts abgewinnen, Kleidung ist für mich nur da, um mich warm und bedeckt zu halten.«

»Oh, ich werde nichts zum Anziehen kaufen. Ich meine eher irgendwelche Mitbringsel, Sie wissen schon … eine Mini-Klappe für Nick und Sandy, als Beweis, dass sie jetzt tatsächlich groß im Filmgeschäft mitmischen, ein paar große Sonnenblumen aus Papier für meine Mutter, eine Baseballmütze für meinen Vater, ein Rüschennachthemd für Deirdre, ein Buch mit Tischdekorationen zu Thanksgiving für Brenda und Patrick vom Quentins. Übrigens, ein Geschenk habe ich schon. Ein Hundehalsband für Simon und Maud, so eines wie das, das Sie so entsetzlich fanden.«

»Ich habe es nicht entsetzlich gefunden. Im Gegenteil, es hat mich zutiefst berührt«, protestierte er.

»Ich bitte Sie, Derry, enttäuschen Sie mich nicht. Wenn ich dieses Land verlasse, möchte ich weiterhin Respekt vor Ihrer Ehrlichkeit haben können«, erwiderte Ella lachend.

»Dann sehen Sie sich mal das an.« Er öffnete seine Brieftasche und nahm eine Polaroidaufnahme von einem Welpen heraus, der mit einem hoffnungslos entwaffnenden Grinsen und schräg geneigtem Kopf in die Kamera blickte. Um seinen Hals trug er das glitzernde, mit Steinen besetzte Band.

»Sie haben es tatsächlich einem Tier umgehängt! Sie sind ja wirklich einmalig!«, rief sie.

»Das ist nicht irgendein Tier und auch nicht irgendein Hund. Sie sehen hier den berühmten Fennel vor sich.«

»Sieht Fennel nicht prächtig aus mit seinem neuen Halsband!«
»Es gefällt ihm ganz offensichtlich. Im Zwinger haben sie mir erzählt, dass er es sich nicht mehr abnehmen lassen will. Er winselt so lange, bis man es ihm wieder anlegt. Vielleicht kennen Sie sich ja besser aus mit Hunden als ich.«
»Er lebt in einem Zwinger?«
»Irgendwo muss er ja hin. Hier kann er nicht bleiben. Er ist mir eines Nachts nachgelaufen, aber ich konnte ihn doch nicht einfach seinem Schicksal überlassen.«
»Vielleicht gehört er jemandem.«
»Fennel hat nie jemandem gehört. Er ist in irgendeiner Gasse auf die Welt gekommen, vielleicht ist seine Mutter getötet worden. Bis er mich gefunden hat, hat er sich ganz allein durchgeschlagen. Fennel ist ein Überlebenskünstler. Er hat sich einen der wenigen Menschen in ganz New York herausgesucht, der ihm nach einem tiefen Blick in seine treuen Augen für den Rest seines Lebens ein luxuriöses Dasein ermöglichen würde. Ich bin mit ihm im Park spazieren gegangen. Dank dieses Halsbandes haben wir ein paar merkwürdige Blicke geerntet … Aber was weiß ich schon? Vielleicht beneiden ihn die anderen Hunde ja.«
»Sie sind ein sehr gutherziger Mann, Derry King«, sagte Ella.
»Und Sie eine sehr gutherzige Frau, Ella Brady. Sie gehen Geschenke für Ihre Freunde einkaufen, obwohl man Ihnen das Herz gebrochen hat«, antwortete er.
Und von dem Augenblick an war plötzlich alles anders, so, als wären sie bereits ein Leben lang Freunde gewesen.
Sie half ihm, den Salat anzumachen, und erzählte ihm nebenbei von Don, von ihrer ersten Begegnung bis hin zu dem Brief, der im Haus ihrer Eltern abgegeben worden war.
Er stellte ihr Fragen, nicht aufdringlich, aber so, dass das Gespräch nie ins Stocken kam. »Hat er eigentlich einen traurigen Eindruck auf Sie gemacht, als Sie zusammen in Spanien waren?«

»Ja, in der Tat, manchmal. Mir war aber nicht klar, dass es die Anspannung war, einen Fluchtort vorbereiten zu müssen. Ich dachte eher, es läge an seinem Wunsch, dass es für immer so bliebe … ich meine, wir beide zusammen da unten.«

»Vielleicht *war* das ja der Grund«, erwiderte Derry.

Und dann erzählte sie ihm von dem lähmenden Schock, als sie in den Zeitungen lesen musste, dass er viele Menschen um ihre gesamten Ersparnisse gebracht hatte. Eine Geschichte von Betrug nach der anderen.

»Was war dabei das Schlimmste für Sie?«, wollte Derry wissen.

»Zu Anfang waren das die Artikel in den Zeitungen über ihn und seine Frau, über dieses Paar, das sich angeblich so nahe stand, was jedoch nicht der Fall war, wie ich wusste. Das hat sehr wehgetan. Aber am allerschlimmsten war der Anblick meines Vaters, der versuchte, tapfer zu sein. Mein armer, anständiger, hart arbeitender Vater, der nie im Leben jemanden hintergangen hätte und dessen Karriere nun mit Schimpf und Schande endete, weil *mein* Freund ihm falsche Tipps gegeben hatte. Es war schon schlimm genug für ihn, dass ich eine Affäre mit einem verheirateten Mann hatte, das allein war schon Grund genug für ihn und meine Mutter, sich schrecklich aufzuregen. Aber dann auch das noch. Das war unerträglich. Ich konnte den Gedanken daran buchstäblich nicht mehr ertragen, und das war auch der Grund, weshalb Nick und alle anderen mich mit diesem Projekt betraut haben … damit ich auf andere Gedanken kam.«

»Und sehen Sie, was Sie daraus gemacht haben!«, bemerkte er bewundernd.

»Ah, daran haben alle anderen ebenso ihren Anteil, und nicht zuletzt Sie, der Sie mir in den vergangenen Tagen so viel geholfen haben. Und was bekommen Sie als Dank von mir? Ein Hundehalsband für Fennel. Und jetzt sitze ich da und plappere Ihnen seit Stunden die Ohren voll.«

»Nein, das stimmt doch gar nicht. Im Gegenteil, Sie sind von einer bemerkenswerten Ruhe.«

»Das bin ich tatsächlich, weil ich jetzt weiß, dass er mich geliebt hat. Ein paar Monate lang dachte ich, dass ich mir das vielleicht nur eingebildet hatte, dass alles nur ein Hirngespinst von mir gewesen war.«
»Aber jetzt ist er tot, Ella. Sie werden ihn nie mehr wiedersehen. Sind das nicht trübe Aussichten für Sie?«
»Es ist in der Tat eine Verschwendung, eine wahnsinnige Verschwendung. Aber es ist nun mal geschehen, und das Leben muss weitergehen.«
»Und wenn Sie wieder zu Hause sind …«
»Dann werde ich mit dem Quentins-Projekt so viel um die Ohren haben, ich verspreche Ihnen …« Sie lächelte ihn an.
»Nein, das meine ich nicht. Ihnen stehen vier wichtige Entscheidungen bevor, und das ziemlich bald.«
»Vier Entscheidungen?« Sie war überrascht von seiner Präzision.
»Erstens … ob Sie das Geld für Ihren Vater abheben wollen. Zweitens … ob Sie den Laptop den Behörden übergeben. Drittens … *falls* Sie ihn übergeben, ob Sie vorher die Information über den Aufenthaltsort seiner Frau und seiner Familie löschen. Und viertens … wenn Sie ihn *nicht* übergeben, was Sie dann damit tun werden. Ob Sie ihn wegwerfen oder behalten.«
»Kein Wunder, dass Sie geschäftlich so viel Erfolg haben, Derry. Sie verfügen über einen messerscharfen Verstand und kommen in Sekundenschnelle zum Kern einer Sache.«
»Ja, wie Sie ganz richtig sagten, das ist nur der Kern. Es gibt noch viele andere Dinge, die Sie bedenken müssen. Aber mir scheint, Sie haben gute Freunde, die Ihnen dabei helfen werden.«
»Ich werde Sie auf dem Laufenden halten, Derry.«
»Das müssen Sie nicht. Vertrauliche Äußerungen sind für mich etwas Heiliges. Man macht sie freiwillig, und nur wenn man will.«
»Das stimmt, aber zu einer vertraulichen Äußerung gehören

immer zwei Seiten, das heißt, auch der Zuhörer muss etwas von sich preisgeben.«

»Wie meinen Sie das?«

»Ich habe mein ganzes Herz und meine Lebensgeschichte vor Ihnen ausgebreitet«, sagte sie.

»Aber meine Lebensgeschichte kennen Sie doch.« Er versuchte, beiläufig zu klingen.

»Nein, eigentlich nicht. Was ist zum Beispiel so schrecklich daran, dass Sie es nicht ertragen können, in das Land zu fahren, in dem Ihr Vater geboren wurde? Er ist tot, und wie Sie so richtig über Don sagten, Sie werden ihn nie mehr wiedersehen.«

»Das steht auf einem ganz anderen Blatt, Ella.«

»Ich weiß, das sind für Sie weder trübe Aussichten noch eine Verschwendung wie für mich. Für Sie ist das vermutlich in Ordnung, weil Sie Ihren Vater und das, was er getan hat, rückblickend nur hassen können. Aber irgendwo musste er schließlich auf die Welt kommen, und zufälligerweise war das in meinem Land, und das macht Sie zu einem halben Iren, ob Ihnen das gefällt oder nicht.«

»Sie begreifen gar nichts.«

»Dann erklären Sie es mir.«

Und stockend fing er an zu erzählen. Über das Leben voller Enttäuschungen, das sein grobschlächtiger Vater geführt hatte. Über die Vorwürfe, die er allen und jedem deswegen gemacht hatte: dem Land, in dem er geboren war und das ihm damals in den Sechzigerjahren sein Auskommen nicht sichern konnte. Dem Land, in das er ausgewandert war und dessen Straßen nicht mit Gold gepflastert waren, wie er, falschen Versprechungen glaubend, eigentlich erwartet hatte. Seiner sanften, hart arbeitenden kanadischen Frau, weil sie sich nach dem Frieden und der Ruhe ihres Heimatlandes zurücksehnte. Seinen drei Söhnen, die einerseits nie gut genug, aber dann wieder zu gut für ihn gewesen waren. Derry erzählte von den Schlägen, die seine Mutter ertragen musste, die ihn deswegen aber nie angezeigt oder verlassen hätte. Seine Mutter vertrat nun mal die Meinung, dass es einfach wäre, in guten Tagen zu bleiben, dass sich aber erst in schlechten Tagen die Qualität einer Ehe erweisen würde.

Trauer und Zorn spiegelten sich auf Derrys Gesicht wider, als er von ihr sprach. »Sie harrte lieber in der schäbigen Wohnung aus, wo er sich oft tagelang nicht blicken ließ und sie einmal sogar mit einem Topf heißer Suppe verbrüht hatte.«

»Vielleicht hatte sie einfach nur Angst, in den kleinen Ort in Kanada zurückzukehren.«

»Sie hatte dort nichts zu befürchten. Sie hätte ihren Frieden gehabt, wäre respektiert worden … weit weg von alledem, das er ihr zugemutet hatte.«

Ella war klar, dass diese Frau auch glückliche Zeiten mit ihrem Mann erlebt haben musste. Es war nicht alles nur grau und elend gewesen. Es musste hoffnungsvolle Zeiten gegeben haben und die Aussicht, dass sie beide es schaffen könnten. Sie wünschte, sie besäße Derrys glasklaren Verstand und könnte sein Problem auch auf die vier wichtigsten Punkte reduzieren. Aber die Sache war komplizierter. Unter der Spitze dieses Eisbergs verbarg sich ein ganzes Leben voller Hass und Vorwürfe.

»Und deshalb verspüre ich nicht den geringsten Wunsch, auch nur einen Fuß in das Land zu setzen, in dem Jim Kennedy zur Welt kam, und mir die tollen Sehenswürdigkeiten anzusehen, von denen er immer erzählte, wenn er betrunken war.«

»Jim Kennedy?«, fragte sie.

»Mein Vater. Sie glauben doch wohl nicht, dass ich seinen Namen behalten habe? Auch wenn er mir sonst nichts gegeben hat. Wieso sollte ich seinen Namen annehmen? Ich habe ihn geändert, als ich alt genug dafür war. Und erstaunlicherweise ist man ziemlich früh im Leben alt genug dafür. Seit ich fünfzehn bin, heiße ich Derry King. Seit dem Tag, als ich zu arbeiten anfing.«

»Wir haben Ella gefragt, wie ihr das Baby nennen sollt, wenn es da ist«, sagte Maud zu Cathy Scarlet.

»Tatsächlich? Ist ihr ein Name eingefallen?«, fragte Cathy schmunzelnd.

»Sie hat gemeint, dass wir nur versuchen, von den vielen Gleichungen abzulenken«, antwortete Simon.

»Und, hatte sie Recht?«

»Teils, teils, aber wir haben nachgedacht, und uns sind ein paar ganz tolle Namen eingefallen.«

»Davon bin ich überzeugt. Aber wisst ihr, das ist wirklich eine sehr persönliche Angelegenheit, Simon. Tom und ich werden uns das überlegen, wenn es so weit ist.«

»Aber dann solltet ihr bald damit anfangen«, meinte Maud vorwurfsvoll. »Ihr wisst ja nicht, wie lange es noch dauert.«

»Na, so ungefähr wissen wir das schon. Und zwei Monate sind es mit Sicherheit noch«, erwiderte Cathy. »Aber in genau zwei Tagen kommt Ella wieder zurück, und dann fängt der Unterricht für euch wieder an. Ich kann nur hoffen, dass ihr eure Hausaufgaben gemacht habt.«

»Ihr Kopf ist aber schnell wieder zusammengeflickt worden«, beklagte sich Simon.

»Ich glaube, der war gar nicht gebrochen«, pflichtete Maud ihm bei.

Cathy überlegte, ob sie die beiden bitten sollte, Ella bei ihrer Rückkehr mit neugierigen Fragen zu verschonen. Schließlich hatte sie in ihrer Abwesenheit Entsetzliches erfahren müssen. Aber Ella wäre noch schlechter dran, wenn man die Zwillinge bat, sie mit Samthandschuhen anzufassen.

Ellas Mutter konnte keinen Schlaf finden. Und mit ihrem Mann reden konnte sie auch nicht. Nur sie drei kannten den Inhalt des Briefs. Ella hatte sich am Telefon bisher nicht zu Dons Angebot geäußert, ihnen das Geld zurückzuerstatten, das er ihnen genommen hatte. Tim lehnte es kategorisch ab, den

Inhalt des Bankschließfachs zu akzeptieren, um damit seine eigenen und die Schulden seiner Klienten zurückzuzahlen. Das wäre nicht fair. Es bestünden noch zu viele weitere Ansprüche Rice und Richardson gegenüber. Aber wenn Ella das Geld nähme und ihrem Vater gäbe, dann würde er es annehmen *müssen.* Barbara Brady betete, dass es ihr gelingen möge, sich neutral zu verhalten, wie ihr Mann sie gebeten hatte. Aber es fiel ihr ungeheuer schwer, mit anzusehen, wie schwach er war, und genau zu wissen, dass es nun einzig und allein in Ellas Macht lag, die Dinge zu regeln.

Sie saßen nebeneinander in der großen Wohnung und blickten hinaus auf die Lichter von New York. Das Gespräch, das sie führten, ging sehr tief und berührte sie im Innersten, wie sie es beide noch nie zuvor erlebt hatten. Aber es gab weder Tränen noch Zorn. Nicht einmal streckten sie die Hände nacheinander aus, um sich Trost zu spenden. Nicht einmal hatten sie das Gefühl, eine Bemerkung erklären oder sich dafür entschuldigen oder sie gar zurücknehmen zu müssen.
»Ich habe noch grüne Feigen als Dessert … Hätten Sie Lust darauf?«, fragte Derry.
»Ich liebe Feigen, gern«, sagte Ella.
Sie hatten nur wenig Wein getrunken. Ella war aufgefallen, dass er an einem Abend nie mehr als ein Glas trank. Die Reaktion auf seinen Vater schien tief verwurzelt zu sein.
»Mit Sahne?«, rief er aus der Küche.
»Ja, bitte.«
Plötzlich musste sie an Kimberlys Mann Larry denken, der seiner schönen Frau einschärfte, ja keine dick machenden Nudeln zu essen. Wahrscheinlich hatte ihr Derry, als sie noch seine Frau gewesen war, nie Feigen mit Schlagsahne serviert. Ella überlegte, ob er mit ihr wohl auch solche Gespräche geführt hatte wie sie beide heute Abend. Aber sie brauchte ihn ja nur zu fragen.

»Hat Kimberly Ihnen darüber hinweghelfen können?«
»Oh, sehr sogar«, antwortete er. »Sie haben ja miterlebt, wie gut sie mit Menschen umgehen kann, wie klug sie ist. Sie war immer der Ansicht, ich würde mich dadurch als Person reduzieren, und sie hatte natürlich Recht. Sie ist sogar nach Irland gefahren, um meine Wurzeln für mich zu suchen, aber ich wollte davon nichts wissen. Mir ist der Hass lieber. Ich will nicht, dass aus Jim Kennedy ein normaler, anständiger Mann wird, der nur ab und zu mal zu tief ins Glas geschaut hat. Ich habe mich doch nur deswegen so krumm gelegt, weil er ein Monster war.«
Ella hörte ihm aufmerksam zu und gab ihm nicht sofort eine Antwort. »Ich verstehe«, meinte sie schließlich. »Sie wollen also gar nicht, dass er normal ist, dass Sie normale Verwandte haben, die genauso hart arbeiten wie Sie. Sie wollen nicht, dass Ihr Vater eine normale Herkunft hat. Sie wollen, dass er weiter das rotäugige Ungeheuer ist, das dampfend und zischend direkt der Hölle zu entsteigen scheint.«
»So was in der Art«, stimmte er ihr kleinlaut zu.
Sie aßen schweigend ihre Feigen.
»Eigentlich sollten wir Ihre Lebensgeschichte verfilmen«, sagte sie lächelnd.
»O nein, der Film würde keinen Anklang finden. Es verkaufen sich doch nur Filme, in denen der verlorene Sohn nach Hause zurückkehrt, und alle lieben ihn, besaufen sich sinnlos und fangen zu tanzen an. Dann fährt der Knabe zu dem Geburtsort seines Vaters, vergießt ein paar Tränen und bittet seinen toten Vater um Verzeihung, weil er jahrelang nicht mehr mit ihm gesprochen hat. So etwas wollen die Leute sehen!«
»Ich wünschte, Sie würden mich morgen nach Dublin begleiten, aus vielerlei Gründen. Nicht Ihretwegen, sondern meinetwegen«, sagte Ella unvermittelt.
»Tatsächlich? Warum sagen Sie das?« Er war vorsichtig wie immer, interessiert, aber nicht aufdringlich.
»Es ist komisch. Ich kenne Sie jetzt gerade mal eine Woche,

aber mit Ihnen kann ich offen reden. Wenn ich morgen in Irland aus dem Flugzeug steige, bin ich wieder in einem Land, in dem alles passieren kann, in dem alles passiert ist. Ich muss zurück in eine Stadt, in die Don Richardson nie mehr einen Fuß setzen, wo er nie mehr atmen wird. Dieses Wissen ist hart für mich. Alle diese Entscheidungen, die Sie bereits angesprochen haben … Ich muss sie treffen, aber vielleicht mache ich alles falsch. Es wäre viel einfacher für mich, wenn Sie dabei wären. Mehr will ich damit gar nicht sagen.«

»Na gut«, sagte er.

»Was?«

»Dann komme ich eben mit«, sagte Derry King.

»Das geht doch nicht, nicht einfach so?«

»Aber Sie haben mich doch gerade darum gebeten.« Er schien überrascht.

»Ja, aber warum so plötzlich?«

»Wenn Sie das alles bewältigen und schaffen müssen, dann werde ich wohl noch mit ein paar alten Erinnerungen fertig werden«, erklärte er.

Und mit diesen Worten nahm er ihr den Teller aus der Hand, bevor er zu Boden gleiten konnte.

KAPITEL ELF

Ella hatte nicht bedacht, dass Derry Kings Sekretärin selbstverständlich ein Ticket erster Klasse für ihn buchen würde. Das merkten sie erst, als sie bereits am Kennedy Airport von New York waren. »Wie dumm von meinem Büro, nicht nachzufragen«, sagte er und stellte sich in die Schlange, um sein Ticket umzutauschen.

»Nein, bitte, Sie müssen unbedingt Ihren bequemen Platz behalten«, bat Ella ihn. Es war schon schlimm genug, dass er aus einer Laune des Augenblicks heraus mit nach Irland kam, da musste er nicht auch noch mit Rückenschmerzen und steifen Beinen aus der Touristenklasse des Flugzeugs steigen.

Aber er wollte nichts davon hören. »Es sind doch nur ein paar Stunden, und das wäre nicht sehr rücksichtsvoll von mir, und außerdem ist die erste Klasse voll, sonst würden wir für Sie nachbuchen.«

Ella spürte Panik in sich aufsteigen. Worüber sollte sie sechs Stunden mit ihm reden? Ständig würde sie denken, dass er ja eigentlich bequem seine Beine ausstrecken und einen Film seiner Wahl anschauen könnte.

Da hörten sie auf der anderen Seite der Abfertigungshalle eine Gruppe Männer lauthals lachen. Die Männer waren ziemlich rot im Gesicht und hatten wahrscheinlich schon ein paar Cocktails intus. Ella spitzte die Ohren und stellte mit Genugtuung fest, dass sie mit amerikanischem und nicht mit irischem Akzent sprachen.

»Ihre Landsleute«, sagte sie zu Derry.

»Wie meinen Sie das?«

»Sie haben mich dafür sensibilisiert, dass wir Iren angeblich immer laut und betrunken auftreten. Deshalb bin ich jetzt wirklich sehr erleichtert, Ihnen sagen zu können, dass die Herren dort drüben nicht aus meinem Land stammen, sondern aus Ihrem.«
»Oh, das ist aber schade. Ich dachte eigentlich, wir könnten ihnen gemeinsam einen ordentlichen Rüffel erteilen«, erwiderte er scherzend.
Derry war während des Fluges ein ebenso angenehmer Begleiter wie sonst auch. Sie unterhielten sich erst eine Weile, dann las er in einer Zeitschrift, und schließlich schlief er ein. Als die Stewardess das Wägelchen mit den zollfreien Waren durch die Reihen schob, fragte sie Ella: »Möchten Sie Ihren Mann vielleicht wecken, falls er etwas kaufen will?«
Ella hielt es nicht für nötig, richtig zu stellen, in welcher Beziehung sie zu Derry stand. »Nein, er will bestimmt nichts, und ich auch nicht, danke.«
Unter normalen Umständen hätte sie für Deirdre eine Flasche zollfreien Gin gekauft. Aber von normalen Zeiten konnte man im Augenblick wahrhaftig nicht sprechen.
Wieso hatte sie ihn nur gebeten, mit nach Dublin zu kommen? Jetzt musste sie sich auch um ihn kümmern und dafür sorgen, dass es ihm dort gefiel, sozusagen als Bestätigung, dass er das Richtige getan hatte, als er ihrem Projekt den Namen und die Finanzmittel seiner Stiftung zur Verfügung stellte. Sie würde Derry in ihr Leben mit einbeziehen und ihren Freunden und ihrer Familie vorstellen müssen. Natürlich würde sie das von der Tatsache ablenken, dass Dublin jetzt eine Stadt ohne Don war, und sie hätte sich auch ein wenig Zeit für sich allein gewünscht, um damit klarzukommen. Zeit, um Don zu betrauern, ohne sich gleich wieder kopfüber in Neues zu stürzen. Und Zeit, um ihre Entscheidungen zu treffen.
Aber der Gerechtigkeit halber musste gesagt werden, dass Derry sie nicht gebeten hatte, irgendwelche Arrangements für ihn zu

treffen. Das Hotel hatte sein Büro gebucht, und am Flughafen würde sie eine Limousine erwarten. Ihm war durchaus klar, dass sie sich wieder an ihre Arbeit machen musste. Und er wusste auch, dass sie nicht jeden Abend frei wäre, um mit ihm zum Essen zu gehen, da sie wahrscheinlich genau in den Restaurants, in die er sie gerne ausgeführt hätte, würde arbeiten müssen. Im Quentins zum Beispiel, oder in Colm's Restaurant in der Tara Road. Ihr Leben würde sich sehr von dem einer Dame der Gesellschaft unterscheiden, das sie in New York geführt hatte.
Ella betrachtete ihn, während er schlief. Derry war ein Mann, der sein Leben lang gearbeitet hatte. Er würde bestimmt verstehen, dass sie ihren Lebensunterhalt verdienen musste.
Irgendwann schlief auch sie ein. Sie träumte schlecht. Don Richardson wartete am Flughafen auf sie. Er war für vierundzwanzig Stunden aus dem Jenseits zurückgekehrt, um ihr eine Botschaft zukommen zu lassen, hatte aber vergessen, was es war. In ihrem Traum hatte Ella den Computer fest an sich gepresst.
Kurz vor ihrem Anflug auf Dublin wachte sie auf. Rosig schimmerte der frühe Morgen über Irland. Sie hörte, wie die Stewardess Derry King fragte, ob seine Frau auch den Sicherheitsgurt umgelegt habe, und auch er machte sich nicht die Mühe, sie zu korrigieren.
In dem Moment wurde Ella mit erschreckender Klarheit bewusst, dass kein Don am Flughafen oder sonst irgendwo jemals wieder auf sie warten würde. Sie biss sich auf die Lippen, um kein bekümmertes Gesicht zu machen. Falls Derry etwas bemerkt haben sollte, so sagte er nichts. Er sah stattdessen aus dem Fenster auf die grüne Landschaft hinaus. Es war schwer, seinen Gesichtsausdruck zu deuten.
Dann landete das Flugzeug, und sie hatten keine Zeit mehr, irgendetwas zu besprechen.

Ella war nie zuvor anders als mit dem Bus in die Stadt gefahren. Es war ein eigenartiges Gefühl, die Straße vom Rücksitz ei-

nes großen, schwarzen Mercedes aus zu sehen. Der Chauffeur wollte von Derry wissen, wie er fahren solle. Ella fiel ihm ins Wort und bat, bei Derrys Hotel am Stephen's-Green-Park abgesetzt zu werden, von dort würde sie dann schon nach Hause kommen.
Derry ging erst gar nicht auf sie ein. »Bitte zuerst in die Tara Road«, sagte er nur, ohne lange darüber zu diskutieren.
Keiner von beiden äußerte sich zu der Stadt, die sie beide mit neuen Augen sahen. Ella freute sich, dass sie gutes Wetter hatten an diesem frischen Spätsommertag. Die morgendliche Rushhour hatte noch nicht begonnen. Die Straßen sahen aus, als hätte sie erst kürzlich ein Regenschauer von allem Unrat gereinigt.
Unmöglich, dass er die Stadt auf den ersten Blick abstoßend fand. Im Gegenteil, ihre Schönheit musste ihm doch geradezu ins Auge fallen.
Derry war mit anderen Dingen beschäftigt. Er stellte mit Freude fest, dass wieder etwas Farbe in Ellas Gesicht zurückkehrte. Bei der Landung war sie sehr blass gewesen. Kein Wunder bei den schweren Schicksalsschlägen, die sie im Laufe von vier Monaten hatte einstecken müssen. Zuerst der Verlust des Mannes, den sie für ihre große Liebe hielt, dann der finanzielle Ruin ihrer Familie. Und schließlich der Selbstmord, der letzte und endgültige Verlust. Nicht leicht für sie, wieder hierher zurückzukommen, aber schließlich hatte sie Freunde in der Stadt. Sie würde darüber hinwegkommen.
Sie verabredeten, dass sie ihn später vom Hotel abholen sollte, um gemeinsam früh zu Abend zu essen.
»Das ist ja eine wunderschöne Straße«, bemerkte er, als sie zur Tara Road kamen.
»Ja, aber zurzeit muss ich hintenherum, durch den Lieferanteneingang«, bemerkte sie mit einem kleinen Lächeln.
»Nicht für immer, Ella«, tröstete er sie.
»Wer weiß«, erwiderte sie schulterzuckend.

»Soll ich den Wagen die Gasse hochfahren, Madam?«, wollte der Chauffeur wissen,
»Nein, die ist zu eng, fürchte ich. Lassen Sie mich einfach hier an der Ecke raus, bitte.«
Der Chauffeur machte Anstalten, ihren Koffer zu tragen, aber sie wollte nichts davon wissen.
»Bis heute Abend um sechs, Derry.« Und dann eilte sie davon, noch ehe jemand etwas sagen konnte. Sie lief die enge Gasse hinter den großen Häusern der Tara Road entlang, wo ihre Eltern bereits seit Stunden wach waren und durch die Fenster ihres ehemaligen Schuppens Ausschau nach ihrer Tochter hielten.

Ella konnte nicht schlafen. Sie versuchte es, aber es wollte ihr nicht gelingen. Ihre Mutter war zur Arbeit gegangen, ihr Vater saß am Küchentisch und breitete irgendwelche Unterlagen um sich aus. Die großen Sonnenblumen aus Papier sahen auf ihrem Platz am Fenster tatsächlich so fröhlich aus, wie sie vermutet hatte. Sie blickte hinüber zu dem großen Haus, in dem ihre Eltern seit ihrer Hochzeit bis zu diesem Sommer gewohnt hatten. Dabei fiel ihr ein, dass Derry King erklärt hatte, dies würde nicht ewig so bleiben. Vielleicht dachte ein Mann in diesem Punkt anders. Ihm standen schließlich mehr Möglichkeiten offen, entsprechende Pläne zu schmieden und sich darum zu kümmern, sein Eigentum wiederzubekommen. Während Ella freudig auf alles verzichtet hätte, nur um Don noch ein einziges Mal wiederzusehen. Sie sehnte sich danach, schlafen zu können, denn sie war unendlich müde, erschöpft und überwältigt von dem Gefühl, dass ihr Leben von nun leer wäre und im Grunde nichts mehr eine Bedeutung hätte.

Derry King lief in seinem Hotelzimmer auf und ab. Er hatte einen steifen Hals vom Flug, und seine Augen brannten. Theoretisch sollte er eigentlich schlafen können. In der Vergangenheit war seine Fähigkeit, sich nach Flügen kreuz und quer durch die Vereinigten Staaten zu Kongressen, Versammlungen und Verkaufskonferenzen einfach hinzulegen und einzuschlafen, bereits legendär gewesen.

Aber hier war das anders. Hier war er umgeben von den Straßen, die der junge Jim Kennedy entlanggegangen war. Das war das Land, das ihm kein Auskommen beschert und kein Verständnis entgegengebracht hatte, die Stadt, der er entflohen war, um ein besseres und angenehmeres Leben zu finden. In einem Hotel dieser Kategorie wäre einer wie Jim Kennedy nicht willkommen gewesen. Man hätte ihn nicht einmal durch die Tür gelassen. Die kleinen Pubs jedoch mit den Familiennamen über der Tür, an denen sie auf ihrer Fahrt vom Flughafen vorbeigekommen waren, die wären schon eher sein Fall gewesen. Hier im örtlichen Telefonbuch waren Menschen aufgeführt, die Derry alles darüber hätten erzählen können.

Aber er wollte nichts fragen und nichts erfahren. Er wusste eigentlich überhaupt nicht, was er hier sollte. Jahrelang hatte er sich dagegen gewehrt, sinnlose Reue zu empfinden und seine Zeit mit dem Wunsch zu verschwenden, irgendwo anders zu sein. Dafür hatte sein Vater viel zu oft das sentimentale Argument »wenn doch nur« angeführt. Derry King wollte damit nichts zu tun haben. Er würde keine Zeit mit der Frage verschwenden, weshalb er den Entschluss gefasst hatte, hierher zu kommen, oder sich gar wünschen, er wäre geblieben, wo er war, und stattdessen jeden Tag einen dreistündigen Spaziergang mit Fennel im Central Park zu machen. Jetzt war er hier, und er würde das Beste daraus machen. Und wenn der Schlaf nicht kommen wollte, dann würde er eben losziehen und in dem Park gegenüber von seinem Hotel spazieren gehen.

Brenda Brennans Freundin Nora stand in der Küche und arbeitete. Sie wusste, dass der Amerikaner in der Stadt war, der Mann mit dem Geld, um den Film über das Quentins zu drehen.

»Meinst du, er schaut mal inkognito hier im Restaurant vorbei?«, fragte die Signora, während sie geschickt das Gemüse putzte und in kleine Würfel schnitt, das Blouse Brennan in erdverkrusteten Holzkisten triumphierend in die Küche schleppte.
»Nein, ich denke, dafür ist er zu clever«, erwiderte Brenda nachdenklich. »Früher oder später muss er uns ja kennen lernen, und da will er bestimmt nicht so dastehen, als hätte er uns vorher heimlich ausspioniert.«
»Das stimmt auch wieder, aber ich möchte wetten, dass er vielleicht doch mal einen verstohlenen Blick durchs Fenster wirft, meinst du nicht auch?«, fragte die Signora.
»Bestimmt sogar«, antwortete Brenda lachend.
Patrick Brennan betrachtete die beiden. Die Freundschaft von zwei Frauen war wirklich etwas Besonderes. Brenda und Nora O'Donoghue standen sich nahe, seit sie sich an der Fachschule für Gastronomie kennen gelernt hatten. Selbst die Jahre, die Nora in Sizilien verbracht hatte, hatten der Freundschaft nichts anhaben können; die ganze Zeit über hatten sie sich lange Briefe geschrieben. Und es spielte auch keine Rolle, dass die eine das Restaurant führte, in dem die andere gerade Gemüse putzte. Sie waren immer noch ebenbürtig. Sie glichen immer noch zwei jungen Mädchen, die kichernd spekulierten, ob ein reicher Amerikaner daherkommen und einen Blick durchs Fenster werfen würde. Patrick wünschte sich, dass auch Männer solche Freundschaften haben könnten – ohne Geheimnisse, ohne den Zwang, etwas voreinander verbergen zu müssen.

»Meinst du, er ist der Typ Mann, der sich in mich verlieben könnte?«, wollte Deirdre wissen, als sie sich im Café trafen.
Ella hatte sie gebeten, sich mit ihr in der Mittagspause zu treffen, und jetzt aßen sie gerade ein Sandwich in der Nähe von Deirdres Labor.
»Nein, das halte ich für ausgeschlossen. Er kennt eigentlich nur

seine Arbeit. Er hat nur Arbeit, Kunst, seine Projekte, noch mehr Arbeit und heimatlose Hunde im Kopf. Da bleibt keine Zeit für jemanden wie dich«, wiegelte Ella ab.

»Hey, warum sollte mich das nicht auch interessieren?«, protestierte Deirdre.

»Ich weiß, du verfügst über außerordentliche Fähigkeiten, Dee. Das ist mir nicht neu … Aber was weiß ich schon? Vielleicht verliebt ihr euch ja unsterblich ineinander, wenn ihr euch seht.«

»Und, werde ich ihn sehen?«

»Selbstverständlich wirst du das. Ich bin noch am Überlegen, aber im Quentins geht es nicht. Das muss offiziell und auf die Arbeit beschränkt bleiben … Und bei uns zu Hause ist es zu eng, sonst hätte ich ihn am Sonntag eingeladen, damit er alle meine Freunde kennen lernt …«

»Wenn du willst, könnte ich Sonntagmittag bei mir eine kleine Einladung geben«, schlug Deirdre vor.

»Würdest du das wirklich für mich tun, Deirdre? Wir könnten auch Nick und Sandy hinzubitten«, erwiderte Ella freudig.

»Auch deine Eltern können kommen, und Tom und Cathy«, fuhr Deirdre fort.

»Oh, Dee, was würde ich nur ohne dich tun?«

»Nuala ist übrigens wieder in der Stadt, aber sie kommt wohl eher nicht in Frage, oder?«, meinte Deirdre.

»Nein, eher nicht.« Ein Schatten legte sich auf Ellas Gesicht.

»Tut mir Leid, dass ich sie überhaupt erwähnt habe«, entschuldigte sich Deirdre. »Aber vielleicht läuft sie dir ja in der Stadt über den Weg, sie oder ihr bornierter Frank.«

»Meinst du, er wird jetzt endlich seinen Mund halten und Don in Frieden ruhen lassen, jetzt, da er tot ist?«

»Möchtest du eine ehrliche Antwort von mir hören?«

»Natürlich will das.«

»Ich glaube eigentlich nicht, dass Typen wie Frank und seine Brüder irgendjemanden in Frieden ruhen lassen, solange sie der Meinung sind, dass er ihnen Geld schuldet.«

»Ach ja, willkommen in der Wirklichkeit, Ella«, sagte Ella wehmütig zu sich selbst.

»Aber du hast die Wirklichkeit doch nie verlassen, Ella! Im Gegenteil, du schlägst dich tapfer angesichts all dessen, was dir zugemutet wird. Wirklich.«

»Du hast Recht, ich werde jetzt nicht untergehen.«

»Ich plappere auch nur deswegen so viel Unsinn, weil mir die Worte fehlen, dir ins Gesicht zu sagen, wie Leid mir das mit Don tut. Es muss ein Albtraum sein für dich, und ich will einfach nur, dass du das weißt.« Tränen standen in Deirdres Augen.

»Überlegen wir uns lieber, was wir am Sonntag essen könnten«, sagte Ella, die versuchte, von sich abzulenken. Im Moment war ihr alles recht, alles, nur kein Mitgefühl.

Tom und Cathy freuten sich sehr über die Einladung zum Mittagessen. Da mussten sie wenigstens einmal nicht selbst kochen und bedienen. Eine verlockende Aussicht. Aber ein Problem gab es, das sie noch zu lösen hatten.

»Deirdre, wir würden liebend gern zum Essen zu dir kommen, und wir bringen dir auch ein köstliches Dessert aus unserer Tiefkühltruhe mit«, bot Tom an.

»Aber das ist nicht nötig. Natürlich würde mich das freuen, aber ihr müsst wirklich nicht …«

»Doch, das müssen wir.«

»Wieso?«, fragte Deirdre misstrauisch.

»Weil wir dich nämlich fragen müssen, ob wir die Zwillinge mitbringen dürfen. Wir sollten am Sonntag eigentlich auf sie aufpassen. Muttie und Lizzie machen einen Ausflug, und wir haben versprochen, die Kinder zu nehmen. Die zwei sind aber bekanntermaßen so nervtötend, dass wir uns überlegt haben, eine Roulade *und* eine Früchtebaisertorte als Wiedergutmachung zum Essen beizusteuern.«

»Wie nervtötend?«, wollte Deirdre wissen.

»Einfach schrecklich neugierig und indiskret. Sie stellen einem die intimsten Fragen, ohne rot zu werden. Vielleicht bieten sie sogar an, für uns zu tanzen, aber das können wir wahrscheinlich noch abbiegen.«

»Wieso? Vielleicht können wir sie ja, wenn die Situation es erfordert, zur Unterhaltung gut gebrauchen. Ella meint, dass die zwei oft recht nützlich sein können. Selbstverständlich dürfen sie mitkommen, und ich besorge sogar noch Pudding für sie.« Deirdre schien nicht im Geringsten schockiert zu sein.

»Was könnten Maud und Simon wohl schlimmstenfalls zu diesem reichen Amerikaner sagen?«, wollte Cathy nach ihrem Telefonat von Tom wissen.

»Momentan haben sie es mit dem Paarungsverhalten. Sie könnten ihm Fragen zu seinen sexuellen Vorlieben stellen«, meinte Tom.

»Stimmt, die wollen bestimmt wissen, mit wem er ins Bett geht. Ich habe mir auch schon gedacht, ob sie nicht vielleicht in dem Film mitspielen wollen. Du weißt doch, wie gerne sie überall mitmischen«, sagte Cathy.

»Ich bin überzeugt, dass er mit ihnen fertig wird.« Tom hoffte, dass er sich sicherer anhörte, als er sich fühlte.

Ella stattete Firefly Films einen Überraschungsbesuch ab. Keiner rechnete mit ihr, und so hatte sich auch noch niemand einen Kommentar zurechtgelegt.

»Das ist alles so unfair, Ella«, begann Sandy.

»Die Leute haben ihn einfach zu sehr unter Druck gesetzt«, meinte Nick lahm, der früher der Ansicht war, kein Fegefeuer sei heiß genug für einen wie Don Richardson.

»Ja, danke, wenn Derry King wieder in New York ist, werde ich mich an eurer Schulter ausweinen, darauf könnt ihr euch verlassen. Aber jetzt müssen wir an die Arbeit und das Beste aus seinem überraschenden Entschluss machen, mich hierher zu begleiten. Ich treffe ihn übrigens heute Abend, und wir gehen unsere Notizen noch mal durch.«

Ihre Gesichter hellten sich auf. Genau das hatten sie sich erhofft, aber sie wollten auch keinen unsensiblen Eindruck erwecken und die Tatsache übergehen, dass Ellas große Liebe sie erst im Stich gelassen und sich dann auch noch umgebracht hatte. Erleichtert setzten sie sich, um ihr weiteres Vorgehen zu besprechen.
Nick und Sandy betrachteten Ella mit unverhohlener Bewunderung, als sie sich entschlossen die Haare aus dem Gesicht strich und einen ganzen Arm voller Akten auf den Tisch legte, die teilweise mit bunten Aufklebern markiert waren.
»Es gibt verschiedene Möglichkeiten, wie wir vorgehen können. In gewisser Weise hängt das davon ab, wer vor der Kamera am besten erzählen kann. Aber jetzt schauen wir uns erst einmal unsere Geschichten an.«

Vorspeisen

Derek Barry hatte ein Paar reicher Klienten zum Mittagessen eingeladen. Er kannte sie persönlich nicht, aber Bob O'Neill, sein Partner, hatte auf der Einladung bestanden.

Die Erledigung ihrer Geschäfte brachte der Steuerkanzlei von Barry und O'Neill jede Menge Geld ein, aber nun drohten sie damit, sich eine andere Buchhaltung zu suchen.

Und deshalb musste er ihnen ein bisschen schöntun und sie hofieren. Bob hatte eigentlich vorgehabt, sich selbst um sie zu kümmern, aber sein Flugzeug kam nicht mehr rechtzeitig aus London weg, und so musste Derek die Stellung halten.

Es war ihm kaum Zeit geblieben, sich über sie zu informieren. Eigentlich kannte er nur ihre Umsätze und die Tatsache, dass Bob O'Neill, der Seniorpartner ihrer Firma, sie für ausgesprochen wichtig hielt.

Seufzend hatte Derek einen Tisch im Quentins reserviert.

Das war der Vorteil, wenn man der Vater des Restaurantbesitzers war. Man bekam immer einen Tisch. Er traf früh dort ein.

»Wo darf ich Sie platzieren, Mr Barry?« Brenda Brennan war wie immer ausgesprochen höflich, aber er spürte, dass sie ihn nicht mochte.

»Das ist nicht so wichtig, Brenda. Ich bin nur mit Klienten verabredet, eigentlich Klienten von Bob, nicht von mir. Die schwimmen in Geld – Neue-Markt-Millionäre oder so was. Aber niemand, den man kennt.« Er schüttelte missbilligend den Kopf.

»Ich hoffe, Sie werden trotzdem Ihren Lunch genießen, Mr Barry.«

Sie war wirklich sehr unterkühlt. Das gefiel ihm nicht. Schließlich war sie eine Angestellte seines Sohnes Quentin, ebenso wie ihr Mann, dieser kapriziöse Koch Patrick. Derek Barry – klein und selbstgefällig – nahm an seinem Tisch Platz mit dem Gefühl, nicht mit genügend Respekt behandelt zu werden.

Man brachte das Paar an seinen Tisch, beide Ende dreißig, beide eher dick und alles andere als elegant in ihrer billigen, schlecht sitzenden Garderobe. Die Frau hatte eine schäbige Handtasche bei sich, der Mann trug ein aufdringlich gemustertes Jackett. Sie wirkten deplatziert in diesem unaufdringlich stilvollen Restaurant, das bereits dezent weihnachtlich dekoriert war. Kleine Christbäumchen mit winzigen weißen Lichtern setzten bunte Akzente.

Aber Bob O'Neill hatte nun mal darauf bestanden, diese beiden nach Strich und Faden zu verwöhnen. Schließlich brachten sie der Firma einiges an Honorar ein. Derek Barry hatte nun dafür zu sorgen, dass es auch so blieb, indem er ihnen jeden Wunsch von den Augen ablas.

»Mr und Mrs Costello, ich freue mich, Ihre Bekanntschaft zu machen«, sagte er und stand auf. »Ich bin Mr Barry.«

»Kommt Bob O'Neill nicht zum Dinner?«, fragte die Frau überrascht, da der Tisch nur für drei gedeckt war.

»Äh … nein. Mr O'Neill lässt Sie herzlichst grüßen, aber Sie wissen ja, die Geschäfte … Er wurde in London aufgehalten. Und als zweiter Seniorpartner dachte ich mir, dass es an der Zeit ist, dass wir einander kennen lernen.« Derek fand es schrecklich, dass die Frau »Dinner« zu einem normalen Mittagessen sagte, und noch dazu an einem Ort wie diesem.

»Okay, also ich bin Jimmy, und das ist meine Frau Cath«, sagte der Mann.

»Aha«, räusperte sich Derek.

»Wie heißen Sie denn mit Vornamen?«, fragte Cath.

Ihr Verhalten zeugte eher von Ignoranz als von Unhöflichkeit,

dachte Derek. Die Frau hatte einfach keinerlei gesellschaftlichen Schliff. Er wünschte sich, er hätte sich die Zeit genommen, um sich genau zu informieren, in welcher Branche sie eigentlich tätig waren.
Er nannte ihnen seinen Namen.
»Dann mussten Sie also in den sauren Apfel beißen, Derek«, stellte Jimmy nüchtern fest, setzte sich und griff nach der Speisekarte.
Derek zuckte nervös zusammen bei der Unbekümmertheit, mit der sie ihn beim Vornamen nannten, und erkundigte sich vorsichtig, was er denn damit meine.
»Tja, das heißt, dass Bob O'Neill Sie zu diesem Dinner geschickt hat, damit Sie die Drecksarbeit für ihn erledigen«, erklärte Jimmy munter.
»Damit man Ihnen die Schuld in die Schuhe schieben kann, wenn wir bei Ihrer Firma aussteigen«, fügte Cath hinzu. »Gibt's hier eigentlich auch Bier vom Fass? Ich könnte jetzt ein Pint vertragen.«
Derek Barry wurde von einem leichten Schwindel erfasst. Die Dinge schienen seiner Kontrolle zu entgleiten. Leute, die »Dinner« zu einem Mittagessen sagten, im Quentins ein Pint Bier bestellen wollten und beiläufig darüber sprachen, seiner Kanzlei die Vertretung zu entziehen.
»Nun, wir sollten vielleicht nichts überstürzen«, sagte er.
»Da haben Sie Recht, bloß keine Hektik«, erwiderte Jimmy gutmütig. »Jetzt essen wir erst mal, und dann kommen wir mit in Ihr Büro und nehmen unsere Unterlagen gleich mit.«
Derek Barry spürte, wie langsam Zorn in ihm hochstieg. Hatte Bob O'Neill überhaupt realisiert, wie ernst die Situation war? Wahrscheinlich nicht. Jimmy und Cath Costello waren nicht die Art von Menschen, mit denen Bob auf gesellschaftlicher Ebene verkehrte. Aber er musste geahnt haben, dass irgendetwas im Busch war. Deshalb hatte er auch Derek als Prügelknaben geschickt.

Cath war mit der Speisekarte beschäftigt. »Nehmen wir alle eine Vorspeise?«, fragte sie mit fast kindlicher Begeisterung.
»Ich habe keine Ahnung, was das alles sein soll«, meinte Jimmy mit einem verwirrten Blick auf die Karte.
Derek Barrys Kanzlei stand kurz davor, wohlhabende Klienten zu verlieren, und diese Frau mit der krausen Dauerwelle und dem Nylonschal um den Hals legte so großes Selbstbewusstsein an den Tag, dass sie sich nicht einmal von einem Restaurant dieses Kalibers einschüchtern ließ.
Die freundliche Kellnerin stellte sich als Monica vor, kurz Mon, und bot ihre Beratung an. Das da seien winzig kleine Wachteleier auf Pastete, mit einer köstlichen Sauce serviert. Und das andere Nieren in Senfsauce auf getoastetem Weißbrot.
»Ich habe noch nie Wachteleier gegessen«, sagte Jimmy. »Aber ich liebe Nieren in Senfsauce. Da bin ich jetzt wirklich in der Zwickmühle.«
»Mir geht's genauso, Jimmy. Dann nehmen wir doch jeder zwei Vorspeisen, würde ich sagen.«
»Ich denke nicht …«, setzte Derek an, verstummte aber gleich wieder. Irgendetwas an Caths Gesichtsausdruck missfiel ihm. Es war, als könnte sie geradewegs durch ihn hindurchsehen, als sähe sie ihm seine Verlegenheit und seinen Snobismus an.
»Essen Sie auch zwei Vorspeisen und ein Hauptgericht?«, fragte sie Derek interessiert.
Er bemühte sich, seine Empörung und seine Missbilligung über ihr Geplapper nicht zu zeigen. Diese vulgären Menschen waren wichtig für seine Firma. Bob hatte erst an diesem Morgen gesagt, dass sie es sich nicht leisten konnten, ihren Etat zu verlieren. Derek wusste also, dass er jetzt seinen Charme spielen lassen musste.
»Bevor ich mich entscheide, was ich esse, würde ich sagen, dass wir uns etwas zu trinken bestellen, Cath und … äh … Jimmy, und dann erzählen Sie mir, was Sie eigentlich genau machen.«
»Aber Sie wissen doch, was wir tun«, sagte Cath. »Sie machen

doch unsere Buchhaltung und Steuererklärung. Sie müssen doch wissen, was wir tun.«

»Nun, wie Sie ganz recht sagten, eigentlich kümmert sich ja Bob O'Neill um Sie … Wir sind mittlerweile eine sehr große Kanzlei, mit vielen Klienten und vielen verschiedenen Aufgabengebieten … die Probleme, die mit einer Expansion einhergehen …« Hilflos sah er sie an.

»Warum haben Sie uns dann zum Dinner eingeladen?«, wollte Jimmy wissen und bearbeitete wütend sein Brötchen.

»Bob konnte dieses Mal ausnahmsweise nicht selbst kommen. Deshalb hat er mich in letzter Minute gebeten, für ihn einzuspringen… «

»Und Sie haben sich nicht über uns informiert?«, fragte Jimmy.

»Herrgott, wenn ich nicht über die Leute Bescheid wüsste, mit denen ich mich treffe, dann würde ich nicht einen Tag überstehen.«

Derek machte ein betretenes Gesicht. »Es tut mir Leid, Mr Costello – es tut mir Leid, Jimmy. Sie haben Recht. Es wäre nur höflich gewesen, aber ich habe mir nicht die Zeit genommen. Ich entschuldige mich. Können Sie mir trotzdem etwas über sich erzählen. Jetzt?«

»Was wollen Sie wissen, Derek?«, fragte Jimmy.

Derek überlegte, was er sie fragen sollte. »Haben Sie Kinder?«, hörte er sich selbst sagen. Er wunderte sich, wieso er ausgerechnet das gefragt hatte. Normalerweise stellte er nie Fragen über das Familienleben anderer Leute.

»Und Sie?«, entgegnete Cath mit kühler Stimme.

»Ja, einen Sohn. Er ist mir leider nicht in die Firma gefolgt, wie ich gehofft hatte. Ich hatte sogar schon einen Büroraum für ihn vorbereitet, aber ich fürchte, die Buchhaltung lag ihm überhaupt nicht.«

»Kann ich mir vorstellen!«, sagte Cath. »Und, hat er es allein auch zu was gebracht?«

»Und ob. Ihm gehört dieses Restaurant hier.«

»Na, dann müssen Sie ja hoch zufrieden sein mit ihm«, erwiderte Cath mit abwesendem Blick.
»Und Ihre Kinder?«, fragte Derek. »Sind Sie in Ihre beruflichen Fußstapfen getreten?« Wieder wusste er nicht, warum er ausgerechnet diese Frage stellte. Eigentlich war ihm das alles viel zu persönlich.
»Nein, bei uns war es eigentlich anders herum. Wir machen unsere Arbeit ihretwegen«, antwortete Jimmy.
Einen Moment herrschte Schweigen. Derek wusste, dass er lächeln und charmant sein musste. Morgen konnte er Bob O'Neill immer noch Vorwürfe machen, dass er ihn so schlecht vorbereitet zu diesem Treffen gehetzt hatte. Aber heute musste er diese Leute auf seine Seite bringen.
»Tatsächlich? Worin besteht denn nun Ihre Arbeit?«, fragte er. Das Gesicht tat ihm schon weh vom ununterbrochenen Lächeln.
»Wir schuften sechzehn bis siebzehn Stunden am Tag«, erwiderte Cath sachlich.
»Wir fangen in der Früh um sechs an, sind gegen zehn, elf fertig und schaffen es gerade noch auf ein Bier kurz vor der Sperrstunde«, erklärte Jimmy.
»Aber Sie könnten es sich doch leisten, nicht mehr ganz so hart zu arbeiten, oder?«, meinte Derek entsetzt.
»Schon, aber… «, antwortete Cath.
»Aber Bob O'Neill sagte mir, dass Sie finanziell unabhängig seien.« Derek staunte immer mehr. »Wieso arbeiten Sie dann noch so hart?«
»Um zu vergessen«, erwiderte Cath schlicht. »Damit wir nicht ständig an die Kinder denken.«
»Die Kinder?« Verwirrt blickte er von einem zum anderen.
»Bob hat Ihnen nichts erzählt?« Die Costellos konnten es kaum glauben.
»Nein, er hat mir nichts erzählt.« Derek fühlte Verlegenheit in sich aufsteigen.

»Unsere drei Kinder sind vor zehn Jahren bei einem Brand ums Leben gekommen. Wir haben darüber fast den Verstand verloren, aber irgendjemand hat uns gesagt, dass es besser werden würde, wenn wir hart arbeiten.«
Derek sah sie wortlos an.
»Und genau das haben wir getan«, fügte Jimmy hinzu.
»Stunde um Stunde, Jahr um Jahr«, sagte Cath. »Eine schlimme Zeit, aber es wäre noch schlimmer gewesen, wenn wir es nicht getan hätten, denke ich. Man kann natürlich nie sicher sein, aber mir wäre es bestimmt viel schlechter gegangen, wenn ich Zeit zum Nachdenken gehabt hätte.«
»Aber so konnten Sie sich wenigstens ein angenehmes Leben leisten«, bemerkte Derek. Er wusste nicht, wie er sein Mitgefühl besser zum Ausdruck bringen konnte als dadurch, die positiven Aspekte zu betonen.
Sprachlos starrten sie ihn an.
»Aber womit verdienen Sie denn jetzt Ihr Geld?« Derek ließ nicht locker.
»Wir treiben Geld auf«, sagte Cath. »Wussten Sie das denn nicht? Erzählt Ihnen Bob denn überhaupt nichts?«
»Langsam fange ich an zu denken, dass es tatsächlich so ist«, entgegnete Derek. »Er hat mir nur gesagt, Sie seien sehr reiche Leute.«
»Die ein Dinner wert sind?«, fragte Jimmy.
»Ja, die ein Dinner wert sind.« Derek schämte sich.
»Und Sie haben nicht gewusst, dass wir Ihre Kanzlei verlassen werden?«, wollte Cath wissen.
»Nein, nicht bis zu unserem heutigen Treffen. Nein. Aber sicher ist das letzte Wort noch nicht gesprochen …«
»Das ist schon ein merkwürdiger Partner, den Sie da haben, Derek«, meinte Cath.
»Ich kenne Ihre Geschichte wirklich nicht«, beteuerte Derek.
»Wir haben uns damals an Ihre Kanzlei gewandt, weil Sie angesehen und renommiert waren. Ihr Name auf unserem Briefpa-

pier hat auch unser Ansehen gesteigert. Die Leute haben uns dann nicht mehr für zwei dahergelaufene Habenichtse gehalten ...«

»Ich bin überzeugt, das hätten sie auch so nicht ...«, protestierte Derek.

Jimmy unterbrach ihn. »Natürlich hätten die Leute das gedacht. Zwei arme, verrückte Habenichtse, die vor lauter Kummer nicht mehr klar denken können. Wieso sollte uns da irgendjemand Geld geben und glauben, dass wir es auch richtig verwenden? Aus dem Grund haben wir Leute wie Sie gebraucht, das haben wir uns wenigstens eingebildet.«

»Oh, aber das tun Sie auch... «, versuchte Derek es erneut.

»Nein, wir brauchen Sie nicht mehr. Das ist uns jetzt klar. Wissen Sie, erst kürzlich haben wir zu Bob gesagt, dass uns seine Gebühren ziemlich happig vorkommen ...«, sagte Cath.

»Nicht, dass wir denken, Sie sollen umsonst arbeiten, nur weil wir uns für wohltätige Zwecke einsetzen ...«, fügte Jimmy hinzu.

»Aber es hat sich herausgestellt, dass Bob unsere Arbeit völlig egal war. Er hat nur einen Blick in unsere Unterlagen geworfen und gemeint, wir würden doch jede Menge Gewinn machen, und er wüsste überhaupt nicht, worüber wir uns beklagen.« Cath schäumte vor Empörung.

»Und er hat uns erklärt, dass sie nun mal feste Stundensätze verlangen«, fügte Jimmy hinzu.

»Das ist auch so«, warf Derek hastig ein. »Aber ich denke, gerade diesen Punkt könnten wir doch noch mal besprechen ...«

»Nein, darum geht es uns nicht. Wissen Sie, es war ihm völlig egal, dass wir ein karitativer Verein sind«, sagte Cath.

»Oh, das kann ich nicht glauben ... natürlich ist es ihm nicht egal. Selbstverständlich ist es in unserer Kanzlei bekannt, dass Sie eine karitative ... äh, Organisation sind, aber ...« Derek stieß ein kleines, unfrohes Lachen aus.

»Das stimmt doch überhaupt nicht«, antwortete sie.

Darauf wusste er nichts mehr zu erwidern.
In dem Moment trat Brenda Brennan an ihren Tisch, um die zweite Vorspeise zu servieren und um Cath einen Umschlag auszuhändigen.
»Mrs Costello, meine Leute draußen in der Küche waren zutiefst beeindruckt, als sie erfuhren, dass Sie beide heute hier zu Gast sind, und haben spontan für Ihren Kinderhilfsfonds gesammelt. Jeder hat etwas beigesteuert.«
»Woher wussten Sie denn, dass wir hier sind?«, fragte Jimmy.
»Wir kennen Sie aus dem Fernsehen. Sie dürfen mir glauben, dass Mr Barry äußerst diskret war. Er hat uns nichts über Sie verraten und auch nicht gesagt, wer Sie sind.« Sie blickte ihn hart und kalt an.
Derek fiel wieder ein, mit welchen Worten er seine Gäste beschrieben hatte, und sein Gesicht verfärbte sich dunkelrot.
Jimmy nahm eine Postkarte aus seinem Jackett und schrieb einen Dank an die Küchenmannschaft darauf, während Cath einen Quittungsblock aus ihrer großen, schäbigen Handtasche holte, das Geld zählte und eine Quittung ausfüllte.
Zwei anständige, ehrliche Menschen, denen der Kummer über den Verlust ihrer Kinder fast den Verstand geraubt hatte – und seine eigene Kanzlei hatte ihnen übel mitgespielt. Derek hätte am liebsten ihre Hände ergriffen und sie angefleht, ihm zu erzählen, was in der Nacht, als ihre Kinder starben, genau geschehen war. Am liebsten hätte er sein Scheckbuch gezückt und einen Betrag gespendet, bei dem es ihnen die Sprache verschlagen hätte. Er hätte ihnen auch erzählen können, dass es nicht jeder leicht im Leben hatte. Er, zum Beispiel. Seine Frau hatte ihn für einige Jahre verlassen und war dann zu ihm zurückgekommen, noch kühler und distanzierter als zuvor. Sein Sohn lebte im Ausland und hatte kaum Kontakt zu ihm. Derek spürte, dass er mit diesen außergewöhnlichen Menschen darüber hätte reden können. Er würde sich darum kümmern, dass sie nicht nur erheblich geringere Gebühren zahlen mussten, son-

dern darüber hinaus auch noch tatkräftig finanziell unterstützt werden würden.
Solche Gedanken gingen ihm durch den Kopf, aber Derek war ein Mensch, der gewöhnt war, lange und gründlich nachzudenken, bevor er etwas sagte. Also sagte er nichts und verpasste den Moment, in dem Cath eine gewisse Offenheit und Weichheit in seinen Augen bemerkt und Jimmy einen Augenblick lang gehofft hatte, Derek möge vielleicht doch kein verknöcherter Bürokrat sein.
Statt mit dem Herzen zu sprechen, ließ Derek den Buchhalter zu Wort kommen.
Und als die drei aufstanden, um das Quentins zu verlassen und in die Kanzlei zu gehen, wo sie die Papiere abholen würden – was ihm den Zorn von Bob O'Neill einbrächte –, bemerkte Derek, dass die Gäste an den anderen Tischen ihnen zulächelten und den Costellos neben ihm sogar applaudierten.
Aber niemand hatte einen Blick für Derek Barry übrig, den Partner einer angesehenen Steuerkanzlei und Vater des Besitzers dieses Restaurants.
Die Welt hatte sich verändert, und nicht zum Besseren.

Eine emanzipierte Frau

Laura Lynch war vierzig Jahre alt, als ihr Mann sie verließ. Es hatte keinen Streit gegeben. Er hatte nur erklärt, ihre Beziehung sei leer und hohl und sehr eindimensional geworden. Sie habe sich während ihrer Ehe kein bisschen weiterentwickelt, er hingegen sei ihr entwachsen. Laura sei seiner Meinung nach immer schon eine völlig unselbstständige Frau gewesen, der jegliche Eigeninitiative gefehlt habe. Man könne ihm nicht länger zumuten, in einer Beziehung auszuharren, die keinen von beiden glücklich mache.

Er hatte sie wegen einer viel jüngeren Kollegin verlassen, die überhaupt keine Probleme damit hatte, Eigeninitiative zu entwickeln. Bei der Aufteilung des gemeinsamen Eigentums war er kalt und fast klinisch gerecht vorgegangen, und am Schluss hatte er Laura sogar noch einen ungebetenen Rat mit auf den Weg gegeben.

»Wenn ich du wäre, Laura, dann würde ich mich endlich mal emanzipieren«, hatte der Mann gesagt, der all die Jahre darauf bestanden hatte, dass sie als Mutter seiner Kinder zu Hause bleiben sollte.

Und in den darauf folgenden zwanzig Jahren befolgte Laura Lynch seinen Rat und emanzipierte sich tatsächlich. Ihr blieb auch gar nichts anderes übrig, da sie hart arbeiten musste, um das Heim der Familie in ein Gästehaus umzuwandeln. Die Kinder waren zur Zeit ihrer Trennung vierzehn, fünfzehn und sechzehn Jahre alt und in ihrer distanzierten Art dem Vater sehr ähnlich. Von nichts und niemandem abhängig, dachte Laura manchmal.

Es hatte bei ihnen zu Hause noch nie großen Austausch von Zärtlichkeiten und spontane Bekundungen von Zuneigung gegeben. Keiner schien das Bedürfnis zu haben, Gefühle zu zeigen oder sich einander anzuvertrauen. Und so hatte Laura gelernt, sich unabhängig zu machen. Sie lernte, keine Bedürfnisse zu haben und nie Enttäuschungen zuzulassen oder sich wenigstens nicht allzu lange damit aufzuhalten.

Zu Anfang hatte sie noch gehofft, eines Tages vielleicht einen Mann kennen zu lernen und wieder zu heiraten, aber die Wahrscheinlichkeit wurde immer geringer. So wirtschaftete sie gut, und als sie das Gästehaus schließlich verkauft und sich dafür eine kleine Gartenwohnung geleistet hatte, begann sie, immer mehr das Leben zu führen, das ihr gefiel, mit Freunden, die sie sich ausgesucht hatte. Sie ging zu Bridgeabenden, war Mitglied in Theatergruppen und nahm Unterricht in kreativem Schreiben. Es gab keine einsamen Abende, an denen sie grübelnd zu Hause gesessen und sich den Kopf zermartert hätte, weshalb sie so wenig von ihren beiden Töchtern, dem Sohn und den vier Enkelkindern hörte, die sie sehr liebte. Sie musste wirklich eine sehr langweilige und abhängige Frau gewesen sein, wie ihr Exmann gesagt hatte.

Erstaunlich, dass sie ihm seine kalten Abschiedsworte nicht übel genommen, sondern sie im Gegenteil sogar beherzigt hatte.

Was hatten sie doch für ein Glück, dass ihre Mutter eine so emanzipierte Frau war, sagten die Geschwister Lynch oft zueinander. Viele ihrer Freunde hatten die schrecklichsten Probleme mit klammernden, sich in ihr Leben einmischenden, überkritischen Müttern. Da konnten sie wirklich von Glück reden.

Das bestätigten sie einander immer wieder, wenn sie sich einmal im Monat am Samstag zum Mittagessen im Quentins trafen, eine Tradition, die Harry Lynch und seine Schwestern Lil und Kate sehr lieb gewonnen hatten. Ohne Partner, nur sie drei, hielten sie einander zwölfmal im Jahr über ihr Leben auf dem Laufenden, ganz im Gegensatz zu vielen anderen Familien, die sie kannten und die einander völlig aus den Augen verloren hatten.

Lil freute sich jedes Mal auf diesen Samstag. Vorher ging sie immer zum Friseur und in einen Secondhand-Laden. Lils Mann, Bob, war ziemlich sparsam. Seiner Meinung nach konnte man in solchen Geschäften die schönsten Schnäppchen machen, wenn man nur ein Auge dafür besaß. Und er hatte Recht, wie Lil ihn oft verteidigte. Ihre Söhne jobbten regelmäßig am Samstag, da ihr Vater nicht viel davon hielt, wenn junge Leute untätig waren.

Auch Kate liebte diese Mittagessen im Familienkreis. Die Wochenenden waren oft einsam für sie, da Charlie zu seiner Frau und den Kindern fuhr, um eine gewisse Stabilität innerhalb seiner Familie zu wahren. Charlie war immer sehr nett zu ihren Geschwistern; er bewunderte die breitschultrigen Achtzigerjahre-Blazer von Lil und erkundigte sich stets nach Harrys Gartenarbeit.

Harry genoss diese Mittagessen, da er Lils Mann Bob ziemlich anstrengend fand, der ihm ständig erklärte, wie er Geld beim Telefonieren sparen konnte. Auch Kates Charlie, der relativ problemlos zwei Haushalte unter einen Hut zu bringen schien, hielt er für einen Blender. Deshalb freute er sich, seine beiden Schwestern allein zu sehen und ihnen von seiner neuen Pergola und dem erstaunlichen Wachstum seiner Azaleen erzählen zu können, die er erst kürzlich umgetopft hatte. Hin und wieder erwähnte er auch Jan und die Mädchen, die den Samstag immer im Fitness-Studio verbrachten und nicht wussten, ob Harry – und wenn ja, wo – zu Mittag aß.

Brenda Brennan fragte sich manchmal, wie lange die Lynchs nun schon zu ihnen kamen. Das mussten fast fünfzehn Jahre sein, oder waren es mehr? Hin und wieder hatte sie Kate in Gesellschaft von Charlie gesehen, einem stadtbekannten Charmeur, der normalerweise immer seine Frau mitbrachte, wenn es Geburtstage oder sonstige Jahrestage zu feiern gab. Nun, jeder nach seinem Geschmack, meinte Brenda und zuckte die Schultern – ihre Einstellung zum Lebensstil ihrer Gäste. Sie wusste auch, dass Lil mit einem Mann in guter Position verheiratet war.

Bob kam oft mit größeren Gesellschaften ins Quentins und speiste für teures Geld. Er ließ es sich nie nehmen, die Rechnung genauestens zu überprüfen, und hatte manchmal auch einiges zu beanstanden. Vielleicht trug seine Frau deswegen die abgelegten Kleider anderer Leute. Ihr Bruder, Harry Lynch, war ein farbloser Bankangestellter, der nur lebendig wurde, wenn er mit ihr über den Anbau von Gemüse reden konnte. Das fiel Brenda zum Glück nicht schwer, da sich das Quentins seiner eigenen, selbst gezogenen Bioprodukte rühmen konnte. Trotzdem fragte sie sich, wie seine Kollegen und Kunden in der Bank wohl auf ihn reagierten. Aber das ging sie wirklich nichts an.

Ihr Mann war ohnehin der Meinung, dass sie sich viel zu sehr in das Leben ihrer Gäste einmische. »Stell ihnen einfach das Essen hin, Brenda«, sagte Patrick oft.

Aber das wäre ihr viel zu eintönig gewesen, und das Quentins hatte schließlich einen großen Teil seines Erfolgs der Tatsache zu verdanken, dass Brenda sich an jeden Einzelnen ihrer Gäste erinnern konnte und alles über ihn im Kopf hatte. So wusste sie, dass die Familie Lynch stets Nudelgerichte wählte, und kam deshalb dieses Mal schon mit allen Informationen über die unvergleichlich feine Pesto-Sauce an ihren Tisch: Sie schmecke vielleicht ein wenig ungewöhnlich wegen der Pinienkerne – nur für den Fall, dass jemand allergisch auf Nüsse reagiere. Und sie wusste, dass jeder von ihnen nur ein Glas Wein bestellen würde. Nur Kate würde anschließend noch eine Weile sitzen bleiben, um die Zeitung zu lesen und allein noch ein zweites und ein drittes Glas zu trinken. Es gab wirklich nicht viel, das Brendas Aufmerksamkeit entging.

»Ich sehe gerade, dass wir für den Muttertag eine Reservierung auf den Namen Lynch für zwölf Personen haben. Ist das Ihre Familie?«, fragte Brenda fröhlich. Doch sie bereute ihre Frage bereits in dem Moment, in dem sie sie stellte, so verlegen und überrascht sahen die Geschwister einander an.

»Muttertag. Nein, das sind bestimmt nicht wir. Normalerweise schenken wir Jan nur einen Strauß Blumen aus dem Garten«, erwiderte Harry.

»Meine Jungen könnten sich das nicht leisten ... und Bob, also, er mag keine großen Gesellschaften«, sagte Lil.

»Dieses ganze Getue um den Muttertag ist doch nur Geschäftemacherei«, bemerkte Kate stirnrunzelnd. Charlies Frau wurde wahrscheinlich so richtig verwöhnt – mit Pralinen und allem Drum und Dran.

Brenda fasste sich rasch wieder. »Sie haben ja so Recht, Kate. Eigentlich haben nur wir, die Blumenhändler und selbstverständlich noch die Grußkartenhersteller was davon. Trotzdem freuen wir uns darüber! Für Sie ist das natürlich reiner Kommerz!« Sie lachte leise und kehrte mit düsterer Miene in die Küche zurück.

»Manchmal, nicht immer, Patrick, aber manchmal bin ich deiner Ansicht, dass es tatsächlich besser ist, wenn ich mich nicht in ihr Leben einmische«, meinte sie kleinlaut.

»Was hast du denn jetzt schon wieder gesagt?«, fragte er, liebevoll lachend.

»Ich habe nur meine Vermutung geäußert, die Lynchs von Tisch neun könnten vielleicht reserviert haben, um ihre Mutter morgen in einer Woche zum Essen einzuladen, aber so ein Gedanke scheint ihnen absolut fremd zu sein.«

»Wir brauchen keine Reservierungen mehr. Wir wüssten auch

gar nicht, wohin damit. Wir sind voll.« Patrick verstand nicht ganz, worauf sie hinauswollte.
»Darum geht es gar nicht. Sie haben nicht die Absicht, ihre Mutter irgendwohin auszuführen.«
»Brenda, bitte, halt dich zurück«, ermahnte sie Patrick und schwang scherzhaft seinen Kochlöffel.

»Meint ihr, sie könnte gedacht haben, *wir* haben für Mutter reserviert?«, fragte Kate.
»Aber so etwas haben wir doch noch nie getan. Mutter würde das auch gar nicht erwarten. Oder wollen«, sagte Harry. Es hätte ihn auch große Überzeugungsarbeit gekostet, Jan und die Mädchen zu überreden. Am Sonntag machte man schließlich lange, gesunde Spaziergänge und hockte nicht irgendwo herum und stopfte Kalorien in sich hinein.
»Und selbst wenn wir Mutter zum Essen einladen sollten, dann sicher nicht in ein Restaurant wie dieses«, meinte Kate. Kate hegte eine besondere Abneigung gegen die Art von Ehefrauen und Müttern, die – nur um ihren besonderen Status zu untermauern – erwarteten, dass man ihretwegen einen teuren Aufwand trieb.
»Und außerdem ist sie viel zu beschäftigt«, sagte Lil. »Sie hat doch immer etwas vor, wenn man sie mal besuchen will.«
»Ja, das stimmt«, meinte Kate.
»Ich sehe sie eigentlich recht oft«, widersprach Harry. »Wir trinken ziemlich oft Kaffee miteinander.«
»Aber doch nur, weil *sie* immer ins Gartencenter fährt, um dich dort zu treffen, wenn abends länger offen ist«, entgegnete Kate.
Betretenes Schweigen. Harry schien verärgert. »Aber immerhin sehe ich sie, und wie Lil schon sagte, sie ist sehr beschäftigt. Wann triffst du sie denn?«
»Ich rufe sie oft spontan an und schlage vor, ins Kino zu gehen. Aber meistens hat sie schon etwas anderes vor«, antwortete

Kate. Sie wusste, dass den anderen klar war, dass sie ihre Mutter nur an den Abenden anrief, an denen Charlie unerwartet verhindert war.

»Es ist auch ein weiter Weg für sie, um in die Stadt zu fahren und sich mit dir zu treffen«, meinte Lil.

»Und was tust du für sie, Lil?«, fragte Kate eingeschnappt.

Lil überlegte einen Moment. »Wenn wir zum Markt fahren und Gemüse kaufen, dann fahren wir anschließend bei ihr vorbei und bringen ihr etwas. Man muss dort immer große Mengen abnehmen, und das kommt auch Mutter billiger, wisst ihr ...« Ihre Stimme verlor sich.

»Außerdem hat sie jede Menge Freunde«, bemerkte Harry entschuldigend.

»Und sie hasst unnötiges Getue«, fügte Lil bestimmt hinzu.

»Meint ihr wirklich, sie würde eine Einladung zum Essen als unnötiges Getue ansehen?« Kate hatte das Unverzeihliche gewagt und Zweifel an der Emanzipiertheit ihrer Mutter geweckt, dem einzigen soliden Grundpfeiler, auf dem ihrer aller Freiheit beruhte, ihr kompliziertes Leben ohne Rücksicht auf die Bedürfnisse einer sechzigjährigen Frau zu leben, deren Mann sie vor zwei Jahrzehnten verlassen hatte.

Lil und Harry machten ein betretenes Gesicht, und Kate tat ihre Frage entsetzlich Leid. Ihr bisher so angenehmes Mittagessen war ruiniert, und das war nur ihre Schuld. Kate brauchte ihren Bruder und ihre Schwester mehr, als sie sie brauchten. Immerhin hatte sie ihren Bob und er seine Jan, auch wenn die beiden nicht unbedingt alle ihre Träume erfüllten; ganz zu schweigen natürlich von ihren Kindern. Kate hingegen hatte nichts und niemanden, nur hin und wieder die geteilte Zuwendung von Charlie.

»Was haltet ihr davon, wenn ich sie rasch anrufe und sie irgendwohin einlade? Das müsste doch genügen.«

»Wir wollen aber nicht, dass alles an dir hängen bleibt ...«, protestierte Lil schwach.

»Ich meine, vielleicht könnten wir … ich meine …«, fügte Harry wenig überzeugend hinzu.
»Nein, ehrlich, ich übernehme das. Ich weiß zwar, dass Brenda Brennan, dieser Dragoner, Handys hasst, aber wenn ich flüstere, kann sie nicht meckern.« Kate rettete die Situation.
Mutter bedankte sich. Wirklich nett von Kate, aber sie und eine Gruppe Freundinnen hätten schon etwas vor. Aber sie wisse Kates Vorschlag sehr zu schätzen. Erleichtert sahen die Geschwister einander an. Der Tag und das Ritual ihrer monatlichen Verabredung waren gerettet. Wie dumm von Kate zu glauben, ihre Mutter, die doch so unabhängig war, könnte vielleicht nichts zu tun haben.

Laura Lynch saß eine Weile ganz still. Das war das erste Mal, dass eines ihrer Kinder sich erboten hatte, den Muttertag mit ihr zu feiern, oder sich gar mehr Mühe gemacht hatte, als nur pflichtschuldig ein paar Worte auf eine Karte zu kritzeln.
Wie merkwürdig, dass sie nicht einmal versucht gewesen war, Kates Einladung anzunehmen. Aber das kam gar nicht in Frage. Sie hatte bereits etwas ausgemacht, und das war ihr viel lieber.
Da sie nun mal eine emanzipierte Frau war, hatte Laura eine neue Tradition ins Leben gerufen – das jährliche Treffen der »Kinderlosen Glucken«, alles Frauen wie sie, die keine liebevollen oder intakten Familien mehr hatten. Frauen, denen niemand Frühstück ans Bett brachte oder die in sonst einer Weise verwöhnt wurden. In irgendeinem Lied hatte Laura mal den Ausdruck ein »gluckenloses Kind« gehört. Aber anders herum klang das auch nicht schlecht. Als einzige Regel bei ihrem Treffen war zu beachten, dass sie sich amüsierten und weder geringschätzig über ihre gedankenlosen Sprösslinge sprachen noch sich erlauben durften, Entschuldigungen für sie zu erfinden. In den letzten Jahren hatte das hervorragend funktio-

niert, und jedes Mal wählten sie ein anderes Restaurant dafür aus.

Dieses Jahr sollte es das Quentins sein.

Und den zwölf »Kinderlosen Glucken« würde es dort sicher gefallen.

Mollusken

Patrick Brennan war sehr verärgert, als er die Nachricht erhielt. Seine routinemäßige Prostatauntersuchung hatte ergeben, dass er für einige zusätzliche Tests ins Bezirkskrankenhaus zurückmusste.

Wahrscheinlich nichts, worüber er sich Gedanken machen müsste, hatte die muntere junge Frau vom Krankenhaus gemeint, eine Frau, die fünfzehn Jahre jünger war als er und in ihrem ganzen Leben nie in die Verlegenheit käme, eine Prostatauntersuchung über sich ergehen lassen zu müssen. Da konnte sie leicht sagen, er solle sich keine Sorgen machen.

»Daran bist nur du schuld, weil du mich zu dieser Vorsorgeuntersuchung geschickt hast«, beklagte er sich bei Brenda. »Ausgerechnet in einer der Wochen, in der wir am meisten zu tun haben. Ich muss das Restaurant im Stich und stattdessen an mir herumdoktern lassen. Ich werde Todesängste ausstehen.«

Brenda ignorierte sein Jammern und warf einen Blick in das große Notizbuch, wo alle ihre wichtigen Kontakte standen. Sie würde schon jemanden finden, der für ihn einsprang. Und das wusste Patrick auch.

»Wenn ich jetzt sterben würde, würdest du einfach in diesem Buch nachschauen und hättest mich innerhalb von sechs Monaten ersetzt«, sagte er.

»Wieso sollte ich sechs Monate damit warten?«, erwiderte Brenda geistesabwesend. »Wir fragen einfach Cathy Scarlet oder Tom Feather. Einer von ihnen kann bestimmt.«

Er hätte gegen jeden, den sie vorschlug, Einwände, und das wussten sie beide.

»Die haben doch ihr eigenes Geschäft«, wiegelte Patrick ab. »Das können sie bestimmt nicht allein lassen, um in unserer Küche zu schuften, nur weil irgend so ein Idiot im Krankenhaus nicht gleich beim ersten Mal eine anständige Untersuchung bei mir machen konnte.«

»Wir haben ihnen in der Vergangenheit auch schon mal ausgeholfen, Patrick, und jetzt werden sie uns helfen. Du bist schließlich nur drei Tage weg.«

»Das sagen die«, antwortete Patrick mit Grabesstimme.

»Hör bitte, in Gottes Namen, auf, dich verrückt zu machen. Und mich auch, Patrick. Es wird schon alles gut gehen, und die beiden werden gerne einspringen. Beide sind dazu bestens in der Lage.«

»Sag ihnen aber nicht, was es ist … was mit mir los ist«, bat Patrick.

»Nein, Patrick. Ich sage ihnen einfach, dass es sich um eine mysteriöse Krankheit handelt … irgendeine Seuche, die in unserer Küche ausgebrochen ist. Würde dich das zufrieden stellen?«

Jetzt lächelte er wenigstens wieder. Er streckte die Hand nach ihr aus.

»Ich habe mir eben Sorgen gemacht, wenn du verstehst, was ich meine«, begann er zögernd.

Sie drückte fest seine Hand. »Ich verstehe dich sogar sehr gut, Patrick, aber wir werden beide verrückt, wenn wir uns zu viele Sorgen machen. Stattdessen sollten wir lieber froh sein, dass wir eine so moderne medizinische Versorgung haben.« Verlegen putzte Brenda sich die Nase. »Kann ich jetzt die zwei anrufen und alles arrangieren?«, fragte sie heiser.

»Du hast doch nicht zugesagt? Nicht diese Woche, wo wir so viel um die Ohren haben?« Cathy Scarlet riss den Mund vor Empörung und Verwunderung weit auf.

»Was hätte ich denn sagen sollen? Der arme Kerl muss noch

mal zur Untersuchung ins Krankenhaus. Offensichtlich meint er, auf einiges gefasst sein zu müssen.«

»Wahrscheinlich ist es nur eine Routineuntersuchung.«

»Ja, für dich und mich sieht es nach Routine aus, weil es einem anderen passiert. Aber stell dir mal vor, es wäre einer von uns?« Tom Feather machte eine besorgte Miene.

»Ich weiß.« Sie verstand ihn nur allzu gut. Sie hätte genauso reagiert.

»Also, machen wir es?«, wollte Tom von ihr wissen.

»Natürlich. Ich musste nur irgendwo meinen Unmut loswerden. Du darfst aber nicht vergessen, dass wir diese schreckliche Familie mit ihrer Abschlussfeier haben.«

»Ich weiß, aber wir können doch einen Teil der Vorbereitungen in der Küche vom Quentins erledigen. Brenda hat gemeint, wir können dort schalten und walten, wie wir wollen.«

Tom hatte gelernt, dass es bei Cathy oft klüger war, ihr nur die guten Nachrichten zu erzählen, die schlechten erfuhr sie von selbst. Deshalb sagte er ihr jetzt nicht, dass in der fraglichen Zeit ein Bankett mit Meeresfrüchten für eine Agentur geplant war, deren Chef unglaublich pingelig und unsympathisch war, wie Brenda ihm verraten hatte. Damit würden sie sich später auseinander setzen.

Blouse Brennan fuhr seinen Bruder ins Krankenhaus. »Was soll ich jetzt sagen? Dass wir ohne dich auskommen oder dass wir absolut verloren sein werden?«, fragte er unschuldig.

Patrick lächelte matt. »Sag doch, dass ihr drei Tage ohne mich zurechtkommen werdet, dass ihr danach aber absolut auf dem Schlauch steht«, schlug er vor.

»Ich sorge persönlich dafür, dass das Gemüse Spitzenklasse ist«, versuchte Blouse ihn zu trösten.

»In dieser Woche wäre es mir lieber, du würdest stattdessen in deinem Garten Austern, Jakobsmuscheln, Venusmuscheln und Miesmuscheln anpflanzen«, sagte Patrick.

»Mollusken«, erklärte Blouse stolz.
»Ganz recht.« Patrick war überrascht. Sein kleiner Bruder hatte sich in der Schule mit dem Lernen immer ziemlich schwer getan und bis zu diesem Tag Fremdworte oft nur mühselig buchstabiert. Dass er jetzt einen Ausdruck wie Mollusken kannte!
»Genau die, Blouse.« Patrick bemühte sich, sich seine Verwunderung nicht anhören zu lassen.
»Ich finde sie sehr interessant. Die haben nämlich buchstäblich nichts zu melden. Wusstest du das, Paddy? Sie werden von der Flut irgendwohin gespült und klammern sich einfach an den nächstbesten Felsen. Sie treffen nie eine eigene Entscheidung. Ist das nicht ein seltsames Leben?«
»Tja, wahrscheinlich hast du Recht, aber das gilt doch für viele Meeresbewohner«, erwiderte Patrick verwirrt.
»Oh, nein, Paddy, Krustazeen haben schließlich Beine oder Krallen und viele sogar einen mehrgliedrigen Panzer. Die können sich entscheiden, wo sie hin wollen. Nicht so wie die arme Molluske.«
Patrick Brennan nahm seinen kleinen Koffer aus dem Auto und ging ins Krankenhaus. Während er darauf wartete, aufgenommen zu werden, dachte er über das Gespräch mit Blouse nach.
Er würde Brenda davon erzählen, wenn sie abends kam, um ihm gute Nacht zu sagen.

Brenda nahm bewundernd zur Kenntnis, wie Tom und Cathy sich bei ihnen an die Arbeit machten und wie gut sie mit den Bedienungen auskamen. Monica, die junge Australierin, Yan, der Bretone, und Harry, ein Neuzugang aus Belfast, hörten gebannt zu, als Tom erklärte, wie die Mahlzeiten zubereitet werden würden.
»Du kannst ruhig ein bisschen länger im Krankenhaus bleiben«, sagte Cathy. »Einen Abend kann ich durchaus deine

Rolle als Empfangschefin übernehmen. Ich habe dich oft genug dabei beobachtet. Wenn du nur kurz die Reservierungen mit mir durchgehst und mir sagst, worauf ich achten soll.«
Brendas Gesicht nach zu schließen, hatte sie nichts dagegen einzuwenden. Schließlich konnte sie sich auf ein gut eingespieltes Team verlassen.
Mon war eine hervorragende Bedienung. Mit ihren Tischen dürfte es keine Probleme geben.
Und Yan, der junge Bretone, war der Charme in Person.
Und selbst Harry, der Neuling, schien sich als recht zuverlässiger Bursche herauszustellen. Er besaß darüber hinaus den unschätzbaren Vorzug zu wissen, dass er nicht alles wusste, und hatte keine Angst, im Zweifelsfall zu fragen.
Obwohl sie schrecklich in Versuchung war, erklärte Brenda, dass Patrick bestimmt nicht gesund werden würde, wenn er Bedenken haben müsste, dass niemand auf den Laden aufpasste. Also wartete sie, bis das Abendessen voll im Gang war, ehe sie ihren Mantel holte und ihre Mannschaft allein ließ, um zu ihrem Mann zu eilen. »Spart eure Energie für den Mittwoch auf, da wird es fürchterlich«, sagte sie noch im Gehen.
»Wieso fürchterlich?«, wollte Cathy von Tom wissen, als Brenda ins Krankenhaus gefahren war.
»Ach, weißt du, nur die üblichen Mittwochsgäste«, stammelte der arme Tom.
»Tom. Du bist der schlechteste Lügner der Welt. Sag mir, was am Mittwoch ansteht, oder ich steche dir beide Augen mit dem Melonenformer aus.«
Er erzählte ihr von dem Meeresfrüchtebankett für die verhasste PR-Agentur.
»Ein Fischbüfett?«, fragte sie.
»Nein, der Herr verlangt speziell eines mit Meeresfrüchten. Kein gebratener, kein geräucherter Lachs, keine Forellen. Wenn das Vieh keinen Panzer oder keine Schale hat, kommt es nicht auf unseren Tisch.« Tom versuchte, witzig zu klingen.

»Das werden wir nicht schaffen«, erwiderte Cathy grimmig.
»Wie meinst du das? Wir müssen.«
»Hör zu, Tom. Ich habe in den letzten Wochen doch immer den Fisch für uns eingekauft, und der Fang ist nicht gerade üppig. Es gab praktisch überhaupt keine Garnelen mehr, der Hummer kostet ein Vermögen, und die Austern gehen alle nach Frankreich.«
»Aber die haben doch bestimmt ihre Kontakte ... Ich meine, wir sind hier im Quentins. Das ist kein kleiner Laden wie wir ... Himmel, die geben doch bestimmt ein Heidengeld nur für den Fisch aus ...«
»Na, dann fang schon mal zu beten an«, meinte Cathy.
»Außerdem sind unsere Gefriertruhen voll. Das könnten wir doch hernehmen.«
»Können wir nicht. Das haben wir heute alles für diese grässliche Abschlussfeier aufgetaut.«
»O Gott, lieber, lieber Gott, kannst du nicht so nett sein und uns ein paar Meeresfrüchte zukommen lassen?«, betete Tom.

»Sei so gut und klär mich mal über die Aktion am Mittwoch auf«, sagte Cathy zu Brenda, als das Quentins endlich geschlossen hatte. Sie saßen in der Küche, massierten ihre Füße und tranken Tee aus großen Tassen.
»Wir hätten diesen Auftrag nie annehmen dürfen. Der Typ ist einfach entsetzlich. Er ficht jede Rechnung an, verärgert das Personal ... In der letzten Zeit ist das Geschäft nicht so gut gelaufen, und ich habe mir gedacht, dass es sich vielleicht rentieren könnte. Aber ich fürchte, da haben wir uns ein Problem eingehandelt.«
»Welches Problem?«, fragte Cathy, obwohl sie das Problem nur allzu gut kannte.
»Es gibt momentan kaum Meeresfrüchte auf dem Markt. Auch die üblichen Quellen können uns nicht weiterhelfen, fürchte ich. Ich habe mich schon bei allen erkundigt.«

»Dann muss der Herr eben mit Lachs vorlieb nehmen wie alle anderen auch. Wir werden ihm das erklären, Brenda. Er kann heutzutage schließlich keine Wunder von uns erwarten. Diese Zeiten sind längst vorbei«, entgegnete Cathy energisch, als wollte sie sich selbst Mut zusprechen.
Brenda wandte Cathy ihr bleiches, abgespanntes Gesicht zu. »Ich wünschte, du hättest das nicht gesagt. Irgendwie würde ich mich nämlich gerne darauf verlassen, dass auch heute noch ab und zu ein Wunder geschieht.«

Der Dienstag kam allen mindestens neunzig Stunden lang vor. Für Patrick im Krankenhaus verging die Zeit im Schneckentempo. Er zwang sich, nicht immer wieder auf die Uhr zu schauen. Sie würden ihn sicher bald holen.
In der Zentrale von Scarlet Feather hatte Tom alle Hände voll zu tun, den Hummer für die Abschlussfeier herzurichten. Auch er vermied jeden Blick auf die Uhr, aus Angst, in Panik auszubrechen, so sehr waren sie im Rückstand. Heute hätten sie Cathy wirklich gebraucht, aber sie war unten im Quentins.
Cathy war ebenfalls fürchterlich unter Druck. Hochrot im Gesicht versuchte sie gerade, die Sahnesauce zu retten, die aus unerklärlichen Gründen geronnen war. Draußen wies Brenda den Gästen mit ihrem üblichen zurückhaltenden Willkommenslächeln die Tische an, doch in ihrem Innern brodelte es. Es war bereits Mittag, die Ärzte hatten Patrick bestimmt schon untersucht. Warum hatte sie noch nichts gehört? Die mit ihr befreundeten Krankenschwestern hatten ihr versprochen, sie anzurufen, sobald die Testergebnisse vorlagen. Bitte, bitte, keine schlimmen Nachrichten.
Tom rief an, als der Stress im Quentins gerade seinen Höhepunkt erreichte. Es tue ihm schrecklich Leid, das sei die schlimmste Zeit, das wisse er, aber die Abschlussfeier entwickle sich zum reinsten Fiasko. Ob vielleicht irgendjemand – ganz gleich, wer – eine große Schüssel Tomatensalat vorbeibringen

könne? Die Mutter des Schulabgängers sei dabei, nun vollständig ihren Verstand zu verlieren, und verlange etwas, das sie gar nicht bestellt habe. Ob das wohl möglich sei? Wenn sie wüssten, wie es bei ihnen zuging!

»Wenn du wüsstest, wie es bei uns zugeht!«, konterte Cathy. Sie hatte sich den Telefonhörer zwischen Schulter und Ohr geklemmt, während sie eine neue Sauce aufschlug und den Bedienungen Anweisungen gab. Hin und wieder schickte Brenda einen nervösen Blick aus dem Gastraum zu ihnen hinein. Noch eine Krise würde sie nicht mehr verkraften.

»Ich schicke Blouse«, sagte Cathy. »Gib ihm die Adresse und mach dann die Leitung frei, falls das Krankenhaus anruft.«

Um halb drei Uhr erhielt Patrick Entwarnung. Ob er gleich ins Restaurant zurückfahren könne, fragte er. Nicht gleich, ein paar Formalitäten seien noch zu erledigen. Und außerdem müsse er sich ausruhen. Morgen dürfe er dann gehen. Drei Minuten später telefonierte er mit Brenda. Cathy reichte ihr ein Stück Küchenrolle, um die Tränen auf ihrem perfekt geschminkten Gesicht zu trocknen.

Küchen- und Servicepersonal wandten geschlossen den Blick ab, um Mrs Brennan, die sich sonst nie gehen ließ, nicht in Verlegenheit zu bringen.

»Wo ist Blouse?«, wollte sie wissen.

»Frag lieber nicht«, flehte Cathy. Aber auch sie stellte sich langsam die Frage, wo er so lange blieb. Es war jetzt schon eineinhalb Stunden her, dass er mit einem Taxi weggefahren war. Bitte, nicht noch eine Katastrophe, die sie den letzten Nerv gekostet hätte. Ob er das richtige Haus gefunden hatte? Sobald sie zwei Sekunden Luft hätte, würde sie Tom anrufen.

Aber Tom war schneller. »Kannst du kurz reden?«

»Klar. Gute Neuigkeiten. Patrick geht es gut, und morgen kommt er wieder zurück.«

»Auch hier haben wir gute Neuigkeiten …«, setzte Tom an.

»Hör mal, tut mir Leid, wenn ich dich unterbreche, aber hast du irgendeine Ahnung, wo Blouse steckt?«
»Er ist hier und rettet unser Leben.«
»Mit dem Tomatensalat?«, fragte sie verwirrt.
»Nein, den isst kein Mensch, wie ich es ihnen prophezeit hatte.«
»Aber was macht er dann?« Mittlerweile gab es nichts mehr, das Cathy noch überrascht hätte.
»Hier schwirren ungefähr vierzehn grässliche Kinder herum, lauter Monster, die bisher allen auf die Nerven gegangen sind, Sachen zerbrochen haben und ständig am Quengeln sind. Blouse hat sie alle hinaus in den Garten verschleppt, wo er ein Kräuterseminar mit ihnen veranstaltet.«
»Ein was?«
»Du wirst es nicht glauben, aber er hat sie völlig becirct. Jedes Kind hat einen kleinen Joghurt- oder Sahnebecher in der Hand, und er erzählt ihnen alles über Liebstöckel und Eisenkraut.«
»Was ist mit der Mutter des Schulabgängers?«
»Mrs Dracula geht es hervorragend. Wir sind mittlerweile ein Herz und eine Seele.«
»Oh, das musst du mir genauer erzählen. Hast du wieder deinen Charme spielen lassen? Vielleicht könntest du uns ja für morgen ein paar Meeresfrüchte von irgendwelchen Felsen zaubern?«
»Ist das immer noch nicht geklärt?«
»Nein, aber wir arbeiten an dem Fall.«

Selbst Patrick Brennan arbeitete vom Krankenhausbett aus an dem Fall. Aber was er erfuhr, war niederschmetternd. Es waren nicht eine Garnele oder ein Hummer aufzutreiben. Patrick rief den Mann von der PR-Agentur an.
»Wieso müssen es denn ausgerechnet Krustazeen sein … Könnten Sie mir das bitte sagen?«
»Das soll stellvertretend für ein Image, für ein Konzept ste-

hen – die Vorstellung, dass etwas fest an einem Untergrund haftet. Wir haben mit unserer Ausschreibung immerhin das Interesse dieses Kunden geweckt. Sie wollen mir doch wohl nicht sagen, dass Sie einen Rückzieher machen und das vereinbarte Menü …«

»Ich will Ihnen überhaupt nichts sagen. Worum geht es denn in dieser Werbekampagne?«

»Das geht Sie eigentlich nichts an …«

»Was soll woran haften? Was steckt hinter Ihrem Konzept? Können Sie mir das nicht verraten? Wir organisieren schließlich die Präsentation für Sie«, knurrte Patrick.

»Sie haben nichts anderes zu tun, als ein Büfett mit Meeresfrüchten auszurichten.«

»Es ist nur in Ihrem Interesse, wenn Sie es mir sagen«, fügte Patrick mit eindrucksvoll gesenkter Stimme hinzu.

Schließlich gab der PR-Mann nach und erzählte ihm, dass es sich bei ihrem Kunden um eine neue Versicherungsgesellschaft handele, die damit werbe, mit einem durch dick und dünn zu gehen.

»In dem Fall brauchen Sie keine Hummer, Garnelen oder so etwas, sondern Mollusken.«

»Ich brauche was?«

»Garnelen und Hummer klammern sich nicht an irgendwelche Felsen, das haben Sie falsch verstanden. Diese Tiere spazieren auf ihren eigenen Beinen über den Meeresgrund. Ihre Kunden würden Sie fallen lassen wie eine heiße Kartoffel. Was Sie sich vorstellen, das sind Mollusken. Wieso haben Sie mir das nicht vorher gesagt?«

Er legte auf und rief im Restaurant an. »Ich brauche dringend Blouse«, drängte Patrick, und man sagte ihm, dass er am Telefon bleiben solle. »Wir müssen ihn ganz schnell finden, Cathy. Morgen gibt es nämlich Mollusken.«

»Morgen gibt es was?«

»Hat man dir an der Gastronomiefachschule denn gar nichts

beigebracht? Mollusken. Mit einer oder mit zwei Schalen. Die hängen zu tausenden draußen an den Felsen. Wir müssen sie nur auf unseren Tisch schaffen.«

»Meinst du damit so was wie Wellhornschnecken, Miesmuscheln oder Herzmuscheln?« Cathy wurde plötzlich ganz anders.

»Ja, und was sonst noch dazugehört ... Jakobsmuscheln, Scheidenmuscheln, Napfschnecken ... Blouse weiß, wo sie zu finden sind. Wo steckt er eigentlich?«

»Ich sage ihm, dass er dich im Krankenhaus anrufen soll, Patrick«, erwiderte Cathy seufzend. Es musste schlecht um das Restaurant bestellt sein, wenn Blouse Brennan Napfschnecken von den Felsen pflücken sollte.

Dann rief Tom wieder an. »Die Party ist aus, aber die Kinder wollen nicht nach Hause gehen. Sie wollen sich nicht einmal zum Gruppenfoto mit dem Schulabgänger aufstellen. Blouse hat sie völlig hypnotisiert, als wäre er der Rattenfänger von Hameln höchstpersönlich. Es würde mich nicht überraschen, wenn sie ihn bis zum Quentins zurückbegleiten würden.«

»Aha, aber vielleicht könntest du ihn bitten, mal kurz Pause zu machen, um seinen Bruder im Krankenhaus anzurufen. Patrick möchte, dass er sich morgen entlang der Küste als Napfschneckenfänger von Dublin betätigt.«

»Führen wir nicht ein absolut verrücktes Leben?«, meinte Tom im Tonfall eines Menschen, für den nie ein anderes Leben in Frage käme.

Cathy ging es nicht anders, mit einer Einschränkung: Sie wünschte sich nichts sehnlicher, als dass der morgige Abend bereits vorbei wäre. Sie sah nicht den kleinsten Silberstreifen am Horizont. Aber sie hatte nicht mit Blouse und seinem neu erwachten Selbstbewusstsein gerechnet.

Und am nächsten Abend wurden sie alle voller Verwunderung Zeugen, wie der Mann, den jeder für etwas einfältig gehalten hatte, mit einem eleganten Zeigestab auf die vor ihnen liegende Auswahl an Weichtieren deutete, auf sein Mollusken-Medley, wie er es nannte. Auf die Napfschnecke, die Herzmuschel, die Wellhornschnecke und die Strandmuschel … alles leuchtende Beispiele für Standhaftigkeit und Beharrungsvermögen. Ebenso die Auster, die Jakobsmuschel, die Miesmuschel. Lauter getreue Wirbellose, wie Blouse der Gruppe voller Ernst erklärte. Wie die Versicherungsgesellschaft, deretwegen sie sich heute hier versammelt hatten, waren diese wunderbaren Mollusken berühmt für ihre Haftfähigkeit in einer Welt, in der man sich nun wirklich nicht auf alles verlassen konnte.

Patrick Brennan stieß einen langen, tiefen Seufzer aus. Es hatte sich gelohnt, dass er das Krankenhaus früher verlassen hatte. Die grässliche Mutter des Schulabgängers war ebenso zufrieden gestellt wie der Mann von der PR-Agentur. Die Agentur, die er leitete, würde für weitere Events bei ihnen buchen, aber nur, wenn Blouse Brennan dabei wäre.

»Er wird aber nicht billig sein«, hörte sich Patrick mit heiserer Stimme sagen. Es hatte ihn Stunden gekostet, Blouse davon zu überzeugen, nicht das herzergreifend einsame und sinnlose Leben der Mollusken in den Mittelpunkt seines Vortrags zu stellen. Und erst im letzten Moment hatte er sicher sein können, dass Blouse ihn auch richtig verstanden hatte. Aber es gab vieles, was Patrick nicht begriff. Wo Blouse zum Beispiel die vielen Kinder herbekommen hatte, die ihm geholfen hatten, eimerweise diese schrecklichen Tiere ins Restaurant zu schaffen. Den ganzen Nachmittag über hatten sie einander die Klinke in die Hand gegeben, und ein Eis war das Einzige, was sie als Honorierung angenommen hatten.

Aber gute Nachrichten hinterfragte man besser nicht, wie Patrick gelernt hatte, ebenso wenig wie den Blick voller Liebe und Erleichterung in Brendas Augen, als sie die Hand nach ihm ausstreckte und fast den ganzen Abend lang die seine streichelte – an diesem außergewöhnlichsten und auch erfolgreichsten Abend, den das Quentins bisher erlebt hatte.

Carissima

Als Brendas beste Freundin Nora viele Jahre lang in Italien gelebt hatte, hatte sie ihr regelmäßig ausführliche Briefe geschrieben. Und ihr erstes Wort hatte immer gelautet: »*Carissima* …« Es hörte sich ein wenig gekünstelt an, dachte Brenda, ein bisschen affektiert, aber Nora hatte darauf bestanden. Sie sprach und träumte mittlerweile auf Italienisch. Ein einfaches »Liebe Brenda« wäre ihr belanglos und nichts sagend erschienen.

Carissima … meine Liebste … war ein viel besserer Anfang für einen Brief.

Und Brenda schrieb treu zurück. Sie schilderte ihrer Freundin Nora in dem sizilianischen Dorf Annunziata, in dem die Zeit stillzustehen schien, ein sich wandelndes Irland. Brenda schrieb ihr, wie die Auswanderungswellen langsam zum Stillstand kamen, wie schrittweise der Wohlstand in Dörfern und Städten Einzug hielt, wie die Macht der Kirche allmählich zurückgedrängt wurde und anderen Werten Platz machte.

Brenda schrieb, dass junge Menschen aus den verschiedensten Ländern nach Irland kamen, um hier zu arbeiten, dass schwangere Mädchen ihre Babys behielten, statt sie zur Adoption freizugeben, dass junge Paare erst einmal ein halbes oder gar ein ganzes Jahr zusammenlebten, ehe sie heirateten.

Alles Dinge, die es nicht gegeben hatte, als Brenda und Nora jung gewesen waren.

Nora wiederum erzählte von ihren Freunden im Dorf. Von dem jungen Paar, das eine Töpferei betrieb, von Signora Leone, und natürlich von Mario.

Mario, dem das Hotel gehörte.
Nur von Marios Frau Gabriella oder den Kindern schrieb Nora nie. Aber das war schon in Ordnung. Manche Dinge waren zu gewaltig, um darüber schreiben zu können.
Brenda erzählte Nora, wie sie diesen Burschen wiedergetroffen hatte, den sie immer »Schlaftablette« nannten, der aber eigentlich Patrick Brennan hieß. Wie sie sich ineinander verliebt und zusammen in vielen Restaurants gearbeitet hatten. Sie erzählte, wie ihnen das Glück in den Schoß gefallen war, das Quentins betreiben zu können, und wie sie sich rasch einen Namen machten. Sie beschrieb die Menschen, die kamen und gingen, ihr Personal und andere Leute wie Patricks Bruder Blouse, der geblieben war und sich prächtig entwickelt hatte.
Doch nur ein einziges Mal vertraute Brenda ihr das tiefste Geheimnis ihrer Seele an, ihren großen Wunsch nach einem eigenen Kind und den langen, oft demütigenden, enttäuschenden Weg der Fruchtbarkeitsbehandlung. Darüber zu schreiben fiel ihr besonders schwer.
Brenda war für Nora O'Donoghue auch auf andere Weise hilfreich, da sie als Spionin für sie fungierte und den Kontakt zu ihrer Familie aufrechterhielt. Es waren harte, nachtragende Menschen, die in Nora nur die Närrin und Sünderin sahen, die Schande über sie gebracht hatte, als sie wegen eines verheirateten Mannes davongelaufen war.
Noras Leben interessierte sie so wenig, dass Brenda ihre Freundin drängte, sie zu vergessen. »Du fällst ihnen nur ein, wenn es ihnen gerade in den Kram passt«, hatte sie nach Sizilien geschrieben. »Ich bitte dich, hör nicht auf sie, auch wenn sie dich später, wenn sie alt sind, anflehen sollten, du möchtest doch zurückkommen und sie pflegen.«
»*Carissima*«, hatte Nora zurückgeschrieben, »ich werde nie von hier fortgehen, solange noch die kleinste Chance besteht, dass ich Mario sehen kann. Ich wünschte, sie könnten mein Glück mit mir teilen, aber vielleicht werden sie eines Tages dazu fähig sein.«

Noras Mario starb bei einem Autounfall auf jenen Bergstraßen, die er immer viel zu schnell entlanggebraust war. Das Dorf hielt es für das Beste, wenn die *signora irlandese* jetzt wieder nach Hause zurückkehrte.

Brenda würde niemals den Tag vergessen, an dem Nora im Quentins erschienen war – langes Kleid, ungepflegtes Haar, das Gesicht zerfurcht vor Trauer um den einzigen Mann, den sie je geliebt hatte. Sie nannte Brenda immer noch »*Carissima*«, und sie waren immer noch die besten Freundinnen. Die langen Jahre, mehr als zwei Jahrzehnte, hatten nichts zwischen ihnen verändert.

Und als Nora eine neue Liebe fand – Aidan, einen Lehrer an der Mountainview School –, da fielen sie und Brenda sich wie zwei Teenager um den Hals. »Ich werde auf deiner Hochzeit tanzen«, versprach Brenda.

»Wohl kaum, es gibt da nämlich noch ein kleines Problem – seine Frau«, hatte Nora kichernd geantwortet.

»Nora, ich bitte dich, willkommen in der Gegenwart … Es gibt schließlich so was wie Ehescheidung, und zwar seit 1995.«

»Ich habe es schon mal zwanzig Jahre ausgehalten, ohne zu heiraten. Das schaffe ich auch dieses Mal.« Nora hatte keine großen Ansprüche an das Leben.

»Du tust, was dir gefällt, aber ich gebe nicht so schnell auf«, drohte Brenda.

Patrick fand es erstaunlich, wie viel die beiden sich immer zu erzählen hatten. Er war nie eifersüchtig auf ihre Freundschaft, beklagte aber oft, dass Männer keine Gespräche führten, die das Leben von allen Seiten beleuchteten.

»Tja, da habt ihr Pech«, sagte Brenda.

»Da hast du Recht, das sage ich auch immer«, erwiderte Patrick zu ihrer Überraschung.

Nora ging jede Woche in das Krankenhaus, in dem ihr alter Vater in der geriatrischen Abteilung lag. Ob Regen oder Sonnen-

schein, sie fuhr ihn draußen im Rollstuhl spazieren. Manchmal lächelte er sie an und schien sich zu freuen, manchmal starrte er nur vor sich hin. Sie erzählte ihm von den glücklichen Erinnerungen an ihre Kindheit, die ihr einfielen. Oft waren sie tief verschüttet. Nur von Sizilien erzählte sie ihm nichts – Sizilien, das langsam wie ein Farbfoto, das zu lange in der Sonne gelegen hatte, verblasste. Aber von Aidan Dunne, der Mountainview School und ihren Italienischschülern dort erzählte sie ihm. Und sie erwähnte sogar wohlwollend ihre Schwestern Rita und Helen und ihre wortkargen Brüder, auch wenn sie sie kaum zu Gesicht bekam.
Die Nachricht, dass sie mit einem verheirateten Lateinlehrer in ein möbliertes Apartment gezogen war, hatte ihre ganze Familie erneut entsetzt. Nora schien wirklich nur Schimpf und Schande über ihre Familie zu bringen.
Einmal in der Woche besuchte Nora auch ihre Mutter, die im Alter weder milde noch weise geworden war. Aber Nora war fest entschlossen, sich nicht aus der Ruhe bringen zu lassen. Jahrelange Übung hatte ihre Fähigkeit, sich zurückzunehmen, vervollkommnet. Und es war nicht schwer, sich eine Stunde lang das Gejammer ihrer Mutter anzuhören, wenn sie mit dem Bus zu ihrem geliebten, freundlichen Aidan zurückkehren konnte, der so ganz anders war und nur das Gute in der Welt sah.
Der Tag, an dem ihr Vater beerdigt wurde, war kalt und nass. Brenda und Patrick kamen, hatten es aber für besser gehalten, dass Aidan zu Hause blieb. Man sollte den Stier vielleicht nicht mit einem roten Tuch reizen.
Auch einige ihrer Italienischschüler kamen in die Kirche, ein buntes Grüppchen, das die Zahl der Trauergäste merklich in die Höhe schnellen ließ.
»Ich würde Sie ja gerne noch zu uns einladen, aber ehrlich gesagt glaube ich nicht, dass meine Mutter in der Lage ist …«
Nein, nein, da sei schon in Ordnung. Sie hätten nur ihr Beileid aussprechen wollen.

Noras Mutter hatte natürlich an allem etwas auszusetzen. Der Priester sei zu jung, zu schnell, zu unpersönlich gewesen. Die Leute seien nicht dunkel gekleidet, das Hotel, in dem die Familie hinterher Kaffee getrunken hatte, sei völlig unpassend gewesen.

Es kam ihr nicht die geringste liebevolle Bemerkung über Noras Vater über die Lippen, und sie wollte auch nichts davon hören, was für ein freundlicher Mensch er doch gewesen sei und dass er nun, Gott sei Dank, in Frieden ruhe. Stattdessen betete sie eine Litanei seiner Fehler herunter, die offensichtlich zahllos waren und darin gipfelten, dass er versäumt hatte, eine anständige Lebensversicherung abzuschließen.

»Und ihr werdet jetzt natürlich alle zu euch nach Hause fahren und mich für den Rest meiner Tage allein lassen«, fügte sie vorwurfsvoll hinzu.

Nora wartete, dass die anderen etwas sagten. Einer nach dem anderen meldete sich zu Wort. Alle versicherten ihrer Mutter, dass sie sich schließlich bester Gesundheit erfreue und dass eine Frau Mitte siebzig heutzutage nicht als alt gelte. Ihre Wohnung liege günstig, alles sei in ihrer Nähe – der Bus, die verschiedensten Geschäft, die Kirche. Außerdem würden sie sie regelmäßig besuchen kommen und hin und wieder Ausflüge mit ihr machen, jetzt, da sie sich nicht mehr um Vater kümmern müssten.

Ihre Mutter seufzte, als wäre das alles bei weitem nicht genug.

»Ihr kommt doch bloß einmal im Monat vorbei«, sagte sie.

Mit regloser Miene nahm Nora diese Information zur Kenntnis. Das war neu für sie. Sie war immer davon ausgegangen, dass ihre Schwestern und Schwägerinnen sich viel häufiger bei ihrer Mutter blicken ließen, und das bedeutete, dass sie mit ihrem wöchentlichen Besuch noch am besten von allen abschnitt.

Rita und Helen beeilten sich zu erklären, dass sie immer *so* viel zu tun hätten, ehrlich, die anderen dürften nicht vergessen,

dass sie immerhin *Familie* hätten und einen anspruchsvollen *Haushalt* führten.
Damit wollten sie nur andeuten, dass Nora alle Zeit der Welt habe und für niemanden verantwortlich sei, sodass sie leicht als Kindermädchen für ihre Mutter fungieren könne und auch noch dankbar dafür sein solle. Ausgerechnet Nora, die mehr als alle anderen arbeitete. Nora, die als einzige kein Auto hatte, aber den lästigen Einkauf erledigte, die viermal so oft kam wie die anderen und dabei immer noch einen Topf mit selbst gekochtem Essen für ihre Mutter mitbrachte.
Es war im höchsten Maße unfair von ihnen, ausgerechnet ihr ein schlechtes Gewissen einreden zu wollen. Außerdem hatte sie Brenda Brennan versprochen, nicht schwach zu werden. Aber Nora hatte sich auch geschworen, immer höflich und freundlich mit ihrer Familie umzugehen.
Also nickte sie ihnen nur wohlwollend zu, als hätte sie nicht begriffen, worauf das Gespräch abzielte. Und sie hatte Aidan, zu dem sie nach Hause kommen konnte. Aidan, der ihr einen starken Tee aufbrühen und ein paar entspannende Arien auflegen würde, während er sich interessiert erkundigte, wie ihr Tag verlaufen sei.
Und morgen würde sie sich mit ihrer *carissima* Brenda treffen und ihr die ganze Geschichte erzählen.
Nora betrachtete ihre Schwestern, Brüder und deren Ehepartner. Keiner von ihnen kannte auch nur einen Bruchteil des Glücks, das sie erleben durfte.
Dieses Wissen verlieh ihr große Sicherheit und Kraft und machte es ihr leicht, sich nicht von ihren Sticheleien und den deutlichen Hinweisen, sie solle doch alles aufgeben und permanent ihre Mutter versorgen, unterkriegen zu lassen.
»Ich komme dich dann morgen besuchen«, versprach Nora, als sie ging und ihre Mutter auf die kalte, runzlige Wange küsste.
Vermisste diese Frau den Mann, den sie heute zu Grabe getragen hatte? Erinnerte sie sich an Zeiten voller Leidenschaft und

Liebe? Vielleicht hatte es das in ihrem Leben gar nicht gegeben.

Nora fröstelte bei dem Gedanken. Sie hatte gleich zweimal in einem Leben Leidenschaft und Liebe gefunden.

Ihr entging nicht, dass Helen und Rita sie eigenartig ansahen. Sie wusste, dass ihre Schwestern oft mit ihren Schwägerinnen über sie tuschelten, aber das machte ihr nichts aus.

»Werdet ihr morgen auch bei Mutter vorbeischauen?«, fragte sie freundlich.

Helen zuckte die Schultern. »Wenn du schon hinfährst, Nora, dann bringt es nicht viel, wenn wir uns dort auf die Füße treten«, sagte sie.

»Und außerdem komme ich nächste Woche«, erwiderte Rita schnippisch.

Aber sie konnte hören, wie sie zu ihrer Mutter sagten: »Morgen wird Nora kommen.«

»Morgen wird es dir an nichts fehlen, Nora wird sich um alles kümmern.«

»Nora hat doch nichts zu tun, Mam. Sie kann ja morgen für dich einkaufen, wenn sie kommt.«

So würde es ewig weitergehen. Aber das spielte alles keine Rolle. Keine von ihnen hatte so ein großes Glück erlebt wie Nora. Da war es nur gerecht, wenn sie etwas davon zurückgab.

»Hast du gestern wieder den Kaffee und das Essen bezahlt?«, wollte Brenda von ihrer Freundin Nora wissen.

»Brenda, *mia carissima* Brenda, musst du denn immer so streng sein?«, erwiderte Nora lachend.

»Das heißt, du hast«, rief Brenda triumphierend. »Die anderen vier haben sich vornehm zurückgehalten, und du, die keinen Penny hat, hast wieder bezahlt.«

»Habe ich nicht genügend Geld dank Menschen wie dir?«

Und dabei fuhr sie fort, das Gemüse zu waschen und zu putzen, wofür sie im Quentins stundenweise bezahlt wurde.

»Nora, würdest du vielleicht mal einen Moment aufhören und überlegen, was du gesagt hast? Wir zahlen dir hier einen Hungerlohn, weil du der Meinung bist, das würde sich alles irgendwann mal summieren und dich und Aidan nach Italien bringen, und diese selbstsüchtigen Egoisten lassen zu, dass du deine paar Pfund für deren Essen ausgibst. Das bringt mich wirklich auf die Palme.«

»Brenda, *carissima* ... gerade du solltest dich nicht darüber aufregen. Du weißt doch, dass man dir ein Herz aus Eis nachsagt, gerade du müsstest also kühl und gelassen reagieren.«

Brenda lachte. »Was soll ich nur mit dir anfangen? Ich kann dir nichts Gutes antun, das mich wieder beruhigen würde. Du willst ja keine Almosen, wie du dich ausdrückst.«

»Ganz bestimmt nicht.«

»Gut, dann schwör mir eines. Und zwar jetzt und hier. Schwör mir, dass du nicht darauf hören wirst, wenn sie dir einreden wollen, dass deine Mutter eine Pflegerin rund um die Uhr braucht und dass du das bist.«

»Auf die Idee kommen die nie!«

»Schwör es, Nora.«

»Das kann ich nicht. Ich weiß doch nicht, was die Zukunft bringt.«

»Ich weiß es«, erwiderte Brenda grimmig. »Und ich bin sehr traurig, dass du mir das nicht schwören willst.«

Es ging sogar noch schneller, als Brenda gedacht hatte. Nur wenige Wochen nach der Beerdigung ihres Vaters musste Nora sich anhören, dass sich der gesundheitliche Zustand ihrer Mutter dramatisch verschlechtert habe und sie allein nicht mehr klarkäme.

Sie riefen sie nicht zu Hause an, da die kleine Wohnung, die sie mit Aidan Dunne teilte, für ihre Geschwister immer noch verbotenes Territorium war. Sie schickten ihr stattdessen Briefe an die Mountainview School und an ihre Mutter. Helens Brief traf

im Quentins ein, was natürlich Brendas sofortiges Misstrauen erregte.
»Sag es mir. Ich will von dir wissen, was sie jetzt schon wieder von dir wollen«, bat sie.
»Du bist wirklich eine sehr schwierige Freundin, *carissima*«, meinte Nora lachend. Sie polierte gerade das Silber, noch ein kleiner Job im Restaurant, den sie sich beschafft hatte, um ihr Budget für Italien aufzustocken.
»Nein, ich bin sehr hilfreich und gut für dich. Sag mir einfach, was sie wollen.«
»Mutter steht mitten in der Nacht auf und läuft herum. Das hat ganz plötzlich angefangen. Sie erträgt es offensichtlich nicht mehr, allein zu sein.«
»Dein Vater war über drei Jahre im Krankenhaus, da hatte sie eigentlich Zeit, sich daran zu gewöhnen.«
»Sie ist alt und zerbrechlich, *carissima.*«
»Sie ist fünfundsiebzig und fit wie ein Turnschuh.«
Wütend sahen sie einander an.
»Streiten wir?«, fragte Nora.
»Nein, wir beide könnten niemals miteinander streiten. Du kennst alle meine Geheimnisse und meine Leichen im Keller«, antwortete Brenda kleinlaut. »Glaube mir, ich habe versucht, dir auszureden, Mario nachzulaufen, und es hat sich herausgestellt, dass ich falsch lag. Du hast das Leben geführt, das du dir gewünscht hast. Aber dieses Mal liege ich nicht falsch, und der Druck, den ich damals auf dich ausgeübt habe, war nichts im Vergleich zu dem, den du jetzt von mir zu spüren bekommen wirst. Bevor ich es aus dir herausprügeln muss – was wollen sie von dir?«
»Dass ich ein paar Mal bei Mutter übernachte«, erwiderte Nora mit feinseligem Unterton. »Das ist doch nicht viel verlangt. Ich meine …«
»Wie oft?« Brendas Stimme war hart wie Stahl.
»Na ja, bis wir jemanden für die ganze Zeit bekommen …«

»Was nie der Fall sein wird …«
»O doch, sie werden sich alle zusammen darum kümmern, *carissima* …«
»Verschone mich mit deinem *carissima,* Nora. Sie haben dich gebeten, jede Nacht dort zu schlafen, stimmt's?«
»Nur für kurze Zeit …«
»Und Aidan?«
»Er wird es verstehen. Ich würde wollen, dass er dasselbe tut, wenn es seine Eltern wären.«
»Jetzt hör mir mal zu. Dieser Mann hatte bereits eine mehr als unsympathische Ehefrau, die ihn nach allen Regeln der Kunst ausgequetscht hat. Er hat nicht eine zweite Frau verdient, die meint, es allen recht machen zu müssen.«
»Wir schulden es ihr aber. Wir sind so glücklich, und unser Glück ist schließlich so etwas wie ein prall gefülltes Konto. Man muss etwas davon herschenken, wenn man so viel hat.«
»Nein, Nora, so funktioniert das nicht.«
»Ich tue es auch für Aidan und mich. Ich weiß, das ist gut für uns.«
Einen Moment versanken beide in brütendes Schweigen.
Nora war die Erste, die sich wieder zu Wort meldete. »Es ist nicht so, dass es mir an Mut fehlt, ihnen ihre Bitte abzuschlagen. Ich bin sogar sehr mutig. Ich weiß, dass meine Mutter nichts von mir hält, und auch meine Geschwister nicht, aber darum geht es nicht.«
Brenda wusste mit erschreckender Klarheit, dass genau das der Punkt war, um den es ging. Diese Familie wollte Noras Glück zerstören.
Nora hatte zu viele Jahre unter der heißen Sonne Italiens verbracht. Das hatte ihr Urteilsvermögen getrübt und sie milde werden lassen. Wenn sie so weitermachte, würde sie das die Liebe von Aidan Dunne kosten.
»Wirst du mir eines versprechen …«, setzte Brenda an.
»Ich kann dir keine Versprechungen machen.«

»Unternimm eine Woche lang nichts. Rede eine Woche mit keinem darüber. Das ist nicht lang.«
»Was soll das bringen, wenn ich es ohnehin machen werde?«
»Bitte, tu mir den Gefallen.«
»*Bene, carissima* … um dir einen Gefallen zu tun.«

Brenda Brennan rief eine Freundin an, die als Oberschwester in einem Krankenhaus arbeitete. »Kitty, kann ich dich um einen kleinen Gefallen bitten? Als Gegenleistung für ein schönes Abendessen bei uns im Restaurant?«
»Wen muss ich dafür umbringen?« Kitty Doyle musste nicht lange überredet werden.

»Ist es dir eigentlich recht, wenn ich bei dir in der Wohnung bin, Mutter?«, fragte Nora.
»Was soll die Frage?«
»Ich habe mich nur gewundert. Du lächelst nie, und lachen tust du auch nie mit mir.«
»Was gibt es denn schon zu lachen?«
»Ich erzähle dir doch manchmal einen Witz.«
»Jetzt fang bitte nicht an, sentimental zu werden, Nora. Wirklich, nicht das auch noch.«
»Wieso das auch noch?«
»Du weißt schon.«
»Möchtest du vielleicht mal Aidan kennen lernen, Mutter? Ich kenne seine ganze Familie.«
»Aber seine ihm rechtens angetraute Ehefrau ganz bestimmt nicht.«
»Doch, sie auch. Ich habe sie an der Mountainview School getroffen und auch bei ihr zu Hause. Du weißt schon, dort, wo Aidan früher gewohnt hat. Ich habe dort das kleine Zimmer gestrichen, damit sie ein Esszimmer daraus machen konnte, als sie das Haus verkauft hat.«
Ihre Mutter zeigte nicht das geringste Interesse.

»Soll ich dir vielleicht die Küche streichen, Mutter?«
»Wozu?«, fragte ihre Mutter.

»Du bist mit dem Kopf ja ganz woanders, Nora«, bemerkte Aidan an diesem Abend. »Bedrückt dich etwas?«
»Nein, eigentlich nicht.«
»Sag es mir.«
»Ich sage es dir in einer Woche«, antwortete sie.
»Es ist doch alles in Ordnung, Nora? Ich kann keine Woche warten. Sag es mir jetzt.«
»Nein, ich bin nicht krank. Ich habe nur ein Problem. Aber ich habe versprochen, dass ich eine Woche warten werde. Du wartest manchmal auch, bevor du mir etwas sagst. Glaub mir, es ist nichts Trauriges«, sagte sie und legte ihm die Hand auf den Arm.
»Ich liebe dich so sehr, meine wunderschöne Nora«, entgegnete er mit Tränen in den Augen. »Und ich werde in einer Woche auch Neuigkeiten für dich haben.«
»Ich bin nicht schön. Ich bin alt und verrückt«, entgegnete Nora ernst.
»Nein, meine Närrin, du bist wunderschön«, erklärte Aidan, und das war sie auch für ihn.
Als sie wieder in der Wohnung ihrer Mutter war, sah Nora nach, was sie zum Übernachten alles mitbringen musste. Bettwäsche und ein paar Decken, die sie leicht wegräumen konnte, wenn sie sie auf dem Sofa nicht mehr brauchte.
Einen Kulturbeutel würde sie auch benötigen, dazu ein Paar Schuhe zum Wechseln und etwas Unterwäsche, die sie in dem kleinen Schrank im Bad aufbewahren konnte. Außerdem musste sie stärkere Glühbirnen besorgen. Vielleicht konnte sie nachts etwas sticken, wenn ihre Mutter schlief.
Es würde einsam werden ohne Aidan, und auch er wäre einsam. Aber es stand völlig außer Frage, ihn zu ihrer Mutter ins Haus zu bringen. Der Widerstand war zu stark.

Am Tag zuvor hatte Brenda Noras Mutter besucht.
Wie immer bestand Mrs O'Donoghues ganzer Kommentar aus einem Seufzen und der bedauernden Feststellung, wie schade es doch sei, dass Nora so gar nichts von ihrer Freundin habe. Die sei wenigstens anständig verheiratet und habe einen anständigen Beruf.
»Aber egoistisch ist es schon von ihnen, dass sie und ihr Mann nur der Karriere wegen auf Kinder verzichten.«
»Vielleicht haben sie es ja versucht, aber der Herr hat ihnen keine geschenkt«, bemerkte Nora, die genau wusste, wie verzweifelt sie es versucht hatten.
Ihre Mutter tat ihren Widerspruch nur mit einem Schnauben ab.
»Helen war hier, wie ich gehört habe.«
»Die hat sich seit Tagen nicht mehr blicken lassen«, schimpfte Noras Mutter.
Schwer zu sagen, wem sie glauben sollte.
Helen hatte Nora nämlich gesagt, dass sie auf der Kommode einen Brief für sie hinterlassen habe, den Nora jetzt las. Das übliche Gejammer, dass ihre Mutter täglich schwächer würde, dass man eine räumliche Lösung für sie finden müsse, sie und alle anderen hätten immerhin Familien und einen Haushalt …
Aber da lagen auch noch ein paar andere Briefe, in denen es um Mutters Gesundheit ging. Einer war mit der Maschine geschrieben und stammte von einer Ms K. Doyle, Oberschwester in einem großen Krankenhaus, die auf eine Anfrage bezüglich einer eventuellen häuslichen Betreuung antwortete.
Nora war überwältigt vor Freude. Sie hatte doch immer gewusst, dass ihre Schwestern sich um eine Pflegekraft für ihre Mutter kümmern würden, und es tat gut, den Beweis dafür schwarz auf weiß vor sich zu sehen.
Ms Doyle hatte ihnen mehrere Möglichkeiten angeboten, schlug aber vor, zuerst den Gesundheitszustand ihrer Mutter zu prüfen, damit genauer auf ihre Bedürfnisse eingegangen

werden konnte. Und dann lag da noch – was seltsam war – die Fotokopie des Briefes dabei, den Helen zurückgeschickt haben musste.
Nora stand da und las:

Vielen Dank für Ihre Mühen. Ich weiß momentan leider nicht, wer sich an Sie gewandt hat, wahrscheinlich meine Schwester Nora, die lange Zeit im Ausland gelebt hat und seelisch wenig belastbar ist. Sie will nicht wahrhaben, dass unsere Mutter, eine gesunde, kräftig Frau von fünfundsiebzig Jahren, sehr wohl in der Lage ist, sich allein zu versorgen. Wie alle älteren Menschen, die auf sich allein gestellt sind, leidet sie natürlich manchmal unter einem Mangel an Gesellschaft. Aber jetzt, da Nora für immer – wie wir meinen – nach Irland zurückgekehrt ist, könnte meine Schwester leicht bei meiner Mutter übernachten, was eine elegante Lösung für eine untragbare Situation wäre und viele Fliegen mit einer Klappe schlagen würde. Deswegen besteht für uns nicht die geringste Notwendigkeit, jetzt oder in absehbarer Zukunft Ihre Hilfe in Anspruch zu nehmen.
Es tut mir Leid, dass Sie meine Schwester mit diesem Problem belästigt hat. Sie hat es zweifellos gut gemeint, erfasst die Situation aber leider nur unvollkommen. Ich bin einerseits überrascht, dass sie Sie bat, den Antwortbrief an mich zu schicken, andererseits aber auch wieder froh, da ich so dieses Missverständnis aufklären konnte.
Nora war immer schon ein Problem für unsere Familie. Wir sind auch nicht der Ansicht, dass sie die ganze Zeit bei meiner Mutter wohnen sollte, da Nora nur minimale Umgangsformen besitzt und für niemanden eine angemessene Gesellschaft sein kann. Aber wenn sie bei ihr übernachtet, haben beide etwas davon.
Noch einmal herzlichen Dank für Ihren freundlichen und hilfreichen Brief.

Nora saß lange da, den Brief in der Hand. Mit Sicherheit hatte ihre Schwester nicht gewollt, dass sie ihn las. Er musste aus Versehen an sie geschickt worden sein. Ganz sicher. Helen würde

bestimmt nicht wollen, dass sie sah, was sie über Nora geschrieben hatte – dass sie unfähig sei, ohne Umgangsformen –, dass Mutter stark und gesund sei und gar keiner Pflege bedürfe, dass die Familie nur versuche, Nora aus einer untragbaren Situation herauszuhelfen.
Aber wenn es nicht Helen war, die diesen Brief auf der Kommode hatte liegen lassen, wer dann?
Lange musste Nora an ihre Freundin Brenda denken, an die *carissima* Brenda, die ihr jahrzehntelang die Treue gehalten und sie nun gebeten hatte, eine Woche abzuwarten. Nur eine Woche. Aber nicht einmal Brenda hätte so etwas bewerkstelligen können.
Diese Person existierte wirklich … diese Ms K. Doyle, deren Name auf dem Briefkopf der Klinik stand. Und es war Helens Handschrift. Nicht einmal die trickreiche, kluge Brenda hätte so etwas zustande gebracht.
Nora kehrte zu Aidan nach Hause zurück.
»Die Woche ist um, und deswegen verspreche ich dir jetzt, dass ich jede Nacht mit dir verbringen werde, bis ich sterbe.«
»Und das hat dir Sorgen gemacht?«, frage Aidan verwirrt.
»Ja, weil ich nämlich dachte, ich müsste in Zukunft jede Nacht auf dem Sofa meiner Mutter verbringen.«
»Das wäre aber sehr unbequem für uns geworden, dort auf dem Sofa«, meinte er.
»Nein, dir wäre es gut gegangen, du hättest weiter hier geschlafen«, sagte Nora und streichelte sein Gesicht.
»Ohne dich wäre es mir ganz und gar nicht gut gegangen«, erwiderte er leise.
»Und was hattest du für Neuigkeiten für mich?«, wollte sie wissen.
»Ich habe wegen der Scheidung mit Nell gesprochen. Sie war einverstanden, findet aber, dass wir viel zu alt sind, um noch einmal zu heiraten. Aber es ist in Ordnung.«
»Sie hat natürlich Recht«, antwortete Nora nachdenklich.

»Sie hat *nicht* Recht. Wir werden heiraten, du und ich. Und wir werden mit allen unsere Freunden feiern und auf unser Glück anstoßen«, erklärte Aidan bestimmt.
»Aidan, du bist wunderbar, aber wir brauchen gar nicht daran zu denken, wir haben kein Geld, und dabei spare ich die ganze Zeit.«
»Aber ich werde das Geld haben.«
»Wie willst du so viel sparen, Aidan?«
»Na, ich kenne doch diesen Richardson, dessen Söhne ich unterrichte. Er ist ein bekannter Finanzberater und hat mir gesagt, was ich mit meinem Geld machen soll. Ich nehme deswegen keinen Lohn mehr von ihm, sondern überlasse ihm das Geld, damit er es wöchentlich für mich anlegt, und mittlerweile hat es sich schon mehr als verdoppelt. Stell dir das mal vor.«
»Na so was!« Sie sah ihn mit tiefer Liebe an.
»Aber jetzt zu dir. Ist dir diese Entscheidung wegen des Sofas deiner Mutter leicht gefallen?«
»Letztendlich habe ich nicht mehr als zehn Sekunden dazu gebraucht«, sagte Nora. »Aber einem Menschen muss ich es noch erzählen, meiner *carissima.*«
»Ob sie überrascht sein wird?«
»Das kann man bei Brenda Brennan nie sagen«, meinte Nora. »Sie wird zufrieden sein, aber ich werde bis ans Ende meiner Tage nicht wissen, ob sie überrascht war oder nicht.«

Heimkehr

Wieso habt ihr das Restaurant eigentlich Quentins genannt?«, wollte Mon eines Morgens während der Kaffeepause wissen.

»Der Besitzer heißt so.« Brenda war überrascht, dass die junge Australierin das nicht wusste. Sie war doch sonst so aufgeweckt.

»Ich dachte, es würde euch beiden gehören.« Mon staunte immer mehr. »Du meinst, ihr könntet also genauso gefeuert werden wie ich?«

»Oh, wir nicht«, erwiderte Brenda lachend. »Quentin weiß, dass er sich auf uns verlassen kann. Das muss sich bei dir erst noch herausstellen.«

»Weiß er von mir?« Mon fühlte sich ungern ausgeschlossen.

»Keine Einzelheiten, aber er weiß, dass wir dich eingestellt haben und mit dir zufrieden sind. Ist das in Ordnung?«

»Kommt er eigentlich mal her und schaut nach seinem Restaurant?«

»Nur sehr selten, seit er uns eingestellt hat. Manchmal schickt er ein paar Freunde vorbei und lässt uns dann wissen, dass ihrer Meinung nach alles in Ordnung ist.«

»Er muss euch ja blind vertrauen.«

»Nun, wir schicken ihm regelmäßig die Abrechnungen, aber weißt du, ich glaube, er liest sie gar nicht«, antwortete Brenda nachdenklich. »Und ich habe auch schon seit langem nichts mehr von ihm gehört. Ich glaube, ich rufe ihn heute mal an, wenn ich Zeit dafür habe.«

»Wie kommst du nur auf die Idee, dass du ausgerechnet heute Zeit haben könntest? Der Tag muss erst noch erfunden werden.« Mon spülte ihre Kaffeetasse aus und ging hinaus, um einen letzten, prüfenden Blick auf die makellos gedeckten Tische im Restaurant zu werfen.

Wie es der Zufall wollte, kam an dem Tag Quentins Vater zum Mittagessen. Er hatte sich mittlerweile vollständig aus der Steuerkanzlei zurückgezogen, in die sein Sohn ihm hätte folgen sollen, wie er gehofft hatte. Der Wunsch seines Sohnes, ins Ausland zu gehen und dort als Maler zu leben, hatte ihn noch mehr irritiert und enttäuscht. Mit unverhohlener Freude hatte er deshalb zur Kenntnis genommen, dass Quentins Traum, ein großer Künstler zu sein, sich nicht erfüllt hatte.

»Haben Sie irgendwelche Neuigkeiten aus Marokko?«, fragte Brenda, als sie den alten Herrn an seinen Tisch begleitete.

»Sie wissen doch meistens mehr als ich«, erwiderte Quentins Vater gereizt.

»Ganz und gar nicht. Ihr Sohn ist ein Arbeitgeber, von dem man nur träumen kann. Das ganze Jahr nie ein Wort, bis auf die obligatorische Gehaltserhöhung zu Weihnachten. Kein Wunder, dass wir, Patrick und ich, uns allmählich einbilden, das Restaurant würde uns gehören.«

»Eigentlich sollte es Ihnen auch gehören. Sie beide haben es schließlich zu dem gemacht, was es ist, nicht wahr?«

»Nein, Ihr Sohn hatte den Traum, die Idee. Wir haben nur geholfen, sie umzusetzen.«

Brenda und Patrick wären nie in der Lage gewesen, das Kapital aufzutreiben, um das Restaurant zu kaufen, aber das war nicht von Bedeutung. Solange Quentin friedlich in den Bergen von Marokko lebte und sie in Dublin schalten und walten ließ, war alles in Ordnung. Manchmal fragten sie sich allerdings schon, was wohl passieren würde, sollte Quentin plötzlich sterben. Aber jeden Tag, den sie im Quentins arbeiteten, breitete sich ihr guter Ruf weiter aus. Brenda und Patrick Brennan wären in Dublin nicht lange ohne Anstellung geblieben.

»Mein Sohn bekommt viele Komplimente für das Restaurant,

aber eigentlich sollten sie alle Ihnen und Ihrem Mann gelten«, sagte der alte Mann mit rauer Stimme.

»Die Komplimente kommen durchaus bei uns an, Mr Barry, und Sie sind ja auch so freundlich und schicken uns viele gute Gäste … Sie sollten also wissen, dass wir Ihnen sehr dankbar sind.« Mit graziösen Schritten entfernte sie sich.

Im Laufe der Jahre hatte sie gelernt, wie sehr die Leute es schätzten, aufmerksam und zuvorkommend, aber mit Zurückhaltung bedient und nicht von aufdringlichen Kellnern belästigt zu werden. Sie wünschte sich, Quentin würde nur für eine Woche zurückkommen, sich an den einen, etwas versteckt liegenden Tisch setzen und mit eigenen Augen sehen können, wie gut es um das Restaurant, das seinen Namen trug, bestellt war, während er unter der heißen Sonne Nordafrikas lebte und malte.

Sie würde Quentin noch an diesem Nachmittag anrufen. Sie musste ihn ohnehin wegen des Dokumentarfilms sprechen und ein wenig Druck machen. Ganz am Anfang hatte sie ihm zwar geschrieben und um seine Zustimmung gebeten, aber wie erwartet, hatte er nur geantwortet, dass er ihnen in ihrer Entscheidung völlig freie Hand ließe, denn sie würden schon das Richtige tun.

Brenda griff nach dem Telefon.

Er trank gerade seinen Pfefferminztee, wie immer am frühen Nachmittag. Einer der kleinen Jungen aus Fatamas Eckladen brachte ihn täglich gegen halb drei Uhr in einem Glas, das in einer silberfarbenen Metallfassung steckte. Aber nicht nur sie waren fürsorglich und beschenkten ihn, auch andere Menschen brachten ihm Schüsseln mit geputztem Gemüse für die Suppe oder Körbe mit süßem, fleckenlosem Obst ohne Würmer und Insekten. Sie waren gut zu ihm. Quentin hätte sich keine freundlicheren Menschen in seiner Umgebung wünschen können, aber es drängte ihn zurück nach Hause. Er musste sich vergewissern, ob es noch seine Heimat war oder bereits ein fremdes Land, eine fremde Welt. In dem Moment rief sie an, und die gelassene, ruhige Stimme von Brenda Brennan drang an sein Ohr.

Sie hatten gerade hundertzwanzig Portionen Mittagessen serviert, sein Vater hatte sie mit seinem Besuch beehrt, und die junge, fröhliche Mon, eine der Kellnerinnen, hatte nicht glauben können, dass ihnen das Restaurant gar nicht gehörte und es tatsächlich einen Quentin gab.

»Haben Sie ihr gesagt, dass ich nichts für sie bin und ihr nichts zu bieten habe?«, fragte er lachend, wie immer zu einem Scherz über seine sexuellen Neigungen aufgelegt.

»Nein, habe ich nicht. Sie haben ihr nämlich durchaus was zu bieten, immerhin darf sie in Ihrem großartigen Restaurant ihre ersten Schritte als Kellnerin machen. Außerdem hat sie gar kein Interesse an Ihnen. Sie hat sich nämlich einen unserer angesehensten Kunden geangelt, einen Banker von nebenan.«

Er fragte nicht, weshalb Brenda anrief. Sie würde von sich aus darauf zu sprechen kommen.

»Ich habe überlegt, ob es Ihnen vielleicht Freude machen würde, uns wieder mal zu besuchen? Sie könnten sich in eine Ecke setzen und uns heimlich beobachten. Wir würden Sie so gerne mal beeindrucken.«

»Sie müssen Gedanken lesen können … genau das habe ich in dem Moment gedacht.«

Sie einigten sich auf ein Datum in einigen Wochen.

»Ich überlasse es Ihnen, Ihren Vater über Ihre Pläne zu informieren«, bemerkte Brenda diplomatisch.

»Danke. Ich werde mit meiner Mutter irgendwann einen Hut kaufen gehen, und wahrscheinlich rufe ich meinen Vater einen Tag vor meinem Abflug an. Je kurzfristiger, desto besser. Geht es Ihnen eigentlich ähnlich, was Ihre Familie betrifft?« Quentin war immer höflich und nie neugierig. Aber es machte Brenda

auch nie etwas aus, wenn er mal eine seiner wenigen direkten Fragen stellte.
»Tja, meine Eltern sind ganz in Ordnung, aber im Gegensatz zu Ihnen hatte ich jede Menge Schwestern, mit denen ich mir sozusagen die Last teilen konnte.«
»Ja, meine Eltern hatten nur mich, und ich war für beide eine große Enttäuschung.«
»Ihr Vater kommt übrigens ziemlich regelmäßig zu uns, Quentin. So schrecklich enttäuscht von Ihnen kann er nun auch wieder nicht sein. Im Gegenteil, er brüstet sich sogar damit, Ihr Vater zu sein.«
»Na so was.« In seiner Stimme lag ein mehr als bitterer Unterton.
»Werden Sie allein kommen?«, fragte Brenda. Früher hatte es mal einen reizenden jungen Mann namens Katar gegeben.
»Ich werde allein kommen«, sagte er.
»Ich werde mich darum kümmern, dass Patrick wenigstens unseren bescheidenen Abklatsch von marokkanischer Küche für Sie parat hat«, versprach sie. »Wir haben einen ganz passablen Orangen-Zimt-Salat und einen marokkanischen Hühnereintopf auf der Speisekarte, aber das ist wahrscheinlich nicht exotisch genug.«
»Für Dublin bestimmt«, erwiderte Quentin lachend.
»Sie sind eine lange Zeit fort gewesen«, meinte sie.

An diesem Abend erzählte sie Patrick von ihrem Gespräch.
»Du hättest Kuskus sagen sollen«, beschwerte er sich. »Dann hätte er gewusst, dass wir uns wenigstens anstrengen.«
»Er kommt nicht nach Hause, um unser Essen zu testen«, sagte Brenda.
»Weshalb dann?«
»Ich weiß es nicht.« Sie wusste es wirklich nicht, aber irgendwie ahnte sie, dass er nach Hause kam, um Abschied zu nehmen. Aber das hätte zu eigenartig geklungen.

Er kam auf die Minute pünktlich und schenkte allen ein warmes Lächeln, als er dem Personal vorgestellt wurde. Ein hoch gewachsener, schmaler Mann in den Vierzigern, sonnengebräunt und attraktiv, aber müde.
»Wo hatte er denn das Geld her, um sich diesen Laden leisten zu können?«, flüsterte Mon dem Kellner Yan zu.
»Soweit ich gehört habe, war es eine Erbschaft«, antwortete Yan.
»Aber von wem? Sicher nicht von seinem schrecklichen Vater.« Mon schüttelte den Kopf. »Schau dir nur sein Gesicht an. Sieht er nicht aus wie ein Heiliger?«
Man konnte gar nicht leise genug sprechen, um Brendas aufmerksamen Ohren und Augen – schließlich konnte sie von den Lippen lesen – zu entgehen. »Als Heiligen würde ich Quentin nun gerade nicht bezeichnen«, sagte sie freundlich zu den beiden. »Aber er ist ganz legal in den Besitz dieses Restaurants gekommen. Über einen alten Freund.«
Amüsiert beobachtete sie, wie den beiden vor Überraschung und Schock der Mund offen stehen blieb. Quentin bemerkte ihr Lächeln, als sie an seinen Tisch zurückkam.
»Ich wüsste zu gern, was Sie gerade denken«, sagte er leise.
»Vielleicht erzähle ich es Ihnen später. Jetzt muss ich mich um das Restaurant kümmern.«
Brenda vergewisserte sich, dass Quentin zwei verschiedene Flaschen Wasser auf dem Tisch stehen hatte. Sie ahnte irgendwie, dass er keinen Wein trinken würde. Dann bestellte sie noch eine Platte mit kleinen Vorspeisen für ihn. Sie hatte in ihrem Leben genügend Menschen kommen und gehen sehen, um zu wissen, dass er nicht viel essen würde. Quentin Barry war ein kranker Mann.

Er aß ein paar Happen an seinem versteckten Tisch und beobachtete dabei, wie seine Mutter mit drei Freundinnen zum Mittagessen kam. Sara Barry war auf eine Weise gealtert, die ihr ganz und gar nicht gefallen hätte, hätte sie sich mit Abstand betrachten können. Sie sah aufgedunsen aus und war für ihr Alter eher unvorteilhaft gekleidet. Quentin hätte ihr abgeraten von den hellen Pastelltönen und dem aufdringlichen Modeschmuck.

Sara Barry hatte keine Ahnung, dass sie aus einer der Nischen heraus beobachtete wurde. Ihr war nur wichtig, dass die Frauen an ihrem Tisch mitbekamen, wie viel sie für Kleidung ausgab. Lang und breit schilderte sie, wie klug es von ihr sei, bei Haywards ein Kleidungskonto eingerichtet zu haben, man würde sich viel Ärger damit sparen. Man bräuchte nur mit seiner Karte zu winken, und schon lägen einem sämtliche Verkäufer zu Füßen.

Sie tat Quentin Leid. Das Personal bei Haywards wäre ebenso hilfsbereit und zuvorkommend, wenn sie mit einer Kreditkarte, einem Scheckheft oder einer Hand voll Banknoten winkte. Er hatte lange genug dort gearbeitet, um das zu wissen, all die Jahre, bevor sein Schicksal sich zum Besseren gewendet hatte. Er kannte Mr George, Mr Harold und Miss Lucy und wusste, wie wenig Respekt sie gerade vor den Kartenbesitzern hatten. Quentin sann darüber nach, wie seine Zukunft von der Großzügigkeit eines Mr Toby Hayward besiegelt worden war, der ihm übrigens immer noch aus Australien schrieb. Er hatte ihm zu diesem ungewöhnlichen und unerwarteten Start und zu der Chance auf ein eigenes Restaurant verholfen.

Katar hatte stets gesagt, dass Gott ihm das Restaurant geschenkt habe, irgendein mysteriöser irischer Gott, der wusste, dass Quentin unglücklich war, und der wollte, dass er ein Geschäft besaß, das ihm die Mittel zur Verfügung stellte, nach Marokko zu ziehen. Aber Katar war auch der heiterste Mensch, den Quentin kannte.

Gekannt hatte.

Er konnte nicht glauben, dass er niemals mehr dieses Lachen hören oder diese funkelnden Augen sehen sollte. Einmal hatte er Katar hierher, an diesen Tisch mitgenommen, an dem er jetzt saß. Quentin lächelte bei der Erinnerung daran.

»Ich möchte am liebsten durch das ganze Restaurant laufen und an jedem Tisch erzählen, dass es deines ist, dein Restaurant. Dann müsste eine Trompete ertönen … Trara, Trara … und du würdest aufstehen, und wir würden alle singen und dich hochleben lassen.«

Das hätte Katar gefallen, und er hätte nichts Albernes oder Unpassendes darin gesehen. Nur ein Fest, so wie sein ganzes, glückliches Leben ein Fest für ihn gewesen war. Selbst noch in den letzten Monaten seines Lebens.

»Es geht mir doch gut. Ich habe dich, und du kümmerst dich um mich und erzählst mir Geschichten in der Dunkelheit der Nacht. Wer sonst würde so etwas für mich tun?«

»Oh, das würden viele tun.« Quentin hatte Katars heiße Stirn mit kühlem Rosenwasser betupft.

»Nun, dann musst du dich an diese Menschen wenden, wenn es so weit ist, und sie wissen lassen, dass du ihre Hilfe brauchst. Keine falsche Tapferkeit, schwör es mir. Ich werde dich beobachten und es dir ansehen.«

»Ich schwöre es dir, Katar«, hatte Quentin geantwortet. »Keine falsche Tapferkeit.«

Aber merkwürdigerweise, als die Zeit gekommen war, da brauchte Quentin keine Freunde. Es genügte ihm, sich an der Schönheit des heißen Landes zu erfreuen, das er mittlerweile als seine Heimat betrachtete. Ruhig und entspannt dazuliegen schenkte ihm den Frieden, den er brauchte, und dann erschien ihm das Leben nicht mehr ganz so überwältigend und bedrohlich. Der Mensch war Teil eines Prozesses wie die Bergketten, die Sandstürme und die Blüten im Frühjahr. Nächste Woche wäre er wieder zurück, und dann würde er abwarten. Er würde keine Angst haben. Doch zuerst mussten einige Entscheidungen getroffen werden.

Mit seinem Vater und seiner Mutter würde es wenig Probleme

geben. Sie hatten sich schon vor langer Zeit innerlich von ihm verabschiedet.
»Mutter, was hältst du davon, wenn wir zusammen einen Hut für dich kaufen?«, fragte Quentin am Telefon.
»Ich werde mich bestimmt nicht in irgendeinem schrecklichen Suk in Marrakesch herumtreiben.«
»Ich bin in Dublin, Mutter.«
»Das ist gut.« Ihr war weder Aufregung noch Freude anzuhören.
»Und?«
»Ja, natürlich hätte ich gerne einen Hut«, sagte Sara Barry. Sie fügte nicht hinzu, dass sie sich freute, ihren Sohn wiederzusehen, aber sie konnte auch nicht wissen, dass er bald sterben würde.

»Wusstest du, dass Quentin in Dublin ist?«, fragte Sara an diesem Abend ihren Mann.
»Nein, aber er wird sicher vom Flughafen aus anrufen. Das tut er doch sonst auch immer.« Derek Barry blickte kaum von der Zeitung auf.
»Aber nur, weil du ihm nichts mehr zu sagen hast«, kritisierte sie ihren Mann.
»Ja, das stimmt, ganz im Gegensatz zu dir. Du kannst wenigstens noch über verschiedene Lippenstiftfarben mit ihm reden«, erwiderte Derek verbittert.
»Siehst du? Immer dasselbe. Dauernd fängst du einen Streit an, obwohl überhaupt kein Anlass besteht.«
»Oh, die Zeiten, in denen ich mit Quentin gestritten habe, sind längst vorbei«, seufzte Derek Barry.

Quentin hatte noch eine Entscheidung zu treffen,
Sie betraf das Restaurant, den Ort, der seinen Namen trug.
Er hatte Tobe Hayward nach seiner Meinung gefragt, aber der alte Mann hatte nur geantwortet: »Glaube mir, wenn deine Zeit

gekommen ist, dann wirst du das Richtige tun.« Mehr hatte er ihm nicht entlocken können. Schließlich war es sein Restaurant.
Quentin hatte immer daran geglaubt zu wissen, was zu tun sei, wenn die Zeit gekommen war. Aber er hatte nicht gewusst, wie schnell die Zeit kommen würde. Wie lächerlich schnell sogar. Trotzdem fühlte er tief in seinem Innern, dass jetzt alles klar für ihn war, genauso, wie Tobe ihm das vorhergesagt hatte. Jetzt wusste er, was als Nächstes zu tun war.
Fürs Erste würde er einige Gespräche mit dem Personal führen, um sie alle besser kennen zu lernen.
Die schöne Mon, die ihm haarklein alles über ihre Romanze mit Mr Clive Harris erzählte und über den Italiener, der sie damals um ihr ganzes Geld gebracht hatte, was ihr mittlerweile aber völlig egal war.
Yan, dessen Vater zu Hause in der Bretagne sein Geld in ein kleines Restaurant für seinen Sohn stecken wollte. Und jetzt wusste Yan nicht, wie er ihm beibringen sollte, dass es ihm in Irland viel zu gut gefiel und er nicht wieder zurückkehren wollte.
Und Harry, der ihm verriet, dass er die größten Befürchtungen hegte, als er beschlossen hatte, zum Arbeiten ausgerechnet nach Dublin, ins Herz der Republik Irland, zu gehen. Wild entschlossen sei er gewesen, alle Härten zu ertragen, nur um eine gute Ausbildung zu bekommen. Und dann stellte sich heraus, dass er hier rundum glücklich war, und alle seine Freunde kamen jetzt am Wochenende in den Süden nach Dublin. Die Zeiten hätten sich wirklich verändert, erklärte er Quentin.

Quentin lernte auch einige von Brendas und Patricks Freunden kennen, unter anderem eine wirklich außergewöhnliche Frau, die sich selbst Signora nannte, fließend Italienisch sprach und in der Küche arbeitete, wo sie das Gemüse schnippelte und das Silber polierte. Sie erzählte ihm von ihrer Absicht, einen ge-

schiedenen Mann in ihrem Alter zu heiraten. Sie sei die glücklichste Frau auf der ganzen Welt, vertraute sie Quentin an.
Der Mann, den sie heiraten wollte, habe zwar viel Geld an einen Finanzier verloren und sie hätten eigentlich vorgehabt, damit eine große Hochzeitsfeier zu veranstalten, aber es würde auch ohne gehen. Und außerdem, vielleicht waren sie ja schon viel zu alt für so etwas.
Und er lernte Blouse Brennan, Patricks Bruder, kennen, der so stolz war auf seine rothaarige Frau Mary und ihren kleinen Sohn. Blouse erklärte ihm, dass er es im Vergleich zu Mitschülern wie Horse und Shay Harris wirklich gut getroffen habe – und dabei hätte das damals keiner von ihm erwartet.
Quentin lernte Leute kennen, von deren Existenz er nicht einmal geahnt hatte. Da waren Ella Brady und Derry King, die gemeinsam einen Dokumentarfilm über das Lokal drehen wollten. Über sein Restaurant! Quentin notierte sich, dass er das Tobe unbedingt schreiben musste.
Und er machte die Bekanntschaft ihrer Kollegen von Firefly Films, Sandy und Nick, zwei jungen Menschen, die völlig in ihrer Arbeit aufgingen.
Hatte es damals, als er jung gewesen war, auch solche Menschen gegeben, so voller Mut und Engagement, fragte sich Quentin.
Bruder Rooney konnte er leider nicht mehr besuchen. Er war schon lange in einen großen, himmlischen Garten umgezogen.
Und da waren Tom und Cathy, die zusammen einen Catering-Service betrieben. Manchmal arbeiteten sie außer Haus auch für Gäste des Quentins, sodass sie häufig in dem Restaurant aus und ein gingen. Sie erwarteten ein Kind, und jedes Mal, wenn sie kamen, gab es ein Hallo, Küsschen hier und Küsschen da, und alle Welt wünschte ihnen viel Glück.
Eines Tages, als sie gerade wieder einmal gegangen waren, bemerkte Quentin den traurigen Blick in Brendas Augen.
»Hätten Sie sich das für sich auch vorstellen können?«, fragte er vorsichtig.

»Oh, sehr sogar. Und Patrick wäre ein wunderbarer Vater gewesen.«

»Aber Sie sind hoffentlich entschädigt worden?«, fragte er.

»Dieses Restaurant hier ist unser Baby«, erwiderte Brenda und sah sich stolz in dem Lokal um.

Er lächelte, und plötzlich wurde ihr bewusst, dass sie vielleicht ein wenig anmaßend reagiert hatte. »Ich wollte damit nichts weiter ausdrücken, als dass wir unendlich gerne hier arbeiten«, fügte sie hastig hinzu.

»Haben Sie sich eigentlich mal gefragt, weshalb ich zurückgekommen bin, Brenda?«, fragte Quentin leise.

»Wieso sollten Sie nicht zurückkommen – um sich zu vergewissern, dass alles gut läuft? Außerdem habe ich Ihnen doch gesagt, dass wir Sie gerne beeindrucken würden.«

Ihre Augen schimmerten verdächtig. Sie wusste Bescheid.

»Ich werde bald sterben, Brenda«, sagte er nur.

»Ich habe die Datteln und die Nüsse an den Tisch bringen wollen, wie du mich gebeten hast«, erklärte Blouse Brennan seinem Bruder. »Aber Brenda und Quentin haben geweint, da habe ich beschlossen, lieber nicht zu stören«, fügte er hinzu.

»Geweint?« Patrick wunderte sich sehr.

»Ja, Brenda hat sich mit der gestärkten Serviette die Augen getrocknet.«

»Dann muss es etwas Ernsthaftes sein. Du hast gut daran getan, sie nicht zu stören«, sagte Patrick. »Spielen sich da draußen sonst noch irgendwelche Dramen ab?«

»Ich hatte Angst nachzuschauen«, gestand Blouse. »Hier in der Küche ist es sicherer.« Und mit diesen Worten kehrte er zu seinem Gemüse und zu der Signora zurück, und die beiden schnippelten geschickt und zufrieden vor sich hin. Es war besser, sich in sicherer Entfernung zu all den flüchtigen menschlichen Dramen aufzuhalten, die sich draußen im Restaurant abspielten.

»Was ist aus Ihrem Freund Katar geworden?«, fragte Brenda. Sie bemerkte gar nicht, dass ihr die Tränen über die Wangen liefen.
»Er ist bereits gestorben, letztes Jahr«, antwortete Quentin. »Es freut mich aber, dass Sie sich an seinen Namen erinnern.«
»Wer könnte ihn je vergessen? Er war so charmant und so voller Leben … Aber wie dumm von mir, so etwas zu sagen, es stimmt ja nicht mehr.«
»Es hat ihm hier sehr gut gefallen. Wir saßen damals an diesem Tisch, und Katar meinte, wenn die Armen und Kranken so etwas Gutes zu essen bekämen, dann würde es ihnen sicher bald wieder besser gehen … oder sie würden wenigstens glücklich sterben.«
Sie lachten bei der Erinnerung an den hübschen, fröhlichen, jungen Marokkaner, der keine Angst vor dem Tod gehabt hatte und bis zum Ende optimistisch gewesen war.
»Nun, das wäre doch eine Möglichkeit, Quentin. Sie könnten das Restaurant verkaufen. Es ist wirtschaftlich stabil und läuft prima, und mit dem Erlös könnten Sie eine karitative Organisation gründen … Menüs vom Feinsten für die, die es sich sonst nicht leisten könnten.«
»Ich kann das Restaurant doch nicht über Ihren Kopf hinweg verkaufen … Sie und Patrick habe es erst zu dem gemacht, was es jetzt ist«, protestierte Quentin.
»Wir würden sofort wieder eine Anstellung bekommen, wir haben uns einen guten Namen gemacht …«
»Aber es ist doch Ihr Baby, haben Sie gesagt.«
»Es gibt noch andere Babys, Quentin.«
»Aber Blouse und die Signora und die anderen …«
»Die werden auch ohne uns zurechtkommen.«
»Bringt das Geschäft denn nicht genügend ein, um beides zu machen … um das Restaurant zu behalten *und* das andere ins Leben zu rufen?«
»Selbstverständlich wäre das möglich. Ja, lesen Sie denn nie die

Geschäftsberichte? Da steht doch immer, dass Sie expandieren sollten ... aber Sie werden Geld für Ihre Medikamente, für Kliniken und sonstige Dinge benötigen ...«

»Nein, nein, ich werde in das Haus zurückkehren, in dem ich mit Katar gelebt habe. Das ist das Beste.« Jetzt, da sie über praktische Dinge redeten, wirkte sein Gesicht viel friedlicher. Blouse spähte vorsichtig um die Ecke und wagte es, ihnen die Datteln, den Honig und die Nüsse zu bringen. Dann fingen die beiden zu rechnen an.

»Und dieser Dokumentarfilm? Wollen Sie dabei sein?«, fragte Brenda.

Sanft schüttelte er den Kopf. Nein, er wolle nicht dabei sein, freue sich aber, wenn er gedreht würde.

Und dann bat er sie, ihm aufmerksam zuzuhören.

Quentin Barry würde sein Unternehmen an Brenda und Patrick verkaufen; als Gegenleistung sollten sie ihm einen kleinen Betrag bezahlen und darüber hinaus jährlich einen Anteil an ihren Gewinnen an eine Organisation namens »Katars Güte« überweisen. Diese karitative Einrichtung würde Menschen, die an tödlichen Krankheiten litten, mit Feinschmeckergerichten beliefern und verwöhnen.

»Dazu brauchen wir einen Anwalt«, sagte er. »Ich will aber nicht die spießigen Freunde meines Vaters bemühen.«

»Da kenne ich genau die Richtige. Maggie Nolan. Sie war teils mit daran schuld, dass wir hier gelandet sind. Das wäre doch eine nette Art, den Kreis zu schließen.«

Quentin war gerührt, als sie ihm die Geschichte von Maggies Familie erzählte, die es so gut mit ihrer Tochter gemeint hatte. Er wischte sich die Tränen aus den Augen. »Katar hat immer gesagt, dass ich nahe am Wasser gebaut habe. Wenn er mich jetzt sehen könnte«, sagte er.

Als sich die Woche ihrem Ende zuneigte, hatten Maggie und ihre Kollegen der kleinen, diskreten Nische mehrfach einen Besuch abgestattet. Alle Verträge waren unterschrieben.

Seiner Mutter hatte Quentin Barry einen eleganten Hut gekauft und ihr versichert, dass sie die feinsten Gesichtszüge von ganz Dublin habe. Mit seinem Vater hatte er einen langen Spaziergang am Meer unternommen und sich mit ihm über die schicken Boote und den ausgezeichneten Zustand der irischen Wirtschaft unterhalten. Beim Abschied hielt er ihre Hände ein wenig länger als üblich, aber wiederum nicht so lange, dass sie Verdacht geschöpft hätten.
Und als er das Restaurant verließ, umarmte er Brenda und Patrick so fest, als wollte er nie ins Taxi steigen. Hätte jemand nahe genug bei den dreien gestanden, hätte er vielleicht gehört, wie er sagte, dass auch er einmal ein Baby hatte und es jetzt in guten Händen zurückließ.

TEIL VIER

KAPITEL ZWÖLF

Tim und Barbara Brady aßen spät zu Mittag, nur etwas Suppe und Toast wie an den meisten Tagen. »Ist sie denn überhaupt im Bett gewesen?«, fragte Barbara.

»Offenbar nicht. Sie hat ein paar Anrufe von ihrem Handy aus erledigt und ist dann gegangen.«

»Und habt ihr miteinander gesprochen … du weißt schon?«

»Nein, Barbara, ich habe den Inhalt des Briefes nicht erwähnt, den wir übrigens nie hätten lesen dürfen.«

»Ach, er war doch offen …«

»Gut, wir haben jedenfalls nicht darüber gesprochen, und ich werde die Angelegenheit auch nicht wieder erwähnen. Aber Ella hat angerufen und uns für Sonntagmittag zu Deirdre eingeladen, damit wir den Millionär mal kennen lernen.«

»Gut, das ist immerhin etwas«, meinte Barbara.

»Ich weiß nicht recht«, erwiderte Tim Brady düster. »Mir stehen diese Millionäre bis hierher, wenn du es genau wissen willst.«

»Offensichtlich hat deine Freundin Ella in Amerika nicht lange gebraucht, sich einen neuen spendablen Galan anzulachen«, sagte Frank zu seiner Frau Nuala.

»Ich weiß nicht, wovon du redest.«

»Du scheinst wirklich nicht viel über deine so genannten Freunde zu wissen. Man hat sie heute Morgen beobachtet, wie sie aus dem Flieger aus New York ausgestiegen und in eine Limousine umgestiegen sind. Könntest du sie nicht mal anrufen?«

»Kann ich nicht, Frank.«

»Wieso nicht? Du gibst doch dauernd damit an, was für dicke Freundinnen ihr beide seid.«
»Nicht mehr, seit du meinst, es ist besser, wenn ich mich von ihr fern halte. Das fand sie nämlich gar nicht gut.«
»Ruf sie trotzdem heute mal an, Nuala«, insistierte Frank.
»Er ist tot, was hat das jetzt noch für einen Sinn?«
»Heute noch, Nuala.«

Ella kam etwas zu früh zu ihrer Verabredung, aber Derry war bereits unten und wartete an der Bar auf sie. Es war erst zehn Stunden her, aber es kam ihr viel länger vor, seit sie sich das letzte Mal gesehen hatten.
»Ich habe einen seltsamen, ruhelosen Tag hinter mir. Wie erging es Ihnen?«
»Seltsam und ruhelos. Besser kann man es nicht beschreiben«, stimmte er ihr zu.
»Haben Sie geschlafen?«
»Nicht eine Sekunde. Und Sie?«
»Nicht eine Sekunde. Deshalb halte ich es für besser, wenn wir heute Abend nicht ins Quentins gehen. Wir leiden beide so unter Jetlag, dass wir vielleicht einschlafen, kaum dass wir einen Fuß über die Schwelle gesetzt haben.«
»Was würden Sie stattdessen vorschlagen?« Er war mit allem einverstanden.
Aber ihr fiel auf Anhieb nichts ein. Wenn sie noch ihre eigene Wohnung gehabt hätte, hätte sie ihn dort bekocht. »Derry, ich glaube, mir fällt tatsächlich nichts ein, wo wir hingehen könnten«, gab sie ihm ehrlich zur Antwort.
»Wir sind vielleicht zwei tolle Filmemacher«, meinte er lachend. »Tag und Nacht haben wir in New York über Dublin gesprochen und wie wir seine Geschichte erzählen wollen, und jetzt, da wir hier sind, wissen wir nicht, wo wir anfangen sollen.«
Beide brachen in ein leicht hysterisches Gelächter aus und ei-

nigten sich, im Hotelrestaurant zu essen. Aber gerade als sie aufstanden, kam ein Mann auf sie zu.
»Ella Brady? Ich bin Mike Martin, ein Freund des verstorbenen Don Richardson, Sie erinnern sich an mich …«
»Ja, es hat mir sehr Leid getan, von seinem Tod zu erfahren.« Sie blieb nicht stehen, aber der Mann ging neben ihnen weiter, während Derry sie zum Lift schob.
Doch der Mann drängte sich zwischen sie und die Aufzugtür und fing erneut an, auf sie einzureden. »Ich weiß, dass er versucht hat, vor seinem Tod Kontakt zu Ihnen aufzunehmen.«
»Ich muss jetzt gehen.« Hilfe suchend sah sie Derry an.
Rasch schob Derry seinen massigen Körper zwischen sie und den Mann.
Mike Martin griff an ihm vorbei Richtung Ella. »Bitte, Ella … es war ihm sehr wichtig.«
»Entschuldigen Sie mich bitte«, sagte sie und wandte sich zum Lift um.
Derry war dicht hinter ihr. Er drehte sich zu dem Mann um, der immer noch versuchte, Ella am Arm zu packen.
»Ich glaube, Sie haben gehört, was die Dame gesagt hat.«
»Versperren Sie mir nicht den Weg«, sagte Mike Martin.
Derry King reagierte schnell und war noch vor Ella, die er hinter sich her zog, im Aufzug. Sie zitterte, und er legte zur Beruhigung seine Arme um sie, während er die Ziffer für sein Stockwerk drückte. So hätte er jeden in die Arme genommen, der unter Schock stand. Es dauerte nicht lange, dann hielt der Lift.
In seiner Suite öffnete er eine Miniflasche Brandy. »Das ist Medizin. Wir machen halbe-halbe«, sagte er.
Ella kippte brav den Alkohol hinunter und hörte bald zu zittern auf.
»Wer war das?«, wollte er wissen.
»Ein Komplize«, antwortete sie.
»Was für ein Wort! Was bedeutet das eigentlich?«

»Das wissen Sie doch«, sagte sie.
»Na ja, ich stelle mir vor, dass es so viel heißt wie Helfershelfer, Mittäter. Aber wo kommt es her?«
»Ist schon in Ordnung, Derry. Sie müssen mich nicht ablenken. Mir geht es schon wieder gut.«
»Nein, das interessiert mich wirklich. Ich werde es gleich nachschlagen.«
»Vielleicht finden Sie ja eine Bibel im Nachttisch, aber ich glaube nicht, dass es hier ein Wörterbuch gibt«, sagte Ella.
»Ich reise nie ohne.« Derry ging zu einem Tisch, auf dem er einige Bücher und Papiere ausgepackt hatte. Erstaunt sah sie zu, wie er das Wort nachschlug.
»Offensichtlich geht es auf ein spätlateinisches Wort zurück, das so viel bedeutet wie ›eng verbunden, verflochten‹. Ist das nicht aufschlussreich?« Er schüttelte den Kopf.
»Das ist aber kein sehr großes Wörterbuch«, meinte Ella.
»Nein, aber ein sehr gutes. Ich schlage jeden Tag zehn Wörter nach, habe ich immer getan.«
»Aber wieso denn?«
»Wenn man mit fünfzehn die Schule verlässt, hat man einen gewissen Komplex«, erwiderte er.
»Das kaufe ich Ihnen nicht ab. Sie sind schließlich zurück an die Schule gegangen.«
»Ja, aber man holt das nie auf, was man versäumt hat.«
»Unser Gespräch hat aber eine merkwürdige Wendung genommen«, stellte sie fest.
»Stimmt, aber es wird uns die Zeit überbrücken helfen, bis wir den Herrn da unten vergessen haben.«
Ella nickte. »Aber es tut mir schrecklich Leid, Sie da mit hineingezogen zu haben«, sagte sie mit leiser Stimme.
»Das haben Sie doch gar nicht«, antwortete Derry.
»Vergessen Sie diesen Mann, er ist nicht wichtig. Er hat das nicht ernst gemeint.«
»Sie wissen, dass das nicht stimmt.«

»Wieso sagen Sie das, Derry?«
»Weil er Sie in aller Öffentlichkeit bedrängt und vor ganz Dublin private Dinge angesprochen hat, die er eigentlich gar nicht wissen darf. Er hat sich aus seinem Versteck gewagt, Ella, und es ist ihm egal, wer das mitbekommt. Er hat mich gestoßen. Er wollte Ihnen gegenüber tätlich werden. Das ist verdammt ernst, und Sie wissen das.«
Nachdenklich sah sie ihn an.
»Denn wenn es nicht ernst ist, weshalb haben Sie dann diesen Laptop in Ihrer Schultertasche mitgebracht? Ich bin nicht ganz dumm, Ella. Sie hatten Angst, den Computer zu Hause zu lassen. Also hören Sie auf, mir einzureden, dass diese Leute nicht wichtig sind und dass das alles nicht ernst ist. Wie wäre es mit ein klein wenig Vertrauen?« Jetzt wirkte er doch etwas aufgebracht.
»In Ordnung, ich werde Ihnen alles erzählen. Ich habe heute einen Anruf von Nuala erhalten. Sie erinnern sich an Sie?«
Er nickte.
»Sie sagte, sie wollte sich nur erkundigen, wie es mir geht, aber ich weiß, dass ihr Mann und dessen Brüder mich unbedingt finden wollen. Ich bin allerdings nicht sicher, warum. Aber ich bekam es mit der Angst zu tun und nahm sicherheitshalber den Laptop mit. Ich hatte gehofft, es würde Ihnen nicht auffallen … aber Sie haben scharfe Augen. Und ich bin Ihnen wirklich dankbar, dass Sie mich da unten gerettet haben.«
»Ja, aber morgen und übermorgen?«, fragte er. »Wer wird Sie da herausboxen?«
»Da werde ich mir etwas überlegen müssen, Derry.«
»Haben Sie Vertrauen zu mir?«
»Das wissen Sie doch.«
»Warum werfen wir dann nicht gemeinsam einen Blick auf den Inhalt?«
»Was?«
»Sie könnten uns in der Zwischenzeit etwas Kaffee und ein paar

Sandwiches bestellen, und dann schauen wir mal in den Computer und entscheiden, was zu tun ist.«
Tränen der Erleichterung standen in Ellas Augen, als sie nach dem Telefon griff und den Zimmerservice anrief.

* * *

»*Nein,* Nuala, ich weiß nicht, wo Ella heute Abend ist«, sagte Deirdre.
»Das musst du doch wissen, schließlich bist du ihre Freundin.«
»Das warst du auch mal, bis du angefangen hast, sie auf Schritt und Tritt zu verfolgen und zu einem Gespräch mit Frank zu überreden.«
»Frank kann da nichts dafür, das sind seine Brüder«, meinte Nuala kläglich.
»Ganz gleich, wer dahinter steckt, sie haben keinen Funken Anstand im Leib. Ella ist außer sich vor Trauer über Dons Tod, und sie finden nicht ein Wort des Mitgefühls für sie. Sie benehmen sich wie Bluthunde und schnüffeln hinter ihr her, um herauszufinden, ob sie vielleicht irgendetwas über Dons Geschäfte weiß. Kein Wunder, dass sie weder auf deine Anrufe reagiert noch mit dir oder anderen sprechen will.«
»Aber sie *hat* mit mir gesprochen. Sie hat gerade gesagt, dass sie am Weggehen ist, und da nahm ich an, dass sie zu dir wollte«, sagte Nuala mit klagender Stimme.
»Es ist aber nicht so, Nuala, also lass sie endlich in Ruhe, ja?«
»Ich sag dir nur eines – sie werden Ella finden.«
»Und ich sag dir jetzt auch was: Mit gefällt dein Tonfall nicht. Das klingt wie eine Drohung.«
»Es ist keine Drohung, ich mache mir einfach Sorgen wegen Franks Brüdern.«
»Und das aus gutem Grund, aber wenn du mir noch einmal mit diesen Typen daherkommst, dann werde ich aller Welt erzählen, was am Tag deiner Hochzeit zwischen Eric – einem der be-

sagten Brüder – und mir gelaufen ist. Also überleg es dir gut, bevor du Ella weiter hinterherjagst. Hast du mich verstanden?« Deirdre legte erbost auf und griff nach ihrem Rezeptbuch.

»Was hat diese Nummernfolge zu bedeuten?«, wollte Ella von Derry wissen und deutete auf eine Zahlengruppe auf dem Computerschirm.

»Das sieht mir sehr nach Verschleierungstaktik aus. Irgendjemand hat hier eine Immobilie gekauft, dort wieder verkauft und den erzielten Gewinn anschließend in ein ganz anderes Projekt gesteckt«, erklärte er schulterzuckend.

»Und könnten Sie nachvollziehen, wohin das Geld geflossen ist? Ich meine, wenn Sie das programmiert hätten?«

»Ja, könnte ich, aber das wäre noch lange kein Beweis dafür, dass es immer noch auf denselben Namen lautet und der Besitzer immer noch derselbe ist wie am Anfang. Wenn Sie verstehen, was ich meine.«

»Normale Menschen führen vermutlich keine so komplizierten Aufzeichnungen.« Ella sah ihn fragend an.

»Nein, es sei denn, sie wollen etwas verschleiern.«

»Können Sie auch noch feststellen, ob das von Anfang an so lief?«, fragte sie kleinlaut.

»Das geht sicher schon seit einigen Jahren so, seit dieses spezielle Programm eingerichtet wurde.«

»Dann ist das nicht erst in letzter Minute aus der Panik heraus entstanden?«

»Ich fürchte, eher nicht, Ella.«

»Ich hätte wirklich gerne geglaubt, dass Rice und Richardson wenigstens am Anfang noch sauber waren. Aber wenn ich Sie richtig verstehe, dann sind Sie der Ansicht, dass die beiden von vornherein gewisse Dinge vertuscht haben, ja?«

»Vielleicht haben sie es ja mit Wissen und Zustimmung ihrer Klienten getan, die ebenfalls Interesse daran hatten.« Derry King bemühte sich, allen Seiten gerecht zu werden. »Aber so wie die Dinge liegen, waren ihre Klienten eher nicht informiert über ihre Machenschaften.«

»Das glaube ich mittlerweile auch. Sie hatten es tatsächlich von Anfang an geplant, Don und Ricky Rice.« Ungläubig schüttelte Ella den Kopf.

»Was diesen Ricky Rice angeht …«

»Dons Schwiegervater. Er hat im Hintergrund die Fäden gezogen und alle Entscheidungen getroffen. Er hat Don erst so richtig in die Sache hineingezogen. Don wollte nämlich unbedingt aussteigen.«

»Sicher.«

»Nein, ich weiß, es hört sich an, als würde ich Don verteidigen. Aber Ricky Rice war der Kopf des Ganzen. Er hat mit eiserner Faust regiert. Seine Mitarbeiter mussten täglich alle ihre Geschäftstermine und Abschlüsse auf Diskette abspeichern und sie an Ricky persönlich per Mail schicken. So hatte er sie immer unter Kontrolle.«

»Aha.«

»Weshalb sind Sie plötzlich so einsilbig, Derry? Was haben Sie denn?«

»Hier ist nirgendwo auch nur der kleinste Hinweis auf einen Ricky Rice zu finden. Dieser Mann könnte jederzeit hoch erhobenen Hauptes wieder in dieses Land zurückkehren. Sein Name taucht nicht ein einziges Mal auf.«

»Was wollen Sie damit sagen?«

»Dass man ihn mit diesen Manipulationen nicht in Verbindung bringen kann. Sie gehen einzig und allein auf Don Richardsons Konto.«

»Und, hattest du Glück? Hast du Ella gefunden, Nuala?«, fragte Frank, als er nach Hause kam.

»Nein«, erwiderte sie mit abweisender Miene.

»Du kannst dem Himmel danken, dass sich wenigstens einer auf die Suche nach ihr gemacht hat. Mike Martin hat angerufen. Er hat sie gefunden, im Stephen's Green Hotel, wo sie gerade mit einem Amerikaner an der Bar saß. Sie wohnt sogar dort im Hotel bei ihm. Hat ja nicht lange gebraucht, um sich über ihren Kummer hinwegzutrösten.«

»Frank, jetzt hör mir mal zu.«

»Nein. Du solltest besser mir zuhören. Meine Brüder haben dich um einen simplen Gefallen gebeten, und den konntest oder wolltest du ihnen nicht erweisen. Du weißt genau, wie viel wir ihnen schulden, und das wäre eine Gelegenheit gewesen, dich zu revanchieren und ein paar Informationen auszugraben ...«

»Ich bin tatsächlich fündig geworden, aber es wird ihnen nicht gefallen, was ich erfahren habe. Nicht im Geringsten. Und wenn sie nicht aufhören, hinter Ella her zu sein, dann wird das jeder erfahren, auch Carmel.«

»Was erfahren?« Frank begriff nicht sofort.

»Was dein flotter Bruder so alles treibt ...«

»Was hat Carmel damit zu tun?«

»Was Carmel damit zu tun hat? Dein Bruder Eric ist, falls du dich erinnern kannst, ihr liebender und treuer Ehemann. Es würde sie bestimmt brennend interessieren, was er an unserem Hochzeitstag so getrieben hat. Am Tag *unserer* Hochzeit, Frank.«

Sie sah ihm an, dass das Abenteuer mit Deirdre nicht völlig neu war für Frank. »Oh, Mist«, sagte er nur.

»Genau. Und du wusstest es, du *wusstest* es, nicht wahr? Sehr witzig, ihr Burschen haltet wirklich zusammen. Mal sehen, was Carmel dazu zu sagen hat.«

»Du wirst es ihr doch nicht erzählen?« Jetzt bekam Frank es tatsächlich mit der Angst zu tun. Carmel war die schlimmste seiner Schwägerinnen.

»Ich hatte eigentlich nicht die Absicht. Aber du kannst mir glauben, Deirdre wird diese Skrupel nicht haben, falls Ella weiter belästigt wird.«

»Das wäre aber auch für Deirdre kompromittierend«, meinte Frank nervös.
»Ihr ist es scheißegal, ob sie da mit hineingezogen wird oder nicht. Und falls ich denken müsste, dass du auch so einer bist, dann würde ich es Carmel höchstpersönlich erzählen.«
»Nuala«, flehte er. »Du weißt doch, dass ich mein Leben lang keine andere Frau angeschaut habe. Das weißt du doch, oder?«
»Nein, das weiß ich nicht, aber ich bin sicher, dass dein Bruder Bescheid weiß und mir alles erzählen wird, wenn seine Carmel erst mal so richtig in Fahrt kommt«, drohte Nuala.

Ella versuchte, die Zusammenhänge zu begreifen. Keine einzige Erwähnung von Ricky Rice, dessen Namen die Firma trug. »Kann sein, dass da irgendetwas fehlt, zu dem wir keinen Zugang haben?«
»Ich wüsste nicht, wie.«
»Aber nicht einmal der Namen der Firma? Irgendwo da drin muss doch ein Hinweis stecken, dass sie Mr Rice gehört hat.«
»Hier steht wirklich alles. Sehen Sie?«, sagte Derry und ließ den Cursor nach unten wandern. »Vor drei Jahren fand die Übertragung statt, Rice hat alles Richardson übergeben. Vor Zeugen und mit amtlicher Registrierung. Die ganze Firma gehörte von dem Zeitpunkt an Don Richardson.«
»Aber wieso hat sich sein Schwiegervater dann mit ihm abgesetzt?« Ella schwirrte der Kopf.
»Vielleicht war alles nur ein abgekartetes Spiel. Falls etwas schief gehen sollte, hätte der Schwiegervater mit ihnen verschwinden können, wenn nicht, umso besser, dann hätte er unbehelligt wieder nach Hause zurückkehren können. Er ist schließlich schon älter und vielleicht stärker in Irland verwurzelt.«
»Und seine Tochter? Besaß sie denn keine Anteile?« Ella brachte kaum mehr ein Wort heraus.
»Hier steht jedenfalls nichts davon.« Derry schüttelte den Kopf.

»Das heißt, sie können jetzt also alle nach Hause zurück? Jetzt, da Don tot ist?«
»Tja, Ella, wissen Sie, ich bin kein Experte in diesen Dingen, aber nachdem ich mir das hier zwei Stunden lang angesehen habe, scheint es mir tatsächlich so zu sein. Allerdings ohne Gewähr.«
Sie erwiderte nichts.
»Vielleicht wollen sie aber auch gar nicht zurück«, fügte er unsicher hinzu.
»Derry, mir ist plötzlich gar nicht gut. Ich glaube nicht, dass ich in dem Zustand heute Abend in die Tara Road zurückwill. Würde es Ihnen viel ausmachen, wenn ich hier bliebe?«
»Ganz und gar nicht. Ich wollte Ihnen ohnehin dasselbe vorschlagen«, entgegnete er.
»Tatsächlich? Gut. Dann muss ich nur rasch meine Eltern anrufen. Kann ich Ihr Telefon benutzen?«
Nüchtern und sachlich informierte sie ihre Mutter, dass sie die Nacht im Hotel verbringen würde, denn es gebe jede Menge Arbeit zu erledigen.
»Ist Ihrer Mutter das überhaupt recht?«
»Ich kann meiner Mutter schon seit zwei Jahren nichts mehr recht machen, aber sie hat sich nicht aufgeregt«, erwiderte Ella.

»Das war Ella«, sagte Barbara. »Sie sagt, wir sollen nicht auf sie warten. Sie übernachtet im Hotel. Offensichtlich haben sie noch viel zu tun.«
»Ich verstehe«, erwiderte Ellas Vater.
»Jetzt sei doch nicht so, Tim.«
»Wie bin ich denn? Sie ist schließlich eine erwachsene Frau. Sie kann tun und lassen, was sie will.« Aber das hörte sich nicht sehr überzeugend an.
»Hättest du gerade mit ihr gesprochen, dann hättest du gespürt, dass es nicht so ist wie beim letzten Mal. Das ist keine Romanze. Ich habe ein Gespür für solche Dinge.«

»Kann sein, dass du Recht hast. Aber das letzte Mal waren wir offensichtlich beide taub und blind.«

»Sollen wir noch etwas Kaffee und vielleicht ein Dessert bestellen? Damit wir nicht vor Schwäche zusammenbrechen, während wir überlegen, was zu tun ist.«

»Ja, das hört sich gut an.« Ella schien jedoch ganz und gar nicht bei der Sache zu sein und völlig vergessen zu haben, was ein Wort wie »Kaffee« bedeutete. »Was genau müssen wir uns denn überlegen?«

Derry lief ein paar Schritte im Zimmer auf und ab. Er rang um Worte. Zum ersten Mal, seit sie ihn kannte, schien er unsicher zu sein. Wann immer er über seine Stiftung, über Kimberly, seine Arbeit und seinen Hass auf seinen Vater gesprochen hatte, hatte er sehr entschlossen geklungen. Aber jetzt suchte er regelrecht nach Worten, um ihr zu sagen, was gesagt werden musste.

»Zum Beispiel, ob Sie den Inhalt des Bankschließfachs für Ihren Vater annehmen oder nicht. Ob Sie diesen Computer übergeben wollen oder nicht.«

Ella musterte ihn. Ein kräftiger, gedrungener Mann in Hemdsärmeln, so berühmt, dass selbst Harriet und ihre Freundinnen ihn gekannt hatten. Er war müde, tiefe Falten waren in sein Gesicht eingegraben, für die Ewigkeit, wie es schien.

»Was soll ich Ihrer Meinung nach tun, Derry?«, fragte sie.

»Nein. So nicht, Ella. Jetzt sind Sie an der Reihe. Ich habe nur versucht zu klären, was *Sie* jetzt in die Tat umsetzen müssen.«

»Muss ich denn wirklich alles auf einmal machen?« Was musste er nur für einen erbärmlichen Eindruck von ihr bekommen, wenn sie versuchte, die Entscheidung hinauszuschieben.

»Lieber früher als später, würde ich sagen, wenn Sie mich schon fragen.« Er wirkte besorgt.

»Warum? Das zieht sich doch jetzt schon Monate hin. Wieso können wir nicht noch ein wenig warten?« Erwartungsvoll sah sie ihn an.

»Unter anderem auch wegen diesem Kerl da unten in der Bar, der uns belästigt hat. Wegen Ihrer Freundin und ihren angeheirateten Brüdern. Und weil die Leute wissen, dass Sie etwas haben, das sie wollen. Sie wollen wissen, was da drin ist, und sie wollen sich holen, was ihnen zusteht.«

»Ich kann mich jetzt aber nicht entscheiden«, sagte sie.

»Wie ich schon sagte, Sie sind an der Reihe.«

Derry ging zum Telefon und bestellte den Kaffee. Ella blieb reglos sitzen und beobachtete den Dubliner Verkehr, der um Stephen's Green herum brandete.

Und dann redeten sie erst mal über etwas anderes. Sie erzählte ihm von ihrer Fahrprüfung und dass sie wahrscheinlich der einzige Mensch auf der Welt war, der keine drei Minuten nach Beginn der Prüfung auf ein Motorrad aufgefahren war. Der Prüfer hatte gemeint, dass es einzig und allein die Schuld des Motorradfahrers gewesen sei und dass Ella gelassen und verantwortungsbewusst gehandelt habe.

Derry erwiderte, dass er sich eigentlich gar nicht mehr daran erinnern könne, wie er fahren gelernt habe. Wahrscheinlich, als er zwölf war. Und höchstwahrscheinlich hatte es ihm ein Freund seines Vaters beigebracht. Er hatte oft den kleinen Lieferwagen seines Vaters nach Hause gelenkt, wenn dieser zu betrunken gewesen war.

Was Ella denn sonst noch alles an diesem merkwürdig ruhelosen Tag zugestoßen sei, wollte er wissen. Sie erzählte ihm von ihrem Mittagessen mit Deirdre und ihren Plänen, ihn am Sonntag zum Essen einzuladen. Die berühmt-berüchtigten Zwillinge würden wahrscheinlich auch dabei sein.

Er bat sie um Rat, wie man am besten mit ihnen fertig wurde.

»Erzählen Sie ihnen nur ja nichts Privates«, warnte Ella ihn.

»Das ist meine Spezialität«, erwiderte er.

»Da haben Sie Recht«, sagte sie und lächelte ihn an.
»Tut mir Leid. Gehe ich Ihnen mit meiner verschlossenen Art manchmal auf die Nerven?«
»Nein, überhaupt nicht. Wir sind hier alle viel zu geschwätzig ... wir leiden unter einem ungeheuren Mitteilungsdrang. Sie sind so erfrischend anders und behalten Privates lieber für sich.«
»Fragen Sie mich, was Sie wollen, Ella, und ich gebe Ihnen eine Antwort.«
»Nein, das werde ich mit Sicherheit nicht tun.«
»Ich möchte es aber. Ich möchte frei und offen sein und sagen, was ich denke. Das war lange Zeit nicht der Fall.«
»Kann es dabei auch um mich und nicht um Sie gehen?«
»Wie immer Sie möchten.«
»Gut, Derry, ich will Sie aber nicht überrumpeln ... Also, was würden Sie tun, wenn Sie an meiner Stelle wären?« Mit einer Handbewegung deutete sie auf den Laptop.
Er gab ihr nicht sofort eine Antwort, und sie drängte ihn auch nicht. Sie wusste, dass er ihr antworten würde. Schließlich räusperte er sich. »Ich bin nicht Sie, Ella. Aber ich habe versprochen, dass ich Ihnen eine Antwort geben werde, und das tue ich auch. Ich würde das Geld aus dem Bankschließfach für Ihren Vater nehmen, aber ich weiß, dass Sie das nicht tun werden. Und ohne dass Sie es mir sagen, weiß ich, dass Ihr Vater es auch nicht annehmen wird.«
Ella staunte über sein Einfühlungsvermögen.
»Und was den Rest betrifft, den würde ich den Behörden übergeben. Das würde ich tun – ich, Derry King –, aber ich weiß nicht, was Sie, Ella Brady, tun sollten. Wenn das hier mein Land und seine Bewohner meine Mitbürger wären, dann würde ich das einfach tun müssen. Es käme mir gesetzwidrig vor, diese Informationen zurückzuhalten und nichts zu sagen. Aber vielleicht läuft das hier anders. Außerdem weiß ich, wie sehr Sie diesen Mann geliebt haben und sicher nicht wollen, dass andere ihre Nase in seine Angelegenheiten stecken. Deshalb ist

das für Sie jetzt wahrscheinlich gar keine Option, wird es vielleicht auch nie sein. Und, habe ich Sie mit meiner Offenheit jetzt vor den Kopf gestoßen, Ella?«

Sie brachte vor Dankbarkeit kaum ein Wort heraus. »Danke, Derry«, war alles, was sie schließlich sagte.

»Es tut nicht weh, wenn Sie nicht meiner Ansicht sind.«

»Sie sind wirklich ein guter Freund«, fuhr Ella fort. »Ich wäre Ihnen gerne auch eine gute Freundin.«

»Vielleicht ergibt sich ja mal die Gelegenheit«, sagte er.

»Mit einer Sache haben Sie allerdings Recht. Ich werde das Bankschließfach nicht anrühren. Es gibt Menschen, die haben unter dieser Katastrophe viel mehr gelitten als wir. Und Sie haben auch Recht, was meinen Vater betrifft.«

Derry nickte nur.

»Aber um die Wahrheit zu sagen, ich habe keine Ahnung, was ich mit den Informationen anfangen soll, die in diesem Computer stecken. Nur, es stimmt, ich werde bald zu einem Entschluss kommen müssen. Doch zuerst muss ich noch eine andere Sache erledigen.«

Er sah sie fragend an.

»Könnte ich das morgen mit Ihnen besprechen?«, fragte sie.

»Wann immer Sie wollen, Ella«, antwortete er.

»Danke, Derry.«

Und dann sanken sie nebeneinander auf das Sofa, müde und wie zwei alte Freunde, die nichts mehr bereden mussten, da bereits alles gesagt war.

Stattdessen schmiedeten sie Pläne für den kommenden Samstag. Derry würde mit dem Bus eine Stadtrundfahrt durch Dublin machen, während Ella sich im Quentins um alles Weitere kümmern würde. Sie würden sich erst wieder am Sonntag zum Mittagessen bei Deirdre sehen.

»Was soll ich mitbringen?«, fragte er.

»Am besten einen guten Wein«, sagte Ella.

»Wie viel Wein?«, wollte er wissen.

»Entspannen Sie sich. Wir sind hier in Irland. Eine Flasche reicht, weiß oder rot.«

»Danke für die Aufklärung«, sagte er.

»Danke, dass Sie mir ein Plätzchen zum Schlafen bieten«, erwiderte sie und schlüpfte aus ihren Schuhen.

»Aber ich bitte Sie. Ich bin schließlich ein Gentleman, wenigstens in meinem Herzen. Bitte, nehmen Sie das Schlafzimmer«, bat er sie.

»Das kommt gar nicht in Frage, Derry. Ich schlafe hier auf diesem bequemen Sofa. Geben Sie mir die Decke dort, ja? Morgen früh bin ich fort, noch ehe Sie überhaupt wach sind.« Sie schenkte ihm ein breites, munteres Lächeln.

»Sie sind eine großartige Frau, Ella, und es ist eine Freude, mit Ihnen zu arbeiten«, sagte er, als er die Decke über ihre Füße legte.

»Und Sie sind so was wie ein Held«, murmelte sie.

»Was?«, fragte er.

Aber da schlief sie schon.

Um neun Uhr morgens wurde Derry vom Klingeln des Telefons geweckt. Es war Kimberly. »Gott, du hast noch geschlafen! Das tut mir Leid«, sagte sie. »Ich liege schon die halbe Nacht wach und dachte mir, ich rufe dich mal an.«

»Kein Problem, ich muss jetzt ohnehin aufstehen. Ist schon in Ordnung«, antwortete er.

»Ich wollte eigentlich nur wissen, wie es dir bisher ergangen ist«, fragte sie.

»Ganz gut. Allerdings habe ich von meiner Umgebung noch nicht viel gesehen.«

»Also keine Dramen, keine Szenen bisher? Du hast es noch nicht bereut?«, wollte sie wissen.

»Nein, nichts dergleichen, Kim«, sagte er.

Er blickte zu der Tür, die ins Wohnzimmer führte und die er einen Spalt offen gelassen hatte. Ob Ella schon wach war? Ob sie vielleicht zuhörte? Er sah besser nach. »Bleib mal kurz dran, Kim«, bat er und ging zur Tür. Auf dem Sofa lag die Decke, sorgfältig zusammengefaltet, daneben Ellas Laptop. Obenauf ein Zettel.

Sie sind ein äußerst großzügiger Mensch, Derry King. Ich werde nie vergessen, wie freundlich Sie gestern Abend zu mir waren. Dürfte ich Sie bitten, ein Auge auf meinen Computer zu haben? Ich werde bis Sonntagmittag eine Entscheidung getroffen haben, was seinen Inhalt angeht, und würde deshalb Ihre Hilfe zu schätzen wissen.
Alles Liebe, Ella

Er kehrte wieder zum Telefon zurück. »Entschuldige, Kim, ich dachte, das ist der Zimmerservice. Nein, hier ist alles bestens, wie du mir bereits vor Jahren gesagt hast. Es ist eine ganz normale Stadt, ein ganz normales Land. Die Ungeheuer, die ich befürchtet hatte, gibt es hier nicht.« Er hörte, wie sie erleichtert aufatmete.
»Gott sei Dank, Derry. Das habe ich mir so sehr für dich gewünscht. Du verdienst es«, antwortete sie.
Danach saß er noch eine ganze Weile da und dachte über ihr Gespräch nach. Sein ganzes Leben lang hatte er sie noch nie angelogen. Hier stand gar nichts zum Besten. Er hatte auch nicht nach dem Zimmerservice geschaut, und es gab hier mehr Ungeheuer, als ihm seit langer Zeit begegnet waren. Ihn betrafen diese Ungeheuer zwar nicht, dafür umso mehr Ella Brady.

KAPITEL DREIZEHN

Tut mir Leid, dass ich heute Nacht nicht nach Hause gekommen bin«, entschuldigte sich Ella. »Ich hoffe, ihr habt euch keine Sorgen gemacht.«

»Nein, natürlich nicht, du hat ja angerufen«, sagte ihr Vater.

»Ich meinte eher, dass ihr Bedenken hattet, ich könnte mich in eine weitere unpassende Affäre gestürzt haben.« Sie brachte sogar ein schiefes Lächeln zustande.

»Nein, nie im Leben », protestierte er.

»Derry ist ein völlig anderer Typ. Er hat nur seine Arbeit im Kopf und keine Zeit für irgendwelche Beziehungen. Aber ihr werdet ihn ohnehin morgen bei Dee kennen lernen.«

»Und, gefällt es ihm in Dublin?«, wollte Ellas Mutter wissen.

»Schwer zu sagen. Er hält sich sehr bedeckt.« Ellas Gesicht wirkte nachdenklich, und sie schien meilenweit weg zu sein.

»Wirst du morgen zu Hause sein?«

»Nein, Mutter, ich habe eine Menge Dinge zu erledigen.« Wieder wirkte sie sehr distanziert. »Aber ich möchte, dass ihr gründlich über eine Sache nachdenkt«, sagte sie schließlich. »Ihr müsst wissen, alles Geld, das ihr Dons wegen verloren habt, ist da, in einem Bankschließfach. Alles – in Form von Wechseln, als Inhaberschuldverschreibungen, bar. Ihr habt den Brief gelesen. Ihr wisst, wo es ist. Ich habe nicht nachgesehen, aber ich weiß, dass es da ist. Wenn ihr es nehmen wollt, dann ist das für mich in Ordnung.«

»Hörst du, Tim«, sagte Barbara triumphierend, »ich wusste doch, dass sie so denken würde. Dein Vater hat mir eingeschärft, dieses Thema dir gegenüber nicht anzusprechen, aber ich sagte ihm, dass du vernünftig darauf reagieren würdest. Schließlich war es Dons letzter Wunsch, dass du rehabilitiert würdest und nicht dein Leben lang schuften müsstest.«

»Oh, ich persönlich werde nicht einen Euro davon nehmen, Mutter, aber bei dir und Vater ist das etwas anderes. Die Entscheidung liegt ganz bei euch.«

»Aber wenn wir es nicht nehmen, bleibt es einfach auf der Bank liegen.« Ein leiser, flehender Unterton hatte sich in Barbara Bradys Stimme geschlichen.

»Wir könnten es auch an andere verteilen, die betrogen wurden«, erklärte Ella.

»Wir wollen es nicht«, erklärte ihr Vater kategorisch.

»Tim!«

»Besprecht das in Ruhe und gebt mir morgen Bescheid, wie ihr entschieden habt. Oh, und dann ist da noch etwas, Dad. Du hast doch bestimmt mit einigen Leuten über das Thema gesprochen. Was meinst du, war Don oder Ricky der Kopf, der hinter allem steckte?«

»Ricky Rice, hieß es, aber Don hat nach außen hin immer seinen ganzen Charme und seine ganze Überzeugungskraft eingesetzt«, erwiderte Tim Brady voll reumütiger Erinnerung. Nur wegen des betörenden Charmes und der Überzeugungskraft dieses Mannes musste er schließlich in dem Holzhaus in seinem Garten hausen.

»Würde es dich überraschen zu erfahren, dass Ricky Rice nicht ein Cent seiner Firma gehört hat, dass alles auf Dons Namen lief? Ricky ist frei und kann jederzeit wieder nach Irland zurück. Vielleicht tut er das auch, jetzt, da Don tot ist.«

»Diese Frechheit besitzt er nie. Er kann doch nie mehr den Leuten unter die Augen treten, die seinetwegen so viel Geld verloren haben«, meinte Ellas Vater.

»Wenn er nicht mit den anderen unter einer Decke steckt, weshalb hat er sich dann mit ihnen abgesetzt?« Ellas Mutter sah die Sache wesentlich pragmatischer.

»Ich weiß es nicht, und ich habe mir deswegen die ganze Nacht den Kopf zerbrochen«, entgegnete Ella.
»Sie steckten doch immer zusammen, er und Don, und er war verrückt nach seinen Enkelkindern. Vielleicht konnte er es nicht ertragen, sie gehen zu lassen«, offerierte Tim Brady als mögliche Erklärung.
»Aber wieso lief die Firma dann nicht auf seinen Namen?«, fragte sich Ella.
»Es muss einen Grund dafür gegeben haben«, sagte Tim Brady nachdenklich.

Ella fuhr hinunter an den Liffey und parkte ihren kleinen Wagen. Dann spazierte sie die Apartmenthäuser entlang, in denen Don Richardson seine kleine Junggesellenwohnung hatte und wo er sich angeblich aufhielt, wenn er bei ihr war. Die Häuser waren klein und kompakt gebaut. Hier war nicht viel los an einem Samstagmorgen. Vielleicht standen die Bewohner erst spät auf, um ihre Zeitungen und die Milch für den Kaffee zu kaufen. Sie musste unbedingt herausfinden, was aus seiner kleinen Wohnung geworden war, wer sie gekauft hatte und wer jetzt in diesen vier Wänden lebte.
Dann fuhr sie zurück zu ihrer ehemaligen Wohnung, wo sie so glücklich mit Don gewesen war. Sie war jetzt an zwei junge Frauen vermietet, die bei einem Fernsehsender in derselben Straße arbeiteten. Ella hatte ihre Nachmieterinnen innerhalb von vierundzwanzig Stunden gefunden, nachdem sie sich zum Auszug entschlossen hatte. Sie hatte geschuftet wie ein Tier, um die Wohnung perfekt zu hinterlassen, und hatte sogar einige ihrer Habseligkeiten geopfert. Ihre Daunendecke, zum Beispiel. Sie hätte nie mehr darin schlafen können.
Sie parkte auf der anderen Straßenseite und blickte lange und nachdenklich auf das Haus. Wäre ihr nicht Don Richardson über den Weg gelaufen, würde sie vielleicht heute noch

darin wohnen. Der Vorgarten war ungepflegt. War ihr das jemals zuvor aufgefallen? Am liebsten wäre sie hinübergegangen und hätte dort Ordnung geschaffen, hätte die welken Blätter und die abgestorbenen Stängel weggeräumt. Aber was würden die beiden Frauen, die beim Fernsehen arbeiteten, sagen, wenn sie sie sähen? Sie hatten sie ohnehin für ein wenig exzentrisch gehalten. Damals war sie schließlich berühmt gewesen, ihr Foto war jeden Tag in der Zeitung gewesen, normalerweise unter der Schlagzeile vom »Liebesnest«. Wenn sie sie jetzt Monate später dabei entdeckten, wie sie in ihrem Garten wühlte, dann hätten sie wirklich allen Grund, alarmiert zu sein.

Ella fuhr auch bei der Schule vorbei, wo sie unterrichtet hatte. Auch dort war sie glücklich gewesen, bevor Don Richardson in ihr Leben getreten war. Es waren liebe Kinder gewesen, na ja, fast alle. Sie fragte sich, wie die neue Lehrerin wohl mit ihnen zurechtkam. Ob sie wohl fertig wurde mit vorlauten Gören wie der frechen Jacinta, die immer nachmaulte und jeden nervte? Aber es war unnötig, sich ihretwegen Sorgen zu machen. Kinder stellten sich auf jeden Lehrer ein, sie waren sehr flexibel.

Dabei musste sie an Maud und Simon denken, die morgen auch zum Essen kämen. Sie musste unbedingt herausfinden, wie sie mit Tom oder Cathy verwandt waren – wenn überhaupt. Ständig erklärten sie, dass Cathys Eltern nicht ihre Großeltern seien, aber manchmal brachten sie einiges durcheinander. Dee hatte angeblich mal die ganze Geschichte erzählt bekommen, aber das sei alles so kompliziert und verwickelt gewesen, dass sie fast dabei eingeschlafen sei.

Ella fuhr hinunter in den Süden von Dublin, durch Vororte und am Meer entlang bis hinaus nach Killiney, wo Don und Margery ihre elegante Villa bewohnt hatten, wo seine Söhne Tennis gespielt und wo sein Schwiegervater sie so oft besucht hatte, dass es fast sein zweites Zuhause gewesen war. Ella kannte die Adresse, war aber nie dort gewesen. Heute musste sie sich mit eigenen Augen überzeugen.

»Privatstraße« stand da, aber es gab kein Tor und keinen Zaun. Allein die Worte und die imposante Größe des Hauses reichten aus, um Besucher ohne ein bestimmtes Anliegen fern zu halten. Ella fuhr langsam weiter und bemerkte hier einen Gärtner und da einen Fensterputzer bei der Arbeit, die üblichen Aktivitäten in einem wohlhabenden Viertel an einem Samstagmorgen im Herbst. Sie sah die schweren Wagen in der Auffahrt, die Frauen, die sich für die Supermärkte und Einkaufszentren zurechtgemacht hatten, die aufwändigen Sicherheitssysteme. Hier hatte Margery Rice viele Jahre mit ihrem Vater, ihrem Mann und ihren Söhnen gelebt. Aber sie musste oft alleine gewesen sein. Ihre Söhne waren in der Schule, ihr Vater beim Arbeiten, ihr Mann in der Armen von Ella Brady. Und heute nannte Margery sich Mrs Brady und lebte in Playa de los Angeles in Spanien. Ob sie in dieses prächtige Haus mit dem gepflegten grünen Rasen zurückkehren wollte? War es verkauft worden, oder hatten sie es nur vermietet? Würden Margery und ihr Vater – wenn sie wirklich unschuldig waren – eines Tages nach Hause zurückkehren und ihr Leben dort wieder aufnehmen, wo sie es abgebrochen hatten?

Sie stieg aus dem Wagen und lehnte sich an das Tor. Sie musste sich diesen Ort genau ansehen. Vielleicht konnte er ihr eine Antwort auf die Frage geben, was geschehen war.

Eine Frau kam aus dem Haus und sprach sie an. Sie war ungefähr fünfundzwanzig Jahre alt und trug Jeans; ihr Haar war nachlässig gekämmt, und sie hielt einen zweijährigen Jungen an der Hand. »Kann ich Ihnen helfen?«

»Nein, ich bewundere nur diese wunderbaren Häuser. Ich kannte mal jemanden, der hier gewohnt hat. Die Familie Richardson.«

»O ja, stimmt.«

»Kannten Sie sie denn?«, fragte Ella.

»Nur vom Hörensagen. Ich passe sozusagen auf ihr Haus auf. Mein Onkel hat es gemietet, nachdem sie weg waren. Er war ein guter Freund von ihnen.«

»Dons Tod muss ihn sehr getroffen haben.«

»Ja, ich glaube schon«, sagte die junge Frau und riss das Kind an sich, das davonlaufen wollte.

»Ist das ein süßer Kerl«, bemerkte Ella, als das Kind wieder in Sicherheit war.

»Ja, das ist Max. Ein richtiger kleiner Schlingel. Es ist nicht einfach, nebenbei noch zu arbeiten, deshalb war es ein Glücksfall für mich, dass mir dieses Haus regelrecht in den Schoß fiel. Ich heiße übrigens Sasha.«

»Ich bin Ella.«

»Möchten Sie vielleicht auf einen Kaffee hereinkommen?«

Ella überlegte kurz. Ihr Name hatte keinerlei Alarmglocken schrillen lassen und die junge Frau an ein gewisses Liebesnest erinnert. Warum nicht? Sie folgte Sasha in Dons und Margerys Haus.

Es war noch vollständig eingerichtet. An den Wänden hingen Gemälde von Künstlern, die Don sehr geschätzt hatte, auf den Regalen standen seine Bücher. Hier konnte sich kaum etwas verändert haben. Das Haus schien noch genau so zu sein, wie sie es am Tag ihres Verschwindens verlassen hatten.

»Ich hätte eigentlich erwartet, dass es … irgendwie kahler wäre.«

»Ich auch, als mein Onkel mir den Vorschlag machte, hier zu wohnen. Wissen Sie, der Vater von Max ist nicht sehr präsent, wenn Sie verstehen, was ich meine, und irgendwie könnte man sagen, dass ich das schwarze Schaf der Familie bin!«

Sie lächelte gewinnend. Sie war wirklich ein attraktives Persönchen. Dann zeigte sie Ella, dass sie viele der guten Möbelstücke mit Bettlaken abgedeckt hatte, damit sie vor Max und seinen fettigen Fingern in Sicherheit waren. Von einer Seite des Hauses sah man auf das Meer hinaus, und auf der anderen Seite reichte der Blick weit über das Land bis hinüber zu den Wicklow Mountains. Ein richtiges Traumhaus. Kein Wunder, dass Sasha ihr Glück kaum fassen konnte, hier wohnen zu dürfen.

»Ist Ihr Onkel auch manchmal hier?«

»Hin und wieder, aber er reist sehr viel. Mike ist weniger der sesshafte Typ.«

»Mike?«

»So heißt mein Onkel. Mike Martin. Vielleicht kennen Sie ihn ja?«

»Ich habe ihn ganz bestimmt schon mal im Fernsehen gesehen«, erwiderte Ella und sah sich nervös um. »Erwarten Sie ihn heute?«

»Oh, er kündigt sich vorher nie an, sondern taucht einfach auf.«

Ella setzte ihre Kaffeetasse ab und meinte, dass sie nun gehen müsse.

Sasha schien enttäuscht. »Ehrlich gesagt, hatte ich gehofft, Sie würden ein wenig länger bleiben. Die Leute um mich herum sind alle so alt und so schrecklich reich. Sie sind viel normaler.«

Aber Ella ließ sich nicht aufhalten. Mike Martin war schließlich der Mann, der sie und ihren Laptop suchte.

»Sie haben mir noch gar nicht gesagt, woher Sie die Familie kannten«, sagte Sasha, als sie sie zur Tür brachte.

Ella überlegte einen Moment. Sasha würde Mike ohnehin von ihr erzählen. Da hatte es keinen Sinn, etwas verschweigen zu wollen. »Wissen Sie, Sasha, in gewisser Weise bin ich auch das schwarze Schaf in meiner Familie. Der Grund, weshalb ich sie kannte, war der, dass ich in Don Richardson verliebt war. Ich war verrückt nach ihm, und sein Tod hat mir das Herz gebrochen. Ich wollte einfach nur sehen, wo er gewohnt hat, als er noch am Leben war.«

»O mein Gott«, sagte Sasha.
»Deshalb wäre es vielleicht besser, wenn Sie Ihrem Onkel Mike nichts von mir erzählten. Besser für uns alle.«
Sasha nickte heftig, und Max streckte ihr sein eisverschmiertes kleines Gesicht für einen Abschiedskuss entgegen.
Ihr Besuch würde ein Geheimnis bleiben, jedenfalls fürs Erste.

Ella hatte sich ein Sandwich und einen Karton Milch gekauft und fuhr jetzt hinauf zur Wicklow Gap, wo man sich in Ruhe hinsetzen konnte und nichts anderes sah als Berge und Schafe und steinige Wege, die hinunter in ein Tal bis zu einem Fluss führten. Sie hatte diesen Ort hier immer geliebt, wo alles klarere Konturen zu entwickeln schien.
Sie holte eine Decke aus dem Wagen und saß lange Zeit da und ließ die ruhige Landschaft auf sich wirken. Manchmal fuhren Autos vorbei, und ab und zu hielten sie neben ihr an, und Leute stiegen aus, um die Aussicht zu genießen. Aber sie störten sie nur wenig; sie nahm kaum Notiz von ihnen. Und irgendwann wirkte der Zauber des Ortes auf sie, wie er es immer tat, und sie setzte sich wieder in ihren Wagen und fuhr zurück nach Hause.
Ihre Eltern wollten mit ihr unbedingt über das Geld sprechen, aber Ella winkte ab. »Hör dir einfach an, was wir zu sagen haben«, bat Barbara Brady. »Dein Vater will das Geld nicht nehmen, und ich teile seinen Entschluss.«
»Aber nur halbherzig, Mutter.«
»Mein Herz spielt bei dieser Sache keine große Rolle. Aber er hat Recht. Es gibt Leute, die sind schlimmer dran als wir, und es wäre nicht fair.«
»Ich muss vor morgen Abend nichts unternehmen. Ihr könnt euch also ruhig noch Zeit lassen«, sagte Ella.
»Und was wirst du morgen Abend tun?«, fragte ihre Mutter besorgt.

»Ich bin noch nicht sicher, Mutter. Das ist die Wahrheit. Ich denke, ich weiß es, aber ich bin noch nicht hundertprozentig sicher.«

Deirdre erklärte, dass bis Mittag alles vorbereitet sei und dass Ella Derry vom Hotel abholen und ihn ein wenig früher zu ihr bringen solle, damit er nicht sofort mit einem Zimmer voller fremder Leute konfrontiert wäre.
Derry King konnte seine Skepsis nicht verhehlen, als er sah, dass Ella mit dem Auto kam. »Irgendwie hätte ich mir nie vorstellen können, dass ich einmal mein Leben – oder besser, was noch davon übrig ist – Ihnen anvertrauen würde.«
»Das nehme ich Ihnen jetzt aber sehr übel. Sie haben mich durch ganz New York kutschiert, und ich habe es auch über mich ergehen lassen«, sagte sie und wich geschickt einem Bus aus.
»Gibt es hier überhaupt so etwas wie Verkehrspolizisten?«, fragte er und lugte zwischen den Fingern seiner Hände hindurch, die er vors Gesicht geschlagen hatte.
»Jetzt seien Sie nicht albern, Derry. Heute ist doch nichts los. Sie sollten mal unter der Woche zur Hauptverkehrszeit unterwegs sein. Man darf nur nicht vergessen, dass keiner blinkt, wenn er nach links oder rechts abbiegt.«
»Sie auch nicht?«, fragte er.
»Das würde die anderen doch nur verwirren«, erwiderte sie grinsend.

»Ich werde jetzt eine eherne Gewohnheit durchbrechen und mir einen steifen Drink genehmigen«, sagte Derry, als sie zu Deirdre kamen.
»Na, Gott sei Dank«, meinte Deirdre. »Ella hat mir erzählt, dass Sie normalerweise drei Stunden für ein Glas Weißwein brauchen, und ich habe mich schon gefragt, was wir mit Ihnen tun sollen, vor allem, wenn Sie die anderen kennen lernen. Maud

und Simon sind schon vor einer Stunde gekommen, um ihr Marionettentheater aufzubauen.«

»Das ist hier wirklich alles ganz anders«, erwiderte Derry und setzte sich, bis die Panik über Ellas Fahrstil allmählich nachließ.

KAPITEL VIERZEHN

Ella hat erzählt, dass Sie und Ihre Frau sie so freundlich aufgenommen haben, als sie in New York war«, sagte Barbara Brady.

»Meine Exfrau Kimberly hält große Stücke auf Ella, und ich ebenso. Sie haben eine sehr intelligente Tochter, Barbara.«

»Das hören wir gern, wie alle Eltern. Haben Sie Kinder, Mr King?« Ellas Vater reagierte zurückhaltender.

»Oh, nennen Sie mich doch Derry, bitte. Nein, ich habe keine Kinder. Ich wünschte, ich hätte welche. Meine Frau und ich sind mit Sicherheit ein ungewöhnliches Paar, da unsere Trennung uns nicht zu Feinden gemacht hat – wir hätten auch unsere Kinder in aller Freundschaft geteilt. Ich wünsche Kim wirklich das Beste, und sie mir auch. In der Vergangenheit habe ich mich aus vielen persönlichen Gründen mit Händen und Füßen dagegen gewehrt, nach Irland zu kommen. Kim ist deshalb hocherfreut, dass ich es letzten Endes doch gewagt habe.«

»Und, ist Ihre Freude auch so groß?« Ellas Vater war ein scharfer Beobachter.

»Ich weiß noch nicht so recht, Tim. Es ist noch zu früh.«

»Vielleicht kommen Sie beide ja eines Tages wieder zusammen«, warf Barbara ein.

»O nein, das wird nicht geschehen. Kimberly hat einen neuen Ehemann. Sie sind sehr glücklich miteinander.« Das klang eher nach einer Feststellung als nach einem persönlichen Kommentar.

In dem Moment betrat Brenda Brennan das Zimmer. Derry erkannte sie sofort von den Fotos in den Unterlagen über das

Quentins, die er in New York so sorgfältig studiert hatte. Man musste sie einander nicht vorstellen, sie kamen sofort miteinander ins Gespräch. Sie war eine sehr gepflegte Frau, sehr beherrscht, wie er bereits wusste, aber auch voller Wärme. Sie schien echtes Interesse an dem zu haben, worüber sie sprachen, und ihr schien auch daran gelegen zu sein, dass er seinen Aufenthalt in Irland genoss.

»Wir sähen es natürlich gerne, wenn Sie die ganze Zeit über hier in Dublin blieben, aber Sie werden wahrscheinlich ein wenig im Land herumreisen wollen, vielleicht in den Westen. Für amerikanische Verhältnisse ist das natürlich keine weite Reise.«

»Aber eine gefährliche bei diesen Straßen, würde ich sagen.«

»Ganz und gar nicht. Heutzutage gibt es große, breite Schnellstraßen. Sie hätten das mal früher sehen sollen«, erzählte sie stolz. »Woher stammt denn Ihre Familie?«

»Ich habe hier keine Familie.«

»Tut mir Leid, dann habe ich etwas missverstanden. Ich dachte, Ella hätte erzählt, Sie hätten irische Vorfahren, so wie viele Amerikaner, die zu uns kommen, wissen Sie.«

»Ich habe irische Vorfahren, aber keine Verwandten mehr.«

»Dann werden Sie also nicht nach Ihren Wurzeln suchen?«

»Nein, bestimmt nicht.« Derry bemerkte, dass seine Antwort scharf und ablehnend klang. Besser, er fügte rasch einen etwas versöhnlicheren Kommentar hinzu. »Aber die Familie meines Vaters kam aus Dublin.«

»Das ist schön. Ich höre gerne, dass es unseren Leuten gut geht. Mein Mann kommt vom Land und sagt immer, dass gerade die Dubliner im Ausland Erfolg haben.«

»Ich würde nicht gerade sagen, dass mein Vater Erfolg hatte.« Derrys Augen verschleierten sich.

Brenda Brennan hatte ein Leben lang Erfahrung darin, den Gesichtsausdruck ihres Gegenübers zu beurteilen und seine Stimmung einzuschätzen. »Nein? Aber sein Sohn macht

nicht gerade den Eindruck eines Verlierers auf mich«, sagte sie mit einem strahlenden Lächeln. Und sie wurde belohnt. Dankbar erwiderte er ihr Lächeln. »Ich würde Sie gern ein paar Leuten vorstellen«, fuhr sie fort. »Das sind Ria und Colm. Sie führen ein fantastisches Restaurant in der Tara Road, das Sie unbedingt besuchen müssen, solange Sie noch hier sind. Und Sie müssen an jedem Tisch Kärtchen vom Quentins verteilen!«
»Als ob sie das nötig hätte!« Ria war zierlich, mit dunklem, gelocktem Haar und einem breiten Lächeln. Ihr Mann sah sehr gut aus und machte einen angenehm nachdenklichen Eindruck.
Derry bemerkte, dass Ella ihm einen fragenden Blick zuwarf, ob es ihm auch gut ging. Er prostete ihr mit seinem Glas zu. Einen Moment lang hatte er das Gefühl, hierher zu gehören, hierher an diesen angenehmen Ort, wo niemand Ansprüche an ihn stellte. Aber er musste sich vor sentimentalen Anwandlungen hüten. Wahrscheinlich war nur der Alkohol daran schuld, den er sich zur Erholung von Ellas Fahrkünsten genehmigt hatte. Von jetzt an würde er nur noch Orangensaft trinken.
Neben ihm tauchte das schmale, ernste Gesicht eines etwa zehn oder elf Jahre alten Mädchens auf. »Darf ich Ihr Glas nachfüllen?«, fragte sie.
»Das ist sehr nett von dir … Äh, wie heißt du denn?«
»Vielleicht haben Sie schon von uns gehört. Ich bin Maud Mitchell. Mein Bruder Simon und ich werden heute Nachmittag für die Unterhaltung sorgen.«
»Oh, das ist ja wunderbar. Ich bin Derry. Derry King.«
»Und wie sollen wir Sie nennen? Simon und ich, wir reden die Leute nämlich immer falsch an.«
»Nennt mich Derry«, sagte er.
»Sind Sie sicher? Sie sind doch viel älter als wir.«
»Ja, ich will mich aber jünger fühlen, als ich bin, weißt du.«

Maud schien daran nichts Außergewöhnliches zu finden und schlug ihm einen Grapefruitsaft mit Tonic vor. Angeblich sehr erfrischend. Streng genommen seien das ja zwei Getränke in einem, erklärte sie. Aber da er nun mal der Ehrengast war, ging das wahrscheinlich in Ordnung.

»Ich bin der Ehrengast?«, fragte er.

»Ja, und deswegen müssen wir Sie auch fragen wegen der Unterhaltungseinlagen. Tanzen können wir nicht, weil hier kein anständiger Fußboden ist, nur ein alter Teppich. Dafür haben wir unser Marionettentheater mitgebracht, aber Tom und Cathy befürchten, dass es vielleicht zu lange dauern könnte. Wir wollten auch noch singen, und da Sie ja Amerikaner sind, hatten wir an so grauenvolle Schnulzen gedacht wie ›When Irish Eyes are Smiling‹ und ›Come back to Erin‹. Das hat den Leuten wahnsinnig gut gefallen, als wir damals in Chicago waren.«

»Sind diese Lieder denn wirklich so schlimm?«

»Na ja, hier würde sie keiner freiwillig singen, wenn Sie verstehen, was ich meine. Aber dann hat man uns aufgeklärt, dass Sie so etwas gar nicht hören wollen, dass Sie kein normaler Amerikaner sind.«

»Stimmt, bin ich nicht.« Derry war ganz angetan von der Kleinen. »Und, was würde man stattdessen hier singen? Freiwillig, meine ich.«

»Tja, ›Raglan Road‹, ›Carrickfergus‹. Ich werde Simon mal fragen. Er kann das besser beurteilen. Aber hauptsächlich geht es darum, dass wir Sie nicht langweilen, wenn wir zu lange singen. Das passiert uns nämlich manchmal. Dass wir übertreiben, meine ich. Das Theaterstück dauert sieben Minuten. Wenn wir dann noch zwei Lieder singen, wäre das in Ordnung für Sie?«

»Das wäre großartig«, erwiderte er. »Werdet ihr gleich anfangen?«

»Ihr müsst ja komische Partys feiern drüben in Amerika«, bemerkte Maud. »Natürlich können wir jetzt noch nicht anfangen. Wir müssen warten, bis sich alle mit ihrem Dessert und ihrem Kaffee hingesetzt haben.«

»Ella, es tut mir fürchterlich Leid, dass die Zwillinge Mr King so mit Beschlag belegen«, entschuldigte sich Cathy. »Ich habe jetzt schon mindestens ein Dutzend Mal versucht, sie von ihm loszueisen, aber er winkt nur ab und meint, dass er großen Spaß mit ihnen hat. Er will mit keinem anderen mehr reden.«
»Keine Sorge, es macht ihm wirklich Spaß. Ich habe ihn noch nie so glücklich gesehen.«

»Das ist eine tolle Party, Dee«, meinte Ella.
»Nick und Sandy sind ein wenig enttäuscht, dass sie sich mit Derry nicht mehr unterhalten können – er hockt die ganze Zeit bei diesen Kindern.«
»Ja, und wenn ihn jemand befreien will, scheucht er ihn weg«, fügte Ella hinzu. »Ich wünschte, ich wüsste, worüber sie reden.«
»Brenda Brennan kann von den Lippen lesen«, sagte Deirdre. »Ich frage sie später mal.«

Die Zwillinge überschlugen sich gerade, um Derry zu erklären, wer sie denn nun genau seien. »Wissen Sie, Cathy dort drüben, die mit dem dicken Bauch? Das ist ein Baby, aber darum geht es jetzt nicht.«
»Nein«, bestätigte Derry kopfschüttelnd.
»Also, sie ist die Tochter von Muttie und Lizzie, seiner Frau. Und wir haben früher mal bei Cathy und dem Mann, den sie damals hatte, gewohnt, und das war Neil Mitchell, und das ist unser Cousin. Neils Vater und unser Vater sind Brüder. So ist das!«, schloss Maud triumphierend.
»Aber jetzt wohnt ihr bei Muttie?«
»Ja. Und bei seiner Frau Lizzie.«
»Gut. Aber aus welchem Grund?«
»Vater und Mutter können uns nicht mehr haben. Sie würden

ja gerne, aber sie können nicht, und deswegen besuchen wir sie nur am Wochenende. Muttie fährt uns in seinem Lieferwagen immer hin.«

»Und wieso können euch eure Eltern nicht haben?«

»Mutter hat schlimme Nerven, und Vater ist viel auf Reisen. Es ist besser, wenn wir bei Muttie und seiner Frau Lizzie bleiben.«

»Schlimme Nerven?«

»Ja, sie regt sich wegen allem auf und trinkt dann zu viel Wodka und weiß nicht mehr, wo sie ist.«

»Und wieso macht sie das? Trinkt Wodka, meine ich?«, wollte Derry wissen.

»Weil das gut für ihre Nerven ist. Wie ein Zaubertrank. Sie vergisst dann, was sie aufregt. Das Problem ist nur, dass sie dann auch sonst nichts mehr auf die Reihe bekommt und dauernd hinfällt und sich mit jedem anlegt«, erklärte Maud.

»Aber wenn sie damit aufhören würde, könntet ihr beide wieder zurück und bei ihr leben, oder?« Derry hielt nicht viel von einer Frau, die zwei so wunderbare Kinder in der Obhut Fremder ließ.

Und sie erzählten ihm, dass sie auch noch einen Bruder hatten. Aber der hatte irgendetwas Schlimmes angestellt und wurde deswegen von allen totgeschwiegen; er kam auch nicht mehr nach Hause. Früher hatte er mal im gemeinsamen Büro von Neils Vater und Onkel Jock gearbeitet, aber das war jetzt vorbei, und er war weggegangen. »Reden wir eigentlich zu viel über uns?«, fragte Maud irgendwann besorgt. »Wir haben Ihnen nämlich noch gar keine Fragen gestellt. Vielleicht wollen Sie ja auch mal ein bisschen was erzählen.«

»Über mich gibt es nicht viel zu wissen. Mein Vater hatte auch schlechte Nerven. Bei ihm war es der Whiskey, der als Zaubertrunk herhalten musste. Jede Menge davon.«

»Und, hat es geholfen?«, fragte Maud.

»Nein, überhaupt nicht. Es hat alles nur noch schlimmer gemacht.«

»Und ist Ihre Mutter dann auch auf Reisen gegangen wie unser Vater?« Simon war so unschuldig, dass es Derry fast das Herz brach, mit anzusehen, wie die Kinder diesen unhaltbaren Zustand einfach so akzeptierten.

»Nein, das konnte sie nicht. Sie musste ja für ihre Kinder sorgen und uns ohne Geld oder andere Hilfe großziehen.« Sein Gesicht verhärtete sich.

Den Kindern entging diese Veränderung nicht. Maud fragte vorsichtig: »Aber was hätte man denn machen sollen, wenn er so schlechte Nerven hatte?«

»Er hätte versuchen können, mit dem Trinken aufzuhören. Er hätte meine Mutter anständig behandeln und sich um uns kümmern können.«

»Aber er hat das doch nicht mit Absicht getan«, erklärte Simon, als spräche er mit einem kleinen, uneinsichtigen Kind. »Wenn Mutter getrunken hat, dann sagt sie schreckliche Dinge zu Vater … dass er andere Frauen hat und dass wir kleine Ungeheuer sind und ihr das Geld aus der Tasche klauen. Aber das beachten wir gar nicht.«

»Was?« Derry konnte es kaum fassen.

»Na ja, das kann man doch gar nicht ernst nehmen. Sie meinen es doch nicht böse. Es wäre ihnen bestimmt auch viel lieber, wenn sie wie jeder andere auch ein angenehmes, friedliches Leben führen könnten, meinen Sie nicht?«

»Und ihr verspürt keinen Hass auf die beiden?«

Simon und Maud sahen ihn an, als stammte er von einem anderen Stern. »Hass? Auf Vater und Mutter? Aber das kann doch kein Mensch. Das ist völlig unmöglich.« Das überstieg wirklich ihr Vorstellungsvermögen.

Derry sagte lange nichts. Die Zwillinge wechselten einen Blick. Er sah aus, als könnte er jeden Moment in Tränen ausbrechen.

»Ist alles in Ordnung, Mr Derry?«, erkundigte sich Maud.

»Haben wir zu viel geredet?«, fragte Simon.

Derry King schüttelte den Kopf.

»Meinst du, wir sollten jetzt mit dem Unterhaltungsteil anfangen?«, wolle Simon von Maud wissen.
»Vielleicht ist jetzt nicht der richtige Zeitpunkt für unsere Show, Simon. Weißt du, manchmal passt es einfach nicht, und eigentlich sollten wir so etwas wissen.«
»Ich könnte Cathy mal fragen«, schlug Simon vor.
»Aber wir können ihn nicht so aufgewühlt allein lassen«, meinte Maud.
Derry hatte immer noch nichts gesagt. In seinem Gesicht arbeitete es, als er versuchte, seine Gefühle zu unterdrücken.
»Vielleicht möchten Sie ja kurz hinter das Sofa gehen, Mr Derry, und dort eine Runde heulen über die schlechten Nerven Ihres Vaters. Vielleicht fühlen Sie sich dann besser. Wenn wir bei Mutter waren, müssen wir danach oft auch ganz fürchterlich weinen, weil ihr so vieles entgeht. Möchten Sie das?«
»Nein, aber später vielleicht«, stammelte er.
»Ja, das tut Ihnen sicher gut.« Sie tätschelte ihm tröstend die Hand als Zeichen ihrer Solidarität. Kinder von Eltern mit schlechten Nerven verstanden sich eben.
Brenda Brennan, die den letzten Teil ihrer Unterhaltung dank ihrer Lippenleskünste mitbekommen hatte, berichtete Ella davon. »Maud versucht ihn gerade zu überreden, sich hinter dem Sofa doch mal so richtig auszuheulen.«
»Lieber Himmel. Und, macht er es?«
»Er sagt, er will sich das für später aufsparen.«
»Und was sagt der Junge?«
»Der überlegt laut, ob sie jetzt mit dem Unterhaltungsteil anfangen sollen oder nicht«, erklärte Brenda.
»Meiner Meinung nach sollten sie auf der Stelle damit anfangen«, stöhnte Ella.

Cathy kündigte das Marionettenspiel an, das ungefähr sieben Minuten dauern würde und den Titel »Der weise Lachs« trug. Da jedoch die Marionette, die den Lachs darstellte, während des Transports ziemlich beschädigt worden war und einige ihrer Schuppen verloren hatte, waren die Zuschauer aufgefordert, ihn sich etwas schuppiger vorzustellen. Das Publikum applaudierte eifrig, und Maud und Simon verbeugten sich mehrmals. Dann fragten sie, ob Interesse an musikalischen Darbietungen bestünde. Sie dürften zwei Lieder singen, erklärten sie und blickten frohgemut in die Runde, überzeugt, auf begeisterte Resonanz zu stoßen.

Derry King ertrug es nicht, die beiden noch länger zappeln zu lassen. Er hörte sich selbst animiert um ein Lied mit dem Titel »Carrickfergus« bitten. Er kannte es zwar nicht, aber erinnerte sich, dass die Zwillinge gemeint hätten, es würde den Leuten gefallen.

Die Kinder hatten wirklich hübsche Stimmen. Einträchtig standen sie nebeneinander und sangen das Lied von verlorener Liebe und verlorenen Träumen.

> Das Meer ist tief, und schwimmen kann ich nicht,
> Auch fehlen mir Flügel zum Fliegen.
> Ach, hätt ich doch nur einen Mann und ein Boot,
> Der mich übersetzt zu meinen Lieben …

Derry verspürte ein ungewohntes Prickeln in der Nase und in seinen Augen. Er hasste diese Art von Liedern, die den Verlust der alten Heimat glorifizierten und ein sentimentales Bild davon zeichneten. Er würde nicht zulassen, dass zwei naive Kinder, die zu Hause keine Gewalt erlebt hatten, ihn dazu brachten, seine Meinung zu ändern. Jim Kennedy war ein brutaler Mensch gewesen, der allen in seiner Umgebung das Leben zur Hölle gemacht hatte. Es kam überhaupt nicht in Frage, dass Derry ihm gegenüber jetzt Nachsicht walten lassen würde. Aber ein kleines Samenkorn der Nachsicht war in ihm aufgegangen. Er glaubte zu verstehen, warum seine Mutter ihrem Mann so oft verziehen hatte. Es musste etwas mit der Überzeugung zu tun haben, so wie

diese beiden Kinder gesagt hatten, dass Jim Kennedy – wie jeder andere Säufer auch – ein anderes Leben dem vorgezogen hätte, das ihm irgendwann mal aus den Händen geglitten war. Was hatte seine Mutter tief in ihrem Herzen empfunden, dass sie darauf bestanden hatte, in dem Zuhause auszuharren, das sie auf Derrys Drängen hin unbedingt hätte verlassen sollen?
Die Kinder waren jetzt bei der letzten Strophe angelangt und ermutigten die Zuhörer mit heftig gestikulierenden Armen, in das Lied mit einzustimmen.

> Voll bin ich nie, aber selten nüchtern,
> Ein Vagabund mit hübschem Gesicht.
> Doch krank bin ich nun und am Ende des Wegs.
> Kommt, Männer, und legt mich zur Ruhe.

Alle klatschten und lobten Maud und Simon. Die Zwillinge kämpften lange mit sich, welches Lied sie als zweites – und letztes – singen wollten.
»Das war wirklich toll. Aber eigentlich sollte man aufhören, wenn es am schönsten ist, nicht wahr?«, meinte Cathy.
Die Zwillinge begriffen nicht sofort, worauf sie hinauswollte. Aber Maud warf einen fragenden Blick zu Derry King hinüber. Er war schließlich der Ehrengast, der Mann, den zu unterhalten man sie gebeten hatte. Sie sah, was die anderen bereits bemerkt hatten: Tränen flossen ungehindert über sein Gesicht.
»Du hast Recht, Cathy. Ich denke, wir sollten es dabei belassen, nur dieses eine Mal.«
»Du bist wirklich ein Schatz, Maud, und auch du, Simon«, sagte Cathy.
»Die Leute reagieren aber wirklich komisch hier«, bemerkte Simon, der sich ärgerte, dass sie »Low Lie the Fields of Athenry« nicht mehr singen konnten.

* * *

»Sie müssen nicht so still sein, nur weil ich geweint habe. Und Sie müssen auch nicht mit fünf Meilen die Stunde dahinkriechen, nur weil ich es gewagt habe, Ihr aberwitziges Tempo bei der Herfahrt zu kritisieren«, knurrte Derry.

»Herr im Himmel. Ihnen kann man heute aber auch gar nichts recht machen«, meinte Ella seufzend.

Er machte ein zerknirschtes Gesicht. »Und ob Sie mir etwas recht machen können, wie Sie sich ausdrücken. Ich habe mich unglaublich wohl gefühlt heute Nachmittag. Alle waren so nett und entgegenkommend. Vielen Dank, Ella.«

Sie lächelte ihn an. »Kein Wunder, die waren alle begeistert von Ihnen. Alle, ohne Ausnahme.«

»Tatsächlich?« Er freute sich wie ein Kind.

»O ja, und Brenda sagt, jetzt, da sie Sie kennen gelernt hat, macht sie sich überhaupt keine Sorgen mehr um das Projekt. Meine Eltern halten Sie auch nicht mehr für einen großen, bösen, gefährlichen Cowboy. Und meine beiden Matheschüler haben Sie fest in ihr Herz geschlossen. Sie haben sich wacker geschlagen!«

»Ich hatte einen guten Tag.«

»Ich auch. Und das ist auch gut so, da ich heute noch einiges vor mir habe«, sagte Ella.

»Ja?«

»Ja, Derry. Ich möchte diese Angelegenheit mit Dons Computer endgültig zum Abschluss bringen, sie ein für alle Mal beenden. Und ich wollte Sie fragen, ob ich das von Ihrer Hotelsuite aus erledigen kann.«

»Natürlich.«

»Sie haben wirklich eine beruhigende Wirkung auf Ihre Mitmenschen, wissen Sie das? Sie halten sich nicht mit langen Sätzen auf, wenn ein Wort genügt.«

»Gut«, meinte er lächelnd.

»Ich wüsste nicht, wie ich das ohne Sie schaffen sollte, Derry«, fuhr sie fort.

Sie war dankbar, dass er sie nicht fragte, was sie nun vorhabe. Aber Derry war Geschäftsmann genug, um zu wissen, dass er es in der Sekunde erfahren würde, in der sie in seine Suite zurückkamen.

»Macht doch für Muttie und Lizzie ein paar Sandwiches, ja?«, schlug Cathy vor, als sie die Zwillinge in ihrem alten Zuhause im St. Jarlaths Crescent ablieferte. »Ich lasse auch noch etwas von der Früchtebaisertorte für sie da. Offensichtlich ist Dee auf Diät und will nicht, dass sie über Nacht in ihrer Wohnung steht – für den Fall, dass sie aus Versehen davon essen könnte.«

»Hast du Muttie und seine Frau Lizzie eigentlich je gehasst?«, wollte Maud von Cathy in lockerem Plauderton wissen.

»Nein, Maud, nie. Du?«

»Natürlich nicht.«

»Warum fragst du dann?«

»Derry hat so etwas gesagt. Er hat gesagt, dass er seinen Vater hasst.«

»Das hat er gesagt?« Cathy war schockiert.

»Nicht so, aber so ähnlich. Er hat hier ein paar Cousins, aber er wird sie nicht besuchen«, bestätigte Simon ihre Aussage.

»Sie heißen Kennedy, und sie sind Maler, hier in Dublin«, erklärte Maud, stolz darauf, diese Information zu besitzen.

»Das weiß ich«, sagte Cathy. »Sie arbeiten manchmal mit Toms Vater zusammen.«

»Sollen wir eine Überraschungsparty machen und sie alle zusammenbringen?«, schlug Maud vor.

»Nein, Maud. Ich weiß, ich nerve euch, aber das ist keine gute Idee«, widersprach Cathy und beschloss, auf der Stelle Dee anzurufen und ihr alles zu erzählen.

Ella und Derry brühten sich in seinem Hotelzimmer eine Kanne Tee auf. »Ich rufe jetzt als Erstes meine Eltern an und frage

sie, ob sie das Geld wirklich nicht nehmen wollen.« Rasch wählte sie ihre Nummer.
Sie würden nie glücklich damit werden, wenn sie sich mit dem Geld abspeisen lassen würden, erklärten sie ihr.
Sicher, wenn ihnen ein Schadensersatz zustünde, wenn man den beiden Insidergeschäfte hätte nachweisen können, dann würden sie gerne ihren Anteil nehmen, aber nicht so.
»Derry King hat uns übrigens gut gefallen«, meinte ihre Mutter zum Schluss.
»Und ihr ihm, Mutter.«
Danach saß sie lange auf dem Sofa und schwieg.
Derry saß ebenso wortlos daneben und trank seinen Tee.
»Gut«, sagte sie schließlich.
»Sagen Sie mir, was Sie jetzt vorhaben.«
»Ich werde Dons Frau anrufen und sie ohne Umschweife fragen, was sie zu tun beabsichtigt, ob sie wieder in Irland leben will, ob diese Villa in Playa de los Angeles ihr Eigentum ist. Übrigens das Einzige, das Don nicht zu hundert Prozent gehört. Vielleicht wollte er das Haus ja als Heim für sie und ihre Kinder sichern. Vielleicht hat er ihr auch einen Brief hinterlassen.« Ella wirkte ruhig und gefasst.
»Und dann?«, fragte Derry.
»Und dann – je nachdem, was sie sagt – werde ich höchstwahrscheinlich das Betrugsdezernat anrufen und sie bitten, in die Hotelhalle zu kommen und den Laptop abzuholen.«
»Und was könnte die Frau sagen, das Ihre Meinung ändern würde?«
»Wenn sie mir erklärt, dass sie nicht weiß, wohin, und die Schande nicht mehr ertragen kann, werde ich Sie bitten, mir zu helfen, die Informationen über ihre Villa zu löschen.«
»Das ist äußerst großzügig von Ihnen.«
»Das bin ich ihm schuldig.«
»Sie schulden ihm gar nichts. Das haben wir doch alles schon besprochen.«

»Dann werden Sie bestimmt noch wissen, dass ich mich untadelig verhalten will.«
»Er ist tot, Ella. Er wird nie mehr erfahren, wie wunderbar und untadelig Sie sich verhalten.«
»Bitte, Derry, helfen Sie mir.«
»Wie?«
»Indem Sie sich neben mich setzen, während ich den Anruf erledige.«
»Dann haben Sie sich also schon überlegt, was Sie sagen wollen?«
»Ja, gestern, den ganzen Tag habe ich an nichts anderes gedacht. Ich habe eine kleine Reise in die Vergangenheit unternommen und mir dabei alles genau zurechtgelegt. Und ich bin absolut entschlossen.«
»Gut, dann setze ich mich gerne neben Sie«, sagte er.

Das Telefon klingelte nur sechsmal, aber es kam ihr wie eine Ewigkeit vor. Schließlich meldete sich eine Männerstimme.
»Könnte ich bitte mit Mrs Margery Brady sprechen?« Ella spürte, wie ihre Stimme zitterte. Derry drückte aufmunternd ihre Hand.
Es folgte eine Pause. »Mit wem?«, fragte der Mann.
»Mit Mrs Brady, Margery Brady.«
»Woher haben Sie diese Nummer?«
»Ist dort dreiundzwanzig, Playa de los Angeles?«
»Ja, aber … diese Nummer weiß eigentlich niemand …«
Die Stimme kam ihr vertraut vor, entsetzlich vertraut.
»Don?«, stieß Ella hervor.
»Engel? Ella, bist du das, mein Engel?«
Vor Erstaunen blieb Ella die Luft weg.
Derry hatte mittlerweile einen Arm um ihre Schultern gelegt und hielt ihr ein Glas Wasser hin. Sie schlug sein Angebot aus, drückte aber umso fester seine Hand.
»Don, bist das wirklich du? Du bist nicht tot?«

»Wo bist du, Engelchen?« Seine Stimme war sehr drängend, nervös.

»Du hast mir geschrieben, dass du sterben, dass du dich umbringen wolltest«, sagte sie und schüttelte ungläubig den Kopf.

»Das hatte ich auch vor, aber dann … Ich bin offensichtlich nicht gut darin, eine Sache zu Ende zu bringen.« Er stieß ein dumpfes, kleines Lachen aus. So lachte er immer, wenn es ernst wurde.

»Ich dachte wirklich, du bist tot, Don. Tot, verstehst du, auf dem Grunde des Meeres. Ich habe deinetwegen Tränen vergossen, Tränen, dass du nie mehr wieder diesen wunderbaren Herbst mit seinen bunten Blättern und den Sonnenstrahlen in den Bäumen sehen würdest. Ich habe sogar um deine Söhne geweint, dass sie ihren Vater nie richtig kennen lernen würden … und dabei bist du gar nicht tot … du bist gar nicht gestorben.«

»Aber das ist doch gut, Ella, mein Engel, oder? Wir werden wieder zusammen sein, sobald ich diesen schlimmen Zustand geändert habe.«

»Du hast mich nie geliebt, Don.«

»Natürlich habe ich dich geliebt … ich liebe dich noch.«

»Was hattest du eigentlich vor, Don?«

»Ich wollte warten, bis ich den Laptop wieder in Händen hätte, um danach alles zu klären und unser Leben fortsetzen zu können.«

Sie erwiderte nichts.

Derry drückte noch fester ihre Hand. Sie hatte den Hörer ein Stück von sich weg gehalten, damit er mit anhören konnte, was gesagt wurde.

»Ella, Ella, mein Engel, bist du noch da?«

»Du hast mich nie wirklich geliebt. War es nur der Sex? War es, weil ich jung war? Was war es?«

»Wir werden uns treffen. Bring mir den Laptop, dann werde ich dir alles erklären.«

»Das kann ich nicht, Don.«
»Wieso nicht?«, fragte er mit belegter Stimme.
»Weil ich ihn dem Betrugsdezernat übergeben habe.«
»Und das Geld für deine Eltern? Ich kann beweisen, dass du das genommen hast.«
»Nein, das habe ich auch zurückgegeben.«
»Das glaube ich dir nicht.«
»Warum nicht?«
»Weil sonst schon längst jemand hier wäre.«
»Sie werden noch kommen, Don.«
»Wann hast du ihnen den Computer gegeben?«
»Vor einer Stunde«, erwiderte sie und legte auf.

KAPITEL FÜNFZEHN

Es ging alles viel schneller, als sie gedacht hatten.

Die Ermittlungsbeamten kamen direkt ins Hotel, zwei ruhige, unauffällige Männer. Einer war groß und dunkel, und Ella hatte ihm schon einmal gegenübergestanden, als sie wegen des Computers gelogen hatte, der andere war kleiner und breitschultrig.

»Dann ist er also doch noch aufgetaucht?«, bemerkte er und sah sie fragend an.

»Ja«, sagte sie nur.

»Und Sie sind …«, wollte er von Derry wissen.

Derry überreichte ihm eine Visitenkarte. »Ich bin Derry King, ein Freund und Geschäftspartner von Ms Brady.«

»Und das ist …?«

»Eine Vollmacht und ein Schlüssel für ein Bankschließfach. Don Richardson behauptet, dort Wertpapiere für mich hinterlegt zu haben.«

»Und Sie haben noch nicht nachgesehen?«

»Nein.«

»Aber wenn sie für Sie bestimmt sind …?«

»Er hat meinen Vater um Geld betrogen. Die Wertpapiere waren als eine Art Entschuldigung gedacht. Jedenfalls nehme ich das an.«

»Umso mehr Grund, sie einzulösen …« Der Detektiv schien nie einen Satz zu beenden, sondern wartete immer darauf, dass ein anderer ihn zu Ende sprach.

Dieses Mal war es Derry. »Ms Brady und Ihre Eltern sind Menschen mit hohem moralischen Anspruch und deshalb der Ansicht, dass sie das Geld nicht einfach so nehmen können, ohne etwas zu sagen. Sie geben es zurück.«

»Tatsächlich. Wie bewundernswert.«

»Und das Passwort für den Computer lautet ›Playa de los Angeles‹, wie die Stadt Los Angeles.«

»Ja, und wie haben Sie das erraten …?«

»Nicht erraten …«

»Dann hat Mr Richardson es Ihnen gesagt …?«

»Auch das nicht. Vor langer Zeit hat er mir mal verraten, dass es ›Engel‹ lauten würde, aber als ich es vor kurzem damit versucht habe, hat es nicht gestimmt. Also habe ich ein paar ähnliche Begriffe ausprobiert, und dann hat es plötzlich geklappt.«

»Gut gemacht, Ms Brady.«

»Aber das ist noch nicht das Wichtigste …«, stammelte sie.

»Ist es nicht?«

»Nein, das Wichtigste ist, dass er nicht tot ist. Er lebt. Ich habe erst heute Abend mit ihm gesprochen. Er hat sich nicht umgebracht.«

Sie blickte von einem Gesicht zum anderen, um ihren eigenen Schock bestätigt zu finden. Doch zu ihrer Überraschung verzogen die Männer keine Miene.

»Wir haben eigentlich nie richtig an diesen Selbstmord geglaubt«, erklärte der Detektiv. »Das hat nicht ins Bild gepasst. Es hätte keinen Sinn ergeben, wenn er sich umgebracht hätte.«

»Ich habe ihn für tot gehalten, und ich habe ihn eigentlich wirklich gut gekannt«, sagte Ella.

»Davon bin ich überzeugt.«

»Sie hätten es mir sagen sollen«, entgegnete sie mit Tränen in den Augen. »Sie hätten mir viel Kummer erspart.«

»Wir hatten ja keinen Kontakt mehr zu Ihnen, seit es passiert ist. Wir haben Sie zwar gebeten, mit uns in Verbindung zu bleiben, falls seine Aktentasche auftauchen sollte, aber Sie haben sich nicht gerührt … Also, wie hätten wir es Ihnen sagen sollen?«

Jetzt mischte Derry sich ein. »Aber jetzt *ist* die Aktentasche ja wieder aufgetaucht, und Ella *hat* sich mit Ihnen in Verbindung gesetzt. Also, ist das alles?« Er hob seine Stimme nicht, aber die Bestimmtheit darin war nicht zu überhören.
Die beiden Männer reagierten sofort. Sie standen auf, schüttelten den beiden die Hand und bedankten sich für ihre Kooperation. Dann fragten sie, ob Ella – und vielleicht auch Derry – sie zu dem Bankschließfach begleiten wollten, damit sie als Zeugen für die Übergabe des Inhalts fungieren könnten.
»Sein Name, seine Adresse und alle seine Kontaktnummern sind in seinem Computer gespeichert«, erklärte Ella. »Er nennt sich jetzt übrigens Brady. Ist das nicht komisch?«
Auf den Gesichtern der beiden Detektive zeichnete sich echte Sympathie für sie ab. Eine Stunde später war alles vorbei.

Ella rief ihre Mutter an. »Es ist vorbei. Ich habe alles zurückgegeben. Der Polizei, meine ich«, sagte sie dumpf.
»Ich bin sicher, du hast das Richtige getan. Danke, Ella.«
»Nein, ich habe dir und Vater zu danken, Mutter, weil ihr so normale und freundliche Menschen seid und dem Mann vertraut habt, den ich euch ins Haus gebracht habe. Ich werde alles wieder gutmachen, und wenn es mein Leben lang dauert.«
»Jetzt hör aber auf, Ella.« Ihrer Mutter war nicht entgangen, dass ihre Stimme zitterte und tränenerstickt klang.
»Und noch etwas, Mutter …«
»Du wirst heute Abend nicht nach Hause kommen, ja?«, fragte ihr Mutter.
»Genau. Du kannst ja hellsehen«, antwortete Ella.
»Reg dich bitte nicht unnötig auf, Ella. Das ist alles, worum ich dich bitte. Der Mann ist tot, lass ihn in Frieden ruhen. Wir können schließlich nicht wissen, wie sehr ihm das alles am Ende vielleicht Leid getan hat. Wie verwirrt er vielleicht war. Es steht uns nicht zu, die Toten zu verurteilen.«

»Don ist nicht tot, Mutter. Er ist gesund und munter und lebt mit seiner Familie in Spanien.«

»Nein, Ella, er ist bei einem tragischen Unfall mit dem Boot ums Leben gekommen …«

»Er hat das alles nur vorgetäuscht. Er lebt dort unten von Dads Geld. Und weißt du, was? Er nennt sich jetzt Brady, Mutter. So ist das.« Sie hörte sich mittlerweile ziemlich hysterisch an.

»Ist Derry bei dir?«, wollte Barbara wissen.

Ella reichte ihm das Telefon. Sie konnte jetzt nur noch seine Antworten hören.

»Sicher, natürlich werde ich mich darum kümmern, keine Angst. Ganz sicher. Nein, sie ist eigentlich viel ruhiger, als sie sich vielleicht momentan anhört. Ich denke, es zum ersten Mal auszusprechen, war der schwierigste Teil an der Sache. Nein, sie ist nicht in Gefahr, Barbara, glauben Sie mir, ganz und gar nicht. Und ich auch nicht. Auf Wiederhören.«

Ella saß da und starrte vor sich hin. Sie redeten über sie, als ob sie irgendein Paket wäre, ein Paket aus Nerven und Reaktionen, nicht ein Mensch.

»Wissen Sie, Derry, das Einzige, was mich jetzt noch über Wasser halten wird, ist Arbeit, harte Arbeit«, sagte sie.

»Gut. Ich hatte gehofft, dass Sie das sagen.«

Sie sah ihn überrascht an. »Und ich dachte, Sie würden mir raten, darüber zu reden, genau hinzusehen, alles zu analysieren.«

»Nein, das hat momentan wenig Sinn. Wir würden auf keinen grünen Zweig kommen, wenn wir jetzt versuchten dahinter zu kommen, was diesen Menschen antreibt. Sie haben alles getan, was Sie sich vorgenommen hatten. Jetzt muss Ihr Leben weitergehen.«

»Kann ich heute Abend hier bleiben?«

»Selbstverständlich. Und ich würde sagen, wir machen uns gleich an die Arbeit.« Er zog einen zweiten Stuhl an den Schreibtisch heran. »Werfen wir doch mal einen Blick auf diese

Geschichten hier und überlegen uns, wie wir sie am besten präsentieren könnten … In der Reihenfolge der Tische … Sollen wir vielleicht Mon und Mr Harris an einen Tisch setzen und sie schildern lassen, wie alles dort anfing, um dann an einen anderen zu wechseln und eine neue Geschichte zu beginnen … Oder vielleicht könnten wir auch eine Vierundzwanzig-Stunden-Dokumentation abliefern … nach dem Motto: Um fünf Uhr morgens erwacht das Restaurant zum Leben.«

Jetzt musste Ella lachen, herzhaft lachen. »Ich kann mir beim besten Willen nicht vorstellen, dass *irgendjemand* in Dublin um fünf Uhr morgens zum Leben erwacht.«

»Jetzt widersprechen Sie sich aber. Sie haben mir doch die ganze Zeit über erzählt, wie modern hier alles geworden ist.«

»Sagen wir lieber, sieben Uhr, und wir kommen der Realität schon näher.«

»Unsinn, Ella. Denken Sie doch nur an die Müllabfuhr, an die frische Lieferung vom Markt. Es *muss* eher losgehen.«

»Das wäre wirklich interessant zu wissen. Wir werden Brenda und Patrick morgen Abend fragen«, schlug sie vor. »In der Zwischenzeit schauen wir uns an, welche Geschichten sich am besten eignen und welche am schwierigsten zu erzählen sind.«

»Der junge Mann aus Schottland, zum Beispiel, Drew, er wird wohl kaum seine Geschichte vor der Kamera zum Besten geben, oder? Sich als Beinahe-Dieb outen?«

»Doch, offensichtlich schon. Für ihn hat sich an diesem Abend das Blatt gewendet, und seine Verlobte bewundert ihn sehr dafür, dass er der Versuchung widerstanden hat. Brenda meint, er kann es kaum erwarten, seine Geschichte zu erzählen.«

Derry schüttelte verwundert den Kopf. »Sind die Menschen hier nicht ein bisschen seltsam?«, fragte er.

»Nein, sind sie nicht. Und das ist schließlich nicht nur in Irland so. Es ist überall dasselbe. In England, in Amerika, überall brennen die Leute nur darauf, ihre Geschichte zu erzählen und eine Viertelstunde im Rampenlicht zu stehen und berühmt zu sein.«

»Dann laufen sie aber Gefahr, von anderen ausgenützt zu werden«, meinte er.

»Natürlich, aber zu dieser Kategorie gehören wir nicht. Derry, Sie haben es sich doch nicht anders überlegt, oder?«

»Nein, selbstverständlich nicht. Aber weil Sie dieses Thema gerade ansprechen …«

»Ja?«

»Ich wollte Ihnen eigentlich noch sagen, dass Sie – wenn die erste Wut erst mal verraucht ist – wahrscheinlich erleichtert sein werden, dass er am Leben ist. Don, meine ich. Das ist nur natürlich. Sie haben ihn geliebt, und er hat Sie geliebt. Da ist es allemal besser, dass er noch am Leben ist und nicht tot am Grunde des Ozeans liegt. Also, falls Sie Ihre Meinung ändern und froh sein sollten, dass er noch unter den Lebenden weilt, dann ist das nur normal. Mehr wollte ich nicht sagen.« Dabei machte er aber ein Gesicht, als glaubte er das alles selbst nicht.

»Nein, ich werde mit Sicherheit nie mehr Freude über etwas empfinden, das mit diesem Mann zu tun hat. Es ist mir völlig egal, ob er tot oder am Leben ist. Aber ich glaube fast, tot war er mir sogar lieber. Und ich liebe ihn auch nicht mehr. Also werde ich auch meine Meinung nicht ändern. Aber ich werde ganz sicher mein Leben nicht damit zubringen, mich vor Hass zu verzehren. Damit könnte ich nur verlieren.«

Sie meinte, einen zufriedenen Ausdruck auf Derrys Gesicht zu erkennen, aber vielleicht lag das auch nur an seinem sympathischen Lächeln.

Als sie am nächsten Morgen erneut auf seinem Sofa erwachte, lag bereits eine Notiz für sie da.

Ich bin schon mal losgezogen, um Recherchen über das frühmorgendliche Dublin zu betreiben. Wir sehen uns heute Abend um

halb acht Uhr im Quentins. Sie können mich jederzeit auf meinem Handy erreichen, wenn Sie mich brauchen.
Liebe Grüße, Derry

Ella verbrachte den Tag in Colm's Restaurant in der Tara Road.
»Ich weiß gar nicht, wie Sie auf die Idee kommen, ich könnte Ihnen dabei helfen, ein Loblied auf meine Konkurrenz zu singen«, knurrte Colm.
»Weil ich aus derselben Straße stamme wie Sie, weil wir beide nicht im Geringsten Konkurrenten sind und weil Sie nur zu gerne über Ihr Restaurant – Ihren ganzen Stolz – reden. Ich möchte doch nur wissen, wie ein typischer Tagesablauf bei Ihnen aussieht, ja?«
»Als ob es so etwas gäbe. Kommen Sie, wir trinken erst mal einen Kaffee, und dann führe ich Sie herum.«
Als es Mittag war, glaubte sie, die Abläufe verstanden zu haben und auch sehr anschaulich wiedergeben zu können. Derry würde Gefallen daran finden. Auch Patrick und Brenda würden keine Einwände haben, denn an ihrem Restaurant gab es nichts auszusetzen, und sie konnten stolz sein auf das, was sich hinter den Kulissen alles abspielte.
»Sie sehen müde aus, Ella. Bleiben Sie doch noch zum Mittagessen. Sie haben ja gesehen, wie es zubereitet wurde. Lassen Sie es sich schmecken.«
»Nein, ich habe noch eine Menge zu erledigen. Ich muss verschiedenen Leuten eine bestimmte Sache erzählen, und Sie müssen dafür als Versuchskaninchen herhalten, Colm. Damit ich sicher sein kann, es über die Lippen zu bringen, ohne in Tränen auszubrechen.«
»Na, dann mal los.«
»Don Richardson ist nicht tot. Ich habe gestern mit ihm gesprochen. Er hält sich in Spanien versteckt.«
»Ist das ein Geheimnis?«, wollte Colm wissen.
»Nein, nicht mehr.«

»Gut. Dann werde ich es sofort Danny, Rias Exmann, erzählen, damit er sich auf den Weg macht und den Kerl für uns umbringt. Wäre das hilfreich?«
Ella stieß ein nervöses Lachen aus. »Nein, eigentlich nicht, aber es hat mich zum Lachen gebracht. Ich nehme aber mal an, dass nicht alle so gelassen wie Sie auf die Neuigkeit reagieren werden, Colm.«

Deirdre hörte sich ihre Geschichte mit versteinerter Miene an. »Lieber Himmel! Ist der Kerl denn zu gar nichts zu gebrauchen? Ist er irgendwo angeschwemmt worden?«
»Nein, er hat es doch nicht einmal probiert«, erklärte Ella.
»Und jetzt wirst du ihn natürlich wieder zurücknehmen, oder?« Deirdre erschauderte bei der Vorstellung.
»*Nein*, Dee, ich will dir das doch nur sagen, damit du es nicht aus der Zeitung erfahren musst.«
»Nein! Du nimmst ihn zurück oder läufst mit ihm davon, ich weiß es.«
»Oh, Deirdre, halt die Klappe. Du solltest mich eigentlich aufheitern mit Sprüchen wie: ›Männer sind Mistkerle‹, statt mir einzureden, dass ich zu ihm zurückkehren werde.«
»Ob Nuala das schon weiß?«, fragte Deirdre.
»Dann sollten wir es ihr vielleicht sagen«, schlug Ella mit schelmisch funkelnden Augen vor. Und einen Moment lang glaubte sogar Deirdre, dass alles wieder in Ordnung käme, dass die eine große Liebe in Ellas Leben sie nicht mehr in Versuchung führen könnte.

»Nuala! Hier ist Dee.«
»Nein, Dee, ich werde nicht mit dir sprechen. Das letzte Mal hast du mich zu Tode erschreckt. Damit die Brüder Ella in Ruhe ließen, musste ich alle mit deiner Drohung erpressen, Carmel von deinem skandalösen Flirt mit Eric zu erzählen. Ihr seid mir zwei schöne Freundinnen.«

»Ganz ruhig, Nuala. Ich habe dir doch gesagt, wir würden uns melden, wenn wir was zu erzählen hätten.«

»Das hast du gesagt?« Nuala schien verunsichert.

»Ja, und jetzt gibt es Neuigkeiten. Ella ist hier bei mir, und jetzt haben wir etwas für Frank und seine Brüder.«

»Tatsächlich?«

»Soll ich dir Ella geben?«

»Aber nur, wenn sie nicht sauer ist auf mich«, antwortete Nuala.

»Nein, sie ist nicht sauer auf dich. Also, ich gebe dir jetzt Ella.«

»Hallo, Nuala.«

»Oh, Ella, es tut mir so Leid. Ich glaube, Dee hat dir das nicht so richtig erklären können.«

»Nein, Nuala, bestimmt nicht. Hast du was zu schreiben?«

»Ja, habe ich.« Nuala klang jetzt sehr nervös.

»Dann schreib mal auf. Das ist Dons Telefonnummer in Spanien. Oh, und übrigens – er ist nicht tot. Das war ein Missverständnis. Er lebt, aber er nennt sich jetzt Mr Brady. Ich weiß, ist das nicht zum Brüllen? Nein, ich bin nicht betrunken, Nuala. Das ist die Telefonnummer. Und außerdem – das Betrugsdezernat hat seinen Computer mit allen Informationen, die dort gespeichert sind. Und noch eine letzte Info für dich: Dee wäre nicht davor zurückgeschreckt, Carmel alles haargenau zu erzählen. Sie ist wirklich eine fantastische Freundin.«

»Ella« – Nualas Stimme war ganz heiser vor Angst – »wenn das alles herauskommt, bekommen die einen wahnsinnigen Ärger. Dann haben sie nicht nur einen Haufen Geld und Immobilien verloren, dann kommt ihnen auch noch das Finanzamt auf die Schliche.« Ihre Stimme war jetzt nur noch ein Flüstern.

»Tja, das kann passieren, Nuala. Aber jetzt können wir ja Gott sei Dank alle wieder offen und ehrlich miteinander reden.«

Ella legte auf, und sie und Deirdre konnten sich kaum mehr halten vor Lachen.

* * *

»Je öfter ich alles erzähle, desto leichter fällt es mir«, sagte Ella, als sie durch die Tür von Firefly Films trat.
»Ich hasse diese mysteriösen Anspielungen«, stöhnte Nick.
»Don Richardson lebt und wird wahrscheinlich, in Eisen gelegt, in dieses Land zurückkehren«, erklärte Ella.
»Das ist nicht dein Ernst? Sandy und ich haben uns schon gefragt, ob er seinen Selbstmord nicht nur vorgetäuscht hat«, sagte Nick.
»Damit hattet ihr allerdings Recht«, erwiderte Ella steif.
»Wie hast du es herausgefunden?«, fragte Sandy.
»Ich habe mit ihm telefoniert«, sagte Ella, ohne dass ihr dabei die Tränen gekommen wären. »Ich habe mit ihm gesprochen, und er hat mich seinen Engel genannt, wie immer. Er hat nie versucht, sich umzubringen. Stellt euch das mal vor.«
»Alles in Ordnung mit dir?«
»Ja, alles bestens, aber ich muss mich irgendwie beschäftigen. Könnte ich heute Nachmittag hier bleiben, bis wir alle ins Quentins gehen? Ich bin nur ein bisschen nervös und muss unter Leuten sein.«
»Wieso hat er dich überhaupt angerufen?«, wollte Nick wissen.
»Er hat nicht mich, ich habe *ihn* angerufen, besser gesagt, seine Frau. Ich wusste ja nicht, dass er noch lebt.«
»Und, bist du jetzt froh?«, fragte Sandy.
»Es ist mir egal, ganz ehrlich. Es ist zu viel passiert, als dass es mir noch etwas ausmachen würde.«
Sie glaubten ihr, holten ihr ein Sandwich und drückten sie auf einen Stuhl, damit sie eine Liste zusammenstellte, die sie heute Abend bei ihrem Treffen im Restaurant abarbeiten würden.

Sie beobachteten sie durch die Glastür, wie sie dasaß, den Kopf über das Papier gebeugt, und einen vorläufigen Drehplan ausarbeitete.
»Meinst du, sie geht zu ihm zurück?«, überlegte Sandy.

»Wenn sie Glück hat, wird er niemals mehr in der Position sein, ihr diese Frage stellen zu können.«

Cathy und Tom wurden in der Zentrale von Scarlet Feather von Ria und Colm angerufen und erfuhren, dass Don Richardson noch am Leben war. Nora O'Donoghue bekam es wiederum von den beiden erzählt, da sie zu ihnen gefahren war, um die Ausrichtung ihrer kleinen Hochzeitsfeier in Auftrag zu geben.

Nora berechnete gerade, was es kosten würde, im Hinterzimmer einer Buchhandlung bei Kanapees und Wein zu feiern, damit sie die Räume von Scarlet Feather nicht mit Beschlag belegen müssten. Sie würden nicht viele Gäste einladen, da sie kaum Geld hatten. Trotzdem, ein solcher Anlass musste gebührend gefeiert werden. Cathy wusste natürlich, dass die Diskussion überflüssig war, da Brenda und Patrick dem Brautpaar als Hochzeitsgeschenk einen Empfang im Quentins offerieren wollten. Doch das sollten sie erst in letzter Minute erfahren. Nora ließ aber nicht locker und wollte von Cathy wissen, wie viele Kanapees pro Person sie denn nun für wie viele Euros bekämen.

In dem Moment erreichte sie völlig überraschend die Neuigkeit.

»Ich wusste, dass er nicht tot war«, sagte sie unbeeindruckt.

»Woher, um alles in der Welt, willst du das denn gewusst haben, Nora?«, fragte Tom skeptisch.

»Weil ich ihn erst heute Morgen gesehen habe«, erwiderte sie. »Er stieg aus einem Taxi am Stephen's Green.«

Tom und Cathy riefen sofort Deirdre an, damit sie Ella warnte.

»Ist sie sicher? Sie ist manchmal etwas merkwürdig, Nora O'Donoghue, meine ich.«

»Nein, sie ist völlig normal, und sie hat ihn gesehen. Aber sie hätte nichts gesagt, wegen Aidan. Das ist der Mann, den sie heiraten wird. Er hat Don Richardson gekannt, er hat seine Söhne unterrichtet, und er war von ihm um sein Geld gebracht worden. Nora wollte ihm vor der Hochzeit nicht die Laune verderben.«

»Gott sei Dank hat sie es wenigstens euch gesagt«, meinte Deirdre. »Jetzt können wir Ella warnen.«

»Und vielleicht auch die Polizei verständigen«, schlug Cathy vor.

Ellas Mobiltelefon war besetzt. Und so rief Deirdre Nick bei Firefly Films an.

»Keine Panik, es ist alles in Ordnung. Ich kann sie sehen, sie ist im Zimmer nebenan und telefoniert gerade.«

»Sie telefoniert doch nicht mit ihm, oder?«

»Die Nummer hat er nicht. Das ist ein neues Handy.«

»Was sollen wir jetzt tun, Nick?«

»Wir sollten Derry irgendwie auftreiben. Und ich werde ihre Eltern verständigen. Er wird ja wohl nicht gerade bei helllichtem Tag irgendwelche krummen Dinger versuchen.«

»Es geht doch nur darum, dass er niemanden überrumpeln kann. Wirst du es ihr beibringen, Nick? Aber schonend, ja?«

»Klar doch, Dee«, versprach er. »Sobald sie aufhört zu telefonieren.«

Ella sprach gerade mit Sasha, der jungen Frau, die jetzt im Haus der Richardsons in Killiney wohnte, zusammen mit ihrem süßen kleinen Sohn Max, und deren Onkel Michael Martin ein dicker Freund von Don war.

»Können Sie sich noch an mich erinnern? Ich bin Ella Brady, und ich war am Samstag bei Ihnen kurz zu Besuch«, stellte sie sich vor.

»Sicher, und ich freue mich, dass Sie anrufen.«

»Ja?«

»Ja, ich habe mich schon überall erkundigt, ob vielleicht jemand weiß, wo Sie wohnen.«

»Aber warum? Weswegen, Sasha? Ich wollte Ihnen gerade sagen, dass ...«
Sasha fiel ihr ins Wort. »Don Richardson ist nicht tot, er ist nicht gestorben. Sein Selbstmord war nur vorgetäuscht. Er lebt, und er wird zurückkommen, um Sie zu suchen.«
»Nein, das ist nicht möglich. Die Polizei weiß alles, er wird es nicht wagen, hierher zurückzukommen.«
»Tja, er hat gestern Abend seine Villa in Spanien verlassen. Eigentlich müsste er heute hier sein. Er hofft immer noch, dass Sie ihn nicht verraten werden, wenn er Sie noch rechtzeitig abfängt.«
»Aber das habe ich bereits. Ich habe bereits alles der Polizei übergeben.«
»Das will er aber nicht glauben.«
»Wer hat Ihnen das alles gesagt, Sasha? Wer sagt, dass er mir nicht glaubt?«
»Michael Martin, mein Onkel. Er hat mich gebeten, alles von Max und mir zusammenzupacken und das Haus in perfektem Zustand zu hinterlassen, falls Mr Richardson hier wieder wohnen will.«
»In seinem eigenen Haus? Aber er wird wegen mehrfachen Betrugs gesucht. Nicht in einer Million Jahren wird er dorthin zurückkehren.«
»Ich weiß. Deswegen wollte ich Sie ja unbedingt finden. Es ist doch klar, dass er nicht hierher kommen wird. Er wird Sie suchen.«

Derry Kings Tag hatte um halb sechs Uhr morgens begonnen, als er zu Fuß zum Quentins spazierte, um nachzusehen, ob sich dort bereits Leben regte. Er sollte Recht haben.
Acht große Tüten voller Abfall – jede Tüte sorgfältig verschnürt und etikettiert – warteten in den Mülltonnen darauf, abgeholt zu werden. Ein Müllmann leerte sie gerade in das Fahrzeug einer privaten Abfallfirma. Die leeren Tonnen blieben in der

Gasse hinter dem Restaurant zurück, einige waren auf die Seite gekippt.
Derry nickte zufrieden. Er hatte also Recht gehabt und nicht Ella, als sie meinte, um diese Zeit sei noch niemand wach.
Sie war wirklich eine mutige junge Frau. Sie hatte sich tapfer allen Herausforderungen gestellt, und das waren nicht wenige gewesen. Das einzige Gute war nur, dass dieser Don Richardson nicht nach Irland zurückkehren konnte. So musste Derry sich wenigstens nicht auch noch Sorgen machen, dass Ella in Gefahr schwebte. Er machte sich auf die Suche nach einer Tasse Tee. Gleich um die Ecke lag ein kleines Café. Wie praktisch. Trotzdem sehnte Derry sich nach einem New Yorker Imbiss zurück. Aber so übel war das Lokal auch wieder nicht.
Er nickte den dort sitzenden Männern zu. »Sie sind ja schon früh auf den Beinen«, sagte er freundlich.
»Wir sind Maler. Der Büroblock dort drüben muss fertig werden. Und wenn wir vor sieben auf der Baustelle sind, können wir dreimal so viele Stunden aufschreiben«, erklärte einer von ihnen.
»Na, das Geld nimmt man doch gern mit. Musstet ihr hart darum kämpfen?«
»Nein, die Kennedys sind zwar hart im Verhandeln, aber gerecht. Wenn man seine Arbeit ordentlich erledigt und Überstunden macht, kann man am Ende der Woche mit einer anständig gefüllten Lohntüte nach Hause gehen.«
»Die Kennedys?«, fragte er.
»Das sind wir, das heißt, unsere Bosse.«
»Heißen sie vielleicht Sean und Michael?«, wollte Derry wissen.
»Genau die.«
»Tja, die Welt ist klein.«
»Sie kennen sie?«
»Nein, aber meine Exfrau hat sie vor ein paar Jahren mal getroffen und gemeint, das sind anständige Burschen.«
»Ja, sie sind nicht übel.«
»Schauen sie auch mal auf der Baustelle vorbei?«

»Ja, schon. Normalerweise kommen sie so um sieben, wenn wir bereits wieder am Gehen sind. Soll ich ihnen ausrichten, dass Sie sie gesucht haben?«
»Nein, das geht schon in Ordnung. Ich komme später noch mal vorbei.« Er hatte nicht die Absicht, wieder zurückzukommen. Wirklich ein unglaublicher Zufall, dass er ausgerechnet der Familie seines Vaters über den Weg lief. Derjenige, der auf die Idee gekommen war, Dublin als Stadt zu bezeichnen, war nicht ganz richtig im Kopf – Dublin war ein Dorf.

Sandy rief Tim und Barbara Brady an, um ihnen mitzuteilen, dass Don Richardson in Dublin gesehen worden war.
»Vielen Dank, Sandy. Wie es der Zufall so will, steht Mr Richardson gerade neben mir. Ich versuche im Moment zu erklären, dass wir keine Ahnung haben, wo Ella sich aufhält. Und dass Sie es auch nicht wissen.«
»Sie ist hier, Mrs Brady, keine Angst. Wir benachrichtigen die Polizei«, flüsterte Sandy in den Hörer.
Dann wurde aufgelegt.
»Ruf gleich noch mal an, Nick, schnell. Sag ihnen, dass er in der Tara Road ist.«
»Für die Polizei ist die Sache nicht so dringend, wie ich dachte«, entgegnete Nick. »Für sie ist das eine Angelegenheit für die Kollegen vom Betrugsdezernat. Sie glauben nicht, dass Ella in Gefahr ist.«
»Na, sollen wir dann nicht gleich mit dem Betrugsdezernat sprechen?«, schlug Sandy vor. »Sie sind vielleicht anderer Ansicht.«
»Die Polizei hat meine Nachricht zwar weitergegeben«, erklärte Nick, »aber ich rufe jetzt doch noch mal an, um ihnen zu sagen, wo Richardson sich im Moment aufhält.«

»Wir haben nicht erwartet, Sie wieder zu sehen, Don«, sagte Barbara Brady, als sie den ersten Schock, ihn auf der Türschwelle stehen zu sehen, überwunden hatte.

»Ich weiß, ich weiß. Aber Sie wussten doch, dass ich noch lebe? Ella hat es Ihnen bestimmt gesagt.«

»Ja, das hat sie. Gestern Abend. Sie war äußerst erschrocken, ja schockiert.«

»Ist Ihr Mann zu Hause, Barbara? Ich würde gerne kurz mit Ihnen beiden reden. Es wird nicht lange dauern.«

»Tim ist nicht hier. Er ist beim Arzt. Er kann nicht mehr schlafen, und er muss deswegen behandelt werden.«

»Ich kann Ihnen gar nicht sagen, wie Leid mir das tut.« Don war zwar sonnengebräunt, sah aber dünner aus als früher. Auch sein lässiges, ungezwungenes, Selbstvertrauen ausstrahlendes Auftreten war verschwunden, und seine Augen huschten unruhig umher.

»Ja«, meinte Barbara dumpf.

»Ich habe wirklich vieles bereut in dieser traurigen Angelegenheit. Sie können mir glauben, ich habe es immer genossen, mit Ihrem Mann zu plaudern. Er ist ein sehr redlicher Mensch.«

»Ja, das ist er«, erwiderte Tim Bradys Frau und sah sich in dem kleinen Haus um, in dem sie wohnten.

»Ich habe alles Menschenmögliche getan, um die Sache an ihm wieder gutzumachen. Ich habe Geld geschickt. Ella hat Ihnen das sicher erzählt, oder?«

»Das konnten wir unmöglich annehmen«, sagte Barbara, als wäre es das Normalste von der Welt.

»Kann ich mich vielleicht einen Moment setzen, bitte?« Plötzlich sah der große Don Richardson müde und sogar ein wenig ängstlich aus.

»Es wäre mir lieber, wenn Sie wieder gingen, Don. Es wäre geheuchelt, wenn ich so täte, als wären Sie mir willkommen.«

»Und Ella?«, fragte er.

»Ich weiß nicht, ich weiß es wirklich nicht. Sie ist letzte Nacht nicht nach Hause gekommen.«

»Bitte.«

»Ich kann Ihnen doch nicht sagen, was ich nicht weiß.«

»Ich möchte nur zehn Minuten mit ihr reden, in Ihrer und Tims Gegenwart, wenn Ihnen das lieber ist, oder hier im Haus. Bitte, ich muss sie um einen Gefallen bitten.«
»Ich denke, Sie haben in der vergangenen Zeit genügend von ihr verlangt.«
»Nein, ich werde es Ihnen sagen. Ich kenne sie, ich *kenne* sie doch, in Gottes Namen. Als ich gestern Abend mit ihr telefonierte, sagte sie, sie hätte den Laptop der Polizei übergeben. Aber da hat sie nicht die Wahrheit gesagt. Ich muss sie unbedingt treffen und ihr klar machen, wie viel sie allen ersparen kann, wenn sie den Computer nicht weitergibt. Ich kann alle Verluste wiederbeschaffen, ich will es versuchen. Ich kann alle Investitionen retten, auch die von Tim.«
»Ich denke nicht, dass ihr der Computer so wichtig ist«, meinte Barbara.
»Ich bin ganz Ihrer Meinung, deswegen glaube ich nicht, dass sie ihn übergeben hat.«
»Sie hat mir aber erzählt, sie hätte ihn zurückgegeben.«
»*Zurückgegeben*, hat sie gesagt?«
»Das waren ihre Worte. Und dann hat sie noch gesagt: ›Na ja, der Polizei, meine ich.‹«
Er überlegte fieberhaft. »Ich kann trotzdem nicht glauben, dass sie es getan hat. Ich kenne ihre Stimme, wissen Sie.«
Da klingelte das Telefon. »Können Sie vielleicht rangehen? Vielleicht ist sie es«, bat er.
Aber es war Sandy von Firefly Films.
Don blieb neben Barbara stehen und lauschte gebannt.
»Wer war das?«
»Nur Freunde, die sich um Ella Sorgen machen.«
»Dann wissen sie also, dass ich wieder zurück bin. Sie sehen, mir bleibt nicht viel Zeit.«
»Wissen Sie was? Mir ist es völlig egal, wie viel Zeit Ihnen bleibt oder nicht, Don Richardson. Unsere einzige Tochter hatte das Pech, Sie zu lieben. Und was hatte sie davon? Sie wurde verletzt

und hintergangen. Ihretwegen lebt sie mit Schuldgefühlen. Sie schämt sich, dass ihr Vater nur noch ein Wrack von einem Mann ist, leer und ausgebrannt, dass ich in einer Fertigbauhütte statt in dem Haus dort drüben lebe. Sie hat sich die Augen ausgeheult, weil Sie sie verlassen haben und in eine Ehe zurückgekehrt sind, von der sie glaubte, sie sei vorbei. Und sie hat sich ein zweites Mal die Augen ausgeheult, als sie annehmen musste, dass Sie tot sind. Verstehen Sie vielleicht *jetzt*, wie wenig es mich interessiert, wie viel Zeit Sie noch haben oder nicht? Ich weiß nicht, wo Ella ist, und wenn ich es wüsste, bei Gott, ich würde es Ihnen nicht sagen.«

»Ich werde jetzt gehen, Barbara, und ich werde nichts mehr sagen. Ich beschwöre Sie, sagen auch Sie nichts. Vergessen Sie nicht, es besteht vielleicht immer noch die Möglichkeit, dass Ella mir verzeiht und mit mir kommt. Und dann möchte ich nicht, dass sie das Gefühl hat, die Tür zu Vater und Mutter könnte für immer für sie verschlossen sein.«

Und dann war er fort, und Barbara Brady stand in der Tür und zitterte angesichts des Mutes, den sie an den Tag gelegt hatte, und der Angst, dass Don Richardson Recht haben könnte. War es möglich – nach allem, was geschehen war –, dass Ella zu ihm zurückkehrte?

Derry kehrte zum Quentins zurück. Dieses Mal waren auch drinnen Aktivitäten zu erkennen. Er klopfte an die Hintertür.

»Ich bin Derry King. Eigentlich sind wir ja erst für heute Abend verabredet«, stellte er sich vor.

Der große, dunkelhaarige Mann wischte sich das Mehl und den Zucker von seinen Händen und schüttelte Derry herzlich die Hand. »Brenda hat mir alles von dem Nachmittag bei Deirdre erzählt. Ich konnte leider nicht kommen. Einer musste sich ja um den Laden kümmern.«

»Ein sehr eleganter Laden, wie ich von allen Seiten in Dublin höre.«

»Tja, und Ihnen werden wir es zu verdanken haben, wenn wir bald noch bekannter sind. Kommen Sie doch herein, bitte.«

Falls Patrick Brennan überrascht gewesen sein sollte, um halb sieben Uhr morgens einen Besucher an seiner Hintertür vorzufinden, so ließ er sich nichts anmerken. Er war um diese Zeit immer schon da, um das Dessert und die Konditoreiwaren herzustellen. Patrick konnte schlecht delegieren, wie er selbst zugab, vor allem nicht diese Tätigkeit, die ihm am meisten Spaß machte und in der sich sein ganzes Können zeigte. Heute standen zwei Zitronenkuchen, eine Schokoladenroulade, eine Mousse au chocolat, in Rotwein gedünstete Pfirsiche, eine große Schüssel mit Schokoladenröllchen, zwei Liter mit Praliné-Eis und eine Himbeersauce auf dem Programm.

»Aber müssen Sie denn unbedingt so früh anfangen?«

»Ja, muss ich. Für das Dessert brauche ich konstante Temperaturen in der Küche. Und später am Tag, wenn ständig die Herde geöffnet und wieder geschlossen werden, ist das nicht so günstig.«

Noch ehe die Stadt richtig erwachte, schien im Quentins bereits rege Betriebsamkeit zu herrschen. Kurz danach kam ein Junge namens Buzzo, um die Abfalltonnen in der Gasse auszuspritzen und sie mit dicken Müllsäcken auszukleiden. Er schrubbte auch den Küchenfußboden und schrieb auf, welche Vorräte sie benötigten.

»Am Anfang hat das immer mein Bruder gemacht«, erklärte Patrick. »Aber jetzt hat er Familie und hat es übernommen, uns mit frischem Gemüse zu versorgen, sodass wir Buzzo angeheuert haben. Der arme Teufel, das ist die einzige Möglichkeit für ihn, zu einem anständigen Frühstück zu kommen, ein paar Euros zusammenzukratzen und trotzdem um neun in die Schule gehen zu können. Ich gebe ihm persönlich seinen Lohn. Eigentlich ist mir das ja nicht so recht, aber bei Buzzos Familie …«

»Alkohol, oder?«, fragte Derry.

»O nein. Damit kämen sie ja noch zurecht. Drogen, fürchte ich. Der Junge wohnt in einer schlimmen Gegend. Alle seine Brüder sind süchtig, und sein Vater ist Dealer.«
»Und seine Mutter?«
»Die ist schon seit Jahren nicht mehr zurechnungsfähig.«
»Also keine Hoffnung für den Jungen?«
»Bisher hat er sich durchgeschlagen. Er ist sehr clever, wissen Sie, deswegen scheint er mit Hilfe unseres kleinen Beitrags über die Runden zu kommen, ohne von dem Drogengeld in Versuchung geführt zu werden. Bald ist er auch alt genug für eine eigene Wohnung. Jetzt geht er noch hinüber zu der großen Baustelle und kocht dort Tee für die Kennedy-Leute und hilft beim Aufräumen.«
»Ist das eine gute Firma, die Kennedys?«
»Eine der besten. Sie haben das letzte Mal bei uns die Malerarbeiten erledigt, und ich kann sie gar nicht genug loben.«
Draußen vor der Tür ertönte eine Hupe.
»Die Wäsche, Mr Brennan. Ich nehme den Sack gleich mit hinaus«, rief Buzzo.
Ein Lieferwagen mit den schmutzigen Tischtüchern und Servietten vom Vortag brauste die enge Gasse hinunter, und Buzzo kam mit einem großen Karton frisch gebügelter Tischwäsche zurück. Er hatte sie gerade in dem Schrank verstaut, der zu Brendas Reich gehörte, als das Fleisch kam.
Mittlerweile war auch der Kochlehrling eingetroffen, sodass Buzzo, mit einer gefalteten Banknote in seiner Tasche, seinen zweiten Job an diesem Tag antreten konnte. Derry musste dabei an seine frühen Jahre denken, als er jede Arbeit angenommen hatte, die sich ihm bot. Er wünschte, er könnte Buzzo sagen, welch günstigen Verlauf das Schicksal für ihn genommen hatte, aber junge Leute hassten Predigten von Erwachsenen, und so hielt er lieber den Mund.
Der Lehrling, der Jimmy hieß und für Patricks Geschmack ein wenig langsam war, wurde angewiesen, seinen Kaffee ein biss-

chen schneller zu trinken. Seine Aufgabe bestand darin, das Fleisch entsprechend zu schneiden und für den Koch vorzubereiten. Anschließend sollte er eine Brühe aus Knochen, ganzen Hühnern und Gemüse zubereiten und in Gefrierbeutel füllen und ins Kühlhaus stellen.

Und dann kam Blouse Brennan, um sich die Liste mit den für diesen Tag benötigten Vorräten zu holen. »Ich werde die Zucchini heute kaufen müssen. Meine sind einfach lächerlich winzig«, entschuldigte er sich.

»Ist schon in Ordnung, Blouse, viele Restaurants kaufen ihr Gemüse am Markt«, versicherte Patrick ihm.

Dann wurden die Kühlbox mit dem Fisch direkt vom Fischhändler geliefert, mehrere Kartons mit Wein aus der Weinhandlung und schließlich der Käse.

Katie, die Kochgehilfin, entdeckte drei neue Käsesorten, die sie fachgerecht auf der Marmoroberfläche des Servierwagens im Kühlhaus verstaute. »Schon wieder drei neue, die kein Mensch aussprechen kann. Wir müssen den Bedienungen erst mal beibringen, wie und zu welchen Gerichten sie schmecken. Ich rufe gleich mal den Käsehändler an und erkundige mich. Wir wollen uns doch nicht blamieren.«

Derry musste schmunzeln. Wenn sie sich auch vor der Kamera so verhielt, würde es sehr sympathisch wirken. Ella hatte Recht, es wäre ein guter Einstieg in die Geschichte, einfach dem Tagesablauf des Restaurants zu folgen.

Ella! Ihr schien es gut zu gehen. Sie hatte ihm schließlich versprochen, sich zu melden, falls nicht.

Ella wollte nichts weiter als allein sein. Sie musste nachdenken. Dabei konnte sie keine Freunde gebrauchen, die ihr endlose Ratschläge gaben und ihr erklärten, dass es ihr gut ginge, dass alles in Ordnung sei und überhaupt alles wieder ganz toll werden würde. Nichts davon stimmte.

Don Richardson war hinter ihr her. Oder vielleicht doch nicht?

Konnte sie Sasha ernst nehmen? Sie musste dringend mit jemandem darüber sprechen. Aber es war nicht fair, Derry ständig mit ihren Problemen zu belästigen. Vielleicht kam Don ja auf die Idee, bei ihren Eltern vorbeizuschauen.

Sie rief ihre Mutter an und erfuhr, dass er tatsächlich gerade gegangen war.

»Wie war er, Mutter?«

Die Frage schien Barbara Brady zu irritieren. »Er war … na ja, wie immer.«

»Nein, Mutter, im Ernst.«

»Na gut, was willst du wissen? Er war weder blass noch nervös …«

»Ich meine, wie hat er auf dich gewirkt? Normal oder so, als würde er mich mit einem Beil verfolgen wollen?«

»Er ist offensichtlich der Ansicht, dass er dir ein Angebot zu machen hat, das du nicht ablehnen kannst. Er glaubt allen Ernstes, dass du zu ihm zurückkehren wirst.«

»Dann hast du mir meine Frage beantwortet, Mutter. Er ist wirklich nicht mehr ganz richtig im Kopf, und deswegen muss jetzt die Kavallerie ran.«

Ella rief im Betrugsdezernat an, wo man jedoch bereits informiert war. Don würde noch vor Einbruch der Dunkelheit verhaftet werden, versicherte man ihr.

Dee konnte laut Auskunft ihres Anrufbeantworters im Moment leider nicht persönlich ans Telefon kommen. Ella bemerkte, dass Nick und Sandy sie verstohlen durch die Glastür beobachteten. Sie konnte nicht den ganzen Tag hier sitzen und warten, dass er kam. Sie musste hinaus. Aber sie wusste auch, dass die beiden sie nicht gehen lassen würden.

Sie ließ ihre Jacke über dem Stuhl hängen und ihre Handtasche auf dem Schreibtisch stehen, damit es so aussah, als käme sie gleich wieder zurück. Nur ihr Handy und ihre Brieftasche nahm sie mit, ehe sie erst ins Bad und dann durch die Hintertür in eine Seitenstraße verschwand. Nick und Sandy wären bestimmt sehr ärgerlich auf sie, aber sie musste die Sache jetzt allein in die Hand nehmen. Ella hielt ein Taxi an und ließ sich zum Stephen's-Green-Park bringen. Von unterwegs rief sie die Auskunft an und fragte nach der Nummer von Michael Martin. Sie wurde sofort verbunden.

»Ja?«, meldete er sich steif.

»Sagen Sie ihm, dass er aufhören kann, mich zu suchen. Ich bin auf dem Weg in den Stephen's-Green-Park. Ich werde neben dem Ententeich auf ihn warten.«

»Ja, Sie und die halbe Polizei von Irland.«

»Wenn die Polizei da sein sollte, dann nicht, weil ich sie mitgebracht habe«, sagte sie und beendete das Gespräch.

»Alles in Ordnung mit Ihnen?«, fragte der Taxifahrer mit einem Blick in den Rückspiegel.

»Keine Ahnung«, antwortete Ella. »Wieso fragen Sie?«

»Sie zittern ja. Sie haben keine Jacke an, und Sie wirken bedrückt.«

»Da haben Sie Recht«, stimmte Ella ihm zu.

»Und?«

»Tja, mir steht etwas bevor, das ich nicht tun will und vor dem ich mich ein bisschen fürchte«, sagte sie.

»Dann nehmen Sie doch jemanden mit«, schlug der Fahrer vor.

»Das geht nicht.«

»Sie haben doch ein Handy. Rufen Sie jemanden an und sagen Sie ihm, wo Sie hingehen.«

»Aber ich will nicht, dass jemand kommt und sich einmischt.«

»Dann stecken Sie aber wirklich in der Klemme«, meinte der Taxifahrer mitfühlend.

»Das kann man wohl sagen«, antwortete sie.

Derry King kehrte zu dem Bürogebäude zurück, in dem die Maler arbeiteten. Davor entdeckte er die Bautafel mit dem Namenszug der Firma. Sein Vater hätte dazugehören, hätte in dieser Stadt leben können. Derry hätte hier aufwachsen können.

Aber wenn das der Fall gewesen wäre, dann wäre es ihm vielleicht so ergangen wie diesem Jungen, Buzzo, der vor dem Unterricht Mülltonnen säuberte und Tee auf Baustellen servierte. Auch nicht viel anders, als seine Kindheit in New York gewesen war.

Derry sah zwei Männer, die sich einem Lieferwagen mit der Aufschrift »Kennedy« näherten. Sie blieben stehen und hantierten mit Stapeln von Zetteln, die zum Teil auf Klemmbrettern befestigt waren. Lange Zeit beobachtete er sie. Es waren gedrungen gebaute Männer wie er selbst, mit demselben widerspenstigen Haar, ein bisschen größer als er vielleicht, aber sie hatten dieselben, sternenförmigen Falten um die Augen. Es bedurfte keines Universitätsabschlusses in Vererbungslehre, um zu wissen, dass sie mit ihm verwandt waren.

Er sollte ihr Freund sein. Schließlich waren sie die Söhne von Brüdern. Aber es gab so vieles, was er bereute, was er zu vergessen suchte. Er würde lieber wieder gehen.

In dem Moment sahen sie zu ihm herüber, und er konnte nicht mehr weg.

»Sean? Michael?«, fragte er.

»Na, Derry, bist du also doch noch gekommen, um uns zu besuchen«, sagte einer von beiden.

»Ihr kennt mich?« Er wusste nicht, ob er sich freuen oder ärgern sollte.

»Natürlich haben wir dich erkannt.«

»Kim, nehme ich an, oder?«, fragte er.

»Ja, sie hat uns ein Foto von dir gezeigt, als sie hier war, aber das ist schon eine Weile her. Und außerdem bist du uns wie aus dem Gesicht geschnitten. Findest du nicht?«

»Ja, das stimmt.«

Derry schien sich nicht recht wohl in seiner Haut zu fühlen.

Der größere der beiden Männer sagte: »Für uns ist es leicht, dich zu erkennen – du bist allein. Aber du hast keine Ahnung, wer von uns beiden welcher ist. Also, ich bin Sean, und das ist

Michael, der Kopf der Firma. Dürfen wir dich vielleicht auf ein Frühstück einladen?«

»Ich mache jetzt seit Stunden nichts anderes, als zu frühstücken«, erwiderte Derry mit einem schiefen Grinsen.

»Das ist die einzige Mahlzeit, bei der man sich nicht überessen kann, wie es so schön heißt.« Sean war sehr bemüht, rührend bemüht, den Cousin, der sie seit Jahrzehnten ignoriert hatte, nett und freundlich zu behandeln.

Derry blickte von einem zum anderen. »Ihr wirkt nicht sehr überrascht, mich zu sehen«, meinte er schließlich.

»Kimberly hat uns eine Nachricht geschickt, dass du vielleicht kommen könntest und dass wir nach dir Ausschau halten sollen«, erklärte Michael.

»Und einer unserer Maler hat uns erzählt, dass er heute Morgen im Café einem Yankee begegnet ist, der sich nach uns erkundigt hat und aussieht wie wir«, fügte Sean hinzu.

Da mussten sie lachen wie alte Freunde, ehe sie sich auf den Weg zu Derrys drittem Frühstück an diesem Tag machten.

Vielleicht waren Enten im Allgemeinen ja doch nicht so zufrieden, wie sie aussahen. Vielleicht hatten sie Sorgen bis unter die Flügelspitzen, auch wenn sie äußerlich einen recht munteren Eindruck machten, dachte Ella. Als ob sie sich irgendwie mit ihrer Situation arrangiert hätten.

Ella sah sich suchend um. Bisher noch kein Anzeichen von Don.

Sie setzte sich auf eine Bank und entdeckte neben sich eine Papiertüte mit den Resten eines Frühstückscroissants. Normalerweise hätte sie mit Entsetzen auf diesen sorglosen Umgang mit Müll reagiert, der nicht nur in Dublin zu beobachten war. Aber warum sollte sie die Überreste nicht einfach an die Enten verfüttern? Vielleicht war die Tüte ja nicht aus Nachlässigkeit, sondern als freundliche Geste hier gelassen worden.

Ella sah alle möglichen Leute kommen und gehen. Einige hat-

ten es eilig, andere schlenderten gemächlich dahin, aber keiner davon war Don. Doch sie wusste, dass er kommen würde. Sonst hätte er Spanien nicht so überstürzt verlassen. Er musste verzweifelt darauf aus sein, sie zu finden. Vielleicht hatte er gemerkt, dass sie log, als sie ihm am Abend zuvor erklärt hatte, sie habe den Laptop bereits übergeben. Er musste sofort aus Spanien abgeflogen sein.
Plötzlich bekam sie es mit der Angst zu tun. Wieso hatte sie sich darauf eingelassen, sich hier mit ihm zu treffen?
Sie wählte die Nummer von Derry Kings Handy, die auch sofort auf dem kleinen Display erschien. Jetzt musste sie nur noch den grünen Knopf drücken. Doch noch ehe sie das tun konnte, sah sie Don, der mit ausgebreiteten Armen auf sie zukam.
»Mein Engel«, rief er. »Oh, Ella, mein Engel, jetzt ist alles andere unwichtig. Ich bin so froh, dich wiederzusehen.«

Derry wusste nicht, wie ihm geschah, so schnell verging der Tag. Es passierte so vieles, es gab so viele Dinge zu sehen. Selbst in den hektischen Anfangszeiten seiner Firma hatte er an einem einzigen Tag nicht so viele Menschen kennen gelernt.
Seine Cousins nahmen ihn mit in ihre Geschäftsräume und erklärten ihm dort, wie ihr Betrieb funktionierte. Sie erzählten ihm, wie gut ihnen am Anfang die Idee erschienen war, sich als Malermeisterbetrieb verschiedenen Baufirmen zu empfehlen, mit Gütesiegel sozusagen. Aber das hätte nur neue Probleme nach sich gezogen.
Dann sprachen sie auf angenehm unsentimentale Weise über ihren eigenen Vater, der mittlerweile schon verstorben war, und über ihre Mutter, die in einem Altenheim lebte und ihn bestimmt gerne sehen würde, aber nicht dieses Mal, vielleicht bei einem anderen Besuch. Sie drängten ihn zu nichts, und er hatte das Gefühl, sie bereits sein ganzes Leben lang zu kennen.
Irgendwann kehrte Derry ins Quentins zurück, um dort den weiteren Tagesverlauf mitzuerleben. Dabei lernte er auch das

übrige Personal kennen und wurde nicht nur Zeuge, wie sich die Bedienungen Namen und Besonderheiten der neuen Käsesorten einprägten, sondern konnte auch bewundern, wie geschickt und rasch die vorbestellten Tische neu belegt wurden, nachdem einige Reservierungen noch kurz vor dem Mittagessen abgesagt worden waren. Ihm fiel auch auf, mit welcher Präzision in der Küche gearbeitet wurde, wo alles einem eigenen Rhythmus folgte.

Derry entdeckte Brenda, wie sie gerade telefonierte. Sie habe gerade erfahren, dass Don Richardson in Dublin sei, erzählte sie ihm.

»Weiß Ella das?«, fragte er besorgt.

»Offensichtlich schon, aber sie ist in Sicherheit bei Firefly Films. Nick und Sandy passen auf sie auf.«

»Er hat nicht viel Zeit verloren«, meinte Derry.

»Nein, ich vermute, er war der Ansicht, besser sofort Präsenz zu zeigen, ehe die Bürokraten bei der Polizei ihren Papierkram erledigt haben«, erwiderte Brenda.

»Wenn er sie wiedersieht …«, begann Derry zögernd.

»Er wird sie nicht zu Gesicht bekommen.«

»Nein, aber falls, meinen Sie, sie kehrt zurück zu ihm?«

Brenda fiel auf, dass in dieser Frage mehr als berufliches Interesse mitschwang. Derrys Gesicht drückte große Sorge aus. Sie wünschte, sie könnte glauben, was sie sagte, als sie ihm versicherte, dass Ella diesen Mann nie wieder eines Blickes würdigen würde.

»Hallo, Don«, sagte Ella mit dünner Stimme.

»Oh, Ella, mein Schatz.«

»Nein, Don, bitte, spar dir das.«

»Aber es hat sich doch nichts verändert zwischen uns. Es war die Hölle, und ich weiß, was ich dir zugemutet habe, aber ich konnte nicht anders. Aber doch nur, damit wir wieder zusammen …«

»Nein, Don, du musstest überhaupt nichts. Gar nichts musstest du.«
»Aber jetzt kommt ja alles wieder in Ordnung, mein Engel. Wir beide können jetzt zusammen fortgehen. Wir nehmen das Geld, das deine Mutter und dein Vater nicht haben wollten, damit kommen wir überallhin. Und mit dem Computer werden wir den Rest auch noch zu unseren Gunsten klären.«
Sie starrte ihn ungläubig an. Er meinte es tatsächlich ernst. Er hielt es tatsächlich für möglich, dass sie alles liegen und stehen lassen und mit ihm fliehen würde.
Was meinte er eigentlich, wie ihr Leben in den vergangenen Monaten ausgesehen hatte? Besaß er überhaupt noch irgendeinen Bezug zur Realität?
Sie sah ihm ins Gesicht und fragte sich, wie er immer noch so voller Vertrauen und Zuneigung sein konnte. Er dachte tatsächlich, sie würde mit ihm kommen.
»Ich kann es nicht glauben, dass du hier bist, Don, dass du tatsächlich zurück in die Höhle des Löwen marschierst ...«
»Du hast ihnen den Computer nicht gegeben, Ella. Ich kenne doch deine Stimme. Ich weiß alles über dich, ehrlich. Ich weiß, wie du schlafend und wie du wach bist. Ich musste die ganze Zeit an dich denken. Ich kenne jeden Herzschlag von dir. Ich höre es dir an, wenn du lügst, wenn du Angst hast. Ich habe noch nie einen Menschen so gut gekannt wie dich. Ich weiß Bescheid über jeden deiner Atemzüge.« Er zitterte heftig, und Schweiß stand auf seiner Stirn.
Plötzlich hatte sie Angst. Sie drückte auf den grünen Knopf an ihrem Telefon, das hinter ihr lag. Sie hörte, wie die Nummer gewählt wurde. Bitte, lieber Gott, lass Derry antworten. Bitte, mach, dass er es klingeln hört.
»Don, du kannst mir glauben, ich werde nicht mit dir fortgehen«, sagte sie.
»Selbstverständlich wirst du das, Ella, mein Engel, und wir werden zusammen sein, so wie wir es immer wollten.«

Sie konnte hören, wie es hinter ihr in ihrem Handy klickte. Hoffentlich war es Derry, der abhob.
»Ich bin nicht hierher in den Park gekommen, Don, um mit dir darüber zu reden«, fuhr sie fort.
»Wieso bist du gekommen, wenn du mich nicht liebst, wenn du nicht mit mir weggehen willst, um ein gemeinsames Leben zu führen? Wieso bist du dann gekommen?«
»Um dir Lebewohl zu sagen, und auch, um mich zu entschuldigen, vermute ich.«
»Dich zu entschuldigen? Du brauchst dich für gar nichts zu entschuldigen, mein Engel. Du hast schließlich nichts aus der Hand gegeben. Alles wartet nur darauf, dass wir es abholen.«
»Doch, ich habe ihnen den Computer übergeben.«
»Bevor oder nachdem du mit mir gesprochen hast?«
»Danach«, antwortete sie und blickte zu Boden.
Er lächelte beinahe versonnen. »Ich wusste doch, dass ich Recht hatte, dass ich dir anhöre, wenn du lügst.«
»Und, kannst du mir das jetzt auch anhören? Kannst du hören, ob es stimmt, was ich sage … Dass ich, nachdem ich den Hörer aufgelegt hatte, das Betrugsdezernat angerufen habe. Dass sie gekommen sind und den Laptop abgeholt haben. Und dass wir zusammen die Tasche aus dem Bankschließfach geholt haben. Und dass sie deren Inhalt beschlagnahmt haben.«
Sie sah ihm in die Augen. Jetzt glaubte er ihr.
»Warum hast du mir das angetan?«
»Damit ich den Mut habe, dir ins Gesicht zu sehen und dir zu sagen, dass es aus ist mit uns und dass du aufgeben sollst, dass du dich ergibst. Es muss doch noch etwas zu retten sein. Sitz deine Zeit ab, damit deinen Jungen noch ein Rest an Würde bleibt. Und deiner Frau auch.«
Ein Muskel zuckte nervös in seinem Gesicht. »Wirst du wohl deinen Mund halten. Hörst du mich? *Halt deinen Mund* und erspar mir deine frommen Wünsche. Willst du mich vielleicht die

nächsten fünfundzwanzig Jahre im Knast besuchen und auf mich warten, bis du eine alte Frau bist?«

Ihre Angst vor ihm wurde immer größer, sie fürchtete jetzt, er würde sie schlagen. »Ich bin in derselben Straße«, rief sie laut über ihre Schulter zurück in der Hoffnung, man möge sie durch das Telefon hinter ihr hören.

»Was redest du da?«, schrie er.

»Ich sage mir, wo ich bin, damit ich aufhöre, mich weiter vor dir, Don, und diesem schrecklichen Blick in deinen Augen zu fürchten. Ich bin im Stephen's-Green-Park neben dem Ententeich. Da bin ich, und ich habe keine Angst. Wir sind mitten in Dublin. Du wirst deinen Verbrechen nicht noch ein weiteres hinzufügen und mir etwas antun.«

»Dir etwas antun, Engel? Bist du verrückt? Ich *liebe* dich doch«, rief er.

»Nein, du hast mich nie geliebt. Das weiß ich jetzt.«

»Ich bin doch nur deinetwegen zurückgekommen …«

»Du bist wegen des Computers zurückgekommen«, sagte sie.

Er sah sie wirr an. Hatte er diesen Blick schon immer gehabt?

»Geh weg, Don«, bat sie mit müder Stimme. »Bitte, geh doch weg.«

»Nicht ohne dich.«

»Du willst mich doch gar nicht mehr. Was du wolltest, habe ich weggegeben. Du hättest nie zurückkommen sollen.«

»Du bist eine törichte Närrin, mein Engel.«

»O ja, Don, das war ich mal. Und das weiß ich jetzt auch.«

Er stand sehr dicht vor ihr, und es sah aus, als hätte er bereits jegliche Kontrolle über sich verloren.

»Du hättest alles von mir haben können, Engel, alles, was du wolltest.«

»Ich will nur, dass du jetzt endlich gehst. Vielleicht kannst du ihnen sogar noch entkommen. Flieh, bevor sie dich erwischen. Du hast jede Menge Freunde, die dich irgendwo verstecken werden.«

»Heutzutage nicht mehr so viele, mein Engel. Ohne den Computer nicht mehr.«
Dann sah sie, wie aus den Schatten hinter den Bäumen und Büschen des Parks Gestalten auf sie zukamen. Die Entenmutter hatte die kleinen Küken mittlerweile weggeführt, als fürchtete sie, dies wäre kein guter Platz für ihre Jungen. Ein Platz, an dem ein erwachsener Mann weinend wie ein Kind Polizisten entgegentrat und schluchzte: »Ich habe es doch nur für dich getan, Engel. Nur für dich.«
Ella zitterte, als Derry King sie in die Arme schloss und festhielt, als wollte er sie niemals mehr loslassen.

KAPITEL SECHZEHN

Das Treffen, das an diesem Abend im Quentins stattfinden sollte, wurde abgesagt. Die Ereignisse des Tages waren zu dramatisch gewesen. Keiner konnte sich auf einen Dokumentarfilm konzentrieren, wo das echte Leben so viel Leidenschaft und Aufregung zu bieten hatte. Immer wieder ließ man Revue passieren, was an diesem Nachmittag und Abend geschehen war. Nick und Sandy schilderten Deirdre, wie sie losgesprintet waren, um ein Taxi anzuhalten, das sie nach Stephen's Green bringen sollte, nachdem sie von Derry erfahren hatten, was dort vor sich ging. Brenda und Patrick erzählten Tom und Cathy, wie Blouse auf seinem Weg zurück ins Restaurant durch den Park gekommen war und dort zufälligerweise alles mit angesehen hatte. Mr Richardson habe geheult und geschluchzt wie ein kleines Kind.

Barbara Brady erzählte jedem, der es hören wollte, dass sie endlich allen Mut zusammengenommen und ihre Stimme erhoben habe, auch wenn es vielleicht schon zu spät dafür war. Aber sie würde diesen Augenblick nie vergessen, in dem sie Don die Stirn geboten und ihm erklärt habe, wie egal es ihr sei, was aus ihm würde.

Sasha erfuhr von ihrem Onkel Mike Martin, dass sie alles wieder auspacken und sich in dem Haus in Killiney häuslich niederlassen könne. Mike Martin würde ins Ausland gehen, und Mr Richardson würde nicht mehr zurückkommen. Am besten wäre es deshalb, Nägel mit Köpfen zu machen und ihre Position in dem Haus ein für alle Mal zu klären.

Nuala rief Deirdre an und wusste zu berichten, dass die zwei

Brüder von Frank ebenfalls im Park von Stephen's Green dabei gewesen waren, für den Fall, Ella würde den Laptop übergeben. Mike Martin hatte sie in seiner Not verständigt. Dons Benehmen hätte sie jedoch entsetzt. Außerdem habe Ella einen amerikanischen Rechtsanwalt mit der Wahrnehmung ihrer Interessen beauftragt, einen gedrungen gebauten Kerl namens King.

In den Morgenzeitungen erschienen verschiedene Fotos von Dons Verhaftung, dazu Augenzeugenberichte des Vorfalls im Park. Und sogar ein Schnappschuss von Ella war dabei. »Dieser Frau ist der Schreck deutlich anzusehen«, stand unter dem Bild. Nur wer sie wirklich kannte, wusste, dass sie es war. Weder die Presse noch die Öffentlichkeit stellte eine Verbindung zu der Liebesnest-Ella von vor wenigen Monaten her. Keiner, nur Harriet, die Ella auf dem Flug nach New York kennen gelernt hatte. Sie hätte sich leicht ein paar hundert Euro verdienen können, wenn sie bei einer Zeitung angerufen und einen diskreten Tipp abgegeben hätte. Aber Ella war eine sympathische junge Frau, die eine kleine Atempause mehr als verdient hatte.

Und außerdem gab es so viele andere Möglichkeiten, um an Geld zu kommen. Einige der Zeugen mit besonders gutem Gehör wollten gehört haben, dass Don Richardson immer wieder gerufen habe: »Ich habe es doch nur für dich getan.« Man wusste nicht so recht, was davon zu halten war.

Einige der Artikelschreiber waren der Ansicht, dass Dons Satz an seine geliebte Frau gerichtet gewesen sein könnte, die sich, soweit man wusste, noch in Spanien aufhielt, aber in Bälde in Irland erwartet wurde, um ihrem Mann zur Seite zu stehen, wie einige mutmaßten. Oder um sich selbst vor Gericht zu verantworten, wie andere dachten.

Da das lang geplante Essen im Quentins auf unbestimmte Zeit verschoben wurde, bis alle sich wieder beruhigt hätten, schien jeder davon auszugehen, dass Ella mit Derry ins Hotel zurückkehren würde.

»Ich vermute mal, dass ich Sie … äh, dass ich dich auch heute nicht überreden kann, für die eine Nacht in mein Bett umzuziehen, oder?«
»Himmel, nein, Derry. Mir reicht das, was ich heute hinter mir habe, da möchte ich mir um diesen Punkt nicht auch noch Gedanken machen müssen«, erwiderte sie.
»Ich meinte doch nicht, mit mir zusammen. Ich meinte eher, du im Bett, während ich auf dem Sofa schlafe.«
»Oh, ich verstehe«, sagte sie. »Tut mir Leid.«
Und aus irgendeinem Grund fanden sie das sehr lustig und lachten herzlich, ehe sie Räucherlachs und Rührei bestellten. Danach spielten sie ein Partie Schach, wie sie es schon so oft getan hatten. Don Richardson war kein Thema, und sie stellten keine Spekulationen an, wo er in dem Augenblick wohl wäre und was aus ihm werden würde. Auch über das Quentins sprachen sie nicht. Eigentlich wechselten sie nur wenige Worte.
Als Ella sich schließlich auf das Sofa legte, wo sie sich mittlerweile schon wie zu Hause fühlte, wie sie beteuerte, sprach bereits weniger Angst aus ihren Augen, und ihre Stimme war nicht mehr ganz so zittrig.
»Ich will dich nicht länger als nötig in Dublin aufhalten, Derry. Morgen werden wir wirklich mit der Arbeit beginnen.«
»Ich habe es eigentlich gar nicht so eilig, von hier fortzukommen. Es gibt jede Menge zu tun für mich«, versicherte er ihr, hauchte ihr einen Kuss auf die Stirn und breitete eine Decke über sie.
»Aber was ist mit Amerika?«, fragte sie schläfrig.
»Das wird auch eine Weile ohne mich auskommen«, erwiderte Derry King.

Frage: Was war passiert in der Woche, in der alle ihre Meinung über den Dokumentarfilm änderten? Und wo hatte diese Entwicklung ihren Ausgang genommen?

Möglicherweise in der Küche von Quentins Restaurant.

Blouse Brennan sortierte gerade die Kisten mit dem Obst. Fachmännisch verteilte er die Früchte dorthin, wo sie gebraucht wurden: Limonen und Zitronen an die Bar, die frischen Beeren zum Nachspeisentisch, wo sie mit Puderzucker bestäubt und in letzter Minute als Dekoration zum Dessert hinzugefügt wurden.

»Ich möchte wetten, die werden dich dabei filmen, Blouse. Du siehst richtig eindrucksvoll aus«, sagte Brenda bewundernd.

Blouse errötete. »Die wollen doch bestimmt nicht *mich* in ihrem Film haben«, widersprach er.

»Natürlich, Blouse, und auch draußen im Gemüsegarten und auf dem Hühnerhof werden sie dich filmen. Dich kann man doch gar nicht übergehen«, versicherte Patrick seinem Bruder.

Aber Blouse reagierte nicht auf die Schmeichelei.

»Ich mag es, glaube ich, nicht, in diesem Film zu sein. Ich will nicht, dass die Leute mich anstarren.«

»Aber das sind doch alles nette Leute, und die meisten kennst du: Nick und Sandy und Ella«, erklärte Brenda aufmunternd.

»Nein, die meine ich doch nicht.«

»Tja, und Mr King war auch schon da, und er ist wirklich ein ausgesprochen netter Mensch.«

»Nein, ich meine die richtigen Leute, die Zuschauer, die von außen kommen. Leute wie Horse und Shay von zu Hause. Oder die christlichen Schulbrüder, die mich unterrichtet haben, meine Nachbarn in den Schrebergärten. Ich will nicht, dass sie mich sehen und bei der Arbeit beobachten«, sagte Blouse erregt, mit rotem Gesicht.

Sie wussten, dass es Gift für ihn war, wenn er sich noch mehr aufregte.

»Also, wenn du bei dem Film wirklich nicht mitmachen willst, dann musst du auch nicht«, entschied Patrick.

»Es wäre zwar sehr schade, aber es ist deine Entscheidung, keine Frage«, stimmte Brenda ihm zu.

»Danke, Brenda, Patrick … Ich will euch nämlich nicht im Stich lassen oder enttäuschen.«
»Tust du auch nicht, Blouse«, stieß Patrick zähneknirschend hervor.

Es hätte aber auch bei Firefly Films sein können. Denn dort traf ein Angebot ein, von dem Nick und Sandy vom ersten Tag an geträumt hatten: Sie sollten Irlands bekannteste Rockband filmisch begleiten – angefangen bei der Komposition ihrer Songs über die Proben bis hin zu ihrem Auftritt bei einem großen Rockfestival. Das wäre ihr Durchbruch, aber sie würden sofort damit anfangen müssen.
Nick wollte schon ablehnen. Sie waren dem Quentins gegenüber schließlich in der Pflicht.
Sandy war jedoch der Ansicht, dass man die Auftraggeber noch eine Woche hinhalten sollte, denn in ein paar Tagen könnte noch jede Menge geschehen, und selbst Derry King könnte seine Meinung ändern.
Oder war es Buzzo, der den Ausschlag gab? Er dürfe unmöglich in dem Film zu sehen sein, da niemand in der Schule wisse, dass er dort arbeite. Und wenn seine Brüder das erführen, würden sie ihm sofort das Geld abnehmen, das er dort verdiente.
Und sogar Monica machte einen Rückzieher. Ihr Mann Clive sei zwar der liebste Mensch auf dieser Welt, habe aber Bedenken, ihre Liebesgeschichte in aller Öffentlichkeit zu erzählen. Bankmenschen seien seltsame Typen, ohne jeden Sinn für Humor. Mr Clive Harris könnte eventuell in ihrer Achtung sinken, wenn sie wüssten, dass er in braunes Packpapier eingeschlagene Ratgeber gelesen hatte mit der Absicht, attraktiver auf das andere Geschlecht zu wirken. Zu ihrem größten Bedauern müssten sie ihre Zustimmung zurückziehen.
Und schließlich Yan. Irgendjemand hatte dem bretonischen Kellner erzählt, dass dieser Film, wenn er Erfolg hätte, überall auf der Welt gezeigt werden würde, auch in seiner Heimat.

Aber dann würde sein Vater hören, dass er sozusagen weltweit verkündete, wie schlecht das Verhältnis von Vater und Sohn gewesen sei. Der Ort, aus dem er stammte, war sehr klein. In diesem Teil der Bretagne trug man seine Probleme nicht in die Öffentlichkeit. Er entschuldigte sich tausendmal, aber er könne leider nicht mitmachen.

Und schließlich musste Patrick Brennan zu seinem jährlichen Gesundheits-Check-up antreten. Er absolvierte brav alle Belastungsprüfungen und Übungen auf dem Fahrrad. Dann nahm er, noch leicht verschwitzt, Platz, um die Ergebnisse mit dem Arzt zu besprechen.

»Natürlich ist es ein Stressjob, ein Restaurant zu leiten, aber sobald wir diesen Film abgedreht haben, haben wir das Schlimmste hinter uns. Meine Frau und ich haben uns versprochen, uns dann mehr Zeit füreinander zu nehmen, mehr zu delegieren.«

»Und wann wird das sein?«

»Oh, in ein paar Wochen, schätze ich. Bis dahin wird es allerdings noch mal verdammt rundgehen, aber das muss nun mal sein.«

»Wieso eigentlich?«, fragte der Arzt.

Brendas Freundin Nora O'Donoghue stand in der Küche und zerkleinerte Gemüse. Brenda betrachtete sie voller Zuneigung. Sie war eine äußerst aparte Frau mit den verschiedenfarbigen Strähnen in ihrem Haar und den langen, fließenden Gewändern, die sie immer trug. Aber sie hatte keine Ahnung, wie anziehend sie wirkte. Selbst in diesem Moment, als sie das Gemüse im Spülbecken wusch und es auf Geschirrtücher breitete, um es anschließend zu zerteilen und in Würfel zu schneiden, sah sie aus wie eine strahlende Göttin auf einem klassischen Gemälde.

»Hör doch mal einen Moment auf, Nora. Ich möchte etwas mit dir besprechen.«

»Geht nicht, ich muss meine drei Stunden für deinen Mann abarbeiten. Indirekt natürlich auch für dich. Setz dich lieber zu mir, während ich weiterschneide.«

Brenda holte sich einen Stuhl. »Hast du was dagegen, wenn sie dich beim Gemüseschneiden filmen?«, fragte sie.

»Ach, die wollen mich doch bestimmt nicht haben. Mich, eine alte, verrückte Frau.«

»Oh, doch, Nora. Ich habe mir gerade gedacht, wie hübsch du aussiehst. Also, würde es dir etwas ausmachen?«

»Nein, überhaupt nicht, wenn ich dir und Patrick damit helfen kann. Es wäre eine Ehre für mich.«

Brenda betrachtete gerührt diese großherzige Frau. Ihr war es egal, ob ihre Mutter und grässlichen Schwestern, ob ihre Schüler, denen sie Italienisch beibrachte, oder Aidans Kollegen sie dabei sahen, wie sie in der Küche eines Restaurants Gemüse putzte. Was für eine wunderbare Lebenseinstellung.

»Du bist müde, Brenda.«

»Im Klartext: Du siehst beschissen aus, Brenda.«

»Nein, das heißt nur, dass du nach Sorgen aussiehst, Brenda.«

»Gut, du hast Recht. Ich mache mir Sorgen. Ich bin schon ganz krank vor Sorge, dass wir das mit dem Film auch richtig hinbekommen.«

»Aber das ist doch völlig unnötig«, erwiderte Nora.

»Wenn wir es wirklich zu etwas bringen wollen, dann müssen wir auch eine Art Vermächtnis hinterlassen.«

Nora ließ vorsichtig das kurze, abgerundete, aber sehr scharfe Messer sinken und legte ihre Hand auf die von Brenda. »Ihr? Es zu etwas bringen? Ihr zwei seid bereits eine lebende Legende. Zu wie viel wollt ihr es denn noch bringen? Ihr habt bereits deutliche Spuren im Leben anderer Menschen hinterlassen und werdet das auch in Zukunft tun.«

»Es ist sehr freundlich von dir, Nora, zu denken, dass wir es schon zu etwas gebracht haben, aber so sehe ich es noch nicht. Für mich ist dieser Film immer noch eine Möglichkeit, unserer Arbeit mehr Bedeutung zu verleihen.«

»Brenda, ihr habt euch beide und dieses wunderbare Restaurant. In Gottes Namen, Frau, hast du noch nicht genug?«

Ella saß im Café bei Haywards, als ihr der Zufall Mrs Ennis, die Direktorin ihrer alten Schule, über den Weg schickte.

»Ich kann gar nicht sagen, wie ich mich freue, Sie zu sehen«, rief Mrs Ennis.

Ella war erstaunt. Immerhin hatte sie Mrs Ennis mehr oder weniger im Stich gelassen, als sie die Schule so überstürzt verlassen hatte. Und vielleicht hatte Mrs Ennis es auch schon bereut, Ella damals dieses Geständnis über ihr Privatleben gemacht zu haben in der Absicht, sie damit aufzuheitern.

»Ich wollte Sie nämlich fragen, ob Sie an einer Teilzeitstelle interessiert wären? Ich habe schon versucht, Sie anzurufen, aber Sie waren unter keiner Ihrer Telefonnummern mehr zu erreichen.«

»Oh, ich bin eine Weile untergetaucht«, gestand Ella.

»Aber dem, was ich in der Zeitung gelesen habe, entnehme ich, dass Sie jetzt wieder aufgetaucht sind«, stellte Mrs Ennis in sachlichem Tonfall fest.

»Ja, das stimmt, ganz recht.«

»Haben Sie noch Interesse am Unterrichten? Sie waren gut. Die Mädchen mochten Sie.«

»Es hat mir auch gefallen, sehr sogar. Auf eine Art gab mir die Schule mehr Stabilität als jede andere Arbeit.«

»Aber vielleicht ist Stabilität nicht alles im Leben.«

»Jetzt schon, denke ich. Aber zuerst muss ich noch einen Film beenden.«

»Wie lange würde das dauern?«

»Ein paar Wochen, Mrs Ennis. Am Schnitt werde ich nicht mehr beteiligt sein.«

»Worum geht es denn dabei?«

»Es geht um einen Tag in einem Restaurant.«

»Und wozu das Ganze?«, fragte Mrs Ennis unverblümt.

Ella sah sie überrascht an. »Wissen Sie, was, ich weiß es mittlerweile auch nicht mehr. Es gibt Dutzende von Gründen, und anfangs war der Film als Art Therapie für mich gedacht, das weiß ich jetzt. Und dann wurden immer mehr Leute mit hineingezogen.« Ella war tatsächlich aus der Fassung gebracht und überlegte, weshalb sie den Film ursprünglich hatten drehen wollen. Währenddessen fuhr Mrs Ennis munter fort: »Na, Sie wissen ja, wo wir sind, Ella. Wenn Sie zu uns zurückkommen wollen, dann rufen Sie uns in der nächsten Woche einfach an. Wir könnten Sie wirklich brauchen.«
»Sie sind sehr freundlich.«
»Und was ist mit der anderen Sache? Ist das jetzt alles wieder im Lot?«
»O ja. Mittlerweile kommt es mir vor, als wäre das einer anderen Person und nicht mir passiert.«
»Gut, dann geht es ja langsam wieder aufwärts mit Ihnen«, meinte Mrs Ennis.

Ella hatte seit drei Tagen kein richtiges Wort mehr mit Derry gewechselt. Er war Tag und Nacht mit seinen Cousins unterwegs.
»Du hast doch nicht mit ihm gestritten?«, erkundigte sich Barbara Brady besorgt.
»Mit Derry kann man nicht streiten«, erwiderte Ella. Dabei fiel ihr ein, dass seine Exfrau Kimberly einmal etwas Ähnliches gesagt hatte.
Kurze Zeit später rief er bei ihr an und fragte sie, ob sie sich treffen könnten. »Wir müssen miteinander reden, Ella. Können wir uns heute Abend im Quentins treffen?«
»Soll ich Nick und Sandy auch dazu bestellen?«
»Nein, ich will nur dich sehen.«
Es stellte sich heraus, dass er seit drei Tage jeden Abend mit seinen Vettern dort gegessen hatte. Sean und Michael kannten das Restaurant schon lange und bekamen sogar einen Sonderpreis.

»Mir gefällt es nicht, dass du aus diesem Lokal einen Zirkus machen willst«, hatte Sean an einem dieser Abende freimütig zu seinem Cousin gesagt und sich dabei im Lokal umgesehen.

»Wie meinst du das?«, hatte Derry gefragt.

»Na, wenn du alle diese Leute hier im Fernsehen auftreten lässt, dann werden sie berühmt, und die Gäste kommen nur, um sie anzugaffen. Und dann können sie ihre Arbeit vergessen, ich meine die, bevor sie zu Schauspielern wurden.«

»Ach, lass das, Sean, entmutige Derry nicht. Das ist schließlich seine Arbeit, sein Geschäft. Dir würde es sicher auch nicht gefallen, wenn er dir vorschreiben würde, wie du ein Haus anstreichen sollst«, sagte Michael.

»Wenn er mir etwas Interessantes zu sagen hätte, wäre mir das egal«, antwortete Sean ehrlich.

Von dem Gespräch erzählte Derry an diesem Abend Ella. Er erzählte ihr, dass die beiden Brüder ihm die Augen geöffnet hätten – über viele Dinge. Er wiederum hatte ihnen versichert, dass es eigentlich nicht sein Geschäft war, Filme zu machen. Verkaufen, ja, das war seine Sache, Bedürfnisse zu erschaffen und dann zu erfüllen, das war es, was ihm lag. Das konnte er. Aber er hatte auch schon mit ihrer Branche zu tun gehabt und kannte sich ein wenig damit aus. Deshalb hatte er ihnen ein paar Vorschläge unterbreitet, wie sie weiter expandieren könnten. So könnten sie beispielsweise nicht nur ihre Dienste als Malermeister offerieren, sondern zusätzlich noch Farbe verkaufen und nach den normalen Geschäftszeiten eine Art Beratungsdienst anbieten, abends oder an den Samstagvormittagen. Damit könnten sie vor allem junge Paare ansprechen und ihnen Farbtafeln und Checklisten an die Hand geben, worauf beim Streichen zu achten war. Sie mussten diese Klientel als ihre Verbündeten gewinnen, sie würden sich selbst dadurch keine Konkurrenz machen. Es würde immer zwei verschiedene Welten geben – die Leute, die selbst weißelten, und die anderen, die die Arbeit vom Handwerker machen ließen.

Und dann hatte er sich angehört, was sie zu sagen hatten. Und er hatte begriffen, was sie damit ausdrücken wollten. Das Quentins war auch ihm mittlerweile sehr ans Herz gewachsen, und es bestand tatsächlich die Gefahr, dass das Restaurant und die Menschen, die dort so hart arbeiteten, durch einen voyeuristischen Dokumentarfilm in ihrer Existenz und Integrität bedroht waren. Derry sah die Gefahr deutlich vor sich. Jetzt hatte er nur ein Problem: Wie sollte er das Ella und den anderen begreiflich machen? Er war erstaunt, als er feststellte, offene Türen einzurennen.

Die Einzige, die letztlich ein wenig verärgert und uneinsichtig reagierte, war Deirdre. »Wochenlang habe ich an nichts anderes gedacht als an diesen verdammten Film. Ich bin damit aufgestanden, schlafen gegangen und habe davon geträumt. Und jetzt plötzlich, aus heiterem Himmel, soll ich vor Freude außer mir sein, dass er *nicht* gedreht wird. Nein, Ella, sag mir bitte, dass ich nicht ein Fähnchen im Wind bin.«

»*Du*, ein Fähnchen im Wind, Dee! Ich bitte dich!«

»Nein, ich meine es ernst. Das ist doch lächerlich. Was soll denn werden, wenn du wieder als Lehrerin arbeitest, wenn dein Herzbube nach Amerika zurückgeht, dein Ex in den Knast wandert, wenn Firefly Films nur noch irgendwelche Rockbands abfilmt und das Quentins seine Hoffnung auf Unsterblichkeit begraben muss? Wo bleibt da der Spaß?« Deirdre war unschlagbar, wenn sie ihrem Groll Ausdruck verlieh, der zum Glück jedoch nie lange anhielt.

»Jetzt hör mir mal zu. Lass den Kopf nicht hängen. Du bist zu einer großen Party eingeladen. Wir wollen das nämlich feiern.«

»Gott, was seid ihr doch für ein verrückter Haufen. Feiern wollt ihr auch noch! Alle anderen würden in Trauer versinken.«

»Nein, Dee, jetzt sei doch nicht so verbohrt, wir haben wirklich jede Menge Gründe zum Feiern … Die neue Firma, zum Beispiel: Kennedy und King. Derry wird bei seinen Vettern einsteigen. Und dann haben wir Aidans und Noras Hochzeit zu feiern, den neuen Vertrag von Nick und Sandy. Außerdem bekomme ich genau den Job, den ich immer haben wollte. Ich kann in Teilzeit unterrichten und wieder an die Universität zurückgehen und meinen Doktor machen. Und mein Vater kann seine Erfahrung als Finanzberater bei Kennedy und King einbringen. Und das ist noch lange nicht alles … Wenn du nicht mitfeiern willst, dann bist du wirklich nur eine griesgrämige alte Nörgeltante.«

Deirdre ließ sich erweichen und fiel Ella um den Hals. »Ich habe dich noch nie so glücklich gesehen. Und vielleicht ist das Fest ein Grund, dass ich mir mal wieder einen neuen Fummel leiste. Meinst du, ich könnte mir dort einen knackigen Mann anlachen?«

»Man weiß ja nie, könnte schon sein«, erwiderte Ella lachend. »Das scheint wirklich eine sehr ungewöhnliche Party zu werden.«

»Jawohl, Mrs Mitchell, ich weiß, es kommt etwas ungelegen. Vielleicht könnten Sie sich ja für einen anderen Abend erwärmen.«

»Aber meine Schwiegertochter … nun, meine ehemalige Schwiegertochter, hat zu mir gesagt, dass sie am Samstagabend im Quentins sein wird … also morgen.«

»Sie hat Ihnen aber sicher auch gesagt, dass es sich um eine private Veranstaltung handelt, Mrs Mitchell.«

»Tja, ich dachte mir, vielleicht machen Sie ja eine Ausnahme für Stammkunden.«

»Das geht leider nicht, und außerdem haben wir seit drei Wochen auf allen unseren Tischen darauf hingewiesen, Mrs Mitchell. Und in der Zeitung stand es auch.«

Brenda schickte einen genervten Blick zur Zimmerdecke, als sie den Hörer auflegte. »Wirklich erstaunlich, dass Cathy dieses

Weib nicht eigenhändig erwürgt hat. Sie ist mit Abstand die anstrengendste Person in ganz Dublin.«

Der nächste Anruf kam von Noras Mutter. »Ich weiß nicht, was Sie sich dabei gedacht haben, dass ich und meine Familie zu einer Überraschungsparty für Nora kommen sollen. So einen Unsinn habe ich ja noch nie gehört, und das in ihrem Alter. Und dann so kurzfristig.«

»Wir konnten nur kurzfristig einladen, sonst hätten die beiden vielleicht noch davon erfahren.« Brenda verdrehte erneut die Augen.

»Aber ich dachte, dass die Zeremonie in einer Buchhandlung stattfinden soll. Das hat jedenfalls Nora gesagt, aber da wären wir auch nicht hingegangen«, beendete Mrs O'Donoghue indigniert ihren Satz.

»Wir würden uns wirklich freuen, Sie morgen bei uns zu haben. Es wird ein schönes Fest werden, und jede Frau wünscht sich doch ihre Mutter auf ihrer Hochzeitsfeier.«

»Pah, als ob das eine richtige Hochzeit wäre.«

»Es wird eine wunderbare Hochzeit werden. Ich bin unter anderem Trauzeugin. Kann ich also hoffen, dass Sie mit Ihrer Familie kommen werden, oder ist das jetzt wirklich eine definitive Absage?«

Noras schreckliche Mutter wollte sich natürlich nicht selbst von der Feier ausschließen. »Ich kann jetzt weder ja noch nein sagen.«

»Nun, wir hoffen, es ist ein ja. Aber bitte, kein Wort zu Nora oder Aidan.«

Brenda wusste, dass die alte Hexe sofort bei den beiden anrufen und versuchen würde, die Überraschung kaputtzumachen. Aber das war jetzt nicht mehr möglich. Nora verbrachte ihre letzte Nacht in der Wohnung über dem Restaurant, und Aidan befand sich im Haus seines Schwiegersohnes. Mrs O'Donoghue würde sie nicht so leicht ausfindig machen können, sosehr sie sich auch anstrengen mochte.

Maud und Simon mussten leider erfahren, dass Hooves, ihr geliebter Hund, bei der Party *nicht* dabei sein dürfe, sosehr er sich auch zurückgesetzt fühlen mochte. Er besaß zwar das gleiche Halsband wie Derry Kings Hund in Amerika, aber selbst das würde ihm keinen Zutritt verschaffen. Außerdem warnte Cathy sie, dass zwei Lieder genug wären, und wenn, dann bitte nur Liebeslieder.

Simon hatte eigentlich an »Please, Release Me, Let Me Go« gedacht, aber für eine Hochzeit war das wohl nicht so passend. Ebenso wenig wie »Young Love, First Love, is Filled With Deep Emotion« – das einzige Lied, das sie sonst noch kannten –, denn das Paar stand nicht gerade in der Blüte seiner Jugend.

»Ein Liebeslied«, seufzte Cathy. »Ihr müsst doch *irgendein* Lied über die Liebe kennen, oder?«

Sie beteuerten ihr, dass sie sich erkundigen würden.

»Aber es wird nichts gesungen ohne vorherige Rücksprache mit mir«, sagte Cathy streng. »Das ist ein Befehl.«

Sean und Michael Kennedy trafen als Erste ein. Sie bedienten sich bei den Kanapees und bewunderten die kunstvoll gemalten Plakate an der Wand. Wie es sich gehörte, hing da die mit Hochzeitsglocken geschmückte Menükarte von Aidan und Nora, aber auch das neue Firmenzeichen von Kennedy und King und zwei Hinweise auf den Erfolg von Firefly Films und die zukünftige Doktorwürde von Ella fehlten nicht.

Der Grafiker hatte über Nacht alle Hände voll zu tun gehabt.

Vorne am Klavier saßen zwei ernst blickende, blonde Kinder neben einem älteren Mann, der gerade die Noten für ein Lied auswählte und sich bemühte, es den beiden auf die Schnelle noch beizubringen.

»Wir schreiben das besser ab, Muttie«, meinte der Junge.

»Aber den Text kennen doch alle«, protestierte der alte Mann. »Außerdem könnt ihr das gar nicht aufschreiben, die Worte sind nicht in Englisch.«

»Warum singen wir das Lied dann?«, fragte das Mädchen.
»Weil Cathy sagt, dass es ihnen gefallen wird. Sie meint, es ist schade, dass ihr es nicht kennt, aber wenn ihr euch konzentriert, dann werdet ihr es schon hinbekommen.«
Und dann legten sich die beiden mächtig ins Zeug.

Derry kam mit einem Wagen, um die Familie Brady abzuholen.
»Wir sind keine großen Partygänger«, protestierte Tim, aber Ella bemerkte, dass er sich trotzdem schick gemacht hatte.
»Wir können doch keine Party ohne meinen Finanzberater feiern. Ich könnte ja in die alten Gewohnheiten meines Vaters verfallen und mich sinnlos besaufen«, feixte Derry.
Ella strahlte. Endlich konnte er das Unaussprechliche in Worte fassen, ja sogar einen Scherz darüber machen. Endlich.
»Wir würden doch nie dieses Fest versäumen wollen, Derry«, warf Ellas Mutter ein.
Ella betrachtete die Straßen, durch die sie auf ihrem Weg ins Quentins fuhren. Das war ihre Welt. Es gab keine andere, und es würde nie eine andere für sie geben.

Auch Patrick ließ sich in voller Kochmontur kurz bei den bereits anwesenden Partygästen blicken. »Brenda begleitet sie. Sie fährt mit der kleinen Gesellschaft – nur Aidan, seine Töchter und der Schwiegersohn – zum Tee hinaus ins Holly's. Nora und Aidan glauben immer noch, dass sie hinterher in die Buchhandlung fahren.«
»Haben sie denn keine Angst, dass Nora einen Herzanfall bekommt, wenn sie sieht, dass der Laden geschlossen ist?«
»Nein, macht euch da mal keine Sorgen.«

Der Standesbeamte war ein freundlicher, sanfter Mann. Als er das Grüppchen aus gerade mal sechs Personen sah – mit Braut und Bräutigam, die nicht mehr die Jüngsten waren –, wusste er,

dass in dem Fall eine würdevolle Zeremonie gefragt war. Er blickte nickend von einem zum anderen und unterstrich die Bedeutung dieses Tages und der Entscheidung, die hier vor allen Anwesenden bekräftigt wurde.
Danach bedankte sich die kleine Hochzeitsgesellschaft überschwänglich bei ihm und lud ihn ein, ihnen beim Nachmittagstee im Holly's Gesellschaft zu leisten. Er wurde oft aufgefordert mitzufeiern, nahm die Einladung aber nie an. Heute war er zum ersten Mal versucht, spontan zuzusagen. Die Brautleute strahlten ein beinahe mit Händen zu greifendes Glück aus, sodass er noch öfter als sonst zum Taschentuch greifen und sich die Nase putzen musste. Sie hatten ganz offensichtlich einen weiten Weg bis zu diesem Tag zurückgelegt.
Die kleine Gruppe fuhr hinaus ins Holly's, wo man sie mit großem Hallo begrüßte. Im Garten unter den ausladenden Bäumen wurden Fotos gemacht und winzige Sandwiches und kleine Cremetörtchen serviert. Alle waren sehr entspannt, nur die Braut sah immer wieder auf die Uhr.
»Wir müssen rechtzeitig im Buchladen sein«, mahnte Nora.
Brenda ließ sich Zeit. »Ah, mach dir keine Sorgen. Die fangen auch ohne uns an … Sie wissen doch, dass wir kommen.«
»Wie viele werden wir denn sein?«, wollte Brigid, Aidans Tochter, wissen. Sie war begeistert über die Hochzeit ihres Vaters und fand das cool.
»Insgesamt sind wir vierzehn. Ich hätte gern noch mehr eingeladen, aber du weißt ja …«, erklärte Nora.
»Es sind die vierzehn wichtigen Gäste, und die anderen werden Verständnis dafür haben. Jetzt hör auf, dir Gedanken zu machen, Mrs Dunne.« Aidan sah seine Frau zärtlich an.
»O Gott, jetzt hast du mir aber einen Schrecken eingejagt, Aidan. Ich dachte schon, deine erste Frau sei plötzlich hier mitten in den Wicklow Mountains aufgetaucht.«

* * *

Nick, Sandy und Deirdre trafen zusammen ein. Brenda hatte sie gebeten, als eine Art Vermittler zwischen den so unterschiedlichen Welten zu fungieren, die bei der Feier aufeinander trafen. Sie sollten sich zwanglos unter die Gäste mischen, mit ihnen plaudern und sie miteinander bekannt machen. Irgendjemand musste diese Rolle übernehmen, da Brenda, die das sonst mühelos getan hätte, an anderer Stelle gebraucht wurde.

Nick, Sandy und Deirdre holten sich etwas zu trinken und machten sich an die Arbeit. Sie erkundigten sich hier nach einem Namen, stellten dort zwei Gäste einander vor, wanderten ein paar Schritte weiter und brachten so langsam die kleinen Grüppchen zusammen.

»So schön und strahlend, wie Sie aussehen, sind Sie doch bestimmt eine Schauspielerin oder ein Filmstar, habe ich Recht?«, sagte ein Mann zu Deirdre.

»Nein, weder noch. Ich arbeite in einem Labor und bin heute ein absoluter Stinkstiefel«, erwiderte Deirdre.

»Und warum hat eine so schöne Frau wie Sie schlechte Laune?«

Der Mann trug einen eleganten Anzug und hatte das gleiche widerspenstige Haar wie Derry King. Das musste einer seiner Cousins sein, einer der beiden Maler.

»Sind Sie Sean oder Michael?«, fragte sie.

»Ich bin Sean. Kaum zu fassen, Sie haben schon von uns gehört?«

»Jeder hat schon von Ihnen gehört. Ich bin Deirdre.«

»Und welche Laus ist Ihnen heute über die Leber gelaufen, Deirdre?«

»Dieses Kleid. Ich habe vierhundert Euro dafür bezahlt und sehe darin aus wie eine Vogelscheuche.«

»Das tun Sie nicht. Sie sehen ausgesprochen hübsch darin aus.«

Deirdre trat einen Schritt zur Seite und betrachtete sich mit trauriger Miene im Spiegel.

Eine Frau mit auffallend rotem Haar gesellte sich zu ihr und

musterte sie prüfend. »Sie müssen das Kleid mit einem Tuch aufpeppen, in dem sich die Farbe wiederholt«, meinte sie.
»Das nützt mir jetzt aber sehr viel. Im Laden hat es gut an mir ausgesehen.«
»Ich möchte wetten, die Verkäuferin hat Ihnen ein Tuch um die Schultern gelegt, ja?«
»Stimmt zufälligerweise. Ich bin übrigens Dee, Ellas Freundin.«
»Und ich bin Harriet, Noras Freundin, und auch eine Freundin von Ella. Wir haben uns auf dem Flug nach Amerika kennen gelernt.«
»Ah, ja, sie hat mir von Ihnen erzählt. Sie haben ihr ein Hundehalsband verkauft.«
»Und Ihnen kann ich jetzt ein Tuch verkaufen, wenn Sie wollen. Warten Sie einen Moment, ich bringe Ihnen eine Auswahl. Ich habe meine Tasche an der Garderobe abgegeben.«
Minuten später war Deirdre völlig verwandelt.
»Ich überlasse Sie jetzt Ihrem Glück. Er ist eine der begehrtesten Partien von ganz Dublin«, flüsterte Harriet ihr zu.
»Wer?« Deirdre hatte keine Ahnung, wovon sie sprach.
»Sean Kennedy, er schwimmt in Geld und fährt völlig auf Sie ab.«
»Ich sollte mich jetzt wirklich wieder unters Volk mischen«, sagte Deirdre hastig.
»Ich würde sagen, für heute reicht es«, erwiderte Harriet trocken.

Als sie die Notiz an der Tür entdeckten, spürte Nora, wie ihr die Tränen in die Augen schossen. »Oh, Aidan, ist das nicht zum Verzweifeln? Was können denn das für unvorhergesehene Umstände sein?«
»Sie hatten doch zugesagt.« Auch Aidan war ganz blass im Gesicht. »Und was haben sie mit dem Wein und den Kanapees gemacht?«
»Steht da sonst noch etwas?«, fragte Nora schluchzend.

Daneben hing noch ein zweiter, kleinerer Zettel.

»Da steht, dass der Hochzeitsempfang für Dunne acht Häuser weiter die Straße hinunter verlegt wurde.«

»In welche Richtung?«

»Ins Quentins, steht da«, staunte Aidan.

Verwundert sahen sie die anderen an, die übers ganze Gesicht strahlten.

»Aber wir können doch nicht ins Quentins, nicht an einem Samstagabend. Nein, *carissima* Brenda, nicht einmal wegen einer Hochzeit. Das können wir euch nicht antun.«

Jetzt hatte auch Brenda Tränen in den Augen.

»Mein Gefühl sagt mir, dass das schon in Ordnung geht«, entgegnete sie und führte die Frischvermählten acht Häuser weiter die Straße hinunter ins Quentins.

Brigid Dunne war vorausgelaufen, und als sie durch die Tür traten, intonierte ein Mann am Klavier den Hochzeitsmarsch. Und danach war die Überraschung groß, denn ein Gast nach dem anderen, den Nora und Aidan unter anderen Umständen selbst gerne eingeladen hätten, fiel dem Brautpaar zur Begrüßung um den Hals.

Nora bot einen atemberaubenden Anblick, ihr Haar war perfekt frisiert, und ihr lilafarbenes Kleid mit dem ärmellosen Überwurf aus dunkelviolettem Chiffon war eine einzige Pracht. Harriet hatte es irgendwo für einen Spottpreis aufgetrieben. Keiner sollte je erfahren, für wie wenig Geld, nicht einmal der Mann, von dessen Lastwagen es angeblich gefallen war.

Zaghaft traten die Zwillinge näher. »Wir dürfen nur zwei Lieder singen. Sollen wir das gleich jetzt tun?«

»Aber natürlich.« Nora bekam fast keinen Ton heraus.

Simon und Maud ließen es sich nicht nehmen, ein paar einführende Worte zu sprechen.

»Die Braut und der Bräutigam haben enge Verbindungen zu Italien. Die Braut hat lange Zeit dort gelebt und unterrichtet

jetzt Italienisch hier in Dublin. Und deshalb wird ihnen ›Volare‹ auch gefallen.« Jeder im Raum schien das Lied zu kennen und stimmte in den Refrain ein.
Dann kündete Maud das zweite Lied an. »Es ist völlig egal, wie alt man ist, wenn man heiratet. Der Hochzeitstag soll einfach der schönste Tag im Leben sein, und deshalb singen wir dem Paar jetzt ›True Love‹.«
Die Zwillinge kannten den Text auswendig, sogar die Stelle mit dem Schutzengel hoch droben, der nichts zu tun hatte. Sie warfen stolze Blicke in die Runde, während sie sangen. Sie machten ihre Sache sehr gut, nicht so wie bei »Volare«, wo sie von allen überstimmt worden waren. Aber warum weinten die Gäste denn, wenn sie so schön sangen? Simon und Maud empfanden das Leben täglich mehr als ein Rätsel.

»Die beiden sind wirklich unglaublich. Sie schaffen es doch überall, das Eis zu brechen«, sagte Cathy, die mit Tom in der Küche saß.
Sie hatte sich nur ein wenig hinsetzen wollen. In den vergangenen zwei Wochen war sie dreimal ins Krankenhaus gefahren, überzeugt, dass die Geburt ihres Kindes unmittelbar bevorstünde. Dreimal war sie wieder nach Hause geschickt worden mit der Bemerkung, dass es noch lange nicht so weit sei. Deswegen hatte Cathy den Schmerzen an diesem Morgen keine große Bedeutung beigemessen. Sie hatte sich sehr auf die Hochzeitsfeier gefreut, und sie wusste, dass man sie im Krankenhaus nur wieder wegschicken würde. Aber der Schmerz war da, nun, vielleicht kein richtiger Schmerz, eher ein ziehendes Gefühl im Unterleib, das ziemlich plötzlich eingesetzt hatte.
»Cathy, ist alles in Ordnung mit dir?«, fragte Tom plötzlich.
»Ich muss, ich sollte mich, aber …«
»Aber was?« Er war aschfahl im Gesicht.
»Ich denke, das Baby kommt, Tom«, sagte sie.

Blouse und Mary bemerkten als Erste, was geschah, und wussten, dass keine Zeit mehr blieb, einen Krankenwagen zu holen oder nach oben zu gehen.
Sie schoben Cathy in einen Lagerraum und schafften einen breiten Sessel herbei und setzten sie hinein. Anschließend lief Mary in ihre Wohnung und holte Bettlaken und Handtücher. Blouse stürzte hinaus ins Restaurant und verständigte Brenda und Patrick.
In dem Moment kam Ella in die Küche und erfasste die Situation mit einem Blick. »Das hast du dir gut ausgesucht, Cathy«, sagte sie. »Du bist hier bestens aufgehoben.« Ihre Stimme hatte eine beruhigende Wirkung auf die zukünftigen Eltern, die einander so fest an den Händen hielten, dass man meinte, sie wären nie mehr zu trennen.
»Du hättest dir keinen besseren Ort aussuchen können, hier gibt es jede Menge heißes Wasser«, fügte sie tröstend hinzu. »Tom, lass dich von Derry zu einem Brian Kennedy bringen. Er ist Arzt. Du bist bei ihm in den besten Händen. Beeil dich, aber mach kein Aufsehen.«
Auf Cathys Gesicht spiegelte sich ihre Angst wider. Mary und Ella versuchten, beruhigend auf sie einzureden. »Keine Sorge, Cathy, es wird alles gut gehen.«
Mittlerweile war auch Brenda in die Küche gekommen, und allmählich begannen alle zu glauben, dass es tatsächlich gleich passieren könnte.
»Pressen, Cathy«, feuerten sie sie an. Der Hinterkopf des Babys war bereits zu sehen.
Als Dr. Brian Kennedy endlich kam, konnte er nur noch feststellen, dass alles vorbei war.
Das Baby war geboren – Tom und Cathy hatten einen Sohn.
In dem Moment kam Derry auf der Suche nach Ella in die Küche. Diesen Augenblick sollte keiner der Anwesenden jemals im Leben mehr vergessen. Der Lärm in der Küche, das Surren der Herde und der diversen Geräte, die Partygeräusche, die aus

dem Raum nebenan zu ihnen drangen – das alles brannte sich für immer in ihr Gedächtnis ein.

Und keiner sollte je den Moment der totalen Stille vergessen, bevor die kleinen Lungen des Jungen, der auf den Namen James Muttance Feather getauft werden sollte, sich füllten und er einen Schrei ausstieß, um allen zu verkünden, dass er heil in der Küche des Quentins und auf dieser Welt angekommen war.

»Ich liebe dich«, sagte Cathy zu Tom.

Und Mary sagte es zu Blouse und Patrick Brennan zu Brenda.

Und im selben Augenblick sagten es auch Derry und Ella zueinander.

Maeve Binchy

Cathys Traum

Roman

Cathy Scarlet hat nur einen Traum: Sie möchte zusammen mit ihrem Geschäftspartner Tom den erfolgreichsten Catering Service in Dublin aufziehen. Doch bis dahin ist es ein langer Weg, und die beiden ehrgeizigen jungen Leute müssen immer neue Hindernisse überwinden, um ihr hochgestecktes Ziel zu erreichen und um zu erkennen: Sie verbindet mehr als nur die gemeinsame Arbeit!

»Wer Maeve Binchys Bücher kennt, weiß,
es droht erhöhte Suchtgefahr«
Frau im Spiegel